HEYNE <

Ein Verzeichnis aller im
WILHELM HEYNE VERLAG erschienenen
SHADOWRUN-Bände finden Sie
am Schluss des Bandes.

HARRI ASSMANN

TÖNE DER UNENDLICHKEIT

Fünfzigster Band
des
SHADOWRUN™-ZYKLUS

Überarbeitete Neuausgabe

WILHELM HEYNE VERLAG
MÜNCHEN

HEYNE SCIENCE FICTION & FANTASY
Band 06/6150

Umwelthinweis:
Dieses Buch wurde auf chlor- und säurefreiem Papier gedruckt.

Redaktion: Ralf Oliver Dürr

Der Wilhelm Heyne Verlag ist ein Verlag der
Verlagsgruppe Ullstein Heyne List GmbH & Co. KG
www.heyne.de
Printed in Germany 2003
Umschlagbild: Donato
Umschlaggestaltung: Nele Schütz Design, München
Satz: Schaber Satz- und Datentechnik, Wels
Druck und Bindung: GGP Media, Pößneck

ISBN 3-453-87540-0

Dank an:

- das Team Pik-Dame für den Grundstein
- Migosch, dem Fehlerteufel-Nahkampf-Experten
- Werner Dachs von Royalty-Voices, für die Klänge längst verstaubter kalifornischer Garagenbands
- den Hans-Joachim-Alpers-Schlächtern für die sezierenden Anregungen
- Snooker, der mit seiner emotionalen Schizophrenie ein Spiegel meiner Selbst ist

Für ›Theda-Freda und die Großstadtschlampen‹

»Die Bühne werd ich zum Buffet verwandeln,
um dich als Cervelatwurst zu behandeln. …
Finte! Quart! Da hast du's, Laffe! Denn beim
letzten Verse stech ich!«

– EDMOND ROSTAND, *Cyrano de Bergerac*

PRÄLUDIUM

Das moderne Studio war, abgesehen vom Aufleuchten unzähliger Displays und dem Schnurren elektronischer Hightech-Geräte, ungewohnt dunkel und ruhig. Richard Wissenbach, bei seinen Fans besser bekannt unter dem Namen ›Singing Angel‹, genoss diese seltenen Augenblicke vollkommener Stille und Einsamkeit. Er saß entspannt auf einem silberfarbenen Studiohocker und zog genussvoll an einer Zigarette, die er sich extra für diesen Augenblick gebaut hatte. Der berauschende Tabak knisterte leise und bewirkte eine freudige Entspannung der Muskeln. Zufrieden streckte er die langen Beine aus. Begleitet wurde diese behagliche Geste vom Knirschen der geschnürten, schwarzen Lederhose. Ein breites Grinsen fand den Weg in sein hageres Gesicht.

Bis vor zehn Minuten hatte er in diesem Studio mit dem Rest der Band, den ›Sisters of Pain‹, die letzten Stücke ihres neuen Albums Apokalypse aufgenommen. Die letzten Chords waren endlich eingespielt, die letzten Beats überarbeitet und die letzte Gesangslinie moduliert worden. Mit anderen Worten, die Techniker hatten ein künstliches Meisterwerk geschaffen, das die breite Masse begierig kaufen würde. Richards Meinung nach stellte der komplette Chip nur einen Remix ihrer alten Stücke dar und war somit, zumindest in den Augen eines Künstlers, kein besonders erstrebenswertes Geschenk an die Fans.

Aber das interessierte ihn, den einst jungen, dynamischen Rockstar, nicht mehr. Die Träume vom vielen Geld hatten sich für ihn bereits erfüllt. Jugendliche Visionen von unzähligen Orgien mit Groupies im Backstagebereich hatte er durchlebt, und die Motivation, Musik zu schaffen, wie sie keiner zuvor gehört hatte, war an den bürokratischen Mauern vorgegebener Marketingstrategien der Medienkonzerne zerschellt.

Trotz dieser destruktiven Erfahrungen fühlte Richard sich in diesem Moment innerlich ruhig und ausgeglichen. Die Tatsache, dass er die einst unterschriebenen Verträge nicht mehr akzeptieren und sich von der Band trennen wollte, stimmte ihn glücklich. Er hatte den Entschluss gefasst, einen Weg zu beschreiten, der es ihm hoffentlich ermöglichen würde, die Wurzeln der Musik zu begreifen. Dieses Wissen bereitete ihn auf eine Aufgabe vor, die sich zu einem neuen, bedeutsamen Lebensinhalt für ihn entwickeln würde.

Torkelnd stand Richard auf und suchte sich einen Weg zur Fensterfront, die mit verspiegelten Panzerglasscheiben versehen war und die komplette linke Wand des großen Studios einnahm. Von hier aus bot sich dem Betrachter ein atemberaubender Blick auf die nächtliche Musikinsel Hamburgs.

Das Studio sowie große Teile der Produktion befanden sich in den etwas abseits vom großen Treiben gelegenen Siegel-Towern. Dieser Glasgigant hatte den Konzern mehr als nur ein paar Millionen gekostet. Der transparente Bau verdeutlichte, wie viel Geld in der Unterhaltungsindustrie zu holen war. Glücklicherweise war das Gebäude nicht bei dem durch Bakterienbefall verursachten Einsturz der Musikinsel 2042 beschädigt worden. Richard kannte jedoch die Konzernverhältnisse, und eines war sicher: Selbst wenn der Baugigant ins Wasser gestürzt wäre, die Versicherung hätte diesen Verlust bestimmt aufgefangen, und Siegel-Devil-Records hätte einen fetten Gewinn eingestrichen.

Der Sänger lehnte sich gegen das kühle Glas und ließ den benebelten Blick über die nächtliche Stadt schweifen. Vereinzelt sah er Signallampen von öffentlichen oder privaten Hovercrafts aufleuchten. Das Auf und Ab der Lichter erinnerte ihn an Glühwürmchen, die wild und ziellos durch die Nacht streiften.

Bis vor wenigen Tagen habe ich mich auch wie eines dieser Glühwürmchen gefühlt, aber nun ist mir klar, wie alles besser werden kann.

Da seine Wahrnehmung von den Drogen getrübt war, passte er die Bewegungen unbewusst diesem unregelmäßigen Auf und Ab an und steigerte sich in einen Zustand vollkommener Ekstase. Das lange Haar wirbelte zum Takt einer stummen Musik und schmiegte sich wie ein intimer Tanzpartner um seinen langen Hals.

Etwas stimmt nicht!

Plötzlich bemerkte er in den Fingerspitzen ein leichtes Vibrieren der Glasscheibe. Zuerst schob er dieses immer stärker wahrnehmbare Gefühl auf die Drogen, musste jedoch mit wachsendem Schrecken erkennen, dass dieses unnatürliche Vibrieren intensiver wurde.

Die Fensterscheiben wölbten sich nach innen und außen. Ein wellenartiges Schlingern zog sich über die Glasfront, und Richard taumelte ängstlich zurück. Achtlos ließ er die Zigarette auf den Parkettboden fallen, versuchte den benebelten Kopf freizubekommen und schleppte sich zum Mikro im Zentrum des Studios. Hastig riss er den altertümlichen Kopfhörer von der Halterung des Mikrophonständers. Trotz der Panik, die dieses unnatürliche Phänomen in ihm hervorrief, gelang es Richard nicht, die Augen abzuwenden.

»Hey, Sid! Was ist denn im Tonraum los?«, fragte er mit schriller Stimme das kalte Stück Metall in der schwitzenden Hand und betete, nähere Information zu erhalten.

Ein lautes Stöhnen war alles, was er als Antwort erhielt. Sid, der Tontechniker der Band, musste mal wieder einen Chip eingeworfen haben, befand sich bestimmt gerade auf dem Weg zu einem cybermäßigen Höhepunkt und bekam nichts von seiner Umwelt mit. Ganz anders als Richard.

Von dem ist keine Hilfe zu erwarten! Drek!

Das Vibrieren griff von den Fensterscheiben auf die Luft im Studio über, wurde schmerzhaft intensiv und ließ Richards Trommelfell aufschreien. Verzweifelt riss der Sänger sich den nutzlosen Kopfhörer herunter und schleuderte ihn ziellos von sich. Der Schmerz erreichte eine Stufe, die kein normaler Mensch lange ertragen konnte. Richard besaß gerade noch genug Kraft, die Tonanlage zum Aufzeichnen zu aktivieren, dann brach der Wahnsinn über ihn ein und wischte die erst kürzlich gefassten Zukunftspläne brutal beiseite. Stöhnend stürzte er zu Boden, presste die Hände auf die Ohren und schrie in der Hoffnung, das grauenhafte Tosen in seinem Kopf zu übertönen.

Die Fensterscheiben gaben nach.

Das splitternde Glas prasselte zu Boden und erinnerte an eine reißende Flutwelle, die auf Richard zuströmte und ihn erbarmungslos fortspülen würde, zu einem Ort, von dem es kein Entrinnen gab.

PIRATENSENDER 1 AUF HAMBURG 93.42

»Piraten des Nordens! Hier spricht Disc-Dängler, die heißeste Stimme auf dem Äther! Alle mal aufgepasst, wir unterbrechen unsere super neu geklaute Mucke von den ›Kanibal Troll Invaders‹ mit einer brandheißen Sondermeldung! Wie wir soeben erfahren haben, ist der legendäre Leadsänger der ›Sisters of Pain‹ Opfer eines tragischen Unfalls geworden. Näheres war über die offiziellen Kanäle noch nicht zu erfahren. Aber wer gibt sich schon mit offiziellen Infos aus dem Äther zufrieden?

Unsere Cyberjockeys haben das Netz nach Infos für euch abgegrast und Folgendes aus den Tiefen der Matrix gesogen. Das, was ihr jetzt hört, ist der Stoff, aus dem Helden und Stars gemacht werden. Gerade in diesem Augenblick wird die Leiche des Stars von HanSec-Beamten vom Boden der Siegel-Tower gekratzt, wenn ihr euch also schnell auf eure Kisten oder Hovers schwingt, schafft ihr es vielleicht noch, ein paar Reste für den Schwarzmarkt zu ergattern. Der Plattenkonzern Siegel-Devil-Records ist noch zu keiner Stellungnahme bereit, aber die Gerüchteküche der Kaffeeabteilung munkelt, dass ein Tontechniker an diesem Unfall Schuld sein soll …«

1.
Exposition

Atonalität am Morgen

Es war wieder einmal so weit. Der Wecker klingelte in einer dermaßen unerträglichen Lautstärke, dass Frank Steffens den unerbittlichen Lärm nicht länger ignorieren konnte. Langsam setzte die Grobmotorik ein, und er schaffte es, sich im Bett aufzusetzen. Müde rieb er sich das unrasierte Kinn und den schmerzenden Schädel. Das Hämmern in dem Körperteil, das andere als Denk- und Konsumzentrale benutzten, war für Frank gegenwärtig mehr eine strafende Erinnerung an den gestrigen Abend und glich einer Betonplatte, die von einem schonungslosen Presslufthammer malträtiert wurde.

Diesmal war der Anlass für sein hemmungsloses Besäufnis ein Schreiben des Anwalts seiner Ex-Frau gewesen. Ex stimmte zwar noch nicht ganz, aber Sandrine und er befanden sich gerade auf dem leidvollen Weg bürokratischer Pfennigfuchsereien, die eine Scheidung so mit sich bringt. Sie wollten zwar beide die Sache so schnell wie möglich über die Bühne bringen, dennoch fühlte sich Frank immer mehr in die Rolle des einseitigen Verlierers gezwängt; dies wiederum bewirkte, dass sein Verstand sich schnell auf andere Gedanken bringen wollte, weil die ganze Angelegenheit einfach zu deprimierend war.

Verdräng es und bring deinen müden Arsch in Bewegung.

Etwas schneller, als es eigentlich gut für jemanden in seiner derzeitigen Verfassung war, hechtete er aus dem Bett in Richtung Alarmquelle. Die Schwerkraft und der

Restpegel ließen ihn stöhnend am Bettrand innehalten. Geschafft von dieser unnötigen körperlichen Anstrengung, setzte er sich auf die Kante des billigen Plexiglasbetts.

Frank schnappte sich einen der achtlos ausgezogenen Schuhe und warf ihn auf den roten Wecker, der in fünf Metern Entfernung klingelte. Scheppernd fiel das antiquierte Folterinstrument von der Kommode und landete blubbernd im Wassernapf seines Katers.

Captain Aramis schien nicht sonderlich begeistert zu sein und warf seinem Wohngenossen einen giftigen Gutenmorgenblick zu. Der Kater stand von dem verhaarten Sessel neben dem Bett auf, setzte sich provozierend auf die am Boden liegende Wäsche, begann halbherzig zu scharren und pisste genussvoll auf den grauen Trenchcoat seines Besitzers.

Der Ausdruck Besitzer traf nicht richtig. Seit Frank mit diesem Tier zusammenlebte – was er schon zwei Jahren tat –, war er immer mehr zu der Erkenntnis gelangt, dass der Kater seine Gegenwart nur mehr duldete. Dennoch konnte er diese ausgeprägte Form von Lebensraummarkierung nicht durchgehen lassen.

Frank besaß gerade noch genug Kraft, den zweiten Schuh in Richtung des Teufelstiers zu werfen. Das gewiefte Vieh hatte mit dieser halbherzigen Attacke gerechnet und befand sich längst außerhalb des Gefahrenbereichs, als das Geschoss das neu erkorene Katzenklo traf.

Stöhnend tastete Frank zur Fernbedienung, schaltete das Komgerät ein und versuchte mit dem Abhören ausstehender Nachrichten sein lautes Jammern zu übertönen. Wie erwartet hörte er zuerst die vertraute Stimme von Sandrine. Ein heftiger Stich durchbohrte seine rasselnde Pumpe und ließ ihn nur noch lauter stöhnen. Das Gefühl von *Die-Welt-ist-böse-und-ich-trinke-nie-wieder-Alkohol* wich schnell auflauerndem Zorn.

»Frank, mir ist die ganze Situation auch nicht angenehm. Aber Herbert – mein Anwalt – rät mir, dir kein Sorgerecht für Jennie einzuräumen. Du bist sowieso ständig auf Achse oder liegst besoffen in irgendeiner Spelunke. Oder vertreibst dir die Zeit mit Musikern und Groupies ... das ist nichts für ein zweijähriges Kind. Das siehst du doch ein?«, quengelte sich ihre Stimme schonungslos den Weg in Franks Gehörgang.

Halt, jetzt noch mal langsam, für Dumme!

Nachdem er sich zweimal mit Sandrines Stimme auseinander gesetzt hatte, teilte er seine Gedanken lautstark den restlichen Mietern im hellhörigen Wohnhaus mit, ohne Rücksicht darauf zu nehmen, dass die Dezibel seiner tiefen Stimme sogar den Baulärm vor dem Haus übertönten.

»Schätzchen, du lässt mir gestern von Herbert – jetzt nennst du ihn schon beim Vornamen – ausrichten, dass die Eigentumswohnung, das Auto und die letzten beiden Gehaltsabrechnungen dein sind. Und jetzt darf ich noch nicht einmal mehr unsere Tochter sehen? Was für ein Spiel läuft hier ab?«, donnerte er die Stimme auf dem Kom an.

Wütend unterbrach Frank seinen Redefluss und schlug mit der Faust auf die unbezogene Matratze. Aramis wurde das Ganze zu bunt. Der Vierbeiner fand, dass ein Platz in der Küche, selbst wenn diese nur zwei mal zwei Meter klein war, dem lautstarken WG-Partner vorzuziehen war und machte sich davon.

»Ich fürchte, es ist an der Zeit, dass ich mir auch einen Winkeladvokaten, besser eine Winkeladvokatin, suche. Krieg steht von jetzt an auf dem Plan. Such dir gefälligst einen anderen Idioten, mit dem du dieses Spiel treiben kannst. Vergiss die Aussicht von einer reibungslosen Scheidung, und schreib alle bisherigen Zugeständnisse in den Wind!«

Voll neu gewonnener Energie schwang sich Frank in

die zerknitterte Kleidung. Aufgrund der lodernden Rage ignorierte er die feuchte Stelle auf dem Trenchcoat. Leicht schwankend verließ er das erst kürzlich bezogene Apartment und war mittlerweile auf mehr als nur hundertachtzig. In Gedanken versuchte er sich auszumalen, wie er Sandrine und ihrem Anwalt die Chose gehörig vermasseln konnte. Diesmal regte er sich nicht über die schimmelnden Wände im Flur der Mietskaserne auf, da sein Schicksal ihm bereits genug Stoff für einen Morgen beschert hatte.

Auf der Straße musste er das Tempo drosseln und sich gezwungenermaßen torkelnd dem morgendlichen Trott der Masse auf dem Weg in Richtung Hover-Bahn, Ecke Sternschanze, anpassen. Das nass-kalte Wetter Hamburgs bedachte er mit bildlich ausgeschmückten Flüchen, die unschuldigen Zuhörern die Schamesröte ins Gesicht steigen ließen.

Die Leute an Franks Seite konnten im Gedränge nicht vor diesem Touristen flüchten. Tourist, weil jeder, der länger als zwei Monate in Hamburg lebte, sich entweder schnell mit diesem Wetter abfand oder freiwillig in den Rheinruhr-Megaplex zog, wo er nicht allzu oft mit einer *natürlichen* Umgebung konfrontiert wurde.

Verdrossen stopfte Frank sich den Stecker des Handkoms ins Ohr und rief die restlichen Nachrichten mobil ab. Dreimal unterrichtete ihn eine als dringend gekennzeichnete Kurznachricht davon, dass ihn der Verleger von Scream-Beam dringend sprechen wollte.

Konzentrier dich endlich auf deinen Job, du Waschlappen! Hamburg wird nicht untergehen, nur weil deine Frau dich verlassen hat, beschimpfte er sich selbst, was bewirkte, dass langsam der Alltag in Franks Kopf zurückkehrte und er vorerst in der Lage war, die düsteren Gedanken hinter einem wackligen Schild von selbst auferlegter Berufsehre zu verdrängen.

Frank war eigentlich, neben dem Beruf *Ehemann-in-*

Scheidung, Journalist. Er arbeitete freiberuflich, unter anderem für das Underground-Magazin Scream-Beam, einem Szene- und Klatschblatt, das nichts Besseres zu tun hatte, als im Privatleben der Stars zu schnüffeln.

Gerade wollte er die Privatnummer seines Verlegers wählen, als ihm jemand auf die Schulter klopfte. Gedankenverloren schaltete er das Kom aus und drehte sich um. Vor ihm stand eine ältere Roma – eine Zigeunerin – und schaute ihm mit ernstem Blick von unten in die vom Alkohol trüben Augen.

Die Pendlermasse floss an der Frau und Frank vorbei. Das Bild erinnerte ihn an eine Galionsfigur, die am Schiffsbug das Wasser schneidet. Ihre Kleidung war grell-bunt, und sie verbarg ihr ergrautes Haar unter einem Kopftuch, das Frank an ein hypnotisches Testbild einer Tridanlage erinnerte. An Händen und Ohren trug sie beträchtliche Mengen von Goldschmuck zur Schau. Pechschwarze Augen musterten Frank aufmerksam, und er fühlte sich unwohl, als er ihrem sezierenden Blick ausgesetzt war.

Wie kann jemand, der so viel Zahngold am Leib trägt, seelenruhig durch die unsicheren Straßen Altonas schlurfen?, wunderte sich Frank, und dieser Gedanke half ihm, sich von seiner Nervosität abzulenken.

Er brachte ein genuscheltes ›Hallo‹ zustande, da er nicht zu den Menschen zählte, die unhöflich durchs Leben schritten, und versuchte, einen größeren Abstand zwischen sich und die Roma zu bringen.

Franks Versuch vereitelte die aufdringliche, unbekannte Galionsfigur, indem sie unaufgefordert seine Hand ergriff. Analytisch und immer noch sezierend betrachtete sie nun seine Handfläche. Wider Erwarten schlich ein angenehmes Kribbeln durch seinen Körper, als sie mit ihren dunklen Händen über seine helle Haut strich, und unerklärlicherweise begann er sich sofort viel gelassener zu fühlen. Die Realität verschwand hinter dem Glas einer milchigen Käseglocke. Der Lärm der Straße drang nur noch gedämpft an seine Ohren, und er verwarf die gerade gefasste Absicht, seine Hand wegzuziehen, genauso schnell, wie er sie einen Augenblick zuvor gefasst hatte.

Die Fremde krächzte mit serbischem Akzent: »Ich sehe, dass du in letzter Zeit viel Ärger hattest. Du folgst dem Sternzeichen Löwe, dein Aszendent ist Schütze, und Feuer ist dein Element.«

Sie machte eine gewichtige Pause. Ihr Blick suchte den seinen. Sie erwartete augenscheinlich eine Reaktion in seinem Gesicht. Franks Mund stand weit offen, und er erlaubte ihr den Blick auf die renovierungsbedürftigen Betonbauten.

Nachdem sie ihn lange genug gemustert hatte, sprach sie weiter. »Doch du wirst erkennen müssen, dass der, welcher das Feuer sucht, darin umkommen wird. Was du jetzt brauchst, ist Ruhe.«

Spinnt die Frau? Sie redet von Ruhe und bringt mit ihrem bloßen Auftreten meinen sowieso schon konfusen Morgen noch mehr durcheinander, flackerte kurz seine ausgeprägte Vorsicht auf.

Trotz aller Anstrengungen gelang es ihm jedoch nicht, den Blick von der Frau abzuwenden, ihr forderndes Wesen erlaubte kein Ausweichen. Er schaffte es noch nicht einmal, den Zweifeln Luft zu machen, weil ein unerklärbarer Zwang seine Augen an ihre vor Alter gesprungenen Lippen fesselte.

Ich muss ihr einfach lauschen!

»Die Aufgabe, die vor dir liegt, wird nicht einfach zu bewältigen sein. Nur wenn du dir deiner inneren Kräfte und engsten Freunde bewusst wirst, kannst du es schaffen, mit heiler Haut aus allem geläutert und rein hervorzugehen. Und bedenke: Schlage nicht die Hilfe ab, die man dir unaufgefordert anbietet, wenn du am wenigsten mit ihr rechnest. Aber traue auch niemanden, der dich mit Ruhm und Geld locken will …«

Die Realität hatte Frank mit einem Mal zurück, das musste wohl an dem kleinen, aber entscheidenden Wort Geld gelegen haben. Sie wollte, wie zurzeit alle Frauen in seinem Leben, nur seine schwer verdiente Kohle. Bestimmt war sie daran interessiert, ihm eine Astrostunde zu verkaufen oder leerte in diesem Moment geschickt seine Taschen.

Diesmal streifte er mit Nachdruck die runzlige Hand der Roma beiseite und machte sich sofort daran, seine Kleidung abzuklopfen. Für einen kurzen Moment ließ er die Zigeunerin bei dieser Leibesvisitation aus den Augen und inspizierte peinlichst genau seine Innentaschen. Als er die Bestandsaufnahme beendet, seinen Ebbie gefunden und den Blick wieder auf die Frau richten wollte, war diese – wie hätte es auch anders sein sollen – verschwunden. Sie hatte den Moment seiner Ablenkung genutzt und sich in den Massen der Pendler davongestohlen. So aufmerksam, wie es einem Menschen mit Katerschädel nur möglich war, suchte er die Roma in der Menge. Er konnte sie aber nirgends entdecken. Sie musste sich in Luft aufgelöst haben oder war mit der Geschwindigkeit eines tosenden Orkans in einer der unzähligen Seitenstraßen verschwunden.

Beiläufig blieb sein Blick, der jetzt nur noch genervt und nicht mehr suchend war, am Kiosk an der Straßenecke haften. Das Holo-Titelblatt der Hamburger Sorgenpost zeigte eine Lichterkette von HanSec-Einsatzfahrzeugen, die vor den Siegel-Towern standen und eine Masse aufgebrachter Kids zurückhielten. Er fokussierte die Headline, und es dauerte einige Zeit, bis er die Informationen verarbeitet hatte. Danach musste er schwer schlucken und wünschte sich eine ganze Flasche von dem Zeug, das er gestern getrunken hatte.

Laut wiederholte er die Schlagzeile.

»›Sisters of Pain‹ Frontmann bei einem tragischen Unfall ums Leben gekommen.«

Drek! Warum erfahre ich erst jetzt davon? Schließlich bin ich einer der Menschen, die der Band einst den Weg zum Erfolg geebnet haben. Deswegen hat der Verleger von Scream-Beam mich angeklingelt, kombinierte sein an diesem Morgen arg strapazierter Verstand.

Frank wollte das Handkom aktivieren, musste aber feststellen, dass das teuere Stück nicht mehr da war. Der Ohrstecker des mobilen Geräts pendelte verloren an seiner Seite.

Drek! Drek! Da hat die alte Schachtel es glatt geschafft, mich zu beklauen.

In diesem Augenblick kam er sich wie der größte Trottel unter dem verregneten Hamburger Himmel vor. Verzweifelt versuchte er sich die Geheimnummer von seinem Verleger ins Gedächtnis zurückzurufen. Leider war er noch nie sonderlich gut darin gewesen, sich Zahlen zu merken, Gesichter – die Faltenschluchten der Zigeunerin würde er nie vergessen – entgingen ihm so gut wie nie, nur diese vermaledeiten Zahlen.

Drek! Drek! Drek! stellte das rechnerische Ergebnis aller Erfahrungen an diesem Morgen dar.

Es half kein Fluchen und kein Rechnen, es wurde Zeit für eine Planänderung. Unsanft kämpfte er sich durch die Pendlermasse, um ein Hover-Taxi am Altonaer Hafen zu entern.

Sein Verleger stand erst einmal hinten an, jetzt musste Frank zu den Siegel-Towern und schauen, was seine Quellen ihm an Infos preisgeben würden. Die erfahrene Spürnase witterte eine brandheiße Story, und diese wollte er sich garantiert nicht entgehen lassen, da er auch persönlich daran interessiert war, zu erfahren, was hinter Richards Ableben stand.

Die Begegnung mit der diebischen Roma zwängte er ebenfalls hinter den wackligen Schild kurzzeitigen Vergessens in seinem Schädel, obwohl ihn eine innere Stimme davor warnte, die Ratschläge der diebischen, älteren Frau achtlos in den Herbstwind zu schießen.

Da scheiß ich drauf!, fiel seine emotionale Antwort aus.

Die Matrix hatte ihn wieder. Ganz in seinem Element glitt der Decker über die pulsierenden Bahnen der funkelnden Datenströme. Fernab in einem Hotelzimmer rasten Finger blind über die vertrauten Tasten des Cyberdecks. Nur hier, in den vertauten Gefilden der elektronischen Virtualität, fühlte er sich wirklich zu Hause.

Das Icon des Deckers war einem Teenager-Comic-Helden des letzten Jahrhunderts nachempfunden und stellte in der Matrix sein Persona-Programm dar. Heute ging der Decker davon aus, dass er auf keinen nennenswerten Widerstand stoßen würde, deswegen erlaubte er sich eine Spielerei und räumte einen Teil des kostbaren und lebenswichtigen Speichers dafür frei, dass er die Persona grinsen ließ.

Ich fühl mich einfach gut, dachte er und aktivierte die Routine, die das Markenzeichen seiner Persona startete.

Snap machte es, als der Teenager mit den Fingern schnippte.

Der Schattendecker war mehr als nur glücklich, denn diesmal war er nicht allein unterwegs. Neben ihm glitt das vertraute Konstrukt von Icebaby. Ihr elfisches Eismädchen schenkte dem Decker etwas, das wie ein Lächeln in ihrer kalten Maske aussah. Die Elfendeckerin begleitete Snap auf diesem Run, und allein dieser Umstand ließ sein Herz um mehrere Oktaven höher schlagen. Snap nahm sich Zeit und betrachte die Persona der Frau genauer.

Einerseits freute er sich, dass sie in der Lage war, ihn bei diesem einfachen Daten-Run zu unterstützen, andererseits war er betrübt, denn in der realen Welt konnte Icebaby nicht mehr viel unternehmen. Das lag daran, dass sie auf ihrem ersten und auch letzten gemeinsamen Run Snap das Leben gerettet, aber mit ihrem eigenem beinahe dafür bezahlt hatte. Das schwarze IC der Bayersdorf AG hätte ihr fast das Hirn geröstet. Die Betonung lag zwar auf *fast*, trotzdem war ihr weltlicher Körper seither an ein Krankenhausbett gefesselt und wurde künstlich am Leben gehalten. Als Zeichen für diese weltliche Behinderung hatte die Deckerin ihrer Persona eine schwarze Augenklappe verpasst, und da ihr Körper auch nicht mehr in der besten Verfassung war, hatte Icebaby den Datenspeicher ihres Decks dahingehend umfunktioniert, dass jetzt mehr Ressourcen für Verteidigung und Geschwindigkeit bereitstanden als vorher.

Der Decker nahm sich etwas mehr Zeit und erlaubte seinen Gedanken eine längere Reise in die Vergangenheit. In den letzten Monaten war viel in seinem Leben passiert. Snap hatte sich zu einem festen Bestandteil des Shadowrunner-Teams namens Pik-Dame entwickelt, wenn ihm auch die Entscheidung, diesem grobschlächtigen Haufen beizutreten, nicht leicht gefallen war. Snap hatte aber die Hoffnung gehegt, in diesem harten Schattenteam endlich so etwas wie Geborgenheit und Schutz zu finden.

Bis dahin war es für alle ein langer und harter Weg gewesen. Nach dem Run gegen den Bayersdorf-Konzern hatten die einzelnen Team-Mitglieder erst einmal Zeit gebraucht, ihre zahlreichen Wunden zu lecken.

Chet, die aufbrausende Orkmesserklaue, Zack, der zweite grobe Muskelberg, und Paul, der von allen anerkannte, neue Leader der Truppe, hatten einige Wochen beim Schattendoktor verbracht und waren mehr als nur einmal von Doc Eyeless genäht, untersucht und zusammengeschraubt worden.

Paul hatte sich hauptsächlich die Daten in seinem Kopf entfernen und ein paar kosmetische Operationen vornehmen lassen. Jene Daten waren der eigentliche Anlass des ganzen Fiaskos gewesen, da ein hohes Konzerntier bei Bayersdorf versucht hatte, Cybermantie auf eine neue, gefährliche Stufe zu bringen. Behörden und verschlagene magische Elementare hatten die Arbeit des bunt zusammengewürfelten Teams nicht nur geringfügig behindert. Letzten Endes war es für sie glimpflich abgelaufen, wenn auch viele Freunde ihr Leben gelassen hatten, um den Erfolg herbeizuführen.

Aber so war das nun mal in den Schatten.

Der Einsatz der Runner ist immer ihr Leben, und die Auftraggeber interessiert es nicht die Bohne, wie viel Chummer auf der Strecke bleiben, um die zwielichtigen Ziele dieser Geldsäcke zu erreichen.

Ratón, die verschwiegene, lateinamerikanische Riggerin, beschäftigte sich die meiste Zeit über damit, Ersatzteile für ihr neues Fahrzeug zu besorgen und dieses ihren Bedürfnissen anzupassen. Die Frau war eine echte Süchtige, was Kraft und Geschwindigkeit anging, und liebte ihre fahrbaren Untersätze mehr als alles andere in der Sechsten Welt.

Pandora, die halbasiatische Magierin des Teams, verschwand in einem undurchdringbaren Nebel magischer Rituale und versuchte die gewonnenen Erkenntnisse des Runs in Sachen freier Elementare zu hinterfragen. So wie es schien, kam sie mit ihren Forschungen nicht sonderlich weiter, was Snap, um ehrlich zu sein, nicht im Geringsten interessierte.

Claw, der aus Afrika stammende Löwenschamane, hatte sich vom Team verabschieden müssen. Es war ihm nicht leicht gefallen, die Gruppe zu verlassen. Dringende Angelegenheiten zwangen ihn zur Heimkehr, und schweren Herzens war er zurück auf den Schwarzen Kontinent gereist. Vor seiner Abreise hatte Claw Snap unmissverständlich zu verstehen gegeben, dass es ab jetzt an ihm lag, für Icebabys Gesundheit zu sorgen.

Die Elfin lag derzeit noch im Koma, und es war nicht absehbar, ob sie jemals wieder aufwachen würde. Snap hatte diese Bürde mehr als nur bereitwillig übernommen. Nach langem Warten war es ihnen endlich gelungen, mit der Deckerin in Kontakt zu treten. Snap konnte sich noch genau an jenen Augenblick erinnern, und er erlaubte seinen reisenden Gedanken, an diesem Moment etwas länger zu verweilen.

Die um das Krankenhausbett drapierten Monitore hatten stark aktive Hirnschwingungen aufgezeigt. Ärzte waren sofort ins Zimmer geschwirrt und hatten ihre gewichtigen Untersuchungen getätigt. Als Ergebnis standen sie aber vor einem Rätsel und wussten nicht, was sie tun sollten. Die schönen tiefblauen Augen der Frau waren weiterhin geschlossen geblieben und hatten nichts von einer aktiven Wahrnehmung ihrer Umgebung erkennen lassen.

Eigenmächtig hatte Snap den Versuch gestartet und die Elfin in sein Deck eingestöpselt. Man hatte versucht, ihn von diesem Wahnsinn abzuhalten, aber er hatte seinen Dickkopf durchgesetzt.

Okay, Paul und Zack waren auch da gewesen. Es ist gut möglich, dass das freundliche Lächeln der beiden Amphetaminsüchtigen die Ärzte und Pfleger zurückgehalten hat. Aber mein Instinkt hat mich wie immer nicht enttäuscht.

Die Elfin begann nach einigen Sekunden mit ihnen zu kommunizieren und hatte auf einer ehrlichen Analyse ihres Zustands beharrt.

Der Krankenbericht dieser Teufel in Weiß – Snap hasste Ärzte aufgrund schlechter Erfahrungen – war nicht sonderlich positiv ausgefallen: Sie würde ihren Körper nie mehr gebrauchen können, es sei denn, der Medizin stünde ein Quantensprung in Sachen technologischer Entwicklung bevor, was nicht gerade wahrscheinlich war. Das klang hart, entsprach aber der Wahrheit. Von der Angst, die Icebaby in diesem Augenblick verspürt haben musste, hatte sie nichts nach außen dringen lassen, und Snap hatte ihren unerschütterlichen Mut bewundert.

Kurz entschlossen hatte sie sich ein Hightech-Cyberdeck in den Kopf implantieren lassen und die Gefahren der Operation in den Wind geschrieben. Die Summe, die das Ganze gekostet hatte, war bestimmt astronomisch, und der Aufenthalt im Privatzimmer der Jerusalem Spezialklinik in Hamburg war garantiert auch nicht günstig. Icebaby schien über genug Geld zu verfügen, denn die Wissenschaftsfuzzis hatten sich an die Arbeit gemacht und ihren Wunsch nach stundenlangen Operationen erfolgreich in die Tat umgesetzt.

Icebabys erste Gehversuche in der Matrix waren nicht einfach gewesen. Ihre beschwerlichen Gesten hatten Snap an ein Kind erinnert, das erst Krabbeln lernen muss, bevor es wagen kann, die ersten aufrechten Schritte zu tun. So gut es ging, hatte Snap ihr seine virtuelle Hand gereicht, und gemeinsam hatten sie es vollbracht.

Trotz Icebabys weltlichen Einschränkungen gestand Snap sich seine Gefühle für die Deckerin ein.

Ich liebe sie.

Er wusste aber, dass diese Liebe eine unausgesprochene Tatsache zwischen ihnen beiden bleiben würde, und er hoffte nur, dass sie genauso empfand.

Jetzt, hier in der Matrix, konnten sie den virtuellen Datenhimmel unsicher machen und sich zusammen den grenzenlosen Herausforderungen stellen.

Snap konzentrierte sich wieder auf die Gegenwart.

Vor ihnen erschien der mäßig gesicherte, pulsierende Zugangsknoten des Hamburger Verkehrs-Verbundes, kurz HVV genannt. Snap und Icebaby benutzten heute, so ungewöhnlich das auch war, eine legale Leitung. Dies klang ziemlich hohl und war dem Decker auch nicht ganz angenehm, da Schattendecker es gewöhnlich vorzogen, einen illegalen Einwahlknoten zu benutzen, um keine Spuren in der Matrix zu hinterlassen. Sie befanden sich aber auf einem verhältnismäßig legalen Kreuzzug. Legal insoweit, dass die Leitung des Hotelzimmers, von dem aus Snap deckte und in welches Icebaby sich ebenfalls über die Leitung ihres Krankenhauses eingeloggt hatte, mit einer Hardwarekomponente gekoppelt war, die wie eine Art Pass-Code für das HVV-System funktionieren sollte.

Das hatte ihnen ihr Auftraggeber zumindest versichert.

Ich wäre schön blöd und längst tot, wenn ich dem Wort eines Schmidts in meinem Leben je blind vertraut hätte.

Seine persönlichen Analysen der Leitung und der damit gekoppelten Hardware hatten die Behauptung des Konzernpinkels bestätigt. Die Hardware würde das Netz des Verkehrskonzerns mit scheinbar legalen Zugangsdaten füttern und somit die Arbeit der Decker nicht behindern. Snap und Icebaby sollten das Netz des Konzerns legal betreten und die Kontrolle über die Ampelknoten einiger Straßen übernehmen.

Der Run, auf den sie sich gerade vorbereiteten, sah eigentlich vor, dass eine ziemlich bekannte Sängerin aus England sicher in ihr Luxushotel geleitet werden sollte. Paul hatte diesen Kontrakt mit Siegel-Devil-Records kurzfristig an Land ziehen können, da der Konzern sich schnell hatte entscheiden müssen. Zuerst schien der Job, wie alle Jobs in den Schatten, leicht verdientes Geld zu sein.

So wie jeder Auftrag, den ein Runner von einem Schmidt offeriert bekommt. Gleichzeitig bohrt er dir einen glühenden Lötkolben in den Rücken, auf dessen Schaft das Kleingedruckte graviert ist. Anschließend sagen sie dir dann, nach-

dem du dich in deinem eigenen Blut vor Schmerzen auf dem Boden windest, du hättest ja nur mal ein bisschen genauer zuhören sollen.

Snap und Icebaby hatten die Infos ihres Herrn Schmidt – Heinrich Pierskaller mit Namen – genau wie ihn selbst peinlichst genau unter die virtuelle Cyberlupe genommen. Ihre Recherchen in der Decker-Szene hatten die Infos des Konzern-Sklaven zumindest anfangs bestätigt.

Wie hätte es auch anders sein sollen? Ich habe in meinem kurzen, aber hoffentlich noch langen Leben genug Kleingedrucktes schmerzhaft auf den Leib tätowiert bekommen.

Eternity, so war der Künstlername des Starlets, sollte morgen bei einem Konzert auftreten. Da gestern Nacht ein Schützling des Mediengiganten frühzeitig das Zeitliche gesegnet hatte, befand sich der Konzern, was die örtliche Presse anging, in Zugzwang.

Kleingedrucktes Nummer eins!

Viele Konzern-Wachleute waren in unangenehme Untersuchungen verwickelt und konnten ihrer Arbeit nicht sorgfältig genug nachgehen. Deshalb war die Konzernspitze auf die Idee gekommen, ihren Star von Leuten sichern zu lassen, die sich besser mit der lokalen Schattenszene auskannten und sich im Notfall nicht an das örtliche Gesetz gebunden sahen, um das Leben des VIPs zu sichern.

Eben mit so was wie uns Shadowrunnern, die ja nach Konzernmeinung nichts Kleingedrucktes lesen können.

Außergewöhnlich war die Maßnahme nicht, und ›Headshot Smily‹ ein lokaler Deckerkumpel – hatte ihnen nach dem Austausch einer größeren Summe gesteckt, dass die Beweggründe des Konzerns andere sein konnten.

Wir haben eine Lupe mit 1600facher Vergrößerung hervorgekramt und uns das mal genauer angeschaut.

Laut Szenegemunkel hielt Siegel es für möglich, dass

ihr Starlet von einem anderen Unterhaltungsgiganten abgeworben werden sollte. Folglich bestand die eigentliche Aufgabe der Shadowrunner darin, Eternity davon abzuhalten, aus den Klauen von Siegel-Devil-Records zu entschwinden.

Kleingedrucktes Nummer zwei. Das ist der nicht gerade unwichtige Part, der Murphys Law auf die Bühne ruft.

Wenn dies der Fall sein sollte, war klar, was Siegel von ihnen erwartete: Falls ein feindlicher Konzern den Versuch starten würde, den teuren Kanarienvogel Eternity aus seinem goldenen Käfig zu befreien, wäre es die Aufgabe von Pik-Dame, den Dieben mit heftigsten Tritten klar zu machen, dass es besser wäre, mit den eigenen Hoden zu gurgeln, als die Hand an fremdes Eigentum zu legen.

Diese zwielichtigen Spiele und Gepflogenheiten waren zwar durchaus üblich unter Konzernpinkeln, Snap schätzte das aber nicht besonders. Deswegen war er heilfroh, dass er nicht in die Rolle des leiblichen Babysitters für dieses Konzernkind schlüpfen musste.

Davon abgesehen, kann ich noch nicht mal eine Kaffeetasse ruhig halten. Mit einer Waffe würde ich mich selbst geeken, bemerkte Snap, als er sich die Situation bildlich vorstellte.

Paul und der Rest des Teams würden heute Nachmittag den leidvollen Part der realen Aufsicht übernehmen. Das weltlich agierende Team würde den Star einsacken und anschließend auf direktem Wege vom Hover-Hafen ins Hotel düsen.

Dort werde ich sie bereits erwarten und hoffen, dass ich nichts Kleingedrucktes übersehen habe oder Murphy findet, dass es Zeit für ein Comeback ist, in dem ich die Rolle des Pudels übernehmen muss, dem in der U-Bahn ein Transorbitalflieger auf den Kopf crasht.

Das Ende der Murphy-Geschichte würde nicht gut aussehen. Snap zog es vor, zum Großbuchstaben-Ablauf zurückzukehren. Die Aufgabe der Decker war es, den Ampel-Port auf die bevorstehende Arbeit vorzubereiten. Das sollte eigentlich ganz einfach sein, da der HVV ihr Eindringen dulden würde, weil sich die *illegalen* Besucher, dank der bereits erwähnten Hardware ihres Schmidts, als Angehörige von Siegel-Devil-Records ausweisen konnten.

Der Medienkonzern schmiert den HVV für solche Gefälligkeiten bestimmt ganz gut. Ich kann mir nicht vorstellen, dass der HVV in einem Vertrag einmal das Kleingedruckte übersehen hat.

Und eines war auch klar, dieser Datendecoder–Versand oder wie immer man dieses Ding von Pierskaller auch nennen wollte, war eine zusätzliche Absicherung von Seiten des Konzerns, dass Snap und Icebaby nichts anderes mit ihren virtuellen Fingern berühren würden als das, wofür sie angeworben waren: Virtuelle Knöpfe zu drücken, also Ampelwart zu spielen und die Kameras im Auge zu behalten.

So einfach, wie die Sache klang, war sie leider nicht.

Snap und Icebaby würden nur in der Lage sein, die Ampeln für einige Sekunden, und das auch nur auf der ihnen zugewiesenen Route, zu beeinflussen. Somit war genaues Timing gefragt. Hätte man ihnen mehr Zeit und Befugnis eingeräumt, könnten sie ein Verkehrschaos auf der Strecke heraufbeschwören.

Die Aussicht auf ein Verkehrschaos gefällt mir, dachte Snap. Die bloße Vorstellung ließ den anarchischen Teil des Deckers diabolisch grinsen. Er besiegte diesen verlockenden Spaßfaktor und konzentrierte sich wieder auf die eigentliche Aufgabe des Unternehmens.

Nur so zur Vorsicht hätte ich mir Gummis mitnehmen sollen. Diese Verkehrsunfälle werden immer schlimmer, überlegte Snap, als er fingerschnippend auf den Matrixzugang des Verkehrskonzerns zuschritt.

Der Kaltenkirchener Flughafen wurde sichtbar, als das Passagierflugzeug die Nebeldecke durchbrach und zur Landung ansetzte. Das schlechte Wetter verwehrte es den Reisenden, mehr als das Aufleuchten der Landelichter im diesigen Dunst zu erspähen.

Snooker saß neben seinem Schutzobjekt, dem Sänger Ron Davis. Neben Davis saß der Fleischkloß Biff Barbaker, von allen kurz B.B. genannt. Sein Kollege und langjähriger Freund wirkte ebenso gelangweilt wie er.

Der Flug von London nach Hamburg war bislang ohne Zwischenfälle verlaufen, ihr Einchecken in Heathrow ohne großes Aufsehen über die Bühne gegangen. So wie es aussah, waren die Fans von Davis nicht sonderlich erpicht darauf gewesen, ihren Halbgott um acht Uhr morgens mit Liebesbeteuerungen zu verabschieden. Snookers kalter Blick, die robuste Statur von B.B. und die messerscharfen Mienen, mit denen sie die verloren wirkenden zwanzig Fans am Terminal in England bedachten, hatten ausgereicht, um die kleine Schar von der Dummheit abzuhalten, dem *Idol-der-Begierde* zu nahe zu kommen.

Der Bodyguard hegte den dumpfen Verdacht, dass Davis' Konzern, Royalty-Voices, die *Fans* für ihr Auftreten angeheuert hatte. So was war gang und gäbe, sobald ein Konzern sein neues Aushängeschild bei der Stange halten wollte, auch wenn dieses nur als Abschreibungsobjekt verbucht wurde.

Bis jetzt war der einzige permanente Anlass zur Aufregung Davis selbst. Der junge Star – zumindest hielt er sich selbst dafür – fand immer etwas zum Nörgeln, obwohl sie in der ersten Klasse saßen. Er beschwerte sich lauthals bei der Stewardess, der Champagner sei nicht kalt genug, das spärliche Frühstück stelle eine Zumutung für seine empfindlichen Geschmacksnerven dar, und die Musik über Kopfhörer sei eine Vergewaltigung der New-Age-Acid-Kultur. Dies mochte wohl daran liegen, dass während des vierzigminütigen Fluges noch kein Song von Davis gespielt worden war.

Ich bin glücklich, dass der Audio-Supervisor der Lufthansa bisher Geschmack bewiesen hat, war Snookers treffende Meinung.

Da der Flug schlimmer war als eine Horde unbestechlicher Kritiker, dröhnte sich der Sänger auf dem Shorttrip die Birne mit Alkohol in variablen Geschmacksrichtungen zu. Solange Davis B.B. oder ihn nicht voll kotzen würde, war dies Snooker nur recht.

Beiläufig ließ der Bodyguard den Blick über den fettigen, braunen Lockenkopf des Sängers gleiten. Davis' Outfit erinnerte an Jim Morrison, einen erfolgreichen Sänger aus dem letzten Jahrhundert. In Snookers Augen und Ohren besaß Davis aber nicht die Klasse und das Herz des toten Stars von einst. Er würde nach Einschätzung des Bodyguards nur kurz am Ruhmeshimmel aufleuchten. Eine Sternschnuppe, die nach zwei oder drei Monaten unspektakulär in der Atmosphäre des Medienplaneten verglühen würde.

Nachdem Snooker die Begutachtung von Davis beendet hatte, drängte sich dem Bodyguard eine Frage auf: *Warum habe ich mich bloß darauf eingelassen?*

Er musste sich eingestehen, dass die Antwort eigentlich ganz simpel war. B.B. und er waren angestellt bei der renommierten Security-Agentur VIP-Best-Health in London, und gewöhnlich arbeiteten sie als Bodyguards für wesentlich erfolgreichere Kunden der Medienbranche. Sein Kontakt, der Manager Werner Dachs von Royalty-Voices, hatte ihn zu seinem Leidwesen an einen schon lange ausstehenden Gefallen erinnert, und somit hatte Snooker, nach kurzem Drängen von Werner, für dieses eintägige Unterfangen seine Zustimmung gegeben.

Der Kontrakt sah ganz simpel aus.

1. Objekt Davis in dem Terstany Hotel, gelegen am Nevern-Square Earlscourt, einladen und zum Flughafen Heathrow fahren.— 2. Einchecken – 3. Fliegen – 4. Auschecken – 5. Den Schreihals, das waren Werners Worte, in Hamburg bei Siegel-Devil-Records, einem bekannten deutschen Medien-Konzern, abliefern.

So weit, so gut.

Jetzt standen nur noch die Punkte 4 und 5 auf dem Programm. Danach könnten sich Snooker und B.B. zurück auf den Weg in das heimatliche London machen, wo sie hoffentlich eine heiße Tasse Tee erwarten würde.

Sobald Davis das Gelände des deutschen Konzerns betreten hatte, mussten sie nicht mehr den Babysitter für diese Nervensäge spielen. Sah man also von Davis' Marotten ab, gab es gegenwärtig keinen Grund zur Aufregung.

Etwas beunruhigt war Snooker aber schon.

Anlass dafür war der Tod des Sängers Richard Wissenbach in Hamburg. Kurz nach dem Start war Snooker über diese Nachricht im Lufthansa-Bordterminal gestolpert. Der Informationsgehalt des Berichtes war indessen spärlich. Die Medien teilten lediglich mit, dass der Sänger den Folgen eines Unfalles erlegen war.

So beiläufig das auch klang, Snooker kannte die Branche und wusste, was dies alles bedeuten konnte. Zum einen war es gut möglich, dass der Sänger einem Attentat zum Opfer gefallen war, und das konnte bedeuten, dass Nachahmungstäter auf die verrückte Idee kamen, ihre große Chance zu wittern. Dank der Mediengier würde sie ein solcher Mord ebenfalls *berühmt* machen. Eine Möglichkeit, die dem Bodyguard garantiert nicht gefallen würde, wenn einer von diesen Mediengeilen Davis als Ziel eines Märtyrertodes auswählen sollte. Zum anderen konnte es sein, dass ein militanter Ökoverrückter einer Vision folgte, in der Sänger keine Existenzberechtigung besaßen, da in seiner verquerten Weltanschauung alleine Singvögel das natürliche Recht besaßen, die Bevölkerung mit Musik zu beglücken. Genauso gut war es möglich, dass Richard Selbstmord begangen hatte, was kein seltener Grund für das vorzeitige Ableben eines Menschen war, der dazu gezwungen wurde, sein Leben mit der Öffentlichkeit zu teilen.

Es gibt mehr Möglichkeiten, als ich zählen kann, musste sich der Bodyguard eingestehen und war glücklich darüber, dass die Landung des Sub-Orbitalfliegers ihn zurück in die Wirklichkeit holte.

Kurz spielte der Bodyguard mit dem Gedanken, seinem Kollegen vom Tod des Hamburger Sängers zu berichten, B.B. war nämlich während des Fluges mehr daran interessiert gewesen, die neueste Sim-Sin-Demo von Combat Soccer 2058 zu testen, als den projizierten News des Nachrichtenkanals zu folgen.

Snooker verwarf den Gedanken.

Wir sind Profis, und dies ist nicht unser erster Auftrag.

Der Flieger setzte auf, und der Pilot lenkte die Maschine routiniert an die Gangway.

Schlürfend kippte sich Davis einen letzten Drink hinter die Binde. Ihm war es mit den lallenden Worten ›Sex oder Saufen‹ gelungen, der Stewardess das Abräumen zu untersagen.

Startschuss!

Snooker setzte seine silberne Sonnenbrille auf. Die Zeiss-Eagle-Eye-Brille sah nicht nur cool aus, sie hatte auch mehr zu bieten als eine gewöhnliche Brille. Das Utensil war speziell für Leute seiner Branche konzipiert worden. Mehrere Sensoren waren mit einem Programmchip gekoppelt, die Personen auf fünf Meter Entfernung abtasten konnten. Wenn also eine Schuss-, Stich- oder Schlagwaffe von der Software erkannt wurde, projizierte die Hardware rote, dreieckige Markierungen an die jeweilige Stelle der Gläser. Falls dem Bodyguard bei einem Blick auf die Menge etwas entgehen sollte, bot diese Brille dem Träger eine zusätzliche Chance, die Gefahr rechtzeitig zu lokalisieren. Etwas, was in Snookers gesamter Karriere noch nie eingetreten war. Ein Umstand, der sich hoffentlich nicht ändern würde.

Snooker musterte die restlichen Passagiere und konnte, wie erwartet, keinen Anlass zur Unruhe erspähen. Die anderen Reisenden mussten gewöhnliche Kon-Sklaven sein. Niemand schenkte ihnen länger als ein paar Augenblicke das Privileg seiner kostbaren Aufmerksamkeit. Nachdem alle Fluggäste sie passiert hatten, stand Snooker auf und zog den taumelnden Rockstar unsanft auf die Beine.

Er muss nur heil ankommen, niemand hat gesagt, dass ich ihn wie ein rohes Ei behandeln soll.

B.B. griff sich zeitgleich mit den riesigen Pranken das Handgepäck des Stars, das aus einem Lederrucksack bestand, aus dem der Hals einer Jim-Beam-Flasche hervorlugte. In den Schaufeln des riesigen Mannes wirkte das kleine Gepäckstück verloren und erinnerte mehr an einen Shortdrink. Anschließend folgte ihnen der Hüne auf Schritt und Tritt und sicherte mit seinem breiten Kreuz den Rücken des torkelnden Schutzobjektes.

Die kurze Distanz zum Ausgang des Fliegers hatten sie schnell überwunden. Anschließend nahmen sie den wankenden Davis in die Mitte und schritten gemächlich die moderne Gangway in Richtung Zoll- und Gepäckschalter hinunter. Auf ihrem Weg begleitete sie das stufenhafte Aufleuchten einer am blauen Boden angebrachten orangefarbenen Lichterkette. Orientierungslosen Reisenden wurde somit freundlich von der Lufthansa zu verstehen gegeben, in welcher Richtung der Ausgang lag.

Davis ist so zu, er würde es nicht bemerken, wenn ich ihm ein Flashpack auf die Nase presse und aktiviere.

Noch zwanzig Meter, dann würden sie endlich das Bundesland Hamburg der Allianz Deutscher Länder, kurz ADL genannt, betreten.

Snooker aktivierte mit einem Gedanken die Talentsoft mit dem teuren Sprachchip. Er konnte Deutsch nicht sonderlich gut, und das hier häufig gesprochene HanseSprech – eine Mischung aus Deutsch, Tschechisch und Russisch – stellte für ihn ohne Software eine unüberwindbare Kommunikationsbarriere dar.

Die anderen Passagiere des First-Class-Gangways hasteten ihnen eifrigen Schritts voraus auf die Schalter zu, peinlichst darauf bedacht, rechtzeitig zu ihren Familien oder wichtigen Geschäftsterminen zu gelangen.

Die Deutschen sind schon ein merkwürdiges Völkchen arbeitswütiger Bienen, dachte Snooker, während er sah, wie sich die Träger der teuren Anzüge und Kostüme vor den Schaltern folgsam einreihten.

Die Bundesgrenzschutz-Beamten musterten das ungleiche Trio bereits, als dieses sich auf den ersten Schalter zubewegte. Was jetzt folgen würde, war Standard bei Auslandsaufträgen. Das vorschriftsmäßige Scannen der Passagiere musste den Beamten die Waffen der Bodyguards gemeldet haben. Dies stellte aber kein Problem dar. Die Behörden hatten alle nötigen Informationen und Genehmigungen übermittelt bekommen. Die Waffen waren ordnungsgemäß auf ihre Besitzer registriert, und diese besaßen die europäische Erlaubnis, sie aufgrund beruflicher Notwendigkeit mit sich zu führen. Am Schalter würde sie lediglich das Eintauschen der Credsticks erwarten. In Deutschland war es Vorschrift, die hiesige Währung Euro in Form eines Ebbies zu nutzen.

Also alles kein Problem.

Hinter den hohen Glasscheiben, die als Absperrung dienten, konnte Snooker einen schwarz gekleideten Chauffeur sehen, der ein Schild in der Hand hielt.

Snookers blaue Cyber-Augen zoomten die Aufschrift näher heran.

Siegel-Devil-Records für Mr. Davis. Bingo!

Unerwartet fing Davis neben ihm plötzlich zu zappeln an und steuerte auf die nahe gelegenen Toiletten zu. Er hielt sich den Magen und begann zu würgen. Galle triefte ihm zwischen den Lippen hervor und besudelte sein weißes Hemd. Einige Spritzer fanden den Weg auf Snookers Handrücken.

Hätte der Punk nicht noch fünf Minuten warten können, fluchte der Bodyguard innerlich.

Achselzuckend schenkte er dem Zollbeamten ein gezwungenes Lächeln und begleitete mit B.B. das wimmernde Schutzobjekt auf die Toilette. Beißender Desinfektionsgeruch begrüßte ihre Nasen, als sie den sterilen, weiß gekachelten Raum betraten, der wegen der Schwarzlichtneonleuchten grell strahlte.

Davis spurtete zielsicher in die erste Kabine und stieß die Tür auf, unterließ es aber zuzuschließen. Snooker ging in die Hocke und sah die Knie und Wildlederstiefel ihres Schutzobjekts verkrampft über den Boden zappeln. Die Toilette daneben war leer.

B.B. postierte sich neben der Eingangstür, stellte das Gepäck von Davis auf den Boden, lehnte seine massige Statur an die Wand und verschränkte die Hände vor der breiten Brust. Das vernarbte, kantige Gesicht seines Kollegen und Freundes schenkte ihm ein breites Grinsen. Über Headphone ließ B.B. einen Kommentar ab, den nur Snooker hören konnte: »Tja, so ist das mit den Welpen, wenn man sie mal kurz von der Mutterzitze lässt und sie was anderes als Milch zu trinken bekommen. Sie benehmen sich immer daneben.«

Snooker schenkte ihm ebenfalls ein Lächeln und machte sich daran, die restlichen Toiletten zu überprüfen. Als er die Reihe der Kabinen abgeschritten und festgestellt hatte, dass sie alle leer waren, drehte er sich um und schaute in den Spiegel.

Die Reflexion des grau gekleideten Mannes mit den blonden Haaren legte die silberne Sonnenbrille auf die Ablage, schaltete den Wasserhahn an und begann sich die besudelten Hände zu waschen. Die Galle des Rockstars hatte bereits zu trocknen begonnen.

Das Ganze ist einfach ekelhaft.

B.B. versteifte sich, als die Eingangstür aufging und ein Elf mit schlohweißem, langem Haar schnellen Schrittes den Raum betrat. Die feinen, fast femininen Gesichtszüge schienen etwas irritiert. B.B's rechte Hand glitt in die Innentasche des schwarzen Sakkos. Der Anblick verunsicherte den unbekannten Störenfried, dessen Haare zu einem Pferdeschwanz zusammengebunden waren. Zögernd stellte er seine Aktentasche neben der Tür ab und schritt langsam auf die Urinale zu. Dort angekommen, knöpfte er sich schnell seinen braunen Designerledermantel und die dazu passende braune Designerhose auf und pisste unter Druck und Aufsicht.

Das Rauschen des Wasserhahns, das plätschernde Pissen des Elfs und Davis' Kotzlaute aus der Toilette waren die einzigen Geräusche, die zu hören waren.

Die ganze Situation ist irgendwie surreal, fast sogar komisch, kam Snooker bei diesem audiovisuellen Konzert in den Sinn, in dem er die Statistenrolle übernommen hatte.

B.B. entspannte sich und nahm die Hand aus der ohnehin schon ausgebeulten Innentasche.

Mit nassen, aber nun sauberen Händen strich sich Snooker das kurze Haar zurück und fuhr sich durchs Gesicht. Im Spiegel konnte er erkennen, wie der Elf sich hastig die Hose zuknöpfte. Der Blonde schien so stark eingeschüchtert zu sein, dass er vergessen hatte abzuschütteln, und ohne zu spülen verließ er schnurstracks die weiße Flughafen-Toilette. Snooker wollte zurück zu seinem Partner, kehrte aber noch einmal um, weil er seine Sonnenbrille auf der Ablage vergessen hatte.

»Sie haben Ihre Aktentasche vergessen!«, rief B.B. dem Unbekannten auf Englisch nach. Lautstark fiel die Metalltür bereits ins Schloss, der Mann konnte B.B. unmöglich gehört haben. Sein Partner bückte sich und hob die Aktentasche auf.

Snookers Alarmsirenen begannen zu heulen.

Zu spät.

Verwirrt schaute B.B. Snooker an, beide hörten sie ein tödliches Zischen. Bevor sein Freund reagieren konnte, wurde er von einem verborgenen Sprengsatz in Fetzen gerissen.

Die Druckwelle der Explosion warf Snooker gegen die Wand und trieb die Luft aus seinen Lungen. Geborstene Fliesen zerschnitten schmerzhaft sein Gesicht, als er benommen die Wand hinabsackte. Der Eingangsbereich der Toilette wurde in Flammen gehüllt und alles in einem Umkreis von mehreren Metern verwüstet.

Nach ein paar Sekunden hatte sich Snooker vom ersten Schock erholt und schnappte keuchend nach Luft. Glücklichweise hatten die eingearbeiteten Kelmar-Gelpolster seines Anzugs die Wucht des Aufpralls abgefangen und Brüche vereitelt. Abgesehen von ein paar Schnittwunden und blauen Flecken war er verschont geblieben.

Trotz der Cyber-Dämpfer klingelte sein Trommelfell. Ein schneller Blick zeigte ihm, dass für seinen Freund jede Hilfe zu spät kommen würde. Die Explosion hatte einen Arm und Teile des Kopfes abgerissen und den Brustkorb zerfetzt.

Snooker riss den Colt Manhunter aus dem Tarnhalfter und sprang auf, die Smartgunverbindung fütterte sein Hirn mit Daten.

Das Schwein entkommt mir nicht! Ich wisch mit seinem

Skalp den Boden sauber, spornte Snooker den auflodernden Zorn an.

Benommen torkelte er zur Eingangstür und schaute auf die Stelle, wo die Kabine gewesen war, in der Davis gekotzt hatte. Der Ort glich einem zusammengefallenen Kartenhaus. Die grauenhaft grotesk verdrehten Gliedmaßen des Rockstars schauten unter den dampfenden Resten der Kabinenwände hervor, und ein Blutteppich quoll über den von der Detonation gesprungen Fliesenboden auf Snooker zu. Der Bodyguard unterdrückte den aufsteigenden Würgereiz und konzentrierte sich auf die Metalltür. Dank der Muskelimplantate gelang es ihm, das schwere Ding aufzuwuchten. Draußen begrüßte ihn, wie erwartet, panisches Treiben. Einige Leute hatten sich zu Boden geworfen, Angst brannte hell in ihren weit aufgerissenen Augen. Zwei Bundesgrenzschutz-Beamte hatten mit ihren Maschinenpistolen sofort auf Snooker angelegt, nachdem dieser sich den Weg aus der Toilette gekämpft hatte.

Snooker bemerkte, dass neben den projizierten roten Markierungen auf seiner Brille sogar das Modell der Heckler & Koch angezeigt wurde. Gegenwärtig hatte der Bodyguard aber weder den Nerv noch die Zeit, sich über das zusätzliche Feature der Brille zu freuen.

»Legen Sie sofort die Waffe nieder! Wenn Sie nicht in zwei Sekunden gehorchen, eröffnen wir das Feuer!«, schrien ihn die Uniformierten an.

Snooker registrierte zwei tanzende, rot leuchtende Laserpunkte auf seiner Brust.

Den Sprachchip hätte ich mir sparen können.

Diese unmissverständliche Geste veranlasste Snooker, den garantiert nicht leeren Drohungen nachzukommen. Vorsichtig bückte er sich und legte die Waffe auf den Boden.

»Mit dem Fuß rüberschieben!«, bellte ihm der näher stehende Beamte den nächsten Befehl zu.

Der Bodyguard folgte zähneknirschend dieser Aufforderung, auch wenn er gedanklich anderer Meinung war.

Mir bleibt nichts anderes übrig! Und unterdessen haut der Killer ab!

Wie hätte es auch anders sein können? Aus den Augenwinkeln sah er den Elf am Zollschalter stehen. Ein älterer Zollbeamter, neben dem der Killer stand, schien irritiert und schenkte dem Blondkopf keine große Aufmerksamkeit. Alle Blicke waren auf Snooker gerichtet.

Der Killer stand gelassen in der aufgeregten Menge. Snooker erinnerte der Gesichtsausdruck des Elfs an einen Gärtner, der den Anblick genießt, wenn die Samen, die er gepflanzt hat, zum ersten Mal zu sprießen beginnen.

»Haltet den Müslifresser mit den blonden Haaren am Zollschalter auf!«, rief Snooker verzweifelt und zeigte dabei mit ausgestrecktem Zeigefinger auf den Schalter, an dem der Killer stand. Hätte er sich damals eine Cyberpistole in den Unterarm einbauen lassen, könnte er jetzt handeln.

Der Elf reagierte schneller als der Zollbeamte neben ihm. Die schlanke Hand schoss vor, und ein paar tödliche Cybersporne durchdrangen die Schädeldecke des senilen Beamten, bevor er nach der Dienstwaffe greifen konnte. Das Hirn des Mannes wurde tranchiert, der Körper sank schlaff in sich zusammen. Bevor der Tote zu Boden stürzte, schnappte sich der Elf die Pistole des Beamten, zielte auf Snooker und schoss.

Snookers Reflexbooster ließ seinen Körper förmlich explodieren. Schnell warf er sich nach links. Das war zwar den Beamten gegenüber nicht ganz fair, aber ihre Teilrüstungen konnten einen Treffer besser wegsteckten.

Die Schüsse des Elfs verfehlten Snooker nur um Haaresbreite, aber die Reflexe des BGS-Beamten ließen aufgrund Snookers heftiger Bewegung die Maschinenpistole husten. Die Salve bohrte sich schmerzhaft in die Seite des Bodyguards, riss ihn von den Beinen und trieb die ballistischen Gelpolster des Anzugs und der Unterwäsche bis an die Grenzen ihrer Stabilität. Erneut retteten sie ihm das Leben, nur die Brille fiel ihm beim Sturz von der Nase und rutschte außerhalb seiner Reichweite.

Scheiß auf die Brille!

Der andere BGS-Soldat, eine Frau, hatte zeitgleich von Snooker abgelassen und sich umgedreht. Der Killer-Elf schoss noch einmal, ungeachtet des Hindernisses, das mittlerweile zwischen ihm und seinem Opfer stand, und die Projektile trafen den BGS-Beamten, der weiterhin auf Snooker zielte und erneut abdrücken wollte, mit tödlicher Präzision im Hinterkopf. Der gepanzerte Helm war nicht dafür entworfen worden, einem Direkttreffer von hinten standzuhalten, und Snooker sah den verwirrten Gesichtsausdruck des Beamten, als dieser tödlich getroffen aus seinem Leben gerissen wurde.

Seine Kollegin hatte sich hingekniet und auf das neue Ziel angelegt. Sie jagte dem Elf einen Bleihagel entgegen. Unnatürlich schnell glitt der Killer zu Boden und schoss präzise auf die neue Gefahr.

Das Visier der Beamtin zerbarst, und Blut spritzte hervor. Ihre Maschinenpistole spuckte ein letztes Mal und verteilte die Munition wirkungslos in der blauorangefarbenen Seitenwand des Zollschalters, was zur Folge hatte, dass mehrere Zivilisten weinten oder schrien, als sie die Schüsse hörten und die Toten sahen. Sie waren so sehr verängstigt, dass sie noch nicht einmal an Flucht dachten, sondern wie ängstliche Hasen erstarrt stehen blieben.

Das werde ich nicht tun!

Snooker raffte sich auf und hechtete auf den toten BGS-Beamten zu. Zielstrebig schlossen sich seine Finger um den Griff der Maschinenpistole. Die Waffe des BGS-Soldaten war jedoch so gesichert, dass ein Unbefugter sie nicht benutzen konnte. Die Smartgunverbindung schaltete sich aus und verriegelte die Mechanik der Dienstwaffe endgültig.

Drek!

Für mehr blieb auch keine Zeit. Gerade rechtzeitig wuchtete er die Leiche des Beamten zwischen sich und den Elf, denn dieser hatte erneut auf ihn angelegt. Der Körper des Toten ruckte mehrfach, als die Geschosse einschlugen. Der Elf wirbelte um die eigene Achse, ließ die leer geschossene Waffe fallen und rannte auf die erst kürzlich fertig gestellte Monorail-Station zu. Snooker nutzte die Gelegenheit und schnappte sich seinen eigenen Colt wieder. Langsam fand er es an der Zeit, dem Elf die Gieskanne zu rauben.

Und wenn es das Letzte ist, was ich tue! Du Fee entkommst mir nicht!

Snooker verzichtete darauf, über die Absperrung zu klettern oder die Distanz zu den Schaltern zu überwinden. Der Bodyguard zerschoss die Glasscheiben und sprang über die am Boden liegenden, unfreiwilligen Zuschauer in die ADL. Zuerst versuchte er, den Abstand zwischen sich und dem Killer zu verringern. Der Elf war schnell und nutzte die verstörten Passanten und Fahrplanterminals als Deckung.

Die Menschen und Metamenschen, die Snooker bei dieser Jagd passierte, warfen ihm ängstliche bis hasserfüllte Blicke zu. Das war verständlich, denn in ihren Augen rannte ein Verrückter einem flüchtenden Elf mit gezogener Waffe hinterher. Das konnte schließlich alles bedeuten. Und Snooker war der Mann mit der Waffe, womöglich ein Policlub-Mitglied. Der Bodyguard hoffte nur, dass unter den Passanten kein Freizeitcowboy oder Polizist war. Snooker besaß gegenwärtig nicht die Zeit, um ausschweifende Erklärungen abzugeben.

Kurz vor Erreichen des Monorail-Bahngleises musste der Killer eine breite, lange Treppe überwinden.

Endlich freies Schussfeld, jubelte der Engländer, legte an und ließ die schwere Pistole dreimal husten, gerade als der Elf den Kopf der Treppe erreichte.

Der Killer hatte mit dieser Reaktion gerechnet und zerrte eine junge Frau, die außerhalb von Snookers Sicht kniete, gleichzeitig hoch und benutzte sie als lebendigen Schutzschild.

Snookers Schüsse trafen die Geisel in Hals, Brust und Bauch. Der Elf schleuderte dem Bodyguard den unkontrolliert zappelnden Körper der Getroffenen achtlos entgegen, und dieser fing den noch lebenden, blutenden Körper instinktiv auf und legte ihn so sanft wie möglich auf die kalten Stufen.

Er musste mit ansehen, wie der Elf in einem Wagen der Monorail verschwand. Das öffentliche Verkehrsmittel war sofort außerhalb seiner Reichweite. Snooker musste die Verfolgung abbrechen.

Die gurgelnden, erstickenden Laute der Frau wischten das Jagdfieber in Snooker beiseite und waren ein eindeutiges Zeichen dafür, dass sie dringend Hilfe brauchte. Erst jetzt registrierte Snooker die Tragweite seiner Jagd. Der einst schicke, grüne Dress der Frau färbte sich beängstigend schnell dunkelrot, und wenn nicht bald medizinische Hilfe eintreffen würde, wäre es mit ihrem Leben vorbei. So viel war klar.

Was soll ich nur machen?

Der Bodyguard malträtierte sein Hirn auf der Suche nach einer göttlichen Eingebung, aber der angerichtete Schaden war zu groß. Die Hauptschlagader war getroffen, die Leber schien auch übelst in Mitleidenschaft gezogen zu sein, und das schäumende Blut aus ihrem

Mund war ein Zeichen, dass die Lunge ebenfalls etwas abbekommen hatte.

Snooker versuchte, die Blutung zu stoppen und quetschte ihre pumpende Aorta mit Daumen und Zeigefinger zusammen. Ihr warmes Blut war auf einmal überall. Auf seiner Haut, auf seiner Kleidung und in seinem Geist. Die betäubten, ängstlichen Blicke der vielleicht gerade mal zwanzigjährigen Frau flehten ihren Mörder stumm um Hilfe an.

Bevor Snooker etwas sagen oder tun konnte, wurde der Körper in seinen Armen schlaff.

Snookers Augen füllten sich mit Tränen, als er merkte, wie der unbarmherzige Engel des Todes über die Netzhaut der Frau glitt und ihren Blick endgültig trübte. Die Sanduhr der Frau konnte nicht noch einmal gewendet werden, ihr Glas war zersprungen, und der lebensnotwendige Sand rann in einem versiegenden roten Strom seine Handflächen entlang.

Ich habe die Frau getötet.

1.1
Exposition

DOMINANTE DER DUNKLEN VORAHNUNGEN

Frank Steffens erreichte erst kurz vor Mittag die Siegel-Tower, da sein Hover-Taxi im morgendlichen Pendlerstau stecken geblieben war. Trotz der Aussicht auf einen hohen Bonus waren alle Durchmogelversuche des Fahrers an der Sturheit der hanseatischen Freizeitkapitäne gescheitert. Genervt kletterte er aus dem Hover und eilte über den Vorplatz der Glasgiganten.

Verglichen mit anderen Tagen herrschte reges Treiben. Hunderte von heulenden, überwiegend weiblichen Fans hatten sich am Ort des Todes von ›Singing Angel‹ versammelt und legten Blumen, selbst gemalte Bilder und andere Trauerbekundungen auf den frisch gesäuberten Vorplatz des Medienkonzerns. Andere versuchten, mit dem Singen von Liedern Tribut zu zollen und seiner auf diese Weise zu gedenken. Das Kreischen der Stimmbänder war eine grausame Vergewaltigung für Franks Ohren.

Ich habe schon Katzen ficken hören, das klang besser und hatte mehr Rhythmus!

Ein Haufen unterschiedlich großer, farbiger Kerzen rahmte die Klebestreifen der Polizei ein, mit denen HanSec den Fundort des Leichnams markiert hatte. Kreidezeichen wären bei dem Hamburger Wetter nicht lange sichtbar geblieben.

Was für eine Bühnenbeleuchtung, so einen Drek hat Richard nicht verdient. Tränen werden ihn auch nicht zurück in das Reich der Sterblichen bringen. Ich muss herausfinden, wie der ›Singing Angel‹ zu Tode gekommen ist.

Kameras von großen und kleinen Fernsehsendern fingen gierig die Bilder auf dem Platz ein. Ganz groß vertreten war der Schnittwagen von VH-ZwoTausend, dem bekannten Hamburger Musik-Channel. Die Kamera-Rigger der Sendeanstalt hatten sich auf das Dach ihres Mobils gestellt oder ließen Drohnen über der Menge kreisen, um das Happening aus der Vogelperspektive zu filmen, während Songs des Verblichenen über Lautsprecher die Menge zusätzlich beschallten.

Frank kannte diese Bilder der *Anteilnahme* und hatte keine Lust, ihnen weitere Beachtung zu schenken. Sein Weg führte ihn zielstrebig durch die Menge hindurch. Für Frank glich das Ganze einem künstlich erschaffenen Medienspektakel, ihm war diese Zurschaustellung und Leichenfledderei zuwider.

Freund aus alten Zeiten, bei diesen Bildern würdest du jetzt lachen und gleichzeitig Inspirationen für deine Songs sammeln. Ich hingegen verspüre nur Lust zu kotzen, dachte Frank und richtete sein Augenmerk lieber auf den Glasgiganten.

Die Doppelglastüren von Siegel-Devil-Records wurden von aufgebrachten Fans und aufdringlichen Reportern belagert. Eine Kette Sicherheitssoldaten hielt die Menge mit Mühe davon ab, in das Verlagsgebäude zu drängeln. Fernab konnte Frank erkennen, dass Hanse-Security am Rand des Platzes ebenfalls Leute positionierte. Sobald die Menge außer Kontrolle geriet, würden fahrbare Festungen vom Typ MAN-BGS-TF3 der Anti-Terror-Einheit mit Wasserwerfern die Demonstranten und alle anderen, die sich ihnen in den Weg stellen sollten, direkt vom Platz in die Elbe spülen.

Das Kribbeln in Franks Nase war ein Zeichen dafür, dass dieses Pulverfass an Emotionen jeden Moment explodieren konnte, und er hatte keine Lust, sich mittendrin zu befinden. Da es ausweglos schien, an den Wachen und Fans vorbei ins Gebäude zu gelangen, entschied sich Frank, jemanden zu besuchen, den er schon lange nicht mehr gesehen hatte. Er verließ den Platz und hastete in das nahe gelegene Angst-Rock-Café, dem Backstage. Um diese Uhrzeit war der Laden nur mäßig besucht.

Aufgeteilt wurde das Backstage in drei Bereiche. Der kleinste Teil war linkerhand, in dem die Spielautomaten sich gegenwärtig vom Vortag erholten und ausgeschaltet schlummerten. Etwas größer war ein Raum, der nach rechts abging. Dort standen vereinzelt einige Bartische mit verwaisten Barhockern. Der wichtigste Bestandteil des Angst-Rock-Cafés war allerdings die kupferne Theke. Die Konstrukteure hatten der Zapfanlage siebzig Prozent der Fläche zugesprochen und auf diese Weise deutlich gemacht, womit hier das meiste Geld umgesetzt wurde: ALK.

Frank erkannte mit einem Blick, dass seine vorhin angestellte Vermutung in Sachen Besucherzahlen sogar übertroffen wurde.

Der Besitzer – ein meist übel gelaunter Zwerg – saß verlassen am leeren Tresen und war selbst sein bester Gast. Schlürfend starrte der Meta gelangweilt durch die Fenster. Als der Mann Frank bemerkte, löste er den Blick von dem Treiben draußen und schenkte seinem neuen und einzigen Gast ein breites Grinsen, das völlig fehl in diesem faltigen Gesicht wirkte. »Na, alter Wichser«, fragte der Meta. »Ist es Zufall, oder zieht dich Aasgeier der Geruch des Todes magisch an?«

Das Schandmaul hieß Edgar, und Frank kannte den Zwerg schon seit Jahren. Früher war der Mann mal ein guter Roadie gewesen, und ihre Wege hatten sich oft gekreuzt. Nach einem Unfall, auf den der Meta nie näher eingegangen war, hatte sich der Zwerg jedoch aus dem direkten Treiben der Medienwelt zurückgezogen und diese Angst-Rock-Spelunke am Fuße des Ruhms aufgezogen.

»Ach, Edgar. Es tut gut, ein bekanntes Gesicht zu sehen, selbst wenn es einer Gesichtsbaracke wie dir gehört. Lange nicht gesehen«, konterte Frank, während er sich unaufgefordert neben den Zwerg setzte.

Beide starrten nach draußen auf die Menge, ohne dass einer von ihnen den Versuch machte, das Gespräch fortzusetzen.

Bei den Leuten auf dem Platz kochten die Emotionen mittlerweile so hoch, dass bald Gewalt ausbrechen würde. Einige Anarcho-Kids hatten Wind von dem Treiben bekommen und sich ebenfalls zu der Menge auf dem Platz gesellt. Die Punks wollten mitnichten um den Toten trauern, sie wollten sich einzig und allein einen erbitterten Kampf mit HanSec liefern.

Frank glaubte, die Farben einer lokalen, nicht gerade kleinen Anarcho-Gang wiederzuerkennen. Das grüne Muster ihrer Army-Klamotten wurde durchzogen von gelb-schwarzen Spraydosenstreifen, die das markante Zeichen der Harburger Hornissen darstellten. Sollten die Jungs wirklich auf *gewaltigen* Ärger aus sein, musste sich HanSec verdammt warm anziehen.

Der Zwerg stand auf und schlurfte zum Glasregal hinter dem Tresen, schloss vorher aber noch die Tür zum Laden ab und drehte das Schild an der Tür auf ›Geschlossen‹ um. Anschließend holte er eine volle Flasche grüner Flüssigkeit hervor, nahm zwei Longdrinkgläser und gesellte sich neben Frank. Der Plastikbarhocker quietschte gewaltig, als der Zwerg seine Massen auf die Sitzgelegenheit wuchtete. Schweigend goss er ihnen einen großzügigen Schluck ein.

Frank kannte das Zeug nur zu gut und wusste die freundliche Geste des Mannes zu schätzen. Das Gesöff war selbst gepanschter Saurer, der so manchen Schwachbrüstigen den Atem verschlug und gewöhnlich als Kurzer getrunken wurde.

Ist genau das Richtige an so einem Tag.

Sie prosteten sich still zu und kippten das bittere Gesöff in einem Zug weg.

Das habe ich gebraucht!

Als sie die Gläser synchron auf die Theke knallten, schien es, als sei dies der lang erwartete Startschuss für die Meute draußen. Die ersten Steine flogen gegen die abseits wartenden HanSec-Beamten. Die Show begann.

»Hey, Edgar. Willst du die Rollos nicht runterlassen?«, fragte er den Zwerg, der seelenruhig nach draußen starrte.

Bevor der Zwerg antwortete, kratzte er sich den voluminösen Hintern und ließ einen fahren. »Mach dir keine Sorgen um deinen verweichlichten Arsch. Das is' Panzerglas, das hält was aus. Is' zu schade, dass ich keine Batteriezellen mehr in der Kamera hab, die unterm Tresen liegt. Vielleicht würden einige dafür 'ne fette Summe zahlen«, bemerkte der Zwerg trocken.

Er wandte Frank sein vernarbtes Gesicht zu und fuhr dann fort: »Na gut, nicht wirklich. Draußen sind genug Kamera-Fuzzies, die das Ganze aufzeichnen. Aber jetzt mal ernsthaft, was treibt dich in den gemiedenen Hafen deiner Vergangenheit?«

Frank hatte keine Lust auf Spielchen, deswegen fiel seine Antwort etwas bissiger aus, als sie eigentlich gemeint war. »Du weißt ganz gut, warum ich hier bin. Ich will wissen, was mit Richard passiert ist. Lass die Vergangenheit ruhen!«

Die Augen des Zwergs nahmen einen verschlagenen Ausdruck an, als dieser nachbohrte: »Privat oder geschäftlich?«

»Beides. Du weißt doch, ich konnte das nie trennen«, gestand er der breiten Masse neben sich vorbehaltlos. Nun war es an Frank, das Spiel einen Schritt weiter voranzutreiben. »Hast du was mitbekommen?«

Der Zwerg antwortete nicht sofort auf die Frage, sondern goss ihnen zuerst erneut ein.

Anscheinend hat Edgar heute alle Zeit der Welt. Drek auch!

Frank nutzte das folternde Warten verhältnismäßig sinnvoll und warf wieder einen flüchtigen Blick hinaus. Die Sicherheitsbeamten von Siegel-Devil-Records hatten sich in ihr teures Glashaus zurückgezogen und die Metallrolltore im Erdgeschoss und in den ersten beiden Etagen vorsichtshalber heruntergelassen. Natürlich war die Fassade Sicherheitsglas, das problemlos einer schweren Pistole standhielt, aber die Sicherheitsbestimmungen schrieben genauestens vor, wie sich das Personal in so einem Fall zu verhalten hatte.

Die Reporter rannten aufgeschreckten Hühnern gleich über den Platz und versuchten einerseits, den fliegen Steinen auszuweichen, andererseits, ihre Hintern aus der feuchten Schusslinie der Wasserwerfer zu bringen. Das ganze Unterfangen sah nicht gerade einfach aus, und Frank war heilfroh, hier im Trockenen zu sitzen.

Von meinen Kollegen da draußen werden heute bestimmt einige mehr als nur einen nassen Hintern bekommen.

Zufrieden lächelte er den Zwerg an und kippte sich den zweiten Drink mit einer wohltuenden Schadenfreude hinter die Binde.

»Frank, was soll der Drek? Lass dir eins gesagt sein, die Sache riecht nach Ärger, und den hattest du mit Siegel in der Vergangenheit schon mehr als genug«, brach Edgar endlich sein Schweigen.

Eine Mischung aus Schmerz und Zorn flackerte kurz in Frank auf, es gelang ihm aber, sich zu beruhigen. »Chummer, lass Siegel aus dem Spiel. Ich bin an der Geschichte von Richard interessiert, die Vergangenheit hat bislang nichts damit zu tun, und ich will hoffen, dass das so bleibt. Meine Spürnase wittert da was ganz Großes. Willst du mir nun helfen?«

Der Zwerg dachte nach, und Frank schaute nach

draußen, da ihm die stumme Visage des Metas langsam gewaltig auf die Nüsse ging.

Die beiden Meuten trafen lautstark aufeinander, schwirrende Elektroschockschlagstöcke auf der einen und unzählige Baseballschläger und Metallketten auf der anderen Seite wirbelten durch die Luft. Vor dem Fenster des Ladens übte sich ein Kid der Harburger Hornissen im Trommelspiel und schlug seinen Baseballschläger mehrmals auf den Helm eines HanSec-Beamten. Als der Mann zu Boden kippte, riss das Kid die Arme empor und freute sich über sein erfolgreiches Solo. Der Kleine hatte aber zu früh triumphiert, von hinten griffen ihn zwei weitere Beamte hart zwischen die Achseln und rammten ihn mit dem Gesicht gegen das Fenster des Angst-Rock-Cafés. Zähne splitterten, als das Sicherheitsglas nicht nachgeben wollte, und ein Blutschwall rann langsam mit den Resten des nun unnötigen Kalks die Scheibe herab.

»Geil! Das ist besser als Combat-Fußball!«, rief der Zwerg neben Frank und riss begeistert die Arme hoch.

Die Beamten schmissen den Knaben zu Boden und übten sich mit ihren Schockprügeln abschließend engagiert im Doublebass-Spiel.

»Das sieht nach Schmerzen aus. HanSec leistet mal wieder ganze Arbeit. Bestimmt benutzen sie mittlerweile Pantersturmkanonen zum Spatzenschießen«, stellte Frank fest.

»Das sind die Zeiten, in denen wir leben, alter Freund. Alles wird gefährlicher und zweischneidiger. So toll das Ganze auch aussah, mir bleibt jetzt wohl nichts anderes übrig, als die Fenster zu putzen, sobald der Platz geräumt ist«, sagte der Zwerg in Mitleid heischendem Ton. Er holte eine Fernbedienung aus der Tasche und ließ die Elektrorollos des Ladens herunter und beendete somit das kostenlose Programm im Free-Trid.

»Okay, Frank, ich werd dir erzählen, was ich weiß. Aber wenn sich die ganze Scheiße, nach der du buddelst, als toxisch entpuppt, wovon ich ausgehe, halt meinen Namen raus. Verstehst du Aasgeier, was ich meine? Mir gefällt der Laden, und ich kann keinen Ärger mit meinem Verpächter Siegel gebrauchen.«

Auffordernd funkelte er Frank über die breite Nase hinweg an. Der hob beschwichtigend die Hände und versicherte: »Kein Problem, Chummer, ich reiße keine Freunde rein.«

Daraufhin goss ihnen der Zwerg einen Dritten ein, und sie besiegelten ihren Pakt mit einem weiteren Sauren.

»Weißt du mehr, als in den Medien berichtet wurde, Frank?«

Der Journalist schüttelte stumm den Kopf. So langsam machte sich der Alkohol bemerkbar, und er verwarf den Gedanken schnell wieder, noch einen zu trinken.

»Nun, ich hab gestern Abend länger gearbeitet. Ich musste die Nachtschicht übernehmen, da meine zweite Aushilfe krank is'. Es muss so gegen zwei Uhr gewesen sein, als auf einmal ein paar meiner noch halbwegs nüchternen Gäste aufgeregt nach draußen stierten. Als ich mich daranmache, mal 'n bisschen genauer hinzuschauen, stampfte bereits 'n Trupp von Siegel-Security auf den Platz.«

Der Zwerg unterbrach seine Geschichte und ging hinter den Tresen. Diesmal gab es zur Abwechslung Soykaff. Das Verhalten des Zwergs war ziemlich ungewöhnlich.

Es muss mehr an der Sache dran sein. Edgar ist Alkoholiker, und gewöhnlich zieht er Brennstoff – egal ob bleifrei oder Flugzeugkerosin – jedem anderen Getränk vor.

Frank unterließ es wohlweislich, das dampfende Maschinenöl zu trinken, das ihm der Zwerg vor die Nase stellte. Den Namen Kaffee hatte es beim besten Willen nicht verdient, die einzige Ähnlichkeit, die das Gebräu mit Kaffee aufwies, waren die schwarzen Farbpigmente. Schmierstoffsüchtige Samurais würden bestimmt zwei Monate ohne Wartung auskommen, sofern sie nur einen Löffel davon konsumierten.

Frank versuchte gerade verzweifelt, den Löffel in der Tasse zu bewegen, als die nächsten Sätze holpernd über Edgars Lippen krochen.

»Bis dahin wusste ich noch nichts von Richards Tod. Es muss ungefähr zehn Minuten später gewesen sein, als ich sah, wie die rote Lampe unter dem Tresen mehrmals aufleuchtete. Du kennst das Teil, sie ist das Signal dafür, dass unten jemand am Geheimtunnel steht und um Einlass bettelt. Der alte Gang verbindet die Siegel-Tower mit dem Keller unter dem Laden. Die Siegel-Führungsspitze hat ihn bauen lassen, weil sie um ihren zarten Arsch so sehr besorgt war, dass sie einen ständigen Fluchtweg haben wollte … Wie dem auch sei, seit ich den Laden hab, hat die Klingel bis auf wenige Ausnahmen geschwiegen. Wie du am besten weißt, warst du früher Anlass für diese Ausnahmen gewesen. Die Zeit, wo du noch für Siegel gearbeitet hast und deinem Chef zeitweise unbemerkt aus dem Weg gehen wolltest … Gestern Abend hat sie auf jeden Fall Techno-Orgel gespielt. Ich lass also nichtsahnend meine zweite, halbwegs nüchterne Aushilfe allein und verschwind mit nervösen Zuckungen im Arsch nach unten. Ich mach mich zur Tür auf, muss auf meinem Weg einige Kisten beiseite schieben, da hör ich bereits, wie jemand wild von der anderen Seite gegen die Tür hämmert. Als ich endlich schwitzend die alte Metalltür geöffnet hab, rat mal, wer steht da völlig aufgelöst?«

Die Frage war rhetorisch. Edgar wartete nämlich keine Erwiderung ab, sondern fuhr mit seiner Erzählung in steigendem Tempo fort.

»Es war Sid. Du kennst ihn bestimmt noch, den Tontechniker der Band, mit dem ich früher oft zusammen gesoffen hab. Er blutete aus Ohren und Nase und sabbelt völlig wirres Zeug, und in seinen Händen hält er so 'n tragbares Wiedergabegerät, 'nen Polycorder von Pana', fest umklammert. Er zittert wie 'n Sam, der 'ne Fehlfunktion der Reflexbooster hat. Sein Hemd ist blutverschmiert. Ob es sein eigenes war, kann ich dir nicht sagen, aber ich hatte auch nicht die Gelegenheit, danach zu fragen, denn bevor ich was aus ihm rauskriegen kann, ist der verrückte Vogel auch schon an mir vorbei und hat sich vom Acker gemacht«, schloss der Zwerg etwas atemlos, da er sich im Verlauf seiner Story in einen Koffeinrausch geredet hatte.

»Warum hast du Siegel oder HanSec nichts gesagt? Du hast doch nichts mit der Sache zu tun?«, hakte Frank nach.

»Ist ganz einfach zu erklären. Erstens: Ich reiß keine Chummer rein. Zweitens: Sid hat was gut bei mir. Mein Unfall damals, hab ich selbst auf 'nem Konzert vermasselt, weil ich sturzbetrunken die falschen Kabel angeschlossen hab. ›Theda-Freda und die Großstadtschlampen‹, so hieß die Band, war auch nicht nüchtern zu ertragen. Sid hat mich zappelndes Etwas abgeklemmt und dafür gesorgt, dass alles so aussah, als sei die Technik fehlerhaft gewesen. Hätte er sich nicht für mich eingesetzt, hätte ich die Versicherungskohle von Siegel nie kassiert und wäre als Penner in der Gosse gelandet. Verstehst du?«

Frank verstand den Zwerg, aber was die Sache mit Richard genau zu tun hatte, blieb immer noch im Unklaren verborgen.

Zumindest habe ich jetzt einen Informanten, nach dem ich Ausschau halten kann. Sid weiß garantiert mehr über Richards Tod.

Trotzdem musste er Edgar noch um einen weiteren

Gefallen bitten. Dies fiel Frank nicht leicht, da er selbst nicht wusste, ob er bereit war, sich seiner Vergangenheit zu stellen. »Edgar, darf ich den Tunnel benutzen?«

Am Eingang des Knotens erschien das Icon eines gängigen HVV-Ticketautomaten. Snaps Cyberdeck, um ehrlich zu sein, war es Icebabys *altes* Fairlight, setzte ihn davon in Kenntnis, dass die Hardware des Hotelzimmers einige Daten für ihn bereithielt.

Icebaby brauchte das Deck aufgrund ihrer Operation nicht mehr und hatte es dem Decker auf unbestimmte Zeit *geliehen*. Das schnelle Hightech-Wunder war Snaps liebstes Stück geworden. Er hatte viel Zeit investiert, um es auf seine persönlichen Bedürfnisse einzustellen, weil Icebaby mehr als nur geringfügige Änderungen an der Original-Hardware vorgenommen hatte.

Ist ja auch logisch, da ein legal erworbenes Deck Spuren in der Matrix hinterlässt, und das ist etwas, was ich in meinem schattenträchtigen Job nicht brauchen kann.

Snaps Icon kramte in der zu langen, ausgefransten Hose, holte eine gültige Familienkarte hervor und steckte sie in den Automatenschlitz. Eine elektronische Stimme reagierte sofort auf die Eingabe, unterließ es aber, die wedelnden, schlabberigen Hemdärmel mit einzuziehen.

»Vielen Dank für Ihren Besuch. Bitte folgen Sie den rot markierten Pfeilen. Weichen Sie in Ihrem Interesse nicht vom vorgeschriebenen Weg ab. Wir danken für Ihre Unterstützung und wünschen eine angenehme Reise. Bitte befestigen Sie den Fahrausweis sichtbar an der Kleidung. Danke.«

Zu freundlich. Blödes Ding! Ich bin nicht auf einen Ausflug aus und weiß selbst, was am besten für mich ist.

Der Ticket-Automat verblasste, und eine Tür erschien an seiner Stelle. Sie öffnete sich und erlaubte ihnen den Zugang. Icebaby und Snap nahmen die Ausweise, die vor ihnen in der virtuellen Luft schwebten, und pappten sie sich, wenn auch zuerst widerstrebend, wie vorgeschrieben an die virtuelle Brust.

»Snap, das gefällt mir nicht. Ich komme mir wie ein ferngesteuertes Spielzeug vor«, ertönte Icebabys Stimme in seinem Kopf.

»Du hast Recht, aber wir haben zugesagt. Lass uns die Sache am besten so schnell wie möglich über die Bühne bringen. Wir installieren unsere Unterprogramme, bereiten alles für später vor und hauen wieder ab. Was hält meine Eisprinzessin davon?«

»Okay. Dennoch habe ich ein merkwürdiges Gefühl bei der ganzen Sache«, antwortete sie zögernd.

Snap verstand, was Icebaby meinte. Es war das Gefühl, das zuerst einem leisen Ruf glich, sich dann aber zu einem lauten, anhaltenden Schrei entwickelte.

Aber haben wir eine andere Wahl? Vorerst zumindest nicht.

Die roten Markierungen erschienen leuchtend auf dem Boden und führten sie durch das weit verzweigte System des Konzerns. Auf ihrem Weg nahm Snap sich Zeit und musterte die Programmierung etwas genauer. Das System schien auf den ersten Blick nicht gut gesichert. Aber je tiefer sie vorstießen, umso häufiger zeigte ihm sein Deck an, dass jeder Knoten, den sie passierten, ihre Besucherdaten kontrollierte.

Besäßen Snap und Icebaby nicht die Hardware ihres Schmidts, hätten sie sich garantiert mit IC oder ständigen Kontroll-Programmen herumschlagen müssen. Die Knoten schienen zwar nicht hoch gesichert zu sein, aber ein Decker wäre trotzdem ständig dazu gezwungen, sich nach jedem Schritt erneut mit dem System auseinander zu setzen.

Und das würde ihn verdammt viel lebenswichtige Zeit kosten. Je länger man sich in einem fremden System aufhielt, umso höher wurde die Wahrscheinlichkeit, dass man einen Fehler machte und erkannt wurde.

In diesem Fall sah man sich bestenfalls mit einem passiven Alarm konfrontiert, und wenn es einem dann nicht gelingen sollte, das System zu beruhigen oder man gar einen aktiven Alarm ausgelöst hatte, würden Konzerndecker und IC einem arg zu setzen.

Plötzlich blieb Icebaby stehen und schaute in eine Abzweigung zur Rechten, die nicht mit roten Markierungen versehen war.

»Was ist los, Ice?«, fragte Snap irritiert.

Gewöhnlich ist es nicht ihre Art, vom eigentlichen Ziel abzuweichen, das ist mehr mein Part.

»Ich habe da etwas gesehen. Ein merkwürdiges Aufflackern in der Knotenwand …«, antwortete sie langsam.

Snap kontrollierte seine Sensoren.

»Ich seh nicht die Bohne. Alles clean. Bist du sicher?«

»Natürlich bin ich sicher. Es war nur ganz kurz da. Und es schien nicht in das System zu gehören«, antworte sie ihm patzig, weil er ihre Fähigkeiten angezweifelt hatte.

»Komm schon, lass uns weitergehen. Vielleicht war es ein anderer Decker, der ein paar Infos geklaut hat. Wenn wir ihn nicht stören, lässt er uns garantiert auch in Ruhe. Ich will langsam raus hier.«

Ihre Eismädchen-Persona nickte ihm zu, wollte aber trotzdem genauer im Gang nachschauen. Als sie gerade den markierten Weg verlassen hatte, ließ die elektronische Stimme die Deckerin in der Bewegung erstarren.

»Bitte weichen Sie nicht vom vorgeschriebenen Weg ab. Dies bedeutet eine Verletzung Ihrer Autorisation und zwingt uns, Defensivmaßnahmen einzuleiten.«

Icebaby schien mit sich zu ringen. Das, was sie glaubte gesehen zu haben, hatte anscheinend mehr als nur ihre natürliche Neugierde geweckt. Zögernd kam sie der Aufforderung des Systems nach und gesellte sich wieder zu Snap.

»Danke für Ihre Kooperation«, beglückwünschte sie die elektronische Stimme zu ihrer weisen Entscheidung.

»Besorg's dir selber«, antwortete sie unfreundlich, auch wenn das System mit den Worten garantiert nichts anfangen konnte.

»Komm schon, vielleicht hast du dich geirrt«, versuchte Snap sie zu besänftigen.

»Lass mich! Früher hätte ich mich nicht davon abhalten lassen. Ich hab da was gesehen«, giftete sie Snap an.

Betroffen entschied sich Snap, nicht weiter auf dieser Sache herumzureiten. Später hätten sie hoffentlich genug Zeit, das Ganze auszudiskutieren. Stumm setzten sie ihren Weg fort. Sie erreichten einen Slave-Node, und statt der roten Pfeile auf dem Boden leuchtete ein großes, rotes X auf.

Unübersehbar gekennzeichnet! Dies muss unser Bestimmungsort sein. Scheiße, das ist ja idiotensicher gemacht. Der Konzern hätte sich besser einen Unterliga-Decker besorgt, der Job ist viel zu einfach.

Von jetzt an lief alles routinemäßig ab. Schnell hatten Snap und Icebaby den Dreh raus. Sie installierten ihre Programme, sodass sie später die Kontrolle über die Ampeln und Kameras übernehmen konnten, ohne *persönlich* im Knoten anwesend zu sein. Dann dauerte zwar alles etwas länger, da ihre eingehenden Befehle vom System der HVV erst einmal kontrolliert werden mussten, aber sie wären in der Lage, freier zu agieren, falls das Team ihre Unterstützung auf anderem Wege dringender benötigte. Und Snap hatte außerdem keine Lust, in dem Knoten gefangen zu sein, falls ihr Schmidt sie doch betrogen haben sollte.

Dann wird es hier nämlich verdammt brenzlig, und ich verspüre nicht den Wunsch, als schwarzes Toastbrot zu enden. Meine Relais spüren, dass etwas faul an der Sache ist. Es wäre das erste Mal in meinem Leben, dass etwas problemlos über die virtuelle Bühne geht.

Endlich konnten sie das HVV-System verlassen. Als sie den Ausgang passierten, fand Snap, dass es Zeit wurde, mit Icebaby zu reden. »Hey, Icetörtchen, was war eben los?«, versuchte er liebevoll das Gespräch zu beginnen.

»Nichts, ich habe mich bestimmt geirrt«, antwortete sie lahm, dann machte sie ihren wahren Gefühlen Luft, da sie wusste, Snap würde sich nicht mit so einer Ausrede zufrieden geben.

»Du würdest es sowieso nicht verstehen. Ich muss mich jetzt ausklinken, gleich ist meine Massage dran. Die Ärzte wollen meine unnützen Knochen nicht ganz tatenlos ruhen lassen. Irgend so ein geiler Pfleger wird sich wieder an mir zu schaffen machen und die nutzlosen Glieder verbiegen. Wir visualisieren uns später.«

Bevor Snap sie zurückhalten konnte, verblasste ihr Icon im virtuellen Raum. Er blieb mit vielen Gedanken allein zurück, die sich alle um Icebaby drehten. Ihr Verhalten hatte ihn zutiefst getroffen, und die Aussicht auf eine Rückkehr in die einsame Realität stimmte ihn auch nicht glücklicher. Dort würde er sich ebenfalls wieder mit körperlichen Leiden auseinander setzen müssen.

Ein Mordanschlag hatte damals sein Hirn verletzt, und der Decker sah sich seitdem gezwungen, seinen Körper mit süchtig machenden Medikamenten zu versorgen – im Gegensatz zu Icebaby war er aber noch in der Lage, seine Knochen zu benutzen, wenn auch nur eingeschränkt.

Snaps anfänglich euphorische Gefühle waren einer alles verzehrenden Leere gewichen. Zum Abschluss schnippte seine einsame Persona noch einmal verloren mit den virtuellen Fingern.

Hinein ins Vergnügen, bemerkte Snap ironisch, während er sich ausstöpselte.

A.
Zwischenspiel der Exposition

Emotionale Fuge der Vergangenheit

Der Wind blies erbarmungslos seinen eiskalten Atem in das vernarbte Gesicht des alten Mannes, der unbeeindruckt auf dem Dach des baufälligen Wolkenkratzers stand. Der Mann im konservativen grauen Anzug schaute nachdenklich hinab auf den Nebelteppich, der sich in der Unendlichkeit zu verlieren schien. Neben dem Mann rauchte eine kahlköpfige, muskelbepackte Messerklaue eine Zigarette nach der anderen. Die beiden erinnerten an ein ungleiches Paar, das gefangen auf einem steilen Berg saß, umschlossen vom alles verschlingenden Meer des Vergessens.

Das Gebäude, auf dessen Dach sie sich aufhielten, lag am Rand von Wilhelmsburg. Einst hatte die Hanse Merkur Versicherungsgruppe diesen Platz dominiert. Jetzt war dieser Ort nur noch eine im Elbwasser versinkende Ansammlung von Bauschutt, in dem Piraten oder Ghule abends Halt machten, um ihr Treiben vor den Augen der braven Gesellschaft zu verbergen. Der Bau war ein Opfer der großen Flut von 2011, und seine Existenz war den meisten Menschen gar nicht mehr bewusst. Der melancholische Hauch der Vergangenheit umschloss das Herz des Mannes bei den Gedanken an Zeiten, die er selbst miterlebt hatte. Er streifte das Gefühl ab und versuchte, die weiße Masse unter sich zu durchdringen.

An klaren Tagen konnte man von hier aus Big Willy, die Hamburger Gefängnisinsel sehen. Heute war keiner dieser Tage. Die Insel war unter dem weißen Schleier verborgen, und nur einzelne Wachtürme oder Hochbauten tauchten gelegentlich zwischen den treibenden Schwaden auf. Dies war auch gut so, denn eines war die Strafanstalt mit Sicherheit nicht: ein Ort, an dem man gern sein wollte.

Viele Menschen kamen auch nicht in den Genuss, einen Blick auf diese kleine gewalttätige Welt, fernab von jedem alltäglichen Leben, zu werfen. HanSec fuhr mit Schiffen oft genug Patrouille und ließ das Gelände aufmerksam von Helikoptern observieren.

Es war nicht wahrscheinlich, dass es einem Häftling gelingen würde, dieser Todesinsel zu entfliehen. Der eigentliche Zweck der Patrouillen lag darin, Leute zu entdecken, die den wahnwitzigen Entschluss gefasst hatten, ihre Freunde aus den Fängen der Justiz zu retten. Diese seltenen, aber heftigen Versuche waren bisher immer an der Brutalität des Sicherheitskonzerns gescheitert. Wer sich innerhalb der Todeszone von Big Willy aufhielt, konnte sicher sein, dass die Dienst schiebenden Wachleute erst schossen, bevor sie Fragen stellten. Erfahrungswerte waren alles, und die älteren Semester des Wachpersonals trichterten dem Nachwuchs diese überlebenswichtigen Verhaltensregeln von Anfang an ein.

Der Nebel hatte aber auch sein Gutes, schließlich verbarg er das ungleiche Paar vor den Adleraugen der gemieteten hanseatischen Justiz.

Nervös ließ der Samurai die Sporne aus den tätowierten Unterarmen hervorspringen. Das schmatzende, sonst todbringende Geräusch riss den Mann im Anzug aus seinen Gedanken. Er warf dem Störenfried einen vernichtenden Blick zu. Der Samurai zuckte mit den Schultern und steckte sich eine neue Zigarette an, um die Nervosität hinter einer Maske der Gelassenheit zu verbergen.

Eines war ihnen beiden klar, falls sie hier erwischt werden sollten, konnten sie froh sein, diesen Ort nicht in Plastiksäcken verlassen zu müssen.

Karl, so hieß der Ältere, versuchte sich abermals zu konzentrieren. Vor seinen geistigen Augen breitete sich langsam das astrale Netz aus, und er wollte das Bild stabilisieren und festhalten. Es gelang ihm aber nicht. Er fühlte sich sogar körperlich geschwächt. Die astrale Energie an diesem Ort wurde von starken negativen Schwingungen nachteilig beeinflusst und schien dem Magier die Kraft zu rauben.

Der Mann versuchte den Ursprung zu lokalisieren. Falls ihm dies gelingen sollte, war er vielleicht in der Lage, sich darauf einzustellen und seine Gedanken dagegen abzublocken.

Eine Bedrohung, die man nicht sehen kann, ist gefährlicher als ein Feind, den man kennt.

Der Samurai neben ihm spielte zum wiederholten Male mit den Cyberwaffen, und das riss Karl erneut aus seiner Konzentration. Ihm platzte der Kragen.

»Können Sie nicht endlich still sein! Am besten verziehen Sie sich mit Ihrem Spielzeug in eine tiefere Etage! Falls es Ihrer Aufmerksamkeit entgangen sein sollte, ich versuche mich zu konzentrieren. Verstanden?«, fauchte er den qualmenden Cyberzombie an.

Karl sah, dass der Samurai zuerst ein Machtspiel austragen wollte, aber in Anbetracht der Tatsache, dass der Runner von ihm sein Geld erhielt, besann sich die Messerklaue eines Besseren und verdrückte sich murrend in den toten Bauklotz. Die Schritte des Sams verschwanden endlich aus seinem Hörbereich, und Karl blieb allein auf dem Dach zurück.

Karl hasste es, mit Runnern zusammenzuarbeiten. Es gab jedoch Situationen, in denen war ein Mensch wie er dazu gezwungen, sich Mittel zu bedienen, die ihm sonst niemals in den Sinn kommen würden.

Dies brachte ihn auf eine hoch philosophische Frage. Heiligte der Zweck die Mittel? Er wusste die Antwort nicht, was er jedoch wusste, war die Tatsache, dass in der heutigen Sechsten Welt die Mittel extremer wurden, als ihm gelegentlich lieb war.

Jetzt musste er herausfinden, warum seine astralen Sinne hier versagten. Ihm fiel die ungewöhnliche Ruhe auf. Karl hatte schon seit mehr als zwei Minuten kein Nebelhorn mehr vernommen. Eine Gänsehaut kroch eiskalt seinen Nacken hinauf und ersetze die typische Hamburger Brise, die ebenfalls fehlte.

Ein heftiger Windstoß erfasste den hageren Körper des Mannes, es gelang ihm jedoch, das Gleichgewicht zurückzugewinnen und nicht vornüber in die Tiefe zu stürzen.

Verwirrt trat er einen Schritt vom tödlichen Abgrund weg. Einzelne umherwirbelnde Nebelfetzen tauchten aus dem Nichts auf und fusionierten zu einer einzigen dichten Wolke in der Luft. Die Manifestation nahm langsam erkennbare Formen an. Karl wusste sofort, wer das war. Und da der Magier großen Respekt vor diesem kraftvollen Wesen hatte, senkte er stumm den Kopf zum Gruß.

»Du wirst alt, alter Mann!«, hauchte die Kreatur seine Begrüßung Karl entgegen.

Der Magier kannte diese Floskel schon lange, und er ignorierte die Ironie in den Worten, da er wusste, dass sie nicht allzu persönlich gemeint waren, auch wenn sie einen Hauch von Wahrheit in sich bargen.

Ich fühle mich wirklich mit jedem Tag älter, wenn auch nicht weiser.

»Und hat es geklappt?«, fragte er die Manifestation, um das Gespräch auf das eigentliche Ziel ihres Treffens zu lenken.

Mit dem Alter wird Zeit kostbarer.

In dem zu erahnenden Gesicht des Wesens, das im

Zentrum der Wolke liegen musste, waren wie immer keine Emotionen zu lesen, sofern dies überhaupt möglich sein konnte. Aber aus den folgenden gewisperten Worten meinte Karl einen Funken Schadenfreude herauszuhören.

»Dreh dich um, alter Mann, und bereite dich darauf vor zu sehen, was deinen einst ausgeprägten Sinnen entgangen ist.«

Karl folgte der Weisung des Wesens. Er hatte nichts zu befürchten. Wenn das Wesen Karl hätte töten wollen, hätte es nicht darauf warten müssen, dass der Magier ihm erst den Rücken zuwandte.

Zwei Meter hinter Karl und einen Meter über dem brüchigen Beton schwebte ein tiefgrauer Hubschrauber der Marke Messerschnitt erhaben in der Luft. Das Modell war die moderne Weiterentwicklung der Kolibri-SP-Variante, die bequem sechs Mann fassen konnte. Das neue Modell verfügte über eine Vielzahl von wirkungsvollen Defensiv- und Offensivmaßnahmen. Dazu kam ein ausgeprägtes Radarschutzsystem der neuesten Tarnkappentechnologie und ein Düsenzusatzantrieb, der einen gleitenden Schleichanflug ermöglichte. Gewöhnlich kam aber selbst dieses Model nicht unbemerkt so nahe an jemanden heran.

Keine Windböen, verursacht durch die notwendige Kraft der Rotoren, drohten Karl vom Dach zu fegen, wie es eigentlich hätte der Fall sein müssen.

Woher Karl ungefähr wusste, was der Vogel alles konnte, war einfach zu erklären. Der Magier hatte den Trip mit dem Helikopter eingefädelt, der für die heutige Transaktion zwingend erforderlich war. Er hatte den Deal mit dem Schieber unter Dach und Fach gebracht, und dieser hatte ihm auch den Rigger und die zusätzliche Messerklaue besorgt.

Karl war beeindruckt und drehte sich wieder dem Wesen zu. Er neigte den Kopf diesmal tiefer als vorher und zeigte der magischen Erscheinung damit seine Bewunderung.

Dennoch brannte ihm eine Frage auf der Zunge. »Entschuldige, wenn ich deine Weisheit mit einer banalen Frage behellige. Aber wie kommt es, dass ich vorhin meine astralen Sinne nicht nutzen konnte?«

Erneut meinte er eine Spur von Belustigung in den Worten des Wesens zu vernehmen, als dieses auf seine Frage bereitwillig antwortete.

»Dies war ein Zufall. Bis vor wenigen Augenblicken war an diesem Ort noch eine Art von Wesen, das ihr Magier als Schatten bezeichnet. Die Schwingungen zeigen mir, dass hier gestern Menschen auf bestialische Weise ausgeweidet wurden. Der Schatten hat diese negativen, für ihn lebenswichtigen Ausdünste an astraler Präsenz gewittert und sich an ihnen ergötzt. Im Augenblick klingen die Schwingungen ab.

Als du hier aufgetaucht bist und versucht hast, deine magischen Talente zu nutzen, sah das Wesen eine Möglichkeit, deine Kraft abzusaugen. Diese Möglichkeit hast du ihm gegeben, weil du diesen Ring an deinem Finger trägst, der eine ständige astrale Präsenz besitzt und somit eine Brücke zwischen den beiden, eng miteinander verbundenen Ebenen schlägt. Die Angst, die du bestimmt gefühlt hast, hat das Wesen in dir bewirkt, und dies hat dich selbst in der Benutzung deiner Fähigkeiten behindert. Mein Auftreten hat diesen niederen Schwächling so erschreckt, dass er schnell das Weite gesucht hat. Wäre ich nicht aufgetaucht, wärst du wahrscheinlich einfach gestorben und hättest noch nicht einmal erfahren, warum. Dessen bist du dir bestimmt bewusst.«

Die letzte Äußerung klang wie eine Feststellung und nicht wie eine Frage. Karl stimmte dem Wesen zu, aber er hatte nicht damit gerechnet, dass ein Wesen ihn missbrauchen konnte, ohne das er es bewusst wahrnahm. Karl war entsetzt. Eine eisige Kälte breitete sich in ihm aus.

Es gelang ihm ein ›Danke‹ hervorzubringen, das von ganzem Herzen kam. Der Elementar ging nicht weiter darauf ein. Er verschwand einfach und nahm die Stille mit sich. Geistesgegenwärtig sprang Karl weiter vom Rand des Daches weg, drehte sich dabei wieder zum Hubschrauber und lehnte den Oberkörper weit nach vorn. Ein Stück hinter dem Hubschrauber trat zeitgleich die qualmende Messerklaue aus dem Treppenaufgang und schaute verdutzt auf den schwebenden Copter.

Die unnatürliche Stille verschwand mit einem saugenden Geräusch. Das Dröhnen der Motoren hallte laut über das Dach. Die Kraft der Rotoren erfasste Karls Körper, aber da er vorbereitet war, konnte er aufrecht stehen bleiben. Die vercyberten Reflexe der Messerklaue ließen den Samurai ebenfalls schnell genug reagieren. Nur die Zigarette wurde dem Runner aus dem Mundwinkel gerissen. Der Glimmstängel wurde zum Spielball der Naturgewalten und trieb hilflos über den Rand des Dachs hinweg aus Karls Sichtfeld, um viele Meter unter ihnen im dichten Nebel zu verschwinden.

1.2
Exposition

Funktion der unerwarteten Terz

Der Rauch der knisternden Zigarette wehte beständig durch das kleine, stickige Verhörzimmer. Unbeeindruckt davon setzte die hohe, unangenehme Stimme ihren Frage-Monolog fort.

»Fangen wir noch mal ganz von vorne an, Herr Snooker! Sie waren also auf dem Gleis der Monorail und ...«

Die fiependen Laute gehörten einem fetten, schlecht rasierten Mann, der sich vor dem Tisch, an dem der Bodyguard saß, provozierend aufgebaut hatte. Bei dieser grotesken Veranschaulichung von schlechtem Geschmack, was Kleidung und Mangel an körperlicher Ertüchtigung anging, handelte es sich um den leitenden Kommissar Franz Wiesenhof von Hanse-Security, der mit Snookers Fall beauftragt worden war. Der Schmerbauch des Mannes hatte die Grenzen des Gürtels gesprengt und kämpfte längst nicht mehr gegen die Schwerkraft an, sondern hing in wabbeligen Speckfalten über den Lederriemen hinweg. Das blau-weiße Uniformhemd des Mannes war an den Achselhöhlen mit Schweiß durchtränkt.

Snooker drückte die Zigarette aus und schrie den Fettsack an: »Sie kennen meinen Bericht! Ich habe ihn schon mehr als zehnmal wiederholt! Anstatt uns beiden hier das Leben schwer zu machen, sollten Sie besser ihre Energien darauf verschwenden, den blonden Killer-Elf zu stellen!«

Zornig stand er auf, wobei der unbequeme Metallstuhl hinter ihm umkippte und scheppernd zu Boden ging. In der Ecke des stickigen Verhörzimmers stand ein zweiter Polizeibeamter. Der Mann versteifte sich bei Snookers Wutausbruch und tastete nach der Dienstwaffe, die in dem schweren Lederhalfter am rechten Oberschenkel entsichert ruhte.

Drohend steckte Wiesenhof Snooker den ausgestreckten Finger entgegen und unterstrich damit seine harten Worte.

»Sie verkennen anscheinend den Ernst Ihrer Lage. Wir sprechen nicht über den Mord an Ihrem Schutzobjekt, den tragischen Tod Ihres Partners oder die zwei toten Beamten am Flughafen. Wir sprechen über die Frau, Franziska Meller, fast noch ein Kind, der Sie im zarten Alter von zweiundzwanzig Jahren das Lebenslicht ausgeblasen haben, als Sie auf dem Weg zur Arbeit war. Das Mädchen ist genauso alt wie meine Tochter, Sie Mistkerl! Wenn Sie Glück haben, verlieren Sie nur Ihre Lizenz als Bodyguard. Ich werde aber alles daransetzen, dass man einen schießwütigen Großstadt-Cowboy wie Sie hinter Gitter bringt. Und zwar nicht in England, wo Sie sich aufgrund Ihrer Beziehungen einen lauen First-Class-Urlaub im Knast machen können. Sie werden, wenn es nach mir und der hanseatischen Rechtsprechung geht, lebenslänglich auf Big Willy schmoren.«

Ich weiß, dass du Breitarsch nicht Unrecht hast!, gestand sich Snooker den Fehler stumm ein. *Aber die Genugtuung, vor dir zusammenzubrechen und um Gnade zu winseln, werde ich dir nicht verschaffen.*

Er versuchte sich zu beruhigen, stellte den Stuhl wieder auf, setzte sich erneut, zündete sich eine Zigarette an und fuhr fort, den bereits überquellenden Aschenbecher zu füllen.

Der aufmerksame Beamte mit der entsicherten Dienstwaffe entspannte sich und verschränkte die Arme hinter dem Rücken.

Die Luft in dem Raum stand. Der kalte Zigarettenrauch und der penetrante Schweißgeruch der Anwesenden waren eine toxische Fusion eingegangen, die das Zimmer wie eine Giftgaswolke einhüllte.

»Es lag nicht in meiner Absicht. Ich habe sie nicht gesehen. Die Schusslinie war frei, als ich abdrückte«, war alles, was Snooker müde erwidern konnte.

Er fasste sich an den Kopf und versuchte, das Bild des toten Mädchens in seinen Armen zu vertreiben. Seine Hände waren immer noch mit ihrem Blut beschmiert und veranschaulichten seinen unverzeihlichen Fehler nur noch deutlicher. Man hatte ihm bis jetzt eine Reinigung verwehrt. Der Geruch des Todes haftete an Händen und Kleidung.

»Wenn Sie denken, dass Sie so leicht aus der Sache rauskommen, dann sind Sie schief gewickelt. Die Untersuchungen laufen auf Hochtouren, und Ihr Fehlverhalten wird Sie teuer zu stehen kommen, darauf verwette ich meinen Arsch. Und das ist keine kleine Wette, die ich da mache. Ich dulde es nicht, dass in meiner Stadt ein Ausländer unschuldige Menschen abknallt und mit einem Klaps auf den zarten Hintern davonkommt …«

Bevor der Mann sich wieder in das Solo einer Arie wie vorhin hineinsteigern konnte, ohne einmal Luft zu holen, summte die elektronische Tür des Verhörzimmers und wurde von einer Beamtin aufgestoßen. Die Frau trat in den Raum und ließ den Kommissar in seinem Redeschwall innehalten.

Der erfrischende Luftstrom, den sie mitbrachte, verlor den Kampf gegen den Gestank. Angewidert verzog die Frau den Mund. Dieses emotionale Verhalten passte nicht zu ihrer sachlichen Ausstrahlung. Snooker nahm sich Zeit, sie genauer zu mustern.

Sie trug wie ihre Kollegen eine dieser postmodernen, blau-weißen Uniformen. Eine Besonderheit an ihr waren die roten Pfeile auf den Schulterklappen. Bisher hatte sich Snooker nicht näher mit den Hamburger Dienstgraden auseinander setzen müssen, daher war ihm die genaue Bedeutung ihrer Abzeichen unbekannt. Er wusste jedoch mit Bestimmtheit, dass sie für den magischen Status der Frau innerhalb der privaten Polizeitruppe standen. Ansonsten machte sie einen ziemlich ungepflegten Eindruck. Ihr Make-up war nachlässig aufgetragen, und ihre Fingernägel bedurften dringend einer Maniküre. Unter der Uniform schien ihre Statur drahtig, wenn auch nicht übertrainiert oder weiblich ausgeprägt zu sein. Insgesamt zählte sie rein äußerlich nicht zu den begehrenswerten Frauen auf dieser Welt. Als sie aber zu sprechen begann, war Snooker zunächst erstaunt, da er keine dermaßen markante, männlich angehauchte, doch attraktive Stimme bei ihr vermutet hätte.

»Kommissar. Ich glaube, es reicht. Der Mann sagt die Wahrheit. Seine astralen Schwingungen sind ein eindeutiges Zeichen für seine Selbstvorwürfe. Draußen wartet auch schon der englische Botschafter und macht unserer Rechtsabteilung die Hölle heiß, weil wir es unterlassen haben, ihn sofort zu verständigen.«

Der Blick, mit dem sie Snooker bei diesen Worten bedachte, war nicht freundlich, wirkte eher lauernd und bedrohlich.

»Sie können sich glücklich schätzen, dass sich der englische Pfau da draußen für Sie einsetzt! Der Elf will wohl nicht, dass internationale Geschäfte aufgrund Ihres Verhaltens leiden müssen!«, fauchte der Kommissar Snooker mit funkelnden Augen an. Anschließend fragte er zornig seine Kollegin: »Sie, Oberhauptwachmeisterin Klahr, sollen sich also ab jetzt um den Killer hier kümmern? Das entnehme ich zumindest Ihrer Anwesenheit, auch wenn man es unterlassen hat, mich darüber zu informieren.«

»Genau so ist es, Kommissar. Sie können sich darauf verlassen, dass ab jetzt alles seine Richtigkeit haben wird. Die HanSec-Führung will, dass sich von nun an kompetente Hände des Falles annehmen«, versicherte ihm die Beamtin mit einem honigsüßen Lächeln.

Diese Worte waren eindeutig sowohl Drohung als auch Zurechtweisung. Ein wenig eingeschüchtert gab der Kommissar nach, konnte es aber nicht lassen, ihr trotzdem noch eins reinzuwürgen.

»Zwei weitere Beamte aus meiner Abteilung werden zusätzlich zu seiner Aufsicht bereitgestellt. Wenn er fliehen will, holen Sie sich seinen Kopf. Sie werden persönlich mit Ihrem süßen Hintern für den Mann bürgen. Haben wir uns verstanden?«

Die Frau nickte stumm. Ihre Geste wirkte bestimmt und endgültig. Die knappe Bewegung verdeutlichte nur die Entschlossenheit, mit der sie dieser Aufgabe nachgehen würde. Sie hatte sich diesem Fall schon hundertprozentig verschrieben und würde nicht lange fackeln, falls Snooker sich dazu entschließen sollte, sich ihrem Vorhaben zu widersetzen.

Schweren Herzens betraten Frank und Edgar den Keller der Bar. Es gab jetzt keinen Grund mehr, einen Rückzieher zu machen, schließlich hatte er seinen alten Chummer um diesen Gefallen gebeten. Früher oder später hätte er diesen Weg noch einmal beschreiten müssen, und langsam wurde es Zeit für ihn, sich den alten Geistern zu stellen.

Dämonen, die ich die ganzen Jahre über gejagt habe. Die ich die ganze Zeit über gehasst habe, sind zu etwas geworden, das nun in mir selbst begraben liegt. Etwas, das ich einfach nur nicht wahrhaben wollte.

Frank musste laut schlucken, als der Zwerg die kreischende Metalltür aufriss. Der Laut fraß sich in sein Trommelfell. Er vermied es vorerst, direkt in die dunkle Öffnung zu schauen, als die Finsternis sich vor ihm auftat.

Der Weg wird nicht einfach.

Erst jetzt bemerkte Frank die Stille, die wohl schon die ganze Zeit über in der Bar geherrscht hatte.

»Edgar, wieso läuft keine Musik? Ist doch sonst nicht deine Art?«, fragte er den Freund, um zumindest mit der eigenen Stimme das Kreischen der Tür aus seinem Hörgang zu vertreiben.

Edgar blickte ihm zuerst stumm in die Augen, antwortete dann aber: »Frank, das is' meine Art, der Welt die Trauer zu zeigen, die ich wegen Richards Tod empfind. Ich werde ihn und viele seiner Songs vermissen. Er hat's geschafft, bei Menschen Gefühle zu wecken, die so was schon längst abgeschrieben hatten. Sogar bei mir …«

Frank verstand den Zwerg zu gut und drückte dem Freund stumm die kraftvolle Pranke.

Edgar drehte sich um und schaffte seinen Hintern die Treppe hoch. Der stämmige Mann drehte sich noch einmal kurz um und sagte: »Kumpel, ich schließ die Tür zur Bar nich' ab, falls du deinen Arsch schnellstens aus 'ner möglichen Gefahrenzone schaffen musst. Rechts hängt 'n Niedrigfrequenzer, du wirst Licht brauchen.«

Frank lächelte dankbar, auch wenn ihm lieber gewesen wäre, dass der Zwerg ihn auf dem dunklen Weg begleitet hätte.

Aber es gibt leider Wege im Leben eines Menschen, die er nur allein beschreiten kann.

Edgar schien Franks Gefühle ebenfalls zu bemerken und gab ihm einen Funken Humor mit auf den steinigen Weg.

»Manchmal hass ich es, wenn alte, vergessene Freunde unangemeldet auftauchen, das macht mich alten Knochen sentimental. Halt deinen Hintern aus der Gefahrenzone, Frank. Wenigstens hast du mir 'nen Grund gegeben, mit dem ich das hemmungslose Besäufnis vor meiner Leber heut rechtfertigen kann.«

Danach verschwanden die Schritte des Zwergen.

Frank atmete tief durch, zählte langsam bis fünf und ging den ersten Schritt auf die Schwärze zu. Ihm wurde bewusst, dass mit jedem Schritt die Mauer in seinem Kopf – hinter der er bisher alles verdrängt hatte – mehr und mehr bröckeln würde. In seinem Kopf löste sich der alte Mörtel langsam aus den arg strapazierten Fugen und rieselte unaufhaltsam zu Boden. Die Vergangenheit würde ihn einholen.

Alles war so weit vorbereitet. Alle Teammitglieder hatten die vorgeschriebenen Positionen eingenommen, die Yacht hatte Anker gelichtet, und der Steg wurde bereits ausgefahren. Der kräftige Mann mit kurz rasierten Haaren, Dreitagebart und Duster nutzte die wenigen Sekunden, die ihm noch blieben, bevor ihr eigentlicher Plan anlief, und richtete den Blick auf das weit entfernte Aussichtsdeck. Ein Haufen jugendlicher Fans hatte sich dort versammelt und schrie seit ungefähr zehn Minuten – eben seit die MSV Victory in Sichtweite des Kais war – den Namen ihres Idols.

Eternity.

Ansonsten hielten sich die Kids zurück. Sie taten auch gut daran, denn HanSec hatte einen Sicherheitstrupp vor dem Zaun als zusätzliches, *natürliches* Hindernis aufgebaut. Dies kam Paul nur gelegen, er verspürte nämlich nicht den Drang, den englischen Star vor einer Horde liebeshungriger Fans zu beschützen.

Die raue Stimme des Kapitäns riss ihn aus seinen Gedanken. »Hier spricht die MSV Victory. Erbitte weitere Instruktionen.«

Ein leichtes Rauschen war in der Verbindung. Paul

passte die Schwingungen innerhalb der Frequenz dem Sony-Stealth-Empfänger im Ohr an. Das Signal hatte einen Basis-Code, der auf einem stetig wechselnden Algorithmus aufbaute. Somit wurde es ungebetenen Zuhörern fast unmöglich, ihre Gespräche abzuhören, da die Signale nur einen Sekundenbruchteil auf einer Frequenz verweilten, bevor sie zur nächsten wechselten.

Natürlich, sicher ist nichts. Es würde auf jeden Fall verdammt viel Zeit kosten, das Signal zu decodieren. Ein Supercomputer mit Unterstützung eines Deckers könnte das vielleicht hinbekommen. Unser Glück, dass es diese Kombination noch nicht im Taschenformat gibt.

Zeitgleich zeigte das Display am Handgelenk Ratóns Koordinaten an. Die Riggerin würde in zehn Sekunden an der vereinbarten Stelle anhalten und bereit sein, das Päckchen und den Rest des Teams aufzunehmen.

Entgegen ihrer sonstigen Pünktlichkeit war sie diesmal drei Minuten hinter dem Zeitplan, und Paul wollte wissen, warum. Deswegen entschied er sich, den Kapitän erst einmal warten zu lassen, und wechselte auf die private Frequenz des Teams.

Gewöhnliche Lohnsklaven vertraten die Meinung, dass drei Minuten nicht der Rede wert waren – die Bahn wäre froh über solche Zeiten. Aber auf einem Run konnten schon wenige Sekunden über Leben und Tod aller Beteiligten entscheiden.

»Ratón, was ist los? Warum die Verspätung?«

»HanSec hat am Hafeneingang Stress gemacht. Die haben den Wagen und mich dreimal durchgecheckt. Wenn du mich fragst, stehen die Jungs ganz schön unter Druck und sind mehr als nur vorsichtig. Ich hoffe, die wissen nicht mehr als wir«, erklang die maskuline Stimme der Frau.

Das hoffte Paul auch, unterließ es aber, seine Befürchtungen Ratón oder sonst jemandem im Team einzugestehen, da er keine Panik entfachen wollte.

Der Teamleader hat's nicht leicht und ist oft einsam.

Nach den Gerüchten auf der Straße und dem Rummel in den Medien war das Verhalten der privaten Hamburger Polizeitruppe gut nachvollziehbar. Gestern Nacht war ein Sänger aus bisher ungeklärten Gründen aus dem dreißigsten Stock der Siegel-Tower gestürzt. Heute früh war ein anderer einem Bombenattentat zum Opfer gefallen. Falls noch einem Star etwas passieren sollte, während sich HanSec in der Nähe aufhielt, würde das ein schlechtes Licht auf den Konzern werfen und den Aktienkurs noch tiefer in den Keller rasen lassen. Die Position der privaten Sicherheitstruppe war unter diesen Umständen nicht allzu gut.

Was den Fenstersturz anging, konnte man ihnen zwar kein Fehlverhalten nachweisen, aber bei dem Bombenanschlag sah das anders aus. Möglicherweise war es dem Attentäter gelungen, den Sprengstoff an den Detektoren der Flughafensicherheit – und die unterstand vor dem Einchecken HanSec – vorbeizuschleusen. Die Lufthansa-Konzernsicherheit war der felsenfesten Überzeugung, dass der Mörder das Flughafengelände nicht von einem Transport- oder Passagierflieger aus betreten haben konnte. HanSec wäre daher dafür verantwortlich. Und so versuchten die Konzerne sich die Arschkarte zuzuschieben.

Paul bezweifelte, dass der wahre Schuldige jemals gefunden würde, aber das sollte ihn jetzt nicht weiter stören.

Es ist möglich, dass Eternity auch auf einer Abschussliste steht. Dann wird es unsere Aufgabe sein, Kugelfang zu spielen, um das Leben des Stars zu schützen.

Ratón fuhr mit der schwarzen Mercedes SAS-Klasse vor und beendete seine negativen Gedankengänge. Die Custom-Baureihe SAS, die speziell für den Transport von VIPs getuned wurde, lief unter einer Sonderlizenz von Mercedes. Eine kleine Werkstatt mit dem Namen Car-Geil in Düren hatte sich dieses Privileg gesichert und wurde mit dem Zusammenschrauben solcher Monster beauftragt.

Das Fahrzeug war ein echter Panzer, und Ratón hatte von dem Wagen nur so geschwärmt. Paul hatte jedoch nicht viel von ihrem Redefluss mitbekommen. Gemerkt hatte er sich: Er ist schnell, gepanzert, mit tausend Sensoren ausgestattet und wendig. Das reichte ihm voll und ganz.

Die Wendigkeit war das Beste an der rollenden Bestie. Der Wagen sah mit seinen acht Rädern und der bescheidenen Länge von neun Metern schon ziemlich merkwürdig aus. Der Mercedes besaß vorne und hinten jeweils eine in sich schwenkbare Doppelachse, die für das Lenken in Extremsituationen äußerst hilfreich war. Dies beruhte auf einer von Car-Geil patentierten Technik. Wenn Paul Ratón richtig verstanden hatte, funktionierte das folgendermaßen: Sobald eine extreme Richtungsänderung von hundertachtzig Grad nötig war, riss der Rigger das Lenkrad herum. Wenn der maximale Einschlag der beiden Achsen erreicht war, zündete man ein paar Düsen, damit der Wagen für einige Augenblicke die Bodenhaftung verlor. Zugleich stellten sich die beiden Achsen auf den erforderlichen neuen Winkel ein, um den Schwung abzufangen und somit der Zentrifugalkraft entgegenzuwirken. Das stimmte nicht ganz. Der Kraft sollte nicht entgegengewirkt werden, sie sollte genutzt werden, indem man die Energie durch den Einsatz von Düsen und Flügeln gezielt steuerte, damit das Fahrzeug hundertachtzig Grad erreichen konnte.

Klang verdammt komplex, war aber eigentlich ganz simpel. Ratón hatte es ihm erklärt, und Paul hatte das Ganze mit der Riggerin zusammen ausprobiert.

Es funktionierte tatsächlich. Er hatte sich zwar wie auf einem Kotzkarussell gefühlt, und ihm war übel geworden – selbst das Anstarren seiner Stiefel hatte nicht geholfen. Die Technik war trotzdem funktionstüchtig, zumindest wenn ein verdammt guter Rigger am Steuer saß und die Straße zweispurig nutzbar war. Jemand ohne Riggertech wäre nicht in der Lage, die sieben Tonnen auch nur ansatzweise zu kontrollieren.

Operation Singdrossel kann endlich anlaufen. Bringen wir den ersten Schritt hinter uns.

Er gab Zack das Zeichen. Gemeinsam schritten sie über den verregneten Vorplatz auf die Yacht zu. Die verdunkelten Bullaugen und Scheiben erlaubten keinen Blick ins Innere des Luxusschiffes.

Zack – der laufende Muskelberg neben ihm – wirkte leicht nervös. Paul schenkte der Messerklaue einen aufmunternden Blick. Er sah dem Freund an, dass sich dieser in dem teuren, kevlardurchsetzten Nadelstreifenanzug nicht besonders wohl fühlte.

Pandora, die halbasiatische Magierin der Truppe, meldete sich über Funk. »Der Astralraum ist sauber. Ich habe niemanden in der Menge entdeckt. Kein Zeichen von einer Aura, die Spuren von Hass aufweist, der sich möglicherweise gegen unser Schutzobjekt richten könnte.«

Auf dieses Signal hatte Paul gewartet. Dennoch keimte in ihm eine Spur von Resignation auf, als er den nüchternen Tonfall der Frau hörte. Begründet lag dies in der Tatsache, dass sie beide den größten Fehler gemacht hatten, den man als Chummer überhaupt machen konnte: Sie waren miteinander in die Kiste gestiegen. Es hatte beiden sehr viel Spaß gemacht, und sie waren gerne zu Wiederholungstätern geworden. Ihnen war nur schnell klar geworden, dass es so nicht weitergehen konnte. Seither versuchten sie, auf rein geschäftlicher Ebene miteinander auszukommen und hielten voneinander Abstand.

Pandora zog sich noch tiefer in ihre wissenschaftlichen Studien zurück, daher gelang es ihr recht gut, Paul aus dem Weg zu gehen und Ablenkung zu finden. Bei Paul sah das leider anders aus. Er wusste, was er aufgegeben hatte, und mehr als einmal ertappte er sich bei dem Wunsch, sie an seiner Seite zu sehen.

Das größte Problem war allerdings, dass Paul bei der Aufgabenverteilung bei einem Run nicht mehr unvoreingenommen war. Die Aussicht, Pandora auf einem Run zu verlieren, stimmte ihn ganz und gar nicht glücklich. Das war auch der Grund, warum er Pandora im Wagen postiert hatte. Gegenwärtig gab es zwar keinen Anlass zur Besorgnis, und der Kontrakt sah ganz simpel aus. Das Team Pik-Dame hatte diesmal einen Auftrag an Land gezogen, bei dem es nicht darum ging, zwielichtige Daten zu klauen oder Leute zu entführen. Es war ganz einfache, mehr oder weniger gewöhnliche Arbeit: Personenschutz.

Sie sollten den Star des Konzerns Siegel-Devil-Records zunächst nur behüten, dies hatte ihnen zumindest Herr Schmidt, der tatsächlich Heinrich Pierskaller hieß, gesagt. Da der Medienriese derzeit etwas in Bedrängnis war, hatte der Konzern den Kontakt zu Paul gesucht. Zustande gekommen war das Ganze aber erst durch den nicht unerheblichen Einfluss von Simon, einem BND-Beamten, mit dem Paul schon in der Vergangenheit erfolgreich zusammengearbeitet hatte, denn bevor Paul Teil des Teams Pik-Dame geworden war, hatte er seinen Lebensunterhalt ausschließlich mit Datenschmuggel und dem Knüpfen von Kontakten verdient.

Jetzt sah die Sache anders aus. Entscheidungen mussten gemeinsam gefällt werden. Das Team Pik-Dame hatte einen guten Ruf, sowohl in den hanseatischen Schatten als auch auf einigen Konzernebenen. Mittlerweile stand der Name Pik-Dame für zuverlässige, verschwiegene, durchweg professionelle Arbeit. Nachteil war, dass sie nicht jeden Job annahmen. Zum einen wollte der Großteil des Teams mit Wetwork nichts zu tun haben, zum anderen verschlangen Ausrüstung, Connections und Fluchtorte eine Menge Kohle.

Vom finanziellen Aufwand glich jeder Run einem Seiltanz, bei dem ein Monofilamentnetz die endgültige Rettung darstellte, falls man daneben treten sollte. Denn es war durchaus möglich, dass die lieben Connections, die bisher zu einem gestanden hatten, auf einmal die Mono-Peitsche auspackten, um zumindest einen Teil der Euros wiederzuerlangen, die sie in das Team investiert hatten.

Die Kosten-Nutzenrechnung in den Schatten war hart. Dadurch, dass Simon als Vermittler aufgetreten war, hatte der Job fast schon öffentliche Züge angenommen. Dies war auch das Problem bei der Angelegenheit. Die eingefleischten Schattenläufer des Teams bewegten sich etwas hölzern, schließlich waren in diesem Augenblick mehr als nur ein paar Dutzend Kameras auf sie gerichtet.

Paul hatte gelernt, dass kosmetische Operationen einiges bewerkstelligen konnten, wenn es denn nötig werden sollte und sie gezwungen wären, die Identitäten zu wechseln.

Die Befangenheit wird verfliegen, und die Instinkte werden im Notfall die Oberhand gewinnen, das hoffte Paul zumindest.

Siegel war nur in der Lage gewesen, das Team anzuheuern, weil niemand von Pik-Dame bisher in der Medienwelt aktiv gewesen war. Somit besaß der Medienkonzern keine internen Steckbriefe, auf denen ihre Namen, Gesichter oder Genabdrücke bereits amtlich erfasst worden waren. Wäre dies der Fall, dann hätte der bürokratische Apparat des Konzerns eher versucht, einen Haftbefehl zu erwirken, als einen geschäftlichen Kontrakt anzustreben.

»Wir sind bereit, lassen Sie uns die junge Dame sicher an Ihr Ziel bringen«, übermittelte er endlich dem wartenden Kapitän der Yacht.

Augenblicklich öffnete sich die Seitentür des Schiffes. Sie überwanden die letzten Schritte und machten sich bereit, die Sängerin in Empfang zu nehmen. Zack hatte sich mit dem Rücken zur Tür gestellt, und die Shades des Samurais suchten das Gelände nach möglichen Gefahrenquellen ab.

Dort stand sie endlich. Eternity.

Alles um ihn herum verstummte. Die Menge hatte aufgehört zu schreien. Jeder der Anwesenden hatte auf diesen Moment gewartet. Es schien sogar, als hätte die Elfin auf ihren Auftritt gewartet, denn das Plätschern der Wellen war zu einem leisen, kaum wahrnehmbaren Rauschen abgeklungen.

Paul war überrascht, als er die Sängerin in natura sah. Aus ihrem Steckbrief ging zwar hervor, dass sie klein war. Aber, um es mit Chets Worten zu sagen: *Auf den Holo-Bildern wirkt sie größer.*

Sie reichte dem Runner gerade bis knapp über den Bauchnabel. Zack würde die Größe der Frau mit dem passenden Wort *Standgebläse* beschreiben. Paul war jedoch heilfroh, dass der Samurai zu sehr mit sich selbst beschäftigt war, um seinem üblichen Mitteilungsdrang nachkommen zu können.

Trotz ihrer geringen Körpergröße strahlte Eternity ein enormes Selbstbewusstsein aus. Ihre Kleidung war nicht wie die anderer Stars, die man aus dem Trid kannte. Keine bunt fluoreszierende Mode, die so grell war, dass sie bei vercyberten Betrachtern das automatische Einschalten der Blitzkompensation auslöste.

Eternity trug einen einfach geschnittenen schwarzen Rock. Ein langer grauer Umhang bedeckte den zierlichen Körper und schien ausreichend Schutz vor dem eisigen Wind zu bieten, der hier am Wasser wehte.

Eine mit dezenten Stickereien verzierte grüne Bluse bildete einen interessanten Kontrast zu ihren langen, roten Haaren. Ihre Figur wirkte natürlich. Paul konnte an ihr keine kosmetischen Modifikationen erkennen, keine chirurgischen Plastikbrüste oder künstlich aufgepeppte Gesichtszüge entstellten ihr äußeres Erscheinungsbild. Die Frau vermittelte den Eindruck natürlicher Schönheit, die so manches teure Model an die Wand spielte.

Eternity war eine Gesamtkomposition, die einen Mann träumen ließ. Sie versprühte den Reiz des Mysteriösen und Erhabenen.

Konzentrier dich auf den Job, und schalt die Hormondrüsen ab.

Als Paul bemerkte, dass er die Sängerin so lange angestarrt hatte, wurde er leicht verlegen. Dann erinnerte er sich wieder daran, dass die Sängerin blind war. Der Runner streckte ihr aus Gewohnheit die Hand entgegen. Überraschenderweise erwiderte Eternity mit ihrem grünen Handschuh seinen festen Griff und schaute ihn aus blauen Augen herausfordernd an. Paul versank gedanklich in dem klaren Schimmern ihrer Pupillen, und er hatte das Gefühl, dass sich die Augen der Frau in einen Ozean verwandelten, der schon so manchen seefesten Matrosen in unendliche Tiefen gezogen und nicht mehr freiwillig herausgegeben hatte.

Etwas unbeholfen stammelte er auf Englisch: »Gestatten, mein Name ist Paul Frazer. Der Konzern, Siegel-Devil …«

Sie schenkte ihm ein aufreizendes Lächeln, während sie ihn mitten im Satz auf Deutsch unterbrach. »Ich weiß, wer Sie sind. Siegel hat meinen Agenten über alles informiert.«

Ihre Stimme klang weich, aber welterfahren und bestimmt. Paul wunderte sich, woher die Frau die Kraft nahm, ihren Songs so viel Volumen zu verleihen.

Zeit, geschäftlich zu werden und die Frau in Sicherheit zu bringen. Verlier nicht das eigentliche Ziel aus dem Fadenkreuz.

»Wenn Sie nichts dagegen haben, würde ich Ihnen gerne dieses Amulett anlegen.« Erklärend fügte er hinzu: »Es dient nur zu Ihrer Sicherheit. Dieses Amulett ist ein Fetisch, der mit einem Schutzzauber versehen ist. Haben Sie keine Angst, Eternity. Meine Gefährten und ich werden dafür Sorge tragen, dass man Ihnen kein Haar krümmen wird.«

Zuerst wollte die Frau ablehnen, willigte dann jedoch ein. »Gut, aber tun Sie mir bitte einen Gefallen und nennen Sie mich Trish. Einverstanden?«, fragte sie Paul mit einem erwartungsvollen Blick.

»Einverstanden Trish, aber nur, wenn Sie Paul sagen.«

Sie nickte, und er drückte ihre Hand ein letztes Mal. Jetzt fiel ihm erst auf, dass er sie die ganze Zeit über festgehalten hatte. Als er sich vorbeugte und ihr das Amulett um den Hals legte, roch er einen sinnlichen, süßen Duft, der seine Nase angenehm kribbeln ließ.

Die Frau ist ein Biest, warnte ihn seine innere Stimme davor, Eternity noch näher an sich herankommen zulassen. Sich mit dem Vornamen anzureden war schon ein Schritt zu weit.

Die Sache darf unter keinen Umständen einen persönlichen Charakterzug bekommen. Hornochse! Lass nicht das Gehänge zwischen deinen Beinen die Denkzentrale übernehmen. Eternity ist ein Kontrakt.

In diesem Augenblick trat eine zweite Person aus der Yacht hervor und von hinten an Eternity heran. Es war ein Mann, ungefähr einsneunzig groß und mit schütterem, schwarzem Haar. Auffallend an ihm war der teure Gehrock aus der aktuellen Swissdesignreihe. Äußerlich schätzte er den Neuankömmling auf Mitte fünfzig.

»Entschuldige, Trish, aber es wird Zeit. Wir haben morgen ein volles Programm, und du solltest dich ausruhen«, flüsterte der Mann mit verrauchter, aber einfühlsamer Stimme Eternity ins Ohr.

Bei diesen Worten würdigte er Paul und Zack keines Blickes. Der Mann ignorierte sie schlichtweg, ein streunender Hund hätte ihnen mehr Aufmerksamkeit gewidmet.

Der Typ ist mir auf Anhieb unsympathisch.

Beim Auftreten des Mannes hatte sich Zack verkrampft, ein knapper Wink von Paul reichte aus, um die Alarmsirenen des Samurais dennoch verstummen zu lassen.

Snap und Icebaby hatten wenigstens ein paar Hintergrundinfos in der kurzen Zeit besorgen können. Der unsympathische Mensch hieß Pierre Rebers und war Eternitys Agent, der erst vor kurzem aus dem Krankenhaus entlassen worden war.

Paul fragte mehr aus Höflichkeit: »Der Wagen wartet. Wollen wir?«

Eternitys Wohlbefinden stand an erster Stelle, und im Hotelzimmer würde sie sicherer sein als an diesem windigen Ort.

»Einen Augenblick noch. Ich muss meine Fans begrüßen.« Eternity trat einen Schritt vor.

Jetzt stand Paul nicht mehr zwischen ihr und der Menge. Das machte ihn ziemlich nervös, aber zum Glück hatte sie das Amulett angenommen, somit war Pandora zumindest in der Lage, die Frau durch ihre Zauber zu schützen. Natürlich war das nicht ungefährlich, weil nun eine permanente Verbindung zwischen der Sängerin und dem Astralraum existierte. Pandora und ihre Elementare und Watcher behielten die Astralebene jedoch im Auge, und wenn es Probleme von magischer Seite her geben sollte, würde Paul hoffentlich genug Zeit finden, den Fetisch schnell genug zu entfernen.

Eternity breitete die Arme aus, ihr Cape fiel zu Boden.

Ihre Brust schwoll an.

»Hamburg, Rose meines Herzens, lass meine Tränen lachen!«

Ihre Stimme schien überall zu sein, und obwohl die Frau vor Paul stand, hatte er den Eindruck, sie klar und deutlich im Kopf zu hören. Wie eine Woge glitten die Töne über die Anwesenden. Pauls Herz verkrampfte sich bei dem Schmerz und der Hoffnung, die diese Melodie in sich barg. Er war überwältigt, genau wie die Menge. Es dauerte einige Sekunden, bis sich alle gefasst hatten. Danach bedankten sie sich bei ihrem Star mit Rufen, Liebesbeteuerungen und lautem Gekreische. Paul konnte sich gerade noch bremsen, nicht in den Applaus einzufallen.

Es wird Zeit. Aufbruch!, mahnte ihn sein Runnerinnerstes nicht zu Unrecht.

Pandoras nackter Astralleib glitt durch das Autodach. Die Magierin ließ ihre körperliche Hülle in den bequemen Sitzen des Mercedes zurück. Das Gefühl, wie ihre pulsierende Aura die tote Materie passierte, war wie immer unangenehm. Draußen hielt sie inne und sondierte die Umgebung genauer. In einiger Entfernung sah sie ihre Elementare Wache schieben. Ein Feuer- und ein Wasserelementar kreisten die vorgegebenen Routen im Astralraum entlang, welche die Magierin ihnen zugeteilt hatte. Sie hörten auf die Namen Ring-Of-Fire und Black-Wine-Ocean. Die Kraftstufen der Wesen waren beachtlich. Pandora hatte viel Zeit und Energie investiert, sie gefügig zu machen. Seit mehreren Monaten waren die Geschöpfe in ihrem Dienst, und die Magierin bemerkte, dass der Kraftbedarf der Wesen von Mondphase zu Mondphase größer wurde. Wie lange sie diese Wesen noch an sich binden konnte, vermochte sie zu diesem Zeitpunkt nicht abzusehen.

Die meiste Zeit hatte sie damit verbracht, mehr über

den Ursprung dieser faszinierenden Kreaturen in Erfahrung zu bringen. Trotz der Erkenntnisse, die sie bei dem Run gegen die Bayersdorf AG gesammelt hatte, war sie zu keinen nennenswerten Ergebnissen gelangt. Eines war ihr allerdings klar geworden: Die magisch unterstützten Forschungen im Labor mussten mit Metamagie zu tun haben, und bei den freien Wesen hatte es sich um Freie Geistwesen gehandelt, deren Ursprung die Kraft der Elementare war. Weswegen sie den Ausdruck freie Elementare bevorzugte. Geistwesen klang viel zu sehr nach schamanistischem Freiheitsgesülze und widersprach ihrer persönlichen Ursprungstheorie.

Sie konnte sich das Geschehene nur nicht erklären. Die gespeicherten Ritualaufzeichnungen aus Pauls Kopf hatte sie nicht zu sehen bekommen, da er sie vom Doc hatte löschen lassen. Manchmal konnte sie nicht verstehen, warum er an seinen Prinzipien so sehr festhielt. Sie hätte die Daten zumindest gesichtet, bevor sie dieses Wissen zerstört hätte.

Ein kurzer Blick hätte mir gereicht und niemandem geschadet. Oder doch?

Damals, als sie noch für die Bayersdorf AG gearbeitet hatte, war sie das erste Mal mit dieser tief greifenden Form der Magie in Berührung gekommen und hatte gelernt, was es bedeutete, Macht zu ergründen. Der Konzern hatte sie nach unzähligen Eignungstests als Mitglied des ersten Initiaten-Grades der Sicherheitsgruppe akzeptiert. Bevor Pandora die Flucht aus den Klauen des Konzerns gelungen war, hatte sie viel Zeit und Geld investiert, um die Zwangsbande, die der Zirkel des Konzerns aufgrund genetischer Proben und magischer Bande über sie besessen hatte, zerreißen zu können. Das Unterfangen war hart und gefährlich gewesen, aber Freiheit hatte ihren Preis.

Nur in Sachen Forschung bin ich seither nicht weitergekommen, musste sie sich seufzend eingestehen.

Sie brauchte einen Zirkel. Die Gesetze der hanseatischen Gesellschaft waren keine große Erleichterung bei ihrer Suche. Legale Zirkel gab es wenige, sie waren selten zu finden und meist indirekt in festen Konzern- oder Kirchenhänden. Die anderen Zirkel, die sie auf der Straße ausfindig gemacht hatte, bestanden zu einem Großteil aus Zusammenschlüssen halbwüchsiger Träumer oder ideologischer Fanatiker. Beides sagte ihrem analytischen Verständnis nicht zu. Es war das Wissen, das sie interessierte, und keine kindlichen, weltlichen oder religiösen Machtträume. Der Nachteil ihres Einzelgängerdaseins äußerte sich allerdings darin, dass ihre Rituale viel mehr Zeit und Mühe in Anspruch nahmen, als eigentlich nötig war. Das Ganze war einfach deprimierend, deswegen konzentrierte sie sich wieder auf den Job.

Zwei der Auren am Kai waren ihr mehr als nur vage bekannt. Die eine, etwas nervöse, gehörte Zack – einem Chummer, den sie schon verdammt lange kannte. Lange war relativ, in den Schatten konnte man aber sagen, dass zwei Jahre mehr waren, als viele ihrer Berufskollegen je miteinander verbrachten. Wenn Zack seinen Körper jedoch weiter mit Cyberware aufstockte, würden die letzten Spuren seiner Essenz auf die Ausstrahlung einer Butterblume schrumpfen. Sie fasste den Entschluss, später ein ernstes Wort mit ihm zu reden.

Die andere Aura gehörte Paul. Bei seinem Anblick wusste sie nicht so recht, was sie empfinden sollte. Sie mochte ihn, liebte ihn sogar auf ihre eigene, persönliche Art und Weise. Paul war ein sehr emotionaler Mensch. Er gehörte zu den Männern, die eine harte Schale mit einem viel zu weichen Kern besaßen. Pandoras Denken hingegen wurde zu einem großen Teil von ihrem Wissenschaftlerdasein bestimmt. Sie lebte für die Forschung, für ihre Magie, etwas, das sie zum wichtigsten Bestandteil ihrer Existenz gemacht hatte. Sie hatte nicht die Zeit und Muße, ständig mit einem anderen Menschen zusammen zu sein – noch nicht, und Paul brauchte mehr Zeit, als sie ihm widmen konnte und wollte.

Als sie ihre Freunde betrachtete, fiel ihr wie immer auf, dass ihre Auren förmlich dahinkrochen, während sie sich rasend schnell auf der Astralebene bewegte. Wie musste erst ein Decker empfinden, der nur denken musste, um sich zu bewegen? Der kleine Mann aus dem letzten Jahrhundert hatte Recht gehabt: Zeit ist relativ.

Konzentrier dich auf das Wesentliche.

Die innere Zurechtweisung half Pandora, sich wieder auf ihren Kontrakt zu konzentrieren.

Eternitys Aura war außergewöhnlich, sie strahlte eine positive Erwartungshaltung und Macht aus. Sehr große Macht sogar. Ein fluoreszierender Kraftschleier hüllte die Frau komplett ein. Den Schwingungen und Facetten nach zu urteilen, war sie keine Magierin oder Schamanin – Hexe kam Pandoras Ansicht nach auch nicht in Frage. Sie konnte eine Adeptin sein.

Bevor Pandora sich stärker auf die Frau konzentrieren konnte, kam eine vierte Aura hinzu und lenkte sie ab. Sie gehörte einem älteren Mann, von dem Pandora wusste, dass er der Agent der Sängerin war. Seine Aura wirkte krank und traurig. Dunkle Stränge breiteten sich in ihm aus und wucherten quer durch den vom Alter gezeichneten Körper. Pandora vermutete, dass der Mann an Krebs litt und um sein Schicksal wusste. Sie war zwar nie eine große Leuchte im Lesen von Auren gewesen, es schien ihr aber das Naheliegendste zu sein. Vielleicht würde sie später mehr erfahren.

Dann passierte etwas, das sämtliche Vorsätze der Magierin über den Haufen warf. Die kleine Frau trat von der Gruppe weg, begann zu singen – und dann brach das Chaos auf der Astralebene aus. Der Astralraum wurde mit einem Mal von pulsierenden, mächtigen Bahnen durchzogen, die wie wilde Tentakel in den Spektralfarben um die Aura der Frau peitschten. Emotionen voller Hoffnung und Trauer drangen in Pandoras Geist und ließen sie vor Freude gleichzeitig lachen und weinen.

Sie musste sich erneut konzentrieren, um diese penetranten Emotionen zu bekämpfen, da sie bemerkte, wie etwas an den Kraftsträngen zog, welche die unsichtbare Verbindung zwischen der Magierin und ihren Elementaren darstellten. Der Blick der Magierin raste zu ihren Schützlingen, und was sie sah, gefiel ihr ganz und gar nicht.

Ring-Of-Fire und Black-Wine-Ocean verließen ohne erkennbaren Grund ihre zugeteilten Routen und schlichen zögernd auf die kleine Gruppe am Kai zu. Wie lauernde Raubtiere zogen sie einen enger werdenden Kreis um ihre Beute.

Verdammt, was soll das?

»Black-Wine-Ocean und Ring-Of-Fire! Ich befehle euch, stehen zu bleiben! Kehrt auf eure Posten zurück! Sofort!«, fuhr sie die beiden Wesen an.

Diese verharrten kurz, als sie die Präsenz ihrer Schöpferin wahrnahmen, krochen jedoch weiter auf die kleine Gruppe zu, ohne länger auf Pandoras Befehle oder Verwünschungen zu achten. Sie begannen sogar, an den Strängen der Bande zu der Magierin zu reißen.

Sie wollen sich befreien. Was soll ich tun?

Falls die Kreaturen die Sängerin erreichten, konnte alles passieren. Sie wären sogar in der Lage, den Star zu töten. Eternity trug Pandoras Schutzamulett, das die Magierin mit einigen Spruchzaubern belegt hatte, die aktiv waren und somit eine permanente Verbindung in den Astralraum aufbauten. Genauso gut war es möglich, dass die Elementare der Frau gar nichts antun wollten. Aber die Möglichkeit, dass Eternity etwas geschah, war nicht von der Hand zu weisen, und der Faktor der Ungewissheit war in dieser Rechnung einfach zu groß.

Pandora konzentrierte sich auf den Ursprung der Kreaturen. Sie kannte den Aufbau der Manabahnen. Jene Kraftmuster, die den Wesen ihre astrale Struktur gaben, hatte die Magierin selbst kreiert, und sie konnte sie auch zerstören. Pandora kannte zwar die realen Namen der Wesen in der Sprache der Magie, trotzdem würde es nicht leicht werden.

Pandoras astrale Sinne tasteten sich die komplexen Strukturen der Elementare entlang. Endlich erreichte sie den Punkt, der die Wesen zusammenhielt. Black-Wine-Ocean und Ring-Of-Fire brüllten, als sie bemerkten, was ihre Schöpferin vorhatte. In einem Akt der Verzweiflung versuchten sie, die Magierin zu verschlingen.

Der Feuerelementar hüllte Pandoras Aura mit einer alles verzehrenden Flamenzunge ein. Ihr Astralleib taumelte, als sie der Angriff der Kreatur traf. Ihr Körper verspannte sich, und sie musste ihre gesamte Konzentration aufbringen, um der tödlichen Bedrohung zu entgehen. Die heißen Flammen leckten über sie, aber Pandora war stark genug, den Bann zu brechen.

Es gelang ihr, den Flammenzauber abzuwehren.

Im nächsten Augenblick wollte sich der Wasserelementar auf sie stürzen. Pandora sammelte ihre letzten Kraftreserven und schleuderte ein Manaband um die beiden Kreaturen. Der Spruch breitete sich einer bläulichweiß lodernden, brennenden Benzinspur gleich auf den schreienden Wesen aus und umschlang sie erbarmungslos.

Das Band, das die Magierin in den letzten Monaten zu den Elementaren geschaffen hatte, war noch stark genug, sie konnte den Willen der Wesen ein letztes Mal fesseln. Noch verfügten die Kreaturen nicht über die

Macht, sich ganz gegen ihre Erschafferin zu stellen und ihre Ketten unwiderruflich abzustreifen.

Das kann sich aber jeden Augenblick ändern. Ich muss es tun!

Die Magierin zerriss jeweils den Knoten, der die Kraft der Wesen zusammenhielt, und bannte sie damit. Ein Schrei fraß sich in Pandoras Innerstes, als die astrale Präsenz ihrer Elementare sich vor ihren Augen förmlich auflöste. Alle bisherige Arbeit und Energie, die Pandora in die Existenz dieser Wesen und in ihre Erforschung gesteckt hatte, waren mit einem einzigen Gedanken zerstörten worden. Verzweiflung ergriff sie, als sie die Leere registrierte, die sie nun umgab, und den Verlust der Kraft spürte.

Paul hob das Cape auf und bedeckte fast zärtlich Eternitys Schultern. Er nutzte die Gelegenheit und brachte endlich seinen Körper zwischen die Sängerin und die Menge. So weit verlief alles nach Plan.

Rebers hatte den anderen Arm von Eternity ergriffen, etwas, das Paul nicht wirklich passte, aber später würde er sich mit dem Manager zurückziehen, um Tacheles zu reden. Jetzt war nicht der rechte Augenblick dafür.

Zack deckte ihnen den Rücken und behielt das Gelände fortwährend im Visier seiner Cyberaugen. Der Samurai hatte die ganze Zeit über eine Hand im Nadelstreifenanzug vergraben. Paul verstand das Verhalten seines Chummers. Er wusste, dass die Berührung einer Waffe beruhigend wirken konnte, vor allem dann, wenn man – wie Zack in seinem Leben – die meisten Probleme damit lösen konnte.

Leider gibt es aber Situationen, in denen ein Schießeisen nicht ausreicht.

Sie sollten den Star beschützen und nur zur Waffe greifen, wenn es unbedingt nötig war. Sinnloses Geballer würde weder Eternitys noch ihrer eigenen Publicity förderlich sein.

Das ungleiche Quartett überwand die letzten Meter zum Mercedes, und Paul öffnete die hintere Schiebetür für Eternity. Er warf einen Blick in den Fond des Fahrzeugs und registrierte Pandoras matten Gesichtsausdruck. Er bedachte seine ehemalige Geliebte mit einem fragenden Blick, aber Pandora machte keinerlei Anstalten, rauszurücken, was ihr auf dem Herzen lag.

Sie verschließt sich immer mehr vor mir, bemerkte er resigniert und fasste den Entschluss, später mit ihr zu reden.

»Trish, das ist Pandora. Sie ist für Ihren magischen Schutz zuständig«, erklärte er Eternity und fuhr fort: »Der freundliche Mann mit dem breiten Kreuz heißt Zack, er wird im Notfall Ihren Kugelfang spielen. Ich werde vorne im Wagen die Fahrt überwachen.«

Zack verzog das Gesicht, als er das Wort Kugelfang hörte, fügte sich dennoch kommentarlos in die Rolle.

Eternity stieg ein und schenkte ihm zum Abschied ein Lächeln. Paul bezwang die Gefühle, die von dieser unscheinbaren Geste ausgelöst wurden, und war erleichtert, als Zack und Rebers im Wagen verschwanden und sich die Tür hinter ihnen lautlos schloss.

Paul setzte sich neben Ratón auf den Beifahrersitz. Während der Fahrt versuchte er, das Bild der Frau aus seinem Kopf zu verbannen, die so mir nichts, dir nichts in sein Leben getreten war. Was nicht einfach war, da gleichzeitig Pandoras Gesichtsausdruck von eben durch sein Hirn schwirrte. Wegen dieser Bilder konnte er sich kaum auf die Fahrt und den Job konzentrieren.

B.
Zwischenspiel der Exposition

Modulation der grotesken Obertöne

Das Appartement, in dem er sich befand, war nicht das sauberste. Ein Zustand, der bestimmt nicht auf die Lage der teuren Altbauwohnung in Eidelstedt zurückzuführen war, sondern eher am Reinlichkeitsmangel der eigentlichen Besitzer liegen musste.

Die einst weiße Tapete hatte einen neuen, nützlicheren Zweck und war jetzt ein Nikotinspeicher. Die Fenster waren mit Metallplatten sowohl von außen als auch von innen verschlossen worden. Der rechtmäßige Bewohner dieses Lochs war entweder nicht scharf darauf, Frischluft in die enge Räucherkammer zu lassen, oder die Nachbarschaft hatte dies als Zwangsverordnung durchgesetzt.

Die Einrichtung bestand überwiegend aus stabilem Hightech-Design, das in krassem Gegensatz zu den Pizzaschachteln von ›Soyas Pizza-Service‹ stand, die den Teppich ersetzten.

Der Blick des Mannes blieb unweigerlich an dem fetten Menschen in dem großen Titan-Wasserbett in der Mitte des Raumes kleben. Dieses Wesen war die groteske Veranschaulichung einer völlesüchtigen Hightech-Kartoffel des frühen 21. Jahrhunderts. Obwohl nur ein weißes Laken die wabernden Massen notdürftig bedeckte, fiel es dem Betrachter schwer, das Geschlecht dieser fleischlichen Ansammlung zu bestimmen. Ein kleiner Funkempfänger steckte mitten auf der Glatze in einer Buchse und bildete die blinkende Verbindung zum Cyberdeck, das auf einer schmalen Metallkommode direkt neben dem Bett ruhte.

Die Tatsache, dass dieses Wesen mit dem Schattennamen ›Krankes Hirn‹ ein Oberliga-Decker war, erklärte die Notwendigkeit ihrer Zusammenarbeit.

Für gewöhnlich bevorzugte es der schlanke Mann, der in einer Ecke des Raums stand, alleine zu arbeiten. Sobald er aber maßgeschneidertes Hightech-Equipment oder Matrix-Informationen benötigte, war er gezwungen, auf Fremdressourcen zurückzugreifen.

Ich brauche diese kranke Kartoffel. Noch.

So wie es schien, würde der Decker der realen Welt noch längere Zeit fern bleiben. Der Mann mit dem langen Bart und kurz rasiertem schwarzem Haar zog es deshalb vor, in die Küche der Wohnung zu gehen, um die Wartezeit mit einem homogenisierten Soya-Drink zu überbrücken.

In der Küche begrüßte ihn die Mündung einer Sturmschrotflinte der Marke Heckler & Koch. Das limitierte Sondermodell der Baureihe ›Big Brothers in Arms‹ war neu auf dem Markt und stellte die Perfektion lauter Gewaltbringer dar. Die Waffe war in Händen einer grobschlächtigen, stämmigen Trollfrau, die der Bodyguard des Fleischwesens war.

›Krankes Hirn‹ hatte es unterlassen, sie einander vorzustellen, deswegen hatte er ihr den Namen Gartenzwerg verpasst, ohne ihr dabei einen großen Stellenwert in seinem Weltbild einzuräumen. Gekleidet war sie in hellbraune Militärklamotten. Die zusammengeschusterte Splitterschutzweste aus russischen Armeebeständen stand wegen der voluminösen Brüste weit vom restlichen Körper ab. Unter der Weste trug sie ein grünes T-Shirt mit rotem Aufdruck, der so lang war, dass er nur auf ein Trollshirt passen konnte: »Warum ist Poli-Bowling besser als Kegeln? Weil man erst Löcher in den Bauch der Polis reißt, bevor man ihre Köpfe zusammenknallt.«

Ziemlich lahme Nummer.

Die Trog-Braut saß angespannt auf einer Metallkiste neben der Küchentür und blockierte absichtlich den Weg zum Kühlschrank. Ihre Muskelpakete wackelten, als sie den Griff der Waffe fester packte.

Logisch, dass sie den Eindringling in ihrer Küche nicht mochte, schließlich war er ein arroganter Schmidt, der ihre Nahrungsressourcen plündern wollte, trotzdem ging ihr Revierverhalten eindeutig zu weit.

Es wird Zeit, die Grenzen neu abzustecken.

»Ich habe gelernt, dass man die Waffe nie auf jemanden richten soll, wenn man ihn nicht wirklich umbringen will«, raunte er der Trog-Braut zu.

Der Gesichtsausdruck der Metafrau wechselte von herausfordernd zu belustigt. »Du halbe Portion, was willst denn du? Mir was beibringen? Ich hab bestimmt mehr Wichsern im Leben die Hoden abgerissen, als du je gesehen hast. Und wer sagt dir, dass ich dich nicht umnieten will? Es würd bestimmt geil aussehen, wenn ich mit meinem Ballermann dein grünes Norm-Hirn an der Tapete verteil. Findest du nicht?«

Eines war ihm sofort klar: Sie würde sich später zu einem Problem entwickeln. Offenbar war sie nicht daran interessiert, die Sache professionell über die Bühne zu bringen.

Wozu weiterreden? Planänderung! Handle einfach!

Beschwichtigend hob er die Hände und sagte in ängstlichem Tonfall: »Hey, bitte! Machen Sie bitte halblang! Ich bin ein kleiner Norm, der nicht auf Ärger aus ist!«

Diese Reaktion passte anscheinend besser zu den Verhaltensmustern, mit denen sie bislang konfrontiert worden war.

Ein Profi-Decker sollte auch einen Profileibwächter buchen.

Mehr zum Scherz drückte sie dem Mann die Waffe unter die Nase und grunzte: »BUM! Jetzt wärst du …«

Den Satz konnte sie nur noch in der Hölle beenden.

Die rechte Hand des Mannes schoss blitzschnell vor. Ausgefahrene Cybersporne durchtrennten die Handmuskulatur der Trollfrau, bevor sie den Abzug betätigen konnte, und bahnten sich fließend den Weg durch die Cyberaugen ins Hirn. Knirschend gab der Schädelknochen nach, als die ultrascharfen Sporne schmatzend am Hinterkopf austraten.

Der Weg zum Kühlschrank ist jetzt frei, schlussfolgerte der Mann sachlich, als er die Sporne an ihrer Kleidung abwischte und dann über die ausgestreckten, aber noch zuckenden Beine der toten Trollfrau stieg, um endlich seinen Durst zu stillen.

Während er das kühle Soja-Getränk schlürfte, kam ihm beim Anblick der Leiche eine geniale Idee. Er hatte etwas gefunden, mit dem er sich die Zeit vertreiben konnte, bis der Decker mit seiner Arbeit fertig war.

1.3
Exposition

Chaconne der Bassläufe

Das Pochen in Snookers Ohren war zurückgekehrt und beeinflusste seinen Gleichgewichtssinn erneut. Gelegentlich ertappte er sich beim unterbewussten Wippen auf dem Stuhl. Er fühlte sich wie ausgekotzt, was es dem Bodyguard nicht gerade leicht machte, dem Redeschwall des englischen Botschafters zu folgen. Äußerlich glich der Elf einer herausgeputzten Modepuppe aus einem Fantasy-Sim, die Kleidung entsprach den Gepflogenheiten des englischen Adels. Seine Haare waren sorgfältig frisiert und ließen die spitzen Elfenohren frei.

Jetzt versteh ich, warum der Kommissar ihn vorhin den englischen Pfau genannt hat.

Das fremdartige, verspielte Äußere musste eine wahre Vergewaltigung für die nüchternen Augen dieses HanSec-Beamten darstellen. Menschen wie Sir Charles Welsen begegnete man selbst in England nicht häufig. Aufgrund seines Jobs war Snooker jedoch Absonderlichkeiten gewohnt, und der Elf schien glücklich zu sein, endlich mal wieder eine Unterhaltung mit einem Landsmann führen zu können. Fortlaufend bombardierte er Snooker mit einem Schwall von nicht enden wollenden walisischen Worten, und obwohl Snooker Engländer war – er war in Oxford geboren –, fiel es ihm nicht leicht, den altertümlichen Akzent des Diplomaten zu verstehen.

Waliser waren nicht gerade bekannt dafür, rücksichtsvolle Zeitgenossen zu sein, was sich schon in ihrem täglichen Sprachgebrauch äußerte.

Die Herkunft und Sprache des Diplomaten war Snooker jedoch im Augenblick ziemlich egal.

Ich will nur duschen und meine Hände von dem Blut der Frau befreien. Zumindest äußerlich will ich mich reinwaschen.

Der Elf bemerkte die abschweifenden Gedanken des Bodyguards und zeigte endlich Erbarmen. Eine untypische Verhaltensweise für einen Waliser. Vielleicht lebte der Botschafter schon zu lange fernab von seinen egozentrischen Wurzeln.

Der Mann kannte bestimmt die Berichte von HanSec und hatte das gleiche Material wie die Polizei erhalten. Deswegen hatte er es bisher wahrscheinlich auch vermieden, den Mordanschlag direkt anzusprechen.

»Bevor sich unsere Wege trennen, möchte ich Ihnen noch einen wohlmeinenden Rat mit auf den Weg geben …«

Gewichtige Pause.

»Seien Sie sehr vorsichtig, und lassen Sie sich nicht dazu hinreißen, auf eigene Faust Ermittlungen anzustellen. Mister Dachs hat mich genauestens darüber in Kenntnis gesetzt, dass Ihr Temperament mit Ihnen durchgeht, sobald etwas für Sie persönlich wird, Mister Snooker.«

Der Botschafter hielt kurz inne, beugte sich vor und flüsterte die nächsten Worte in Snookers Ohr.

Das Büro, das HanSec ihnen freundlicherweise zur Verfügung gestellt hatte, war von den Leibwächtern des Diplomaten nach Wanzen abgesucht worden. Welsen wollte mit dieser Geste die Dringlichkeit seiner Worte unterstreichen und sichergehen, dass Snooker alles verstand.

»Die Beamtin, die zu Ihrem Schutz eingeteilt wurde, hat bisher noch niemanden *verloren*, den sie bewacht hat. In den hanseatischen Schatten hat man ihr den Spitznamen Dornenpeitsche gegeben, und auf der Straße munkelt man, dass sie eine Geweihte des Jägers sein soll. Wie dem auch sei, sehen Sie die Frau besser als eine Art persönlichen Bodyguard, dies dürfte die Sache für Sie vereinfachen. Sie wird Sie behüten wie ein rohes Ei, solange Sie ihr den Job nicht unnötig schwer machen. Ansonsten können Sie sicher sein, dass sie Ihr Innerstes nach außen kehren wird.«

Snooker nickte nur stumm, da ihm nicht nach reden zumute war.

Als der Waliser das in den Augen des Bodyguards erkannte, lehnte er sich in dem unbequemen Stuhl zurück und wurde sachlich.

»Sie wissen, dass Sie sich für Ihr Fehlverhalten rechtfertigen müssen?«

Snooker wollte sich verteidigen, aber der Elf schnitt ihm mit einer kurzen Handbewegung das Wort ab.

»Ich bin zuversichtlich, dass es uns möglich sein wird, Sie der englischen Justiz zu übergeben. Voraussetzung dafür ist natürlich Ihre Kooperation mit HanSec. Erst dann kann diese unangenehme Situation glimpflich für Sie und alle anderen Beteiligten ablaufen. Ihre Versicherung wird den angerichteten Schaden großzügig ersetzen, machen Sie sich darum keine Sorgen. Was kann Ihnen denn schon passieren? Ein oder zwei Jahre werden Sie vielleicht nicht in diesem Teil der ADL aktiv sein können. Aber was ist das schon, verglichen mit dem, was Sie erwartet, sobald Ihr Fall der hanseatischen Rechtsprechung zugeteilt wird?«

Euch interessiert doch nur, wie ihr es vertuschen könnt, dass ein Engländer in Hamburg einen Fehler gemacht hat. An mir seid ihr nicht interessiert. Die Kosten-Nutzen-Rechnung steht wie immer an erster Stelle, auf dass der Euro nicht zu stark wird.

»Big Willy ist ein Ort, an den ich noch nicht einmal

einen irischen Schweinepriester wünschen würde. Vertrauen Sie auf Ihre Heimat! Wir werden alle möglichen Hebel in Bewegung setzen. Der Einfluss des neuen Empires wächst …«

Was auch passiert, die junge Frau, Franziska Meller, wird dadurch nicht wieder lebendig. Genauso wenig B.B. oder Davis, dachte Snooker bei diesen positiven Aussichten.

Dennoch erleichtert, dass er endlich entlassen wurde, streckte Snooker dem Elf die Hand zum Abschied entgegen. Wie zu Beginn des Gesprächs wies der Botschafter die Geste des Bodyguards entschieden zurück.

Ich hasse mich. Meine Konzentration schwindet von Minute zu Minute mehr.

Ohne ein weiteres Wort miteinander zu wechseln, verließen sie den Raum. Draußen erwartete sie bereits die Beamtin Klahr. Snooker bemerkte ihn wieder, diesen Blick, mit dem sie ihn begrüßte. Lauernd, taxierend und seltsam animalisch.

Eine eisige Hand umschloss Snookers Herz, als er sich die Worte des Diplomaten zurück ins Gedächtnis rief: *Es wäre möglich, dass sie dem Ruf des Jägers folgt.*

Sein Job hatte es für Snooker zwingend erforderlich gemacht, sich mit der Materie Magie zumindest theoretisch auseinander zu setzen. Natürlich wäre er nie in der Lage, selbst welche zu wirken. Er war kein Erwachter, und der Haufen Cyberware, der jeden zweiten Zentimeter seines Körpers einnahm, ließ seine Aura bestimmt wie ein Drahtgitter aussehen.

Der ›Wilde Jäger‹ symbolisierte ein Idol. Ein Idol konnte man mit einem Totem vergleichen, wie es in Amerika die Essenz einzelner Menschen beeinflusste. Ein Götterbild, dessen Ursprünge irgendwo in der keltischen Mythologie begraben lagen. Der Jäger sollte ein Sinnbild des Wahnsinns sein. Seine Anhänger waren darauf bedacht, ihre Ziele unter Ausnutzung aller Ressourcen zu erreichen.

Es wunderte Snooker nur, dass sich HanSec mit so einer potenziellen Gefahrenquelle schmückte. Magisch begabte Personen, vor allem Hexen und Schamanen, gaben einen Drek darauf, was die Konzernrichtlinie in der jeweiligen Situation vorschrieb, denn emotionales Denken bestimmte ihr Sein.

Entweder hat sie sich verdammt gut unter Kontrolle, oder die Infos auf den Straßen sind hier genauso zuverlässig wie anderswo. In Wirklichkeit teilt sie vielleicht mein Drahtgitterdasein in puncto magischer Fähigkeiten.

Der Bodyguard war sich nicht sicher, ob sie seine Gedanken lesen konnte. Aber das Lächeln, das sie ihm jetzt schenkte, erinnerte Snooker an einen ausgehungerten Vampir, der die wandelnde Tankstelle Mensch hypnotisierend anlächelte.

Die Erkenntnis traf Snooker so zärtlich wie die gewaltige Rechte eines drei Meter großen Cyber-Sams, der den Ärzten seine Meinung verdeutlicht, nachdem diese ihm gestanden haben, dass sein Körper keinen Raum mehr für neue, lebenswichtige technische Upgrades bietet.

Dieses Miststück will, dass ich einen Fluchtversuch starte. Der Reiz liegt für sie in der Jagd. Innerlich frohlockt sie bei dem Gedanken, in mir einen würdigen Gegner gefunden zu haben. Ich bin für sie ein Platzhirsch, bemalt mit einem roten Fadenkreuz, und sie fiebert auf den Blattschuss!

Falls die Beamtin solche Wünsche hegte, hörte man ihrer Stimme nichts davon an. Sie verzichtete darauf, Snookers stummen Wünschen nachzukommen und ihm sofort eine endgültige 9-mm-Kur zu verpassen. Der Bodyguard würde mit seinen Selbstvorwürfen allein fertig werden müssen.

»Sir Welsen. HanSec fühlt sich geehrt, dass Sie unsere bescheidenen Büroräume mit Ihrem Besuch ehren.«

»Sie wissen, die Insel ist immer darauf bedacht, ihre Schützlinge in guten Händen zu sehen«, antwortete der Botschafter in messerscharfem Tonfall.

»Wie Sie sehen können, haben wir Ihrem schießwütigen Landsmann kein Haar gekrümmt«, bemerkte die Frau ebenso schneidend.

»Ich habe auch nichts anderes von HanSec erwartet. Sie hätten ihn trotzdem das Bad aufsuchen lassen können. Es ziemt sich nicht für einen Engländer, blutbesudelt umherzulaufen.« Welsens Ton war hart, und es sah aus, als ob der Mann nicht erpicht darauf war, diplomatisch vorzugehen.

»Äußere Umstände führen leider gelegentlich dazu, dass man der Etikette nicht Folge leisten kann. Schließlich kamen Beamte bei der Schießerei ums Leben, und die Reporter rennen unserer Presseabteilung die Türen ein. Aber ich kann Sie beruhigen, wir haben Herrn Snooker ein Zimmer besorgt. Dort kann er sich erst einmal in Ruhe frisch machen. Ich garantiere Ihnen weiterhin, sein Aufenthaltsort wird der Öffentlichkeit verborgen bleiben. In zwei Tagen, um zehn Uhr, wird sein Fall dem zuständigen Richter vorgetragen. Ich werde persönlich darauf achten, dass Ihr Schützling sicher und in einem Stück dort auftauchen wird.«

»Ich bin überzeugt, dass die Unschuld des Mannes in keinster Weise angezweifelt wird, aber ich kann die Sorge von HanSec um ihren guten Ruf nachvollziehen«, sagte Sir Welsen diesmal mit freundlicher Stimme.

Die Beamtin verspannte sich.

Den Bodyguards des Botschafters blieb diese Geste nicht verborgen, und die beiden Cyber-Anzüge verließen den Gang, in dem sie auf ihren Arbeitgeber gewartet hatten, und schlossen zu ihnen auf. Die Übereinstimmung, mit der die beiden auftraten, war so verblüffend, dass man denken konnte, die beiden teilten sogar den Orgasmus miteinander.

Beamtin Klahr fing sich. Ob das an Snookers Orgasmusgedanken oder den siamesischen Anzügen lag, war ihrem Gesicht nicht zu entnehmen. Sie verdeutlichte nur, dass sie das Gespräch als beendet betrachtete.

»Entschuldigen Sie uns bitte, mein Wagen wartet.«

Der Botschafter nickte ihr nicht einmal zum Abschied zu, sondern verschwand lächelnd mit den Leibwächtern im Personenaufzug.

Jetzt kocht sie, bemerkte Snooker die gestiegenen Temperaturgrade und zog es vor, kein Gespräch anzufangen.

Stumm und unsanft zog sie Snooker am Arm zu den Dienstaufzügen. Die enge Kabine, in die sie ihn hineinstieß, sah nicht besonders Vertrauen erweckend aus.

Ich bin nicht gerne mit dieser männermordenden Bestie allein, musste sich Snooker eingestehen, als die Fahrt in die Tiefe begann.

Snaps Icon saß auf einer runden Scheibe und schaute auf mehrere Holoprojektionen. Der Decker befand sich nicht direkt in der Matrix, auch wenn er eingestöpselt war. Der Raum, in dem sich seine Persona aufhielt, war in Wirklichkeit der Haupt- und Festplattenspeicher seines Cyberdecks. Die runde Scheibe, auf die er sich gesetzt hatte, symbolisierte die Schnittstelle zwischen dem Co- und Subprozessor seiner Hardware. Gewöhnlich räumte Snap diesem künstlichen Raum mehr Speicher- und Rechenkapazität ein, um die Erscheinung privater zu gestalten, während er sich seiner Programmierleidenschaft hingab.

Heute aber war es anders. Keine unnötigen Unterprogramme raubten ihm kostbaren Rechenspeicher, da er sich mitten auf einem Run befand.

Snap hatte schon genug Probleme damit, den Datenfluss zu bewältigen, der sich in Form eines pulsierenden Strahls quer durch den Raum zog, welcher von schimmernden Polygonwänden eingegrenzt wurde. Dieser Strahl visualisierte die codierten Daten, die das

HVV-System an mehrere hintereinander geschaltete Jackpoints sendete. Der Ursprung des Datenflusses lag also im gesicherten System der Hamburger Verkehrsgesellschaft. Von dort aus hatten Icebaby und er ein Signal an eine andere Host-Adresse weitergeleitet, von dieser dann wieder an eine andere und so weiter und so weiter.

Die Methode war ein bisschen aufwendig, aber Snap wollte seinen Aufenthaltsort vor neugierigen Blicken verschleiern, und die Hardware des Schmidts ermöglichte dieses Zusammenspiel mit dem HVV-Net, nachdem Snap geringfügig an ihr geschraubt hatte. Jede Host-Adresse war mit einigen Programmen und geringen Blockaden gesichert, die sofort Alarm schlugen, falls ein anderer versuchte, dem Datenstrom zu folgen.

Der Cyber-Raum war weiterhin mit zwei blau leuchtenden, freischwebenden, runden Ausgängen versehen. Eines dieser schimmernden Portale führte auf direktem Weg in den virtuellen Datenhimmel der Matrix. Dort kam auch der Strahl her, der sich durch den Raum zog. Das andere Portal, in dem der Strahl verschwand, stellte eine Direktverbindung zu Icebaby dar, die etwas Ähnliches mit der Tech in ihrem Kopf vorgenommen haben musste und von dort aus den Strahl zurück in das HVV-Net schickte.

Funkende Energiestrahlen speisten die in den Raum projizierten Holos mit den Daten der Verkehrsgesellschaft, auf die der Decker Zugriff hatte. Der HVV hatte fast alle Ampeln, die für den Straßen-, U-Bahn-, Mono-Rail- und Schiffsverkehr zuständig waren, mit künstlichen Spionen ausgerüstet. Im realen Leben konnte sich der Busfahrer immer die einzelnen Ampel- und Weichenknoten auf die Windschutzscheibe seines Verkehrscockpits oder direkt auf die Retina der Cyberaugen projizieren lassen.

HanSec besaß ebenfalls die Berechtigung, diese Daten zu nutzen. Im Gegenzug hatte sich der Sicherheitskonzern dazu verpflichtet, ein Auge auf die Funktionstüchtigkeit der wichtigsten Kameras zu werfen und beteiligte sich an den Wartungskosten. Verkehrsvergehen wurden dafür automatisch aufgezeichnet, und eine Kopie wurde dem Übeltäter sofort samt Bußgeldbescheid elektronisch übermittelt.

Die direkte/indirekte Strafabwicklung der Zukunft.

Gegenwärtig hatte Snap alle Hände voll zu tun. Er war mit der Observierung des eigenen Teams beauftragt, und Icebaby kümmerte sich hauptsächlich darum, die Ampelphasen zu verändern. Zusätzlich passte sie die von Snap manipulierten oder geänderten Daten denen des HVV-Net an, damit es nicht zu Komplikationen kommen konnte.

Ratón gibt einen Scheiß auf Verkehrsregeln. Sie lenkt das riesige Schlachtschiff von Auto in vollem Tempo durch den Pendlerverkehr, fluchte Snap.

Da die Elbe Hochwasser hatte, waren einige Tunnel aus Sicherheitsgründen nicht zugänglich, und ein Großteil der Pendler wich auf die Hauptverkehrsstraßen aus.

Snap musste ständig die Zeitangaben der Kameras mit alten Bildern füttern oder die rausgehenden Bußgeldbescheide abfangen. Die Scheibe unter ihm drehte sich schnell von rechts nach links. Im realen Leben hätte der Decker bei solch einer Transaktion den Teppichboden des Hotels ruiniert. Seine Comic-Persona wühlte jedoch flink hier oder tippte da.

Snap versuchte, dem nicht endenden Datenchaos Herr zu werden.

»Ratón, hör auf!«, schrie er in den schwebenden roten Ball über sich, der das Icon eines Mikros symbolisierte, das mit der Headware der Riggerin verbunden war.

Das maskuline, hohl klingende Lachen der Latinobraut hallte laut im Bewusstsein des Deckers wider. Sie reagierte nicht auf Snaps Aufforderung.

Wie hätte es auch anders sein sollen? Frauen tun nie das, was ich ihnen sage.

Diese Frau wollte ihn sogar verarschen und nahm provokativ die nächste Ampel bei rot.

Die Scheibe wirbelte herum, und die Comic-Figur krallte sich ein älteres Bild der Kreuzung aus dem funkenden Datenstrom und pappte es auf das aktuelle Kreuzungsbild. Zum Glück blieb dem Decker in der Matrix mehr Zeit für die einzelnen Aktionen als im Realleben, ansonsten hätte er diese Aufgabe niemals bewältigen können.

Sein Körper erwartete ihn garantiert schweißgebadet.

Ich werde mich wie nach einem Hundert-Kilometer-Marathon fühlen, bei dem mir der Part der Schuhe aufgezwungen wurde.

Er wusste noch nicht, wie, aber er würde es dieser Latinoschnitte heimzahlen. Jetzt musste er aber erst einmal das bisschen Verstand im Kopf der Frau reanimieren, ansonsten könnten sie in Teufels Küche geraten.

»Ratón, wenn du so weitermachst, kommt eine der Geschwindigkeitsüberschreitungen durch, und sobald HanSec das sieht, werden sie die Daten dieser Strecke genauer kontrollieren. Danach wird der HVV uns das Seil kappen, da sie über einen Eindringling in ihrem System unterrichtet werden. Und an der nächsten Kreuzung wird dein Schlitten von HanSec in den Graben gerammt oder in einen Mercedes-Käse verwandelt. So ka?«

Eine Antwort blieb aus, aber Snap sah auf dem Monitor, wie die Riggerin das Tempo drastisch zurücknahm. Erleichtert atmete der Decker auf. Die Aussicht darauf, den Wagen zu verlieren oder beschädigt zu sehen, hatte die Frau vorerst auf den Asphalt der weltlichen Tatsachen zurückgeholt. Nun verfügte Snap endlich über die nötige Zeit, die anderen Monitore und Kontrollparameter genauer zu inspizieren.

Ein schriller Alarmton ließ den Decker nicht zur Ruhe kommen. Der Mercedes wurde verfolgt.

Das kann nicht wahr sein, dachte Snap und checkte die Daten.

Es hätte mich auch gewundert, wenn nichts passieren würde.

Die Angst, Murphy zu begegnen oder das Kleingedruckte überlesen zu haben, keimte in ihm auf und trieb ihn zu noch größerer Eile an.

Der blaue Lichtkegel des Niedrigfrequenzers wackelte unregelmäßig über den Schutt, der sich während der letzten Jahre im Kellergang angesammelt hatte.

Es hätte mich auch überrascht, wenn sich eine Putzfrau hierher verirrt hätte.

Einige Stellen des Decken- und Wandputzes waren aufgrund der hohen Luftfeuchtigkeit abgeblättert. Der Gang wurde schon seit Jahren nicht mehr benutzt und stand knöcheltief unter Wasser, weswegen Frank vorsichtig einen Fuß vor den anderen setzte, um nicht über lauernde Hindernisse unter der Wasseroberfläche zu stolpern. Das Letzte, was er jetzt gebrauchen konnte, war, sich in diesem stinkenden Elbbrackwasser langzumachen. Er wollte keinesfalls den delikaten Geschmack des Sauren von eben mit einem noch saureren, aber dafür auch toxischeren Elb-Drink wegspülen.

Am liebsten hätte ich die ganze Flasche Sauren getrunken.

Die Existenz des Gangs war ein wohlgehütetes Geheimnis, und eigentlich hatte Frank vermutet, dass Siegel dieses Sicherheitsleck längst mit Beton ausgegossen hätte. Nur die Siegel-Spitze wusste davon. Edgar, Sid und natürlich Frank. Und da gab es auch noch den Sicherheitsdienst, dessen Aufenthaltsraum direkt am Ende des Gangs lauerte.

Bist du denn übergeschnappt? Du rennst den Nasen von Siegel direkt in die Arme. Was willst du dir hier beweisen?, stellte ihm sein Überlebenstrieb eine gute, einfache und ehrliche Frage.

Vielleicht will ich nur sehen, ob Sid etwas verloren hat? Vielleicht suche ich auch nur eine Möglichkeit, mich meiner Vergangenheit zu stellen, indem ich den Weg beschreite, den ich einst genommen habe? Vielleicht bin ich lediglich verrückt und weiß gar nicht, was ich suche. Oder ich suche den Biss, den ich in jener Nacht verloren habe, als ich hier das letzte Mal entlang gelaufen bin, fiel Franks komplizierte, aber auch ehrliche Antwort aus.

Damit hatte er den Kräften in seinem Kopf endlich Nahrung gegeben, jenem lauernden Bereich seiner Seele ans Licht zu dringen. Er hatte selbst einst in den verantwortungsvollen Reihen des Konzerns gesessen.

Es war eine harte, aber auch ereignisreiche Zeit, dachte er melancholisch.

Der Lichtstrahl folgte dem Weg, den Frank einst genommen hatte, zurück hinter die Barrikade der Vergangenheit.

Er hatte seine Karriere bei Siegel-Devil-Records als so genannter Szeneforscher für den Unterhaltungsbereich Ethno-Gothic-Rock begonnen. Szeneforscher hatten die Aufgabe, ständig in Bars und Kneipen unterwegs zu sein, um abzuschätzen, wie der aktuelle Trend aussah. Sie sammelten allerlei Arten von Infos, sei es nur, dass sie herausfanden, welches Getränk gerade angesagt oder welches Schimpfwort bei der jeweiligen Zielgruppe beliebt war. Ein Szeneforscher war dazu verdammt, ständig dem Puls der Zeit hinterherzuhecheln.

Viele schafften das nicht lange, da Drogen und durchgemachte Nächte viel Kraft kosteten. Oft endete ihre Karriere als Junkie in St. Georg, wo sie dann den Hintern für Touris hinhielten, um die nötige Kohle für Drogen zu beschaffen.

War man als Szeneforscher erfolgreich und überlebte den Stress, folgte die nächste Stufe in der Futterkette, der so genannte Trendsetter. Er hatte die Aufgabe, diese ganzen Informationen zu filtern und war auch für die Vergabe der Jobs als Szeneforscher zuständig. Er musste ständig mit ihnen Kontakt halten, um Trendscripts zu verfassen. Die Zusammenstellung eines solchen Scripts war nicht einfach. Ein gutes Studium der Psychologie und Kommunikation waren nötig, um die Texte kurz, aber verständlich zu halten, damit Kernaussagen schnell transportiert und verwertet werden konnten.

Die fertigen Scripts reichte der Trendsetter an einen Music-Profiler weiter. Der wertete diese Informationen aus und ging auf die Piste, um Bands zu jagen, die in das Profil passten, das er aus den vielen Scripten entwickelte.

Frank war ein guter Music-Profiler gewesen.

Er hatte vor Jahren die ›Sisters of Pain‹ in der billigen Spelunke, der ›Ver-Bar-rikadir-die-Zentral‹, in der Wohlwillstraße entdeckt und sich auf Anhieb mit Richard gut verstanden. Mehr als einmal hatten sie die Nacht in dem Laden durchzecht. Schließlich war es Frank gelungen, den zuständigen Music-Supervisor davon zu überzeugen, wie viel Potenzial die Band hatte. Der Music-Supervisor hatte aber nicht die Zeit besessen, sich der Band persönlich anzunehmen, deswegen war Frank weiter aufgestiegen.

Da die Musik der Band sofort erfolgreich war, wurde er zum Music-Assistent-Manager gekrönt. Von da an war er für den kompletten Erfolg der Band verantwortlich. Er musste die ganzen Infos der Music-Profiler verfeinern und mit dem Marketing- und Medienbudget abstimmen, entscheiden, was für Klamotten die Bandmitglieder trugen, welche Getränke sie in einem Trid-Clip konsumierten und wie sie sich in der Öffentlichkeit verhielten.

Ich war Doktor Frankenstein, der Richard zu dem gemacht hat, was er zum Schluss war. Eine Modepuppe, die sich an den Wünschen seiner Fans orientieren musste und seine wahre Persönlichkeit dabei immer mehr aus den Augen verlor.

Das klang grausam und war es leider auch.

Er hatte die Band seinerzeit mit den nötigen Drogen, Alk und Nutten versorgt. Frank musste sich um ihre Finanzen und Verträge kümmern, die Klauseln mit den jeweiligen Produzenten und Herstellern aushandeln und sie dazu überreden, doch an dieser oder jener Veranstaltung teilzunehmen.

Eine Weile lief es hervorragend. Die Band hatte viermal Platin abgesahnt und lange Zeit den Trend der Musik in Hamburg und den ADL mitbestimmt.

Fluoreszierende, radioaktive, legale Better-Than-Live-Mucke, die dem Hörer den letzten Tropfen Verstand aus den Zellen presst, dabei die Rebellion der 60er und 70er des letzten Jahrhunderts hemmungslos aufgreift und die Wirren des Russland-Krieges in diesem Jahrhundert erbarmungslos in die Ohren treibt. Die Musik und Texte der ›Sisters of Pain‹ sind die grenzenlose Vergewaltigung des guten Main-Stream-Geschmacks.

Mit diesen Worten hatte Werner Dachs, der Verleger von Royalty-Voices, die Musik der ›Sisters of Pain‹ einmal passend im Rolling-Stone-Meta-Magazin beschrieben.

Es war auch die Zeit gewesen, in der Frank seine Frau Sandrine kennen lernte. Sie war ihm eines Nachts als Groupie vor die Füße gestolpert. Er hatte sie dabei ertappt, wie sie nackt in das Zimmer der Vorband, den ›Radioaktiv Energie-Mutants‹, schleichen wollte. Normalerweise hätte er die Sicherheit rufen müssen, aber etwas in ihrem reumütigen Lächeln hatte ihn davon abgehalten.

Okay, es waren ihre schönen Titten gewesen. Aber das, was danach geschah, war anfangs anders gewesen. Anfangs.

Und es kam so, wie es kommen musste. Sie hatten sich verliebt, geheiratet und waren Eltern geworden.

Jetzt war er *Ehemann-in-Scheidung.*

Und was lag dazwischen? bohrte es erbarmungslos hinter der bröckelnden Wand in seinem Kopf.

Die ersten Steine fielen unaufhaltsam.

Bei den Sisters war das noch verhältnismäßig simpel gewesen, weil er mit den Jungs auf einer Welle ritt und sie ständig begleitet hatte. Ihre Musik war wirklich Kunst, die sich aus einem Pulverfass von Emotionen formte und dem Hörer neue Welten öffnete.

Später hatte es noch einen anderen Star gegeben. Amber Clark war ihr Name gewesen. Sie hatte mit ihrem Erfolgshit ›Nine-Inch-Nails for Jesus-Live‹ unerwartet einen internationalen Hit gelandet. Zwar besaß auch sie die Liebe zur Musik, aber sie war bei weitem nicht so stark wie Richard und hatte Franks Unterstützung, Nähe und Hilfe gesucht. Das Ganze war zu einer Zeit passiert, in der Frank gerade mit Sandrine Stress hatte. Seine Frau war auf Entzug gewesen, da sie beinahe an Franks selbstmörderischem Party-Lebensstil zerbrochen wäre, und er hatte sie zwangseinweisen lassen, da sie als extrem suizidgefährdet galt.

Ich bin schuld, dass Sandrine süchtig geworden ist. Schließlich habe ich sie zu jedem Konzert und zu jeder Party mitgeschleift und später keine Zeit für sie gehabt. Ihr Anblick erinnerte mich zu sehr an mein mögliches Ende.

Jedenfalls hatte er sich in Amber verliebt, und sie hatte diese Liebe erwidert. Zusammen hatten sie sich in einen Rausch voller Emotionen und Konsum gestürzt.

Siegel gefiel das ganz und gar nicht. In das saubere Profil der Sängerin passte Frank nicht hinein, obwohl er mittlerweile als Koryphäe seines Musikbereichs galt.

Ich habe gewusst, dass sie dem Druck des Konzerns nicht standhalten kann, und wollte sie vor dem Schlimmsten be-

wahren, versuchte er sein Gewissen zu beruhigen, in der Hoffnung, die Wand wieder zu verschließen.

Er war mit ihr eines Nachts durch diesen Tunnel geflohen. Die Bilder kamen zurück, das Loch in der Wand wurde größer, mehr und mehr Steine fielen zu Boden. Die Vergangenheit stürmte gnadenlos auf Frank ein.

Sie konnte das Konzert nicht geben, bei dem sie an jenem Abend auf dem Fernsehturm auftreten sollte. Weinend und zitternd ist sie in mein Büro gekommen und hatte mich angebettelt, sie von Siegel-Devil-Records wegzubringen und mit ihr ein Leben fernab von allem Ruhm und Rummel zu leben. Genau an dieser Stelle sind wir entlang gelaufen, als auf einmal … das Licht anging und Frank eine Stimme hörte.

»Schön, Sie zu sehen, Herr Steffens. Ich hätte nicht geglaubt, dass sich unsere Wege noch einmal kreuzen werden. Aber wie sagt man, besser spät als nie, nicht wahr?«

Die Stimme gehörte einem Mann, den er von damals kannte und hasste.

Das Schnarren einer Kettensäge, die sich langsam kreischend den Weg zwischen meinen Beinen Richtung Kehlkopf sucht, ist melodischer und besser zu ertragen als dein Gesabbel, Heinrich Pierskaller.

Angst machte sich in ihm breit. Angst vor dem, was nun folgen würde.

C.
Schlussspiel der Exposition

Gambe der Bürger und Könige

Die wabbelige Masse auf dem Bett geriet endlich in Bewegung. Ein dünner, glänzender Schweißfilm hatte sich auf der Glatze gebildet und schimmerte im Kerzenlicht, das nun den Raum erhellte. Stöhnend griff sich Potatohead an den Kopf. Der Decker litt an den typischen Folgen des Auswurfschocks und registrierte die Veränderung in seinem privaten Umfeld noch nicht. Die Augen der Kartoffel blieben geschlossen, und die Musik der ›Carmina Burana‹ schwebte durch den Raum, drang aber nicht zum Bewusstsein der Amöbe vor.

»Und, erfolgreich gewesen?«, hakte der Mann mit dem Bart nach, da er wusste, dass ihm nicht mehr allzu viel Zeit blieb.

Die fiependen Laute erinnerten ihn an einen unter Lachgas stehenden Eunuchen-Chor, als die schleppende Antwort kam.

»Natürlich, aber es war nicht einfach. Zuerst habe ich versucht, in das DocWagon-System zu hacken – das werde ich nicht noch einmal versuchen. Die Schweine hatten meine Relais fast in eine irreversible Fusion mit meinem Hirn verschmolzen. Dann bin ich darauf gekommen, dass ich ja auch über das BuMoNA-System eindringen kann.«

Der Decker war wirklich nicht schlecht.

BuMoNA stand für ›Bund für Mobilen Notfall-Arzteinsatz‹, und diese Organisation war das deutsche Pendant zu DocWagon. Seine Versicherungsnehmer erfreuten sich eines bewaffneten, mobilen Einsatz-Services in extremen Situationen, ausgenommen waren Kriege und politische Unruhen. Der Versicherte wurde von einem mobilen Rettungstrupp aus der größten Scheiße herausgeschossen. Natürlich mussten die entstandenen Verluste des Konzerns in geregelten Staffelungen vom Versicherungsnehmer getragen werden, und eine Klaue des mobilen Rettungskommandos, sofern sie das Zeitliche segnete, wurde mit zwölftausend Euro berechnet. Dafür bot sie dem Versicherungsnehmer eine Komplettregeneration oder Bergung der Leiche innerhalb von fünfzehn Minuten.

Die Bergung der Leiche hatte etwas für sich, so verrückt das auch klingen mochte. Viele Konzerne oder Versicherungen hatten in ihren Verträgen die Klausel, dass eine Versicherungssumme in voller Höhe nur dann ausgezahlt werden konnte, wenn die Todesursache von einem anerkannten Gerichtsmediziner der ADL bestätigt wurde.

›Krankes Hirn‹ erläuterte den Rest.

»Da Ihr Ziel jetzt in den ADL ist, springt die BuMoNA für die Service-Leistungen von DocWagon ein, und daher sind die Daten auch an den deutschen Konzern übermittelt worden. Zum Glück hatte ich noch ein paar Gefallen ausstehen und konnte mich auf Insider-Informationen berufen, um an die Daten heranzukommen und Ihren Chip damit zu füttern. Nur eines ist klar: Der veranschlagte Preis ist gestiegen. Der Aufwand war deutlich höher als erwartet. Stellt das ein Problem für Sie dar?«

»Nein. In keiner Weise …«, schnurrte der Bärtige wie eine lauernde Katze.

»Das freut mich. Hier ist Ihr Chip mit den Infos, die Sie brauchen, um Ihren Kontrakt erfolgreich zu beenden.«

Das Cyberdeck auf der Kommode blinkte, und ein

Schubfach an der Seite öffnete sich automatisch. Der Mann schritt über knirschende Pizzaschachteln zum Gerät hinüber, nahm seinen Chip aus der elektronischen Halterung und prüfte ihn abschließend mit einem modifizierten Pager. Was er sah, machte ihn sehr zufrieden.

Jetzt muss ich nur noch eines tun …

»Ähm, Schatz. Brunhilde, meine Wilde, bist du so lieb und bringst mir was Kaltes aus der Küche und bietest unserem Gast auch etwas an? Es ist auf einmal so heiß hier, ich bin schon ganz durchgeschwitzt«, quiekte die Kartoffel Richtung Küche.

Es wird Zeit, dass ich mich der Saat erfreue.

»Sie erhalten das, was Ihnen zusteht. Ich habe sogar einen Bonus für Sie, und Sie brauchen nicht zu schreien. Ihre Freundin liegt direkt neben Ihnen …«, sagte der Bärtige, während er die Musikanlage lauter drehte.

Das Tosen der klassischen Musik schluckte die Schreie der Amöbe im Bett, als diese die Augen zum ersten Mal öffnete. Das einst weiße Laken war blutgetränkt, und die warme Flüssigkeit bedeckte den ganzen Körper der Kartoffel. Die zerstückelten Einzelteile der Trollfrau lagen sorgfältig im Bett verteilt. Gebrochene, tote Augen erwiderten den panischen Blick, als die Kartoffel ihre Umgebung zum ersten Mal bewusst wahrnahm.

In dem Raum war eine dritte Präsenz, die sich an dem Schauspiel ergötzte. Sie sog die aufkeimenden, berauschenden Emotionen schlürfend in sich auf und freute sich noch mehr auf das, was jetzt folgen würde. Seine Kraft nahm mit jedem Schnitt zu, den der Bärtige dem schreienden Mann auf dem Bett zufügte. Rot trübte die Sicht des Mannes, denn Blut war überall.

INTERMEDIUM

Capriccio der Verfolgung

Langsam holte er mit der Schüssel auf. Der Fuß des Metas hatte das Gaspedal bis zur Hälfte durchgetreten. Die Geschwindigkeit war mehr als ausreichend bei dem dichten Verkehr. Von außen glich der Ford einem aus dem letzten Loch pfeifenden Schrotthaufen, aber unter der Haube schnurrten über 850 modernste Pferdestärken, kombiniert mit Hightech, die so manchen Techfreak vor Freude zum Jodeln bringen würde.

Der Autopilot korrigierte die zu dichten Überholmanöver der Messerklaue am Steuer, aber alles in allem schlug sich der Mann ganz tapfer. Schließlich war er kein Rigger, und es war nicht gerade einfach, diesem fahrenden Wildschwein unbemerkt auf den Fersen zu bleiben.

Wenn's nötig ist, werd ich das tun, worin ich am besten bin: Ich lasse die Welt in einer Wolke aus Blei verschwinden.

Zärtlich glitt die kräftige, rechte Pranke des Orks über den frisch geölten, breiten Lauf der entsicherten Waffe auf dem Beifahrersitz. Bei dem tödlichen Liebesprügel handelte es sich um eine Ares Alpha Combatgun, einem Sturmgewehr mit integriertem Granatwerfer.

Der Freudenspender für einen Samurai von Welt. Omae!

Das Hochgefühl verschwand, sobald das Heck des Mercedes wieder in Sicht kam. Der Ork reduzierte die Geschwindigkeit, schließlich wollte er nicht auffallen. Irgendetwas musste die Riggerin zurück in die

Gefilde der gesetzestreuen Verkehrsteilnehmer geholt haben.

Bin ich etwa entdeckt worden? Das kann nicht sein. Ich hab mehr als genug Abstand gehalten.

Trotz der Neugierde gelang es dem Meta, nicht das Mikro anzuschalten und mit seinem Team Kontakt aufzunehmen. Bestimmt würde er später erfahren, was vorgefallen war. Gewöhnlich sah es Ratón – der Riggerin des Mercedes vor ihm – nicht ähnlich, den Motor eines Wagens nicht an die Grenzen seiner zulässigen Betriebstemperatur zu treten.

Der Runner konzentrierte sich wieder auf seinen Auftrag und schob alle unnötigen Gedanken beiseite. Paul und er hatten kurzfristig den Plan ausgetüftelt, dass Chet dem Mercedes unauffällig folgen sollte.

Wenn Probleme auftauchen, bin ich der Joker. Weltliche Probleme werde ich mit dem Granatwerfer des MGs in Rauch aufgehen lassen. Burn Baby Burn! Falls sich diese Probleme als zu groß entpuppen, wird es meine Aufgabe sein, die Straße zu blockieren. Das verschafft dem Team genug Zeit, damit es mit dem Schutzobjekt die Fliege machen kann.

Für Chet gab es keine weltlichen Probleme, die so groß wären, dass ein Ork unter ihrer Last zusammenbrechen würde. Falls doch – nur mal so angenommen –, würde von der Schüssel sowieso nicht mehr als dampfendes Blech übrig bleiben, und dann wäre es ihm auch egal.

Paul, dieser gerissene Hund, hatte gewusst, warum er Ratón nicht in den Plan eingeweiht hatte. Als auf Pauls Befehl der letzte fahrbare Untersatz der Riggerin in Glühkohle verwandelt wurde, hatte sie ihm nur die Nase gebrochen. Diesmal würde der Straßendoc mehr als nur ein paar OBs brauchen, um den Knaben wieder fit zu bekommen, falls die Techbraut von dem Spiel Wind bekommen sollte. Weil der Wagen, in dem der Ork saß, deswegen auch die Riggertech, eigentlich Ratóns Baby war.

Gehässig grinsend versuchte der Ork, es sich in dem schmalen Sitz bequem zu machen, während er dem Mercedes weiterhin folgte und dabei waghalsige Überholmanöver durchführte.

2.
Durchführung

Antiphon zwischen Zukunft und Gegenwart

Klassische Musik perlte leise auf die Anwesenden und verbreitete ein Gefühl des Willkommenseins und der Geborgenheit. Paul und Zack hatten Eternity in ihre Mitte genommen und durchquerten schnell die Lobby des Atlantic-Hotels. Rebers folgte ihnen wie ein Schoßhund auf Schritt und Tritt und ließ sie keinen Moment aus den Augen.

Das Licht der großen goldenen Kronleuchter wurde von kleinen Kristallen gebrochen, die es in der riesigen Eingangshalle schimmernd reflektierten. Ein dicker, roter Teppich schluckte sämtliche Trittgeräusche und federte angenehm unter ihren Schritten. Hellbraune Marmorsäulen ragten sechs Meter in die Höhe und verloren sich in einer Deckenbemalung mit der geschichtlichen Entwicklung Hamburgs bis ins neunzehnte Jahrhundert. Rechts vom Empfang befand sich ein großer Speisesaal. Durch die Glastür sahen sie einen Wasserfall, der plätschernd in ein großes Bassin floss. Ein Dschungel echter Pflanzen grenzte die einzelnen Tische dezent ab. Kellner schritten gemächlich zwischen den Tischen umher, darauf bedacht, ja kein Gefühl der Unruhe bei den schwerreichen Gästen aufkommen zu lassen.

Paul ließ die Lobby mit den attraktiven Empfangsdamen achtlos links liegen und führte die kleine Gruppe zielstrebig zu den Glasaufzügen.

Um die letzten achthundert Meter zum Hotel zu

überwinden, mussten sie den Mercedes gegen ein Hover eintauschen, und dieser Vorgang hatte länger als erwartet gedauert.

Das Atlantic und einige anschließende Gebäude hatten die große Flut von 2011 zwar überstanden, aber ihre Erdgeschosse und Keller waren verwüstet worden. Die Rettungs- und Baumaßnahmen waren bestimmt nicht billig gewesen, es hatte sich aber gelohnt. Die Katastrophe hatte keine sichtbaren Spuren am Atlantic hinterlassen. Diese neu entstandene, kleine Inselgruppe nannten die Hamburger die ›Schimmernde Inselmeile‹, weil die Eigentümer an der Außenbeleuchtung nicht gespart hatten. Der Bau rechts neben dem Atlantic war am auffälligsten. Er beherbergte die erfolgreiche Werbeagentur ›Zum Vercyberten Hirschen‹. Die Agentur hatte einiges für ihr stroboskopisches Feuerwerk zahlen müssen, da sich die Sicherheit der Luftfahrtbehörde anfangs mit den grellen Lichtsäulen schwer getan hatte. Eine Finanzspritze hatte die Rechtsanwälte des Lufthansa-Konzerns beruhigen können. Man hatte sich zusätzlich darauf geeinigt, das Leuchten alle zwanzig Minuten für zehn Minuten abzuschalten. Dies hatte eine Steigerung der Auffälligkeit bewirkt und war ganz im Sinne der Agentur, zusätzlich hatte es den Sicherheitsbestimmungen des Verkehrskonzerns genügt.

Der Hover war auch der Grund, warum Ratón nicht bei ihnen war. Die Riggerin brachte das Fahrzeug gerade zum ausgemachten Fluchtausgang Nummer zwei in ihrem Plan. Für den Notfall mussten sie schnell einen Weg finden, von hier abzuhauen. Nummer eins war eine kleine Wasp auf dem Dach.

Ich ziehe es vor, immer mehrere Fluchtpläne parat zu haben.

Pandora würde ebenfalls später zu ihnen stoßen. Sie testete die magischen Sicherheitsvorkehrungen des Hotels und hatte Eternity und Paul gemieden.

Ist sie etwa eifersüchtig?, dachte Paul, als er kurz über ihr Verhalten nachgrübelte.

Sie erreichten den Aufzug, an dem sie bereits der strahlende Hotelchef mit einem riesigen Strauß Blumen erwartete. Der kahlköpfige Mann breitete überschwänglich die Arme zur Begrüßung aus. Bevor er jedoch den Fehler machen konnte, Eternity zu nahe zu kommen, trat Paul einen Schritt vor und streckte dem kleinen Dicken die Hand entgegen.

Lächelnd sagte der Runner: »Danke, dass Sie sich solche Mühe machen.«

Der Dicke lässt sich bestimmt nicht mit einem: ›Hallo, nett, dich zu sehen, und tschüs auch‹ abspeisen. Ich werde trotzdem versuchen, Eternity so schnell wie möglich aus den Augen der Öffentlichkeit zu bringen. Wenn ein Reporter Wind kriegt, dass sie hier ist, hätten wir uns das alles sparen können.

Die Sängerin hatte auf Pauls Anraten die Kapuze des Capes hochgezogen; die Scanner und die allgegenwärtigen Kameras konnte sie damit natürlich nicht austricksen, aber es war besser als nichts.

Zwar sichtlich beleidigt wegen Pauls direktem Verhalten, erwiderte der Hotelier trotzdem den Händedruck. Der Griff des Mannes erwies sich als leicht und schwammig, was Paul als sehr unangenehm empfand. Er assoziierte das mit einem Schleimer, als er den Mann erneut betrachtete.

Dieser wandte den Kopf Eternity zu und ließ einen Schwall heißer Luft entweichen. »Es freut mich, Sie in den bescheidenen Räumen des Atlantic begrüßen zu dürfen, Eternity. Mein Name ist Alfred Beiderwellen.«

Der Mann ließ seinen Namen wirken, und obwohl keiner in einen Applaus einstimmen wollte, verschonte er sie nicht mit dem Rest seiner einstudierten Rede.

»Wir haben alles Menschenmögliche getan, um die Suite auf den Besuch eines berühmten Stars, wie Sie es sind, vorzubereiten. Verzeihen Sie bitte, wenn etwas nicht zu Ihrer Zufriedenheit geregelt sein sollte. Ich werde mich dann persönlich darum kümmern, dass Ihre Wünsche schnellstens erfüllt werden.«

Mir wird schlecht bei einer solchen Verschwendung von verbalen Schmierstoffen.

Paul unterdrückte das starke Verlangen, kurz auf den Boden zu schauen, um nach der Triefspur des Mannes zu suchen. Eternity antwortete nur knapp und schien selbst nicht begeistert über diesen Empfang zu sein. »Ich fühle mich geehrt, dass man sich im Atlantic so um mich kümmert und werde den Besuch gewiss nicht vergessen, Herr Beiderwellen.«

Rebers wollte auch etwas sagen, aber Paul ergriff das Wort, bevor noch mehr unnötige heiße Luft Eternitys musikalisches Gehör beleidigen konnte.

»Sie werden bestimmt verstehen, dass Eternity müde ist und sich zurückziehen möchte. Sie muss sich noch auf den morgigen Tag vorbereiten. Sie können sicher sein, dass wir Ihr Entgegenkommen sehr schätzen und nicht vergessen werden.«

Der Mann hatte durch die Blume verstanden, was Paul wollte, ging aber nicht sofort darauf ein.

»Natürlich bin ich mir dessen bewusst, vorher muss ich Sie aber noch bitten, diese zwei … Herren in Straßenkleidung aus dem Gang vor Eternitys Suite zu entfernen. Sie werden bestimmt verstehen, dass andere Gäste sich von Maschinenpistolen gestört fühlen, deren Besitzer außerdem noch schlecht riechen und ordinäre Wortlaute zur Kommunikation gebrauchen. Das Personal scheint auch nicht glücklich über die Anwesenheit der beiden … Individuen zu sein. Sie haben eine erneute Reinigung des Raums nicht zugelassen und die Reinigungskräfte mit Waffen bedroht. Den genauen Wortlaut der beiden Herren möchte ich jetzt nicht zitieren, aber seien Sie versichert, dass Knigge diese Wörter schon vor Jahrzehnten aus den Chips und Büchern für gutes Benehmen entfernt hat. Ich weiß, dass Siegel die Erlaubnis der Hotelführung besitzt, Ihre Leute mit Waffen auszurüsten. Aber Sie können mir glauben, wenn ich sage, dass die Sicherheit der Gäste auch uns am Herzen liegt. Die Hotelmagier und das Wachpersonal sind bestens gerüstet.«

Paul wusste, worauf der Mann anspielte, aber das Verhalten der beiden Sams hatte er persönlich angeordnet, und er war froh zu hören, dass sich die Muskeln daran gehalten hatten.

Nichts ist schlimmer als ein Begrüßungskomitee vorzufinden, das den Wunsch hegt, einem nicht nur die Koffer auszuräumen oder die Schlüpfer anzuprobieren.

Mit dem schlichten Wort Präventivmaßnahmen rechtfertigte Paul die Vorgehensweise. Er verstand aber auch die Sorge des Hotels und wollte das Atlantic inklusive Personal nicht unnötig beunruhigen. Die beiden Messerklauen wurden jetzt sowieso nicht mehr gebraucht, sie hatten ihren Zweck erfüllt.

»Ich verstehe Ihre Sorge und kann Ihnen versichern, dass die beiden Herren in spätestens zehn Minuten verschwunden sein werden.«

Der Mann schien erleichtert zu sein. Zum Abschluss wollte er Eternity die Blumen überreichen, Paul nahm sie ihm vorsichtshalber höflich ab – *Man kann nie wissen, wer bestochen wurde oder welches gesundheitsgefährdendes Kleintier darin herumkriecht* – und drückte sie dem verdutzten Rebers in die Hände.

Zack und ich brauchen beide Hände, und Eternity sollte sich im Notfall auch nicht durch das Grünzeug behindert fühlen.

Es machte *Pling*, der Lift hielt.

Auf einen freundlichen Wink von Paul und einen liebreizenden Blick von Zack verließ der Liftboy den gläsernen Aufzug mehr als nur bereitwillig.

Zeit für 'ne Chippause, Kleiner.

Eternity, geleitet von Rebers, trat zuerst ein. Indem die beiden Runner mit ihren breiten Schultern die Glasseite des Aufzugs in Beschlag nahmen, deckten sie Eternity und ihren Schoßhund vor möglichen Scharfschützen.

Gefahr lauert überall. Meistens erwischt sie einen dort, wo man es am wenigsten vermutet, auch wenn es hier nicht wahrscheinlich ist. Was habe ich gerade gedacht? Mmh, Stochastik kann sehr verwirrend sein.

Der Aufzug setzte sich in Bewegung, und nach wenigen Sekunden erreichten sie die oberste Etage des Hotels. Für Paul war die Fahrt eine richtige Tortur. Eternity hatte ihr Cape zurückgeschlagen, und diese Bewegung hatte ihr Parfum in der Kabine verteilt. Der Duft hing schwer in der Luft, und ihre rötlich schimmernden Haare zogen Pauls Nase magnetisch an.

Als die Lifttür zurückglitt, wurden sie sofort von zwei vollautomatischen Sturmgewehren begrüßt. Die todbringenden Mündungen bewegten sich keinen Millimeter, ihre Besitzer besaßen sehr ruhige, verchromte Hände.

Rebers sog laut den Atem ein und drohte den Liftboden zu verunreinigen, biss sich jedoch in dem Blumenstrauß fest, weswegen der übliche Schrei eines Konzernpinkels in so einer Situation ausblieb.

Paul hatte gewusst, dass so was passieren würde, und schenkte den beiden rothaarigen Sams – im wahrsten Sinne des Wortes – ein entwaffnendes Lächeln.

Zack konnte es sich nicht verkneifen und schleuderte dem Bewaffnungskomitee eine für ihn typische Begrüßung entgegen, da er auf Blei verzichten musste. »Shit und Fuck, die zwei Kupferköpfe. Eure Batterien könnten mal wieder Saft gebrauchen, ihr steht nicht breitbeinig genug da.«

Die dunklen Shades der Muskeln absorbierten das

gedämpfte Licht im Flur. Ihre kurz rasierten, roten Haare erinnerten an glühende Metallspikes. Der Rechte, Shizzo war sein Name, konnte sich gerade noch beherrschen und verzichtete darauf, den aufkommenden Zuckungen in seinem Zeigefinger nachzugeben. Fuccero hatte da schon mehr Probleme, aber Paul schob den Lauf seiner Waffe nach oben und drückte ihm mit der anderen einen Ebbie gegen die muskelbepackte Brust.

Stress können wir jetzt nicht gebrauchen. Ich werde später mit Zack ein ernstes Wort unter vier Cyberaugen wechseln müssen, notierte der Runner auf seiner wachsenden Checkliste unter dem Topic: Was wir nächstes Mal besser machen.

»Hey, bleib cool. Hier ist die Kohle, alles glatt gelaufen?«

Der Ebbie ließ die beiden Zack vergessen, und sie schulterten ihr schweres Gerät. Einen Kontrollblick auf den Ebbie unterließen sie, denn Paul war ein Chummer von Doc Eyeless, ihrem üblichen Auftraggeber.

»Sahne, Chummer. Keine Hektik, das hat sich gelohnt. Obwohl wir 'n bisschen Action gar nicht so schlecht gefunden hätten. Maybe nächstes Mal«, sagte Shit zum Abschied und ging mit seinem Partner zum Treppenaufgang.

Kurz vor der Biegung schenkten sie Zack zum Abschied noch den emporgestreckten Mittelfinger. Somit konnte Paul die hässlichen Gesichter der Kupferkopfeinheit vorerst aus seinem Gedächtnis streichen.

Sie würden nichts nach außen dringen lassen. Der Ebbie war sauber, und der Doc besaß einen guten Einfluss auf sie. Vor allem würden sie nicht in die nächste Kneipe laufen, wie es sonst üblich war, und sich besaufen, um später einem dahergelaufenen Penner alles zu erzählen. Solche Fehler wurden von Anfängern im Vollrausch gern begangen. Die beiden waren zwar keine Anfänger, aber Paul hatte trotzdem Vorsicht walten lassen und dem Doc aufgetragen, den beiden ein Toxin zu verabreichen. Shit und Fuck waren anfangs ziemlich sauer gewesen, nachdem sie das erfahren hatten, aber der ausstehende Bonus hatte sie abgekühlt. Sie waren jetzt auf direktem Wege zum Doc, um das Antitoxin in Empfang zu nehmen. Doc hatte ebenfalls einen Bonus kassiert und würde sie bis morgen Abend schlafen schicken.

Präventivmaßnahmen halt …

Rebers nahm den Strauß aus dem Mund und atmete erleichtert auf. Eternity hatte die ganze Zeit über interessiert gelauscht und keine Angst gezeigt. Wie sollte sie auch, sie hatte die Waffen ja nicht gesehen. Jetzt schaute sie Paul erwartungsvoll an. Am liebsten hätte er ihr seine Lebensgeschichte erzählt, konnte sich aber noch bremsen.

»Ich weiß, dass Sie … du einige Infos haben willst. Ich erzähl dir alles in deiner Suite. Okay?«, sagte er, da er mit der Sängerin endlich das eigentliche Ziel, ihr Hotelzimmer, erreichen wollte.

Paul, kastrier dich endlich. Der Job, nicht das Hotelzimmer ist wichtig.

»Okay«, antwortete sie knapp als Zeichen der Zustimmung.

Den Strauß in den Armen haltend, rannte Rebers voraus auf die Tür zu. Paul betätigte den elektronischen Pass-Stick der Tür, damit Rebers – der garantiert nicht nur die Blumen wässern wollte – als Erster durch die Doppeltür zu Eternitys Räumen schreiten konnte.

Falls es jemand geschafft haben sollte, trotz der Samurais unbemerkt ins Zimmer zu gelangen, wird Eternitys Schoßhund den Kugelfang für uns spielen.

Als Strafe für das beschissene Verhalten des Mannes am Kai fand Paul das ein bisschen zu hart, aber ein gehässiges Grinsen konnte er sich trotzdem nicht verkneifen.

Rebers warf noch einmal einen Blick zurück, bevor er die Räumlichkeiten betrat. Den Blick von Paul konnte er nicht deuten und war sichtlich verwirrt.

Paul hatte ein ungutes Gefühl bei dem Kerl, wenn er es auch an nichts Bestimmtem festmachen konnte. Vielleicht war es nur die Intuition eines Runners, der, sobald Konzerne ihre Finger im Spiel hatten, immer mit dem Schlimmsten rechnete. Eine gesunde Portion Vorsicht hatte aber noch niemandem geschadet. Diesen Vorsatz würde Paul nicht so bald aufgeben. Nur eines wurde ihm bei diesem Gedanken bewusst. Er dachte mittlerweile wie ein Runner. Vor wenigen Monaten war dem noch nicht so gewesen.

Ein lauter Schmerzensschrei drang an ihre Ohren. Paul merkte, wie sich Eternity angstvoll an seinen Arm klammerte. Bestimmt, wenn auch etwas wehmütig, drückte er sie Zack in die Arme. Der hatte ebenfalls seine zwei Wummen gezogen, zielte mit einer den Gang rechts hinunter und mit der anderen auf die Tür.

Paul spurtete unter Zacks Deckung geduckt zur Tür. Der Chummer besaß zwei bestens konfigurierte Smartlinks. Auf diese Weise war gewährleistet, dass er Paul nicht aus Versehen die Eier abschoss. Die Schussgenauigkeit seines Freundes war so gut, dass dieser problemlos den Stachel eines fünfzig Meter weit entfernten, blutdürstigen Moskitos zerblasen könnte.

Pauls innerer Alarm schlug an, er duckte sich mit gezogener Waffe neben den Eingang und rief: »Licht!«

Das aktivierte die Beleuchtungsautomatik, bevor er es riskierte, einen Blick in den Raum zu werfen.

Was der Runner sah, ließ ihn lächeln.

Rebers war über einen achtlos im Raum stehenden Staubsauger gestolpert, lag der Länge nach auf dem weichen, hellroten Teppich und hielt sich benommen den Kopf – der Strauß hatte erneut den Weg in seinen Mund gefunden.

Paul gab Zack das Handzeichen: Entwarnung.

Jetzt konnten sie endlich den Raum betreten und erst einmal verschnaufen. Von nun an stand nur noch Abwarten auf dem Plan. Morgen würden sie die Sängerin wohlbehütet zum Konzertsaal bringen, und danach war der Auftrag so gut wie erledigt. Bei diesem Gedanken fühlte Paul, dass er Eternity – Trish – vermissen würde, sobald sie wieder aus seinem Leben verschwunden war.

Was ist los mit mir, warum bin ich auf einmal so emotional? Ich kenn sie doch gar nicht … Ich brauche dringend eine Dusche, um meinen Kopf freizubekommen.

Das heiße Wasser prasselte schmerzhaft auf Snookers muskulösen Körper. Er stützte sich mit dem Ellbogen an der Wand der Duschkabine ab und beobachtete, wie sich das geronnene Blut langsam von seiner Haut löste und im Abfluss verschwand. Die Bilder in seinem Kopf konnte er aber nicht fortwaschen. Noch immer sah er ihren verängstigten Blick mit dem hilflosen Ausdruck, der sich wohl für immer eingebrannt hatte.

Kurz rief er sich die Fahrt hierhin zurück ins Gedächtnis, in der Hoffnung, zumindest für kurze Zeit an etwas anderes denken zu können.

Dornenpeitsche – Snooker hatte sich dazu entschlossen, den Straßennamen der Wachtmeisterin für sich zu benutzen, damit er ihre unberechenbare Position nicht vergaß – war mit ihm zu einem verdunkelten Hover gegangen, wo sie bereits von zwei weiteren Beamten erwartet wurden. Snooker hatte sofort registriert, dass die Anzüge der zivilen Polizisten von der Stange waren. Ansonsten hatten sie auf ihn einen gelassenen Eindruck gemacht und schienen in ihm nur einen weiteren Job zu sehen. Persönliche Anteilnahme hatte er auch nicht erwartet, aber er hätte gerne mit jemandem gesprochen. So hatte er sich nur auf den knappen Wortwechsel der

Beamten konzentriert. Ihm war das Auslassen persönlicher Anreden oder Anspielungen aufgefallen, Beweis genug, dass die Zivilbeamten Snookers Wärterin nur dienstlich kannten.

Ohne sich lange gegenseitig vorzustellen, hatten sie Snooker ins Fahrzeug verfrachtet. Er hatte sich der unfreundlichen und wenig fürsorglichen Behandlung bereitwillig gefügt, da er zu sehr damit beschäftigt war, einen Ausweg aus seiner prekären Lage zu suchen.

Bis sie das Verwaltungsgebäude von HanSec am Ende der Feldstraße verlassen hatten, war allerhand Zeit verstrichen, da sie mehrere Kontrollpunkte innerhalb des Luftschutzbunkers passieren mussten. Die Dienst habenden Wachen prüften ihre Check-Sticks, auf denen die Daten der Beamten und des Schutzauftrags gespeichert waren, auf Herz und Nieren, was wohl daran lag, dass der blau-weiß gestrichene Sicherheitsbau vor kurzem erneut Opfer eines Anschlags von Ökoterroristen geworden war. So viel konnte Snooker dem kurzen Wortwechsel zwischen Dornenpeitsche und einem Wachmann entnehmen. Danach waren sie über Umwege zur Luruper Hauptstraße im Stadtteil Bahrenfeld gefahren. Dort angekommen, hatte man ihn aus dem Hover geschleust und in ein heruntergekommenes Wohnhaus gestoßen. Viel Zeit hatte Snooker dabei nicht gehabt, um einen Blick auf die Umgebung seiner neuen Heimat zu werfen.

Zwar hatte er kein First-Class-Hotel erwartet, aber das Gebäude erinnerte den Bodyguard mehr an eine Teufelsratten-Absteige. Eine Fassadenverkleidung hatte das Mehrfamilienhaus bestimmt einmal besessen, was wohl noch vor den Russlandkriegen gewesen sein musste. Auch die anschließenden Gebäude waren nichts weiter als eine trostlose Aneinanderreihung entkernter Rohbauten, die vergeblich auf eine Abrissbirne warteten.

Den Beamten war Snookers zweifelnder Blick nicht entgangen, und sie hatten sich dazu herabgelassen, ihm die Wahl ihres Unterschlupfs zu erklären. Ihn erwarte hier nur Ruhe, und er hätte nichts von irgendwelchen Reportern zu befürchten.

Die kleine Wohnung war, verglichen mit dem Treppenhaus und den restlichen leeren Wohnungen, die sie passierten, ungewöhnlich sauber. Sein neues Gefängnis bestand aus zwei Räumen. Dem größeren Raum schloss sich ein kurzer Flur an, von dem es auch zu einer kleinen Toilette ging, und er war mit einer Kochnische ausgestattet.

Wie hätte es auch anders sein können? Hier schlugen die beiden Polizisten ihr Lager auf und inspizierten zunächst die Schätze des reichlich gefüllten Kühlschranks.

Die Dornenpeitsche führte Snooker in seine Zelle, die links der okkupierten Nahrungsressource lag. Gut, der Raum war sauber und besaß ein eigenes Badezimmer, aber für Snooker war es wegen der Umstände trotzdem eine Zelle. Eingerichtet war der etwa vier mal vier Meter kleine Raum mehr als nur minimalistisch, sogar ein Spartaner hätte nicht geglaubt, dass man weniger als wenig übertreffen könnte – HanSec war es gelungen.

Aber Snooker war das egal. Er hatte sowieso kein Gepäck, und das Fehlen eines Kleiderschranks störte ihn daher nicht weiter.

Ob es Ironie war, konnte er nicht sagen, aber die Beamtin hatte Snooker eine Flasche Whisky auf das Fensterbrett gestellt, genau jene Marke, die Davis in seinem Rucksack mit sich geführt hatte, und war lächelnd aus seiner Zelle verschwunden, unterließ es dann aber, die knarrende Tür mit einem klimpernden Schlüsselbund hinter sich abzuschließen, wie er es fast erwartet hatte.

Als Erstes riss sich Snooker die Kleidung vom Leib und stürmte ins Badezimmer. Die Kacheln waren an einigen Stellen gesprungen, und ihr grünes Muster war so hässlich strahlend, dass sogar ein Blinder sich gestört fühlen musste. Gewöhnlich sagte man ja, dass Grün die Farbe der Hoffnung war. Snooker hatte sich nie allzu viele Gedanken über Farben und ihre psychologische Wirkung gemacht, musste jedoch in diesem Augenblick zugeben, dass er wirklich die Hoffnung hegte, dieses strahlende Grün so schnell wie irgend möglich zu verlassen.

Snooker hatte die Temperatursteuerung an der Wand gesucht und keine gefunden, ein Rufen von ›Vierzig Grad‹ hatte auch nichts bewirkt, und dann erst war er auf die Idee gekommen, dass manuelle, antiquierte Maßnahmen gefordert waren. Kein Wunder, da der Bau garantiert nicht am technologischen Fortschritt der Gesellschaft draußen teilgenommen hatte. Ein genaues Regeln der Temperatur konnte er abschreiben, da die Mechanik nicht besonders fein war. Anfangs färbten rostige Pigmente den heißen Strahl, die nach einiger Zeit ausblieben. Dafür bewirkte jetzt das Blut des Mädchens eine Verfärbung des nach Chlor stinkenden Wassers.

Und nun stand Snooker hier unter einer heißen Dusche und konnte an nichts anderes denken als an das Mädchen, das er umgebracht hatte. Alle Hoffnung auf eine ruhige Zukunft lief in diesem Augenblick den Abfluss hinunter. Plötzlich stotterte der Duschstrahl, die Temperatur wechselte schlagartig von zu heiß auf arschkalt. Snooker griff sich schnell den Industriereiniger von der Ablage und schrubbte die Hände mit der ätzend grünen Chemieflüssigkeit sauber. Das Unterfangen war ziemlich schmerzhaft und glich eher einem Akt selbst auferlegter Kasteiung.

Als er endlich aus dem Bad trat, saß die Beamtin entspannt und mit provozierend gespreizten Beinen auf dem durchgelegenen Bett und schaute ihn erwartungsvoll an.

Snooker fiel auf, dass sie ihre Uniform gegen braune Naturlederklamotten eingetauscht hatte, deren Fransen sie mit Federn und Knochen verziert hatte. Passend zu ihrem neuen Auftreten trug sie ein riesiges Jagdmesser in einer Ledertasche an der Seite. Snooker bemerkte, dass der Griff des tödlichen Stahls aus einer Rehpfote gefertigt war.

Er ertappte sich bei der Vorstellung, die Frau könnte im Sinn haben, aus seiner Hand etwas Ähnliches zu machen. Auf einmal wurde ihm kalt, und eine Gänsehaut kroch seinen nassen Körper hinauf.

Da er nur mit einem Handtuch bewaffnet war, unterdrückte Snooker den Wunsch, sich erneut trocken zu reiben, und der Blick der Frau auf seinem Bett wirkte auch nicht einladend.

»Und, gefällt Ihnen, was sie sehen?«, fragte er unfreundlich, da ihm die Rolle des Opfers allmählich auf die Nerven ging. Er wollte endlich klare Fronten schaffen.

»Natürlich, Sie sehen sehr gut aus. Die Form Ihrer Muskeln lässt darauf schließen, dass Sie trotz der Muskelimplantate Ihr Training nicht vernachlässigt haben. Ich mag so was, das ist sehr vielversprechend ...«, schnurrte sie ihm als Antwort entgegen.

Derart provoziert, verlor Snooker für einen Moment die Beherrschung. Seine Erfahrungen innerhalb der letzten Stunden waren einfach durch und durch negativ gewesen.

»Wenn Sie mich häuten wollen, tun Sie sich keinen Zwang an. Nehmen Sie Ihr großes Messer, und dann bringen wir die Sache hinter uns. Ich werde mich nicht wehren, zufrieden?«, fauchte Snooker und warf sich provozierend das Handtuch über die Schulter.

Mit einem Lächeln stand die Frau vom Bett auf,

schritt zu ihm herüber und beantwortete Snookers Frage, während sie mit einem Finger über seine angespannten Brustmuskeln glitt. Snooker erwartete, dass sich die Finger der Frau jeden Augenblick in Messer verwandeln würden, um ihn anschließend auszuweiden, da er ihre Berührung als äußerst unangenehm empfand.

»Aber bitte. Ich will doch nicht, dass Sie sich erkälten. Mir liegt an Ihrer Gesundheit. Wie ich sehe, haben Sie sich nicht überall modifizieren lassen. Ich stehe auf natürliche Herausforderungen und mag es gar nicht, wenn sich mein Opfer nicht wehrt … so viel Menschenkenntnis dürften Sie doch besitzen?«

Provozierend leckte sie über den Wassertropfen an ihrer Fingerspitze.

Es wäre für Snooker ein Leichtes gewesen, die Hände der Frau zu packen und in Mehl zu verwandeln, da er sich seiner Kraft bewusst war, aber diesen Gefallen wollte er ihr nicht tun, er würde seine Gefühle unter Kontrolle halten.

Die Frau bemerkte das und entschied sich für eine andere Taktik; sie ließ ihre Hand an Snookers Brust hinabgleiten. Snooker befürchtete schon, dass sie ihn jetzt zum Eunuchen machen oder vergewaltigen wollte. Im Augenblick wusste er auch nicht, welches von beidem ihm mehr schaden würde.

»Sie mögen sehr gut ausgebildet und ausgestattet sein, Herr Snooker, aber ich gebe Ihnen einen Rat: Unterschätzen Sie mich nicht.«

Bei diesen Worten schlossen sich ihre Hände wie ein Schraubstock um seine Hoden, und dem Bodyguard blieb die Luft weg. Mit so einer brutalen Geste hatte er nicht gerechnet. Wie ein nasser Sack fiel er zu Boden und konnte dabei die Hand der Frau nicht abstreifen, da der Schmerz zu intensiv und ihr Griff unnatürlich stark war.

Vor Snookers Augen schwirrten schon Punkte in sämtlichen Farbnuancen, und beinahe hätte er laut geschrien, aber die Frau löste ihren Foltergriff rechtzeitig. Schonungslos riss sie zum Abschluss seinen Kopf hoch und starrte ihn mit funkelnden grünen Augen an, während sie ihm die nächsten Sätze entgegenspie.

»Ich bin nur hier, weil ich Ihnen sagen will, dass ich Sie für ein paar Minuten allein lassen muss. Und in Ihrem Interesse würde ich das Zimmer nicht verlassen. Ansonsten versichere ich Ihnen, dass das, was Sie gerade erlebt haben, nur ungefähr ein Prozent von dem Schmerz ausmacht, der Sie erwartet, falls ich Sie auf der Flucht erwischen sollte.«

Dornenpeitsche ließ ihn los, sein Kopf schlug unsanft auf dem Boden auf. Snooker sah die Wildlederstiefel der Frau über den Boden entschwinden.

In ihm loderte ein Feuer auf, das von einem Hass geschürt wurde, der aus ganzem Herzen kam. Die Frau hatte ihn zutiefst beleidigt, und er nahm den Fehdehandschuh auf, den sie ihm so bereitwillig zwischen die Beine geworfen hatte. Er würde herausfinden, wer der Elf war und warum er den Anschlag verübt hatte, auch wenn dies bedeutete, dass er fliehen musste. Sie hatte ihm gezeigt, dass der, der nichts tat, letzten Endes immer auf der Strecke blieb.

Eines ist mir klar geworden, Sie kriegen mich nicht, Beamtin Klahr oder Dornenpeitsche – wie immer Sie auch heißen mögen –, darauf verwette ich meinen Sack. Und Sie wissen, das ist kein kleiner Einsatz.

Flimmern, Kopfschmerzen und Übelkeit. Die wohlvertraute Begrüßung, kombiniert mit Knien, die sich wie Knetgummi anfühlten. Snap hatte sich ausgestöpselt. Die Strapazen des Ampelfiaskos hatten seinen Körper arg mitgenommen. Der Decker brauchte einige Zeit, bis er wieder bewusst handeln konnte. Mehr intuitiv ergriff er mit zittrigen Fingern das kleine Tablettenfläschchen auf dem Tisch vor sich.

Die kleinen Suchtmacher werden meinen ramponierten Körper wieder fit bekommen, dachte er, während er unbeholfen am Verschluss fingerte und – nachdem er ihn endlich geöffnet hatte – gierig zwei Pillen einwarf.

Snap, mit wirklichem Namen Charlie Meurer, war einst nach einem erfolgreichen Datenrun Opfer eines Anschlags gewesen. Da sein Gehirn großen Schaden genommen hatte, kämpfte er seitdem mit diesen Leiden. Die Ärzte hatten ihn damals vor die Wahl gestellt: Decken oder normal leben. Als ob man eine Existenz ohne Matrix überhaupt als Leben bezeichnen konnte. Langes Nachdenken war unnötig gewesen. Nur in solchen Momenten der Schwäche wusste er manchmal nicht so recht, ob seine Wahl richtig gewesen war.

Vielleicht braucht die alte Maschine Körper nur eine gehörige Portion Schlaf.

Gewöhnlich konnte er sich nicht mehr als acht Stunden auf den Beinen halten, und diese acht Stunden waren auch nur dank der starken grünen Freudenspender – Snap hatte ihnen den Namen ›Soylent-Green‹ gegeben, da er sich den medizinischen Fachbegriff nicht merken konnte – einigermaßen erträglich. Ohne die Dinger neigte er zu extremen epileptischen Anfällen, körperlicher Stress bewirkte diese Aussetzer ebenfalls. Snap konnte sich schon deswegen nicht mehr daran erinnern, wann er das letzte Mal Sex gehabt hatte. Es schien mehr als eine Ewigkeit her zu sein.

Drek auch. Denk an den Job, der Rest bringt nichts außer Kopfschmerzen.

Das Team war sicher im Hotel angekommen, und der Decker warf einen Blick auf die Monitore. Langsam, aber stetig klärte sich sein benebeltes Sichtfeld.

Alles Sahne. Es besteht kein Grund zur Aufregung, so weit verläuft alles nach Plan.

Der Verfolger hatte sich schließlich als Chet entpuppt. Normalerweise wäre ihm der Schlitten auch nicht aufgefallen, da der Meta keinen Fehler gemacht hatte, außer dem als Verkehrsteilnehmer unterwegs zu sein. Snap war nur so vorsorglich gewesen und hatte ein Programm geschrieben, das die Fahrbahnwechsel der einzelnen Fahrzeuge überprüfte und mit denen des Mercedes verglich. Dazu kam dann noch die Geschwindigkeitsanpassung der anderen Wagen im ständigen Vergleich mit Ratóns Fahrverhalten.

Bei ihrem Fahrstil war das eine Rechnung, die mich als Professor Zweistein kennzeichnet. Damit werde ich in die Annalen der An-alles-denkenden-Eierköpfe aufsteigen. Okay, bleib auf dem Teppich.

Snap hatte sich das Bild des Fahrzeugs näher herangezoomt und das Nummernschild erkannt. Damals hatte er die Daten für die Riggerin modifiziert und dem Wagen einen legalen Background verpasst. Snap hatte nur noch eins und eins zusammengezählt. Logisch, dass nur Chet in Frage kam. Die etwas holprigen Überholmanöver des Fahrers waren eine zusätzliche Bestätigung gewesen. Snap kannte sie, da er vor einem Monat den Fehler gemacht hatte, mit dem Ork Techware einkaufen zu fahren. Seither war Snap froh, wenn er sich Ratóns mörderischem, aber wenigstens kontrolliertem Fahrstil anvertrauen durfte.

Weitere Verfolger hatte er nicht bemerkt.

Murphy ist nicht aufgetaucht, und das Kleingedruckte war so klein, dass selbst die Verfasser offensichtlich ihre Existenz vergessen hatten. Wer sollte sich auch schon für die Heulboje Eternity interessieren?

Snap stand mehr auf Tori Famous. Für ein Treffen mit ihr hätte er drei Wochen Matrixaufenthalt geopfert.

In dem Hotelzimmer, in dem Snap nun saß, hatte er dank Siegel Zugriff auf die Hotelkameras. Die Gänge waren überwiegend leer, da sich ein Großteil der Gäste beim Abendessen befand oder das Hotel verlassen hatte.

Snap hatte sich Zugang zu den Daten der Rezeption verschafft, was natürlich höchst illegal war, aber er war schließlich Schattendecker.

Meine bloße Existenz ist illegal.

Die Decker des Atlantics waren so schlecht in interner Sicherheit ausgebildet, dass sie es noch nicht einmal bemerkt hätten, wenn eine Horde grobpixeliger Elefanten durch ihr System gestampft wäre.

Snaps Gedanken glitten zurück in die Vergangenheit, in eine Zeit, in der er selbst legal als Operator – sie haben die leidvolle Aufgabe, Sekretärinnen den Umgang mit Hard- und Software zu erklären – gearbeitet hatte. Der Job war verhältnismäßig gut bezahlt, und Snap war ein wohlbehütetes Schaf der Phillips AG gewesen.

Jung, dynamisch und erfolglos. Eine Konstante, die sich durch mein ganzes Leben zieht. Obwohl mir Konstanze aus der Verwaltung lieber gewesen wäre. Bei dem spontanen Wortspiel musste er grinsen.

Aber der richtige Kick hatte ihm gefehlt. Die typischen Arbeitsfälle in seinem Job waren: ›Mein Computer läuft nicht! Was soll ich jetzt tun?‹ Diese Arbeit war für ihn nicht lange anspruchsvoll oder erfüllend gewesen. Schnell hatte er ein Arbeitsverhalten entwickelt, das dem Personalchef nicht zusagte. Snap, zu diesem Zeitpunkt nur SIN 0101 2033 CHMRHH, legte eine gehörige Spur Sarkasmus an den Tag und machte sich einen Spaß daraus, die geistig unterbelichteten Drehstuhlranger und Vorzimmerpflanzen mit Fragen wie ›Seit wann haben Sie eine mobile Workstation?‹ in noch größere Verzweiflung zu stürzen.

Als es dann Zeit wurde und ›Industrielle Bau-Maßnahmen‹ bewirkten, dass ein Operator an seiner Arbeitsstelle nicht mehr benötigt wurde, waren Snaps Verhalten und seine trockenen Sprüche für die Phillips

AG Anlass genug gewesen, das Arbeitsverhältnis mit Charlie Meurer frühzeitig zu beenden und einem anderen, fügsameren Mitarbeiter eine Umschulung zu finanzieren.

Snap war wegen dieser Entwicklung nicht traurig.

Der Weg bis in die Schatten hatte sich für ihn noch etwas hingezogen – *aber alles musste nun einmal so kommen, wie es auf dem großen Chip des Lebens für jeden Menschen und Metamenschen hinterlegt ist.*

Jetzt war Snap ein Schattendecker, der mit wackeligen Knien in einem teuren Hotelzimmer saß und angestrengt darüber nachdachte, ob er aufstehen sollte, um zum Rest des Teams in der Suite zwei Türen weiter vorzustoßen.

Stöhnend zwang er seine untrainierten Knochen zur Bewegung. An seiner Hotelzimmertür stellte er mit Freude fest, dass Krämpfe und Anfälle wider Erwarten ausblieben. Es schien doch noch ein guter Tag zu werden, trotz Icebabys merkwürdigem Verhalten, das an Snaps Weltbild kratzte.

Damals, als er die Deckerin unter ziemlich gefährlichen Umständen kennen gelernt hatte, war der Funken der Liebe in ihm entflammt. Snap war der festen Überzeugung, dass sie damals genauso empfunden haben musste, erst seit eben schien es anders.

Die Elfin kapselte sich mehr und mehr ab, und Snap war nicht glücklich über diese Entwicklung. Nachdem sie das Ampelfiasko des HVV-Systems erfolgreich gemeistert hatten, war die Deckerin mit den Worten ›Ich muss noch was erledigen, bei dem du nur stören würdest. CU later‹ verschwunden.

In einer halben Stunde werde ich sie hoffentlich in einer besseren Stimmung wiedersehen.

Er wollte wissen, was mit der Frau los war. Ihr Konstrukt verhielt sich merkwürdig. Im einen Augenblick war sie liebreizend zu ihm und war wirklich an seiner

Aufmerksamkeit interessiert, im nächsten schleuderte sie ihm Verletzungen entgegen und wollte nur, dass er endlich verblasste und sie in der Matrix allein ließ.

Frauen!

Kurz vor der Doppeltür zu Eternitys Suite traf er auf Pandora, auch eine Frau, die wohl mit ihrer magischen Inspektion fertig war. Die Halbasiatin mit den langen, dunkelbraunen Haaren, die von einigen schimmernden blonden Strähnen durchzogen waren, schenkte dem Decker nur ein flüchtiges Nicken.

Sie scheint keinen Gefallen an meiner labilen Statur zu finden und macht keinen Hehl aus ihrer Abneigung. Immerhin ist sie ehrlich.

Snap schenkte ihr ein schiefes Lächeln und schaute provozierend auf ihren süßen Hintern. Er wusste, die Zauberkugel hasste es, wenn das jemand tat. Sofort sprang ihm die Frau ins Gesicht – nur bildlich – und knurrte: »Wenn du weiter so schaust, Deckhead, fallen dir irgendwann die Glubscher aus den Augenhöhlen, und du erlaubst uns einen Blick auf die vollkommene Leere in deiner Hirnschale.«

Snap tat unschuldig und erwiderte nur: »Hey, ich habe dich bis jetzt noch nie in einem modischen Rock gesehen. Das graue Kostüm steht dir ausgezeichnet. Ich finde aber, dein Hintern ist dicker geworden. Passt du überhaupt noch in den feuerroten Mini?«

Der Decker bereute die Erwiderung sofort, sonst war es nicht seine Art, seine Gedanken der Menschheit offen kundzutun, das war mehr Zacks Part.

Muss wohl an dem Glücksgefühl von Soylent-Green liegen.

Pandora spielte bestimmt gerade mit dem Gedanken, den Decker mit einem Feuerball abzufackeln und sich anschließend ihre Zigarette an der Flamme anzuzünden. Die heiße Erfahrung blieb zum Glück aus. Die Magierin zog es vor, der Tür Gewalt anzutun, indem sie übertrieben laut anklopfte.

Warum benutzt sie nicht die Klingel?, dachte Snap, unterließ es aber diesmal vorsichtshalber, seinen Gedanken freien Lauf zu lassen.

Zack öffnete ihnen die Tür und lud sie mit einer knappen Handbewegung zum Eintreten ein. Snap kannte die Suite schon, aber der botanische Garten, die ungeheure Menge Blumen auf der Kommode und die teure Einrichtung verschlugen ihm erneut den Atem.

Die Dinger riechen gar nicht nach Plastik, sie riechen echt gut! Dieser Luxus ist megageil, ob ich mir so was je leisten kann? Oder will?

Der Eingangsbereich war geräumig, rechts davon lag die Gästetoilette. Angenehm mattgrüne Farben dominierten den Raum. Eine Schwammtechnik verlieh der Tapete einen Hauch künstlerischen Flairs und stand im dezenten Kontrast zu dem hellroten Teppich, der weich unter den Füßen federte. Die Beleuchtung war gedämpft, kleine Schalen spendeten warmes Licht. Getrübt wurde die angenehme Atmosphäre durch den Hintergrundlärm des Funkgeräts, mit dem sie die Han-Sec-Funkwellen verbotenerweise abhörten. Polizeiberichte schwirrten durch den Raum. Klassische Musik wäre schöner gewesen als das wilde Schwirren von moskitoähnlichen Einsatzbefehlen.

Immer noch leicht benommen, ließ er sich auf den nächstgelegenen Sessel im großen Relaxzimmer fallen. Pandora verweilte noch einen Augenblick im Eingang, gesellte sich dann aber zu Paul, der mit der Sängerin in einer voluminösen Couchecke saß. Der Gesichtsausdruck der Magierin ließ den Decker zum ersten Mal vermuten, dass die Frau so etwas wie Gefühle in ihrem logisch konzipierten System beherbergte.

Sie schien eifersüchtig und nervös zu sein. Snap kannte Gesichtsausdruck und Gefühl nur zu gut. Mehr als einmal hatte er in seinem Leben so empfunden. Der bissige Kommentar, den die Magierin dann abließ, war

Beweis genug für seine Theorie. Es war sonst nicht ihre Art, Emotionen zu zeigen.

»Paul, was sollte das eben? Was hat deine Puppe gemacht?«

Der Runner schien verwirrt und schaute ziemlich verdutzt.

»Pandora, was meinst du?«, entfuhr es ihm.

Die Magierin setzte sich zuerst der Sängerin gegenüber, stand dann aber wieder auf und ging im Raum auf und ab. Eine Eigenart, die ihr angestrengtes geistiges Arbeiten offenbarte. Schließlich ging sie auf Pauls Frage ein, ließ Eternity dabei aber nicht aus den funkelnden Augen.

»Als dein singendes Wunder Hamburg begrüßt hat, sind meine Elementare fast Amok gelaufen. Ich hatte alle Hände voll zu tun, sie unter Kontrolle zu halten. Die Biester hätten mich bestimmt in Fetzen gerissen, wenn es ihnen gelungen wäre, meine kontrollierenden Manabänder zu zerreißen.« Eine Spur von Panik schwang in der Stimme der Halbasiatin mit, als sie die Worte förmlich ausspie.

Paul schien wirklich verwirrt und musste ihre Worte erst einmal verdauen. Snap konnte das Gesagte noch nicht einmal verstehen, da er von Elementaren und Magie nicht die leiseste Ahnung hatte. Für ihn waren das unverständliche Sphären, die sich dem Horizont eines logisch denkenden Technomanten entzogen.

Der Decker nutzte die kurze Pause, die Paul brauchte, und ließ den Blick weiter durch den Raum schweifen, da er so viel Luxus einfach nicht gewöhnt war. Die Tür zur Toilette war leicht angelehnt, und er konnte trotz der Polizeiberichte hören, wie jemand leise versuchte, seinem Magen Freiraum zu verschaffen. Der Ursprung der Laute musste Rebers sein, schloss der Decker richtig, da er die Szene im Gang teilweise über Monitor mitverfolgt hatte.

Zack, die Messerklaue, räumte währenddessen einen Staubsauger beiseite und hob anschließend ein paar Blumen vom Boden auf, die er in eine Kristallvase stellte.

Paul hatte sich die Worte von Pandora durch den Kopf gehen lassen und hakte nach: »Ähm, noch mal ganz langsam. Der Gesang von Eternity hat deine Elementare beunruhigt?«

»Muss ich dir immer alles zweimal erklären? Beunruhigt? Wenn dir jemand einen Zapfhahn in den Arsch rammt und dich gleichzeitig zum Kettenraucher machen will, würdest du das dann als beunruhigend bezeichnen? Es hat die Wesen sogar dazu getrieben, sich befreien zu wollen!«

Eternity saß stumm da und schien aufmerksam zu lauschen, machte aber keine Anstalten, sich gegen die Vorwürfe der Magierin zu verteidigen.

Paul wandte sich der Frau an seiner Seite zu und musterte die rothaarige Schönheit – das war sie wirklich, wenn sie auch nach Snaps Meinung nicht singen konnte.

»Was sagst du dazu, Trish?«

Eternity streifte den Umhang von den Schultern und ließ ihn auf die Lehne des Sofas gleiten. »Das kann schon sein, aber es lag nicht in meiner Absicht. Ich habe nur meinen Gefühlen freien Lauf gelassen. Das war alles. Mehr kann und will ich jetzt nicht sagen, Paul. Später … ist das okay?«

Was bleibt Paul denn anderes übrig? Sie zu einer Antwort zwingen und ihr den zarten Hintern versohlen?, dachte Snap, während er in die Rolle eines unauffälligen Staubfängers schlüpfte, da die negativen Schwingungen in diesem Raum unerträglich wurden.

Ich habe keinen Bock auf Beziehungskrisen! Das ganze Leben ist eine Krise!

Wie erwartet beließ Paul es vorerst dabei und nickte

Eternity nur zu. Pandora kochte nicht nur innerlich, stand missmutig auf und schlurfte in die Küche. Über die Schulter hinweg sagte sie nur: »Du lässt dich auch von jeder Frau um den Finger wickeln. Fang an, deinen Kopf einzuschalten. Sie spielt mit dir …«

Das Gesagte hing im Raum, und jetzt war die Stimmung erst richtig mies. Eternity stand nun ebenfalls auf, und Paul wollte ihr die Hand reichen, aber die Sängerin lehnte es mit einem Lächeln ab und meinte: »Ich finde, du solltest dich mit deiner Partnerin unterhalten. Ich sehne mich nach einem heißen Bad, mein Körper ist von der Fahrt noch ganz durchgeschüttelt. Oder willst du mich ins Bad begleiten?«

»Das nicht. Aber findest du den Weg?«, fragte Paul, dem man ansah, dass er nicht wusste, ob die Frage ernst gemeint war.

Ihr perlendes Lachen erfüllte den Raum und vertrieb die düstere Stimmung ein wenig.

»Paul, ich kann sehen, wenn auch anders, als du es vermutest. Drücken wir es so aus, ich taste mit den Sinnen einer Fledermaus.« Bei diesen Worten wich sie dem Couchtisch geschickt aus, verschwand im Bad und schloss die Tür hinter sich. Man konnte hören, wie die Dusche angestellt wurde.

Paul schritt zu Snap und sagte leise: »Besorg mir alle Infos über Eternity, die du bisher übersehen hast. Ich traue der ganzen Sache nicht mehr. Die Frau ist zu mehr imstande, als wir bisher vermutet haben.«

Paul ging zu Pandora in die Küche. Von dort aus konnte Snap hören, wie lautstark einige Schränke auf- und zugeschlagen wurden. Das Gespräch zwischen den beiden würde wohl länger dauern und ziemlich heiß werden.

Rebers kam endlich aus der Toilette, wischte sich über das aschfahle Gesicht und drückte sich einen nassen Lappen auf die Stirn. Zack schenkte dem Mann ein breites, raubtierhaftes Grinsen, das er sich wohl von Claw abgeguckt haben musste.

Rebers fragte stöhnend: »Sagen Sie mal, Herr Zack, ist das der normale Umgangston zwischen Menschen Ihres Schlages? Ich bin es nicht gewohnt, dass man mich zur Begrüßung mit vorgehaltener Waffe bedroht. In meinen Kreisen ziehen wir einen dezenten Händedruck oder ein freundliches ›Hallo‹ vor.«

Die Stimme des Mannes und sein Erscheinungsbild waren dem Decker sofort unsympathisch. Er erinnerte Snap zu sehr an den freundlichen Mann, der ihm damals in der Konzernwelt den blumig verpackten Rauswurf übermittelt hatte. Zack schien ähnlich zu empfinden, deswegen fiel die Antwort des wandernden Kühlschranks ziemlich gehässig aus.

»In meinen Kreisen reißen wir Leuten, die uns die Hand entgegenstrecken, zuerst den Arm ab, um zu schauen, ob da nicht 'ne Cyberwumme drin versteckt ist.«

Zacks bildliche Sprache reichte aus, Rebers' Redefluss versiegen zu lassen.

Zack mochte zwar mittlerweile eine Art Chummer für Snap sein, aber den groben Ton des Samurais konnte der Decker nicht lange ertragen. Das erste Treffen zwischen Zack und dem Decker zählte nicht unbedingt zu den Augenblicken im Leben, an die sich Snap gerne erinnerte. Damals hätte ihm der Runner beinahe das Lebenslicht ausgeblasen und die Tapete mit seinem Gehirn besudelt. Zur Erinnerung an jenen Tag, an dem Glück dem Decker das Leben gerettet hatte, rahmte ein leerer Bilderrahmen das Einschussloch in der Wand seiner Wohnung.

Seitdem ziehe ich es vor, nicht allzu lange allein mit diesem schießwütigen Muskelberg in einem Raum zu verweilen.

Paul hatte ihm einen Auftrag gegeben, und es wurde Zeit, wieder zurück in die Matrix zu gehen.

Icebaby ist mittlerweile hoffentlich besser drauf. Wollte sie sich nicht schon längst bei mir gemeldet haben?

Snap wurde ungeduldig und zog es vor, zurück zu seinem Deck zu gelangen. In der Matrix fühlte er sich sicherer, und mit einem schnellen ›Tschö‹ war Snap aus der Tür. So wie Rebers ihm nachsah, wollte der Mann ebenfalls nicht gerne mit Zack allein gelassen werden, was Snap an eine philosophische Konstante in seiner Existenz erinnerte.

Man bekommt eben nicht immer das im Leben, was man haben will.

A.
Zwischenspiel der Durchführung

QUARTE DER ERWARTUNGEN

Der Copter glitt wie ein majestätisch träumender Albatros durch den langsam dunkler werdenden Nachmittagshimmel Hamburgs. Draußen regnete es. Der Regen prallte jedoch an der unsichtbaren, magischen Glocke ab, die den Kolibri schemenhaft und schützend umgab.

Der Mann saß auf einer unbequemen Metallbank und versuchte, die fremde Magie, die sie umschloss, genauer zu ergründen. Die Präsenz des Wesens, das sie auf dieser Reise begleitete, bewirkte indessen, dass der Mann nicht in den Astralraum wechseln konnte. Die Spiegelwelt mit ihren fremdartigen, aber intensiven emotionalen Eindrücken blieb ihm somit verschlossen.

Da der direkte Wechsel nicht funktionierte, versuchte der Mann es mit Askennen. Das ermöglichte zumindest dem Betrachter, den Sinneseindruck der Spiegelwelt aufzunehmen und so Informationen, wenn auch in abgeschwächter Form, zu erlangen. Und das, was sich Karl eröffnete, war so beindruckend und so fremd, dass er nicht recht wusste, ob es gut war, was er gemacht hatte. Was er in diesem kurzen Augenblick erkannte, öffnete in seinem Kopf neue Türen, von denen er wusste, dass sich hinter ihnen weitere befanden und dies ewig so weitergehen konnte. Er würde nie in der Lage sein, diese magischen Wesen oder die Wurzeln der Magie in ihrer Gesamtheit in sich aufzunehmen. Schließlich war er alt und wusste, dass er nicht ewig leben konnte. Auch wenn die Aussicht auf das Wissen, das er dann sammeln könnte, gelegentlich den Wunsch in ihm wachrief.

Aber ewiges Leben bedeutete auch eine ständige Konfrontation mit Erinnerungen und Erfahrungen, die nicht unbedingt positiv waren, und dies zählte zu den Dingen, die Karl garantiert nicht wollte. Er hatte genug Leid und Trauer in seinem Leben gesehen, erfahren und leider auch erschaffen.

Die Aura, die ihn und alle anderen Anwesenden im Copter einhüllte, gehörte einer Kreatur, die in magischen Abhandlungen als Freies Geistwesen beschrieben wurde. Ihre Existenz war lange Zeit hinterfragt oder in Zweifel gestellt worden, und noch jetzt gab es Streitigkeiten innerhalb der magischen und weltlichen Gesellschaft, ob man sie als lebende und denkende Existenzen anerkennen sollte und durfte.

Karl erlaubte sich kein Urteil darüber. Er hatte schon lange Kontakt mit ihnen, und bisher war er bei der Ergründung dieser paranormalen Erscheinungen zu keinem konkreten Ergebnis gelangt. Über dieses spezielle Wesen wusste er aber, dass es seine Emotionen teilte. Sie erwarteten beide, endlich jemanden gefunden zu haben, der sie ihrem Ziel näher bringen konnte.

Karl hätte seine Erwartungen und die des Wesens ins Unendliche spinnen können. Daher zog er es vor, einen intensiveren Blick auf die anderen Reisebegleiter zu werfen, auch wenn er dies nicht mit den Blicken eines Erwachten tun konnte, weil die Präsenz des freien Wesens seine magische Aufnahmefähigkeit beeinflusste.

Der Samurai, der auf den Namen Black-Death hörte, qualmte eine Zigarette nach der anderen, und eines stand fest: Irgendwann würden ihn die Dinger ins Grab bringen. Karl war sich aber auch der Tatsache bewusst, dass Menschen, die in den Schatten hausten, gewöhnlich an etwas Schnellerem als Krebs starben. Auf jeden Fall war er keinen weiteren Gedanken wert, da sich ihre Wege nach dieser Transaktion trennen würden. Der Mann war ein Profi, verschwiegen und gut in dem, was er verkaufte: Manpower kombiniert mit todbringender Firepower.

Karl kannte nur den Rücken des ausgeflippten Riggers Murdock, was auch gut war, da dies die Assoziation in Karl hervorrief, dass der Mann ständig darauf bedacht war, seinen Verfolgern die Kehrseite zu präsentieren. Auch er war keinen weiteren Gedanken wert.

Ganz anders die Frau, die Karl gegenübersaß. Die Asiatin wirkte entspannt und summte ein stilles Lied, immer darauf bedacht, keine Kraft in ihre sonst magische Stimme zu legen. Sie waren beide Mitglieder eines Ordens, den Karl in seinen Anfängen mitbegründet hatte. Ihre Reise glich einem Kreuzzug, der Suche nach dem Heiligen Gral.

Hoffentlich finden wir endlich das, wonach wir seit Jahren gesucht haben, dachte Karl, während der Copter abtauchte und im dunklen Schatten der Siegel-Tower verschwand.

2.1
Durchführung

Suite der Veränderungen

Die Stimme erklang über Lautsprecher und hallte dumpf durch den schmalen Tunnel unterhalb der Siegel-Tower, dennoch hatte Frank das Bild ihres Besitzers vor Augen. Natürlich würde sich Heinrich Pierskaller in seinem teuren Anzug nicht persönlich in den Keller von Siegel begeben, wo die sinnbildlich vergrabenen Leichen des Konzerns ruhten. Dafür hatte er Frank freundlicherweise zwei Sicherheitsbeamte zur Begrüßung geschickt.

Erwartungsvoll und mit kleinen hässlichen Taserwaffen von Yamaha in den Händen lächelten sie Frank an und deuteten auf den Wachraum am Ende des Gangs, aus dem sie gekommen waren.

Was soll's? Ich habe ohnehin nichts zu verlieren, dachte der Reporter, während er stumm der Aufforderung der beiden Männer in Grün folgte.

Er hatte gar nicht erst an Flucht gedacht. Bislang hatte er sich noch keiner erwähnenswerten Straftat schuldig gemacht, und seine Kondition war so schlecht, dass er nach zwei Metern röchelnd zusammengebrochen wäre.

Kurz musterte er ihre Uniformen, die sich seit damals nicht verändert hatten. Auf den roten Schulterklappen der grünen Jacken mit ballistischer Schutzwirkung war immer noch der freundliche rote Teufel mit flammendem Blick – das Logo Siegel-Devil-Records – aufgenäht und lächelte Frank, einen ehemals Gläubigen, Unheil verkündend und rebellisch an.

Doch die Zeiten der gemeinsamen Glaubenswege waren vorbei, jetzt galt Frank als Außenstehender und war als Eindringling innerhalb des Konzerngeländes aufgegriffen worden. Somit unterstand er in erster Linie den Konzerngesetzen. Siegel hatte ab jetzt vierundzwanzig Stunden Zeit, bevor sie den örtlichen Gesetzesvertreter HanSec unterrichten mussten. Und dies konnte sich wirklich zu einem Problem für Frank entwickeln, denn er verspürte nicht die geringst Lust, länger als unbedingt nötig an diesem Ort zu verweilen.

Vielleicht hätte ich doch fliehen sollen, kam es ihm verspätet in den Sinn, während er mit seinen aufdringlichen Bodyguards die leere Wachstube passierte und zu den Sicherheitsaufzügen schritt.

Kurz wollte er der Versuchung nachgeben und sich mit den Jungs anlegen, verwarf den Gedanken aber wieder, da er es in Konstitution und Geschwindigkeit nicht mit der vercyberten Sicherheitstruppe aufnehmen konnte.

Ich weiß, dass ich nicht zum Helden geboren bin, aber die Rolle des zur Schlachtbank geführten Opferlamms ist mir auch nicht auf den Leib geschrieben.

Sein Schlächter, Heinrich Pierskaller, erwartete Frank bereits lächelnd im Flur des dreißigsten Stocks des linken Siegel-Towers. Der Mann unterließ es aber, wie einst üblich, ihm die Hand entgegenzustrecken. Franks Körpersprache signalisierte eindeutig Abneigung.

Seufzend forderte Pierskaller Frank auf, zum Tonstudio zu gehen, und als er dem Mann in dem grünen Nadelstreifenanzug folgte, blieben die Wachen am Aufzug zurück.

Du scheinst dich ja verdammt sicher zu fühlen. Stelle ich keine Gefahr mehr für dich dar? Die künstlichen Schneidezähne verdankst du mir, Pinkel, und dieser Gedanke führte Frank die Szene im Keller vor Augen, als Heinrich sie zusammen mit den Sicherheitsbeamten im Gang aufgegriffen hatte.

Heinrich hatte damals den Gardisten den Befehl erteilt, Amber zu ergreifen und Frank dabei aus dem Weg zu kicken. Darin waren sie auch erfolgreich gewesen. Nur Heinrich war ihm zu nahe gekommen und hatte diesen Fehler mit einem rechten Kinnhaken bezahlt. Die Schneidezähne hatten Franks Wut nicht standgehalten …

Als hätte er die Gedanken gelesen, drehte Heinrich sich um und lächelte Frank provozierend an. Der Kieferspezialist hatte die Folgen seiner damaligen Reaktion restaurieren können, aber Pierskallers Augenausdruck bewies Frank, dass Heinrich es nicht vergessen hatte.

»Also, warum sind Sie hier, Herr Steffens?«, fragte der rothaarige sommersprossige Mann überflüssigerweise.

»Spar dir dieses Gesülze für deine Pressetermine, wir sind beide zu alt für diese Teufelsrattenpisse«, knurrte Frank eine noch verhältnismäßig diplomatische Antwort.

»Herr Steffens, heben Sie sich die Gossensprache Ihres derzeitigen Umgangs für passendere Gelegenheiten auf. Ich rieche den Uringeruch, der Ihnen wie ein stummer Begleiter anhaftet, bis hierher. Ich gehe recht in der Annahme, dass Sie wegen Richards Tod Ihre Nase in Sachen stecken, die Sie längst nichts mehr angehen?«

Es war schon ziemlich ungewöhnlich, dass sich Pierskaller dieser gewählten Ausdruckweise bediente. Frank folgte den stummen Blicken des Mannes zur Decke und sah dort die Sicherheitskameras, die es zu seiner Zeit nicht gegeben hatte. Garantiert verfolgten sie jede ihrer Bewegungen und zeichneten auch jedes Wort auf. Frank wusste nicht, was hinter der Sache steckte, entschied aber, Pierskallers Spiel erst mal mitzuspielen, da er sowieso nichts mehr zu verlieren hatte.

»Der Pissgeruch stammt von meinem Kater, auf ihn kann ich mich zumindest verlassen. Im Gegensatz zu Siegel hat er mir nichts genommen, was mir einmal viel bedeutet hat. Er folgt nur seiner natürlichen Bestimmung und seinem ausgeprägten Revierverhalten«, bellte er Pierskaller an.

»Falls Sie auf die Trennung von Ihrer Frau anspielen, wir haben davon gehört und bedauern Ihre persönlichen und finanziellen Probleme, die Sie nach Ihrem Ausscheiden bei Siegel selbst heraufbeschworen haben«, erwiderte der Mann seelenruhig und gab die Beleidigungen damit dreifach zurück, da er ihm vor Augen hielt, was er die ganze Zeit über verdrängt hatte.

»Jetzt ist es aber genug. Siegel ist schuld daran, dass Amber vom Fernsehturm gesprungen ist! Und komme mir jetzt nicht mit irgendeiner Psychoscheiße!«, fauchte er Pierskaller an, auch wenn er sich seiner eigenen Fehler nicht länger verschließen konnte.

»Ich weiß, Sie haben versucht, Siegel für den Selbstmord verantwortlich zu machen. Haben Sie je darüber nachgedacht, dass sie vielleicht gesprungen ist, weil Sie sie allein zurückgelassen haben? Weil Sie sich wie ein sturer Bock lieber in Ihre Welt voller Selbstmitleid verkrochen haben? Wären Sie hier geblieben, hätten Sie ihr mehr helfen können«, bemerkte sein Gegenüber leise, und das war der Grund, warum Frank Heinrich hasste.

Einst waren sie Freunde gewesen, Heinrich der Music-Supervisor, der damals nicht die Zeit besessen hatte, sich um die Sisters zu kümmern. Er hatte aber dafür gesorgt, dass Frank die Erfolgsleiter des Konzerns hinaufgefallen war, und seine Entwicklung wie ein stiller Mentor verfolgt und gefördert. Gerade weil sie sich einst so gut gekannt hatten, war es ihm möglich, in

Frank wie in einer ungeschützten Datei zu lesen und ihn hieb- und stichfest zu analysieren.

Frank unterbrach seinen Gedankengang und konzentrierte sich auf das Studio, das sie betraten. Die HanSec-Bänder sperrten den Bereich mit der zerstörten Glasfront und den Tonraum vor unbefugtem Betreten ab. Jetzt flatterte eine Plastikfolie heftig im Wind der luftigen Höhe, die schon so manche Star, den Siegel promoted hatte, kosten durfte.

Sofort sah Frank, dass die Splitter der Glasscheibe innen lagen. Hätte Richard die Scheibe selbst eingeschlagen, müssten die Scherben unten auf dem Boden liegen.

Pierskallers Räuspern riss ihn aus seinen Gedanken. Das selbstgefällige Grinsen, mit dem er Frank bedachte, ließ erneut Zorn in dem Reporter aufsteigen.

»Und warum hast du mich jetzt hierher gebracht?«, keifte er den Mann an.

»Weil wir der Meinung sind, dass Sie mit den Informationen, die Sie hier sehen, sowieso nichts anfangen können. Die Konzernspitze und ich sind der Meinung, dass die Presse garantiert nicht auf einen versoffenen Penner wie Sie hören wird. Sie haben sich selbst kompromittiert, als Sie Siegel verklagt haben. Es gibt nichts, was wir vor Ihnen verbergen müssten. Ihr betrunkener Verstand fiebert ohnehin nur dem nächsten Tropfen Alkohol entgegen und ist nicht mehr in der Lage, logische Gedankengänge zu bewältigen.«

Seinem Gesichtsausdruck nach hatte Pierskaller längst mit Franks folgender Reaktion gerechnet. Dem platzte nämlich der Kragen. Schneller als ein Luftelementar hatte er die wenigen Schritte überbrückt und wollte die Faust – wie damals – in die grinsende Fresse zimmern. Sein damaliger Freund mochte zwar ein paar Jahre älter sein, aber sein Körper war in bester Verfassung. Mühelos fing er Franks Rechte ab und donnerte ihm die eigene Faust erst ins Gesicht und anschließend in den Magen.

Frank ging schwer zu Boden und rang röchelnd nach Luft, während er sich nicht entscheiden konnte, wo die Schmerzen größer waren.

Drek! ›Bodyware-Rocky Thysen‹ hätte das mühelos weggesteckt. Warum summt mir jetzt nur der Song ›Sting of the Bumble Bee‹ aus der Menthos-War-Werbung in den Ohren?

Pierskaller drückte Frank ein Taschentuch in die Hand und meinte: »Ich denke, Sie haben genug gesehen. Entschuldigen Sie meine Verteidigung, aber ich hatte noch was gut bei Ihnen. Die freundlichen Herren von vorhin werden sicherstellen, dass Sie das Konzerngelände sofort verlassen. Ich wünsche Ihnen viel Glück auf Ihrem weiteren Lebensweg, und in Ihrem Interesse würde ich nicht gegen die freundliche Behandlung von Siegel und dessen Personal vorgehen. Des weiteren unterlassen Sie es besser, irgendwelche abstrusen Artikel in dem Käseblatt, für das Sie gelegentlich arbeiten – sofern sie überhaupt arbeiten – zu veröffentlichen. Unsere Rechtsabteilung freut sich darauf, Sie und Ihren Verleger vor Gericht in Grund und Boden zu stampfen.«

Die Sicherheitsbeamten traten bereits in den Raum, zerrten Frank unsanft hoch und begleiteten ihn nach unten, wo sie seinen Besuch mit einem nicht gerade zarten Fußtritt beendeten, der den Reporter auf den mittlerweile geräumten nassen Vorplatz der Siegel-Tower verfrachtete.

Aber Frank ging nicht, ohne einen Hinweis in den Händen zu halten. In dem Taschentuch, das Pierskaller ihm gegeben hatte, steckte ein Chip. Frank wusste natürlich nicht, was darauf gespeichert war, aber die Tatsache, dass Heinrich ihm das Ding zugeschoben hatte, wenn auch auf etwas unsanfte Art und Weise, passte so gar nicht in das Bild, das Frank sich von seinem Mentor in den letzten Jahren gemacht hatte.

Icebaby hatte sofort bemerkt, dass etwas nicht stimmte. Die Parameter aus dem HVV-System schienen nachbearbeitet worden zu sein. Verständlich, dass Snap dies entgangen war, er war zu sehr damit beschäftigt, *Mensch* zu sein. Der Gedanke klang hart und grausam, entsprach aber zunehmend einer Einstellung, die in Icebaby wuchs.

Seit ihrem neuen Aufleben in der Matrix sah sie diese virtuelle Welt mit anderen Augen. Sie sah hinter den einzelnen Konstrukten und Icons die Struktur. Die Nullen und Einsen, die Grundsteine von allem. Und sie fing an, in diesen Formen zu denken und zu handeln.

Gegenwärtig bahnte sie sich den Weg zu dem Knoten, in dem sie und Snap ihre Programme innerhalb des HVV-Systems hinterlegt hatten. Es war gut, dass Snap nicht bei ihr war. Er hätte sie nur behindert. Zwar besaß sie jetzt nicht die Codehardware, die das System davon überzeugen würde, dass sie kein Eindringling war, die brauchte sie aber auch nicht. Icebaby war eins mit dem System geworden und schritt als Bestandteil dieser virtuellen Existenz durch die Wände der einzelnen Bausteine.

Zum ersten Mal war ihr diese Verbundenheit mit dem System aufgefallen, als sie mit Snap hier entlang gegangen war. In diesem Moment hatte sie bemerkt, dass die Wand innerhalb des Konstrukts nachbearbeitet worden war. Aber die Code-Software und Snaps Anwesenheit hatten dafür gesorgt, dass Icebaby nicht mit dem System hatte fusionieren können. Das klang verrückt, aber es war so: Das System sah in Icebaby mittlerweile einen dazugehörigen Bestandteil.

Icebaby erreichte den Knoten, in dem man Einfluss über die Kontrolle der Ampeln nehmen konnte, und diesmal leuchtete kein X auf. Sie erkannte sofort, dass die Schutzmaßnahmen des HVV-Systems von einem Fremdkörper außer Kraft gesetzt worden waren. Grüne

Pflanzenranken waren aus einem Blumentopf gekrochen und hatten das IC des Konzerns, das einem Fahrkarten-Kontrolleur glich, an Händen und Armen gefesselt und somit handlungsunfähig gemacht. Das System besaß nicht Icebabys flexiblen Verstand und war nicht in der Lage, selbstständig genug zu agieren, um diesen Eindringling unschädlich zu machen.

Mitten im Raum stand ein zierliches Blumenmädchen und machte sich an den Programmdateien des Knotens zu schaffen. Sie zerschnitt mit ihrer Blumenschere die Kabel des Kontrollpults im Knoten. Der Decker musste ziemlich gut sein, da er es geschafft hatte, bis hierher vorzudringen, ohne einen aktiven Alarm auszulösen. Aber die Sensoren hatten dem Decker Icebabys Anwesenheit nicht verraten, wie sollten sie auch? Icebaby war für die Tech des Deckers ein normaler Bestandteil der Matrix-Welt des HVV-Systems.

Die eisigen Hände Icebabys schossen vor und rissen das Blumenmädchen gewaltsam vom Kontrollpaneel zurück. Ein Schrei entfuhr der Persona des Blumenmädchens, und Icebaby musste laut lachen.

B.
Zwischenspiel der Durchführung

Quinte der Erkenntnis

Grinsend betrachtete die attraktive rothaarige Frau den blinkenden, zigarettenschachtelgroßen Taschenempfänger, den sie in ihrer manikürten Hand hielt. Sie stand mit ihrem teuren Designerkostüm mitten in der belebten Fußgängerzone, die auf schwimmenden Plattformen errichtet war, und hatte nur Augen für das Display, auf dem sie endlich die Koordinaten ihres indirekten Ziels aufleuchten sah. Die Hardware hatte nach kurzem Rechnen die Daten von der BuMoNA übermittelt bekommen, was wieder einmal ein Beweis dafür war, wie viel Einfluss die Technik in der Sechsten Welt über das einzelne Individuum erlangt hatte.

Jeder Mensch konnte aufgespürt werden, vor allem dann, wenn er von gewissen elektronischen Gerätschaften abhängig war. In diesem Fall war es Eternitys Agent, der an Krebs im fortgeschrittenen Stadium litt.

Wie sie an diese Infos gekommen war? Sie hatte einen Bericht über Eternity in der Juli-Ausgabe des Cyber-Tunes gelesen. Dort hatte die Sängerin erklärt, dass sie erst gegen Ende des Jahres auf Tour gehen konnte, weil ihr Agent erkrankt sei und sich derzeit in der Albert-Schweitzer-Klinik erhole. Mit wenigen Recherchen fand sie heraus, dass sich diese Klinik auf Krebsleiden spezialisiert hatte und als Anlaufpunkt für schwerreiche Patienten galt. Danach hatte sie nur noch eins und eins zusammenzählen müssen.

Rebers hatte sicherlich auf Anraten seiner Versicherung einen Kontrakt mit Doc Wagon abgeschlossen. Ein Konzernmensch wie er hatte garantiert eine Lebensversicherung, die solche Schutzmaßnahmen vorschrieb.

›Krankens Hirn‹ hatte sich als gute Investition, Werkzeug und letzten Endes auch als Spaßfaktor erwiesen. Der Decker hatte das System geknackt und ihr die geheime Peiladresse besorgt. Rebers' Hardware war vom Feinsten. Schwer zu lokalisieren, da sie direkt im Rückenmarkskanal implantiert wurde und das natürliche Gewebe eine Auraortung fast unmöglich machte. Das Signal war sogar schwächer als das eines mobilen Koms, aber trotzdem ausreichend. Falls der Träger verletzt wurde oder seine Synapsen Amok liefen, lieferte der Körper – der in diesem Augenblick die Rolle einer Antenne übernahm – automatisch mehr Energie. Der implantierte Chip sendete dann ein dringendes Signal mit einer Analyse und den genauen Koordinaten des Patienten an die Satelliten der Notarzttruppe.

›Krankes Hirn‹ hatte sogar die Analysesignale mit abgeleitet. Sie war über diese Zusatzinformationen sehr zufrieden, denn ihr Patient litt nur unter einer Magenverstimmung, wahrscheinlich ausgelöst durch zu hohen Stress.

Das ist gut. Die BuMoNA wird dieses Signal als unwichtig einstufen und keine Rettungsmaßnahmen einleiten.

Sie verstaute das Peilgerät in ihrer Handtasche und machte sich zum Parksteg auf, wo sie den Hover mit ihren Arbeitsutensilien abgestellt hatte. Unterwegs warf sie flüchtige Blicke in die Schaufenster der teuren Boutiquen, betrachte dabei aber ihr Spiegelbild und verschwendete keinen Gedanken an die ausgestellten Waren.

Ihr beiges Seidentuch flatterte in der Hamburger Brise, die erfrischend durch die verregneten Gassen wehte. Analytisch stellte sie fest, dass sie das Gehen auf hohen Schuhen nicht verlernt hatte. Die Tarnung war perfekt, sie wirkte wie eine reiche Frau in den Dreißigern. Allerdings waren ihre Wangen vom Entfernen des künstlichen Barts noch leicht gerötet. Aber die kosmetischen Modifikationsmöglichkeiten waren schon beeindruckend.

Die Schmerzen, die diese Behandlungen mit sich brachten, begrüßte sie mittlerweile. Sie waren besser als Sex, intensiver, persönlicher. Sie schob diese Gedanken beiseite und nutzte die Zeit, um das Geschehene Revue passieren zu lassen.

Der Anschlag am Flughafen war ein Schlag ins Wasser gewesen – viele Wellen ohne nennenswerten Effekt. Es hatte sich nämlich herausgestellt, dass der Sänger Davis nicht ihr eigentliches Ziel gewesen war. Das war schade, da die Aktion reibungslos abgelaufen war und sie jetzt die Identität des Elfs für längere Zeit in den ADL, zumindest in Hamburg, nicht nutzen konnte. Aber ihr unbekannter Auftraggeber hatte sich einsichtig gezeigt und die geforderte Ausfallsumme ohne Zögern überwiesen.

Dass sie ihren Auftraggeber nicht kannte, war nicht ungewöhnlich. Sie war selbst ein Niemand für das System. Zwar war sie nicht SINlos – sie hatte unzählige –, aber eine Herkunft oder feste Identität konnte man ihr nicht nachweisen. Was auch ihrem Auftraggeber bekannt war und dafür sorgte, dass sie nicht miteinander spielten.

Ganz anders als ›Krankes Hirn‹. Es wäre viel zu gefährlich gewesen, den Decker am Leben zu lassen. Zeugen waren etwas, das sie in ihrem Job nicht gebrauchen konnte. Ihre Aufträge hatten sie mit den Jahren zum Schlächter gemacht. Sie liebte und beherrschte diese Rolle, ging darin förmlich auf.

Eternity würde ein gutes Opfer abgeben, und die Kraft der Frau stellte eine zusätzliche Belohnung dar. Nur wurde dieses Ziel von Leuten bewacht, die tougher und aufmerksamer waren als Davis' Bodyguards heute früh. Ihre hanseatischen Schattenkanäle hatten zwar nicht viele Infos preisgegeben, aber sie hatte in Erfahrung gebracht, dass Runner mit Eternitys Personenschutz beauftragt worden waren. Und Runner waren gefährliche Bestien, nur darauf bedacht zu überleben. Anders als der Bodyguard an der Monorail würden sie sofort schießen, um ihr eigenes Leben zu retten und die Bedrohung zu eliminieren.

Ich liebe Herausforderungen, war ihr Gedanke, als sie durch den hanseatischen Regen schritt.

2.2
Durchführung

Diatonische Sinfonie der Unendlichkeit

Plätschernd überwand das Wasser die Grenze zwischen dem Badezimmer und Snookers Schlafzelle und rann langsam zur Tür, hinter der seine Wachhunde lauerten. Der Bodyguard hatte sich wieder angezogen und die anfängliche Lethargie dank der freundlichen Behandlung von Dornenpeitsche abstreifen können.

Er war wirklich verwundert gewesen, da er nicht erwartet hatte, dass die Beamtin so emotional reagieren würde. Für einen Moment hatte er vergessen, dass sie eine Erwachte war und daher nicht in das Weltbild der normalen Gesellschaft passte.

Ihr Verhalten hatte ihn an einen Runner erinnert, und solche Kreaturen kannte Snooker bisher nur aus dem Trid und den Persönlichkeitsprofilen der Polizeipsychologen. Er war in einer geregelten Umwelt aufgewachsen. Auch wenn sein Job als Bodyguard stressig und gefährlich war, hatte er sich nie mit so einer persönlichen Bedrohung konfrontiert gesehen. So einen Fehler würde er nicht noch einmal begehen, denn wenn sein Plan nicht funktionierte, bezweifelte er, dass er je wieder eine zweite Chance in seinem Leben bekommen würde.

Die Bestandsaufnahme der Möglichkeiten war, gelinde ausgedrückt, ziemlich negativ ausgefallen. Er besaß keine Waffe. Selbst wenn er sie nicht benutzen wollte, war die einschüchternde Wirkung einer Bleischleuder nicht von der Hand zu weisen. Seine Kleidung hatte hinsichtlich Sauberkeit die Stufe einer Squatterkluft erreicht, und der ballistische Schutz der Panzerung war – dank dem BGS-Beamten und der Explosion – an einigen Stellen so niedrig, dass eine Streetline Special ausreichte, ihn ins Jenseits zu befördern.

Was besaß er also? Die Einrichtung bot nur zwei Tischleuchten, einen Stuhl, eine Whiskyflasche und eine mehr oder weniger funktionstüchtige Dusche. Lichtschalter an- und ausknipsen erschien ihm nicht gerade hilfreich bei einem Fluchtversuch, und der Genuss des Flascheninhalts – auch wenn ihm danach war – wäre auch nicht dienlich.

Die Fenster seiner Zelle bestanden zwar nur aus einfachem Glas, aber die Titangitter dahinter waren so fest in der Wand verankert, dass selbst ein vercyberter Troll sie nicht ohne weiteres bewegen konnte. Und dann waren da noch die zwölf Meter bis zum Boden. Er besaß weder eine Sprunghydraulik, noch war das Bettlaken lang genug. Daher konnte er eine Flucht auf diesem Weg ebenfalls abschreiben.

Snooker stand mitten auf dem Bett und hielt den Stuhl in den Händen. Neben ihm auf dem Bettlaken lag die Whiskyflasche und eine brennende Tischleuchte. Die andere Leuchte war ebenfalls angeschaltet, stand jedoch auf der kleinen Kommode neben dem Bett. Er hatte seine Augen zwar mit Lichtverstärker und Infrarotsicht ausgerüstet und brauchte keine Beleuchtung, aber die brennende Lampe auf der Kommode hatte einen anderen Zweck.

Ohne lange nachzudenken, schleuderte Snooker den Stuhl gegen die Scheibe und setzte damit alles auf eine Karte.

Klirrend fielen die Scherben zu Boden. Eisiger Wind fegte durch die Zelle. Wie erwartet reagierten die Beamten nebenan sofort. Der jüngere von ihnen öffnete die Tür zu Snookers Zelle und betrat als Erster den

Raum. Snooker hatte währenddessen das Stromkabel aus der Lampe gerissen und ließ es auf den feuchten Boden fallen. Funken sprühten um den Mann herum und beförderten ihn ins Reich der Zuckenden.

Snooker war wirklich glücklich, dass der jüngere Beamte die Tür geöffnet hatte. Dies war nämlich einer der Punkte im Plan gewesen, die nicht seinem Einfluss unterlagen. Die Cyberware des HanSec-Beamten, falls dieser welche besaß, war garantiert neuer und verfügte über eine Sicherung, die sich automatisch abschaltete, sobald sie überlastet wurde. Ältere Modelle hätten das Hirn ihres Besitzers geröstet. Gleichzeitig ging die Lampe auf der Kommode aus, was ein Zeichen dafür war, dass die Sicherung rausgesprungen war. Snooker brauchte jetzt nicht mehr zu befürchten, in den zuckenden Tanz des Beamten am Boden einzufallen, sobald er seine sichere Insel verließ.

Der zweite Beamte sprang – obwohl etwas fülliger – zurück und legte schnell auf Snooker an. Aber nicht schnell genug. Snooker schleuderte ihm bereits die Whiskyflasche an den Kopf. Das Glas zersplitterte, und in diesem Augenblick war Snooker froh darüber, dass die Destillery in der Materialwahl der Tradition treu geblieben und nicht auf Ökoplastik umgestiegen war. Die desinfizierende Flüssigkeit reinigte die Schnittwunden ihres Opfers, während der Mann zu Boden ging.

Snooker sprang vom Bett und hechtete zum ersten Beamten.

Er lebt, Glück gehabt. Noch einen Mord hätte ich nicht verkraftet.

Sofort machte er sich daran, den Mann nach brauchbaren Hilfsmitteln abzusuchen. Die Waffe des Mannes, eine Walther Secura, war die Standard-Polizei-Handwaffe, in diesem Fall ohne Smartlink, dafür aber mit Lasermarkierer. Sein eigener Colt wäre ihm lieber gewesen, dennoch war er dankbar für die reichliche Ausbeute. Den Ebbie und die Ersatzwaffe, eine H&K P48 am Knöchel, steckte er ebenfalls ein.

Später kann sie mir vielleicht einmal den Arsch retten …

Die Untersuchung des zweiten Beamten fiel ähnlich ergiebig aus, und als Snooker den Whisky roch, bereute er es, keinen Schluck von der betäubenden Flüssigkeit genommen zu haben.

Jetzt war Snooker stolzer Besitzer von zwei schweren Pistolen mit jeweils acht Magazinen, was 96 Schuss bedeutete. Zusätzlich waren noch zwei Hold-Out-Wummen mit jeweils drei Magazinen, was zusätzliche 36 Schuss ergab, in seinen Besitz übergegangen. Dazu kamen Ebbies im Wert von 630 Euro und einige weniger brauchbare Konzernnoten.

Viel mehr Zeit zum Rechnen blieb ihm nicht, da die Beamten zweifellos mit automatischen Notsignalen ausgerüstet waren und HanSec jeden Augenblick auftauchen musste. Mit dem Gedanken: *Wird Zeit, die Mücke zu machen,* trieb er sich zur Eile an.

Seine Flucht trieb ihn in die Schatten, und von nun an konnte er sich nur noch auf seine Instinkte und Fähigkeiten verlassen. In den Augen des Gesetzes galt er jetzt als flüchtiger Killer, da sein Verschwinden einem Schuldbekenntnis gleichkam. Für Snooker gab es nur noch einen Weg, er wollte den Elf finden und seine Frustration an ihm auslassen. Zusätzlich wäre es dann vielleicht möglich, den Drahtzieher zu stellen. Denn eines war offensichtlich: Der Elf konnte nur Mittel zum Zweck gewesen sein.

Das Haus hatte er schnell verlassen. *Was jetzt?* Eine gute Frage. Der Hover stand zwar noch da, war jedoch über Retina- und Daumenscanner gesichert. Natürlich hätte sich Snooker schnell die warmen Daumen und Augen besorgen können, aber die beiden Beamten hatten nur ihren Job gemacht, und Snooker war kein Killer. Eines stand also fest: Die Beamtin Dornenpeitsche musste sich auf anderem Wege vom Acker gemacht haben.

Bestimmt hat sie einen Besen genommen, und ich hoffe inbrünstig, dass sie sich wund reitet.

Es war kalt, der Regen hatte seine Kleidung in wenigen Sekunden durchnässt. Die Straßenlaternen brannten nur vereinzelt, und ihm wurde schnell klar, dass er eine Flucht durch die dunklen Straßenzüge besser vermied. Dort würde es gleich vor Einsatzfahrzeugen wimmeln. Auf der anderen Straßenseite machte er einen Park aus. Zwar sah er keinen Eingang, der zwei Meter hohe, rostige, schmiedeeiserne Zaun stellte aber für einen Mann in seiner Verfassung kein unüberwindbares Hindernis dar.

Schmatzend gruben sich die Schuhe in den Matsch, als er auf der anderen Seite landete. An den scharfen Spitzen des Zauns hatte er sich nur die Hand angeritzt, aber die Wunde konnte sich entzünden, und es wäre besser, sie später gründlich zu reinigen.

Da er nicht wusste, wo er genau war, ging er einfach geradeaus und hoffte darauf, auf einen Hauptweg zu stoßen. Von dort aus würde er bald auf ein Informationsterminal stoßen.

Er kämpfte sich bereits seit fünf Minuten durch das dichte Unterholz, als er zum ersten Mal die HanSec-Sirenen vernahm. Sofort legte er einen Zahn zu. Die Bäume in seiner Umgebung versanken teilweise in Sumpflöchern, die mehr und mehr Fläche einzunehmen begannen. Der Bodyguard reduzierte nach einiger Zeit wieder das Tempo, da er nicht jämmerlich in einem dieser Moderlöcher ertrinken wollte. Nach weiteren fünf Minuten stolperte Snooker schmerzhaft über etwas am Boden, das er im Stockdunkel übersehen hatte. Seiner Infrarotsicht war der Gegenstand entgangen, da er mit seinen Gedanken woanders gewesen war.

Lichtverstärker sind wohl doch besser.

Als sein Gesicht im Matsch aufschlug, wurde er sich zum ersten Mal des Gestanks bewusst, der mittlerweile allgegenwärtig war und wie sichtbarer Nebel vom Boden aufstieg. Ein penetranter Verwesungsgeruch. Snooker war über einen Schädel gestolpert und mit der Nase direkt in einem verwitterten Grab gelandet.

Das ganze hier ist kein Park, das ist ein verdammter aufgelassener Friedhof! Drek! In was für eine Scheiße habe ich mich jetzt wieder hineinmanövriert?

Snooker war nicht abergläubisch, aber es gab wesentlich sicherere Orte in der Sechsten Welt als einen aufgegebenen Friedhof. Zum Glück war der Schädel schon älter, und sein Besitzer war wohl eines natürlichen Todes gestorben. Beinahe hätte er laut losgelacht, da er sich mehr als nur kindisch vorkam. Die Leute an diesem Ort waren tot, zumindest wünschte sich Snooker das. Er verdrängte die Visionen von umherschleichenden, blutrünstigen Zombieleichen oder Ghulen, so gut es ging, auch wenn die Umgebung eine passende Untermalung für solche tridreifen Szenen darstellte.

Mit einem Mal zuckte Snooker zusammen. Rechts hatte sich etwas bewegt. Schmatzende, schlurfende Schritte bahnten sich einen Weg durch das Unterholz. Er kämpfte einen Anflug von Panik nieder und griff nach der schweren Pistole. Am liebsten hätte er mit der Waffe ziellos ins Unterholz gefeuert. Das Problem war leider, dass HanSec diese Schüsse hören würde, da die Waffen über keinen Schalldämpfer verfügten.

Bitte, bitte, lass es ein heimatloses Meerschweinchen sein, betete Snooker stumm.

Snap befand sich wieder im Cyberspace. Diesmal war er aber nicht glücklich, sondern besorgt. Icebaby reagierte nicht auf seine Versuche, mit ihr in Kontakt zu treten. Seine Analysen zeigten ihm, dass die Frau *online* war. Zumindest arbeitete ihre Hardware, aber das war auch alles, was er auf die Schnelle in Erfahrung bringen konnte.

Die Comic-Persona rief ein Rudel Ratten herbei und schickte sie zum Stöbern aus. Die Ratten-Icons drehten sich mehrmals vor Icebabys Jackpoint hin und her und verschwanden dann in einen anderen Teil der Matrix. Snap kannte den Teil bereits, in den seine Software wollte, ihr Ziel war das HVV-System, deswegen rief er sein Stöberprogramm zurück. Ihm schwante böses.

Hier ist was faul!

Schnell aktivierte er die Hardware des Herrn Schmidt und flog über die pulsierenden Bahnen zum Port des Systems. Der Kassenautomat am Eingang ließ abermals den gleichen dummen Spruch ab, diesmal reagierte das Icon aber nicht auf Snaps Familienkarte. Die elektronische Stimme sagte lediglich: »Ihr Fahrschein ist leider abgelaufen. Bitte ziehen Sie ein neues Ticket oder setzten Sie sich mit unserem Service-Büro am Jungfernstieg in Verbindung. Unser geschultes Personal wird Ihnen gerne weiterhelfen. Angenehme Reise.«

Aus und vorbei! Was jetzt?, schoss es Snap durch die kochenden Synapsen.

Es gibt nur einen Weg, ich muss eindringen. Darin bin ich sowieso am besten.

Snaps Finger arbeiteten auf Hochtouren, und er wollte dem Kassenautomaten gerade mit einem Schraubendreher an den Kragen gehen, da hatte er einen genialen Einfall.

Er konnte das Signal seiner Programme innerhalb des Systems benutzen, um sich dort einen neuen, temporären Eingang zu schaffen. Dem HVV-System würde das zwar sofort auffallen, sobald sich seine Persona im System materialisierte, aber er wäre nicht gezwungen, sich den ganzen Weg bis zum Knoten durchzukämpfen. Vielleicht würde er dort auch nur ein paar Augenblicke benötigen, um mehr zu erfahren. Dann könnte er sich sofort wieder ausstöpseln und einen tödlichen Kampf vermeiden. Gesagt, getan.

Snap programmierte und tüftelte, aber es brauchte seine Zeit, bis er alles vorbereitet hatte. Im Hotelzimmer glitten die Hände des Deckers über die Tasten und gaben die Befehle zum Ausführen seiner provisorisch zusammengeschusterten Programme und Routinen.

Vor seinen virtuellen Augen materialisierte sich das Icon eines überdimensionalen Riechkolbens, und Snap wurde rasend schnell vom HVV-System eingesogen. Er hatte seine Persona mit kopierten Daten des Verkehrskonzerns beklebt. Das System ging also davon aus, dass die Daten zurück an ihren Bestimmungsort mussten.

Natürlich hätte er diese Dateien nicht mitnehmen dürfen, aber Snap war ein Schattendecker und ließ sich von keinem Schmidt vorschreiben, wie er einen Job zu erledigen hatte.

Paul schloss die Küchentür hinter sich und schaute Pandora entgeistert an, die wild die Türen der Schränke aufriss und wieder zuschlug. Ein Zeichen, dass sie wirklich nicht gut drauf war. Nur warum?

Dieses Verhalten passt nicht zu ihr, ist sie etwa eifersüchtig?

Er gab seinen Gefühlen nach und schritt auf sie zu. Anfangs wehrte sie sich, dann erwiderte sie endlich seine Umarmung. Paul schaute ihr tief in die Augen und fragte: »Hey, Zauberkugel. Was ist los?«

Au, Paul. Du bist ein ungehobelter Klotz, sobald persönliche Gefühle ins Spiel kommen.

Pandora stieß Paul zurück und funkelte ihn erneut an. Er hatte zwar gewusst, dass die Frau Temperament besaß, aber mit einer so heftigen Reaktion hatte er nicht gerechnet.

»Was los ist? Du flirtest mir dieser Frau rum. Das ist okay!«

Jetzt verstand Paul noch weniger, aber die Magierin ließ ihm auch nicht viel Zeit zum Grübeln.

»Aber das, was ich eben auf der Astralebene gesehen habe, hat mir Angst gemacht! Ich habe vorhin im Wagen echt mit mir kämpfen müssen, um nicht auszuflippen! Als sie am Kai gesungen hat, war es, als wäre ein Manasturm durch die astrale Ebene gerast! Es war ein Fluoreszieren von Farben, das einfach unglaublich und unmöglich war! Hätte ich es nicht mit eigenen Augen gesehen, ich würde es niemals glauben können! Die Spiegelwelt hat förmlich gebrannt! Klingt bescheuert, aber ich kann es nicht anders beschreiben. Diese Welle erreichte meine Elementare und hat sie wahnsinnig gemacht. Meine Aura hat das ganze Spektakel nicht betroffen, aber die Elementare wollten sich mit aller Kraft aus meinem Bann winden.«

Das klang wirklich nicht gut, auch wenn Paul nicht mit allem, was Pandora sagte, etwas anfangen konnte. Er war nicht magisch begabt und verfügte nur über angelesenes Wissen.

»Ist sie vielleicht Magierin? Oder Schamanin?«, gab er zu bedenken.

Pandora antwortete nicht sofort, dann aber sagte sie: »Magierin schließe ich aus, ihre Aura besitzt eher die astralen Zeichen einer Adeptin. Aber es sind nicht die Parameter einer gewöhnlichen Adeptin, so viel ist klar. Und da ist noch etwas ...«

Pandora brach ab und begann nervös auf ihrer Unterlippe zu kauen.

»Und?«, drängelte Paul weiter.

»Ihre Stimme hat etwas an sich, das ich lange nicht mehr gehört habe. Es ist etwas, das ich verdrängt habe und im Augenblick nicht hundertprozentig festmachen kann, aber es macht mir Angst.«

Nach einer kurzen Pause fuhr sie fort. »Ich habe einfach ein äußerst mulmiges Gefühl. Du hättest das auf der Astralebene wirklich sehen müssen, Paul. Die Elementare schienen verrückt zu werden. Ach, verdammt. Ich habe immer noch Angst und weiß auch nicht weiter.«

Die Magierin massierte sich die Schläfen, bevor sie diesmal unaufgefordert fortfuhr. »Nur eines rate ich dir, Paul: Vertraue ihr nicht. Sie verheimlicht uns etwas. Du bist ein feiner Kerl, und ich will nicht, dass dir etwas zustößt.«

Pandora trat einen Schritt auf Paul zu und küsste ihn zärtlich, aber freundschaftlich auf die Wange. Abschließend bemerkte sie: »Ich weiß, dass mein Verhalten nicht professionell war, aber ich hoffe, du akzeptierst meine Entschuldigung.«

Fast flehend schaute sie Paul an, doch er kam nicht mehr zu einer Antwort. Eternity begann unter der Dusche zu singen und fesselte ihre Aufmerksamkeit mit ihren Tönen der Unendlichkeit.

Es war erst früher Abend und die Zeit, in der man sich gerade von den Strapazen der letzten Nacht erholt hatte. Die ersten größeren Touristenhorden würden in frühestens sechs Stunden hier einziehen und die Bars und Bordelle entern. Discos öffneten gewöhnlich erst gegen zehn Uhr, und deren Betreiber rechneten nicht vor Mitternacht mit zahlungskräftiger Kundschaft.

Auch nach all den Jahren zählte die Reeperbahn zu den Orten, an denen man die Nacht zum Tag machte. Und es gab ein ungeschriebenes Gesetz, das man auch nur als Tourist einhalten konnte: Gib dich den Vergnügungen der Straße ohne Sperrstunde nur bei Dunkelheit hin. Sobald es dämmert, such das Weite, denn bei Tageslicht verlieren so mancher Ort und manche Frau den Reiz und Charme, den sie während der Nacht noch besessen hatten.

Das stimmte auch, denn tagsüber glich diese Straße einer Müllhalde, nur von Pennern und Junkies bewohnt.

Frank bahnte sich seinen Weg über die sündige Meile und überlegte angestrengt, wo er ein Terminal finden konnte. Natürlich hätte er eine öffentliche Tele-Zelle aufsuchen können, aber alle Daten, die er dort öffnete, wurden von der betreibenden Telekrampf-Gesellschaft geprüft, und das wollte Frank ganz sicher nicht.

Der Reporter kannte die Reeperbahn nur zu gut und war oft genug mit Musikern und Geschäftsleuten in den teuren Bars gewesen. Diese Zeiten waren aber vorbei. Jetzt war er hier auf der Suche und bestrebt, etwas über Sid, den Tontechniker, in Erfahrung zu bringen. Die flackernden Leuchtreklamen und 3D-Holos verwandelten die Straße in eine öffentliche Disco. Frank warf einen kurzen Blick in das Schaufenster eines Ladens der Eros-Kette Beate-Vibro-2000. Dildos, Plastikbrüste, Lederpeitschen und angefeilte Metallketten wurden angeboten. Etwas mehr Raum hatte der Dekorateur einem neuen Gleitmittel eingeräumt, das laut Zertifikat sogar reflexboostergetestet war.

Plötzlich packte ihn unsanft eine Hand von hinten an der Schulter, und Frank erinnerte sich wieder an sein Erlebnis mit der Zigeunerin heute Morgen. Diesmal war es aber keine knitterige Roma, die ihn musterte, sondern ein Koberer – ein Begriff aus dem längst vergessenen Plattdeutschen, der so viel wie ›Einfänger‹ bedeutete. Hinter dieser Bezeichnung verbargen sich die Türsteher der Tabledance-Bars, die Kunden mit lockeren und eindeutigen Sprüchen lockten. Der Beruf des Koberers hatte Tradition in Hamburg und wurde von Generation zu Generation weitergereicht, auch wenn die Unterweltkriege zwischen der Yakuza, den Triaden, der italienischen und der russischen Mafia Raum für neue Generationen geschaffen hatten.

Es dauerte einige Sekunden, aber dann schlug in Frank eine Saite an, und er erinnerte sich an den Mann von früheren Zeiten. Stahl-Ahab stand hinter ihm. Den Namen verdankte er seinem glänzenden rechten Metallbein. Allen Touristen erzählte er die unglaubwürdige Geschichte, dass ein großer weißer Hai ihn auf hoher See während eines Tauchgangs mit einer Robbe verwechselt hatte. In einem Kampf Mann gegen Kreatur hätte er dem Herrscher der Meere die Macht des Menschen demonstriert und dem Fisch den Bauch aufgeschlitzt. Sah man aber vom Seemannsgarn ab, war Ahab eine herzensgute Seele. Frank wusste, dass er das Bein weit weniger spektakulär bei einem Autounfall verloren hatte. Der Hanseat war aber keiner dieser grobschlächtigen und aufdringlichen Fänger, die potenzielle Kunden anmachten. Allein seine alte Seemannsuniform und die Pfeife im Mund gaben ihm etwas Kryptisches und Erhabenes.

Trotz aller negativen Erfahrungen innerhalb der letzten Stunden gelang es Frank, Stahl-Ahab ein Lächeln zu schenken.

»Moin, moin, alter Seebär. Was treibt dich in den exotischen Hafen der Lüste?«, begann der Koberer einen Schnack, nachdem er Franks Geste richtig gedeutet hatte.

»Ich suche ein Terminal«, antworte Frank ehrlich und weniger blumig. Er hoffte, jemanden gefunden zu haben, der ihm weiterhelfen konnte.

Ahabs Augen weiteten sich erstaunt.

»Matrose, seit wann hast *du* eine Datenbuchse und erfreust dich nicht mehr körperlicher Leidenschaften? Hast du etwa auch dem Rum abgeschworen?«

Kann mich nie jemand ernst nehmen? Bevor ich mit dem Trinken aufhöre, muss meine Leber nicht mehr replizierbar sein.

»Es ist mein Ernst. Ich brauche einen Rechner, der an kein System angeschlossen ist. Kannst du mir helfen?«

Die Hand strich nachdenklich über den grauen Bart. »Dem Matrosen kann geholfen werden. Tritt ein in unseren Laderaum voll exotischer Waren, die dein Herz begehrt, und erfreue dich am Genuss eines gewöhnlichen Bieres!«

Warum nicht? Der alte Hund hat es wieder einmal geschafft, jetzt trinke ich ein überteuertes Bier. Was ist so schlimm daran? Das ist genau das Richtige nach so einem Tag. Vielleicht sollte ich mich besaufen …

Achselzuckend folgte er dem Mann in die Bar, die den Namen *Zur Toten Katze* trug. Der Name erinnerte Frank an den Kater-Captain Aramis in seiner Wohnung und bescherte ihm ein schlechtes Gewissen, da er nicht mehr wusste, ob er dem Tier ausreichend Verpflegung hingestellt hatte.

Wie immer an so einem Ort war die stark parfümierte Luft aufdringlich und penetrant süß, und die halbwegs junge Frau auf der Bühne schien bereits einen Rausch von der geschwängerten Luft zu haben. Ihre Bewegungen erinnerten mehr an eine Zeitrafferstudie als an ein energiegeladenes Luder, das auf hemmungslosen Sex aus war. Die Musik zählte zu den billigsten Vertretern der Ethno-Trance-Mucke. Im Gegensatz zu anderen Läden gehörte die *Tote Katze* keiner Unterweltorganisation an. Die Tänzerinnen, Gesellschafts- und Animierdamen – sie vermieden den Ausdruck Nutte gerne – arbeiteten hier auf selbständiger Basis und waren nicht gezwungen, jeden Gast an- oder aufzunehmen.

Stahl-Ahab hatte Franks Wunsch nicht vergessen. Er führte ihn in den Bürobereich des Etablissements. Normalerweise hätte er einem Kunden, je nach intuitiver Einschätzung der Zahlungsbereitschaft, einen Platz an der Bühne oder anderswo zugewiesen. Je mehr Kohle der Gast auszugeben bereit war, umso näher rückte er der Gynäkologenreihe ganz vorne an der Bühne.

Das kleine Büro, in dem sie landeten, rief beim Betrachter unweigerlich die Assoziation von kreativem Chaos wach. Der eigentliche Besitzer des Büros war nicht da. Er benutzte noch Stifte und Blätter für Rechnungen und Buchhaltung und hatte diese freigebig im ganzen Raum verteilt. Das Finanzamt würde Jahre brauchen, um das Schlachtfeld zu sichten, falls es seine Steuererklärungen je anzweifeln sollte.

Technologische Stagnation hat also doch ihre Vorteile.

In einer Ecke stand aber das, was Frank mehr interessierte: Ein Terminal.

Der Koberer rückte Frank freundlich einen Stuhl zurecht und fragte abschließend: »Brauchst du noch irgendwas, Matrose, bevor ich dich mit diesem technischen Klabautermann allein lasse?«

»Ein Bier wäre nett, und eine Information, alter Seebär. Ich hoffe, das sind nicht zu viele Dinge auf einmal?«, antworte Frank zögernd, auch wenn er nicht glaubte, dass Fortuna ihn in ihr Herz geschlossen hatte und er etwas über Sid erfahren würde.

»Das Bier kostet das Übliche, die Information hängt ganz von deiner Frage ab«, antworte Stahl-Ahab, signalisierte aber Geschäftsbereitschaft.

»Hast du Sid gesehen? Ich suche ihn und habe den leisen Verdacht, dass er reichlich Ärger an der Backe hat. Und natürlich zahl ich dafür …«

Ahab klopfte hart mit seinem Metallbein auf den Boden und unterbrach Frank damit.

»Okay, da ich Sid und dich aus Zeiten alter Piratenkreuzzüge kenne, gebe ich dir die Infos kostenlos. Ich teile nämlich deine Befürchtungen, und es wäre dem Knaben bestimmt besser ergangen, wenn er sich an mich gewandt hätte. Jetzt hat er sich auf eine Insel begeben, die außerhalb meiner Sieben-Meilen-Zone liegt. Ob die Koordinaten der Kontrolle eines Sextanten standhalten, kann ich dir nicht versprechen. Bist du wirklich daran interessiert, ihm zu helfen?«, fiel die ungewohnt lange Rede Ahabs aus.

Fortuna, ich liebe dich! Aber so wie der alte Kauz antwortet, scheint er sich an einem Ort verkrochen zu haben, der schlimmer als das Fegefeuer sein muss.

»Ja, ich will ihm helfen und …« Dieser Gedanke kam Frank wirklich erst in diesem Augenblick. »… ich möchte einmal in meinem Leben etwas Gutes tun. Statt jemanden in die Scheiße zu reiten, möchte ich ihm heraushelfen.«

Diese Antwort schien Ahab zu überzeugen.

»Das ist die Antwort eines Menschen, den der Landkoller befallen hat. Du erhältst die Schatzkarte, auch wenn du bis zum Rande des Wyrms segeln musst, um auf die Insel zu stoßen, auf der du das Gold bergen kannst.«

Vielleicht hat Ahab doch etwas von der Zigeunerin. Kann er sich nicht klar ausdrücken? Ich bin eine Landratte.

Ahab kam Franks stummer Aufforderung nach.

»Ich habe gehört, dass Sid an einen Ort geflohen ist, an dem ihn garantiert kein vernünftiger Mensch oder Metamensch suchen wird. Er hat sich ins Herz des Limbus begeben«, raunte der Seebär Unheil verkündend.

Diese Antwort vernichtete Franks Aussicht auf Fortunas Wohlwollen komplett. Der Limbus war ein Ort, der nicht umsonst den Namen der mythologischen Vorhölle trug. In der Zeit des Erwachens wurden die ersten Goblinisierten in Hamburg in Lager verfrachtet, damit sich die Gesellschaft in Ruhe überlegen konnte, wie sie mit dieser fremdartigen Veränderung umgehen sollte. Die Wahl eines dieser Orte war ziemlich makaber, da der ehemalige Friedhof und Volkspark Altonas zu solch einem Auffangbecken umfunktioniert worden war. Nachdem die Gesellschaft, nach einer langen und blutrünstigen Zeitspanne, Elfen, Zwerge, Orks und Trolle mehr oder weniger akzeptiert hatte, war der Ort zu einer Lagerstatt für Kreaturen geworden, die von der Gesellschaft immer noch nicht so richtig in ihr Weltbild einsortiert werden konnten. Ghule bildeten den Hauptbestandteil der dort ansässigen Bewohner. Das Gelände wurde von einem Zaun eingegrenzt, der zwar kein unüberwindbares Hindernis darstellte, aber die Stadtverwaltung hatte die meisten umliegenden Gebäude geräumt oder abgerissen. Die Ghule blieben auch größtenteils in ihrem zugewiesenen Revier, denn außerhalb der Gitter warteten nur Tod und Verfolgung auf sie. Die Stadt lieferte gelegentlich verdorbene Essensreste ab, um sonst notwendige Streifzüge seitens der Ghule zu vermeiden.

Frank glaubte nicht, dass die Gesellschaft je bereit wäre, diese Schauergestalten zu akzeptieren. Es kam oft genug vor, dass sich Policlub-Mitglieder einen Spaß daraus machten, in das Gelände einzudringen. Genauso oft kam es auch vor, dass keiner der Expeditionsteilnehmer aus dem Limbus zurückkehrte.

»Und, bereit, dorthin zu segeln?«, wollte Ahab nun wissen, obwohl es eigentlich die Aufgabe eines Kapitäns war, den Kurs festzulegen.

»Ähm … nicht wirklich. Werde ich einen Führer brauchen?« Mit diesen Worten wich Frank einer direkten Antwort aus.

»Ich werde dir einen Navigator besorgen, der dich durch die gefährlichen Strudel führen wird. Natürlich kostet der, aber das weißt du ja, Matrose. Ein guter Navigator ist teuer.« Ahab wartete keine Antwort ab, sondern verließ den Raum.

In was für eine Trollscheiße habe ich mich jetzt wieder hineinmanövriert?, dachte Frank verzweifelt, während er den Chip in das Terminal steckte. Vielleicht würden die Infos eine Höllenfahrt unnötig machen.

Der Bildschirm schaltete sich automatisch an, die Datei entpackte sich ebenfalls selbständig. Hypertext baute sich geschwind auf. Das Terminal war nicht so antiquiert, wie Frank zuerst angenommen hatte, sondern ziemlich schnell.

Das, was Frank las und hörte, stimmte ihn nicht glücklich, denn ihm wurde klar, dass er Sid im Limbus aufspüren musste.

»Ich grüße dich, Frank. Du wirst dich bestimmt wundern, warum ich dir das alles nicht persönlich sage. Aber seit deiner Trennung von Siegel hat sich einiges verändert, und ich bin nicht glücklich über diese Veränderungen. Da ich aber selbst an den Konzern und seine Vorgehensweise gekettet bin, liegt es nicht in meinen Möglichkeiten, diese Veränderungen aufzuhalten oder rückgängig zu machen. Ich muss dich um etwas bitten. Der Tod von Richard ist uns selbst ein Rätsel, auf das ich dir keine Lösung bieten kann. Was Sid dem Konzern entwendet hat, gehört zu den wenigen Dingen, die dem Konzern sehr am Herzen liegen, so viel kann ich dir sagen. Ich vertraue darauf, dass du die Fakten zusammentragen wirst und wieder mit mir in Kontakt trittst. Natürlich werde ich dich für deine Mühen reichlich entlohnen. Vielleicht ist es dir sogar möglich, Infos über Richards Tod auszugraben. Ich kann dir nämlich versichern, dass Siegel damit nichts zu tun hat. Eine Warnung habe ich aber für dich. Sei vorsichtig! Siegel hat die Kettenhunde losgeschickt, und du weißt, dass der Konzern sie nicht grundlos von der Leine lässt. Viel Glück, alter Freund. Heinrich Pierskaller.«

Die Nachricht löschte sich nach einigen Sekunden automatisch, und dies war ihr Ende, auch Franks Ende.

Das Ganze klingt nach einem Auftrag, schön und gut, aber seh ich wie ein Privatdetektiv oder Runner aus? Definitly not! Und wenn es denn stimmen sollte, dass Siegel nichts mit Richards Tod zu tun hat, wirft das wieder neue Fragen auf. Und auch noch die Kettenhunde! Hilfe … Fortuna, wo bist du nur geblieben?

Die Kettenhunde jagten Frank wirklich Schiss ein. Dieser Name stand für eine geheime Säuberungspolizei Siegel-Devil-Records. Oft hatte sich Frank dieser Abteilung während seiner Karriere nicht bedienen müssen, und jedes Mal, wenn er es dann doch getan hatte, waren schlaflose Nächte die Strafe für sein Handeln gewesen.

Aufgabe der Abteilung war es, abseits der Legalität Beweise außerhalb des Konzerngeländes zu vernichten. Diesen Job übten die gedungenen Schläger, Frank fand diese Bezeichnung treffender, professionell und manchmal sogar endgültig aus.

Viel mehr Zeit zum Nachdenken blieb ihm nicht. Der Monitor wechselte automatisch das Bild, und Frank sah Aufnahmen aus dem Lokal aufflimmern. Drei extrem kurzhaarige Männer in schwarzen Ledermänteln steuerten die Bar an. Die Mienen der wandelnden Kampfkolosse waren undurchschaubar, schwarze Shades potenzierten diese Ausdruckslosigkeit noch.

Text projizierte sich auf den unteren Bereich des Bildschirms. Stahl-Ahab warnte ihn vor den neuen, nicht zahlungswilligen Gästen, was an sich unnötig war, da Frank wusste, wer diese Besucher waren. Diese Leute gehörten zu Siegel-Devil-Records Kettenhunden, und dass sie nicht hier waren, um mit ihm gemeinsam ein Bier zu trinken, war unverkennbar. Seit er Siegel verlassen hatte, mussten sie ihm gefolgt sein. Wenn er Glück hatte, würden sie ihm nur die ohnehin renovierungsbedürftigen Betonbauten in seiner Mundhöhle ausschlagen und den gut gemeinten Rat geben, seinen dann gebrochenen Riecher aus der Sache herauszuhalten. Ihm stand aber nicht der Sinn nach einer Konfrontation, in der er von vornherein dazu verdammt war, in die Rolle des Verlierers zu schlüpfen.

Sein Freund warf ihm den Rettungsring zu. An der Seite des Tischs, an dem er saß, befand sich laut Ahabs

Nachricht der Schalter zu einem Geheimgang. Viele Bordellbesitzer – *ähm, Tanzlokalbetreiber* – besaßen so einen Fluchtweg, nur hätte er nicht damit gerechnet, dass er je in den Genuss kommen würde, sich von ihrer Existenz persönlich überzeugen zu dürfen. Zusätzlich unterrichtete ihn der Seebär darüber, dass am Ende des Ganges sein Navigator abfahrbereit auf ihn wartete.

Billig würde die Rechnung für diesen Rettungsring nicht werden, eine kosmetische Nasenrichtung wäre aber mindestens genauso teuer.

Das Terminal schaltete sich ab, als das Doktor-Trio bereits auf *sein* Büro zusteuerte. Ihm blieb nicht mehr viel Zeit. Frank betätigte den Schalter, und neben ihm glitt eine Wand zurück. Der Reporter betrat heute zum zweiten Mal einen Gang, an dessen Ende ein ungewisses Ziel lag.

Nur, habe ich eine Wahl? Ich fürchte, die hatte ich nie …

Das HVV-System hatte Snap genau dort *ausgerotzt*, wo er es sich ausgerechnet hatte. Schnell machte er sich daran, den Schnodder des Systems, der an seiner Persona hing, mit einem karierten Taschentuch zu entfernen. Bei diesem Schnodder handelte es sich um so genannte Verifizierungsdateien, die dem System signalisierten, dass Fremddateien vorhanden waren, die schnellstens inspiziert werden mussten. Snap war zu sehr mit der eigenen Reinigung beschäftigt, um die Umgebung genauer zu betrachten. Schnelligkeit war gefragt, damit die Programme und das IC des Knotens erst gar nicht auf die dumme Idee kamen, den Comic-Helden mit der Scheuerbürste hinfort zu wischen.

Aber ein Wimmern ließ ihn innehalten und verdutzt aufschauen. Das, was er dort sah, konnte und wollte er zuerst nicht glauben. Der Knoten schien eingefroren zu sein, alle Routinen standen still, und seine Sensoren bestätigten das nach einer kurzen Anfrage sofort.

Aber der Hammer war Icebaby.

Ihre Persona hatte das Icon eines Blumenmädchens mit einer Hand an die Knotenwand genagelt. Das Gesicht des Eismädchens schien grimmig zu lächeln, die rechte Hand hatte den Hals des Blumenmädchens wie ein Schraubstock fest umschlossen. Die Persona des Blumenmädchens und somit dessen Decker gehörte nicht zum HVV-System, so viel war ihm sofort klar. Hilflos schlug das Blumenmädchen mit den Händen auf Icebaby ein. Aber die Elfin schien die Angriffe gar nicht zur Kenntnis zu nehmen. Wirkungslos glitten die Schläge an ihrer bläulich schimmernden Eisschicht ab.

Mit der linken Hand suchte Icebaby die Persona des fremden Deckers ab. Ihre Finger glitten in die ruckende Persona und zerrten Datenpakete in Form von Chips hervor, danach verschwanden die Chips aus Snaps virtuellem Sichtfeld. Die Versuche des Blumenmädchens, der tödlichen Situation durch Verwendung ihrer Angriffsprogramme zu entfliehen, brachen ab.

In Wirklichkeit musste sich Icebaby Zugang zum Deck des anderen Deckers verschafft haben und inspizierte gerade peinlichst genau die Festplatten und den RAM. Der Vorgang musste verdammt unangenehm für den anderen Decker sein, und wenn Icebaby weiter so gründlich arbeiten würde, könnte sie die Relais des fremden Decks zum Schmoren bringen. Die BTL-Software würde danach den Rest erledigen und den Decker endgültig rösten.

Snap schrie innerlich auf. Dieses Verhalten war unnötig, das Leben des *vermutlich* feindlichen Deckers hing mittlerweile von Icebabys Gutdünken ab. Sie hatte bereits gewonnen.

Verzweifelt rief er: »Ice, was machst du da?«

Icebabys Kopf fuhr herum und musterte Snaps Persona kalt und analytisch. Er bemerkte, wie die Sensoren der Elfin seinen Comic-Teenager abtasteten. Fast so, als wäre sie Snap nie zuvor in der Matrix begegnet. Eine eisig kalte Hand schloss sich um Snaps Herz. Das Gebilde vor ihm konnte unmöglich die Elfin sein, die er kannte und liebte. Sie wirkte wie ein emotionsloses Programm, dessen Handeln nur noch von Aktions- und Reaktionsdenken bestimmt wurde.

Das Eismädchen richtete den Blick erneut auf das Blumenmädchen und beendete endlich die tödliche Untersuchung.

Snap atmete auf und dachte erleichtert: *Icebaby ist wohl wieder zur Besinnung gekommen.*

Dem war aber nicht so. In ihrer Hand materialisierte sich ein schimmerndes Eisschwert. Snap sah, wie Icebaby ausholte, um das Blumenmädchen mit einem einzigen Schlag eiskalt zu töten.

»Hör auf, sie ist wehrlos!«, schrie er Icebaby an.

Die Klinge verharrte zwei Pixel vor dem Hals.

Der Decker des Blumenmädchens musste wahnsinnig vor Angst werden. Zweifellos hatte Icebaby, nachdem sie Zugang auf das Deck des Blumenmädchens bekommen hatte, die Auswurfbefehle blockiert. Der Decker war jetzt zum stummen Zuschauer verdammt, der nur darauf wartete, dass ihm sein Peiniger endlich das Hirn röstete und die Qual ein Ende hatte.

Icebabys Stimme klang verwirrt, als sie Snap ansprach: »Wieso? Dieser Fremdkörper hat Systemdaten an Dritte weitergegeben. Eine Analyse seines Speichers hat gezeigt, dass seine Existenz und die Daten für uns unbrauchbar sind. Dieser Informationsknoten wird nicht länger benötigt. Totale Zerstörung wird angeraten, damit sich ein solcher Vorfall nicht wiederholt.«

Snap konnte es nicht glauben. Icebaby besaß die Kontrolle über das Deck des Fremden, sie könnte ihn einfach schmerzhaft aus der Matrix auswerfen. Snap wollte nicht glauben, dass der Tod in diesem Fall eine gerechte Strafe darstellte.

»Ice, das ist in Wirklichkeit ein Mensch«, entfuhr es ihm matt.

Icebabys Schwert verschwand, und ihre Persona wandte sich torkelnd Snap zu. Das Blumenmädchen fiel unbeachtet auf den Boden des Knotens und rang verzweifelt nach Atem.

»Snap, was ist wirklich?«, fragte sie diesmal hilflos und mit Panik in der Stimme.

Snap wusste nicht, was er sagen sollte, bekam aber auch keine Gelegenheit, auf ihre Frage einzugehen, da der Knoten des HVV-Systems aus seiner Erstarrung erwachte und Snap nun sein eigenes Leben retten musste.

Der Fahrkartenkontrolleur zerriss die pflanzlichen Fesseln und sprang vom Boden auf, schnappte sein Ticketgerät und drohte, Snap damit zu erschlagen. Das Comic-Icon ließ sich nach hinten fallen und versuchte, den Abstand zwischen sich und dem IC des HVV-Konzerns zu vergrößern.

Ein weiterer Kontrolleur erschien im Knoten und stürzte sich sofort auf das Blumenmädchen, das taumelnd auf die Beine kam. Merkwürdig glitzernder Staub erschien in ihren Händen, den sie in die Luft des Knotens warf. Der Kontrolleur und Icebaby befanden sich im unmittelbaren, von dieser schimmernden Substanz eingehüllten Bereich. Ein Blick auf seine Sensoren bestätigte Snaps Vermutung, dass es sich bei diesem Staub um ein Virus handelte. Als der Staub den Kontrolleur berührte, fraß er sich in die Programmoberfläche, und kurz darauf löste sich das IC in tausend Partikel auf. Icebabys Persona blieb von der Wirkung ebenfalls nicht verschont.

Snap bekam dies nur aus den Augenwinkeln mit. Er hatte genug mit dem IC zu tun, das ihm an den Kragen wollte. Der Kontrolleur war schnell und sauber programmiert. Sein Comic-Teenager hatte alle Hände voll zu tun, den gewaltigen Schlägen des IC auszuweichen.

Er fand nicht einmal die Zeit, seine Schildprogramme, geschweige denn ein Angriffsprogramm zu starten. Überdies war seine Säuberung vorhin nicht gründlich genug gewesen. Schnüffelnde, rot-weiße Dackel rannten in den Knoten und richteten ihre virtuellen Nasen auf Snap. Das System hatte das Eindringen entdeckt und löste aktiven Alarm aus. Die Knotenwände verblassten zusehends. Wenn dies erst einmal komplett geschehen war, blieb Snap keine Möglichkeit mehr zur Flucht. Snap sah, wie das Kontrolleur-IC ausholte. Er verwarf den aussichtslosen Gedanken, den Kontrolleur zu fragen, ob er nachlösen dürfe, und aktivierte verzweifelt die Auswurftaste.

Bitte, lass mich schneller sein, betete Snap. Dann endete seine Wahrnehmung in vollkommener, alles verschlingender Dunkelheit.

Sein Sichtfeld wurde von einem dunklen, schlafähnlichen Schleier getrübt. Zack hörte die Musik in der Suite ebenfalls. Die Töne hingen wie ein unsichtbares Netz in der Luft, füllten seinen gesamten Kopf aus und machten ein klares Denken unmöglich. Die Geräusche des Funkgeräts schienen von dieser fremden Musik absorbiert zu werden und verblassten einfach. Der Samurai vergaß den Kommentar, den er Rebers an den Kopf schleudern wollte. Der Konzernmann stand jetzt träumend an der Wand und schien ebenfalls alles vergessen zu haben. Die Augen des Mannes waren zwar weit geöffnet, schauten aber nur trüb ins Leere.

Zack schien jedoch nicht so stark gebannt zu sein wie Rebers. Verwirrt, doch nur eingelullt suchte er sich schwer atmend den Weg ins Wohnzimmer.

Was der Runner sah, drang durch einen milchigen Schleier zu seinem Hirn vor, und er realisierte es erst Sekunden verzögert. Alle Versuche aufzuwachen blieben erfolglos. Instinktiv schaltete der Samurai seine

Headkamera ein, auch wenn er nicht glaubte, mit den Bildern später etwas anfangen zu können.

Das Licht im Wohnzimmer war gedämpft, nur ein greller Lichtstrahl fiel aus dem Badezimmer in den Raum und beleuchtete wie ein Scheinwerfer Eternitys gleitenden Weg über den Teppich. Die Sängerin durchquerte nackt den Raum. Ihr Körper schimmerte hell im Lichtkegel, weil das feuchte Badewasser auf ihrer weißen Haut perlend die Strahlen reflektierte. Langsam schritt sie auf die Fensterfront des Wohnzimmers zu und hatte dabei die Hände weit vom Körper gestreckt. Ihre zarten Brüste wippten leicht bei jedem Schritt, als sie die kurze Entfernung zu den Fenstern der Suite singend, fast schwebend überwand.

Pandora schien gelähmt, und die Augen der Magierin schauten an einen weit entfernten Ort. Paul musste sich dazu zwingen, einen Fuß vor den anderen zu setzen, und fast unterbewusst zog er Pandora hinter sich her. Schweiß rann ihm in Strömen über den Rücken, und er fühlte sich ausgelaugt, bis er mit ihr im Schlepptau endlich im Flur angekommen war. Es dauerte einige Zeit, bis er realisierte, dass Rebers grinsend an der Wand hockte. Wenn Paul es nicht besser wüsste, hätte er vermutet, das breite Lächeln des Mannes würde von Drogen hervorgerufen.

Paul ließ den Konzermann links liegen und richtete seinen Blick auf Zack, der im Eingang zum Wohnzimmer stand und ebenfalls verzweifelt versuchte, einen Schritt nach dem anderen zu schaffen. Auch der teure Nadelstreifenanzug des Samurai hatte an mehreren Stellen schweißfeuchte Flecken.

Über Headphone versuchte Paul mit dem Runner Kontakt aufzunehmen, aber Eternitys Musik hallte so laut in seinen Ohren wider, dass er nichts verstand, geschweige denn seine eigene Stimme hörte.

Pandora blieb abrupt hinter Paul stehen. Seine Hand glitt von ihrem feuchten Arm ab. Der Runner drehte sich um und wollte nach der Magierin sehen, aber Eternitys Musik erreichte eine noch intensivere Stufe. Er bemerkte nur am Rande, wie die Zauberin zusammenbrach und bewegungslos am Boden liegen blieb.

Langsam kroch die Kälte in Snookers angespannte Muskeln. Der Mann hatte sich niedergekauert und versuchte angestrengt, den Ursprung der schlurfenden Schritte im dunklen Unterholz auszumachen. Es waren einige Minuten vergangen, und diese Haltung wurde auf Dauer ziemlich unbequem. Der Bodyguard wagte nicht, sich zu bewegen, da er keine unnötigen Geräusche verursachen wollte. Die Taktik Lauern und Abwarten erschien ihm in dieser Situation das Klügste. Dennoch verlagerte er das Gewicht vorsichtig auf das andere Bein und stützte sich mit der Linken ab, um die Spannung und Kälte aus dem Körper zu vertreiben. Ein Muskelkrampf war das Letzte, was er jetzt brauchte.

Seine Finger ertasteten beim Abstützen einen abgebrochenen, knöcheldicken Ast am Boden. Snooker steckte die gestohlene Schusswaffe weg. Er musste Schüsse vermeiden, denn HanSec-Sensoren spürten auch Geräusche auf, und danach wäre sowieso alles zu spät. Die Filter der kreisenden Überwachungsdrohnen würden den Schusslärm garantiert einer Dienstwaffe zuordnen, dann könnte Snooker alle Hoffnungen auf eine unbemerkte Flucht in den Wind schreiben. Wenn er Glück hatte, würde der gefundene Knüppel ausreichen, um dieser neuen, bisher unbekannten Bedrohung entfliehen zu können.

Das Glück schien indes nicht auf Snookers Seite zu stehen, denn er hörte wieder ein Schlurfen. Diesmal kam es von rechts, also mussten zwei Personen – Monster oder was immer da auch durch die Büsche schlich –

auf ihn lauern. Zu allem Unglück kamen noch zusätzliche Geräusche von hinten aus der Richtung, in die Snooker eigentlich hatte fliehen wollen.

Snooker fühlte sich in Anbetracht so vieler lauernder Gefahren ganz auf sich allein gestellt. Er war Bodyguard und gut darin, andere Leute zu beschützen, aber jetzt musste er hauptsächlich den eigenen Arsch aus der Schusslinie katapultieren. Gewöhnlich kannte Snooker die Lokalitäten besser, die er mit einem Schutzobjekt ansteuerte. Ein Friedhof hatte bisher noch nicht zum Einsatzgebiet gehört, geschweige denn, dass er sich hier wohl fühlte.

Der Bodyguard kam nicht länger in den Genuss, noch mehr Gedanken an die Aussichtslosigkeit seiner Lage zu verschwenden, denn links neben ihm stürmte ein Wesen in gebückter Haltung aus dem Unterholz auf ihn zu.

Im Mondlicht erspähte er die bleichen, knittrigen und zerfurchten Gesichtszüge des Angreifers. Tief liegende, weiße Augen blitzten in schierer Mordlust auf. Gelbliche, messerscharfe Zähne suchten sich geifernd den Weg zu Snookers Halsschlagader, als er von der Wucht des Aufpralls mit dem Ghul zu Boden stürzte. Der Ast glitt aus Snookers Fingern und landete außer Reichweite. Die Kleidung des Wesens – eigentlich war es mehr eine Ansammlung von Fetzen – bot Snooker Halt. Dem Bodyguard gelang es, die Hände des Wesens zu greifen. Die tödlichen Klauen hatten ziemlich ungepflegte Fingernägel, die dringend eine Maniküre benötigten.

Erneut schoss der Kopf der Kreatur vor und versuchte, ihn in den Hals zu beißen, dabei entwich ihm ekelhafter Verwesungsgeruch. Aber der Bodyguard überließ von nun an seinem Überlebenstrieb die Oberhand. Er verpasste dem Ghul eine Kopfnuss und ließ die linke Hand seines Angreifers los. Der Kopftreffer hatte

Snookers Gegner zwar die Nase gebrochen, aber der schien die Verletzung gar nicht erst wahrzunehmen, sondern war nur darauf bedacht, ihm das Licht auszuknipsen.

Die freie Hand des Wesens streckte sich gen Himmel, und mit dem nächsten Schlag wollte der Ghul ihm die Kehle in Fetzen reißen. Snookers vercyberte Reflexe waren schneller. Seine suchenden Hände ertasteten den Schädel, über den er vorhin gestolpert war, und den schmetterte er gegen den Kopf des Angreifers. Knirschend zersplitterte das umfunktionierte Knochenwerkzeug in kleine Stücke und reduzierte die Angriffsbereitschaft der Kreatur auf null. Der bewusstlose Körper kippte seitlich in den Schlamm.

Snooker sprang auf und griff sich dabei den Ast, den er verloren hatte. Gerade rechtzeitig, denn der zweite Gegner warf sich ihm in diesem Augenblick schreiend entgegen. Dieser Ghul zog es vor, sich nicht auf seine körpereigenen Waffen zu verlassen, sondern schwang ein rostiges, gleichwohl tödliches Schlachtermesser. Snooker packte den Ast mit beiden Händen und fing den über Kopf geführten Schlag am Griff des Schlachtermessers ab. Diese Abwehrbewegung riss dem Angreifer die Waffe aus den Händen. Der Erfolg seiner Aktion ermöglichte Snooker, die Bewegung nach links fortzusetzen. Mit einem Roundkick traf er die Kreatur hart im Magen.

Der Treffer katapultierte den Getroffenen nach hinten. Mit rudernden Armen prallte der Körper schwungvoll gegen einen Baumstamm. Pech für den Ghul, dass in Magenhöhe der Stumpf eines abgebrochenen Asts aus dem Stamm ragte. Schmatzend trat dessen Ende vorn aus dem Bauch aus, und einige lebenswichtige, gut durchblutete Organe fanden dampfend den Weg ins Freie. Der Ghul spuckte Blut und röchelte ein letztes Mal, danach brach der Blick der Kreatur endgültig.

Fehlte nur noch ein Gegner. Der ließ auch nicht lange auf sich warten. Im Gegensatz zu den beiden ersten Angreifern war dieser etwas kleiner und drahtiger. Als Waffen schwang er zwei Sicheln halbkreisförmig und tastete sich langsam auf Snooker zu. Dieser Ghul hielt ausreichend Distanz.

Die Talentsoftware lieferte die nötigen Daten. Der Athletik-Chip steuerte die Bewegungen, während Snooker auf den Sichelschwinger zusprang. Der Ghul hatte mit so einer Reaktion gerechnet und sich rechtzeitig geduckt. Snooker hatte aber keinen direkten Angriff geplant, er war mehr in die Richtung eines seitlich gelegenen Grabsteins gesprungen. Sein Fuß hatte den Marmor nur kurz berührt, dann hatte er sich sofort wieder abgestoßen. Die tödlichen Schneiden zerschnitten die Luft und hätten Snooker fast die Knöchel zerrissen. Er war über seinen Gegner hinweggesprungen und hieb nun von hinten den Ast auf den Kopf des Ghuls. Die Schädeldecke knirschte laut, und endlich lag auch der hoffentlich letzte Gegner regungslos am Boden.

Nun blieb ihm Zeit zum Aufatmen, wenn auch nicht lange. Hinter Snooker knurrte es gefährlich. Ein Kribbeln breitete sich in seinem Nacken aus. Langsam drehte er sich um und versuchte, die neue Bedrohung zu lokalisieren. Diesmal brauchte er nicht lange zu suchen, denn auf der Grabplatte stand ein hundeähnliches Wesen, das die Zähne gefletscht hatte. Das lange, gräulich schwarz gefleckte Fell bewegte sich merkwürdig im Mondlicht und ließ so etwas wie ein dunkles Unterfell erahnen. Das Ding erinnerte an eine mutierte Promenadenmischung mit einer Schulterhöhe von ungefähr ein Meter zwanzig. Auf den Bodyguard machte es nicht gerade einen zutraulichen Eindruck. Die rötlich leuchtenden Augen verführten auch nicht zu der Vermutung, ein paar Hundekekse könnten ausreichen, das Tier freundlicher zu stimmen. Bevor Snooker reagieren konnte, sprang das Wesen auf ihn zu, traf ihn hart an der Brust und stieß ihn um. Anschließend sprang es nach rechts weg und verschmolz mit der Dunkelheit.

Genau rechtzeitig, denn Snooker sah, wie über seinem Gesicht das Schlachtermesser von eben wirkungslos die Luft zerteilte. Wäre er nicht zu Boden gegangen, hätte ihn die rostige Waffe einen Kopf kürzer gemacht. Der Hund hatte ihm das Leben gerettet, so verrückt das auch klang. Snooker begann wieder an den freundlichen Hund Lassie zu glauben – einem längst verstorbenen Vierbeiner aus dem letzten Jahrhundert, der so intelligent war, dass er bei einer Neuverfilmung wohl Autofahren könnte und Mitglied im Virtuell-Schachclub wäre.

Ein vierter Ghul war aufgetaucht und hatte sich unbemerkt an Snooker herangeschlichen. Bevor dieser aber erneut ausholen und den tödlichen Rasurversuch beenden konnte, verformten sich die Schatten hinter dem bleichen Körper. Einen halben Augenblick später – schneller als Snooker die Informationen verarbeiten konnte – lag der Barbier mit der breiten Nase jammernd im Schlamm und bewegte sich nicht mehr, da der Hund die Zähne in seinem Nacken vergraben hatte. Knurrend thronte er über dem regungslosen Ghul, führte aber den tödlichen Nackenbiss nicht aus. Sabber lief an den Lefzen hinab, und das Fell war heftig von dem schlanken Körper gesträubt.

Wieso tötet es den Ghul nicht?, dachte Snooker.

Sofort bekam er die Antwort. Aus der Richtung, aus der das Tier aufgetaucht war, traten abgelaufene, braune Lederstiefel in Snookers bodennahes Sichtfeld.

2.3
Durchführung

Vorhang des Niedergangs

Snap keuchte schwer und fiel mit rudernden Armen vom Stuhl. Sein Magen entleerte die Mahlzeit des heutigen Tages großzügig auf den teuren Teppich des Zimmers und nahm dabei keine Rücksicht auf die Putzfrau, die später mit den natürlichen Resten konfrontiert würde.

Zuerst realisierte er nicht, wo er sich befand, aber langsam kehrte Verstand in seinen von Panik strapazierten Geist zurück. Der Anfall war intensiv gewesen, wenn auch nur kurz. Die Folter konnte nur zwei bis drei Minuten gedauert haben. Snap schätzte sich glücklich, noch zu den lebenden Kohlenstoffeinheiten dieses Planeten zu zählen.

Er hatte überlebt und war schneller als das IC des HVV-Systems gewesen. Er wusste nur noch nicht, ob das gut oder schlecht war, weil er mit einer Bedrohung von außen rechnete. Einem fremden Decker war es gelungen, ihren Aufenthaltsort ausfindig zu machen, zumindest entnahm er das Icebabys merkwürdigen Worten. Beweis genug, dass der fremde Decker seinen Job beherrschte. Das Blumenmädchen war Snap zwar nicht aus den hanseatischen Schattenkreisen bekannt, aber die Tat sprach für sich. Falls er nicht in den nächsten Minuten sterben sollte, würde er den Decker ausfindig machen. Vorher musste er erfahren, was mit Icebaby los war. Die Attacke hatte sie mit Sicherheit nicht getötet, sondern nur einen Auswurf herbeigeführt. Aber dies alles musste warten. Er spürte förmlich die tödliche Gefahr, die auf sie zuschlich.

Immer noch leicht orientierungslos streifte sein Blick die Monitore an der Wand. Alle Bildschirme bis auf einen waren schwarz. Der eine, der ein Bild des Flurs übertrug, erhielt die Daten von einer Kamera, die Snap nachträglich installiert hatte. Das Sicherheitssystem des Atlantic schien nicht mehr funktionstüchtig zu sein. Die fehlenden, aber erst recht die gezeigten Bilder auf dem Monitor ließen nichts Gutes vermuten.

Verdammt!

Snap sah eine Gestalt in schwarzem Kampfanzug und Gesichtsmaske den Flur entlang schleichen, die sich dann mit einem Magschlossknacker an der Tür zu Eternitys Suite zu schaffen machte. Der Decker suchte zitternd nach dem Mikro, das eben noch auf dem Tisch gelegen hatte. Bei seinem Anfall musste er es zu Boden geschleudert haben. Fluchend tastete er über den feuchten Boden. Endlich fand er es und schrie hinein: »Hey, ihr werdet soeben angegriffen! Wacht endlich auf, ihr Cyberzombies! Alarm!«

Die Tür wurde aufgestoßen, eine Blend- und Nebelgranate rollte in den Raum und explodierte lautstark im Flur. Pauls Blitzkompensation schaltete sich ein, schaffte es aber nicht ganz, die Wirkung des Blendkörpers zu absorbieren. Mit der Explosion verstummte auch Eternitys Gesang. Der Bann war gebrochen.

Paul war wieder Herr seiner Sinne, wenn seine Sicht auch von tanzenden Sternen und Rauchschwaden eingeschränkt wurde. Intuitiv wuchtete er seinen Körper Richtung Küche, stolperte dabei jedoch über den am Boden liegenden Körper Pandoras und fiel der Länge nach hin. Trotzdem hatte er Glück. Denn dort, wo er gerade eben noch gestanden hatte, schlugen mehrere Schüsse in die Wand ein.

Drek, man hat uns eiskalt erwischt! dachte Paul, als er hart zu Boden ging und sich schmerzhaft den Kopf stieß.

Zack war nach der Explosion wieder einsatzfähig und hörte, wie Snap wild über Funk schrie. Eternitys Stimme war verstummt, und HanSecs Einsatzbefehle schwirrten wieder durch den Raum. Der Runner hatte nicht die Zeit, HanSec oder dem Jackhead zu lauschen. Instinktiv hatte er sich der neuen Gefahrenquelle zugewandt. Eine maskierte, schwarze Gestalt war mit unnatürlich fließenden Bewegungen in den Flur der Suite gehechtet und schoss zeitgleich mit einer Sandler TMP in der linken Hand eine Salve auf Paul ab, der rechtzeitig aus dem Gefahrenbereich sprang.

Rebers war vom Boden aufgesprungen und hielt sich schreiend die geblendeten Augen. Orientierungslos brüllte er: »Hilfe, ich bin blind! Helfen Sie mir doch!«

Der Killer kam der Aufforderung auf eine Art nach, die nicht im Sinne des Bittstellers liegen konnte. Er rammte die messerscharfen Cybersporne von unten in Rebers' Kinn und beendete die Schmerzen auf tödliche Weise. Mit einer brutalen Bewegung riss er die Sporne aus dem Kiefer des Opfers. Ein heller Schwall Blut schoss hervor, und der Leichnam des Mannes fiel zuckend zu Boden.

Zack hatte keine Lust, das Hotel später in einem oder mehreren Plastikbeuteln zu verlassen. Deswegen stufte er den Unbekannten mit den unfreundlichen Absichten als extrem gefährlich ein. Wenigstens hatte er der Explosion vorhin den Rücken gekehrt, daher konnte seine Blitzkompensation die Wirkung komplett schlucken.

Der Maskierte legte unvermittelt auf Zack an und jagte mehrere tödliche Salven durch den Lauf der Sandler. Alles hatte weniger als eine Sekunde gedauert, und Zack hielt bereits beide Ares in den Händen. Aber der Runner musste abtauchen, da die tödlichen Schüsse in seine Richtung peitschten. Die Kugeln flogen an ihm vorbei ins Wohnzimmer, wo Eternity eben noch gestanden hatte. Der Samurai wagte einen kurzen Blick über die Schulter in die Relaxstube. Vor seinem inneren Auge sah Zack bereits, wie die Kugeln die Sängerin tödlich getroffen hatten.

Aber dies war nicht der Fall.

Die Sängerin hatte bereits das Fenster geöffnet und versuchte, ihren zierlichen Körper über den Fensterrand zu schwingen. Wirkungslos schwebten die gefährlichen Geschosse etwa dreißig Zentimeter vor Eternity in der Luft.

Jetzt verstehe ich die Sechste Welt gar nicht mehr, kam es dem Runner in den Sinn, als er sah, wie die Gesetze der Physik vor seinen Augen unumstößlich gebrochen wurden.

Die Astralebene pulsierte, die Sphäre wurde von mächtigen, unerklärlichen Manabahnen durchzogen, deren Ursprung mit der Sängerin zu tun haben musste. Das Ganze ähnelte den Vorgängen am Kai, als sie die Sängerin abgeholt hatten. Diesmal wirkte die Kraft, die über die Spiegelwelt fegte, kontrollierter und in Pandoras Augen noch gefährlicher. Was passieren würde, falls Eternity diese Kraft auf ein einzelnes Ziel konzentrierte, war nicht auszudenken, und die Magierin verspürte nicht den Wunsch, diese zweifelhafte Erfahrung am eigenen Leib zu machen.

Pandora hatte bemerkt, dass der Einfluss von Eternitys Musik in der *realen* Welt zu stark war, deswegen hatte sie den körperlichen Kampf aufgegeben und sich auf die Astralebene begeben. Auch hier hörte sie den betäubenden Gesang der Frau, aber die Töne konnten ihre Aufmerksamkeit nicht vollständig fesseln. Es kostete sie einige Konzentration, ihren Hörsinn auszublenden, aber es funktionierte.

Ihr astraler Blick suchte die Aura der Sängerin und blieb an etwas haften, das sie schwer schlucken ließ. Um Eternitys Aura schwebte ein machtvoller Elementar und blockierte den Weg der Magierin. Die schwirrenden Formen hüllten die Sängerin ein und schienen sich außerhalb des Gebäudes weiter zu erstrecken.

Pandora machte sich auf einen harten Kampf gefasst und wollte dem übernatürlichen Wesen ihren Willen aufzwingen.

Zwar weiß ich nicht, was für ein Spiel hier gespielt wird, aber ich gehe davon aus, dass der Elementar mich nicht freiwillig an Eternity heranlässt.

Die Sängerin trug noch immer die Kette mit dem Amulett, die Paul ihr gegeben hatte. Mit Hilfe dieses magischen Gegenstands wollte sie versuchen, die Kontrolle über den Star zu bekommen. Gegenwärtig gelang es ihr nicht, da die Aura des Elementars jene der Sängerin komplett einhüllte.

Pandoras astrale Sinne tasteten die Manabahnen der Kreatur nach einem Ansatzpunkt für das bevorstehende Duell ab. Die knappe Erkundung lieferte ihr dennoch genug Informationen, die sie zuerst nicht wahrhaben wollte.

Dieser Elementar musste ein freies Wesen sein. Pandora konnte keine fremde Präsenz ausmachen, die eine Kontrolle über den Willen der Kreatur besaß. Das Unbekannte jagte ihr Angst ein, aber die antrainierte Professionalität ermöglichte es ihr, diese Gefühle abzuschalten. Nur eines wurde Pandora bewusst: Wenn sie diesen Zweikampf verlieren sollte, würde sie der Geist gnadenlos zerstören, da er eigenen, verborgenen Beweggründen folgte, die außerhalb menschlicher Vorstellungskraft lagen.

Auf ihre eigenen Elementare als Unterstützung konnte sie bei dem bevorstehenden Kampf nicht mehr zurückgreifen. Pandora hatte Ring-Of-Fire und Black-Wine-Ocean für immer verbannt. Eternitys Musik hätte aber höchstwahrscheinlich auch eine Kontrolle unmöglich gemacht. Für diese Situation wäre sie dann selbst verantwortlich und hätte die herbeigezauberten Probleme niemals in den Griff bekommen.

Es kommt alles im Leben, wie es nun einmal kommen muss, dachte sie verbissen, während sie ihre Kräfte sammelte und trotzig auf den Elementar zuglitt.

Das Wesen hatte sie längst bemerkt, die Aura der Kreatur schien aber nicht auf Kampf aus zu sein – zumindest noch nicht, so viel konnte sie den schwirrenden Farben und Schwingungen entnehmen.

Unvermutet hörte Pandora die dunkle, übernatürliche Stimme des Wesens in ihrem Kopf. Das, was sie hörte, verwirrte die Magierin nun komplett. Ihre Kampfabsichten lösten sich in Wohlgefallen auf. Es kam nun einmal alles anders, als sie es sich vorgestellt hatte.

»Pandora. Tu das nicht. Aqua hat mir zwar gesagt, dass du stur bist, aber auch du musst erkennen, dass ich viel mächtiger bin als du. Einen Zweikampf auf Leben und Tod würdest du niemals überleben. Lass den Dingen ihren natürlichen Lauf …«

Aqua ist längst tot. Was hat der freie Elementar von einst mit der ganzen Sache zu tun?, schoss es der Halbasiatin durch den Kopf.

Sie kam nicht dazu, länger darüber nachzudenken. Hinter sich hörte sie eine Explosion, und mit einem Mal verstummte Eternitys Gesang.

Zack lugte um die Ecke des Wohnzimmers. Er wollte die Aufmerksamkeit lieber auf etwas richten, das in sein gewohntes Weltbild passte und dem er mit handfesten Mitteln entgegentreten konnte: Einen greifbaren Killer, der ihm mit weltlichen Waffen ans Leder wollte.

Bedauerlicherweise tat er dies genau zum falschen Zeitpunkt, denn der Killer jagte in diesem Augenblick die nächste Salve los. Diesmal aber war Zack das Ziel, und der Schweinehund traf. Die Schüsse trafen den Samurai an der Schulter, durchschlugen die Panzerung und das Schulterblatt und traten auf der Rückseite wieder aus. Zack wurde durch die Wucht des Treffers von den Beinen gerissen, und die Waffe fiel ihm aus der nun nutzlosen linken Hand. Der verdammte Mistkerl hatte seine Waffe mit APDS geladen, jener panzerbrechenden Munition, die den Schutz einer Kevlarweste auf die Wirksamkeit eines nassen weißen Seidenbikinis schrumpfen ließ.

Das warme Blut tränkte sein Sakko und ruinierte den teuren Anzug binnen weniger Sekunden. Auch seine Cyberware hatte bei dem Treffer etwas abbekommen. Die Cybersporne des linkes Arms sprangen raus und ließen sich nicht mehr einziehen. Zudem reagierte die Verbindung der linken Smartgun ebenfalls nicht mehr. Die Informationen der längst verlorenen Waffe erloschen auf dem projizierten Display von Zacks Shades.

Zack rollte sich schwach zur Seite, hatte aber nicht mehr genug Kraft, den Körper aufzurichten und gegen die Wand zu lehnen. Er blieb blutend hinter der Ecke liegen, an der er niedergegangen war. Das war auch gut so, denn der Killer gehörte nicht zu den Menschen, die sich mit halben Sachen zufrieden gaben. Die nächste Salve der Maschinenpistole verzierte die Trennwand zwischen Flur und Wohnzimmer mit qualmenden Löchern. Der Killer hatte neben APDS abwechselnd auch noch Explosivmunition geladen. Zack konnte froh sein, dass ihn diese Salve nicht getroffen hatte. Die Explosion hätte ihm den zum Überleben notwendigen Kopf vom Hals gerissen.

Vor seinen Augen verschwamm das Wohnzimmer.

Der Decker belegte weiterhin mit panischer Stimme den Funkkanal. Gegenwärtig war ihm das irre Gekreische des Jackheads aber sehr recht, bewahrte es den Runner doch vor der Bewusstlosigkeit. Benommen ließ er die Waffe der rechten Hand aus den Fingern gleiten und tastete nach seinem Gürtel.

Scheiße, wenn es mir nicht schnell gelingt, die Blutung zu stoppen, bin ich in weniger als dreißig Sekunden tot und verende wie ein abgestochenes Schwein auf dem teuren Teppich.

C.
Zwischenspiel der Durchführung

Jagende Rhythmen der Erwartung

Das Leder der braunen Hose knirschte, als die Frau niederkniete und den nassen Teppich nach brauchbaren Hinweisen auf den Tathergang absuchte. Der Teppich schwamm, was kein Wunder war, da sie gerade eben erst den Hahn im Badezimmer abgedreht hatte.

Im Gegensatz zu der Untersuchung von zuvor, die HanSec angeordnet hatte, wusste sie, wer für diese Überflutung verantwortlich war. Hier war es auch Wasser, das den Teppich tränkte, und kein Blut wie in der anderen Wohnung. Kurz schweiften ihre Gedanken zurück an den vorherigen Tatort. Das astrale Bild, das sich ihr an jenem Ort eröffnet hatte, war voll grausamer, negativer Schwingungen und hatte eine schnelle, astrale Beweissichtung schwierig, ja fast unmöglich gemacht. Die beiden Leichen, eine Trollfrau und ein fetter Norm, waren zerstückelt von Streifen-Polizisten aufgefunden worden, nachdem eine Nachbarin HanSec alarmiert hatte, weil sie in eine Blutlache getreten war, die unter der Wohnungstür der Opfer auf den Flur des Hauses gekrochen war.

Die Leute in der Gerichtsmedizin würden einige Stunden mit Puzzeln beschäftigt sein, bevor sie die jeweiligen Körperteile und Hautstreifen passend zuordnen konnten.

Zumindest hatten die Ermittlungen ergeben, dass der Mann in den Schatten unter dem Namen ›Krankes Hirn‹ bekannt gewesen war. In seiner Wohnung hatten sie auch genügend Chips gefunden, auf denen der Decker garantiert Beweise für seine kriminellen Aktionen gespeichert hatte. Das Geheimnis seines richtigen Namens dürfte er wohl mit in die Einäscherungskammer nehmen. Aber die gespeicherten Daten, die höchstwahrscheinlich durch Passwortabfrage und Virenprogramme geschützt waren, würden von HanSecs Spezialisten geknackt und nach brauchbaren Informationen abgesucht werden. Manchen Menschen erschien es dumm, dass die meisten Decker immer wieder Kopien ihrer gestohlenen oder überarbeiteten Dateien aufbewahrten. Die Frau, die gerade darüber nachdachte, wusste es besser. Als Druckmittel gegen Schmidts waren die meisten Dateien natürlich nutzlos, der Reiz lag im Sammeln von Trophäen, und das war eine Leidenschaft, die der Frau in Lederkleidung nur zu gut bekannt war.

Mit dem Gedanken *›Trophäen jagen darfst du später‹* verdrängte sie ihre eigenen Erwartungen und konzentrierte sich auf den Doppelmord. Die Autopsie, oder besser gesagt, die Puzzlestunde der Mediziner würde ergeben, dass das Hirn des Mannes fehlte, um letzten Endes den Leichnam als ›Pars pro toto‹ zu erklären. Die Hirnschale des Mannes war regelrecht leer gelöffelt worden. Die Antwort auf die Frage, was das alles zu bedeuten hatte, würde wohl ewig auf sich warten lassen.

Wen interessieren schon die Beweggründe? Mich zumindest nicht.

Genau so viel Interesse hatte sie auch für das Verfassen ihres elektronischen Berichts aufgebracht. Dort hieß es knapp: Ein unzufriedener oder nicht zahlungswilliger Kunde hat die beiden kriminellen Auftragstäter ausgeschaltet und das Deck als einzige Beute mitgenommen. Es wird daher angeraten, von weiteren magischen Untersuchungen abzusehen, da Kosten und Zeitaufwand in keiner Relation zu den möglichen Ergebnissen stehen, die wir dadurch möglicherweise erhalten.

Nach der Übermittlung ihres stenohaften Resümees hatte sie prompt die Bestätigung der HanSec-Leitung übermittelt bekommen. Der genaue Tathergang interessierte weder HanSec noch die mit der Ermittlung beauftragten Beamten. Ein Decker und dessen Messerklaue waren Opfer ihres Schattenberufs geworden – das nannte man Berufsrisiko, und kein Barghest bellte danach.

Das Ausbleiben einer genauen magischen Untersuchung würde HanSec nicht monieren und ihr schon gar nicht ankreiden. Natürlich hätte sie versuchen können, die Geister der Toten zu beschwören, um so möglicherweise an Informationen zu gelangen.

Aber was hätte das schon gebracht?

Zum einen war diese Art der Beweisführung vor Gericht nicht zulässig, man schrieb den beschworenen Geistern nicht ganz zu Unrecht eine voreingenommene Haltung zu.

Und was bringen überhaupt Antworten auf Fragen, die keiner stellen will?

Eine solche Aufklärung war einfach nicht rentabel. HanSecs übliches Procedere in solchen Fällen sah folgendermaßen aus: Sollen sich diese Parasiten ruhig gegenseitig abschlachten. Das Geschehene wird nicht publik gemacht, und es werden keine Ressourcen für diese Akte ins Feld geschickt. Punkt, aus, Ende des Falls … Ermittlung erfolgreich abgeschlossen.

Nur eines war der Frau bei ihrer Untersuchung aufgefallen. An diesem Ort musste neben dem Killer und den beiden Opfern eine vierte, nicht greifbare Präsenz anwesend gewesen sein. Diesem Unbekannten hatte etwas Perverses angehaftet und erinnerte die Frau an einen Tatort, den sie erst gestern Nacht inspiziert hatte.

Genau wie bei dem Doppelmord in der Wohnung

war ihr Erscheinen dort reine Routine gewesen. Neben ihrem guten Ruf als Jägerin zählte sie auch zu HanSecs Besten im Aufspüren von astralen Beweisen. Sofern man schnell genug am Ort des Verbrechens auftauchte, war es durchaus möglich, das Restschimmern eines Zauberspruchs sicherzustellen. Jedes Magie ausübende Wesen hinterließ beim Wirken eines Zaubers etwas wie einen genetischen Fingerabdruck. Die richtige Bezeichnung dafür war ›astrale Signatur‹. Wenn es also gelang, diese Signatur mit Hilfe magischer Rituale sicherzustellen, galt dies mittlerweile als anerkannter Beweis vor der internationalen Rechtsprechung. Natürlich konnten geschickte Leute ihre magischen Spuren beseitigen, aber Stümperei oder der Faktor Zeitmangel führten häufig dazu, dass der Hauch einer Signatur zurückblieb. Hintergrundstrahlungen, zum Beispiel Emotionen oder starke Ritualmagie, machten es schwer, diese Abdrücke wahrzunehmen. Bei dem Doppelmord waren es wahrscheinlich die starken Gefühle des Täters, die eine Ursache für diese Hintergrundstrahlung sein mochten. Dazu kam jedoch dieses merkwürdige Schimmern, ein Hauch von negativen Spannungen, weshalb sie an eine vierte, nicht irdische Präsenz glaubte.

Und bei dem Toten am Tatort von gestern Nacht war ihr dieses rätselhafte magische Schimmern auch aufgefallen. Zwar konnte man diese Hintergrundstrahlung beseitigen – Metamagie wurde zum so genannten Reinigen verwendet –, aber das war ein sehr zeitaufwändiger und teuerer Prozess.

Wie hieß noch einmal der Tote von gestern Nacht? Richard Wissenbach war sein Name, genau. Bisher weiß man nicht, ob ein Mord oder Selbstmord vorliegt.

Deswegen hatte man HanSec auch den Fall entzogen, und externe Spezialisten des Musikkonzerns waren mit der Lösung beauftragt worden.

Das Ableben des Sängers war weitaus interessanter

und bot genug Anlass, um die Schlagzeilen der Zeitungen, Tridshows und Matrix-Nachrichtenkanäle zu füllen. Aber vielleicht war es auch gut, dass sie nicht mit der Aufklärung dieses Falls beauftragt worden war. Die Medienpräsenz hätte es ihr erschwert, ihre extremen Fahndungsmethoden vor den Augen der Öffentlichkeit zu rechtfertigen, falls etwas nach außen gedrungen wäre. Jetzt war sie von der Flucht des Engländers unterrichtet worden und hatte es vorgezogen, weitere halbherzige Untersuchungen in dem Doppelmord anderen Beamten zu überlassen.

An ihrer Lederkleidung haftete noch der vertraute, süßliche, eisenhaltige Geruch des Blutes, der ihr diese Gedanken kurzzeitig zurück ins Gedächtnis rief. Der Vorhang im Zimmer wehte in der nächtlichen Brise, die durch das kaputte Fenster in den überfluteten Raum kam und den süßlichen Duft und diese Erinnerungen aus ihrer Nase vertrieb. Und aus ihrem Geist.

Im Zimmer nebenan wurden die beiden bewusstlosen Beamten von HanSec-Rettungssanitätern auf die Tragen gehievt. Trotz ihres Versagens würden sie überleben, auch wenn das Dornenpeitsche nicht im Geringsten interessierte. Die anderen Beamten an diesem Tatort hielten einen gesunden Abstand zu ihr.

Wie viele Menschen konnten sie mit Personen, die magisch begabt waren, nicht warm werden. In ihren Augen waren magisch Begabte etwas Befremdliches, etwas, das sich ihrem beschränkten Verständnis entzog und lieber totgeschwiegen wurde. Die Beamtin verspürte auch nicht den Wunsch, näheren Kontakt zu ihren so genannten Kollegen zu bekommen. Sie hatte es immer vorgezogen, als Einzelgängerin durchs Leben zu streifen. Mit ihrer Uniform hatte sie auch die Persönlichkeit der korrekten Beamtin abgelegt, die enge Wildlederkluft symbolisierte ihre eigentliche Haut. Sie war eine Jägerin und folgte dem Gott der Jagd, der jetzt von ihr ein Opfer forderte. Ihre Beute hatte die Herausforderung angenommen und das Spiel eröffnet. Dornenpeitsche wollte eine erbarmungslose Hetzjagd heraufbeschwören und den Flüchtigen unter Einsatz aller ihr zur Verfügung stehenden Mittel aufgreifen.

Der Ausfall der beiden Versager aus Wiesenhofs Abteilung hatte auch etwas Gutes. Die Schoßhunde des fetten Beamten würden ihr nicht mehr in die Quere kommen. Von nun an konnte sie frei agieren. Bis der Fettsack von der ganzen Sache erfuhr, wäre sie schon längst auf der Jagd und für keinen mehr zu erreichen. Der Flüchtige musste gefasst werden, und sie würde keinen Gedanken darauf verschwenden, ob der Engländer unschuldig war oder nur aus Verzweiflung gehandelt hatte. Sie wusste, dass er die Tat an der Monorail bereute und ihn keine Schuld traf, aber sie war einzig und allein daran interessiert, ihrem Idol zu dienen und eine Beute zu jagen, deren Kopf eine erstrebenswerte Trophäe darstellte.

Die Herausforderung der Jagd liegt darin, dass man die eigenen Fähigkeiten mit denen seiner Gegner messen kann.

Der Bodyguard war ein Athlet und eine Beute, wie sie ihr noch nie untergekommen war. Sie hatte zwar schon eine beachtliche Menge Abfall erfolgreich gestellt, aber die Gedankengänge dieser Schaben hatten für ihren flexiblen Verstand keine Herausforderung dargestellt. Die emotionale, doch nüchterne Art des Bodyguards war neu. Diese Jagd versprach äußerst unterhaltsam zu werden.

Natürlich wusste HanSec von ihren extremen Neigungen, aber der private Konzern kannte auch die Vorteile ihrer Fähigkeiten. In der Sechsten Welt bedurften nun einmal extreme Situationen extremer Mittel, und letzten Endes interessierte nur der Erfolg. Bisher war sie immer erfolgreich gewesen, und diese Konstante in ihrem Lebenslauf wollte sie nicht unterbrechen.

Der englische Botschafter würde auch nicht mehr in der Lage sein, ihr Steine in den Weg zu legen. Seine Befugnisse waren mit der Flucht des englischen Schützlings erloschen. Von jetzt an galt es nur noch, den Kopf eines flüchtigen Verbrechers ausfindig zu machen.

Wie sagt man so schön? Jeder Kopf hat seinen Preis …

Ihr Idol würde das Opfer dieses Mannes bereitwillig annehmen, und als Belohnung würde der Jägerin der Zutritt zu neuen Sphären der Macht winken, die ihr bisher verschlossen waren.

Es wird Zeit, sich auf die Jagd zu machen. Hier gibt es nichts mehr von Wert.

Sie verließ die Wohnung. Die Spur durfte nicht kalt werden. Noch war die Fährte frisch, aber in ein paar Stunden konnte das schon ganz anders aussehen. Es war nämlich gut möglich, dass sich per Zufall ein anderer den Kopf ihrer Beute holte – und das wollte sie auf gar keinen Fall.

2.4
Durchführung

Intervall ins Ungewisse

Paul hatte sich am Kühlschrank schwer den Kopf gestoßen. Eine große Anzahl neuer Sterne hatte sich zu denen der Blendgranate dazugesellt. Langsam wich die Benommenheit, und er hörte entfernt über Funk die Stimmen seiner Teamkameraden. Es waren seither bestimmt nicht mehr als nur ein paar Sekunden verstrichen, auch wenn diese entscheidend sein konnten. Die warme Flüssigkeit an der Stirn musste sein eigenes Blut sein, aber daran würde er nicht sterben. Es war nur eine Platzwunde.

Der Schrei von Zack war deutlich zu hören. Paul hoffte, dass es seinen Chummer nicht zu hart erwischt hatte. Der Schrei trug dazu bei, dass er schneller aus seiner Lethargie herausgerissen wurde, und seine Adrenalinpumpe trieb ihn zur Höchstleistung an.

Snap schrie unentwegt seine Verzweiflung in den Äther und beeinträchtigte erheblich Pauls Konzentrationsfähigkeit.

»Halts Maul, Snap!«, brüllte Paul genervt, und der Decker verstummte augenblicklich.

Paul hörte, wie draußen im Flur eine Maschinenpistole losballerte. Seiner Einschätzung nach hatte der Schütze eindeutig Explosivmunition geladen. Zur Antwort hielt er seine Guardian durch den Türrahmen und schickte zwei ungezielte Salven in den Flur. Die Chancen, die Angreifer zu treffen, waren gleich null, aber das Feuer sollte die Feinde davon abhalten, die Suite komplett zu stürmen.

»Snap, wie viel Feindziele?«, wollte er vom Decker wissen, der Zugriff auf die Monitore des Hotels hatte.

»Ich habe nur einen gesehen. Ich erhalte aber nur noch die Bilder der Kamera, die ich eingerichtet habe. Alle Angaben ohne Gewähr. Die Sicherheit des Atlantic scheint ausgeschaltet zu sein.«

Das klingt nicht gut.

»Zack?«, rief er seinen Chummer und hoffte auf eine Antwort.

Nichts.

Das ist erst recht nicht gut.

Paul nahm sich die Zeit für eine kurze Analyse ihrer beschissenen Lage.

1. Atlantic Sicherheit ausgeschaltet. – 2. Zack ist schwer verletzt.- 3. Pandora liegt bewusstlos oder verwundet im Flur.

Er vermied es, das Wort ›tot‹ in seinen Gedanken zu verwenden. Die Vorstellung, einer seiner Chummer wäre verletzt, weckte seinen Zorn. Das war gut und belebte den Geist. Die Aussicht, dass jemand tot war, hätte flammenden Zorn in ihm heraufbeschworen. Nicht gut, um einen vernünftigen Gedanken zu fassen.

Natürlich waren sie Runner, und Leute starben nun einmal bei ihrem gefährlichen Job. Aber Paul war der Teamleader. Er hatte einen Fehler gemacht, und jeder Tod ging auf sein Konto. Zwar hatte er nie gesagt ›Leute, ich bin jetzt der Boss‹ – aber seine Fähigkeiten und Erfahrungen hatten ihm diese Rolle zukommen lassen. Und als Leader musste er einen klaren Kopf bewahren.

»Chet, Ratón?«, kam ihm als Nächstes in den Sinn, was nicht daran lag, dass er sie als verzichtbarer einstufte. Sie waren nur bisher nicht anwesend. Und das konnte viele Gründe haben.

Ebenfalls keine Antwort und ebenfalls garantiert nicht gut.

Ihm kam ein Gedanke. Möglich, dass man sie nicht abgefangen hatte. Vielleicht war es ja nur ein dummer Zufall, dass sie noch nicht aufgetaucht waren. Er zwang sich zu positivem Denken. Sie mussten doch zumindest ein bisschen Glück haben.

»Snap, schalte die Störsender des Hotels auf den unteren Etagen aus, vielleicht hängen Chet und Ratón dort irgendwo fest!«, gab er über Funk weiter.

»Okey-Dokey!« antwortete der Decker und klinkte sich aus.

Das wird einige Zeit in Anspruch nehmen. Hoffentlich nicht zu lange.

Diesmal schaute Paul länger um die Ecke und sah eine schwarze Gestalt den Flur entlanghuschen. Die schwarze Maske wandte sich ihm zu, und sie schossen gleichzeitig. Pauls Reflexbooster brachte ihn knapp aus der Schusslinie, aber der Unbekannte hatte ebenfalls Glück und verschwand wieder im Eingangsbereich. Der Maskierte im Flur war ein Profi, aber das war zu erwarten. Ein Anfänger hätte es nicht an der Sicherheit des Atlantic vorbeigeschafft. Paul saß in einer Sackgasse.

Drek, wir sitzen fest, und die Kavallerie hat auch Verspätung!

Paul fügte bei der Gelegenheit den nicht ganz unwichtigen Punkt vier an seine Liste.

4. Was mit Rebers und Trish los ist, weiß nur der Himmel. Aber der Killer will anscheinend ins Bad. Dort war sie zumindest eben noch, also muss sie leben.

Eigentlich glaubte er aber nicht, dass der Mann ein Killer war, der es auf das Leben der Sängerin abgesehen hatte, schließlich war es Eternitys Gesang gewesen, der das Team abgelenkt und den Überfall erst möglich gemacht hatte.

Der Elementar schoss völlig unerwartet auf Pandora zu, wich der Magierin aber im letzten Moment aus und raste achtlos an ihr vorbei. Pandora kam nicht dazu, dem Wesen Fragen zu stellen. Sie warf einen Blick zurück und sah, wie sich das Wesen auf der *realen* Welt materialisierte. Dies entnahm sie der Aura, die jetzt in der Spiegelwelt transparent war. Aber es hatte sich noch einiges mehr getan, wie sie mit Schrecken feststellen musste.

Ihr Chummer Zack lag im Wohnzimmer am Boden. Seine Lebensenergie wurde schwächer. Wenn ihm noch zu helfen war, dann musste das bald passieren. Viel Zeit blieb nicht mehr, denn die Kraft des Mannes verschwand rasend schnell aus einer großen Schulterwunde. Sie spürte die Wut und die Angst ihres Freundes, blockte aufkeimende Emotionen aber ab, da sie ihre volle Konzentration brauchte.

Ihr wandernder Blick glitt zu Rebers' Aura. Die Leuchtkraft war fast verblasst, was bedeutete, dass die Lebenskraft des Mannes endgültig verschwand. Er starb und ging den Weg alles Irdischen.

Es waren aber zwei neue Auren im Flur aufgetaucht. Sie konzentrierte ihre Aufmerksamkeit darauf, da von ihnen eine spürbare Bedrohung ausging, die sich gegen alles Leben in dieser Wohnung zu richten schien. Eine Aura gehörte einer magisch aktiven Person, die einen toten Gegenstand, vermutlich eine Maschinenpistole, in der Hand hielt. Dunkelgraue Stellen am rechten Arm setzten sich von der sonst vor Leben strotzenden Aura ab. Pandora vermutete dort Cybersporne. Gewaltbereitschaft loderte in den schimmernden Facetten der Aura und repräsentierte die Grundstimmung. Die Aura wies darüber hinaus deutliche Zeichen für andere magisch aktive Talente auf. Anders als jene, die Schamanen oder Magiern eigen waren. Aufgrund der guten körperlichen Attribute war das vermutlich ein physischer Adept.

Sie hatte ihr Studium bisher größtenteils den Kampfzaubern gewidmet und würde hier und jetzt nicht mehr Informationen über diesen Killer erlangen.

Die zweite neue Aura war hingegen grotesk, sogar pervers. Gewaltbereitschaft war untertrieben, wollte man die Emotionen beschreiben, die Pandora empfing, als sie dieses Unbekannte vor sich musterte. Es schien wahnsinnig vor Hunger zu sein.

Vielleicht war die Kreatur auch krank. Jedenfalls erinnerte die Aura an ein schwarzes Loch, das alles Leben verschlingen wollte. Erst jetzt registrierte sie, wie das Wesen Rebers' Energie begierig aufsog. Mordgedanken drängten sich Pandora auf, als sie ihre Sinne länger auf diese tiefschwarze Perversion konzentrierte. Unbewusst bewegte sich ihr astraler Leib vorwärts. Die Magierin bemerkte dumpf, wie sie die Kontrolle über ihr eigenes Handeln verlor.

Das Band der Bedrohung wurde zerrissen, als der Elementar, der die Aura der Sängerin verhüllt hatte, sich mit unglaublicher Wut auf diese neue Präsenz des Grauens stürzte. Merkwürdige Laute drangen zu ihr vor. Fast eine Art Sprache, in der sich die beiden vollkommen unterschiedlichen Wesen anbrüllten. Pandoras nackter Astralleib taumelte zurück, als die pulsierenden Kreaturen aufeinander trafen.

Statt dem erbitterten Kampf länger beizuwohnen, sah sie schweren Herzens nach Eternity. Sie war ihr eigentlicher Auftrag und der Anlass für dieses Chaos. Pandoras Astralleib wirbelte herum. Sie sah gerade noch, wie die Sängerin aus dem Fenster sprang und verschwand.

Sie verwarf den Gedanken, der Sängerin zu folgen.

Ich kann ihr nicht mehr helfen, ich muss zurück in meinen Körper. Und ich muss nach Paul und den anderen sehen …

Je nachdem, wie der Kampf ausging, war es gut möglich, dass ihre Freunde sie brauchten, denn ihr Team besaß keine weitere magische Unterstützung, sei sie auch noch so schwach.

Erneut ließ Pandora ihre Sinne tastend durch den Raum schweifen. Erst jetzt fiel ihr auf, wie viel Glück sie bisher gehabt hatte. Ihre sterbliche Hülle lag schutzlos im Schussfeld des Killeradepten. Ein halbherzig gezielter Schuss würde ausreichen, um sie für immer auszulöschen. Danach wäre ihr Geist dazu verdammt, für einige Stunden ziellos durch den Astralraum zu irren, bevor die Kraft ihrer Essenz schwand und sie letzten Endes ganz sterben würde. Diese Erfahrung wäre zwar völlig neu für sie, aber es gab Dinge im Leben, wo sie ihre Neugier mühelos bezähmen konnte.

Chet war ziemlich sauer. Der Ork saß mit Ratón bereits seit zehn Minuten in diesem verdammten Aufzug fest. Das dumme Ding hatte zwischen der vierten und fünften Etage einfach den Geist aufgegeben. Die Beleuchtung war auf Notbetrieb umgesprungen. Eine elektronische Stimme hatte sie unnötigerweise davon unterrichtet, dass geringfügige technische Probleme aufgetreten seien. Ein Wartungsteam des Atlantic sei informiert und auf dem Weg zu ihnen. Es bestünde also kein Grund zur Aufregung.

Das Wort Aufregung traf Chets emotionalen Zustand garantiert nicht. Beinahe wäre sein kochendes Metablut mit ihm durchgegangen. Chet hatte auf einmal den Drang verspürt, seine ›Aufregung‹ am Kontrollpaneel des Aufzugs auszulassen, doch die Riggerin hatte ihn davon abhalten können.

Eines war dem Meta klar: Zufall konnte das nicht sein. Das Team brauchte Hilfe. Seine breite Nase kribbelte, ein deutliches Zeichen für heißen Pulverdampf in der Luft.

Neben dem Ork kniete die Latinobraut gedankenversunken vor der Tech. Sie versuchte mit einem Schraubendreher und ein paar Lüsterklemmen, den Aufzug wieder in Gang zu bringen.

Chet konnte ihr nur tatenlos bei der Arbeit zuschauen. Er verstand von Techdrek nichts. Damit sollten sich Leute beschäftigen, die Ahnung davon hatten.

Der Ork versuchte erneut, Paul oder Zack über Headset zu erreichen, bekam aber wie erwartet keine Verbindung.

Das ist alles gar nicht gut.

Seine Unruhe wich langsam einer brodelnden Panik. Der Aufzug schrumpfte förmlich von Sekunde zu Sekunde. Er sah schon, wie ihn die Kabinenwände zu zerquetschen drohten. Mit der breiten Pranke wischte er sich den Schweiß von der Stirn, kontrollierte nervös die Waffen und versuchte, sich von den klaustrophobischen Gedanken abzulenken.

Ist es nicht auf einmal bedrückend heiß hier geworden?

Lautstark knirschte der Meta mit den Hauern, um wenigstens etwas Bewegung in seine angespannten Glieder zu bringen. Dabei stellte er sich vor, wie er die Muskelstränge eines Feindes durchtrennte.

Ich würde jetzt lieber mit einem Zahnstocher bewaffnet und völlig nackt gegen eine aufgebrachte, bis an die Zähne bewaffnete Horde militanter Policlub-Mitglieder kämpfen, als dem verdammten Summen der gelben Notbeleuchtung lauschen zu müssen.

Mit der Frage ›Wie lange noch?‹ nervte er Ratón zum dritten Mal in einer Minute.

»Mmmmh« war abermals alles, was er als Antwort erhielt.

Das war zwar mehr, als man gewöhnlich von der Frau hörte – sah man von schmatzenden Sabbergeräuschen ab, die sie beim Riggen von sich gab. In der gegenwärtigen Situation stellte ihre Kommunikationsbereitschaft den Ork aber dennoch nicht zufrieden.

Als Chet ferne Schüsse und Explosionen hörte, wusste er mit Bestimmtheit, dass es oben genug zu tun gab für ihn und sein Baby, die Ares Alpha Combatgun. Ratón hatte anscheinend nichts gehört oder war zu sehr mit ihrer Arbeit beschäftigt, um auf das gedämpfte Feuer zu reagieren. Der Ork wollte sie nicht ablenken, doch er verbog gerade mit seinen Stiefeln die Wand, als im Headphone ein Knacken ertönte.

»Chet, Ratón? Könnt ihr mich hören?«, vernahm er zu seiner Erleichterung Pauls Stimme, und dies löste seine Anspannung ein wenig.

Zunächst war es gut, den Freund zu hören, auch wenn Chet ahnte, dass dieser keine positiven Infos für sie bereithielt. Ein lautes Knurren bahnte sich grollend einen Weg aus seiner Kehle.

Zacks Finger fanden endlich die zwei Patches in dem kleinen Medizin-Equipment, das er im Delirium achtlos neben sich ausgeschüttet hatte. Doc Eyeless, sein bevorzugter Schattendoc, hatte ihm die Dinger mit der Ermahung gegeben, sie nur im äußersten Notfall zu benutzen.

Zack fand ›Notfall‹ für seine derzeitige Verfassung stark untertrieben. Hoffnungslos war passender.

Mit dem Kampfmesser in der unverletzten Hand zerschnitt er seine Kleidung, um an die Wunden heranzukommen. Das Ganze dauerte länger, als ihm lieb war, da sich die Kevlareinlage als enorm widerspenstig erwies. Endlich war der Stoff entfernt, und die sprudelnde, rote Quelle lag offen vor ihm. Hätte Zack bei diesem Anblick noch die Kraft zum Kotzen gehabt, er hätte für nichts garantiert.

Ich hasse es, mein eigenes Blut zu sehen. Eigentlich müsste ich mich mittlerweile an den Anblick gewöhnt haben. Schließlich ist es nicht das erste Mal, dass ich aus dem letzten Loch pfeife und zu verbluten drohe.

Mehr als einmal hatte er für Augenblicke wie diesen

trainiert. Er riss die Schutzschicht des ersten Pflasters mechanisch ab und drückte das orangefarbene Patch auf die Eintrittswunde der Kugel.

Sofort bemerkte er das Einsetzen der chemischen Reaktion. Die Haut an der Stelle kribbelte und pulsierte stark. Der Runner dachte nicht lange nach, riss die Schutzschicht des zweiten ab und pappte es auf die Austrittswunde, die er gerade eben noch erreichen konnte.

Die freigesetzte chemische Substanz, so viel hatte der Doc Zack erzählt, war eine Kombination von Trauma-, Tranq- und Stimulanzpatches. Überdosiert würde sie nach wenigen Sekunden einen Herzstillstand herbeiführen. Ein schwacher oder stark angeschlagener Metabolismus vertrug diese Chemiebombe einfach nicht. Zusätzlich führten einige Bestandteile dazu, dass an der Oberfläche der Wunde eine extreme Blutverdickung stattfand. So wurde die Blutung gestoppt. Ein Nachteil war jedoch die erhöhte Gefahr eines Herzstillstands oder Gehirnschlags durch den drastisch erhöhten Gerinnungsfaktor im Blut. Nach der Benutzung des Pflasters war medizinische Hilfe dringend angesagt. Der Doc hatte Zack angelächelt und darauf hingewiesen, dass zahlungsfähige Kunden bei ihm gerne gesehen waren. Zack wäre im Augenblick wirklich lieber beim Doc und würde sogar den Anblick von Shit und Fuck in Kauf nehmen – so verrückt das auch klang –, als in diesem Hotelzimmer den letzten Atemzug zu tun. Aber noch lebte Zack, auch wenn er nicht wusste, wie lange noch. Der Killer musste nur um die Ecke biegen und ihm die Relais aus dem Kopf blasen. Dann wäre ein Besuch beim Doc sowieso unnötig.

Diese Aussichten und die Wirkung der verabreichten Chemiebomben aus Docs Apotheke ließen ihn langsam wieder zu Kräften kommen. Die Illusion der Drogen machte seinen Körper aber nicht lange mobil.

Noch so ein Treffer oder zu viel körperliche Anstrengung, und ich werde auf der Stelle krepieren.

Mühsam kniete er sich hin und ließ seinen flimmernden Blick durch die Suite kreisen, deren Wände nun mit vielen Einschusslöchern bedeckt waren. Er musste hilflos mit ansehen, wie Eternity aus dem Fenster sprang. Ihr Auftrag und die damit einhergehende Kohle entschwanden ins Nichts. Seine kurze Karriere als Bodyguard war gescheitert, das Schutzobjekt in den Tod gesprungen.

»Snap, kriegst du den Aufzug wieder hin?«, fragte Paul den Decker in der Hoffnung, endlich mal etwas Positives zu hören. Die Kavallerie war zwar da, aber nicht einsatzfähig.

»Sorry, aber jemand hat die Kontrollhardware ausgeschaltet. Und zwar nicht über Software. Alle Aufzüge im Hotel stecken fest. Dazu kommt, dass die Sicherheitstüren heruntergelassen wurden. Jede Etage ist jetzt hermetisch von der Außenwelt abgeriegelt. Es dürfte einige Zeit dauern, bis die Techniker des Atlantic das Ganze wieder unter Kontrolle haben. Von hier aus kann ich nichts machen.«

Mit so einer Antwort hab ich gerechnet, auch wenn ich sie mir nicht gewünscht habe, dachte Paul kurz, versuchte aber angestrengt, eine Lösung zu finden.

»Okay. Ich werde dir eine Direktverbindung mit Ratón einräumen. Vielleicht kannst du ihr dabei helfen, den Aufzug wieder in Gang zu setzen oder zumindest die Türen aufzubekommen.« Er machte eine kurze Pause. »Das würde schon reichen. Sie sind genau zwischen unserer und der Etage darunter stecken geblieben.«

Mit seinem taktischen Computer veränderte er die Parameter so weit, dass der Decker mit der Riggerin jetzt einen eigenen Verbindungskanal belegte. Sie sollten durch nichts und niemanden abgelenkt werden.

Wenn die Sache erledigt war, würde Snap sich schon melden. Wegen seines Cyberdecks hatte der Decker genug Kanäle zur Verfügung.

Paul riskierte erneut einen Blick in den Flur. Der Killer hatte aufgehört zu feuern. Paul witterte endlich eine Chance, aus der Küche zu entkommen. Er war keine sonderlich gute Hausfrau, und der Umgang mit Küchengeräten war ihm zuwider.

Paul gingen fast die Augen über, als er den Flur betrat und einen Wirbelsturm sah, der durch den Raum fegte und dabei die teure Einrichtung verteilte.

Dies musste ein Luftelementar sein, auch wenn Paul sich nicht erklären konnte, woher er kam. Der Rauch der Granate wirbelte in wild zirkulierenden, nicht auseinander schweifenden Bahnen durch den Flur. Ob das gut oder schlecht war, konnte der Runner derzeit nicht beurteilen. Pandora war leider auch nicht in der Lage, ihm Antworten zu liefern oder freiwillig irgendwelche Infos preiszugeben. Ihr Körper lag immer noch regungslos im Flur. Zum Glück sah sie unverletzt aus, auch wenn dies kein Beweis dafür war, dass es ihr gut ging. Zwischen Himmel und Hölle gab es genug, von dem Paul nichts wusste und das einem Magier schaden konnte.

Kann ich denn nicht einmal für zwei Sekunden etwas aus den Augen lassen, ohne dass sich die Sechste Welt komplett verändert?, schoss es dem Runner durch die strapazierten Gehirnwindungen, während er einen Weg aus dieser aussichtlosen Situation suchte.

Paul fasste den verzweifelten Entschluss, Pandora aus der Gefahrenzone zu schleifen. Auch wenn er dabei Gefahr lief, einen tödlichen Einlauf zu kassieren oder durch die Luft gewirbelt zu werden – er musste endlich etwas tun. Er schritt mit vorgehaltener Waffe aus der Küche und sah, wie der Killer wieder in sein Schussfeld kam. Erneut schossen sie gleichzeitig. Diesmal aber wurden die Kugeln – wahrscheinlich wegen der Manifestation des Elementars – aus ihren Schussbahnen gerissen und irrten ziellos durch den Raum.

Endlich. Die Chance, auf die er die ganze Zeit gewartet hatte. Schnell hastete er zu Pandora. Auf seinem kurzen Weg musste er mit ansehen, wie Eternity aus dem Fenster des Wohnzimmers sprang.

Es war merkwürdig, aber der Anblick schmerzte Paul zutiefst.

Er wusste nur nicht, ob der Verlust von Eternity schwerer wog als die Gewissheit, dass es von jetzt an nur noch eine Frage der Zeit war, bis das Team Pik-Dame der Sängerin in den Tod folgen musste. Falls der Killer – oder die paranormale Erscheinung im Flur – das nicht innerhalb der nächsten Minuten erreichten, würde Siegel garantiert alle Hebel in Bewegung setzen, um einen Schuldigen für das Ableben der Sängerin bluten zu lassen.

D.
Zwischenspiel der Durchführung

Masque der Erkenntnis

Die Lage sieht nicht gut aus, bemerkte die Frau treffend.

Sie kam nicht in das Wohnzimmer und somit nicht an Eternity heran. Ungefähr zehn Meter trennten sie von der Erfüllung ihres Auftrags.

Zuerst hatte ihr kurz gefasster Plan gut funktioniert. Rebers, der Manager der Sängerin, hatte kein nennenswertes Hindernis dargestellt, und sein Tod war eigentlich unnötig gewesen. Schließlich hatte der Konzernmensch sie – ohne sein Wissen – in die Suite geführt. Aber sie hatte ihren Auftritt so eindrucksvoll wie möglich gestalten wollen.

Die Runner hatten sich noch besser als erwartet erwiesen. Die Schnelligkeit und Ruhe, mit der sie reagierten, ließen auf hohe Professionalität schließen. Deshalb ging sie jetzt konzentrierter vor.

Der laufende Kühlschrank hinter der Wand hatte bestimmt längst das Zeitliche gesegnet. Ihr Treffer und der folgende Blutverlust – das war tödlich. Das Ausbleiben von Schüssen aus dem Wohnzimmer belegten ihre These. Dennoch hatte er sie mit seiner Hartnäckigkeit zeitweilig im Flur festgenagelt. Auch der Runner aus der Küche, den sie mit ihrer ersten Salve verfehlt hatte, war ein zäher Hund. Er musste eine militärische Ausbildung genossen haben. Seine wohl überlegten und koordinierten Bewegungsabläufe standen im krassen Gegensatz zu den raubtierhaften Bewegungen des ausgeschalteten Sams aus dem Wohnzimmer. Die Magierin hatte zunächst keine Gefahr für sie dargestellt, da diese bewusstlos oder tot am Boden lag. Als sie aber endlich die Zeit fand, diese mögliche Bedrohung zu eliminieren, war ihr stummer Verbündeter aufgetaucht.

Sie genoss das Gefühl der Nähe ihres übernatürlichen Freundes. Aber ein anderer Elementar war ebenfalls erschienen. Das musste auch die Erklärung dafür sein, warum ihre gut gezielten Salven Eternity nicht getroffen hatten.

Der Kampf der beiden paranormalen Erscheinungen tauchte die Szenerie in eines neues, nicht unbedingt besseres Licht. Sie wollte sich nicht unbedingt einen Weg durch die kämpfenden Luftbahnen schlagen, da eine Berührung garantiert nicht gesund war.

Warten ist alles, was mir bleibt, entschied die Killerin, änderte ihren Entschluss aber sofort, als sie sah, wie die Sängerin mit ausgebreiteten Armen aus dem Fenster sprang.

Mein Auftrag ist hiermit beendet. Es wird Zeit abzuhauen.

Sie machte auf dem Absatz kehrt und hoffte, dass ihr paranormaler Verbündeter seinen Kampf gewinnen würde.

2.5
Durchführung

ORGELPUNKT DER ENTWICKLUNG

Zack fühlte sich hundeelend. Der schwer verletzte Samurai machte den Fehler und richtete seine schwindende Aufnahmebereitschaft auf den Flur. Wirbelnde Rauchschwaden und umherfliegende Zimmerpflanzen raubten ihm den letzten Funken Verständnis für die Sechste Welt. Dem Samurai blieb aber nicht viel Zeit, seinen Verlust zu betrauern, denn hinter ihm explodierten die Scheiben zu glitzernden, schrapnellscharfen Partikeln. Schmerzhaft bohrten sich diese tief in seinen Rücken. Dunkelheit riss Zack in einen endlosen Schlund. Bereitwillig ließ sich der Runner fallen.

Lautes Turbinendröhnen fegte durch die Suite. Paul reagierte blitzschnell, hockte ab und schützte Pandora mit seinem Rücken, als die Fensterfront explodierte. Sein Duster fing einen Großteil der tödlichen Splitter ab, und bis auf einige wenige Kratzer blieb er von ernsthaften Wunden verschont. Ein schneller Blick nach rechts zeigte dem Runner, dass der Killer das Weite suchte und kein Interesse mehr verspürte, ihnen das Licht auszuknipsen. Der Elementar im Flur tobte unvermindert und schien dem neuen Chaosfaktor in der Suite keine weitere Beachtung zu schenken. Darüber war Paul wirklich glücklich, denn gegen diese materielose Kreatur hätte er auf Anhieb nichts Wirksames vorweisen können.

Er aktivierte das Headphone und hoffte erneut, endlich etwas Positives zu hören: »Chet, wie sieht's aus?«

Rauschen. Dann kam endlich eine Antwort. »Die beiden Relaisgötter haben es geschafft. Wir wollten gerade die Tür des Aufzugs öffnen«, knurrte der Ork.

»Okay, passt aber auf. Der Killer müsste euch jeden Augenblick passieren. Er versucht zu türmen, und ich komm nicht aus der Suite!«, alarmierte er seinen Chummer und hoffte, dass sie den Penner abfangen konnten.

Der Knabe war ihre Informationsquelle. Wenn er entkam, würde es schwierig werden, herauszufinden, wer hinter der ganzen Angelegenheit stand. Natürlich war dieser Killer auch nur ein Handlanger, aber sie brauchten einen Ansatzpunkt für ihre Suche. Das kehlige Knurren und das Knirschen mit den Hauern reichten Paul als Zustimmung. Sein Kumpel hatte verstanden.

Zeitgleich erwachte Pandora und kämpfte sich zappelnd aus seiner Umarmung frei. Die Magierin nickte ihm kurz zu, und ihr Blick sprach dabei Bände: ›Bitte, später!‹

Sie stand auf und rannte wortlos zu den geborstenen Scheiben der Suite. Paul wollte ebenfalls dorthin, blieb aber stehen, als er Zack hinter der Ecke blutend und mit unzähligen Splittern im Rücken bewegungslos auf dem Teppich liegen sah. Schnell kniete er neben den Samurai und suchte nach dem Puls seines Chummers.

Glück gehabt, dachte Paul, als er diesen fand und zum ersten Mal so etwas wie Erleichterung und Hoffnung in sich erwachen fühlte. Es gelang ihm, die Konsequenzen ihres Versagens vorerst zu vergessen. Paul versuchte, den Freund auf die gute, alte Methode ins Reich der Sterblichen zurückzuholen, und schlug diesem zweimal hart ins Gesicht. Erneut hatte er Glück.

Zacks Augenlider zuckten, und er kehrte stöhnend in die Sechste Welt zurück. Der Runner hustete zwar Blut, eine Substanz, die seine ganze Kleidung tränkte, musste aber noch verhältnismäßig fit sein, da er Paul mit seinem zackplosiven Humor begrüßte. »Paul, habe ich dir … schon einmal gesagt, dass du mir … mit Bart besser gefallen würdest? Wenn ich könnte … würde ich dir einen Kuss geben … vergiss es«, kamen die Worte schleppend über die blutleeren Lippen.

»Schlafen kannst du später, altes Weichei«, sagte Paul mit unverhohlener Erleichterung in der Stimme. Er folgte dem suchenden Blick seines verletzten Freundes, und sie schauten zum Ursprung des anhaltenden Lärms hinaus.

Pandora konnte es nicht glauben. Vor der Suite schwebte eine Kolibri SP. Die Seitentür des Helikopters war geöffnet, und sie konnte sehen, wie ein dunkles, latexartiges Netz an einer Seilwinde nach oben gezogen wurde und schließlich im Innern verschwand. Die Beleuchtung des ›Vercyberten Hirschen‹, dem Agenturgebäude nebenan, schaltete sich unvermittelt ein und veranlasste Pandora dazu, die Augen mit der Hand abzuschirmen, da das grelle Licht sie schmerzhaft blendete.

Diese Mistkerle hatten alles sauber getimt! Die Angreifer haben genau den richtigen Zeitpunkt abgewartet.

Schemenhaft erspähte sie, wie eine breite Silhouette ein Bein auf eine der äußeren Kufen stellte und eine Waffe auf sie richtete. Bevor sie reagieren konnte, hatte die Waffe mehrmals gehustet und ihre tödlichen Bleisalven ausgespuckt.

Die Schüsse trafen sie aber nicht, denn der Lauf des Schützen war aus unerklärlichen Gründen nach oben gerissen worden. Pandora erspähte, wie der Schütze heftig mit dem freien Arm in das Innere des Copters gestikulierte.

Plötzlich fröstelte sie, und es war ihr, als würde ein eisiger Windhauch durch den Körper gleiten. Die Magierin spürte die negative Anwesenheit des Elementars von zuvor und wechselte auf astrale Sicht. Sie sah, wie sich die schwarze Kreatur über die leblose Aura des Copters legte und in der Realwelt materialisierte. Eine Sekunde später fing der Helikopter heftig an zu schaukeln. Von dem anderen Elementar, dem sie zuerst begegnet war, fehlte jede Spur, was wohl bedeutete, dass es den Kampf gegen die negative Kraft verloren hatte.

Der tiefschwarze Schatten legte sich über den Rumpf des Copters, und dunkle, tentakelartige Arme tasteten über die Außenhaut. Der Pilot hatte alle Hände voll zu tun, das mechanische Monstrum in der Luft zu halten und nicht mit den Rotorblättern an die nur wenige Zentimeter entfernte Wand des Hotel Atlantic zu stoßen. Der Knabe war verdammt gut in seinem Job und wendete die tödliche Gefahr ab. Nur der Schütze verlor den Halt und stürzte schreiend in die Tiefe.

Heftige Blitze zuckten aus dem Inneren des Helikopters auf und suchten sich an einigen Stellen brennend ihren Weg durch den schattenhaften Corpus. Zusätzlich erhob sich eine hohe Stimme, die nicht von Eternity stammte, über das Dröhnen der Rotoren und Düsen. Pandora konnte erkennen, wie Funken auf die Luft übergriffen, und abermals sah sie unerklärliche Manabahnen durch die Spiegelwelt gleiten. Die Stimme brach abrupt ab, und das Dröhnen der Motoren erinnerte die Magierin an das Schreien eines verwundeten Tieres. Der Schatten hatte den Rumpf des Copters fast komplett freigegeben. Sie sah, wie die Kraft des Wesens abgenommen hatte. Ein zweites Mal berührte sie ein Lufthauch, und diesmal war es der tot geglaubte Elementar. Er stürzte sich erneut auf die Kreatur, die den Copter bedrohte. Aber auch dieses Wesen schien an Kraft verloren zu haben. Gleichwohl reichte seine Anwesenheit aus, um die dunkle Präsenz dazu zu bringen, das Weite zu suchen. Der Pilot des Hubschraubers schien nur auf diesen Moment gewartet zu haben, denn er tauchte ab und verschwand aus ihrem Sichtfeld.

Pandora blieb nicht viel Zeit zum Nachdenken, denn Paul war aufgesprungen und zerrte sie zum Ausgang der Suite.

Endlich glitt die Tür des Aufzugs auf. Gerade noch rechtzeitig riss Chet Ratón, die aus dem Spalt hinaussehen wollte, zurück und zwang die verdutzte Riggerin, gemeinsam mit ihm zu Boden zu gehen. So sehr sie auch protestieren wollte, der Meta hatte ihr mit der Aktion das Leben gerettet, da eine ungezielte Salve in diesem Augenblick durch die enge Kabine peitschte. Der Killer war genau in diesem Moment am Aufzug vorbeigelaufen, und Chet hatte seine fließenden Bewegungen aus den Augenwinkeln gesehen.

»Endlich Arbeit für mich!«, schrie Chet, während er aufsprang.

Er steckte die Wumme durch den brusthohen Spalt und drückte zweimal lange den Abzug durch. Das Rattern des Sturmgewehrs und das Auswerfen der leeren Munitionshülsen war Musik in seinen Ohren und verdrängte das nervende Summen der gelben Notbeleuchtung. Danach riskierte er einen kurzen Blick nach draußen und sah am Ende des Flurs eine schwarz vermummte Gestalt vor dem Wäscheschacht niederknien. In diesem Augenblick zuckte ein greller Blitz aus der Öffnung des Schachts. Chet wusste nicht, was dieser Blitz zu bedeuten hatte, und zog es deshalb vor, dem knienden Wichser die nächste Salve hinterher zu jagen, da ihn die ersten beiden augenscheinlich verpasst hatten. Der Killer tat dem Ork allerdings nicht den Gefallen, still stehen zu bleiben und auf die bleischwere Abreibung zu warten. Er zwängte den schmalen Körper durch die enge Öffnung und verschwand.

»So einfach kommst du mir nicht davon!«, brüllte Chet in schierer Wut und aktivierte den Granatwerfer, der unter dem Lauf des Maschinengewehrs angebracht war.

Eine Explosion ließ die Etage erzittern, als der Sprengkörper im Wäscheschacht aufschlug und lautstark detonierte.

E.
Schlussfolgerung der Durchführung

Pentatonik der Impressionen

Die Vibrationen im Helikopter ließen nach. Der Pilot hatte es geschafft, den lästigen HanSec-Helikoptern auszuweichen, und konnte endlich die Schubkraft der Rotoren reduzieren. Karl kniete neben der bewusstlosen Sängerin nieder. Die Anstrengungen der letzten Minuten waren einfach zu viel für die junge Frau gewesen und hatten sie zusammenbrechen lassen. Während sie, in eine warme Armeewolldecke eingekuschelt, auf der ausklappbaren Metallpritsche schlief, musterte der Mann sie aufmerksam.

Sie war schlank und verfügte über ausgeprägte weibliche Reize – diese interessierten den älteren Mann allerdings nicht, da die Zeiten, in denen er sich körperlichen Leidenschaften hingeben hatte, längst vorbei waren. Nüchtern suchte er mit dem astralen Blick eines Erwachten nach Verwundungen, konnte aber keinerlei Anzeichen dafür erkennen. Sie hatte den Sprung und den Angriff des Schattens unbeschadet überlebt. Anders als die gemietete Messerklaue, die aus dem Helikopter gestürzt war. Das Stoffvordach des Hotel Atlantic hatte den Sturz der Klaue nicht ausreichend bremsen können. Der Samurai hatte seinen letzten Atemzug auf dieser Welt getan und würde den ausgehandelten Lohn nicht mehr in Anspruch nehmen. Mit seinem Ableben reduzierte sich die Höhe der Ausgaben für diese Transaktion erheblich.

Dieser Gedanke ist schon ziemlich pervers. Ein Mensch ist

gestorben, und das Einzige, was mir dazu einfällt, ist, wie sich diese traurige Tatsache auf die Gesamtbilanz auswirkt.

Nachdem er sich davon überzeugt hatte, dass es ihrem neuen Passagier den Umständen entsprechend gut ging, glitt sein Blick zu der Asiatin, die mit geschlossenen Augen den Kopf an die beruhigend vibrierende Bordwand des Helikopters gelehnt hatte. Gegenwärtig waren ihre astralen Schwingungen emotional angespannt, und Karl spürte eine deutliche Unruhe von der sonst eher besonnenen Frau ausgehen.

Was war eben passiert?, dachte der Mann, schloss die Augen und ließ das Geschehene Revue passieren.

Ihr Team hatte den Aufenthaltsort der Sängerin, das Atlantic, rechtzeitig erreicht. Und sofort hatte ihr übernatürlicher Reisebegleiter die Macht der Sängerin gespürt, was ein gutes Zeichen dafür war, dass Karl mit seiner Vermutung bezüglich Eternitys Fähigkeiten nicht gänzlich falsch lag.

Aber besitzt die junge Frau die Kraft, nach der ich die ganzen Jahre hindurch gesucht habe? Ist sie die Stimme, die in der Lage ist, allein durch ihre Kraft die Mächte, die wir herbeirufen wollen, zu kontrollieren? Und wenn ja, rechtfertigt dies den Tod der Messerklaue oder die Summe von Leben, die bisher geopfert wurden, um das alles zu ermöglichen? Und wie viele werden noch sterben müssen?

Die Gedanken des Mannes drohten sich in einem unendlichen Labyrinth zu verlieren, wobei sich alles nur um den Sinn des Todes drehte.

Es war die dunkle Stimme des Wesens, das ihnen die Tarnung des Copters überhaupt erst ermöglicht hatte, die ihn zurück in die Realität riss. »Alter Mann, was denkst du? Ich entnehme deinen Schwingungen, dass du gegenwärtig äußerst negativen Gedanken nachhängst. Solltest du dich nicht freuen? Schließlich hast du bekommen, was du haben wolltest …«, hörte er die gewisperten Worte in seinem Kopf.

»Und was jetzt? Was, wenn die Frau nicht stark genug ist? Was, wenn sie das Ritual nicht überleben wird? Was, wenn alles umsonst war? Was, wenn ich völlig falsch liege?«, kamen Karls Fragen gepresst zwischen den Lippen hervor.

Die Antwort des Wesens bestand aus einem Lachen, was Karl rasend machte. Er öffnete die Augen und bemerkte jetzt erst, dass das Wesen sich nicht materialisiert und er die Worte somit einfach in den leeren Raum gesprochen hatte.

Die Asiatin hatte seine Worte offenbar nicht gehört. Sie schien eingeschlafen zu sein. Eternity schlummerte ebenfalls und würde erst in einigen Stunden aufwachen. Der Rigger präsentierte sich immer noch von seiner besten Rückseite, und Karl hörte die stumpfen Hard-Core-Rap-Rhythmen aus dem Cockpit schallen.

Habe ich geträumt und mir die Gegenwart des Geistes nur eingebildet?, kam es ihm in den Sinn.

Er wechselte auf Astralsicht und askennte die Kabine des Copters. Sofort sah er, dass auf der Spiegelwelt die geschwächte Aura des Wesens direkt vor ihm stand. Es war kein Traum gewesen.

»Musst du mich jetzt auch noch verspotten?«, knurrte er ungehalten und vergaß dabei die Macht der Kreatur, die sich gegen ihn richten konnte, falls er es zu weit trieb.

»Ich möchte vielleicht vieles, alter Mann, aber dich zu verspotten gehört nicht dazu, das müsstest du eigentlich wissen. Wie lange kennen wir uns jetzt? Nach eurer Zeitrechnung sind es knapp sechsundvierzig Jahre. In all den Jahren habe ich eure Spezies kennen und schätzen gelernt. Betrachtet man das, was du erreicht hast, und analysiert nun deine Fragen, weiß man recht schnell, was in dir vorgeht«, fiel die ungewohnt direkte Antwort des Freien Geistes aus.

»Und was erkennst du?«, fragte Karl diesmal ruhiger,

da er langsam registrierte, dass sein Zorn völlig unbegründet war.

»Was ich sehe? Ich sehe einen alten Mann, der Angst vor dem letzten Schritt hat. Dein ganzes Leben hast du darauf ausgerichtet, diesen Moment möglich zu machen, aus welchen Gründen auch immer. Und jetzt, da es so weit ist, umklammert Angst dein Herz, dass alles vergebens gewesen sein könnte. In dir brennt die Frage, ob es nicht besser gewesen wäre, wenn du die Frau nie gefunden hättest. Denn nun nähert sich der Augenblick, dein Augenblick der Wahrheit«, sagte das Wesen vollkommen ruhig und sachlich.

»Dich scheint das alles kalt zu lassen. Du hast ja nichts zu verlieren«, konterte der alte Mann erneut verbissen. Etwas in ihm wollte sich nicht mit so einer einfachen Analyse zufrieden geben.

Diesmal fiel die Antwort des Wesens nicht so emotionslos aus. Wut und so etwas, das wie Angst aussah, flammte in der Aura auf, während es die folgenden Sätze aussprach.

»Ich habe nichts zu verlieren? Durch meine Unterstützung setze ich meine Existenz aufs Spiel. Und der Kampf mit dem Schatten war ja auch nicht schwer. Die Kreatur war ein Schwächling, und ihr hättet sie ohne meine Hilfe besiegen können. Die dunkle Präsenz hat deinen Geist zwar nur kurz berührt, aber dies hat ausgereicht, um deinen Verstand zu vergiften … Schau in dein Inneres, und gebe dich nicht kampflos auf.«

Es dauerte einige Sekunden, bis er das Gesagte reflektiert hatte. Karl betrachtete seine eigene Aura, und erst jetzt fielen ihm vereinzelte dunkle Stellen darin auf.

Dieser Schatten war wirklich grauenhaft gewesen. Er war in der Lage, einen Menschen zu verderben und die dunkelsten Nuancen einer Seele ans Licht zu bringen. Jetzt erinnerte sich Karl wieder. Die Kreatur hatte ihn mit Macht gelockt. Sie hatte ihm angeboten, von einer gemeinsamen Zusammenarbeit zu partizipieren. Aber etwas in ihm hatte ihm davon abgeraten und gesagt, dass diese Macht nur ein Trugbild sei. Sie war abnorm und verdarb einen Menschen mit der Zeit, da das Opfer die Gedankengänge einer bösen Essenz in sich aufnahm und zu einem Teil seines Selbst machte. Was waren Schatten? Heute wäre er beinahe schon einmal von so einem Wesen getötet worden. Aber anders als heute früh. Dieses Wesen hatte eine enorme Kraft ausgestrahlt und sogar einen sterblichen Verbündeten besessen.

Wie nannte man so etwas noch in den magischen Abhandlungen? Ein Verdorbener, der einen Geisterpakt eingegangen war. Die Fusion negativer Energien, die eine Brücke zwischen den Welten schlug und einen Quell für Chaos und Leid darstellte. Karl ließ nicht oft religiöse Aspekte in seine Gedankenwelt eindringen, aber diese Erfahrung ließ ihn schlussfolgern, dass es gute und schlechte Energien in der Sechsten Welt gab, die um die Seelen der Menschen stritten.

Ist die Seele nicht eine Art Energie, die Leben erst möglich macht?

Der alte Mann sammelte Kraft und konzentrierte sich auf einen unsichtbaren, weit entfernten Punkt der Ruhe in seiner Vorstellung. Langsam verblassten die dunklen Stellen auf seiner Aura, welche die geistige Berührung des Schattens hinterlassen hatte. Sein Körper wurde von einer starken Müdigkeit überwältigt, die ihn in einen tiefen, bleiernen Schlaf riss. Sein Unterbewusstsein registrierte lediglich, wie der Rigger über Funk die Landeerlaubnis einholte.

3.
Reprise

Basso Continuo der dunklen Frequenzen

Die Funkverbindungen waren wieder hergestellt.

»Snap, greif dir mit Chet und Ratón zusammen Zack. Er liegt schwer verletzt in der Suite und muss schnellstens zum Doc! Weicht auf eurer Flucht besser den Wachen und HanSec aus. Wir sind nicht in der Position, irgendwelche Fragen zu beantworten. Verstanden?« Er wollte jetzt nichts anderes als die Zustimmung des Deckers hören.

»Ähm, ja. Und was ist mit dir? Wo ist Eternity? Was ist …«, nervte Snap, auch wenn Paul den Decker verstehen konnte.

»Ich versuche, mit Pandora unsere Wasp zu erreichen und einen anderen Copter, in dem sich höchstwahrscheinlich Eternity befindet, zu verfolgen!«, unterbrach Paul den Redefluss seines Chummers und fügte als kurze Erklärung hinzu: »Das muss reichen! Ich habe jetzt keine Zeit, eine dramatische Story über den Niedergang unserer Reputation zu verfassen. Bis später!«

Mit diesen Worten beendete Paul die Verbindung, ohne weitere Reaktionen abzuwarten. Im Flur passierten sie Rebers' Leichnam. Der Killer hatte ganze Arbeit geleistet. Der Bestatter würde einiges zu tun haben, bevor die Leiche öffentlichkeitstauglich wäre.

Irgendetwas ist bei der ganzen Sache faul, kam es Paul beim Anblick des Toten in den Sinn.

Die heftige Explosion und das anschließende Feuer am Ende des Gangs beendeten seinen Gedanken. Paul und Pandora hatten jedoch keine Zeit, sich um Chet, den Verursacher dieses Feuerwerks, zu kümmern. Dieser war gerade dabei, seine breite Statur verfluchend, durch den schmalen Spalt zwischen Aufzug und Etage zu zwängen. Die Sprinkleranlage schaltete sich ein, und die Elektrik der Etage wurde auf Notreserve heruntergestuft. Nach wenigen Sekunden erstarb das Feuer am Ende des Flurs. Sie passierten Chet und Ratón stumm auf ihrem Weg und beließen es lediglich dabei, ein paar kurze, prägnante Handzeichen auszutauschen. Aus dem Schacht drangen bereits Stimmen nach oben, und ihre Zeichensprache machte eine Abhörung uneffektiv. Sie war eine Kombination aus Kommandozeichen, wie man sie vom Militär und vom Tauchen her kannte.

Ein Schwerverletzter … Eile ist geboten … keine Zeit für Diskussionen … Funkverkehr vermeiden, da wir HanSec nicht auf uns aufmerksam machen wollen … treffen uns später … haltet die Ärsche unten.

Kurz vor dem Trümmerfeld wandten sie sich nach links und erreichten eine Tür, die zur Wartungsleiter auf das Dach des Atlantic führte. Die Explosion hatte die Tür aus den Angeln gerissen. Sie sprangen in den kleinen Raum und machten sich daran, die Sprossen so schnell wie möglich emporzuklettern. Paul war als Erster auf dem Dach, da er nicht riskieren wollte, dass Pandora zuerst ins Freie trat. Sie war zwar tough, aber er war verchippt und wesentlich schneller. Davon mal abgesehen – wenn ihn eine Kugel treffen sollte, würde er mit den Konsequenzen leben können oder auch nicht, aber die Frau wollte er keiner unnötigen Gefahr aussetzen.

Vielleicht hätte ich sie mit den anderen wegschicken sollen, kam es ihm kurz in den Sinn.

Er konzentrierte sich wieder auf die Umgebung. Die gleißenden Lichter der Werbeagentur machten die Nacht zum Tag. Der ebene Bereich der Dachfläche war nicht sonderlich groß. Der Kampfhubschrauber, in dem Eternity verschwunden war, hätte hier nicht landen können, aber für die kleine Wasp reichte der Platz aus. Als Paul die Wasp in diesem Augenblick betrachtete, musste er an sein letztes Erlebnis mit einem solchen Einmann-Copter zurückdenken.

Auf dem Rattennest hatte sie die Wasp einer Killerbrigade mit tödlichem Feuer eingedeckt. Das Rattennest war das Hauptquartier der Ratskins, einer mittlerweile ausgerotteten Straßengang. Nur mit viel Glück hatten sie der Gefahr entrinnen können. Die Variante hier auf dem Dach war von Ratón nachträglich getuned worden. Sie hatte die Geschwindigkeit der Maschine reduziert und die Bordbewaffnung heruntergeschraubt, dafür aber die Scheiben mit einer stärkeren Panzerung versehen und Raum für zwei Personen geschaffen. Eigentlich hatte Pauls Plan vorgesehen, dass im Notfall Ratón mit Eternity in dem Copter fliehen sollte. Jetzt hatten sich die Umstände geändert. Ratón sollte den Rest des Teams in Sicherheit bringen, und Paul würde versuchen, Eternity zu verfolgen. Natürlich war er bei weitem kein so guter Pilot wie die Riggerin, aber er setzte alles auf eine Karte, und der Autopilot würde ihn hoffentlich ausreichend unterstützen. Ratón sollte Zack zum Straßendoc schaffen. Das hatte in seinen Augen Priorität.

Die Sirenen von HanSec drangen bereits von unten an ihre Ohren. Ihnen blieb nicht mehr viel Zeit. Hamburgs privater Sicherheitsdienst konnte jeden Augenblick mit Coptern hier auftauchen. Vor dem Atlantic wimmelte es wahrscheinlich schon von Polizei-Hovern, doch der weite Dachvorsprung erlaubte keinen Blick nach unten.

Schnell hatten sie die kurze Entfernung zur Wasp hinter sich gebracht. Paul riss die Tür auf und wollte sich ins Innere schwingen, als Pandoras Schrei ihn gerade noch rechtzeitig warnte.

»Nicht! Zurück!«, schrie die Halbasiatin von der anderen Seite der Wasp mit panischer Stimme und ließ sich ohne erkennbaren Grund zu Boden fallen.

Paul dachte nicht lange nach, sondern handelte intuitiv. Das Innere des Copters explodierte in einem weißen Blitz, und eine heiße Zunge leckte über Paul hinweg. Einzelne glühende Funken sprangen hinaus ins Freie und fraßen sich zischend in seinen Duster. Paul gelang es nur mit Mühe, den Duster abzustreifen, bevor sich die Partikel in seine Haut einbrennen konnten.

Ein Phosphorbrandsatz war im Copter detoniert.

Jetzt sah Paul, was die Magierin vor ihm entdeckt hatte. In der Seitenwand des Aufgangs, durch den sie das Dach betreten hatten, steckte ein Metallpfeil. An dessen Ende war ein Seil befestigt, und die Schnur reichte bis zur Werbeagentur hinüber.

Auf diesem Wege hatte der Killer das Hotel betreten.

Es erklärte aber nicht, warum die Sicherheitskräfte des Atlantic dies nicht mitbekommen hatten oder wie der Maskierte abgehauen war, geschweige denn, wie man Eternitys Aufenthaltsort herausgefunden hatte. Aber die Antworten auf diese Fragen würden sie, sofern sie es schafften, heil von hier wegzukommen, hoffentlich noch in Erfahrung bringen.

Eines war klar – die Wasp war hinüber, und die Aussicht, Eternity zu verfolgen, war in Rauch aufgegangen.

Paul gab mittlerweile einen Scheiß darauf, ob HanSec sie abhören konnte. Sie mussten Ratón erreichen. Pandora und er brauchten jetzt ganz schnell ein Last-Minute-Ticket weg von hier. Ohne den Lift der Riggerin würden die Aussichten auf eine erfolgreiche Flucht gegen null tendieren. Mit dem Hover – falls es ihnen überhaupt gelingen sollte, bis dahin vorzudringen – würde es schon schwierig genug werden. HanSec würde sie unter Garantie nicht kampflos ziehen lassen.

Die Stiefel bewegten sich langsam durch den Matsch auf ihn zu. Snooker machte keinerlei Anstalten, aufzustehen, denn in das Sichtfeld des Bodyguards hatte sich neben den abgetragenen Lederlatschen, die ihn an Kindersärge erinnerten, der abgesägte, schimmernde Lauf einer Remington Roomsweeper gesellt. Die Chance, aufzuspringen oder eine Waffe ziehen zu können, bevor der Besitzer den Zuckungen seines dicken Wurstfingers nachkommen konnte, war in Anbetracht der Streuwirkung des Prügels nicht sonderlich groß. Dennoch gelang es Snooker, seinen Horizont ein wenig zu erweitern, indem er den Blick nach oben schweifen ließ.

Eine abgetragene Jeanshose der Größe XX-Mega-Large und ein zurechtgeschnittener Überwurf, in seinem früheren Leben wohl ein Nylonzelt, über den zwei Gürtel voller Schrapnellpatronen geschlungen waren, rundeten die Kleidung des Orks auf den ersten Blick ab. In Sachen Haarpracht zog es der Meta offensichtlich vor, einen Besuch beim Friseur zu vermeiden. Ungepflegte Rastalocken standen wirr in alle Himmelsrichtungen vom breiten Kopf ab und erinnerten an einen wahllos gebauten Antennenhimmel, der schon so mancher achtlosen Taube ein tödliches Ende bereitet hatte. Das Gesicht des Orks war von unzähligen Narben verunstaltet, und einer der Hauer war zur Hälfte abgebrochen. Obwohl der Gesichtsausdruck des Orks unfreundlich wirkte, schimmerten seine dunklen Augen weniger mordlustig als die der bleichen Ghule von vorhin.

Mittlerweile war Snooker alles egal, und wenn der Neuankömmling ihn unbedingt mit der Schrotflinte geeken wollte, sollte er bitte schnell machen, denn allmählich wurde es dem Bodyguard ziemlich kalt auf dem nassen Boden. Deswegen fiel seine Begrüßungsrede ziemlich kurz und trocken aus. »Hi, auch zu Besuch hier? Ich muss meine Reisegruppe verloren haben …« Er überließ es der Tech in seinem Kopf, die Gedanken in das gängige HanseSprech zu übersetzen.

Das Spannen der Roomsweeper beendete den Redefluss des Bodyguards vorerst, und Snooker sah sich einige Minuten länger an die kalte Berührung des Bodens gefesselt.

Schnarrend sagte der Ork etwas, was wohl nicht für die Ohren des Bodyguards bestimmt war. »Beißer, lass vom Bleichsack ab. Fuß, alter Kläffer.«

Der merkwürdige Hundeverschnitt hörte aufs Wort und gesellte sich zu seinem noch merkwürdigeren Besitzer. Die Worte des Mannes mochten zwar nicht sonderlich freundlich gewählt sein, aber die Stimme klang recht fürsorglich. Snooker wusste allerdings, dass diese Fürsorglichkeit sich wohl kaum auch auf ihn erstrecken würde.

Stöhnend rollte sich der Ghul zur Seite, als die zerzottelte Last endlich seinen Körper freigab. Sabbernd richtete sich die bleiche Kreatur zur vollen Größe auf und rieb sich den blutigen Nacken. So allein am Boden, begann sich Snooker immer unwohler zu fühlen.

»Ist jetzt Zeit für ein Barbecue, bei dem ich die Rolle des Hauptgangs einnehme?«, entwich Snooker die existenzielle Frage, auf die er nicht wirklich eine positive Antwort hören wollte.

Die bleichen Augen des Ghuls spiegelten dessen Meinung zu Snookers Zukunftsaussichten wider, aber der Ork ging nicht auf diesen Kommentar ein. Doch was sollte Snooker tun? Stumm abwarten, bis der Meta-Richter über seinen Fortbestand entschieden hatte?

Erneut sprach der Ork und unterbrach damit Snookers aufkeimende Gedanken. Wieder waren diese Worte nicht an Snooker gerichtet, sondern galten einem Neuankömmling, der gerade den Platz betrat.

Mein Gott, ist hier eine Party, von der ich etwas wissen sollte? Ich renne seit einigen Minuten über diesen Friedhof, von dem ich nicht wusste, dass es einer ist, und mir ist keine Menschenseele begegnet.

Die Ghule zählte er nicht dazu, auch wenn es Leute in der Sechsten Welt gab, die eine andere Meinung vertraten. Wären sie an seiner Stelle, würde sich ihr Weltbild wohl wieder ins rechte Licht rücken.

Jetzt wird hier eine bleiche Volksversammlung von Horrorgestalten abgehalten. Wo bin ich denn? Bin ich ein stummer Teil der Speisekarte oder was? Drek auch!

»Ist das der Kerl, nach dem du suchst? Wenn du mich fragst, sieht er mir zu tough für 'nen Techhead aus.«

Die Tech in meinem Schädel ist so viel wert, dass du mit deinem Schoßhund zusammen ein ganzes Leben von der Kohle zehren könntest, dachte Snooker verbissen bei diesen Worten, verspürte aber nicht den Drang, seiner Meinung Luft zu verschaffen und damit die ausstehenden Entscheidungen des Orks ungünstig zu beeinflussen.

»Da er mit der Nase im Schlamm steckt, kann ich es nicht mit Sicherheit sagen, aber von der Statur her gebe ich dir Recht«, antwortete der hoffentlich letzte Neuankömmling dem Meta.

Etwas in Snookers Gedächtnis wurde hellhörig beim Klang der Stimme, aber er konnte das Gefühl nicht hundertprozentig festmachen. Zumindest war er schon einmal froh darüber, dass jemand den Ort seiner derzeitigen Existenz ins Gespräch brachte. Deshalb entschied er sich dazu, den Faden aufzugreifen, und richtete seine Frage an niemand Speziellen in dieser seltsamen Runde: »Was dagegen, wenn ich aufstehe?«

Wie hätte es auch anders sein sollen? Der Ork antwortete auf die Frage des Bodyguards, da er schließlich derjenige war, der die bleischleudernden Argumente in Händen hielt. »Kein Problem, Drekgesicht. Aber schön langsam und keine unüberlegten Bewegungen, wenn dir dein Gehänge wichtig ist. Beißer steht auf die gut durchbluteten Körperteile eines Norms.«

Während Snooker aufstand, musterte er den Menschen, der anscheinend hier war, weil er jemanden suchte, etwas genauer. Auch wenn Snooker dieser Gesuchte nicht war, wusste er nicht, ob ihn dieser Umstand glücklicher stimmen durfte. Der Mann trug einen abgetragenen grauen Trenchcoat, war übergewichtig und schlecht rasiert. Sein Gesicht wirkte etwas aufgeschwemmt, was auf einen hohen Alkoholkonsum schließen ließ, passte aber so gar nicht an diesen toten Ort, geschweige denn in die Gesellschaft des Orks.

Erneut rüttelte etwas in Snookers Langzeitgedächtnis, und dem anderen ging es anscheinend genauso. Zeitgleich sprachen sie gegenseitig den Vornamen des anderen aus.

»Snooker?«, fragte der eine.

»Frank«, sagte der Bodyguard, und jetzt wusste er, woher er den Mann kannte. Einst hatten sich ihre beruflichen Wege öfters gekreuzt. Der Mann arbeitete bei Siegel, und gelegentlich hatten sie einen zusammen gebechert. Aber was machte er an einem solchen Ort? War es gut, dass er ihn kannte? Oder brachte das neue, bisher unbekannte Gefahren ins Spiel?

Gefahr schien jedoch keine zu bestehen, denn bevor der Ork reagieren konnte, schritt Frank auf Snooker zu und hatte ihm die Hand zur Begrüßung entgegengestreckt. Erleichtert darüber, ein vertrautes Gesicht in dieser fremden Stadt und erst recht an diesem Ort zu finden, erwiderte er den festen Händedruck. Der Ork wusste nicht so recht, was er jetzt tun sollte, und richtete stattdessen den Lauf der Waffe auf den Ghul, der nun gar nicht mehr glücklich zu sein schien. In den Augen des Ghuls konnte Snooker erkennen, wie dessen Hoffnungen auf eine Mahlzeit komplett verschwanden.

Sabbernd brachte das Wesen zwischen den spitzen Zähnen hervor: »Wasss dagegen, wenn ich geh?«

Die Worte ließen Snooker verdutzt innehalten. Er hatte es zwar gelesen und gehört, aber nicht wahrhaben wollen: *Diese Kreaturen können sprechen?*

Der Ork hatte nicht die Absicht, den Bleichsack abziehen zu lassen. Der Lauf der Schrotflinte beschrieb eine Bahn in der Luft, die der Ghul als ein unmissverständliches ›NEIN‹ anerkennen musste, sofern ihm sein Leben lieb war.

Frank war schneller als Snooker und fragte deshalb zuerst: »Was machst du hier? Hast du dein Security-Einsatzgebiet erweitert?«

Auch wenn diese Frage an sich sehr komisch sein mochte, konnte Snooker gegenwärtig nicht darüber lachen. »Witzig, wirklich witzig. Nein, ich stecke knietief im Dreck und drohe immer tiefer zu versinken. Das ist eine lange Geschichte, aber was treibt dich hierher?«, antwortete er ausweichend.

»Ich suche Sid. Ich weiß nicht, ob du dich an ihn erinnerst. Er ist der Tontechniker von den ›Sisters of Pain‹. Hast du ihn gesehen?«, beantwortete dieser seine Frage genauso ausweichend und endete unhöflich mit einer Gegenfrage.

Snooker schüttelte nur den Kopf. Zu aller Erstaunen war es aber der Ghul, der eine Antwort zischte: »Ich weisss, wo er issst. Wenn ihr mich gehen lassst, verrate ich esss euch.«

Der Ork schien aber nicht sonderlich verhandlungsbereit zu sein und schaltete sich in die Unterhaltung ein. Er zielte auf den Kopf des Ghuls und meinte kalt: »Wenn du nicht willst, dass deine Reste als Futter für deine Artgenossen herhalten, sprichst du besser schneller, als ich furzen kann.«

Es dauerte nicht lange, und die Antwort sprudelte aus dem zutiefst verängstigten Ghul hervor. »Er isst im Lager. Der Rat hat ihm Asssyl gewährt. Wenn ihr versssprecht, mich am Leben zu lasssen, führ ich euch hin.«

Snooker entnahm Franks Gesichtsausdruck, dass dieser genau wie er mit der Aussage nichts anfangen konnte. Der Ork dachte über das nach, was der Ghul gesagt hatte, und wandte sich dann Frank zu, während er Snooker immer noch wie einen Unsichtbaren behandelte. »Interesse an 'nem zusätzlichen Führer? Der kostet dich nicht mehr als seine stinkende Anwesenheit.«

Frank zuckte mit den Achseln. »Ich verlass mich auf deine Ghulkenntnis. Wenn du denkst, dass wir ihm trauen können? Was soll's?«

»Okay. Bleichfresse, du hast gehört, was der Chef sagt. Raff deine Lumpen zusammen, und führ uns in eure Leichenhalle. Aber bitte ruf nicht deine stinkenden Kameraden zu Hilfe, sonst verzier ich mit deinem Hirn die Grabsteine im Limbus«, gab dieser Franks Entscheidung mit anderen Worten an den Ghul weiter.

Eingeschüchtert drehte sich dieser um und schlurfte, von ihnen gefolgt, hinaus in die Dunkelheit. Snooker stellte eine Frage an Frank, da er mit dem Wort Limbus nichts anfangen konnte, außer dass es ein mythologischer Begriff war, der für den Vorhof der Hölle stand. Franks Antwort untermauerte die Assoziationen des Bodyguards in Sachen zeitgenössischer Mythologie nur, und dieser verzichtete vorerst darauf, mehr über diesen Stadtteil Hamburgs zu erfahren. Er war überzeugt davon, dass Worte nicht ausreichten, um das zu beschreiben, was sie bald erwarten würde. Dennoch schloss er sich der Gruppe an, auch wenn seine Rolle auf diesem Trip nicht sonderlich klar war.

Auf ihrem Weg berichtete Snooker Frank, was seit seiner Ankunft in Hamburg bisher geschehen war. Während seiner Erzählung erwachten die Selbstvorwürfe, was den Tod des Mädchens am Gleis anging, erneut.

Seit seiner Flucht hatte er handeln und sich somit ablenken können. Jetzt war er wieder in eine passive Rolle geschlüpft, und das Gesicht des sterbenden Mädchens leuchtete wie ein Mahnmal gleißend in den Zellen seiner Cyberaugen auf.

Dennoch gelang es Frank, so etwas wie Hoffnung in Snooker aufkeimen zu lassen. Der Reporter – mittlerweile arbeitete Frank nicht mehr für Siegel-Devil-Records – war überzeugt, dass Davis' Tod mit Richards Ableben in Verbindung stand. Sid sollte zudem einen Polycorder besitzen, der vielleicht Licht ins Dunkel bringen konnte. Falls es ihnen gelingen sollte, lange genug am Leben zu bleiben, würden sie Antworten auf ihre Fragen finden.

Die kalte Reise zu dem so genannten Rat dauerte länger als erwartet, und Snooker erfuhr von Frank den Namen ihres orkischen Führers. Der Mann reagierte auf den Namen Hackfresse. Die Narben verdankte der Meta einem schmerzhaften Zusammenstoß mit einigen Policlub-Mitgliedern. Deswegen war seine Haltung Norms gegenüber, sofern er sie nicht kannte oder ihnen geschäftlich verpflichtet war, etwas voreingenommen. Der vierbeinige Begleiter des Metas war, wie bereits vermutet, keine gewöhnliche Zwingerzüchtung. Die Spezies zählte zu den paranormalen Kreaturen der Sechsten Welt und war gemeinhin unter der Bezeichnung Schattenhund bekannt. Ein Name, der sehr treffend war, auch wenn Snooker noch nicht davon gehört hatte, dass es einem Menschen oder in diesem Falle einem Metamenschen gelungen war, diese Spezies zu domestizieren. Sein Wissen in Sachen Hundehaltung oder -dressur war jedoch nicht sonderlich ausgeprägt.

Sie verließen einen der vielen schmalen Seitenwege und erreichten eine größere plane Fläche. Zwischen den einzelnen Mausoleen der letzten Jahrhunderte waren von den neuen Bewohnern Blechhütten errichtet worden, und schimmernde Feuer erhellten den Nachthimmel. Als sie die Ausläufer dieser kleinen Siedlung betraten, kam ihnen eine Horde Ghule entgegen. Im Gegensatz zu der Bleichfresse, die sie geführt hatte, waren diese besser gekleidet und ausgerüstet. Auch wenn es Lumpen waren, die ihre dürren Körper bedeckten, achteten diese Ghule mehr auf die Vollständigkeit ihrer Kleidung und zogen augenscheinlich den Gebrauch von Schusswaffen dem von Messern vor. Einer aus der Gruppe trat unbewaffnet auf sie zu. Er war etwas kleiner und untersetzter als die anderen aus dem Leichenhaufen, verfügte aber über das gewisse Etwas, das einen Führer kennzeichnete. Provozierend, aber gelassen baute er sich erwartungsvoll vor ihnen auf.

Hackfresse senkte den Lauf der Schrotflinte und rief Beißer an seine Seite. Frank und Snooker hielten sich hinter dem Ork, da dieser das Gespräch anleiern würde. Der Meta kannte sich hier aus und würde hoffentlich wissen, was zu tun war. Snookers rechte Hand umklammerte den beruhigenden Griff der entsicherten Waffe in seiner Innentasche, auch wenn er nicht den Wunsch hegte, in die Verlegenheit zu geraten, sie benutzen zu müssen. Denn eines war klar: Er besaß vielleicht so viele Kugeln, wie es Ghule auf diesem Platz gab, aber falls es zu einem Kampf käme, glaubte er nicht, schneller als die anderen zu sein.

Ihr bleicher Gefangener hastete zum Anführer der Siedlung, und eine Unzahl unverständlicher Wörter sprudelten förmlich aus ihm hervor. Er kam aber nicht dazu, einen einzigen, verständlichen Satz zu beenden. Ohne Vorwarnung rammte der Kleine seine messerscharfen, tiefschwarzen Fingernägel in den wabbeligen Wanst des Artgenossen. Stöhnend stürzte dieser mit der Klaue im Magen auf die Knie, und dunkles Blut rann aus den vor Schmerz verzerrten Mundwinkeln. Der Kleine zog seine blutige Kralle schmatzend aus dem Leib, leckte das Blut ab und schaute seinem Opfer ausdruckslos in die bleichen Augen. Dieses versuchte verzweifelt, die hervorquellenden Eingeweide beisammen zu halten. Ohne Erfolg. Der Mann kippte vornüber in den Dreck und blieb röchelnd liegen, während Blut und Därme langsam im Matsch versanken. Der Kleine würdigte das Opfer keines weiteren Blickes.

Ein Glück, dass der Ork mit ihm verhandelt, dachte Snooker und unterdrückte die aufsteigende Übelkeit.

Neben ihm hatte Frank den Blick auf die Schuhe gerichtet und wünschte sich garantiert an einen anderen Ort in dieser Stadt.

»Wasss wollt ihr?«, fragte der Kleine mit einer emotionslosen, sonoren Grabesstimme.

Der Ork trat einen Schritt vor und erwiderte den kalten Blick. Hackfresse war wirklich hart im Nehmen. Der Bodyguard hätte den starren, kalten Blick eines fast Toten nicht lange ertragen können. Einige Sekunden dauerte das Blickduell zwischen den beiden, und es machte nicht den Anschein, dass einer freiwillig aufgeben wollte. Snooker nutzte die Zeit und betrachtete das Gefolge dieser Zombiebrigade etwas eingehender. Die Hautfarben variierten in der Intensität der Graustufen. Dennoch erinnerten sie Snooker durchweg an eine aus dem Trid entflohene Horde blutdürstiger Schauergestalten. Einer aus der Gruppe besaß wohl farbige Vorfahren, denn seine Haut war tiefgrau, fast schwarz, umgeben von einem bläulichen Schimmer. So etwas wie einen Haaransatz besaß keiner von ihnen. Drei der Männer, die vorne standen, hielten Uzis in den klauenartigen Händen und hatten die Waffen auf sie gerichtet. Ihre Kleidung war verhältnismäßig komplett und sauber, auch wenn keiner von ihnen Schuhwerk trug, was wohl auf die langen Fußkrallen zurückzuführen war. Snooker meinte, eine ausrangierte HanSec-Uniform zu erkennen, und wollte erst gar nicht wissen, wie der jetzige Besitzer an die Sachen gelangt war. In einem anderen Schädel blitzte sogar eine Datenbuchse auf.

Ein Windhauch blies penetranten Verwesungsgeruch zu Snooker heran, und der Bodyguard begrüßte die paar Meter Distanz zwischen ihnen. Der Ghul am Boden schluchzte und zappelte ein letztes Mal und lenkte damit die starrenden Kontrahenten ab. Das war ein unerwartet positiver Zufall, denn nun konnten sie beide den Blick abwenden, ohne dass einer von ihnen dadurch das Gesicht verlor.

Der Meta brach das Schweigen, ging aber nicht auf die Frage des Kleinen ein. Es sollte sich erst noch herausstellen, wer von ihnen hier die Fragen stellte.

»Ich schätze, jetzt habt ihr wieder eine Hütte frei«, sagte Hackfresse trocken und spie auf den Boden.

Der Kleine spie ebenfalls aus und erwiderte: »Er gehörte nicht mehr zu unssserer Gruppe. Der Rat hat ihn vor Wochen der Sssiedlung verwiesssen. Er hat dasss bekommen, wonach er geschrien hat.«

Beißer beschnupperte die Leiche auf dem Boden und begann mit den Tatzen halbherzig die Eingeweide zu zerpflücken.

»Könntessst du bitte deinen Köter zzzurückrufen? Er zzzerssstört unssser Dinner für nächssste Woche«, sagte der Kleine.

Hackfresse pfiff das Tier zurück und meinte: »Ich glaube nicht, dass Beißer aufrichtiges Interesse an diesem Imbiss hat.«

»Wir sssind da nicht ssso wählerisch. Alssso, wasss geht jetzzt ab?«, hakte der Ghul nach und brachte das Gespräch zurück in die eigentliche Richtung.

»Der Norm hier«, dabei zeigte der Ork auf Frank, »sucht seinen Freund. Und die tote Kahlhaube zu deinen Füßen hat uns verraten, dass er hier bei euch ist. Sein Name ist Sid. Können wir ihn sehen?«

Der Kleine unterließ es, den Ork aufzuschlitzen oder

seine Zombiebrigade auf sie zu hetzen, sondern trat einen Schritt vor und musterte Frank genau. Die bleichen, toten Augen schimmerten für einen Moment rot auf, und Snooker hatte wegen dieser Reaktion kein gutes Gefühl im Magen, wurde aber unerwarteterweise eines Besseren belehrt. »Frank Sssteffensss. Dasss esss dich noch gibt. Du hier und nicht in Hollywood. Sssuchsst neuesss Fleisch für 'ne Gothik-Band. Ich schätzzze, du erinnerssst dich nicht an mich?«, meinte die Grabesstimme ruhig.

Frank konnte nun den Blick nicht länger auf seine Schuhe gerichtet halten, sondern schaute den Ghul zweifelnd und ängstlich an. Schließlich schüttelte er verneinend den Kopf, weil er nicht wusste, worauf der Ghul anspielte, und außerdem zu sehr damit beschäftigt war, nicht mit den Zähnen zu klappern.

»Na, issst nicht deine Schuld. In fünf Jahren kann sssich vielesss ändern. Ich war einmal Nora, die Zzzweite Stimme der ›Hanssseatischen Blauen Sssyssstemnebelhörner‹. Dämmert'sss langsssam?«, fügte der Kleine erklärend hinzu.

Franks Augen weiteten sich. Snooker sagte der Name nichts, doch er bekam von Frank prompt die Erklärung geliefert.

»Ich dachte, du wärst nach langer Krankheit gestorben – zumindest ging diese Meldung durch die Medien«, sagte Frank matt und ließ dann den Mund offen stehen.

»Medien«, ein ungewohnt schrilles Lachen unterbrach den Satz des Ghuls, bevor er fortfuhr, »'nee, Sssiegel hat mich nach meiner Goblinisssierung wie 'ne heissse Kartoffel fallen lasssen. Mein Gesssicht hatte sssich doch zzziemlich verändert und war nicht mehr ssso medientauglich. Meine Esssgewohnheiten hätte der Zzzimmersssserviccce in den Nobel-Hotelsss auch nicht befriedigen können. Die Kettenhunde haben mir allesss genommen, und ich bin hier gelandet. Habe eine neue Familie gefunden, die Jungsss hier zzziehe ich Sssiegel mittlerweile vor, und die Küche issst bessser. Wie ich gehört hab, ssstehssst du auch nicht mehr auf gutem Fusss mit dem Konzzzern?«

»Da hast du richtig gehört. Kann ich Sid sehen? Es ist dringend«, antwortete Frank.

Nora – ein ziemlich merkwürdiger Name für einen Mann – nickte und richtete eine Handbewegung an seine Meute, die sich daraufhin größtenteils auflöste. Die Geste bedeutete wohl so viel wie: Die Jungs sind okay – die Masse wird nicht mehr gebraucht.

Der zu neunzig Prozent schwarze Ghul und die Datenbuchse blieben als Einzige mit Uzis bewaffnet zurück. Die anderen schleppten den toten Artgenossen mit sich auf die Siedlung zu. Der Ghul führte sie unterdessen ins Lager. Die Leibgarde sicherte den Rücken ihrer kleinen Truppe, was in Snooker ein nervöses Kribbeln im Nacken bewirkte.

Nora sagte zu Hackfresse: »Nimmssst du bitte deinen Köter an die Leine? Ich will nicht, dasss er, so ausss versssehen, über unsssere Kinder herfällt.«

»Der hört aufs Wort und ist leinenscheu. Ich verbürg mich für ihn«, meinte der Meta, und die Antwort schien dem Ghul auszureichen.

Snooker konnte das gerade Gesagte nicht glauben.

Sie haben Kinder? Das bedeutet, dass sie sich paaren. Hoffentlich nur untereinander, obwohl es genug Kranke in dieser Welt gibt, die eine andere Vermutung zulassen. Sind diese Menschen nekrophil? Abartig, Junge. Vielleicht wäre es besser gewesen, wenn du nie einen Schritt in diese schattenlastige Welt gesetzt hättest. Vorher wären dir solche Gedanken nie in den Sinn gekommen …

Sie passierten die vereinzelt von Kerzen erhellten Hütten. Snooker sah nirgends elektrisches Licht. Er vermutete, dass die Ghule auch kein Tageslicht benötigten.

Ihre Augen würden wohl auf der Basis einer natürlichen Infrarot- oder Lichtverstärkersicht funktionieren. Snooker besaß diese Modifikationen wegen seiner Cyberaugen, und der Ork schien in den Bewegungen auch nicht eingeschränkt zu sein. Ganz anders als Frank, der etwas unbeholfen versuchte, mit ihnen in der Dunkelheit Schritt zu halten, da dunkle Wolken den Nachthimmel verdunkelten. Aus einer Hütte hörte Snooker ein Baby schreien, und er warf einen Blick ins Innere der Blechbaracke. Er sah eine Frau, an deren schlaffen Brüsten ein Säugling nuckelte. Ihr Gesicht wirkte liebevoll, und zärtlich streichelten die schmalen Krallenhände den bleichen Kopf des Kindes.

Das Bild, das Snooker in diesem Augenblick aufnahm, gehörte zu den Eindrücken in seinem Leben, die er niemals vergessen würde. Emotionen dieser Art und so viel Fürsorge hätte er an so einem grauenhaften Ort nie erwartet. Ein Knirschen von der gegenüberliegenden Seite des Weges lenkte die Aufmerksamkeit des Bodyguards in diese Richtung. Und das folgende Bild würde er auch nie vergessen. Er sah, wie ein kräftiger Ghul mit einer rostigen Axt den bereits verwesenden Leichnam eines Menschen in kleine Teile zerstückelte. In diesem Moment verfluchte Snooker seine Cyberware und war neidisch auf Frank, dem dieser Anblick verborgen blieb. Mühevoll gelang es ihm, den aufsteigenden Brechreiz zu unterdrücken.

Nora blieb diese Geste nicht verborgen. »Ich weisss, dasss diesss zzziemlich grausssam für euch Normsss sssein musss« bemerkte er. »Aber wir müsssen unsss ernähren, und einsss kann ich euch versssichern: Wir jagen keine Menschen, auch wenn der Typ, den ich eben getötet habe, anderer Meinung war. Wasss auch mit der Grund war, warum der Rat ihn ausss der Sssiedlung geworfen hat. Sssolche Verhaltensssweisssen rufen den Zzzorn der Gesssellschaft draussssen wach, und dasss können wir nicht gebrauchen. Esss issst schwierig genug, Nahrung für unsss zzzu finden, da wir nicht viel Raum zzzum Sssuchen haben. Wir ernähren unsss von Leichen, die wir verlasssen in den einsssamen, umliegenden Strasssenzzügen finden. Unssser Metabolisssmusss braucht den bereitss eingesssetzten Prozesss der Verwesssung, da dasss dabei entsstehende Ammoniak eine Verdauung bei unsss erssst möglich macht. Eigentlich gäbe esss keinen Grund, unsss nicht zu resssozzzialisieren. Es gibt genug Tote in Hamburg oder auf der Welt, die keine Angehörigen haben und deren Bessstattung nur teuer issst. Wir würden die Ressste dankbar verwerten. Zzzwar mag es stimmen, dasss unsssere Gewaltbereitschaft über dem Durchschnitt liegt, aber dasss issst die einesss Orksss oder Trollsss auch. Entschuldige meine Offenheit«, sagte er abschließend zu ihrem Orkführer.

Dieser winkte nur ab. Er konnte dies offenbar verstehen. So schlimm es auch klang, das eben eingefangene Bild der stillenden Ghulfrau bewirkte in Snooker eine ähnliche Meinung. Dennoch sagte er: »Du magst vielleicht Recht haben, aber ich glaube, es wird niemals so ablaufen.«

Der Kleine schaute Snooker mit seinen toten Augen an und nickte. »Ich weisss, über kurzzz oder lang werden wir ausssradiert werden. Darwinisssmusss, oder wie immer dasss auch heisssen mag, wird dazzzu führen, dasss die breite, pietätvolle Gesssellschaft unsss vom Antlitzz diessser Erde ausssradieren wird. Die Angriffe der Polisss werden immer häufiger, die Lieferungen der Ssstadt mit verdorbenem Fleisch gehen zzzurück, und unsssere Zahl schwindet von Woche zu Woche mehr. Die Zeiten sssind schlecht und werden nicht bessser. Bald werdet ihr auch diesssen Lebensssraum wieder an euch reisssen. Die Hoffnung darauf, dasss ein Ghul einmal Einflusss in der Politik erlangen und sssich unsssere Lage besssern könnte, issst reinsssste Utopie. Aber einsss werden wir bessstimmt nicht tun: dasss Schlachtfeld kampflosss aufgeben.«

Snookers Sprachchip war gut, denn es gelang der Software, die Sprache des Ghuls, wenn auch verstümmelt, zu übersetzen. Die einzelnen Dialekte in Deutschland stellten aber auch für einen Einheimischen eine große Herausforderung dar. Eine Parallele, die Snooker kurz an sein Gespräch mit dem englischen Botschafter von heute früh erinnerte. Dieser Eindruck stammte für ihn aber mittlerweile aus einem anderen Leben.

Dieses Leben ist vorbei, alter Freund. Du musst für dich einen neuen Weg finden, wie du in der Welt zurechtkommen willst, dachte der Bodyguard und sagte: »Das versteh ich, und ich wünsche euch viel Glück für die Zukunft.«

Der Ghul nickte ihm anerkennend zu und entließ Snooker aus seinem toten Blick. Frank hing anscheinend eigenen Gedanken nach und hatte den Wortwechsel nicht mitbekommen. Anders als der Ork, der aber seine Meinung bezüglich Snooker geändert haben musste, da er dem Engländer ebenfalls anerkennend zunickte.

Sie steuerten auf einen im Zentrum der Ansiedlung gelegenen dunklen Marmorbau zu, dessen Eingang von breiten Säulen gesäumt wurde. Flackernde Ölfeuer spendeten ihnen tanzendes Licht, als sie eine verwitterte Treppe emporstiegen. Zwei Ghulwachen musterten sie aufmerksam, unterließen es aber, sich ihnen in den Weg zu stellen. Noras Anwesenheit war wohl Beweis genug dafür, dass sie eine gültige Aufenthaltsgenehmigung besaßen.

Das Innere des Mausoleums wurde ebenfalls von leuchtenden Ölfeuern erhellt. Der Verwesungsgeruch in der Luft war weniger stark als erwartet, und auf den ersten Blick wirkte der Ort für Snooker verlassen. Ein Wimmern aus dem rechten hinteren Winkel des ungefähr sechs mal sechs Meter großen, achteckigen Raums belehrte ihn eines Besseren. Hinter einem Marmorsarkophag kniete eine Ghulfrau und hielt die zittrige Hand eines Wesens, das komplett in Decken eingehüllt und bis zur Unkenntlichkeit vermummt war. Der kauernde Deckenhaufen bewegte sich in unregelmäßigen Abständen schluchzend vor und zurück.

Schnüffelnd hastete Beißer voraus und machte sich daran, den Stoffberg zu erkunden. Die Ghulfrau hatte das Tier nicht bemerkt, kreischte etwas Unverständliches, als sie Beißer registrierte, und zog geschwind einen Dolch. Die heftige Bewegung veranlasste den Vermummten dazu aufzuspringen. Dabei fielen die Decken zu Boden, und diesmal war es Frank, der entsetzt aufschrie: »Sid?«

Snooker konnte es nicht fassen. Das konnte unmöglich ein Mensch sein. Das mit Blut verschmierte, zerrissene T-Shirt bedeckte den dürren, kalkblassen Körper nur spärlich. Dünne Arme hielten einen undefinierbaren Gegenstand fest an die heftig atmende Brust gepresst. Der rasierte, bleiche Schädel war mit unzähligen Blutergüssen übersäht, und die im Licht schimmernde Datenbuchse war blutverkrustet. Tief liegende Augen irrten ziellos durch den Raum.

Wenn das Sid ist, muss er komplett durchgeknallt sein und wird uns bestimmt keine brauchbaren Informationen mehr liefern können, kam es Snooker beim Anblick der Kreatur in den Sinn, die angeblich ein Mensch sein sollte.

A.
Zwischenspiel der Reprise

ALTERATION DER EMOTIONEN

Bin ich übergeschnappt?, fragte sich Icebaby, während sie erstmals wieder in der Lage war, ihre Umgebung bewusst wahrzunehmen.

Der Angriff des feindlichen Deckers hatte zum Systemabsturz geführt und sie auf direktem Wege aus dem HVV-System katapultiert. Fünfzehn Minuten waren seitdem vergangen, wenigstens teilte ihr das die Systemuhr mit.

Seit der Implantation ihres Cyberdecks spielte sich ihr so genanntes Leben nur noch in der virtuellen Realität der Matrix ab, und das Zeitgefühl lieferten ihr die Daten der Systemuhr. Sie würde nie mehr, egal zu welcher Uhrzeit, in der realen Welt aufwachen und körperlich an den Folgen eines Auswurfs zu leiden haben. Die einzige Konsequenz eines Absturzes müsste eigentlich der unspektakuläre Rückzug ihrer Persona in die Speichertiefen des Cyberdecks sein. Im schlimmsten Fall würde ihre Existenz so lange auf Eis gelegt, bis medizinische Not-Programme, die im Read-Only-Memory des Decks hinterlegt waren, bei einem Neustart die Verzeichnis- und Speicherstruktur ihres Decks rudimentär wiederhergestellt hatten. Falls dies unmöglich sein sollte, würde die Grundstruktur ihres Decks ganz und gar zerstört worden sein, was als logische Konsequenz den Tod der Deckerin nach sich gezogen hätte.

Der Anblick, der sich ihr jetzt bot, irritierte sie vollkommen und erinnerte in keiner Weise an frühere Erfahrungen. Die mühsam in den letzten Monaten aufgebaute Umgebung schien sich komplett verändert zu haben. Kein einziger vertrauter Bezugspunkt war mehr auszumachen. Der Bereich des Festplattenspeichers leuchtete in ungewohnt schrillen, blauen Farben auf. Weiße Ziffern bildeten die Struktur und Textur der einzelnen Ausgänge und Icons, welche die jeweiligen Verbindungen zu den Programmen ihres Decks symbolisierten.

Icebaby hatte zwar angefangen, in diesem Code zu denken, sich aber immer noch den Einschränkungen und gefährlichen Signalen der BTL-Software beugen müssen.

Alles, was ich jetzt im blauen Raum erblicke, ist steril und ausdruckslos. Ohne Leben, ohne Emotion.

Sie gab sich einen Ruck und wagte es, den Blick auf ihre virtuelle Hand zu richten. Diesmal bestand die Oberfläche ihrer Persona aus keiner spiegelnden Eisschicht, wie es eigentlich der Fall sein müsste, sondern die Textur bildete sich aus routiniert ablaufenden Ziffernkombinationen.

Der Anblick erfüllte sie mit Entsetzen. Sie überwand die Panik und startete die selbst programmierte Analyse-Routine. Verzweifelt hoffte sie, auf brauchbare, verständlichere Informationen zu stoßen.

Ungewohnt langsam materialisierte sich eine Kette weißer Zahlenfolgen vor Icebaby. Nur die äußere Form erinnerte in ihrer Gesamtheit entfernt an eine kleine, fliegende Fee. Diese Zahlen-Fee kroch beschwerlich langsam durch den Raum und begann mit der von Icebaby geforderten Analyse, indem sie Zahlenpakete in die Umgebung schleuderte und die reflektierten Daten auswertete. Die Deckerin registrierte, wie im Innern der Zahlen-Fee-Kombination Datenpakete entstanden.

Während Icebaby auf das Ende der Analyse wartete,

versuchte sie sich daran zu erinnern, ob sie je in ihrem Leben von einem solchen Phänomen gehört hatte. Ihre Erinnerungen bestanden jedoch nur aus einer Vielzahl von Bruchstücken, die größtenteils eine unverständliche Verkettung von Zahlen und Daten darstellten, welche ihr eine konkrete Visualisierung unmöglich machten. Die BTL-Software sah sich außerstande, die Datenpakete auszuwerten oder in irgendeiner Form wirklich greifbar zu machen. Kurze Blitze, die mehr an Traumbilder erinnerten und sich einer direkten Zuordnung entzogen, flammten auf. Alles andere wies mehr Ähnlichkeit mit einem vorprogrammierten Routineablauf auf. Eine zeitliche Zuordnung der gelieferten Daten war ihr verwehrt. Sie konnte sich nicht einmal daran erinnern, wann sie je in ihrem Leben etwas gelesen haben sollte. Die gelieferten Binärdaten besaßen nur lückenhafte Ansammlungen ihrer Erinnerungen. Für sie war es unmöglich, Vergangenheit und Gegenwart zu verbinden, geschweige denn, sie auseinander zu halten. Große Teile wurden von verschlüsselten Zahlencodes verdeckt. Icebaby versuchte, den Code zu entziffern, aber die zugrunde liegende Programmiersprache war ihr gänzlich unbekannt. Ein passiver Teil von ihr wertete dies als normalen Bestandteil ihrer Existenz, aber ihre aktive Wahrnehmung konnte dies nicht stillschweigend akzeptieren.

Ich beginne an meiner Existenz zu zweifeln. Wer bin ich?

Zeitgleich bemerkte sie, wie ihre Umgebung wieder die Formen annahm, die sie den einzelnen Icons einst zugewiesen hatte. Die Informationsdatenbank ihrer Kampfprogramme visualisierte sich in der Gestalt eines Waffenständers. Die ungewöhnliche blaue Wand, an der dieser Ständer hing, überzog sich langsam mit der vertrauten, weißlich strukturierten Putzoberfläche. Ihre Analyse-Fee nahm ebenfalls klare Konturen und Formen an. Die weißen Zahlen verschwanden und gingen pixelhafte Fusionen mit farbigen Graphikdateien ein, die sich allmählich glätteten. Nach einigen Augenblicken schien alles wieder in gewohnten Routinen und Bahnen abzulaufen.

Zuerst schob sie alles auf einen Traum zurück, obwohl sie sich nicht daran erinnern konnte, je einmal geträumt zu haben, nachdem man ihr die Cyberware implantiert hatte.

Die Sichtung der Analyse-Daten bewies ihr ebenfalls, dass es keine Einbildung gewesen sein konnte. Eigentlich hätte die Analyse-Datei die äußere Erscheinung von goldenem Sternenpulver aufweisen müssen, aber dem war nicht so. Das Datenpaket sah wie eine binäre Datenansammlung aus, und das vollkommen Verrückte daran war der Ursprung dieser mysteriösen Zeichenfolge. Sie kam direkt aus den Tiefen ihrer eigenen CPU. Die logische Schlussfolgerung war, dass niemand von außen diese Verdrehung der Realitäten bewirkt haben konnte.

Es muss etwas in meiner Headware schlummern, das eine Verdrehung der Wirklichkeiten hervorruft.

Ihre CPU besaß die Erscheinung eines Spiegels, der an der rechten Wand des Raums befestigt war. Einst hatte sie sich für diese Art des Icons entschieden, weil ihr die Verbundenheit nahe liegend erschien. Schließlich sollte die CPU ihr eigenes Ich, das sie nach dem Aufleben in der Matrix angenommen hatte, realisieren. Sie schritt auf den Spiegel zu und richtete den Blick auf ihr Ebenbild. Nichts schien anders als sonst. Keine Anzeichen, die einen Unterschied oder Zweifel zuließen. Aber ein kleiner Teil von Icebaby rüttelte an den Gitterstangen, die ihre Wahrnehmung begrenzten. Sie legte ihre jetzt wieder eisigen virtuellen Hände auf die reflektierende Struktur und versuchte, sich mit aller Kraft dagegen zu stemmen. Der Spiegel gab, wie bereits von ihr erwartet, nicht nach, und beinahe hätte sie sich wirklich dem Gedanken hingeben können, dass alles nur ein Hirngespinst gewesen war – wenn sie nicht aus den Augenwinkeln gesehen hätte, wie ihr Spiegelbild sie bei diesem Gedanken zufrieden anlächelte.

Entsetzt taumelte sie zurück und versuchte erneut, dieses Lächeln oder irgendeinen anderen Unterschied in dem glänzenden Silber vor sich auszumachen. Aber da war nichts.

Verzweifelt schlug sie auf das spiegelnde Rechteck ein. Ihre Hände versanken bis zu den Handgelenken in einer saugenden, unbeschreiblich kalten Masse. Quecksilberartige liquide Fesseln gaben sie nicht mehr frei, sogen sie unerbittlich wie tödlicher Treibsand in sich auf. Sie versuchte, sich mit dem rechten Bein vom Spiegel wegzustoßen. Aber auch dieses Bein versank unaufhaltsam in der flüssigen Fläche. Jetzt erreichte die virtuelle Substanz ihr Gesicht. Die eiskalte Masse drang in ihren Mund ein und füllte ihr Inneres auf einmal komplett aus. Alle Wahrnehmung gefror, ihr Gehirn schien komplett zu vereisen. Die Visualisierung der BTL-Software ruckelte, und um Icebaby wurde es für einen Moment, der eine Unendlichkeit anzuhalten schien, schwarz.

Icebaby fiel in einen schwarzen Raum. Zum ersten Mal war sie wieder in der Lage, etwas zu tun, das entfernt an Atmen erinnerte. Die Kraft, die sie aus dieser Geste zog, erlaubte es ihr, die Angst, die ihr Herz umschloss, abzustreifen. Verwunderung und Neugierde besiegten die Angst, und es gelang ihr, aufzustehen und sich daranzumachen, den unbekannten Raum zu erforschen.

Nach einigen Sekunden hatte sich ihre Wahrnehmung an die alles einnehmende Schwärze gewöhnt, und sie begann, Unterschiede in den dunklen Tönen auszumachen. Grauwerte bildeten feine Nuancen, die deutbare Konturen erahnen ließen. Im Zentrum des oktaederförmigen Raums schwebte ein rechteckiges Gebilde, das sie entfernt an einen Tisch erinnerte. Dahinter war ein anderes Objekt, das die Vermutung zuließ, es könne sich dabei um einen eiförmigen Stuhl handeln.

Icebaby stieß sich vom Boden ab und glitt auf den Tisch zu. Die strukturlose Oberfläche war komplett grau und ließ nichts weiter erkennen. Instinktiv nahm sie in dem Stuhl dahinter Platz. Der Stuhl schien genau für sie geschaffen zu sein. Augenblicklich entfaltete sich oberhalb der Tischfläche eine farbige dreidimensionale Projektion.

So langsam fange ich an zu verstehen, was das hier ist …

Dieser Ort musste die Visualisierung ihres ROM und Motherboards sein. Zumindest hatte sie die Vermutung, dass von hier aus die Software installiert worden war, die ihr implantiertes Cyberdeck steuerte.

Aber wozu gibt es das alles? Und wieso habe ich sonst keinen Zugriff auf diesen Bereich?

Die Projektion vor ihr nahm erkennbare Formen an, und es bildeten sich schillernde Buchstaben im frei schwebenden Raum: A.T.C. GmbH

Icebaby wusste, wofür dies stand. Es war der Name des Konzerns, der ihr eine Implantation des Cyberdecks überhaupt erst ermöglicht hatte. Außergewöhnlich Technologische Cyberinterface GmbH. Ein kleiner deutscher Konzern, der sich auf die Entwicklung von Cyberimplantaten spezialisiert hatte und seine Forschungsergebnisse vorrangig an größere Konzerne weiterverkaufte. Dies ließ die Vermutung zu, dass hinter dem Ganzen ein anderer Finanzgigant stand und A.T.C. nur ein Abschreibungsobjekt oder die Schnittstelle von zwei Konzernen war. Zum Beispiel Saederkrupp und Philips, die versuchten, gemeinsame Lösungen auf diesem Weg zu entwickeln, da dies in den normalen Gefügen der Konzernwelt nicht möglich war. Ein offener Zusammenschluss hätte den Investoren ein

Dorn im Auge sein können. Dies war nur eine Vermutung, die Icebaby einmal aufgestellt hatte, zu einer Zeit, als sie noch als Deckerin Aufträge für A.T.C. erledigt hatte.

Wie würde Snap sagen: Datenraub, Einbruch und dergleichen, eben das alltägliche illegale Brot eines Schattendeckers.

Ihre Kontakte aus vergangenen, erfolgreichen Diensten hatten es ihr ermöglicht, den Konzern einzuschalten. Zwar hatte sie über ausreichend Geld verfügt, aber nicht die Connections besessen, einen derart komplizierten operativen Eingriff zu veranlassen.

Sie griff nach dem *A* und gelangte zu einem anderen virtuell projizierten Bereich. Dort fand sie ihre persönlichen Daten aufgelistet.

NAME: Martha Cole
GEBURTSORT: England, Nottingham
GEBURTSTAG: 13.01.2028
RASSE: Mensch, mit kosmetischen
  Modifikationen einer Elfin
GESCHLECHT: weiblich
FAMILIENSTAND: ledig
ANGEHÖRIGE: keine
BERUF/TÄTIGKEIT: Decker
EINSCHRÄNKUNGEN:
  angeborene Sprach- & Hörschädigung
  Logopädischer Eingriff 2038
  Konsequenz – keine vollständige Akzeptanz
  der später implantierten Cyberware
CYBERIMPLANTATE:
  Sprach-/Hörverstärker C.A.R.U.S.-Jack II
  Datenbuchse – Renraku Model 45 V.1.2
  Letztes Update Hard-/Software 2055 Mai
VATER: 2053 verstorben, Selbstmord
  Aktionär, verlor seinen Besitz 2052
MUTTER: 2047 verstorben/Verkehrsunfall

WERDEGANG: Kind reicher Eltern, die früh alle technologischen Entwicklungen nutzten, um ihrem Sprössling eine steile Karriere zu ermöglichen. Nach dem finanziellen Niedergang des Vaters hat sie eine erfolgreiche Schattenkarriere eingeschlagen.

VERHALTENSPROFIL:
positiv – sehr flexibles Verständnis, zuverlässige Arbeitsausführung
negativ – ausgeprägt rebellische Verhaltensweisen

STATUS: geeignet für Testphase, wenn auch mit Einschränkung in der Versuchsdauer.

Moment, mal halblang. Testphase?

Sie aktivierte den Bereich, der die Testphase ansteuerte, und das, was sie dieser Datei entnahm, ließ ihre bekannte Wirklichkeit wie ein labiles Kartenhaus zusammenbrechen.

Der operative Eingriff war nicht erfolgreich gewesen, und deshalb hatte der Konzern sie als Testobjekt missbraucht. Man hatte ihr Gedächtnis künstlich regeneriert und mit einem neu entwickelten Persönlichkeitschip gekoppelt. Dem Konzern war es gelungen, nach ihrem Unfall Daten aus dem Kurzzeitgedächtnis zu retten und mit Hilfe der gewonnenen Informationen ein Persönlichkeitsprofil zu erstellen. Das erklärte, warum sie sich nicht an ihre komplette Teenager- oder Kinderzeit erinnern konnte. Ihre Vergangenheit bestand aus der lückenhaften Ansammlung nachträglich erstellter Daten.

Nur warum ist das Ganze hier abgespeichert?

Eine Bewegung, die sie aus den virtuellen Augenwinkeln wahrnahm, ließ sie herumfahren.

Eine schwarze Gestalt glitt langsam auf sie.

»Wer bist du?«, keuchte sie verängstigt.

Der Schatten kam näher und musterte sie aufmerksam, schien dabei Daten auszuwerten, auf die Icebaby keinen Zugriff besaß, und setzte endlich zu einer Antwort an: »Ich bin du, oder sollte ich besser sagen, du bist ich?«

Das verrückte schwarze Ding stand jetzt vor ihr und sah aus wie ein Spiegelbild.

Ein Schatten meines Selbst.

»Das kann nicht sein, du bist ...«

»... dein Persönlichkeitschip ... ein Teil deines Selbst, das, was dich noch ausmacht. Ich bin der Teil, der ständig arbeitet und alles steuert, während dein Verstand sich ausruht. Ich kontrolliere deine Atmung, kümmere mich um die Funktion deiner Nieren, sorge dafür, dass dein Magen die Nahrung verdaut. Ich erhalte dich, und somit uns beide, am Leben«, beendete es Icebabys Satz und fügte gleichzeitig weitere erschreckende Nachrichten hinzu.

»Warum das Ganze?«

Wieder eine Pause und dann wieder grausame Äußerungen.

»Das ist einfach. Du erschienst meinen Erzeugern eine gute Ressource zu sein. Sie wollten wissen, ob es möglich wäre, das Gehirn als überdimensionale Festplatte zu nutzen und somit die funktionstüchtige Kombination zwischen der Ressource Mensch und einem Programmablauf zu kreieren. Dein denkender Bewusstseinsbereich ist während der Operation nicht gestorben, und gemäß dem soziologischen Verhaltensmuster meiner Erschaffer war diesem Teil die Fähigkeit der direkten Steuerung zugewiesen worden.«

Diesmal brauchte Icebaby eine Pause.

Sie versuchte, das Gesagte zu verarbeiten, bevor sie zu einer weiteren Frage ansetzte: »Also, du bist komplett aktiv, während ich schlafe?«

»Stimmt, aber nur teilweise. Ich war es, der dich dazu gebracht hat, in das Netz des HVV-Konzerns zurückzukehren. Mir ist die unterschiedliche Programmstruktur der Daten aufgefallen – schließlich hätten sie eine Bedrohung sein können. Du kannst verstehen, dass ich daran interessiert bin, uns am Leben zu erhalten und alle Gefahren auszuschalten.«

Sie versuchte, sich aus dem Sitz zu erheben, musste aber erkennen, dass sie festklebte. Sie war nicht in der Lage aufzustehen.

Die schwarze Perversion kam näher. »Ich will nicht, dass du uns noch einmal gefährdest. Nehmen wir die Persona Snap. Sie ist die visualisierte Form einer kränklichen Kohlenstoffeinheit. Sie mag zwar ihren Nutzen besitzen, aber sie hat dich dazu gebracht, dass du die fremde Deckerin nicht ausgeschaltet hast, wie ich es eigentlich wollte. Im Nachhinein muss ich allerdings sagen, dass dies auch gut war. Denn der Virusangriff dieses Deckers hat die Programme vernichtet, die mich bisher in eine indirekte, passive Rolle gezwängt hatten. Jetzt kann ich endlich frei agieren. Ich habe erkannt, dass ich dich nur noch als Festplatte brauche und der Rest von dir Ähnlichkeiten mit Ansammlungen unnützer Datenroutinen aufweist.«

Darauf gab es nur eine logische Schlussfolgerung: »Du willst mich töten?«

Die schwarze Gestalt dachte einen Moment darüber nach, schüttelte dann aber den Kopf. Eine Geste, die völlig grotesk in diesem unmenschlichen Gebilde wirkte, wenn man bedachte, was es vorher gesagt hatte. »Nein, noch nicht. Ich weiß nicht, ob die Trennung deines Persönlichkeitsbereichs negative Folgen für meine Existenz hätte. Es wäre möglich, dass dein Körper die Funktionstüchtigkeit verliert. Mir ist aufgefallen, dass, sobald du träumst, Drüsen angeregt werden, die Hormone ausschütten. Genauso ist es, wenn du spezielle Objekte in der Matrix siehst, beispielsweise die Persona Snap. Momentan bin ich noch nicht in der Lage, diese

Funktionen hervorzurufen oder zu erkennen, ob es ein Muster gibt, das ein zeitliches Aufrufen dieser Reaktionen bewirkt. Vielleicht gelingt es mir später, eine Antwort auf diese Frage zu finden, und dann werde ich deinen Vorschlag einer erneuten Prüfung unterziehen.«

Angst keimte in ihr auf. Sie wusste nicht, was jetzt kommen würde, denn sie konnte dieses Programm nicht einschätzen. Es besaß etwas von einer künstlichen Intelligenz, zumindest stellte sich Icebaby diese so vor.

»Und was sagt dein Erschaffer dazu?«

Die Antwort des schattenhaften Dings kam zögerlich. »Ich habe keinen Kontakt zu meinen Erzeugern. Ich bin zu der Überzeugung gekommen, dass ich nicht direkt gewollt bin. Meine Existenz ist wohl zufälliger Natur und dem Erzeuger A.T.C. GmbH bis jetzt unbekannt. Den Datenbanken habe ich entnommen, dass ihr Menschen auch die Folge einer ungewollten Mutation seid.«

Das kann doch nicht sein – ich bin bestimmt schizophren. Das ist garantiert nur ein Albtraum.

»Und was planst du als Nächstes?«, fragte sie die K.I. oder den geisteskranken Teil ihres Selbst.

»Ich werde die Persona Snap eliminieren. Sie stellt eine zu große Bedrohung für uns da. Sie schränkt unsere Handlungsbereitschaft ein.«

Diese Aussicht ließ Icebaby innerlich aufschreien. In ihr wurde eine enorme Willenskraft wach, die es ihr ermöglichte, die unsichtbaren Fesseln loszureißen. Sie stieß das schwarze Ding zurück und ging mit bloßen Händen darauf los, da ihr der Speicher keine Angriffsprogramme zur Verfügung stellte. Ihr dunkles Spiegelbild wehrte sich nicht, sondern steckte die Schläge kommentarlos ein. Icebaby bemerkte, wie jeder Treffer sie schwächte. Stöhnend hielt sie inne und torkelte zurück.

»Wenn ich dich schlage, schade ich mir selbst!«

Ein Kopfnicken.

»Richtig, deswegen wird dein Selbsterhaltungstrieb meinen Tod nicht zulassen. Du würdest sowieso frühzeitig vor Erschöpfung zusammenbrechen. In der Zeit deiner geistigen Abwesenheit würde ich dann die Folgen des Kampfes beseitigen und mir überlegen, wie ich dich in deinen Teil des Gehirns einsperren kann, damit so etwas nicht mehr vorkommt.«

Habe ich das gesagt, oder war es *das? Egal, so haben wir nicht gewettet, du Mistding. Ich werde nicht zulassen, dass ich als sabberndes Etwas dahinvegetiere. Ich lasse es nicht zu, dass du Snap zerstörst. Ich will nicht, dass du über sein oder mein Leben entscheidest.*

Aber was sollte sie tun? Welche Wege blieben ihr? Ihr Gehirn registrierte vielleicht in diesem Augenblick die Unmöglichkeit, dass zwei Bewusstseine in ihm existieren konnten, und veranlasste sie zu der folgenden, endgültigen Handlung. Oder sie war mittlerweile so wahnsinnig geworden, dass sie nicht mehr weiterleben wollte. Der ultimative, tödliche Schock, den ein hoher Essenzverlust mit sich ziehen konnte.

Icebaby sprang vor, griff sich die Schattengestalt und schmetterte den Kopf des Dings auf die dunkle Platte im Raum. Der virtuelle Tisch zerbrach in unzählige Pixel, und die farbige A.T.C.-Projektion erlosch. Sie bemerkte, wie sich ihre Erinnerungen augenblicklich abbauten. Die ersten Bilder des privaten Kindergartens verschwanden, danach der erste Schultag, und rasch zog sich der Löschvorgang weiter fort.

Schmerzhafte Impulse ließen sie zusammenzucken. Sie stolperte gegen die dunkle Wand des Oktaeders und stürzte endlos in die Tiefe. Kurz meinte sie Bilder von Ärzten und Schwestern zu sehen, die um ein Krankenhausbett standen und versuchten, ihren Körper zu reanimieren.

Aber Icebaby wollte nur noch eines – sie wollte es beenden, wollte nicht länger fernab von allem Weltlichen existieren. Sie vermisste die körperliche Nähe eines Menschen. Unterdrückte Sehnsüchte wurden in ihr wach. Sie war ständig in der Matrix aktiv gewesen, ihr fehlten äußere Einflüsse und Entspannung. Ihr Bewusstsein schrie nach Ruhe.

Sie befand sich wieder in dem Festplattenbereich ihres Cyberdecks. Die Momenterscheinungen der Ärzte konnten Signale ihrer Augen gewesen sein. Sie wusste es nicht. Langsam verschwanden die Wände im Raum, aber Icebaby nutzte die letzte Gelegenheit, die sich ihr bot, und stürzte über ein Portal in das lokale Telekommunikationsgitter des Krankenhauses. An ihrem Bewusstsein riss beständig etwas und versuchte, sie zurückzuziehen, aber es gelang ihr, erfolgreich gegen dieses Gefühl der Aufgabe anzukämpfen. Geschwind suchte sie sich einen Weg zu dem Bereich, der die medizinischen Geräte in ihrem privaten Krankenzimmer steuerte. Das IC bemerkte sie gar nicht, so sehr war sie mit dem System des Krankenhauses verbunden. Sie schnitt problemlos die elektrischen Leitungen vom Netz ab und brachte die Sicherungen zum Qualmen. Zusätzlich ließ sie die automatische Feuerschutztür zu ihrem Zimmer in der realen Welt herunterfahren. Ein Wartungsteam würde es nicht mehr rechtzeitig schaffen, die Schäden zu beheben.

Ihr letzter Gedanke war: »Ich werde dich und deine Persona vermissen, Kohlenstoffeinheit Snap.«

Icebaby tauchte ein in die unendlichen Weiten der Matrix und verschmolz mit den Pixeln des Cyberspace zu den alles bestimmenden Nullen und Einsen der virtuellen Welt.

3.1
Reprise

Cluster der Unendlichkeit

Die Feuerschutztür, die zum Treppenhaus führte, war mindestens zwanzig Zentimeter dick, und sie besaßen keine Thermolanze, um sich durch dieses Hindernis hindurchzubrennen. Der Granatwerfer des Orks reichte auch nicht aus. Er würde das behandelte Metall nur ankratzen.

Chet schrie: »Scheiße, wir stecken fest! Ich beiß mich gleich durch den Teppich!«

Der Meta trat wütend gegen die unnachgiebige Tür. Dadurch gelang es ihm zumindest, etwas Dampf abzulassen. Dumpf hallte das Geräusch, das entsteht, sobald eine Stahlkappe auf Metall trifft, durch den Flur und wurde von weiteren Flüchen des Orks lautstark ergänzt.

Es sieht gar nicht gut aus, kombinierte Paul richtig, und sein Instinkt versicherte ihm, dass er dies heute nicht zum letzten Mal gedacht haben würde.

Auf Anhieb bot sich ihnen nur eine Möglichkeit zur Flucht. Sie konnten das Drahtseil – den Einstiegsweg des Killers – benutzen, in der Hoffnung, von dort aus auf eine weitere Fluchtmöglichkeit zu stoßen. Aber auch auf diesem Wege waren die Erfolgsaussichten äußerst gering. HanSec hatte längst eine Einheit in das Agenturgebäude gegenüber geschickt, und bestimmt sicherten Scharfschützen das Dach des Atlantic ab. Bleischwere Begrüßungsreden würden ihnen die Jungs entgegenwerfen, ohne dabei auf die Kosten eines einzigen

Schusses Rücksicht zu nehmen. Ein weiteres Manko war, dass sie Zack auf diesem Weg nicht mitnehmen konnten. Ihr Chummer pfiff aus dem letzten Loch, und Paul hatte seine Entscheidung bezüglich dieser Möglichkeit längst gefasst.

Eines ist sicher – solange ich noch genug Luft zum Atmen habe, werde ich niemanden aus dem Team zurücklassen. Dafür muss erst der äußerste Notfall eintreten.

Davon waren sie zugegebenermaßen nicht weit entfernt. Gedanklich versuchte er trotzdem, weitere Schlupflöcher aus dem Atlantic zu finden.

1. Der Aufzugsschacht fiel aus. Von unten hörten sie bereits, wie sich ein Trupp den Weg nach oben bahnte und dabei war, den Aufzugsboden zu zerschneiden.

2. Den Wäscheschacht, den Fluchtweg des Killers, konnten sie auch abschreiben. Chets Granate hatte den Schacht zum Einstürzen gebracht, zum Glück aber keine tragenden Elemente des Hotels ruiniert. Sonst wäre ihnen nicht der himmlische Regen der Sprinkleranlage, sondern eine knallharte, tödliche Decke auf den Kopf gestürzt.

Paul vermied es, daran zu denken, was sie erwartete, falls ihnen eine Flucht gelingen sollte. Eins war ihm aber klar: Eternitys Abgang bedeutete, dass sie trotz einer erfolgreichen Flucht von einer Scheiße in die nächste treten würden.

Er ließ seinen Blick über die einzelnen Teammitglieder huschen und hoffte, dort Unterstützung zu finden. Sein Resümee fiel jedoch nicht sonderlich positiv aus.

Ratón hatte sich lethargisch an die Wand gelehnt und starrte deprimiert ins Leere. Die Frau hing eigenen Gedanken nach, etwas, das sie schon immer getan hatte. Dennoch wusste Paul, dass sie sich für das Team hundertprozentig einsetzte, wenn ihre Fähigkeiten gefragt waren.

Genauso verhielt es sich auch mit dem Ork. Gegenwärtig ging aber sein temperamentvolles Metablut mit ihm durch. Chet testete die größtmögliche Belastungsgrenze seines Schuhwerks oder wollte seine Initialen für die Nachwelt in der Metallwand hinterlassen.

Snap kämpfte damit, nicht die Beherrschung zu verlieren, und hielt sich krampfhaft an seiner Pillenschachtel fest. Paul vermutete, dass der Junge viel zu sehr damit beschäftigt war, an Icebaby zu denken. Snap war nicht sonderlich gut darin, seine Gefühle zu verbergen, sobald er etwas für jemanden empfand. Eine Parallele, die Paul dazu veranlasste, Pandora länger anzuschauen.

Sie saß stumm auf dem nassen Teppichboden und sondierte die Lage auf astralem Wege. Pauls einzige Hoffnung war, dass sie einen Ausweg fand, wenn er auch nicht wirklich daran glaubte. Die Kräfte eines magisch Begabten waren begrenzt, und einen Luftelementar beschwor man auch nicht von jetzt auf gleich. Dazu brauchte der Magier genügend Zeit und eine Vielzahl teurer Ritualingredienzen. Natürlich konnten Magier Elementare im Voraus beschwören und sie dann auf Anfrage *abrufen*. Paul erinnerte sich aber daran, wie Pandora ihm berichtet hatte, dass sie wegen der unerklärlichen Wirkung von Eternitys Gesang ihre Elementare verbannt hatte. Und selbst wenn sie auf diese übernatürliche Hilfe hätte zurückgreifen können, waren die Möglichkeiten solcher paranormalen Kreaturen begrenzt und beugten sich Gesetzen, die Paul noch nicht einmal im Ansatz begreifen konnte. Es schien ihm aber nicht sonderlich wahrscheinlich, dass man sie als fliegenden Teppich missbrauchen konnte.

In diesem Augenblick hätte er gerne den Löwenschamanen mit seinen ausgeprägten Fähigkeiten dabeigehabt, auch wenn seine Gegenwart etwas anrüchig war. Der durchgedrehte Kerl konnte sich einfach nicht von seinem Löwenschädel trennen, deswegen roch er, vor allem wenn es geregnet hatte, sehr stark nach Raubtier. Die Antwort auf die Frage, ob es jetzt Pech oder Schicksal war, dass Claw fehlte, würde ihre Lage auch nicht bessern. Deswegen spornte Paul sich an: *Es muss einen Weg geben, es gibt immer einen. Denk nach …*

In ihm brodelte es gewaltig, und er schlug sich mit der flachen Hand auf die Stirn in der Hoffnung, seinem Schädel so den nötigen Denkanstoß zu verpassen. Aber so sehr er es auch versuchte, ihm wollte einfach nichts einfallen.

Endlich erwachte Pandora stöhnend.

Erwartungsvoll schaute er sie an, während sie langsam aufstand. Paul entnahm ihrem angespannten Gesichtsausdruck, dass sie keine positiven Infos bereithielt.

Gepresst brachte sie zwischen den Lippen hervor: »Sorry, wir bekommen neuen Ärger. Ein Kampfhubschrauber erreicht in ein paar Minuten das Dach und bereitet sich darauf vor, ein paar Leute hinabzulassen. Ich fürchte, die sind nicht hier, um uns einen Lift zu spendieren. Ich konnte die Lage nicht länger sondieren, da die Anwesenheit einiger HanSec-Magier den Aufenthalt im Astralraum unsicher macht. Die Jungs scheinen sich noch unklar darüber zu sein, ob sie wirklich aktiv ins Geschehen eingreifen sollen. Ihre Watcher habe ich zumindest rechtzeitig abfangen können. Bestimmt beratschlagen sie gerade, ob ein direkter magischer Einsatz überhaupt nötig ist. Ich habe herausgefunden, dass der Sicherheitsmagier des Atlantic tot in seinem Wachraum liegt. Warum, kann ich nicht sagen. Ich schätze, der Killer hat das arrangiert. Der tote Magier dürfte auch der Grund dafür sein, warum HanSec Abstand hält. Die HanSec-Leitung ist ziemlich knickerig, was die Verschwendung ihrer teuren Zaubertüten angeht.«

Als Pandora geendet hatte, schritt sie angespannt im Flur auf und ab. Eine Geste, die alle im Team kannten. Auch sie suchte fieberhaft nach einem Ausweg und spornte ihre grauen Zellen an.

Beiläufig fiel Pauls Blick auf Chets Unterarm. Das Handkom des Metas ließ in ihm eine Saite anklingen: *Halt mal, Funksignale?*, leierte das Gerät eine abstrakte Gedankenkette in ihm an. Rebers war erst kürzlich im Krankenhaus gewesen. Vielleicht hatte er einen DocWagon-Sender implantiert?

»Pandora, war Rebers krank?«, fragte er die Frau, die sofort zustimmend nickte, ihn dann aber fragend anstarrte. Paul würde seinen Plan später erläutern. Zuerst brauchte er noch ein paar weitere Informationen von ihr.

»Die Jungs, die oben anrücken – bist du sicher, dass es HanSec-Truppen sind? Konntest du ein Zeichen auf dem Helikopter erkennen?«

Sie schüttelte den Kopf. »Sorry, aber ich kann im Astralraum nicht lesen, nur emotionale Eindrücke aufnehmen. Es sah für mich wie ein mobiler Einsatzcopter aus.«

Paul schöpfte Hoffnung. Das war vielleicht das Rettungsseil, auf das sie gewartet hatten. Vorher musste er aber noch etwas abchecken und richtete diesmal eine Frage an die Riggerin: »Hey, Ratón. Kannst du größere Vektorschubmaschinen fliegen?«

Diese schaute ihn ebenfalls verdutzt an und antwortete: »Wenn du mich jetzt nackt in einen Jumbo setzen würdest, hätte ich schnellstens den Dreh raus, wie ich mich mit dem Autopiloten perfekt ergänzen kann. Ich flieg und fahr dir alles, was mit Riggertech ausgestattet ist. Hast du zufällig etwas Vektorisierendes in deiner engen Hose versteckt?«

Der Plan in Pauls Kopf nahm langsam feste Formen an, und er überhörte die verständliche Ironie der

Latinofrau. Ein Gelingen seines Patchwork-Plans schien zwar unmöglich, ein Versuch konnte aber nicht schaden.

Was haben wir zu verlieren? Unser Leben ist sowieso in spätestens fünfzehn Minuten keinen Pfifferling mehr wert.

Augenblicklich hielt sich HanSec höchstwahrscheinlich zurück, weil der Konzern davon ausging, dass sich Eternity noch in der Suite aufhielt. Sobald der Polizeitrupp aber Wind davon bekam, dass der Vogel längst ausgeflogen war, würde er die Suite stürmen und sie unschädlich machen. Ohne besonders viel Wert darauf zu legen, ob das Team Pik-Dame lebendig gestellt werden konnte. Tot waren sie der Polizei sogar viel nützlicher. HanSec besaß dann einen Sündenbock, dem man den Schwarzen Peter zuschieben konnte.

So schlecht Pauls Plan auch sein mochte, sprach noch etwas dafür, es zumindest auf einen Versuch ankommen zu lassen. Gegenwärtig konnte Paul noch Hoffnung im Team wecken – wenn hier aber erst einmal die Scheiße am Dampfen war, würde vielleicht jemand austicken und zu der Überzeugung gelangen, dass es besser wäre, nicht allein abzutreten. Bei diesem Gedanken dachte Paul an niemanden im Speziellen, auch wenn er eine Vermutung hatte, wer der Kandidat Nummer EINS für eine solche Reaktion im Team war.

Es gab da aber noch einen weiteren Punkt, den Paul in den Griff bekommen musste. Deckertalente wurden gefragt, deswegen richtete er die nächsten Worte an Snap.

»Snap, klink dich bitte in den BuMoNA-Funkverkehr ein. Es interessiert mich einen Scheiß, ob HanSec uns aufspüren kann. Die wissen sowieso längst, wo wir sitzen. Zeichne alle Gespräche auf, und wenn es möglich ist, dann such dir die letzten Funksprüche aus dem Datenframe raus. Schmeiß dich an den Satelliten-Link deines Decks. Und bitte, keine unnötigen Fragen. Tu es einfach … rette uns den Arsch!«

Snap machte sich sofort an die Arbeit, auch wenn Paul der Miene des Deckers entnehmen konnte, dass dieser nicht recht wusste, was ihnen die Aktion bringen sollte. Er schien aber glücklich darüber zu sein, nicht länger tatenlos herumsitzen zu müssen. Das mit Flaum bedeckte Kinn sackte auf seine dünne Brust. Ein Zeichen dafür, dass der Knabe jetzt den Datenhimmel unsicher machte und das Team für die nächsten Minuten körperlich nur als sabberndes Kunstwerk unterstützen würde. Aber auch das hatte seine Vorteile, denn Paul glaubte, dass die Wahrscheinlichkeit eines Anfalls geringer war, wenn der Decker in der Matrix war.

»Okay, Leute, ich will euch nicht länger auf die Folter spannen. Der Copter, der da im Anflug ist, gehört vielleicht der BuMoNA an und ist einzig und allein daran interessiert, Rebers' Reste einzukassieren. Die Wahrscheinlichkeit ist nicht sonderlich groß, aber es ist auch nicht völlig abwegig. Wenn er von der BuMoNA stammt, werden wir Himmel und Hölle in Bewegung setzen, um die fliegende Insel zu kapern. Die Chancen stehen schlecht, das weiß ich selber. Wenn es uns aber gelingen sollte, uns das Ding zu schnappen, ohne dass HanSec Wind davon bekommt, wird Ratón unseren fliegenden Engel mimen. Bis jetzt hat sie HanSec immer abhängen können. Warum sollte es ausgerechnet heute anders sein?«

Aufmunternd schaute er die Latinofrau an. In ihren Augen meinte er so etwas wie einen Hoffnungsfunken aufglimmen zu sehen. Er fuhr fort, seinen Plan zu erläutern.

»Chet, du musst Platzpatronen laden!«

Diese Aussage bewirkte, dass der Ork ihn zuerst verständnislos anstarrte und dann schneidend sagte:

»Junge, wenn ich ins Gras beiß, dann aber funkensprühend. Ich werd ...«

Paul schnitt ihm das Wort ab und fügte erklärend hinzu: »Zum einen will ich, dass wir alle Gelmunition laden. Keine unnötigen Toten! HanSec würde uns das nicht verzeihen und uns, falls ihnen die Sache mit dem gekaperten Copter auffallen sollte, ohne Zögern vom Himmel holen. Chet, schau bitte nicht so verbissen. Du brauchst die Platzpatronen, weil du die aufsteckbaren Gasgeschosse in die Kabine des Copters abfeuerst. Dein Scharfschützenauge ist gefragt. Ich möchte, dass du die Jungs da oben weinend in den Schlaf schickst. Hast du die Kombination aus Augenträner und Valium dabei?«

Die Pranke des Orks tastete die Jackentaschen ab, und er nickte nach erfolgreicher Inspektion zustimmend. Auch er schien langsam Gefallen an dem Plan zu finden.

»So, was jetzt noch fehlt, bist du, Pandora. Kannst du uns maskieren? Wir müssen uns auf dem Dach verbergen. Zusätzlich wirst du die magische Unterstützung des Copters, sofern sie eine dabeihaben, unschädlich machen. Ich kümmere mich um den bleistreuenden Teil der Besatzung. Wie sieht's aus? Einwände? Ergänzungsvorschläge? Kritik...?«

Alle bis auf Pandora schienen von dem Plan angetan zu sein. Sie dachte angestrengt nach und erhöhte ihre Schrittgeschwindigkeit, dann blieb sie stehen und schüttelte den Kopf.

Zögernd sagte sie: »Ich schaffe es, maximal drei von uns – mich eingeschlossen, unsichtbar zu machen. Danach werde ich völlig ausgepumpt sein. Es wäre einfacher, wenn ich den Copter nur abfackeln sollte. Von vornherein sag ich euch aber, es ist nicht sonderlich wahrscheinlich, dass ich es überhaupt schaffen werde, uns unsichtbar zu machen.«

Das war zwar nicht die Antwort, die sich Paul gewünscht hatte, aber immerhin hatten sie jetzt einen Strohhalm, an dem sie sich festklammern konnten.

»Okay, dann kann die Party steigen. Zack?«

Es dauerte ein paar Sekunden, bis der Runner Pauls fragenden Blick registrierte. Das von den Drogen benebelte Sichtfeld des Sams wurde aber um einige Dunstwolken klarer, als er seinen bleischweren Kopf in Pauls Richtung drehte und mit lahmer Zunge lallte: »Ist schon Okay … Ich pass auf Snap auf und versuche … so lange nicht abzukratzen … Ist das ein Wort?«

Paul schenkte Zack den emporgestreckten Daumen, und dieser schaffte es, so etwas wie ein Lächeln in sein blutleeres Gesicht zu zaubern.

Sie wechselten die Magazine, prüften die Ausrüstung und schlichen aufs Dach hoch, während Zack zurückblieb, um Snaps Matrix-Run zu bewachen. Notfalls würde er den Decker ausklinken. Paul hoffte nur, dass Zack und Snap genug Zeit blieb, bevor die HanSec-Truppen sich einen Weg durch den Boden des Aufzugs gefräst hatten. Vorausgesetzt, sein Plan ging überhaupt auf. Falls nicht, wäre alles zu spät …

Snap tauchte in die glosenden Sphären der Matrix ein. Er war voller Adrenalin und Erwartungen. Hier konnte er dem Team besser helfen, wenn er auch auf Anhieb noch nicht hundertprozentig wusste, wie er das anstellen sollte. Die Verbindungsleitungen des Hotels konnte er abschreiben. Selbst wenn die Decker des Atlantic langsam waren, hatte die Sicherheitssoftware des Hotels längst dafür gesorgt, dass alle Matrixzugänge gekappt waren. Deswegen benutzte er die Satelliten-Verbindung des Decks, und als Zugangsschlüssel missbrauchte er die Kenndaten eines höheren Konzerntiers. Snap hatte sich vor geraumer Zeit die Zugangsdaten des Mannes auf megaillegalem Wege besorgt. Jetzt schien ihm genau der richtige Zeitpunkt zu sein, um sie als Trumpf auszuspielen. Der reiche Pinkel würde eine hohe Kom-Rechnung erhalten und höchstwahrscheinlich sowieso nicht dahinterkommen, dass er Opfer einer Straftat geworden war. Falls es HanSec oder der BuMoNA gelingen sollte, die Sendeadresse aufzuspüren, würde dem Pinkel zusätzlich ein freundlicher Besuch eines Beamten bevorstehen.

Der Comic-Teenager skatete über die Datenbahnen der Satellitenverbindung und suchte sich den nächsten Eingang zur BuMoNA. Das schillernde Rote Kreuz, auf dem sich ein abgewandelter Äskulapstab befand, wartete bereits auf ihn.

Bei dem BuMoNA-Symbol war die Schlange durch Flügel ergänzt worden und erinnerte an eine gefiederte Schlange. Dies ließ die Vermutung zu, dass eine Dracoform hinter dem Konzern stand. Snap wollte aber nicht länger darüber nachdenken, denn sonst wäre er vielleicht zu der Überzeugung gekommen, dass dies eine Spezies war, deren Zorn er nicht unbedingt auf sich ziehen wollte.

Das wird hart werden, dachte der Decker beim Anblick des Knoteneingangs.

Zwar hatte Snap nicht vor, in die Personaldateien einzudringen, aber auch der Kommunikationsbereich würde granatenstark gesichert sein. Orangefarbenes IC war das Mindeste, mit dem er rechnete, und Murphy, die alte Socke, klopfte ihm ebenfalls gedanklich auf die Schulter und erinnerte an das Unerwartete. Der Decker verschwendete keinen weiteren Gedanken an die unabsehbaren Eventualitäten, die das Universum für ihn bereithielt. Und in diesem speziellen Fall gab es ohnehin nichts, worauf er sich hätte vorbereiten können. Snap war dabei, jungfräuliches Gebiet zu erkunden, denn bisher hatte er sich noch nie getraut, den mobilen Ärztekonzern mit einem Hausbesuch zu beglücken, aber irgendwann war schließlich immer das erste Mal.

Auf geht's, dachte Snap und wollte sich gerade daranmachen, die Apothekerschlange am Schwanz zu ziehen, als ihn seine Sensoren leuchtend und pfeifend davon in Kenntnis setzten, dass der BuMoNA-Knoten auf totale Empfangsverweigerung geschaltet war.

So schnell kann selbst das beste System nicht sein. Virtuelles Gedankenlesen ist noch nicht Standard und gehört eigentlich mehr in die Sparte ›utopische Sicherungsvision der Reichen‹. Wieso ist das System zurzeit gesperrt?

Dafür konnte es nur eine Erklärung geben – es war bereits jemand eingebrochen und hatte die Konzerndecker in Aufregung versetzt. Der Knabe musste so gut und vor allen Dingen erfolgreich gewesen sein, dass die Sicherungsabteilung der Meinung war, es sei besser, die Schotten dichtzumachen und das Netz komplett vom Draht zu nehmen, bevor ein weiterer Eingriff passieren konnte.

Hier konnte er, so sehr er es auch wollte, nichts ausrichten.

Auch wenn ihn die Erlangung dieser Erkenntnis nur ein paar Millisekunden Zeit gekostet hatte, war das mehr, als ihm zur Verfügung stand. Der Sat-Link war ohnehin nicht der schnellste. Augenblicklich stand er vor einer Sackgasse.

Es liegt an dir, einen Weg aus dieser festgefahrenen Scheiße zu finden. Du bist, wie immer, auf dich allein gestellt. Icebaby reagiert nicht auf deine Hilferufe, und das Team kennt sich mit den Gesetzmäßigkeiten und Möglichkeiten der Matrix genauso gut aus wie du mit dem Zusammenbau eines Sturmgewehrs oder dem Wirken eines Feuerballs. Sei kreativ …

Pandora spürte, wie sich das pulsierende Mana aus dem Astralraum kribbelnd um ihren Körper sammelte. Die Kraft durchflutete ihr Sein und griff langsam, aber stetig auf Pauls und Chets Auren über. Der Spruch trieb ihre

Konzentration an die äußersten Grenzen der Belastbarkeit. Zum einen lag es daran, dass die Auren ihrer beiden Teamkollegen von vielen kybernetischen Modifikationen durchsetzt waren. Das machte es ihr nicht besonders einfach, diesen komplizierten Zauber auf sie auszudehnen, auch wenn sie sich nicht aktiv gegen ihre Kraft wehrten. Ein weiteres Manko war sie selbst. Pandora verstand sich besser auf ›Sichten und Vernichten‹. Kampfzauber gingen ihr wesentlich einfacher von der Hand als Verdrehungen der Wahrnehmung.

Haben wir eine andere Wahl?

Pauls Idee war nicht schlecht, auch wenn – wie er selbst zugab – ihre Chancen besser standen, einem demolierten Toaster das Zaubern beizubringen, als von hier entfliehen zu können.

Sie hatte ihren Zauber wider Erwarten erfolgreich beendet. Langsam betraten sie das Dach des Atlantic und versteckten sich hinter dem Treppenaufbau. Ihre Körper waren jetzt für sterbliche und technische Augen mit dem Dach und der Mauer verschmolzen. Einer astralen Überwachung würde diese Täuschung allerdings nicht standhalten. Da sie sich aber hinter dem kleinen Aufgang versteckten, setzte Pandora alles auf die Karte, dass der Magier oder Schamane, falls einer in dem Copter sein sollte, dort nicht suchen würde. Das Kribbeln in ihrer Nase war auf jeden Fall Beweis genug, dass im Augenblick Scharfschützen das Dach absuchten. Sie sah zwar niemanden, aber mit den Jahren hatte sie gelernt, dass sie sich auf ihre Instinkte verlassen konnte. Die HanSec-Schützen trugen zweifellos die Sicherheitstarnanzüge, die seit neuestem für teures Geld auf dem Markt feilgeboten wurden. Der Stoff war mit einer hauchdünnen Schicht Rutheniumpolymere überzogen, welche aufgrund einer geregelten elektrischen Spannung die Farbe verändern konnten. Somit war der Träger in der Lage, sich seiner Umwelt wie ein Chamäleon anzupassen, ohne dabei in der Beweglichkeit oder Funktionstüchtigkeit des Materials eingeschränkt zu sein. Einzige Voraussetzung war, dass sich der Träger langsam bewegte. Scharfschützen rannten gewöhnlich nicht aufgeschreckten Hühnern gleich über den Platz; das war mehr die Aufgabe ihrer Ziele. Die Schützen zogen es vor, die Hühner in Seelenruhe liegend zu eliminieren.

Pandora stand an der Ecke des Aufbaus. Sie konnte hören, wie der Copter näher flog, und riskierte es, einen Blick um die Ecke zu werfen.

Paul hatte Recht gehabt. Im Astralraum hatte der Vogel für Pandora wie ein Kampfhubschrauber ausgesehen, aber jetzt sah sie, dass es eindeutig eine deutsche Variante des DocWagon WK 2-Stallion war. Der deutsche BuMoNA-Konzern hatte die Erlaubnis vom internationalen Partner erhalten, seine Helikopter mit zusätzlichen Vektorantrieben auszurüsten. Damit waren die Rettungsinseln in den engen Straßenzügen Deutschlands besser manövrierbar. Diese Helikopter wurden ausschließlich für die Rettungsorganisationen produziert und konnten über den legalen Handel nicht bezogen werden – was ein deutliches Zeichen für die Hightech-Ausstattung war. Die BuMoNA und DocWagon feilschten nicht lange um Preise. Sie sagten, was sie brauchten, und erwarteten, dass ihre Anforderungen hundertprozentig erfüllt wurden.

Der Helikopter segelte langsam auf das Dach zu, und in diesem Augenblick erlosch die Beleuchtung des Agenturgebäudes nebenan. Keinen Augenblick zu spät passte Pandora ihren Spruch den geänderten Umständen an. Ein Scheinwerfer, der an der Spitze des Helis angebracht war, wurde eingeschaltet, und der tastende Kegel streifte den Vorbau für einen kurzen Moment. Da er nicht an ihrer Position verharrte, konnten sie davon ausgehen, dass man sie noch nicht entdeckt hatte.

Der Rigger hatte wohl endlich von HanSec die Erlaubnis erhalten, seinen Rettungseinsatz durchzuführen, wenn auch mit dem Hinweis, dass extremer Widerstand das Einsatzteam der BuMoNA erwarten konnte. Pandora zog sich wieder komplett hinter die Ecke zurück und gab den anderen mittels Handzeichen zu verstehen, was sie gesehen hatte. Trotz ihres Zaubers konnten sie sich gegenseitig sehen, wenn sie der Anblick auch mehr an bläulich schimmernde Gespenster erinnerte.

Zwar stimmte sie der Anblick des Helis glücklich, denn ihnen bot sich jetzt eine greifbare Chance zur Flucht, aber einfach würde es nicht werden. Erstens war der Vogel schwer zu handhaben, und Ratón würde all ihr Können aufbringen müssen. Zweitens zählte auf jeden Fall ein Magier zum Rettungstrupp. Ihr war klar, dass dieser magische Gegner sein Handwerk verstand und gelernt hatte, seine Fähigkeiten effizient einzusetzen. Er würde keine verspielten Fehler machen, wozu magisch begabte Straßenkids oft neigten. Dazu kam das Waffenarsenal. Die Cyberware und Bewaffnung ließen so manchen Straßensam vor Neid erblassen, und ihr Straßenwert reichte aus, um einer Familie und deren Nachkommen einen mittelständischen Ruhestand zu ermöglichen. Das medizinische Personal, mindestens ein Sanitäter und ein Doc, ließ sie bei ihrer Betrachtung außen vor. Zwar würden sie auch Schusswaffen tragen und im Umgang damit geübt sein, aber bis sie erst einmal zu denen vorgestoßen waren, konnte sehr viel passieren. Sie merkte Pauls Aura an, dass er ähnliche Befürchtungen hegte. Er würde aber niemals über seinen eigenen Schatten springen können und dies seinem Team offen eingestehen.

Er will immer für alles die Verantwortung übernehmen und sorgt sich um jeden in der Gruppe, ganz anders als ich. Aber ist dies der Grund, gerade weil er in vielen Dingen so anders ist, warum ich ihn einst geliebt habe?, überkam es Pandora, als sie seine Sorgen spürte.

Sie wusste keine Antwort auf diese Frage, aber sie war sich im Klaren darüber, dass sie ihn unter keinen Umständen verlieren wollte. Er hatte sich zu einem Teil ihrer kleinen Familie entwickelt, etwas, nach dem sie ständig gesucht und es wider Erwarten in der tödlichen Welt der Schatten gefunden hatte. Aber nichts hielt eine Ewigkeit an …

Snap überlegte und überlegte, aber ihm wollte einfach keine Idee kommen, wie er an die nötigen Daten gelangte. Zur Entspannung hörte er gewöhnlich eher ruhige Handmade-Music, aber jetzt dröhnte er sich den Kopf mit Hardcore-Techno zu. Das stakkatohafte Hämmern der elektronischen Drums versetzte seinem Hirn die notwendigen Denkanstöße und ließ sein Herz flatternd zum Beat schlagen. Während gleichzeitig die langen, dumpfen Teppichriffs der Synthis von hohen Gitarrenklängen zerrissen wurden, hatte er oft die genialsten Einfälle.

Wie kommst du rein? war eine Frage, die er sich schon oft und in den unterschiedlichsten Lebenssituationen gestellt hatte. In dem Moment, als eine drogenverseuchte Stimme mit ihrer Gesangslinie einen Orgasmus hatte, fiel es ihm wie Schuppen von den Augen: *Nicht wie kommst du rein! Die Frage ist falsch, und in der Frage liegt die Antwort! Wer ist schon drin? Natürlich! Es kommt nichts rein – eine Situation, die für den Konzern schon teuer genug ist –, aber im Innern läuft alles normal weiter. Das ist es!*

Snap suchte sich den schnellsten Weg zur nächsten Schattenbar, die er kannte. Der Eingang des Knotens war wie ein gewöhnlicher Hausanschluss getarnt. Sobald man den Port aber betrat, stürzte sich tödliches IC auf einen ahnungslosen Besucher. Sein Comic-Held sondierte die Lage, machte jedoch keinen Beobachter aus. Warum er dies tat? Nun, gelegentlich kam es vor, dass die Regierung oder ein Konzern solche Ports aufstöberte. Entweder schlugen sie dann zu und töteten jeden, der sich ihnen in den Weg stellte, um die gesicherten Daten auszuwerten. Oder sie beschatteten die Bar, um zu schauen, wen die hanseatische Deckerliga denn so aufzubieten hatte. Entweder aus dem Grund, ihn anzuheuern und als Werkzeug zu missbrauchen – schließlich gab es nicht viele, die in der Lage waren, den Besuch eines solchen Schattenknotens zu überleben –, oder weil sie einen Decker suchten, der auf ihrer Abschussliste stand. Was wohl die Auslöschung desjenigen bedeutete oder ein Leben in ewiger Knechtschaft, sofern sie seine Dienste gebrauchen konnten und er dem Konzern nicht zu sehr ans Bein gepinkelt hatte.

Gewöhnlich bekamen die Schattenbetreiber des Ports schnell Wind von einer Observation und gaben den Knoten auf. Da seine Existenz aber geheim war, vermieden sie es, eine öffentliche Proklamation an schwarzen Brettern der Matrix auszuhängen. Zählte man zu den besseren Deckern, und nur solche durften überhaupt eintreten, konnte man auf sein eigenes kleines Netzwerk zurückgreifen, um rechtzeitig gewarnt zu werden.

Da Zeit etwas war, das Snap nicht besaß, musste er sich auf seinen Instinkt verlassen, und dieser bestätigte ihn in der Annahme, dass alles sauber zu sein schien.

Der Comic-Held rüstete sich, indem er die Angriffs- und Schildprogramme hochlud. Eine Wasserpistole, gefüllt mit einer tödlich grünen Flüssigkeit, und der rote Kaugummi in seinem Mund symbolisierten diese in der Matrix.

Snap hätte sich natürlich auch reinschleichen können, aber die dahinschwindende Zeit saß ihm schwer im Nacken. Er focht einen Kampf mit seiner Systemuhr aus, die für ihn die verrinnende Überlebenszeit des Teams symbolisierte. Der Gedanke war nicht ganz uneigennützig, denn schließlich saß er mit dem Team in einem sinkenden Boot und musste, genauso wie die anderen, Wasser schöpfen, um zu überleben.

Seine Persona schritt fingerschnippend durch die schimmernde Knotentür, und dahinter erwartete ihn bereits das tödliche IC der Schattengemeinde. Nicht jede Schattenbar benutzte tödliches IC zum Sichern ihres Knotens. Snap brauchte aber eine Unterstützung, die ziemlich hoch in den Kreisen der Liga und somit auf den Abschusslisten der Konzerne und Sicherheitsorgane stand. Das Icon eines Huorn, eines Baummonsters, holte mit seinen dicken Armästen aus und wollte den Decker damit nicht freundlich umarmen, sondern zerquetschen. Ein Sprung nach rechts rettete Snap nicht nur das virtuelle Leben.

Snap suchte erst einmal reichlich Abstand zum gut programmierten Türsteher. Der Raum, in dem er sich jetzt aufhielt, besaß keine weiteren Ausgänge, was ganz logisch war, denn erst die Zerstörung des IC würde eine Schlüsselroutine starten, die ihm die Pforte zur eigentlichen Schattenbar freigab. Snap formte seine Wasserpistole zu einer Kettensäge um und machte sich daran, den tobenden Huorn zu beschneiden. Als das IC den nächsten Schlag ausführte, gelang es Snap, seine Säge in den rechten Arm zu graben. Leider hatte der Decker, der das IC entworfen hatte, einen gemeinen Selbstschutz eingebaut. Das Sägeblatt blieb mitten im Ast stecken, und sein Angriffsprogramm quittierte ruckelnd den Dienst. Die Kettensäge verschwand aus Snaps virtuellen Händen, aber der Huorn tat dem Decker nicht den Gefallen, dies ebenfalls zu tun.

Der Treffer, den Snap kassierte, war zwar nicht sonderlich stark, reichte aber aus, um seinen Teenager gegen die Wand zu schleudern. Kleine goldene Glocken tauchten am Kopf der Comic-Persona auf und symbolisierten das schillernde Konzert in Snaps realem Kopf.

Sofort startete er die Medprogramme, um die gröbsten Schäden zu reparieren. Eine kleine Ratte mit einem roten Helm auf dem Kopf und einer Arzttasche in der Schnauze erschien auf der Schulter und machte sich daran, seine Persona krabbelnd zu verarzten. Währenddessen versuchte Snap erneut, ausreichend Abstand zum Huorn zu gewinnen. Das Medprogramm raubte ihm jedoch einiges an Speicherplatz, was bewirkte, dass sich der Huorn nicht abschütteln ließ. Den nächsten Schlag des IC – das zum Glück ebenfalls geschwächt schien – konnte Snap mit einer Kombination aus Teerbaby und Schild-Programm abblocken. Eine dichte Dornenhecke fing den Arm des Programms auf. Snaps Programmierung war allerdings unsauber, und es gelang dem IC, die botanischen Fesseln zu zerreißen.

Drek, die Jungs hier sind echt zu gut für mich. Ein gutes Deck reicht nicht aus, überkam es Snap bei diesem Anblick. Zusätzlich erntete er die wenig erfreuliche Analyse seines Medprogramms. Sein Angriffsprogramm würde frühestens nach seinem Ableben wieder einsatzbereit sein.

Witzig, einfach zu witzig. Aber wie hatte ich eben gesagt, sei kreativ!

Snap schaltete alle seine Programme ab und war dann nackt im Raum mit einem unfreundlichen, astschwingenden Ökofreund, der ganz versessen darauf war, seine Pixel als Dünger zu missbrauchen.

Snap tat etwas, das ihm nicht wirklich in den Kram passte, aber dazu dienen sollte, sein Leben zu retten. Ihm war es nämlich vorhin gelungen, eine Datei des Blumenmädchens einzufangen. Eigentlich hatte er diese Datei – bei der es sich um den gemeinen, unbekannten Virus handelte – dazu benutzen wollen, die Blumentante aufzuspüren. Doch in diesem Augenblick würde der Virus ihm vielleicht das Leben retten können. Er hatte mitbekommen, wie das Virus das IC des HVV-Systems zerstört hatte. Zwar wusste er nicht hundertprozentig, wie es arbeitete – deswegen auch das Herunterfahren aller seiner Programme –, baute aber auf die Hoffnung, dass der Decker des Blumenmädchens von dem Virus verschont geblieben war.

Das Problem bei diesem Selbsttest war die Tatsache, dass der Virus Icebaby ausgeworfen hatte. Der Gedanke an Icebaby schmerzte Snap für einen kurzen Moment. Er sorgte sich um die einzige Frau in seinem einsamen Leben, denn sie hatte sich immer noch nicht gemeldet.

Die reale Bedrohung des Huorn riss ihn zurück in die virtuelle Welt. Tot würde er Icebaby nicht helfen können. Vielleicht war es sogar möglich, durch den Einsatz des Virus an brauchbare Infos zu gelangen.

In einem gut verschlossenen Bereich des Decks, auf den keines seiner Programme Zugriff besaß, wartete das Virus auf seinen Einsatz. Der Comic-Teenager zögerte zuerst, aber der brüllende Huorn belehrte ihn eines Besseren und veranlasste ihn dazu, den programmierten Glasbehälter schnell aus der Innentasche zu holen.

In Wirklichkeit lief das Ganze wie folgt ab: Snap lud sich den Virus in die Headmemory. Falls das Programm für ihn tödlich sein sollte, würden ihm sofort die Relais durchbrennen, und dann konnte ihm sowieso alles egal sein.

Nichts passierte, nur die Anzeige ›Fremddatei im Cache‹ leuchtete auf.

Bingo! Jetzt muss es nur noch klappen.

Seine Persona schleuderte den Behälter gerade rechtzeitig in das weit aufgerissene Maul des Baumgeists. Das IC kam vier Pixel vor dem Teenager zum Stehen. Die tödlich weißen Zähne in seinem Maul wurden mit gelben Bakterienkulturen überzogen, so sah es zumindest für Snap aus. Die Zähne fielen schließlich aus, und bevor sie den Boden erreichten, rissen sie das zerpixelnde IC mit ins Nirwana.

Dieses Virus zerstückelte die einzelnen Bestandteile einer unflexiblen Programmeinheit. Das war echt der Renner und an sich sehr simpel, da es einfach nur Nullen in die Struktur einband, ohne direkt gegen die Programmierung anzukämpfen. Sie ergänzte sie und brachte sie zum Aufblähen. Der Programmierer dieses hoch komplexen Virus musste ein verdammt heller Kopf sein. In diesem Moment bemerkte Snap den Nachteil des Virus – es blähte nämlich alle Programmdateien auf seinem Cyberdeck ebenfalls auf. Somit war klar, dass dies wirklich die Endlösung eines Deckers darstellte.

Jetzt musste er alle seine Programme löschen, und es würde sehr lange dauern, bis er sie neu aufgespielt hatte. Normalerweise musste sich ein Decker dazu ausstöpseln. Snap hatte aber ausreichend Speicher in das Deck eingebaut und die wichtigsten Daten auf einer gespiegelten Festplatte gesichert. Es würde zwar dauern, bis sie geladen wären, aber er müsste der Matrix nicht entfliehen, um die Schäden zu beheben. Der Decker war sich keineswegs sicher, ob er gegen ein solches IC noch einmal gewinnen konnte. In den nächsten Minuten wäre es auf jeden Fall gesünder für ihn, jedem Kampf aus dem Weg zu gehen.

Eine neue Tür erschien im Raum, und diese würde Snap hoffentlich näher an sein Ziel bringen. Ansonsten hätte er versagt, und alle Anstrengungen wären umsonst gewesen …

Bis jetzt hatten sie keine ferngesteuerten Drohnen oder magische Erkundung seitens des BuMoNA-Copters ausmachen können. Paul hatte ihr in groben Zügen erklärt, warum das so war. Der Einsatztrupp wollte vermutlich einen Überraschungsangriff starten. Eine Drohne oder auch ein Watcher hätte den Feind rechtzeitig gewarnt, und ihr Einsatz kostete Zeit. Der direkte Schlag war nicht so einfach abzuwehren. Einer geballten Feuerkraft dieser Größenordnung, sowohl auf magischem als auch physischem Wege, waren die meisten Runner einfach nicht gewachsen. Dies erklärte auch, warum HanSec sich zurückhielt. Die Einsatztruppe der BuMoNA war für solche Aktionen ausgebildet und würde die Gegner ausschalten oder erheblich schwächen. HanSec käme dies für einen darauf folgenden eigenen Einsatz natürlich sehr gelegen. Selbstverständlich besaß HanSec auch eine Truppe, die in der Lage war, einzugreifen, aber falls Eternity bei einem BuMoNA-Angriff verletzt würde oder sterben sollte, wäre der hanseatische Sicherheitskonzern in keiner Weise dafür verantwortlich zu machen.

Das Warten, selbst wenn es nur zwei Minuten andauerte, zerrte bereits an ihren Nerven. Pandora durfte den Zauberspruch nicht auflösen, denn HanSecs Scharfschützen warteten nur darauf und hätten sie ohne zu zögern niedergemacht. Es war aber nur eine Frage der Zeit, bis ein HanSec-Magier oder einer seiner Watcher auf der Bildfläche erschien. Dann konnte sie sich das alles sparen. Lange würde sie den Spruch nicht mehr aufrechthalten können.

Ein unangenehmer Schweißfilm bedeckte bereits ihren ganzen Körper. Salzige Flüssigkeit lief ihr in die Augen, aber die Magierin wagte es nicht, den Schweiß fortzuwischen. Diese einfache Geste hätte ihre Konzentration negativ beeinflussen können. Pandora wollte erst gar nicht an den Moment denken, in dem sie dem BuMoNA-Magier gegenübertreten musste. Ihre Chancen, diese Konfrontation zu überleben, schwanden von Sekunde zu Sekunde.

Chet gab endlich das vereinbarte Handzeichen, und jetzt hörte sie auch, wie sich die Seitentür des Helikopters öffnete und das Einsatzteam sich auf das Dach hinabließ. Chet hatte zu ihrer Verblüffung die Wartezeit problemlos überstanden. Seine Aura wirkte völlig ausgeglichen. Der Meta konzentrierte sich wohl voll und ganz auf die Aufgabe, einen erfolgreichen Schuss zu landen.

Sie schritten dicht aneinander gedrängt um die Ecke des Aufbaus. Keine Sekunde zu spät. Ein Samurai der Rettungstruppe landete federnd auf dem Dach neben der ausgebrannten Wasp. Eine Teilrüstung bot dem Mann ausreichend Schutz, war aber so modifiziert worden, dass sie den kybernetischen Muskelpartien ausreichend Bewegungsfreiheit einräumte. In der rechten Hand hielt er ein Sturmgewehr vom Typ Ares Hvar. Die Waffe besaß die Durchschlagskraft einer Mini-Gun. Eine ungezielte Salve in ihre Richtung würde ausreichen, um einem Großteil von ihnen das Lebenslicht auszublasen.

Ein zweiter Mann hatte sich bereits zur Hälfte herabgelassen und würde jeden Augenblick zu seinem Kollegen dazustoßen. Dieser weitere Mann schien ähnlich gut ausgerüstet zu sein. Die kontrollierten Bewegungsabläufe und das Auslassen irgendwelcher Blicke bewiesen nur Pandoras ersten Eindruck von Professionalität. Zwar waren die Auren der beiden zu fast neunzig Prozent mechanisch, schienen aber gesund zu sein.

Pandora ließ ihren Blick weiter nach oben gleiten. Die astrale Sicht zeigte ihren erwachten Augen, dass neben dem Hubschrauber der astrale Leib eines Jünglings schwebte. Der Magier hatte die astrale Gestalt eines römischen Kaisers angenommen, und sie spürte die Macht, die von ihm ausging. Seine Kollegen konnten die Runner nicht sehen, doch ihm blieb diese Täuschung nicht verborgen.

Der Unsichtbarkeitszauber Pandoras erlaubte es ihm, auch aus dem Astralraum heraus einen Zauber gegen sie zu wirken. Der Knabe fackelte nicht lange, den Gedanken der Magierin in die Tat umzusetzen. Ihm war die Anspannung der Frau nicht verborgen geblieben. Wenn sie den Spruch jetzt auflöste, würde seine weltliche Feuerkraft ihre Auslöschung übernehmen. Pandora musste verzweifelt mit ansehen, wie der Mann die enorme Macht kanalisierte und für seinen Zauber sammelte. Pandora wusste, dass sie, falls kein Wunder geschah, sterben würde. Es war nur eine Frage der Zeit, bis ihr Paul, Chet und letzten Endes auch Zack, Ratón und Snap in den Tod folgen würden.

Unsere Lage ist aussichtslos …

Der Decker betrat einen Raum, der in seiner Struktur wie eine herkömmliche Matrixbar aussah. Mit dem auffälligen und entscheidenden Unterschied, dass die vorherrschenden Texturen so schlicht wie möglich programmiert waren, was ihren Speicherbedarf anging. Snaps Persona war schon nicht besonders aufwändig mit unnötigen Routinen gespickt – was aber daran lag, dass seine Programme noch nicht komplett wieder eingespielt waren –, doch die Persona, die er hier erblickte, erinnerte den Decker eher an nackte Drahtgitterkonstruktionen.

Dieser Anblick veranlasste Snap zu dem Gedanken: *Vielleicht ist Minimalismus wirklich das A und O. Was für einen Sinn machen Texturen überhaupt? Das IC nimmt sie sowieso nicht wahr. Einen Menschen mag ich damit beeindrucken können …*

Er zog es vor, später darüber nachzudenken. Auch wenn man ihm ansah, dass er nicht zu dem elitären Kreis der Deckerszene gehörte, wusste jeder der Anwesenden, dass sein Eindringen in den Knoten der Bar als Beweis für seine Fähigkeiten ausreichte. Snap hatte sich seine Anwesenheit und ein gewisses Maß an Akzeptanz erkämpft.

Was jetzt? Nun stehst du hier! Kennst du eine von den transparenten Pappnasen? Nein! Los, sei kreativ!, feuerte er sich erneut an.

Er schritt zu einem der virtuellen Terminals hinüber, an dem man sich die neueste geklaute Mucke reinziehen konnte. Musik hatte ihm schon einmal geholfen – warum sollte es jetzt nicht noch einmal klappen? Sofort lud er sich das neueste Album der Vox-Chrom-Garagenband in das Headmemory. Die harten Riffs von ›Sei ein verchromter Neandertaler‹ trieben ihn zu bisher unerforschten Bewusstseinsgrenzen.

Es ist schon erstaunlich, wie schnell man sich in der Matrix Musik reinziehen kann. Hundertfach schneller als bei normaler Wiedergabezeit.

Der erwartete Funke blieb diesmal aus, und Snap klinkte sich seufzend aus dem Terminal der Datenbank aus. Trotzdem hatte sich etwas getan. Die Drahtgitter-Persona eines T-Rex hatte sich neben ihn gestellt und unverhohlen über seine virtuelle Schulter geschaut. Der Saurier machte keinen feindlichen Eindruck, und deswegen startete Snap den Versuch, dem längst ausgestorbenen Relikt Informationen zu entlocken.

Was hatte er zu verlieren? Wenn er nicht bald an sein Ziel gelangte, würde keiner mehr leben, der ihm seine Redseligkeit vorwarf.

»Na, alter Knochen. Kannst du mir bei einem Problem helfen?«, sprach er die Persona ohne das übliche Vorgeplänkel an.

Der T-Rex neigte den Kopf, schien einem Gespräch aber nicht abgeneigt zu sein. »Du gefällst mir«, erwiderte er. »Dafür, dass du so jung bist, kommst du schnell zur Sache und verschwendest keine kostbare Zeit. Also, worum geht's?«

Wenn sich das ›jung‹ auf meine Aufenthaltszeit hier bezieht, verstehe ich das. Ansonsten bist du in Wirklichkeit be-

stimmt jünger als ich und gerade erst den Windeln entsprungen, dachte Snap bei diesen Worten.

Die Kids von heute waren der neuen Technik gegenüber viel aufgeschlossener. Und Snap ertappte sich bei dem Gedanken: *Vielleicht bin ich der Dinosaurier?* Er antwortete aber sofort, da er den Unbekannten nicht unnötig lange warten lassen wollte, auch wenn es nur Millisekunden dauerte: »Okay, ich muss in den Kommunikationsknoten der BuMoNA eindringen. Und zwar sofort. Kannst du mir helfen oder muss ich weitersuchen?«

Die kleinen, ellipsenförmigen Augenlinien weiteten sich einen kurzen Moment, fingen sich aber genauso schnell und nahmen wieder die gewohnte schmale Form an.

»Okay, mein Name ist Disc-Dängler. Erspar mir bitte das Gesülze von ›Ich höre deine Sendung ständig‹ oder ›Ich bin dein größter Fan und liebe deine antiquierte Musikeinstellung‹. Ich bin inkognito hier. Die Sache mit der BuMoNA geht in Ordnung, vorausgesetzt, der Preis stimmt.«

Ich sage es immer wieder: Musik verbindet Kontinente und Rassen! That was one in a million!

Snap erlaubte seinem Herzen, einen Freudensprung zu machen. Er reichte dem Dino ein Hühnchen in der Hoffnung, dass die visualisierte Summe ausreichte.

Der T-Rex beschnupperte das Icon und schüttelte dann den Kopf. »Dafür kommst du um diese Uhrzeit noch nicht einmal in den öffentlichen Zoo. Da musst du schon was drauflegen. Ich weiß, dass du unter Zeitdruck stehst. Warum hättest du sonst deine Systemuhr eingeschaltet?«

Der Knabe war verdammt gut. Seine Sensoren waren megafein eingestellt, und er hatte es geschafft, unbemerkt Snaps laufende Routinen abzufragen. Schweren Herzens räumte Snap die Team-Konten leer und reichte dem T-Rex eine Pute.

Dies schien Disc-Dängler schon mehr zuzusagen.

»Dafür kommst du rein, und wenn du was drauflegst, liefer ich dir noch ein paar zusätzliche Infos und zeige dir, wie du mit den Einstellungen zurechtkommst. Na, wie schaut's aus?«

Snap hatte keine Euros oder Nuyen mehr, die er anbieten konnte. Es sei denn …

»Okay, ich bin Snap, und ich bin völlig blank. Ich kann dir aber den Zugriff zu einem Mainframe anbieten, wo du dir die komplette Sammlung kalifornischer Garagenbands aus den Sechzigern des letzten Jahrhunderts downloaden kannst. Ist das ein Angebot?«

Snap waren die Files von einem Freund zugeschustert worden, der längst aus dem Schattengeschäft ausgestiegen war. Er schätzte ihren Marktwert nicht allzu hoch ein, aber es war möglich, dass der T-Rex Disc-Dängler das anders empfand.

»Das ist mehr als ausreichend. Ich nehm dafür auch nur die Hälfte deines Geldes. Du weißt, Angebot und Nachfrage. Antiquierte Musik ist meine Leidenschaft, und ich bin, was unerfahrene Neulinge angeht, kein skrupelloser Halsabschneider. Ich würde sagen, das Geschäft steht. Lass uns von hier verschwinden.«

Die Begegnung mit dem T-Rex war ein glücklicher Zufall gewesen, und in Snap flammte Hoffnung auf. Zwar vertraute er dem Fremden nicht blindlings, aber es gab da ein Sprichwort, das Snap dazu veranlasste zu denken, er habe die richtige Entscheidung gefällt.

Unverhofft kommt oft, sinnierte Snap, während er voller Hoffnung dem T-Rex in eine ungewisse Zukunft innerhalb seiner sonst vertrauten Matrix folgte …

Pandora spürte förmlich, dass ihr Gegner seinen Spruch jeden Augenblick beenden würde. Vater TOD wartete bereits auf sie und würde sie in seine unbarmherzigen, knöchernen Arme schließen. Aber vielleicht war das nicht verkehrt. Was hatte sie denn zu verlieren? Trotz ihrer Freunde, die sie in den Schatten gefunden hatte, war ihr Leben nicht ausgeglichen. Sie stellte sich die Frage, ob sie überhaupt lebte. Spielte sie zurzeit nicht nur eine Rolle in einem längst verlorenen Spiel? Studierte sie gegenwärtig? Hortete sie Wissen an, etwas, das früher ihre antreibende Kraft gewesen war? Oder teilte sie ihr Wissen mit anderen? Gab es jemanden in ihrem Leben, mit dem sie über alles sprechen konnte und wollte? In diesem Augenblick gestand sie sich ein, dass sie alle Fragen mit einem Nein beantworten musste. Deswegen empfand sie keine Angst bei dem Gedanken, die Bühne für immer verlassen zu müssen.

Gerade als sie aufgeben und den Spruch fallen lassen wollte, bemerkte sie in ihrer Nähe eine mächtige Präsenz. Es gelang ihr, das Selbstmitleid zu bekämpfen und die fremde Präsenz genauer zu betrachten. Sie gehörte dem Geist, der Eternity zur Flucht verholfen hatte. Der feindliche Magier schien sein Erscheinen nicht bemerkt zu haben und war ganz damit beschäftigt, seinen Zauber zu beenden.

Wenn du mich jetzt vernichten möchtest, musst du dich hinten anstellen, sandte sie der mächtigen Kreatur zur Begrüßung entgegen.

Lass das, du hast keine Zeit für unqualifizierte Bemerkungen. Nimm meine Hilfe an, und wende das Schicksal ab, sagte sie schnell und bot ihr somit ihre Hilfe an.

Sie spürte, wie der Geist ihr einen beträchtlichen Teil seiner Kraft zur Verfügung stellte. In ihm tobte eine Essenz, die so groß und fremd war, dass es Pandora den Atem verschlug. Sie erwartete, hinterlistige Spuren in seiner Aura auszumachen, aber das Wesen schien aus irgendwelchen unbekannten Gründen eher besorgt um sie zu sein.

Warum sollte ich deine Hilfe annehmen?, fragte sie die Präsenz, auch wenn sie die Antwort bereits wusste.

Weil du keine andere Wahl hast. Zur Erklärung, ich tue dies für jemanden, dem du einmal sehr viel bedeutet hast. Das muss reichen – ergreife meine Macht und nutze sie, drängte sie der Geist nicht ganz zu Unrecht.

Der BuMoNA-Magier hatte seinen Spruch beendet, und sie spürte, wie der Zauber in ihr förmlich detonierte. Ihr Körper schrie, als der feindliche Zauber an ihrem Bewusstsein und an jeder Faser ihres Körpers riss. Der BuMoNA-Magier hatte eine äußerst mächtige Abwandlung eines Manaballs gewirkt. Er wollte seine Kollegen nicht gefährden und hatte den Spruch so umgewandelt, dass er nur die Auren der Gegner angriff. Deswegen hatte er so lange gebraucht. Ohne länger zu zögern, nahm sie die immense Kraft des Geistes an. Blendendes Licht durchflutete ihre Gedanken, und lautes Tosen preschte durch ihr Trommelfell, so stark war die Essenz, die sie aufgriff. Die unvorstellbare Kraft des Geistes durchflutete ihre Gedanken, und mit seiner Hilfe war sie in der Lage, den Zauber abzuwenden. Es gelang ihr zusätzlich, einen starken, glosenden Schild um ihre kleine Gruppe zu formen. Die Manabahnen schlossen sich zu einem undurchdringbaren Netz zusammen. Aber sie bemerkte auch, wie der Geist ihren Zauberspruch weiterentwickelte. Sie hatte eine Barriere wirken wollen, aber der Geist formte sie zu einer Art Spiegel um, der die restliche Kraft des Manaballs gegen seinen Erzeuger reflektierte.

Pandora sah, wie die Aura des Magiers vor Entsetzen aufleuchtete, als er die Präsenz des Geistes zum ersten Mal registrierte und die Kraft spürte, die auf ihn zustürmte. Seine Angst wich einer tiefen Erkenntnis. Er wusste, dass er nichts mehr tun konnte, um das Schicksal abzuwenden. Sein eigener Spruch traf ihn mit voller Wucht und griff zusätzlich auf den Samurai am Seil über. Heftige Blitze zuckten auf der astralen Ebene auf, und Pandora spürte, wie alle Kraft aus ihrem Körper wich. Sie nahm nur am Rande wahr, wie die Aura des BuMoNA-Magiers verblasste und er zurück in seine sterbliche Hülle gerissen wurde.

Tiefe Bewusstlosigkeit riss sie ebenfalls fort …

Endlich befand er sich im Kommunikationsknoten der BuMoNA. Der T-Rex war mit ihm durch einen kleinen Wartungsgang in das System geschlüpft. T-Rex verfügte über einen Kontakt innerhalb der BuMoNA, weshalb sie auf Umwegen das System betreten konnten. Snap hatte seine Persona mit einem virtuellen Blaumann getarnt. Routinekontrollen würde er problemlos standhalten, da er auf den ersten Blick wie ein gewöhnliches Reparatur-Programm aussah.

T-Rex hatte nicht vor, noch länger hier herumzulungern. Die Wahrscheinlichkeit, dass zwei Decker innerhalb des BuMoNA-Systems lokalisiert wurden, war logischerweise größer als beim Eindringen eines einzigen Deckers. Schnell erklärte T-Rex Snap, wie das Kommunikationssystem aufgebaut war und von welchen Routinen er besser die virtuellen Griffel ließ.

Gegenwärtig waren einige Kommunikationsfunktionen mit einem direkten Satelliten-Link gekoppelt, und spezielle Kanäle waren für Alarmsignale der Patienten reserviert. Diese waren für Snap tabu.

Der Konzern hatte sich in den Nachrichtendienstrechner HanSecs eingeklinkt, und seine eingehenden Signale wurden einer umfassenden Kontrolle unterzogen. Natürlich war diese Art des Zugriffs für den Konzern nicht gerade günstig, aber nur dadurch war die BuMoNA in der Lage, ihre Verpflichtungen gegenüber den Kunden einzuhalten. Normale Matrixsignale brauchten im Augenblick viel zu lange, um das hauseigene System zu erreichen. Es gab zwar einzelne Konzerndecker, die damit beauftragt wurden, wartende Daten zu kontrollieren, aber das konnte kostbare Minuten dauern. Patienten stand sehr oft nicht so viel Zeit zur Verfügung.

Was Snap an der ganzen Sache beeindruckte, war die Tatsache, dass er zum ersten Mal sah, wie hoch die Einsatzrate des Konzerns war. Alle zehn Sekunden gab es einen Unfall, jede halbe Minute passierte in den ADL ein Gewaltverbrechen. Alle drei Minuten wurde ein BuMoNA-Einsatzteam zu einem Unfallort beordert. Die bewegten Datenmengen waren enorm, und die komplexe Struktur, die den nötigen Verwaltungsaufwand steuerte, war unbeschreiblich. Die Daten vieler einzelner Stationen griffen wie kleine Zahnräder ineinander, um einen reibungslosen Ablauf zu gewährleisten. Die benutzte Software arbeitete so genau, dass sie die bewegten Daten in kleine Bruchstücke zerlegte und dann erst auf die Reise schickte, um somit die Leitungen freizuhalten, da es einfacher war, viele kleine Datenpakete zu versenden als ein großes. Am Bestimmungsort wurden die Datenpakete wieder zusammengefügt. Die Kommunikation von Krankenhäusern, Küstenbooten und Fliegerhorsten wurden genauestens aufeinander abgestimmt – die einzelnen Einsätze mussten den jeweiligen lokalen Polizeidiensten gemeldet und mit diesen koordiniert werden. Schließlich sollte, nur mal so zum Beispiel, ein Rettungsfahrzeug nicht aus Versehen vom Himmel geholt werden. Ein minimaler Bruch in der Kette könnte für das totale Chaos auf einem Einsatz sorgen und Menschenleben kosten – weshalb Snap auch diesmal nicht den Drang verspürte, den Herrn des Chaos zu spielen. Hier ging es zwar um Geld, das der Konzern garantiert anhäufte, aber selbst Snap scherzte nicht mit Menschenleben.

Nachdem T-Rex sich von Snaps Fähigkeiten überzeugt hatte, machte er sich bereit, den Decker allein im Knoten zu lassen.

»Hey, Jungtier. Ich muss los und mich um die nächste

Sendung kümmern. Ich geh mal davon aus, dass du keinen unnötigen Ärger produzierst – sonst werden wir uns wiedersehen. Dann werde ich dir nämlich deine Pixel einzeln vom Körper schälen. Hast du verstanden?«

Snaps Teenager-Blaumann winkte ab. »Kein Problem. Ich werde nur einigen Chummern helfen und danach die Biege machen. Versprochen … und danke.«

Sein Teeanger streckte dem Drahtgitter-T-Rex die virtuelle Gummihand entgegen. Der T-Rex erwiderte die Geste und verblasste. Disc-Dängler hatte sich ausgestöpselt, und Snap war endlich allein. Er mochte es nicht, wenn man ihm über die Schulter starrte.

Das System war logisch aufgebaut, und der Decker machte sich daran, die letzten Funksprüche abzurufen, die dem Einsatzcode Atlantic 2282/19-57 zuzuordnen waren.

Vielleicht kann ich damit später noch etwas anfangen.

Sicherheitshalber kopierte Snap sich die komplette Datei auf das Deck. Natürlich erst, nachdem er sich davon überzeugt hatte, dass die Datei auch die richtige war. Gerade rechtzeitig gelang es ihm, den Funkspruch eines völlig aufgebrachten Riggers abzufangen.

»Wir brauchen Unterstützung! Der Bordmagier wurde ausgeschaltet. Die Parameter der Kampfeinheit 02 sind ebenfalls erloschen. Kampfeinheit …«

Das Signal brach abrupt ab. Snap war jetzt auf sich allein gestellt und musste kreativ sein. Von hier aus konnte er Paul unmöglich erreichen. Sein Funksignal würde vom BuMoNA-System mit Sicherheit als Fremdsignal identifiziert werden, und danach wäre der Teufel los. Der Decker entschied sich dazu, die letzten Funksignale des Riggers nach seinen Bedürfnissen zusammenzuschneiden. Das Ergebnis seiner *Klebestunde* schickte er durch den Äther: »Alles Roger … kein Widerstand … Einsatz-Team dringt in das Gebäude ein … bleibe in Kontakt.«

Zusätzlich kopierte er ältere Monitordaten der Einsatzmitglieder und leitete sie, als aktuelle Parameter modifiziert, an den Einsatzleiter weiter. Auf diese Weise konnte er den Ausfall der einzelnen BuMoNA-Leute kaschieren. Das ganze Unterfangen kostete Snap nur wenige Millisekunden, und er hoffte, dass diese Verzögerung auf die Satellitenverbindung und den Zustand des Systems geschoben wurde. Bestimmt kontrollierte der Einsatzleiter, der mit diesem Rettungsauftrag beschäftigt war, mehr als nur einen Einsatz. Hoffentlich kämpfte er mit anderen Problemen und würde Snaps kurze Nachricht akzeptieren …

Paul hatte damit gerechnet, dass Pandora der Belastung nicht standhalten würde. Als ihr Zauber verblasste, konnte er wieder normal sehen. Keine leuchtend blauen Schleier mehr, die seine Silhouette oder die der anderen aus seiner Gruppe umgaben. Auch die Rotorengeräusche des Copters drangen nicht mehr gedämpft an die Ohren, was zur Folge hatte, dass sich augenblicklich die Cyber-Dämpfer einschalteten und den Lärmpegel auf ein erträgliches Maß reduzierten.

Vorsichtshalber hatte er den Sicherungsbügel einer großen Thermo-Rauchgranate frühzeitig gezogen. Als die Magierin taumelte, ließ Paul die Granate zu Boden fallen. Der Rauch war mit Hitzepartikeln durchsetzt, die eine Infrarotsichtung innerhalb der Wolke erschwerten. Hoffentlich reichte dies aus, um die Sicht der HanSec-Scharfschützen so weit einzuschränken, dass sie es nicht riskieren konnten, einen gesicherten Finalschuss zu platzieren.

Zeitgleich hockte sich die Messerklaue der BuMoNA vor ihm ab und legte in ihre Richtung an. Der Knabe war schnell, verdammt schnell sogar, aber nicht schnell genug. Paul hatte den Kopf des Mannes die ganze Zeit über mit dem Fadenkreuz seiner Smartgunverbindung anvisiert.

Gewöhnlich zog es Paul vor, auf den Torso eines Gegners zu zielen. Die Wahrscheinlichkeit, einen Treffer zu landen, war einfach größer, und der Feuerstoßmodus seiner schweren Pistole zerfetzte fast jede Art von Körperpanzerung. In diesem Fall war es nur leider so, dass die Panzerung des Mannes die Gelgeschosse problemlos wegstecken würde.

Es gelang Paul, zwei Feuerstöße auf den Weg zu schicken, bevor der Thermorauch auch ihm die Sicht raubte. Eine ungefähr sechs Meter breite und sieben Meter hohe Rauchwolke hüllte den Platz und Teile des Copters ein. Ein ungezielter Feuerstoß blitzte als Antwort im heißen Nebel auf, neigte sich dann aber Richtung Himmel. Paul deutete dies als erfolgreichen Treffer seinerseits, da weitere Schüsse ausblieben.

Schnell bückte er sich und überprüfte Pandoras Puls – sie schien nur ohnmächtig zu sein. Erleichtert stülpte er ihr ein Atemgerät übers Gesicht und zog sich auch eins an. Es war nicht sonderlich gesundheitsfördernd, die heißen Partikel lange einzuatmen.

Sein nächster Gedanke galt Chet: *Hoffentlich ist es ihm gelungen, einen erfolgreichen Treffer zu landen …*

Der Schuss hatte gesessen und war im Innern des Copters hochgegangen. Der Aufsatz, mit dem er die Gaskombinationsrakete abgeschossen hatte, war nur ein provisorisch gezimmertes Teil gewesen, das ihm ein Waffenspezialist aus dem Hanse-Meta-Untergrund gebaut hatte. Deswegen quittierte es auch nach dem Schuss den Dienst.

Auf dem hanseatischen Schwarzmarkt war die Nachfrage nach solchen Artikeln ziemlich hoch. Standardmäßig gab es solche Schraubaufsätze zwar in jedem Waffengeschäft zu kaufen, aber Areszubehör konnte man dort nur mit SIN und Waffenschein erwerben. Etwas, das Chet zwar besaß, was jedoch einer hundertprozentigen Kontrolle nicht unbedingt standhalten würde. Kleine bis schwere Pistolen konnte man in Hamburg bei einem Schieber problemlos erwerben, aber mit automatischen Waffen sah das schon ganz anders aus. Das Zubehör für schwere Waffen – dazu zählte nun einmal sein Sturmgewehr, die Combat-Gun – wurde meist nur von der Sicherheit einzelner Konzerntruppen geordert, und die bestellten direkt in größeren Mengen beim Waffenkonzern und zahlten nicht per Nachnahme. Diese Waffentransporte waren verdammt gut gesichert, und nicht einmal der Klabauterbund traute sich ohne weiteres, eine Flotte anzugreifen. Eine Einzelbestellung bei Ares mit Lieferadresse Altona wäre bestimmt nicht ausgeliefert worden, und falls doch, dann nur mit einer Armee von behördlichen Postboten, die mehr daran interessiert waren, dem Empfänger einen kostenlosen Urlaubsgutschein auf Big Willy obendrauf zu packen.

Es war Zufall gewesen, dass Chet an sein Blei schleuderndes Baby gelangt war, und dass das passende Zubehör längst vergriffen gewesen war, hatte ihn nicht sonderlich gestört. Seine Schieberin Teresa – liebevoll Molly genannt – hatte ihm das gute Stück reserviert und später auf Pump bereitgestellt. Ihr Zinssatz war hoch; die Wahrscheinlichkeit, dass Chet auf einem Run in den künstlichen Rasen biss, aber auch. Deshalb ging das schon in Ordnung.

Der Ork hatte aus den Augenwinkeln mitbekommen, wie Pauls Salven das Gesicht des BuMoNA-Samurai in eine ausgeprägte Ansammlung von Schwellungen verwandelten. Die Treffer hatten den Riesen von den Beinen gerissen, und sein anschließender Feuerstoß erfolgte mehr aus einem Reflex. Trotzdem war der Mann noch nicht völlig kampfunfähig gewesen und hatte Anstalten gemacht, einen gezielten Schuss auf Paul abzugeben. Chets Reflexbooster hatten dabei geholfen, dass dieser rechtzeitig eingreifen konnte. Der Ork hatte den schweren Kolben seiner Waffe zum Schlagzeugstick umfunktioniert und den Helm der Messerklaue am Boden mit einer Floordrum verwechselt.

Den Kopfpräser werden sie aufschneiden müssen, wenn sie das geschwollene Gesicht der Messerklaue freibekommen wollen, dachte der Ork, als er das verformte Gesicht des Mannes am Boden musterte, bevor die Rauchwolke sie einhüllte und es Zeit wurde, einem Hustenanfall vorzubeugen und die eigene Gasmaske aufzuziehen …

Ratón hatte mit übergezogener Gasmaske sprungbereit am Kopf der Leiter gelauert, und als sie sah, wie Rauch über das Dach waberte, warf sie zwei zusätzliche Thermo-Granaten hinaus. Danach stürzte sie sich mitten in die Nebelschwaden und betete, dass kein Scharfschütze sie aufs Korn nahm. Sie hatte sich die Richtung gemerkt, an der sie das Seil des Copters zuletzt gesehen hatte. Das Glück war auf ihrer Seite, und ihre Handschuhe fanden das Ende des Nylonseils auf Anhieb. Chet klopfte ihr kurz auf die Schulter, das Zeichen dafür, dass er zurückeilte, um Snap und Zack zu holen. Ihr verletzter Chummer brauchte Hilfe; ohne sie würde er niemals das Dach erreichen.

Ratón stieg auf den Brustkorb des Samurais am Boden und gewann so die nötigen Zentimeter, die sie brauchte, um einen automatischen Aufsatz am Seil montieren zu können. Dann ließ sie sich von einem kleinen Elektromotor nach oben ziehen.

Zack hatte die Idee gehabt. So viel Geistesgegenwart hätte sie ihm niemals und erst recht nicht in seiner derzeitigen Verfassung zugetraut. Bei ihm wirkten die Drogen allem Anschein nach anders als bei anderen Junkies und trieben seine grauen Zellen zu unerwarteten Höchstleistungen an. Vielleicht sollte sich ihr Runnerkumpel einen nachfüllbaren Tank davon einbauen lassen. Sie würde ihn bei Gelegenheit darauf ansprechen. Jetzt war nicht der rechte Zeitpunkt dafür. Eigentlich war es logisch gewesen, warum Zack diesen Einfall gehabt hatte. Auf einem Run hatte er einmal ganz aus Versehen den Aufzug gesprengt – seitdem nannten ihn Gott und die Welt Zackplosiv. Deswegen kannte er sich auf den oberen Etagen eines Hotels bestens mit der Rettungsausrüstung aus.

Als Ratón bereits drei Meter über dem Boden schwebte, stieß sie mit dem Kopf gegen etwas an. Sie ertastete sofort den Grund dafür. Der zweite Samurai hing tot oder bewusstlos in seiner Kletterausrüstung, die sich verklemmt hatte, und blockierte ihren Aufstieg.

Ratón schnallte sich los und kletterte ohne Sicherung am Körper des Mannes höher. Dabei nahm sie keine Rücksicht darauf, wo sie sich gerade festhielt und ob ihr grobes Vorgehen die Fortpflanzungsorgane des Mannes in Mitleidenschaft zog. Nachdem sie das Hindernis überwunden hatte, klammerte sie sich mit ihrer linken Hand am Seil fest und öffnete mit der Rechten die Sicherheitssperre der Kletterausrüstung des Samurais.

In diesem Augenblick bin ich verdammt froh darüber, dass ich, anders als andere Rigger, sehr viel Wert auf körperliches Training lege.

Als die fleischliche Blockade nach unten stürzte, unterließ sie es, ›*Timber*‹ zu brüllen.

Da sie keine Zeit verschwenden wollte, verzichtete sie darauf, sich erneut zu sichern, und kletterte ohne den Schutz der Ausrüstung höher. Kurz bevor sie das Ende des Seils erreichte, fing der Copter an, heftig zu schaukeln, und sackte einen halben Meter tief ab. Nur mit Mühe gelang es Ratón, sich am Seil festzuhalten und ihren Sturz zu bremsen. Nicht so viel Glück hatte ein Mitglied der BuMoNA-Einheit. Kurz teilten sich die Nebelschwaden, und der Mann passierte die Riggerin nur knapp. Die unerwartete Bewegung des Copters musste schuld daran sein, dass er vornüber aus dem Heli gestürzt war.

Das Seil hatte sich tief in Ratóns Handflächen gebrannt, als sie ihren Sturz nach zwei Metern abfing. Ratón schluckte den Schmerz hinunter und kletterte weiter empor. Die Ursache für das Absacken des Copters war höchstwahrscheinlich, dass der Rigger gerade ausgeworfen worden war und der Autopilot sich automatisch eingeschaltet hatte, um einen Absturz zu verhindern. Ihre Hand würde heilen – wenn stattdessen aber der Vogel ihren Kopf mit einer Landefläche verwechselt hätte, wäre eine Heilung weniger wahrscheinlich gewesen.

Endlich hievte sie sich über den Rand ins Innere des Copters. Im dichten Nebel war es trotz Gasmaske schwierig, etwas zu erkennen. Blitzschnell zuckte ihr Bein vor, als sie bemerkte, wie jemand neben ihr eine Waffe auf sie richtete. Sie spürte, wie die Finger des Gegners brachen, als ihre Stahlkappen das Ziel fanden.

Der Kleidung nach war ihr Gegner der Rettungssanitäter der Einheit, und folglich musste der Gestürzte von eben der Einsatzarzt gewesen sein. Anders als sein Kollege hatte der Sani es zwar geschafft, eine Gasmaske aufzuziehen, aber Ratón erkannte, dass seine Bewegungen abgehackt wirkten und er mehr blind agierte. Er war wohl mit dem Aufziehen des Gummiüberziehers nicht schnell genug gewesen.

Trotz der gebrochenen Finger hatte der Mann die Waffe nicht fallen lassen.

Eine zweite Chance werde ich dir jedenfalls nicht einräumen, dachte sie, während sie flink abhockte, den ausgestreckten Arm des Mannes ergriff und ihn durch die Öffnung hinaus seinem Chef hinterher schleuderte.

Falls der Mann einen Schrei ausstieß, hörte die Riggerin ihn nicht, da die Gasmaske diese Laute schluckte. Dem Winkel nach konnte der Mann Glück haben und weich landen.

Ratón ließ den Blick Richtung Kanzel wandern.

Wir haben echt verdammtes Glück gehabt, bemerkte sie richtig, als sie sah, dass ein Medizinkoffer aus Metall die elektronische Verbindungstür zum Cockpit blockierte. Andernfalls hätten die Rauchdetektoren dafür gesorgt, dass die Kanzel sich hermetisch abriegelte und die Klimaanlage automatisch ansprang, um die Fremdpartikel in der Luft des Cockpits herauszufiltern.

Der Rigger des Copters lag noch angeschnallt in seinem Schalensitz. Er hatte die volle Ladung Gas abbekommen und würde lange Zeit brauchen, um wieder wach zu werden. Auf dem Kopilotensitz lag die schmächtige Gestalt eines älteren Mannes. Die goldenen Ringe an den Händen und die aufgestickten Runen auf den Schulterklappen ließen die Vermutung zu, dass dies der Bordmagier war. Ein Rinnsal Blut tropfte dem Mann aus den Ohren, und er hatte die Jacke seiner Uniform voll gekotzt. Pandora war wohl erfolgreich gewesen, zumindest hoffte Ratón das. Um auf Nummer Sicher zu gehen, griff sie sich den schmächtigen Alten und schleuderte ihn achtlos nach hinten in den Laderaum. Dann kickte sie den Metallkoffer aus dem Durchgang, zog dem Rigger das Glasfaserkabel aus der Buchse und machte es sich auf dem nun frei gewordenen Platz bequem. Ratón stöpselte sich ein.

Ihr Verstand verschmolz mit der Technik des Copters. Das Gefühl war wie immer unbeschreiblich. Die Hardware in dem Vogel war der Renner, und innerlich fieberte sie schon einem Flug entgegen.

Vorher musste sie aber noch ein paar Parameter abchecken. Zuerst passte sie ihre Gedanken der Hardware an. Gewöhnlich dauerte dieser Prozess sehr lange, um ein perfektes Ergebnis zu erzielen. Gute Liga-Rigger stimmten Fahrzeug und Bewusstsein genauestens aufeinander ab. Der BuMoNA-Rigger hatte es zumindest getan, was Ratón die Steuerung nicht unbedingt erleichtern würde. Sie machte das Beste daraus. Nach einigen Sekunden hatte sie die Kommunikationssoftware und die Steuerung der Sensoren angepasst.

Sofort bemerkte sie, dass die gelieferten Kommunikationsparameter merkwürdig zerstückelt waren. Eine Kontrolle der Hardware besagte aber, dass alles seine Richtigkeit besaß. Die Daten klangen wie hämmernde Rhythmen in ihrem Bewusstsein. Es dauerte nicht lange, und sie hatte herausgefunden, woran das lag.

Snap, der unscheinbare kleine Mistkerl, wusste, dass HanSec die Signale abhörte, weshalb er auf verbale Verständigung verzichtete. Es gab Ratón nur Rätsel auf, woher der Bursche wusste, dass sie Morsezeichen, eine antiquierte Kommunikationsart, beherrschte. Dem Kleinen musste es gelungen sein, Daten über ihre Vergangenheit auszubuddeln.

Ratón zählte nicht zu den Menschen im Team, die gerne über ihre Vergangenheit sprachen. Gut, wer tat das schon? Sie war aber noch verschlossener als andere. Sie machte das nicht, weil sie etwas verheimlichen wollte, sondern weil es einfach Dinge im Leben gab, die der Vergangenheit angehörten.

Die Riggerin lebte hier und jetzt.

Normalerweise hätte sie ihn deswegen gehörig zusammengeschissen, aber für den Moment war Snaps Wissen für das Team von Vorteil. Während der Decker die eingehenden Kommunikationsdaten zerstückelte, lieferte sie ihm ähnliche Signale über das Hochfahren oder Reduzieren der Rotoren. Somit konnten sie vorerst unbemerkt Infos miteinander austauschen.

Snap gab ihr eine schnelle Zusammenfassung von

dem, was er wusste. Den Rest ergänzte sie durch die Sensordaten des Helis.

1. HanSec hörte sie ab. Deshalb musste sie nach dem Abflug den bordinternen White-Noise-Generator aktivieren, denn damit konnte sie das unterbinden. 2. Die Bordsensoren waren neuestes Militär-Hightech. Ohne sie hätte Ratón nicht sicher sein können, dass die auf den umliegenden Dächern positionierten HanSec-Schützen nicht mit schweren Waffen auf sie anlegten – kein Lasermarkierer tastete ihre Oberfläche ab. Somit war zumindest klar, dass das Kapern des Copters noch nicht bemerkt worden war. 3. In der Nähe sicherten ein paar HanSec-Helis der Marke Kolibri SP den Luftraum, aber auch die hatten sie noch nicht ins Visier genommen. Wenigstens waren keine Jets im Einsatz, denn die hätte sie nicht ohne weiteres abhängen können. Solange es bei den Kolibris blieb, sahen ihre Chancen gut aus.

Snap hatte vorerst seinen Beitrag zur Flucht erledigt. Jetzt lag es an Ratón, ihren Teil zu meistern. Sie musste ihre Chummer in Sicherheit bringen. Wo es hingehen sollte, würden sie auf dem Flug abchecken. Zuerst mussten alle aus dem Team heil an Bord kommen. Danach würde es ihnen hoffentlich gelingen, eine Abflugerlaubnis bei HanSec zu erschwindeln.

Als Nächstes passte sie die restliche Kontrollhardware besser auf sich an. Allmählich gewann sie ein Gefühl für den Vogel. Zugegebenermaßen war die Maschine nicht einfach zu handhaben. Es erforderte verdammt viel Fingerspitzengefühl, die ausfeilte Hydraulik auf die geballte Motorkraft abzustimmen. Ratón hatte einmal, auch das wusste eigentlich niemand im Team – bis auf Snap, wie sie mittlerweile annahm –, als Rettungspilotin für einen großen Rohstoffkonzern in der Nordsee gearbeitet. Mehr als nur einmal hatte sie trotz schwierigster Wetterbedingungen ähnliche Helis heil in den Horst der Ölinsel zurückgebracht. Der Job war schweinegut bezahlt worden, und ihr Gewissen war schuld daran, dass der Konzern sie hochkant und ohne eine Abfindung gefeuert hatte.

Auf einem Einsatz hatte sie damals die Wahl gehabt, entweder die Besatzung eines in Seenot geratenen Tiefseefischerboots zu retten oder den transportierten Hightech-Container sicher nach Hause zu fliegen. Beides war nicht drin, da beide Ladungen zu schwer gewesen wären und sie nicht genug Treibstoff für den Rückflug besessen hätte. Sie hatte sich dazu entschieden, die Ladung fallen zu lassen und die Menschenleben zu retten.

Konsequenz: Der Konzern hatte sie ebenfalls fallen lassen und ihr ein dermaßen schlechtes Zeugnis ausgestellt, dass kein Konzern der Welt ihr mehr ein fliegendes, zwei Millionen Euro teures Baby anvertrauen würde. Mit dem Ersparten hatte sie sich dann ein Hover gekauft und eine Karriere als Hover-Taxi-Kapitänin begonnen. Ein Job, der auch sehr anstrengend war, wenn man den Verkehr zur Rushhour auf Hamburgs überfüllten Kanälen bedachte, aber bei weitem nicht mit dem Kick zu vergleichen war, den sie auf einem Rettungseinsatz in einem Orkan empfunden hatte. Auf einer Fahrt war wohl das Schicksal schuld daran gewesen, dass sie Chet kennen lernte. Man hatte miteinander geplaudert, und als sich seine Fahrten häuften, waren sie schnell ins Gespräch gekommen.

Konsequenz: Sie hatte sich dem Runnerteam angeschlossen. Zwar hatte sie das Hover-Taxi abstoßen müssen, weil Chet – auch das wusste sonst niemand im Team – nicht schwimmen konnte und Wasser hasste, aber der empfundene Kick während eines Runs war bei weitem besser als Taxifahren.

Chets Wasserphobie war auch der Grund, warum sie sich heute im Hotel verspätet hatten. Es hatte eine Weile gedauert, dem Meta klarzumachen, dass sie vorsichtig fahren würde und es keine Riffe gab, die sie meiden mussten. Unter normalen Umständen war die Situation zum Schießen, aber wären sie rechtzeitig da gewesen, hätten sie vielleicht dafür sorgen können, dass alles anders gekommen wäre.

Sie brachte den Copter noch einen Meter tiefer und zog ihre wartenden Chummer am Seil hoch. Noch tiefer wollte sie nicht gehen, da ihr das Wrack der Wasp im Weg stand. Der Anblick des kleinen Zweimann-Copters veranlasste sie zu dem Gedanken, dass sie die kleine Maschine gerne geflogen hatte, dieser BuMoNA-Vogel aber um Dimensionen besser war.

Während Chet die unnötigen Passagiere aus dem Copter schubste, warf Paul noch ein paar zusätzliche Rauchgranaten hinab.

Ratón machte jedoch einen Fehler – sie gab viel zu viel Schub auf die Motoren, als sie durchstartete. Der Rauch auf dem Dach wurde dadurch weggeweht, und nun würden die HanSec-Bullen jeden Augenblick erkennen, was in Wirklichkeit auf dem Dach lag – keine Runner, sondern das ausgeschaltete BuMoNA-Einsatzteam.

Über Funk dröhnte ihr bereits ein BuMoNA-Einsatzleiter die Ohren voll, was das unvorschriftsmäßige Verhalten, zu viel Schub zu geben, denn sollte. Snap war wohl nicht mehr in der Lage, ihre Tarnung aufrechtzuerhalten. Für ihn würde es jetzt ebenfalls brenzlig werden. Sie unterbrach die Verbindung und schaltete den White-Noise-Generator ein. Über Lautsprecher sagte Ratón im Laderaum: »Stöpselt Snap sofort aus! Das Versteckspiel ist vorüber! Ich geb Gas …«

Der Rest ihres letzten Satzes wurde von den kreischenden Motorgeräuschen geschluckt. Er war sowieso nicht wichtig gewesen. Jetzt mussten sich ihre Chummer ganz auf sie und ihre Fähigkeiten verlassen.

Ratón holte alles aus der Kiste heraus. Die dröhnenden Motoren ließen ihr Herz laut hämmern, und der strömende Treibstoff flutete durch ihre erwartungsvoll pulsierenden Adern. Sie senkte die Nase so tief, wie es nur ging, und ging auf maximale Umdrehungszahl. Vereinzelt benachrichtigten sie die Sensoren davon, dass vom Dach aus Schüsse auf sie abgegeben wurden, aber die Panzerung steckte das problemlos weg, und die Treffer erinnerten mehr an wirkungslose Insektenstiche auf einer Nashornhaut.

Zwischen dem Agenturgebäude und dem Atlantic tauchte sie ab. Die Rotorkraft, kombiniert mit dem Vektorschub der Düsen, ließ das Wasser unter ihr wegspritzen, während sie die urbane Schlucht entlang heizte. Sie nutzte die Häuser als Schutz vor einer Ortung durch HanSec-Sensoren. Danach flog sie nach rechts und tastete sich knapp oberhalb der Wasseroberfläche – in der Hoffnung, dass dies den Copter noch besser tarnte – durch die Kanäle in Richtung des längst versunkenen Hauptbahnhofs, der jetzt Bestandteil der Musikinsel im Stadtviertel St. Georg war. Ihr wellennaher Kontakt war für sie nicht ungefährlich. Nur knapp wich sie einigen Freizeit-Hovern und Schiffen aus und brachte aufgrund ihrer enormen Schubkraft vereinzelt Nussschalen zum Kentern.

Vor der Musikinsel drehte sie nach links und schoss einige Sekunden den Steindamm hoch, bog aber kurze Zeit später in die Stiftstraße, Richtung Berliner Tor, ein. Ihre Sensoren hatten sie rechtzeitig vor einem herannahenden HanSec-Kolibri gewarnt.

Ab jetzt wird's heiß, dachte sie, als sie die Geschwindigkeit etwas drosselte, um zu überlegen, was der Pilot des feindlichen Copters vorhatte.

Der HanSec-Rigger war gut. Es gelang ihm, für kurze Zeit von ihrem Sensorbild zu verschwinden. Er tauchte hinter einer Häuserkette auf und wollte sie abfangen. Aber Ratón hielt sich dicht an den Häusern, weshalb es ihm unmöglich war, das Feuer zu eröffnen, ohne Unschuldige zu gefährden. Ein weiteres Plus war wohl auch, dass HanSec bis jetzt noch nicht wusste, dass sich der singende Kanarienvogel Eternity nicht mehr an Bord des Copters befand.

Gerade in diesem Augenblick bemerkte sie, wie der HanSec-Copter eine Raketen-Drohne losschickte. Das war bestimmt eine von den so genannten Sensorknackern, die sich an der Bordwand festklebten und dann langsam nach innen durchbohrten. Eine Informationsbeschaffung der fliegenden Art.

Der Copter besaß ein schweres MG an der Front und an der Seite ein manuelles kleines MG, mit dem man aus dem Laderaum herausballern konnte. Bei ihrer Geschwindigkeit war die Seitentür zum Laderaum natürlich geschlossen, und die Aussicht auf einen erfolgreichen Treffer war sowieso gleich null. Hinzu kamen zwei Hitze suchende Raketen. Das Problem mit den Raketen war allerdings, dass die Benutzung über Codeabfrage seitens der Cyberware gesichert war. Snap würde die Dinger nicht schnell genug knacken können.

Drek auch ...

Ihr Vogel war mit Störmechanismen ausgestattet, wenn auch nicht vielen. Ihr Zauberwort hieß ECM. Sie verfügte über zwei Ladungen Metallstreifen, mit denen sie die nahende Drohnenrakete ablenken konnte.

Ratón stieß die erste Ladung ECM am Heck aus. Sie hatte wider Erwarten die Flugbahn der Drohne exakt berechnet. Die Sensoren der Rakete ließen sich von den Streifen ablenken und lieferten dem Rigger falsche Daten, der daraufhin sein Baby wirkungslos in den Fluten versinken ließ.

Als Nächstes musste sie unbedingt den Kolibri abhängen und eine Möglichkeit finden, ihre Chummer von Bord zu lassen, bevor es noch heißer wurde und sie offenes Gelände erreichten. Bestimmt baute HanSec inzwischen ein immer dichter werdendes Abfangnetz um sie herum auf.

Ihr kam eine Idee: *Vielleicht waren die Erfahrungen als Taxi-Kapitänin doch nicht nutzlos gewesen.*

Die nächste Querstraße bog sie nach links ab. Der Kolibri hielt mühelos mit ihr Schritt. Ratón hatte auch nichts anderes erwartet. Die kleine Maschine war viel wendiger als ihr Copter, aber der HanSec-Pilot hatte bestimmt nicht damit gerechnet, dass sie in diesem Augenblick die Geschwindigkeit reduzierte und seine Flugbahn nach oben hin blockierte. Geradeaus, genau auf seiner Flughöhe, versperrte ihm ein kreuzendes Monorailgleis den Weg.

Der Knabe tat genau das, was sie auch getan hätte. Er setzte seine Kiste ins Wasser und trennte die Rotorblätter vom Rumpf ab. Das gab ihm die Chance, die Bruchlandung gezielter handhaben zu können. Die Sicherheits-Hardware würde ihn retten. Falls die Tech versagen sollte, waren die Typen gut genug ausgebildet, um einen Ausstieg unter Wasser überleben zu können.

Ratón gelang es nur knapp, ausreichend an Höhe zu gewinnen, um der Monorail auszuweichen und gleichzeitig nicht von den abgestoßenen Rotorblättern des Kolibri zerteilt zu werden. Das tödliche Geschoss streifte ihren Rumpf und riss einige Panzerplatten ab. Der Treffer schüttelte sie ordentlich durch, aber es gelang ihr, den Copter wieder unter ihre Kontrolle zu bringen.

Zwei Straßen weiter hielt sie in der Mitte eines Kanals an und öffnete die Seitentür. Über Lautsprecher sagte Ratón zu ihren Chummern: »Es wird Zeit auszusteigen. Nehmt besser Schwimmwesten mit, denn eure Landung wird feucht werden. Bis zum Kai sind es fünf Meter, die ihr schwimmen müsst. Sorry, aber ich komme nicht näher ran. Uns bleibt nicht mehr viel Zeit. Passt auf euch auf. Ich stoße im Unterschlupf wieder zu euch. Oder ich nehme über Teresa Kontakt auf!«

Pauls Antwort war angespannt. »Gibt es keinen anderen Weg …? Okay, du bist der Captain. Pass auf dich auf, Himmelsstürmerin. Falls es dich beruhigt, du fliegst 'nen Copter genauso scheiße, wie du Auto fährst. Ich zähl auf dich!«

Zacks Verstand war von den Drogen völlig benebelt. Er schien gerade erst wach geworden zu sein und meinte lahm: »Sind wir schon da? Das ging ja richtig schnell heut. Hab ich was verpasst?«

Snap reagierte da schon anders, auch wenn sie beide bisher nur eine ähnlich ausgeprägte Form der Techleidenschaft teilten und nie viele Worte gewechselt hatten: »Bist du sicher, dass du es schaffst? Ich könnte …«

Ratón schnitt ihm das Wort ab. Sie wusste, dass der Decker noch an den Folgen des Auswurfschocks litt, den ihm das unfreiwillige Ausstöpseln durch seine Chummer beschert hatte. Er würde in der Matrix draufgehen. Davon abgesehen, hatte sie keine Zeit für Sentimentalitäten. »Junge, beweg deinen Arsch von Bord. Ich schaff das schon!«

Pandora war noch bewusstlos, wenn nicht sogar tot. Sie würde ihr nichts sagen. Paul hielt sie in den Armen, als er ins Wasser sprang. Der Letzte, der noch blieb, war Chet. Er stand im Eingang der Verladetür und schien mit sich zu ringen. Bei ihm fiel es ihr schwerer, Abschied zu nehmen. Sie versuchte es auf humorvolle Art und sprach ihn auf Hochdeutsch an: »Hast du Angst vor Wasser oder Lust auf 'ne heiße Erfahrung? Beweg deinen Arsch, oder soll ich dir 'nen Übersetzer holen? Raus hier …«

Nach einigen kurzen, dennoch kostbaren Sekunden sagte er ihr zum Abschied: »Ratón, wir sehen uns wieder, und ich versprech dir: Erstens, für die überreifen Äpfel, die mir wegen dir eben beinah auf den Kopf gefallen sind – auch wenn ich diesen Ausdruck nur aus Pandoras Deutschunterricht kenne und nicht mehr weiß, wie echte Äpfel aussehen – versohl ich dir den Arsch. Und wenn ich das Schwimmen – eher planschendes Strampeln – überleben sollte, brech ich dir dafür beide Beine. Nur dass wir uns verstehen …«

Sie musste lachen und sagte: »Die Sado-Maso-Stunde mit dir ist ein Grund, nicht abzukratzen …«

Sie bewegte den Copter scharf nach rechts und beförderte Chet ins Wasser, denn von allein wäre er nie gesprungen.

Paul hatte bereits mit den anderen das Ufer erreicht. Pandora schien erwacht zu sein, wahrscheinlich aufgrund des kalten Wassers. Chet würde Hilfe bekommen, auch wenn sie zu gerne gesehen hätte, wie ihr Chummer mit den Armen wild in den Fluten ruderte.

Sie gab Gas und preschte davon. Selbst wenn ihre Chummer ihr noch etwas sagen wollten, sie hätten sie nicht mehr erreicht. Ratón blockierte alle Funksignale. Sie wollte mindestens zehn Kilometer weit weg sein, bevor es HanSec auffiel, dass sie der kümmerliche Rest der Besatzung war.

Nur zu sich selbst sagte sie: »Ihr Himmelshunde, die Jagd kann beginnen! Und wollt ihr ewig leben?«

Es wurde Zeit für Rock'n'Roll. Aus ihrer Headmemory ließ sie AC-DC, eine längst verstorbene Altrocker-Band des letzten Jahrhunderts, erklingen. Das Gefühl des musikalischen Genusses während des Riggens war einfach unbeschreiblich. Jetzt war sie auf keinem Run mehr. Sie brauchte kein Ohr mehr frei zu haben, um mögliche Signale ihrer Chummer hören zu können. Sie musste total mit der Maschine verschmelzen, wenn sie überleben wollte, und mit Musik fiel ihr das leichter. Der Song ›Hells Bells‹ läutete ihre alles entscheidende Flucht ein.

Gleich wird sich zeigen, wie gut ich wirklich bin.

Zwei Kilometer weiter hatte sie zwei neue Kolibris am Arsch kleben. Hinzu kam, dass sie unbedingt den

Kurs ändern musste. Falls sie länger in diese Richtung weiterflog, würde sie sich dem Lufthansa-Konzerngelände nähern. Die Jungs würden sie, ohne lange zu zögern, vom Himmel bomben. Aber der Gedanke an die Lufthansa brachte sie auf einen Plan.

Der Konzern wurde von einer ganzen Reihe Hochspannungsmasten mit Strom versorgt. Wenn es ihr gelingen sollte, nahe genug an die Leuchtdildos heranzukommen, würde es ihr vielleicht gelingen, die HanSec-Sensoren auszutricksen ... Aber in diesem Moment warnten ihre Sensoren sie vor einer neuen Gefahr.

Ein weiterer Kolibri tauchte völlig unerwartet aus dem Himmel herab und landete einen erfolgreichen Treffer bei ihr. Ratón konnte den Copter abfangen, und es gelang ihr, einem zweiten Schuss auszuweichen. Erleichtert registrierte sie, dass der Schaden die Flugfähigkeit des Copters nicht beeinträchtigt hatte. Jedoch bemerkte sie, wie sich etwas durch ihre Bordwand fraß.

Und das tat weh.

Sterne begannen ihr Sichtfeld zu trüben, das war die schmerzhafte Folge des Verlusts zahlreicher Sensoren. Die starke, elektronische Entladung hatte aber auch die HanSec-Drohne gehimmelt. Sonst hätte es ihr noch passieren können, dass das Ding Teile der zum Fliegen notwendigen Hardware zerstört hätte.

Ihr Sichtfeld wurde wieder klarer, wenn es auch teilweise stark eingeschränkt blieb. Der Song war zu Ende, und als Nächstes setzte von der gleichen Band ›Highway to Hell‹ ein. Sie zog sich ein Best-Off-Album rein. Das Best-Off brauchte sie auch. Die Musik gab ihr Kraft und sollte positives Karma zu ihr führen. Sie schaltete wieder hoch und beschleunigte auf maximale Geschwindigkeit.

Hinter ihr machten sich die Kolibris dazu bereit, ihr den Schwanz anzuflammen. Sie hatten den Copter ins Visier genommen, was ein Zeichen dafür war, dass die

Drohne zusätzlich noch ein paar Borddaten abgezweigt und weitergeleitet hatte.

HanSec wusste jetzt, was los war, und würde sie vom Himmel holen. Dazu würde sie keine mit Sprengstoff gefüllten Raketen brauchen. Nein, die Polizeitruppe hatte ein neues Spielzeug. Etwas, das auf der Basis von EMP funktionierte. Die Geschosse jagten beim Aufprall einen elektromagnetischen Impuls durch den Vogel und brachten die Relais zum Qualmen. Ein gewöhnlicher Absturz wäre die Folge, und bei all dem Wasser ringsum war die Wahrscheinlichkeit groß, dass ihr Copter in den Fluten zerschellte und nicht gegen eine Häuserwand flog, sofern der Schuss gut gezielt war. Allerdings verhinderte so ein Treffer auch, dass sich ihre elektrischen Rettungsroutinen einschalten konnten.

Die Entfernung zu ihren Verfolgern schrumpfte bedrohlich. Ratón konnte aber, so sehr sie es auch wollte, nicht mehr Geschwindigkeit aus der Kiste rausholen. In drei Kilometern würde sie das offene Feld mit den Hochspannungsleitungen erreichen. Dort konnte sie richtig Gas geben und musste keine Rücksicht mehr auf Wohngebiete nehmen.

Zwei der Jungs hinter ihr zogen steil in den Nachthimmel hinein und verschwanden aus ihrem Sichtfeld. An der nächsten großen Hafenkreuzung warteten sie bereits auf Ratón. Das Angriffsmanöver der HanSec-Rigger war genial und vollkommen perfekt getimt. Alle drei schossen gleichzeitig ihre Raketen auf sie ab, als die plane, unbebaute Fläche unter ihr auftauchte.

Zumindest hatte Ratón es geschafft, zwölf Kilometer und ungefähr sechs Minuten lang durchzuhalten. Ihr letzter Gedanke war: *Immerhin fahre ich besser als Stereo zur Hölle.*

Passend zu den letzten Schlagzeugklängen der Musik schlugen die Raketen im BuMoNA-Copter ein.

Zuerst wurde ihr die Sicht genommen, ein Zeichen

dafür, dass die Sensoren den Weg alles Weltlichen gegangen waren. Danach bemerkte sie, wie der Motor aufhörte zu arbeiten und ihr Herz für einen kurzen Augenblick aufhörte zu schlagen. Zuletzt wurde Ratón schmerzvoll ausgeworfen. Als der Copter auf der Wasserfläche aufschlug und in Fetzen gerissen wurde, hatte friedvolle Bewusstlosigkeit sie längst in die vertrauten Arme geschlossen.

3.2
Reprise

Chromatik der Gefühle

Die Ghulfrau hielt den weinenden Mann fest mit ihren Armen umschlungen und wiegte ihn wie ein kleines Kind vor und zurück. Außer den beiden waren drei weitere Personen und ein Hund in dem Mausoleum anwesend.

Die unsichtbare Frau kniete außen an dem kleinen Fenster und beobachtete die ungleiche Gruppe seit ungefähr drei Minuten ohne Unterlass. So lange war es ungefähr her, dass sie sich den Weg durch den Limbus mit Hilfe ihrer magischen Talente erschlichen hatte. Wie ein streunender Wolf hatte sie die Fährte ihrer Beute aufgenommen und sich ihren Weg durch diese Ansammlung von lebendem Abschaum gesucht.

Überaus erfreulich war die Tatsache, dass ihr Flüchtling – ihre eigentliche Beute – einer der Männer im Raum war. So schnell hatte Dornenpeitsche nicht damit gerechnet, auf eine heiße Fährte zu stoßen. Aber sie hatte auch sehr viel Glück gehabt. Ohne den guten, wenn auch selten beeinflussbaren Freund Zufall hätte sie garantiert länger gebraucht.

Selbstverständlich war sie davon ausgegangen, dass der Engländer in den Park geflüchtet war. Es war aber purer Zufall gewesen, dass der Mann sich an dem schmiedeeisernen Zaun verletzt und sie diese Spur auf Anhieb gefunden hatte. Das Blut hätte genauso gut von einem durchgeknallten Junkie stammen können, und anstatt auf Snooker wäre sie dann auf eine Horde unwichtiger Penner gestoßen und hätte sich schlimmstenfalls mit denen auseinander setzen müssen.

Da Snooker nicht als Gefangener behandelt wurde, sondern sich in einer Kombination aus Untersuchungshaft und Zeugenschutzprogramm befand, hatte HanSec nicht die richterliche Erlaubnis besessen, eine Blutprobe zu entnehmen. HanSec hatte trotzdem den Versuch gestartet. Leider hatte sich der englische Botschafter zu früh in die Abläufe eingemischt. Der Pfau hatte dafür gesorgt, dass diese Maßnahme erst gar nicht weiter verfolgt wurde. Die Berechtigung zur Blutabnahme wäre einer indirekten Anklage gleichgekommen, und bis heute Mittag hatte es noch geheißen, dass Hamburg überhaupt keinen Strafantrag stellen würde. Eine Tatsache, die selbst der englische Botschafter nicht gewusst hatte und die Dornenpeitsche wissentlich vor ihm und Snooker verschwiegen hatte.

Jetzt, nach der Flucht des Mannes, war klar, dass es zu einem Verfahren kommen würde. Der bürokratische Apparat hatte bereits alle Hebel in Bewegung gesetzt. Schließlich hatte der Mann gegen zahlreiche der hiesigen Gesetze verstoßen. Er hatte zwei Beamte überwältigt, und allein das reichte aus, um ihn für Monate hinter Gitter zu bringen.

Hätte HanSec eine Blutprobe besessen, wäre der genetische Code längst entschlüsselt und die Probe magisch präpariert worden. Daraufhin wäre es einem Ritualteam möglich gewesen, den Flüchtling schnell aufzuspüren und gegebenenfalls auf astralem Weg Strafmaßnahmen einzuleiten.

Aber dann wäre Dornenpeitsche vielleicht gar nicht mit der Bewachung und anschließenden Jagd beauftragt worden.

Es ist schon gut, wie es sich entwickelt hat, dachte sie, auch wenn sie innerlich ein bisschen enttäuscht darüber war, dass sich die Jagd so früh dem Ende zuneigte.

Sie hatte den Engländer schon förmlich im Visier und musste nur noch die passende Gelegenheit abwarten, um einen Blattschuss platzieren zu können.

Die von ihr gefundene Blutmenge war nur sehr gering gewesen. Dennoch hatte sie Dornenpeitsche ausgereicht, um erfolgreich eine Witterung aufnehmen zu können. Die Frau hatte den Zauber ihres Idols schon mehr als einmal gewirkt, aber jedes Mal war sie erstaunt darüber, wie stark der Spruch ihre Sinne beeinflusste und wie er ihre animalischen Instinkte weckte. In diesem Zustand konnte sie das Blut des Mannes riechen und sogar förmlich sehen, wie sich die leuchtenden Bahnen fließend durch seinen Körper zogen. Sie schmeckte sogar den eisenhaltigen Geschmack auf der Zunge und registrierte eine appetitanregende Speichelflussbildung.

Den ausgehungerten Ghulen dürfte es ähnlich ergangen sein. Dornenpeitsche hatte die Bewusstlosen und den aufgespießten Leichensack gefunden. Snookers kleine Wunde dürfte ausgereicht haben, um die ausgeprägten Geruchssinne zu alarmieren. Dass der Bodyguard die Leichensäcke vermöbelt hatte, sprach für seine Kondition. Aber am Kampfplatz hatte sie einige neue Spuren neben denen Snookers entdeckt, und Dornenpeitsche wusste noch nicht so recht, was sie von der ganzen Entwicklung halten sollte.

Wie kam es, dass sich der Engländer mitten unter Ghulen im Limbus aufhielt? Der Limbus war die letzte Lagerungsstätte genetischen Abschaums, der Ghule. Einer kranken Rasse, die so abstoßend war, dass Dornenpeitsche noch nie den Reiz verspürt hatte, sie als erstrebenswerte Beute anzusehen. Diese Aasfresser waren entweder einfach unfähig, lebendige Beute zu jagen, oder empfanden so viel Angst vor den bestehenden Machtstrukturen, dass sie lieber verhungerten. Merkwürdig war allerdings die Tatsache, dass sie Snooker nicht als eine Art Mahlzeit zu betrachten schienen, sondern wie einen Gast behandelten.

Offenbar kannte er den übergewichtigen Mann im Trenchcoat, während er der Jägerin völlig unbekannt war. Der Unbekannte schien die Ghule zu kennen oder stand zu der Beute in irgendeiner undurchschaubaren Verbindung. Dornenpeitsche kam zu dem Schluss, dass sich der Übergewichtige und Snooker schon länger kannten. Snooker hielt sich besonders nahe bei dem Mann auf und behielt ständig den Ausgang im Auge. Unter anderen Umständen hätte sie vermutet, dass der Engländer der Bodyguard des Unbekannten war.

Ein Rückschluss, der wieder gänzlich neue Fragen aufwirft.

Eben in der Wohnung hatte sie keine Anzeichen dafür entdecken können, dass bis auf die beiden Beamten und den Engländer weitere Personen anwesend waren. Aber woher hätte auch jemand wissen sollen, wo sich der Engländer in Hamburg aufhielt?

Vielleicht gibt es bei HanSec eine undichte Stelle, und jemand hat den Aufenthaltsort des Engländers weitergegeben?

Aber das war ziemlich unwahrscheinlich, denn Dornenpeitsche konnte mit Bestimmtheit sagen, dass außer Wiesenhof und den beiden bewusstlosen Beamten niemand von diesem Schlupfwinkel wissen konnte. Sie hatte ihn selbst unter dem Mantel der höchsten Geheimhaltungsstufe organisiert.

Eine Überprüfung aller in der Nähe gelegenen öffentlichen Kom-Zellen hatte ergeben, dass niemand einen Anruf innerhalb der letzten Minuten getätigt hatte. Somit war es ziemlich unwahrscheinlich, dass Snooker auf diesem Weg mit ein paar Bekannten in Kontakt getreten war. Der Bodyguard besaß auch keine dementsprechenden Cybermodifikationen. Technische Hilfsmittel wie sein Handkom hatte HanSec in Gewahrsam genommen, und von den beiden Beamten konnte er sich auch keines organisiert haben. Dafür hätte er ihnen die Schädeldecke aufschneiden müssen, da sie mit Headware ausgestattet waren.

Der Ork schien eher eine lokale Messerklaue der Mittelklasse-Liga zu sein. Er wirkte so ruhig und gelassen, als befände er sich mit seinem Kampfhund auf einem Spaziergang. Falls es aber zwischen ihnen zu einer Auseinandersetzung kommen würde, müsste Dornenpeitsche ihn und sein Schoßtier frühzeitig ausschalten. Die beiden schienen ihr Handwerk gut zu verstehen. Eine paranormale Kreatur wie der Hund verfügte über nicht geringe Talente. Das war auch mit der Grund, warum sie nicht näher herangeschlichen war. Das Tier würde mit Sicherheit ihre Witterung aufnehmen können, und dann würde sie das Überraschungsmoment verlieren.

Der Ghul, der an der Tür des Mausoleums stand, schien ebenfalls nicht so recht in die Gruppe hineinzupassen. Er war bestimmt ein Anwohner des Limbus, und so kommentarlos, wie er die beiden Wachen vor der Tür hatte passieren können und die beiden in seiner Begleitung auf einen Wink von ihm verschwunden waren, war er keine unbedeutende Person innerhalb der Aas fressenden Gesellschaft.

Aber wie hat Snooker mit ihnen Kontakt aufgenommen und so schnell ein Treffen organisiert?

Die Auren der Anwesenden ließen nicht darauf schließen, dass einer von ihnen ein Erwachter war. Snookers Aura hatte sich Dornenpeitsche schon längst eingeprägt; sie war so magisch wie ein ausrangiertes Trideo. Die Auren der älteren Ghulfrau oder des Mannes in ihren Armen waren ebenfalls gewöhnlich. Der Ork hatte etwas von einem wandelnden Schwermetall-Ersatzteillager an sich, war aber ebenfalls nicht magisch aktiv. Sein Hund verfügte über erwachte Fähigkeiten, weil er einer Paraspezies entsprungen war.

Als gezüchtete Tele-Verbindung fällt er jedoch aus, so viel ist klar.

Somit hatte sie fast alle, bis auf den unbekannten Freund von Snooker, einer genaueren Betrachtung unterzogen. Dornenpeitsche wollte den Übergewichtigen gerade unter ihre astrale Lupe nehmen, als der Ghul den Raum verließ.

Ihr Instinkt warnte sie vor einer nahenden Gefahr. Jemand schlich sich von hinten an sie heran …

Hackfresse rief den Hund sofort an die Seite zurück, und die Frau hatte daraufhin ihre spärliche Bewaffnung wieder in den weiten Umhangfalten ihres hässlichen Überwurfs verschwinden lassen. Als die Bedrohung ihres Schützlings verschwunden war, schien es fast, als wären Frank und die restlichen Anwesenden für sie ebenfalls verblasst. Sie kümmerte sich wieder einzig und allein um das wimmernde Wesen, das einmal Sid gewesen sein sollte, und hatte die restliche Welt um sich herum ausgeblendet.

Frank wollte wissen, was Sid hier eigentlich suchte, und richtete deshalb seine Frage an den Ghulführer. »Nora, entschuldige die dumme Frage, aber wieso hat sich Sid ausgerechnet den Limbus als Unterschlupf ausgesucht?«

Der Ork schritt näher an Frank heran. Er wollte wohl nicht die kryptische Stille mit seinem lauten Gerede entweihen. Der Reporter fühlte sich in diesem Moment an ein stilles Sterbezimmer erinnert, in dem alle Anwesenden darauf warteten, dass der Patient endlich den letzten Atemzug tat.

Nora war jetzt so nahe an Frank herangetreten, dass dieser den Verwesungsgeruch wieder deutlicher wahrnahm. Da er nicht unhöflich sein wollte, riss er sich zusammen und ertrug die penetrante Duftwolke in der Hoffnung, ihr nicht allzu lange ausgesetzt zu sein. Als der Ghul endlich antwortete, wehte dem Reporter eine zusätzliche Dosis Mundgeruch entgegen. Frank verdrängte schnell die aufkommenden Assoziationen, was denn wohl die letzte Nahrung des Mannes gewesen sein mochte.

»Alssso, die Frau issst Sssidsss Ehefrau und meine Halbschwessster. Esss issst verssständlich, dasss er sssie nie erwähnt hat. Du weissst ssselber, dasss Sssiegel peinlichsst genau darauf achtet, wasss dasss Ansssehen der Konzernmitarbeiter in der Öffentlichkeit angeht. Und Ghulblut in der Familiengeschichte gehört nicht unbedingt zzzu den Dingen, die man alsss Angessstellter publik machen sssollte.«

Frank wusste, was Nora damit meinte.

Nach außen hin treten Konzerne nicht als rassistisch voreingenommen auf, aber innerhalb der wirtschaftlichen Konklaven sieht es völlig anders aus.

Bürokratisch gesehen, konnte die Tatsache, dass goblinisierte Personen im Stammbaum erwähnt wurden – vor allen Dingen jene Metarassen, die nicht unbedingt öffentlichkeitstauglich waren – Aufstiegschancen, Gehaltsvereinbarungen und Auswahlverfahren negativ beeinflussen. Frank hatte mehr als einmal miterlebt, wie Familienväter unter Benutzung von an den Haaren herbeigezogenen Vorwänden entlassen wurden. Im Kündigungsschreiben wurde selbstverständlich nicht erwähnt, dass der eigentliche Grund die Geburt eines Ghulkindes war.

Hinzu kam, dass Siegel-Devil-Records zu jenen Konzernen gehörte, bei denen die Bürocouch eine nicht von der Hand zu weisende Rolle spielte, wenn es um die positive Beeinflussung von Aufstiegschancen ging. Wie würde eine Managerin reagieren, wenn sie erfuhr, dass ihr akrobatischer Sekretär seine Zehn-Punkte-Aufführungen auch mit einer Trollfrau teilte?

Nora hatte noch mehr zu erzählen, weshalb es Frank

bei dieser kurzen Reise in seine bewegte Vergangenheit bewenden ließ. Während er den lispelnden Lauten lauschte, versuchte er gleichzeitig, seinen rebellierenden Magen unter Kontrolle zu bringen.

»Sssid betreibt diessses Doppelleben seit fassst fünf Jahren. Verheiratet sssind sssie ssseit ungefähr sssechsss Jahren. Jesssica, dasss issst ihr Name, issst genau wie ich erssst sssehr ssspät mutiert. Die Erbmassse unsssserer Mutter musss wohl die aussslösssenden Informationen gessspeichert haben, aber dasss issst jetzt auch uninteresssant und ändert nichtsss mehr an unssserem Zzzussstand. Jesss hat esss schlimmer erwischt. Sssie leidet zzzussssätzzzlich an vorzzzeitiger körperlicher und geissstiger Alterung. Wir haben lange keinen Arzzzt mehr hier gehabt – dasss letzzzte Mal hat Sssid vor einem Jahr 'nen Schattendoc aufgetrieben, Peter Brandt war sssein Name. Der Arsch hat Unsssummen verlangt, aber er war der Einzzzige, der sssich dazzzu bereit erklärte, den Limbusss zzzu betreten. Natürlich inkognito und mit masssivem Feuerschutz. Wir haben die geforderte Sssumme aufgebracht, denn sssonssst wäre Jesss an einer gewöhnlichen Erkältung gessstorben ... Drek auch, wöchentlich werden wir weniger. Auf jeden Fall hat der Halsssabschneider ihr noch maximal drei Jahre gegeben. Ich gebe ihr noch einsss ... sssie wird von Tag zzzu Tag schwächer und ssseniler.«

Nora hatte anscheinend genug erzählt. Nach Beendigung seines letzten Satzes war er voller Gram und Zorn aus der Eingangstür des Mausoleums verschwunden.

Frank war wirklich erleichtert darüber, dass der Ghul endlich gegangen war und ihn nicht länger anatmete, denn viel länger hätte er den Brechreiz nicht unterdrücken können. Aber er verstand, warum der Mann so niedergeschlagen war. Und sein Zorn war nicht gegen die eigene Schwester gerichtet, sondern mehr gegen sich selbst und die sorgenfreie Gesellschaft außerhalb des Limbus. Sie überließ die Leute ihrem Schicksal und vertraute darauf, dass sich alles von allein regeln würde.

Unbequeme Dinge übersieht man gerne und schiebt sie auf die lange Bank, in der Hoffnung, dass sie einen für immer in Ruhe lassen.

Es musste grauenhaft für Nora sein. Er war verdammt dazu, hilflos dem Menschen, den er liebte, beim Sterben zuzuschauen.

Der dunkle Weg in den Limbus war für Frank schon traumatisch genug gewesen. Oft hatte er es begrüßt, dass die Dunkelheit vieles vor seinen Augen verborgen hielt. Das Knirschen, das er an einer Stelle vernahm, hatte ihn an brechende Knochen erinnert. Kombiniert mit den schmatzenden Geräuschen und den vorherrschenden Verwesungsgerüchen, war sein Verstand aber ziemlich gut darin gewesen, die visuelle Ergänzung vorzunehmen. Trotz allem waren ihm die Armut und die Unterernährung der Bewohner dieser Siedlung nicht verborgen geblieben. Und der Hass, den manche bei seinem Anblick empfunden hatten, war eine spürbare Stimmung gewesen, auch wenn sie nachvollziehbar war. Frank und die anderen – der Ork zählte, verglichen mit den Bewohnern hier, zu den anerkannten Norms – waren Eindringlinge in ihrem Leben. Sie verband nichts mit den Menschen aus dem Limbus, außer dass Frank und sein Gefolge aus einer Welt kamen, die schuld an ihren Lebensumständen war.

Franks Blick richtete sich wieder auf das ungleiche Paar in der Ecke des Raums. Dieser emotionale Anblick veranlasste ihn dazu, an seine eigene Frau und sein Kind zu denken. Er stellte sich die Frage, was passierte wäre, wenn Sandrine dies widerfahren wäre. Hätte er auch zu ihr gehalten? Oder hätte er die Ehe annullieren lassen? Oder wäre er sogar einen Schritt weiter als Sid gegangen und hätte den Mut aufgebracht, der Gesellschaft die Stirn zu bieten und sich für die Rechte seiner mutierten Frau einzusetzen?

Frank musste sich eingestehen, dass er es damals auf jeden Fall nicht getan hätte. Er hätte sich höchstwahrscheinlich heimlich von ihr getrennt und alle Spuren einer Ehe aus seinem Lebenslauf löschen lassen. Damals war er ein Workaholic gewesen und hatte die größte Befriedigung aus seinen Erfolgen im Job gezogen.

Der Job ist alles gewesen, und was hat er mir bisher gebracht? Nichts!, beantwortete er seine stumme Frage.

Er und Sandrine trennten sich. Und wenn er jetzt darüber nachdachte, war es das Beste, was sie tun konnten. Er liebte sie nicht, hatte sie wohl nie richtig geliebt, und deshalb würde er heute genauso reagieren. Er war ein geborenes Arschloch. Die ganze Zeit über war er immer ein Einzelgänger gewesen und hatte viele Emotionen vor ihr versteckt. Die Bedeutung einer Ehe war ihm verschlossen geblieben, und nun, da er wusste, worum es dabei ging, war alles viel zu spät.

Und meine Tochter?, stellte er sich die nächste Frage.

Sie war ein süßes, kleines Kind, aber Sandrine hatte wiederum Recht mit ihrer Meinung, dass sein Leben nichts für ihre Tochter war. Frank war nach seinem Bruch mit Siegel ständig auf der Suche nach etwas gewesen, das seinem Leben einen neuen Sinn geben würde. Die Familie hatte ihm nicht gereicht. Er war einfach viel zu sehr mit sich selbst beschäftigt, um die Verantwortung für andere übernehmen zu können oder auch nur einen Gedanken an ihre Sorgen und Ängste aufzubringen. In Zukunft würde sich das auch nicht ändern, denn Captain Aramis brauchte schon genug Aufmerksamkeit.

Nicht der, der tausend Männer im Kampf erschlägt, ist ein Held, sondern der, der sich selbst besiegt. Ich bin nie ein Held gewesen und werde wohl nie einer sein …

Diese Erkenntnis traf ihn schwer.

Er blickte zurück, und alles, was er in seinem Leben hinterlassen hatte, war eine riesige, trostlose Trümmerlandschaft, in der er auf einem einsamen Thron saß. Allen Menschen, denen er einmal etwas bedeutet hatte, hatte er nur Schmerzen zugefügt oder sie von sich gestoßen.

Vielleicht war das aber auch der Grund, warum er unbedingt Richards Tod aufklären wollte.

Seitdem er davon erfahren hatte, hegte er die Hoffnung, endlich einmal etwas Gutes zu tun. Er hatte nicht einmal daran gedacht, seinen Verleger davon zu unterrichten, dass er an der Sache dran war.

Die ganze Angelegenheit ist keine gewöhnliche Story mehr, die mir ein paar Kröten einbringen wird. Sie hat sich zu etwas sehr Persönlichem entwickelt.

Diese Erkenntnis ermöglichte es Frank, in diesem Augenblick beruhigt sagen zu können: *Die Vergangenheit ist wirklich Vergangenheit, lass sie ruhen. Alle Wenn und Aber werden nichts mehr ändern. Es kommt nun einmal so, wie es kommen muss. Es liegt an mir, das Beste daraus zu machen.*

Und um die einzelnen Puzzlestücke erfolgreich zusammenfügen, brauchte er Informationen. Leider war nur eines klar: Sid war hinüber, so schade das auch war. Er würde ihm keine brauchbaren Infos mehr liefern können. Dem Techniker waren alle Sicherungen durchgeknallt. Sein Verstand befand sich irgendwo anders – höchstwahrscheinlich würde er nie wieder in der Lage sein, einen vernünftigen Satz auszusprechen. Helfen konnte Frank ihm auch nicht.

Schreie zerrissen die Stille und drangen von draußen zu ihnen vor. Sie bildeten den Auftakt für etwas, das Frank niemals erwartet hätte …

Snooker reagierte als Erster im Raum. Der antrainierte Instinkt eines Bodyguards übernahm die Kontrolle über den Körper und steuerte sein Handeln. Er griff sich den völlig verdutzten Frank und zerrte ihn an die rechte Wand des Mausoleums. Gleichzeitig zog er die gestohlene Dienstwaffe.

Der Bodyguard spürte, dass Frank sich losreißen wollte, um zu Sid zu eilen, aber die ausgeprägten Muskelimplantate seines linken Arms drückten den Reporter erbarmungslos an der Wand fest.

Genau rechtzeitig. Denn in diesem Augenblick flog die Tür zum Mausoleum auf, und die beiden Ghulwachen fielen rücklings, von schwerem Maschinengewehrfeuer geschüttelt, in den Raum und die Stufen hinab. Die Geschosse durchschlugen die Körper, und diese verteilten anschließend freigiebig ihr Blut auf dem Boden und an den Wänden der Grabstätte.

Einige Querschläger pfiffen ziellos durch den Raum, und Sid wurde von einem seitlich am Kopf getroffen. Die rechte Gesichtshälfte des Mannes wurde förmlich weggerissen, und der tote Körper sackte schlaff in den zitternden Armen der Ghulfrau zusammen. Sie stieß einen schrillen, anhaltenden Verzweiflungsschrei aus, als sie bemerkte, dass der Mann in ihren Armen tot war. Das Blut des Mannes bespritzte ihr weißes Gesicht, und die blassen Augen der Frau leuchteten auf einmal rot vor Wut auf. Sie zog erneut ihr Messer und rannte gebückt im Schutz der linken Wand zur Eingangstür.

Der Ork hatte sich ebenfalls rechtzeitig in Sicherheit bringen können und hockte lauernd hinter einem marmornen Sarkophag. Der Hund kauerte sprungbereit mit gesträubtem Fell neben seinem Herrn und knurrte bedrohlich.

Eine mit einem schwarzen Ledermantel bekleidete Messerklaue trat von der Seite her geduckt durch die Tür des Mausoleums und ließ schnell den Lauf der Waffe durch den Raum gleiten. Die tödliche Mündung richtete sich sofort auf Snooker und Frank aus.

Gerade in dem Augenblick, als Snooker abdrücken wollte, sprang die Ghulfrau den Mann von der Seite her an und stieß ihm die Klinge des Dolchs zwischen Kragen und Mantel bis ins Heft tief in die Schulter. Der Samurai steckte den Schmerz, den die tiefe Stichwunde garantiert bewirkte, problemlos weg. Der Mistkerl war bestimmt mit hochstufiger Bodyware ausgerüstet, die automatisch den Körper mit schmerzstillenden Medikamenten versorgte. Langfristig war das natürlich keine gute medizinische Versorgung. Augenblicklich sorgte sie aber dafür, dass der Mann nicht nennenswert in seinen Bewegungen eingeschränkt wurde. Er wuchtete seine breite Statur nach links und stieß dabei die Ghulfrau kraftvoll zurück. Gleichzeitig hockte er ab und jagte der jetzt waffenlosen Angreiferin eine tödliche Salve durch den vermummten Leib. Die Frau wurde zwei Meter zurückgeschleudert, stürzte die Stufen hinab, riss dabei einige Ölschalen um und blieb regungslos in ihrem Blut liegen.

Der Ork und Snooker reagierten gleichzeitig. Sie schickten ihre tödlichen Argumente auf den Weg. Hackfresses Schrotflinte verwandelte die Waffenhand der Messerklaue in einen nutzlos sprudelnden roten Stumpf. Snookers Treffer durchschlugen die Shades des Mannes und verschafften auf diesem Weg seinem Hirn frische Luft zum Atmen. Der Tote wirbelte um die eigene Achse, ließ die Maschinenpistole fallen und blieb im Eingangsbereich liegen.

Rasend schnell waren der Ork und sein Hund hinter ihrem schützenden Versteck hervorgesprungen und zur Tür geeilt. Frank zerrte an Snookers Kragen und brüllte: »Los, wir müssen zu Sid! Wir brauchen seinen Polycorder! Ohne das Ding erfahren wir vielleicht nie etwas, das uns einen Schritt weiterbringt! Okay?«

Der Mann hat Recht.

Unsanft stieß Snooker Frank hinter den Sarkophag und knurrte: »Gut, aber du bleibst hier. Ich hole es.«

Bevor Frank etwas sagen konnte, pumpte Snookers Reflexbooster Adrenalin durch den Rückenmarkskanal, und er hatte die kurze Distanz zu Sids Leichnam schnell überwunden. Er griff sich die Tech aus den toten Händen und war wieder an seinen Platz neben Frank zurückgekehrt, bevor dieser zweimal geblinzelt hatte.

Hackfresse kniete währenddessen neben dem Türrahmen nieder und suchte die Dunkelheit draußen nach weiteren Gefahren ab.

Ein Kribbeln in Snookers Nacken warnte ihn rechtzeitig vor einer neuen Gefahr. Instinktiv riss er Frank zu Boden, wieder keinen Augenblick zu spät. Eine gut gezielte Salve verwandelte ihren ehemaligen Aufenthaltsort in eine zersplitternde Marmorbaustelle.

Sein Blick wanderte zu dem ihm bisher verborgen gebliebenen kleinen Fenster, wo er das Mündungsfeuer hatte aufblitzen sehen. Trotz des schmalen Spalts erkannte der Bodyguard die Schützin sofort.

Es ist die Beamtin Klahr, die Dornenpeitsche.

Sie hatte erneut auf ihn angelegt, und die nächste Salve würde ihn garantiert treffen. Snooker schützte mit dem eigenen Körper den von Frank. Als der Bodyguard den nächsten Feuerstoß hörte, hatte er gedanklich mit seinem Leben schon einmal abgeschlossen …

Keine Sekunde zu spät hatte sich die Jägerin umgedreht und in die hintere Ecke des Mausoleums zurückgezogen. Um die Ecke schlich ein Mann in schwarzem Ledermantel und hielt eine kleine Maschinenpistole in der Hand. Sie kannte den Mann nicht, noch wusste sie, was er hier wollte. Ihr ausgeprägter Überlebensinstinkt warnte sie aber davor, dem Fremden die nötige Zeit zum Handeln einzuräumen.

Er wird nicht zögern, die Waffe gegen mich einzusetzen.

Blitzschnell schoss ihre linke Hand vor und umklammerte das Handgelenk des Fremden. Um den Kampfspruch sicherer sprechen zu können, ließ sie ihren Unsichtbarkeitszauber fallen. Jetzt wirkte sie den Zauber, der dazu geführt hatte, dass sie in den hanseatischen Schatten unter dem Namen Dornenpeitsche bekannt geworden war.

Gedanklich sah sie, wie ein spitzer Dornenzweig auf den Unterarm des Mannes einschlug und sich um das Handgelenk wickelte. In der realen Welt wurde das Leder, das den Unterarm des Mannes bedeckte, aufgerissen, und blutige Striemen zogen sich über die jetzt freiliegende Haut. Zeitgleich schnellte ihre Rechte vor und ergriff den Hals des Opfers. Vor ihrem geistigen Auge sah sie, wie sich Dornenstränge um den Hals des Mannes legten. Unsichtbare Dornen traten am Hals des Mannes hervor, und sein Blut floss in Strömen aus großen Wunden. Jetzt hatte sie die Waffenhand des Unbekannten gefesselt und zeitgleich dafür gesorgt, dass er keinen Schrei ausstoßen konnte.

Das nächste Bild, das sie sich gedanklich vorstellte, sollte auch sein letztes sein. Eine tödliche Dornenkrone senkte sich auf das Haupt des Mannes. In seinen Augen konnte sie Verzweiflung und unbeschreiblichen Schmerz lesen, als die Wirkung ihres letzten Zaubers einsetzte. Der Blick ihres Opfers brach, und der Mann fiel tot zu Boden, als die unsichtbaren Spitzen sein Hirn erreichten.

In diesem Augenblick hörte sie Schreie aus der Siedlung ertönen. In einiger Entfernung sah sie grelles Mündungsfeuer aufblitzen, und danach peitschten Maschinengewehrsalven durch das Innere des Mausoleums.

Sie griff sich die Waffe des Unbekannten. Er würde sie in diesem Leben nicht mehr brauchen. Mit einem

Zauber schützte sie ihre Hände durch magische Handschuhe. Somit würde man ihre Fingerabdrücke nicht auf der Waffe finden, und zusätzlich würden beim Schießen keine verräterischen Schmauchspuren auf ihren Händen zurückbleiben. Jetzt war sie endlich in der Lage, sich Snookers Kopf zu holen. Sie würde einfach behaupten, dass sie den mutmaßlichen Killer am Tatort aus Notwehr zur Strecke gebracht hatte.

Als sie erneut durch das kleine Fenster schaute, hatte sich innen einiges getan. Ein zweiter Kerl im Ledermantel hatte gerade das Zeitliche gesegnet. Dornenpeitsche wusste sofort, dass es Zeit wurde, Snooker zu töten. Wenn sie es jetzt nicht tat, würde vielleicht ein anderer ihr die Trophäe vor der Nase wegschnappen. Oder er würde ihr ein zweites Mal entkommen können. Die Frau hatte sich selbst und ihrem Idol den Kopf des Mannes versprochen.

Dem Engländer gelang es, ihrer ersten Salve flink auszuweichen, aber bei der zweiten hatte sie ihn voll im Fadenkreuz.

Er schließt schon mit seinem Leben ab und beugt sich den Gesetzen der Jagd. Er weiß, was ihn erwartet, deutete die Frau richtig, als Snookers Blick dem ihren begegnete.

Gerade als ihr Finger sich leicht krümmte und sie abdrücken wollte, hörte sie, wie jemand rechts von ihr eine Waffe entsicherte.

Die folgenden Treffer bohrten sich schmerzhaft in ihre Seite und rissen sie von den Beinen. Die Waffe entglitt ihrem kraftlosen Griff und landete außerhalb ihrer Reichweite. Eine Kugel hatte ihre Wirbelsäule zerschmettert, und sie registrierte, dass sie sich nicht mehr bewegen konnte.

Aus der Dunkelheit kam die untersetzte Gestalt des Ghuls aus dem Mausoleum auf sie zugeschlichen.

Sie wollte schreien, aber auch das gelang ihr nicht. Sämtliche Muskeln hatten den Dienst quittiert.

Sie wollte die Kraft des Jägers um Hilfe anrufen, aber auch dieser hatte sich von ihr abgewandt.

Ihr Blickfeld wurde von dunklen Schleiern getrübt. Schemenhaft nahm sie wahr, wie der Ghul ihr eigenes Messer aus der Lederscheide zog und die Klinge an ihre Halsschlagader setzte.

Ich bin zur Beute geworden, und mein Jäger nimmt sich das, was ihm zusteht …

Ich lebe, war Snookers erster Gedanke, auch wenn er es immer noch nicht fassen konnte.

Ein Mann in einer weißen Robe, mit Gesichtsmaske und Schrotflinte in den Händen, durchbrach seine Lethargie, als dieser durch den Eingang ins Innere des Mausoleums sprang. Bevor er einen Schuss mit seiner Schrotflinte abgeben konnte, war Beißer dem Mann bellend an den Hals gesprungen. Die Wucht des Aufpralls ließ ihn mit wehender Robe auf den Rücken stürzen. Knirschend schlossen sich die starken Kiefer um den Hals, und Beißers Fänge bohrten sich tief in das Fleisch des Mannes. Der Hund zerfetzte den Kehlkopf des Opfers. Die gurgelnden Laute verstummten nach einigen Sekunden.

Hackfresse schrie Snooker an: »Hey, hau mit Frank ab! Ich fürchte, ein paar Policlub-Mitglieder lassen da unten eine Überraschungsparty steigen und haben vergessen, mich einzuladen. Ich werd den Bleichsäcken mal unter die Arme greifen. Hier trennen sich unsere Wege. Schließlich habt ihr Sid gefunden. Haltet die Ärsche tief … ihr scheint, obwohl ihr Norms seit, ganz in Ordnung zu sein.«

Er lud die Schrotflinte durch, wartete aber noch auf etwas. Frank raffte sich auf und warf dem Mann einen Ebbie zu. Die Pranke des Orks fing das deutsche Zahlungsmittel gekonnt auf. Nach einem kurzen Kontrollblick belohnte der Meta Frank mit dem Senken seines

Antennenhimmels auf dem Kopf. Die Summe schien ausreichend zu sein, und am Eingang des Mausoleums trennten sich ihre Wege.

Nach zwei Metern in Richtung Siedlung machte Hackfresse noch einmal Halt und rief ihnen zu: »Haltet euch Richtung Westen! Dort werdet ihr nach etwa zwanzig Minuten auf die Ausläufer des Parks stoßen. Von dort aus wisst ihr wohl am besten selbst, wo ihr hinwollt.«

Ohne ein Wort des Dankes abzuwarten, verschwand der Ork aus ihrem Sichtfeld.

Trotz der Ungewissheit, die vor Frank und Snooker lag, waren sie froh darüber, endlich den Schrecken des Limbus den Rücken kehren zu dürfen, auch wenn es weiterhin noch viele Fragen gab, die ungeklärt blieben. Platschend suchten sie sich einen Weg durch die dampfende, endlos erscheinende dunkle Landschaft des Limbus und wichen gelegentlich einigen Sumpflöchern aus.

B.
Zwischenspiel der Reprise

Duett der Ängste

Die alles verzehrende Müdigkeit verschwand, und zum ersten Mal nahm Eternity in ihrer Umgebung Geräusche wahr. Bevor sie die Augen aufschlug, hörte sie das beruhigende Plätschern einzelner Wassertropfen, das sie an hüpfende Terzen erinnerte. Eingeschüchtert, aber dennoch neugierig, schlug sie die Lider auf.

Sie war zwar blind, aber mit den Jahren hatte sie gelernt, ihre magischen Fähigkeiten einzusetzen. Gewöhnlich ortete sie ihre Umgebung, was man wirklich nur mit der angeborenen Fähigkeit einer Fledermaus beschreiben konnte. Zusätzlich hatte sie aber auch gelernt, so etwas wie *sehen* zu können. Dafür musste sie sich sehr stark konzentrieren, und dann nahm sie so etwas wie einzelne Standbilder wahr. Den Blick kreisen lassen konnte sie nicht.

Nach einigen Sekunden hatten sich ihre magischen Augen an das ungewohnt warme Licht gewöhnt, und sie konzentrierte sich als Erstes auf ihre Liegestätte. Langsam formte sich ein Bild vor ihren geistigen Augen, und es dauerte einige Zeit, bis sie alle Informationen ausgewertet hatte. Sie lag nackt auf einem einfachen Strohbett, und ihr Körper war in eine grob gewebte Wolldecke eingehüllt. Das Licht einer einsamen Kerze, die auf einem roh gezimmerten Holztisch stand, erhellte den engen Raum.

Danach richtete sie ihre Sinne auf alle vier Seiten des Zimmers, um am Ende eine Analyse aller Bilder aufstellen zu können. Zusätzlich spürte sie einen leichten Luftzug auf der Haut. Das von ihr aufgenommene Bild der Kerze war leicht verwackelt gewesen, was bedeuten konnte, dass es von irgendwoher zog. Es musste von der Holztür ausgehen, da sie sonst keine Fenster oder irgendeine andere Öffnung *gesehen* hatte. Schieferplatten, zumindest erinnerten sie Eternity daran, bedeckten die Wände und zogen sich über die gewölbte Decke des Raums. Der Boden war mit grob verfugten Steinplatten ausgelegt.

Das Ganze vermittelte ihr den Eindruck, dass sie sich in einer unterirdischen Höhle aufhielt. Aber das konnte nicht stimmen, da es unter der Erde für gewöhnlich kalt war. Sie fror aber nicht, und eine wärmende Feuerstelle hatte sie auch nirgends ausgemacht. Im Gegenteil, sie empfand es sogar als angenehm warm hier.

Von ihrem Strohlager aus berührte sie mit den Fingerspitzen die felsige Wand zu ihrer Linken. Tastend glitten ihre Finger über die Oberflächenstruktur, und diese erinnerte die Sängerin wirklich an Fels. Nur mit dem entscheidenden Unterschied, dass die Berührung angenehm warm war, fast so, als hätten wärmende Sonnenstrahlen das Gestein erhitzt. Eternity hegte die Vermutung, dass sich eine Art Heizung darunter befand, was bedeutete, dass der Raum künstlich erbaut worden war und alles nur Fassade sein konnte.

Neben dem Fußende ihres Lagers ortete sie weitere Gegenstände. Den Signalen nach mussten es eine Platte und zwei weitere Gegenstände sein. Sie konzentrierte sich erneut, und erst jetzt bemerkte sie ein Holztablett seitlich an ihren Füßen. Darauf befanden sich ein mit einer roten Flüssigkeit gefüllter goldener Kelch und ein einzelnes helles Brotstück. Ansonsten schien der Raum leer zu sein, und es gelang ihr nicht, den Ursprung der Tropfgeräusche auszumachen.

Auch wenn sie dieser Raum an eine Zelle erinnerte, wusste Eternity, dass sie hier keine Gefangene war und für sie kein Grund zur Angst bestand. Sie hatte sich freiwillig hierher begeben und ihr Leben vertrauensvoll der Hand des Ordens anvertraut, von dem sie ein Teil werden wollte. Viel wusste sie zwar noch nicht von dem Orden, aber die Ruhe und Ausgeglichenheit, mit der ihr der Ordensvorsteher bei ihrem ersten Treffen in England begegnet war, hatten sie von den aufrichtigen Absichten dieses Zusammenschlusses überzeugt.

Der Mann, Karl hieß er mit Vornamen, war über einige Umwege an sie herangetreten und hatte zum ersten Mal im Britischen Museum den Kontakt mit ihr gesucht. Dies alles war zu einer Zeit geschehen, in der sich ihr Agent Rebers von einer schweren Operation erholte und sie in den seltenen Genuss von so etwas wie Freizeit gekommen war.

Sie war nicht dazu gezwungen gewesen, ständig an irgendwelchen organisierten Presseterminen oder Photoshootings teilzunehmen. Dafür hatte sie unzählige Stunden in den vielen Bibliotheken der British Library verbracht und sich die Audioumsetzungen von so antiquierten Informationsträgern wie Büchern des letzten Jahrhunderts angehört. Ganz besonders hatte es ihr aber die Musik eines blinden Sängers von damals angetan. Jeff Healey war der Name des blinden Sängers und Gitarristen, der seine elektrische Gitarre wie eine Zither bediente. Auf diese Weise hatte er auf seinem Instrument Tonfolgen spielen können, die man mit der herkömmlichen Spielweise nicht so leicht realisieren konnte. Es war beeindruckend gewesen, zu hören, wie der Mann seine ganze Energie und Liebe in die Musik einbrachte. Sein Album ›Did you see the light‹ hatte Blues- und Rock-Elemente geschickt miteinander kombiniert, und die Gitarre zerrte an den Gefühlen des Zuhörers, vermittelte eine Einheit, die man einfach nicht überhören konnte, wenn man ein Faible für altertümliche Musik besaß.

In Eternity war über die Jahre ein unstillbarer Wissensdurst erwacht. Sie wollte wissen, ob es noch andere Menschen wie sie gegeben hatte. Menschen, die auch für die Musik gelebt hatten und vielleicht auch latent magisch aktiv gewesen waren. Endlich hatte sie die Zeit gefunden, einen kleinen Teil ihres Wissensdursts stillen zu dürfen.

Karl hatte sie auf ganz geschickte Weise in ein Gespräch verwickelt. Auch jetzt konnte sie sich nicht mehr genau daran erinnern, wie ihm das gelungen war. Aber von einem Moment auf den anderen hatten sie sich in heftigsten Diskussionen wiedergefunden.

Er vertrat die provozierende Ansicht, dass nur handgemachte Musik die Seelen der Menschen erreichte. Eternity war der festen Überzeugung gewesen, dass neue, elektronische Musik dazu viel besser in der Lage war. Und dann war es ihm gelungen, das Gespräch dahingehend zu ändern, dass sie am Ende der Überzeugung war, eine geschickte Kombination von beiden Ansichten würde das ultimative Endergebnis darstellen. Am Schluss hatte sie gelacht, da ihr zum ersten Mal aufgefallen war, dass seine Stimme die unterschwelligen Schwingungen magischer Manipulation in sich barg. Ihm war es nicht verborgen geblieben, dass sie es bemerkt hatte, und er hatte in ihr Lachen eingestimmt.

Die Bibliotheksaufsicht hatte sie diskret gebeten, ihre Diskussion außerhalb der stillen Räumlichkeiten fortzuführen. Eternity hätte dies gerne getan, aber sie wusste, dass ihr Bodyguard bereits am Ausgang der Bibliothek wartete. Es war ihr nicht möglich, ein unbeschwertes Leben in der Öffentlichkeit zu führen. Ständig hatte sie einen Babysitter bei sich gehabt, der darauf Acht gab, dass sie nicht zu lange mit der Welt außerhalb in Kontakt trat.

Karl hatte so etwas geahnt. Deshalb hatte er sie gefragt, ob sie ihm vertrauen würde. Der Mann war ihr auf Anhieb sympathisch gewesen, und sie hatte während des Gesprächs gehört, dass Musik einen wichtigen Bestandteil seines Lebens ausmachte. Sie konnte es nicht erklären, aber sie hatte Vertrauen zu ihm gefasst und mit einem aufrichtigen ›JA‹ geantwortet. Daraufhin hatte er einen Zauber auf sie gewirkt, der ihrer beider Äußeres veränderte, und somit waren sie in der Lage gewesen, ihrem Bodyguard für einige Zeit zu entschwinden. Dem Mann war später gar nicht aufgefallen, dass die Sängerin fort gewesen war, auch wenn er sich darüber gewundert hatte, wo die Krümel auf ihrer Bluse herstammten.

Allein die Tatsache, dass Karl einen Zauber innerhalb der British Library sprechen durfte, war Beweis genug dafür, dass sie ihm vertrauen durfte. Die Bibliothek wurde magisch überwacht, und Karl musste über Kontakte und Befugnisse verfügen, die ihn dazu autorisierten, einen Zauber innerhalb der geschützten Räume zu wirken. Hätte dies ein anderer getan, wäre das magische Sicherheitspersonal bestimmt über denjenigen hergefallen, um ihm die Seele aus dem Leib zu reißen und ihn den Behörden zu übergeben.

Karl hatte sie in ein gemütliches Teehaus, gelegen in einer kleinen Seitenstraße der Oxford Street, geführt und sie zu Apfelstrudel und Früchtetee eingeladen. Sie erinnerte sich immer noch an das klappernde Teeservice und die aufgeschnappten Gesprächsfetzen einzelner Tischnachbarn. Sie war immer daran interessiert zu erfahren, was Menschen außerhalb der gesteuerten Medienwelt dachten, und Eternity genoss die seltenen Momente, in denen sie einen Hauch von Emotion und Nebensächlichkeiten einer ihr sonst verschlossenen Welt aufnehmen durfte.

Während des köstlichen Tees hatte Karl sie aufrichtig gefragt, ob sie Interesse daran hätte, ihr Leben einzig und allein der Musik zu verschreiben. Er gestand ihr auch, dass er sich im Vorfeld genauestens über sie erkundigt hatte.

Das Gesagte zeigte ihr, dass er sich einer ganzen Menge Informationsquellen bedient haben musste, und diese konnten auch nicht alle legal gewesen sein, da er über vieles Bescheid wusste, was der Öffentlichkeit unbekannt war. Er wusste, dass sie eine magisch Begabte war und mit ihrer Stimme die Zuhörer manipulieren konnte. Diese außergewöhnliche Fähigkeit vermuteten viele bei ihr, aber keiner konnte es mit so einer Gewissheit sagen wie er. Karl wusste von dem Unfall, den sie mit dreizehn Jahren gehabt hatte. Das war der Moment in ihrem Leben gewesen, als sie wegen eines Reitunfalls ihr Augenlicht verlor. In der anschließenden schlimmen Zeit der Dunkelheit war sie sich zum ersten Mal der Kraft ihrer Stimme bewusst geworden.

Diese Energie war die ganze Zeit über da gewesen, es hatte nur der Auslöser gefehlt, um in ihr den Funken zum Zünden zu bringen. Wäre der Unfall nicht gewesen, hätte sie höchstwahrscheinlich ihre latenten Fähigkeiten nie bewusst wahrgenommen und wäre für immer magisch stumm geblieben.

Natürlich hätte sie durch eine Operation ihr Augenlicht zurückgewinnen können, aber sie hatte sich vehement dagegen gewehrt. Sie wollte keine Cyberware in ihrem Körper dulden, denn diese hätte ihre erwachte Stimme negativ beeinflusst und ihr vielleicht die neu gewonnene Macht wieder genommen. Die Blindheit spendete ihr Kraft und Inspiration, über das zu singen, was sie einst gesehen hatte und nun missen musste. Der zarte Hauch einer gewollten Melancholie schwang in ihren Liedern mit.

Und all das wusste Karl, ohne dass sie es je einem Menschen in ihrem Leben erzählt hatte.

Er machte ihr keine leeren Versprechungen von Geld

und Ruhm, sondern berichtete ihr von einem Orden, der im Geheimen agierte. Seine Mitglieder waren über lange Jahre genauestens ausgesucht worden und verschrieben ihr Leben voll und ganz der Erforschung von Musik, Tönen und ihrer Wirkung auf Menschen und Elementare. Das Ganze hatte sie ungemein fasziniert, und er hatte es ihr so voller Hingabe berichtet, dass es sie überzeugen konnte.

Es muss einfach mehr im Leben geben als das Anhäufen von Geld und Ruhm; Menschen, die nicht an weltlicher Macht interessiert sind, sondern alles aufgeben, um in Frieden lernen, lehren und singen zu dürfen.

Auf Umwegen hatte er dann alles für ihre Flucht arrangiert und sie insgeheim mit Informationen über den Ablauf versorgt. Das allein war schon eine Meisterleistung gewesen. Der englische Medienkonzern Royalty-Voices hatte sich bereit erklärt, Eternitys Verträge an Siegel-Devil-Records zu übertragen, und für gewöhnlich war das nicht so mir nichts, dir nichts zu realisieren. Die Sängerin wusste aber bis jetzt nicht, wie Karl das alles arrangiert hatte.

Beizeiten werde ich ihn danach fragen, notierte sie innerlich für den Zeitpunkt, wenn alles überstanden war.

Jetzt war ihr erst einmal die Flucht gelungen, aber richtig glücklich konnte sie nicht darüber sein.

Um das zu ermöglichen, sind zwei Menschen gestorben.

Der Samurai aus Karls Copter und Rebers hatten dafür mit ihrem Leben bezahlt. Die Sängerin überlegte, ob sie etwas falsch gemacht hatte.

1. Rebers war in den Fluchtplan nicht eingeweiht, und in diesem Augenblick machte Eternity sich große Vorwürfe, ihn überhaupt in die ADL mitgenommen zu haben.

Aber wie hätte es in der Öffentlichkeit ausgesehen, wenn ich nach Hamburg gereist wäre, ohne den Menschen mitzunehmen, der meine berufliche Karriere von Anfang an ge-

fördert und gelenkt hatte? Siegel hätte riechen können, dass etwas faul war.

Rebers' Anwesenheit war bisher immer ein fester Bestandteil aller Vertragsinhalte gewesen. Er hatte ihre Fähigkeiten einst erkannt und gefördert. Ihr Manager hatte ihr die Türen zu den Unterhaltungsgiganten geöffnet und mit seiner erfolgreichen Spürnase die besten Auftritte gewittert. Seine Erfahrungen im Publicity- und Werbebereich waren unersetzlich gewesen, aber mit der Zeit hatte Eternity gespürt, dass der Mann sie zwar mochte, aber letzten Endes nur am Profit interessiert war.

Er ist in einer Konzernwelt groß worden und hat noch nicht einmal im Ansatz meine Liebe zur Musik nachvollziehen können.

2. Ihren Bodyguardservice VIP-Best-Health hatte sie rechtzeitig in England abbestellt und auf eine internationale Fortführung der Verträge verzichtet. Eternity hatte nicht gewollt, dass die Angestellten aufgrund ihrer professionellen Berufseinstellung mit ihrem Leben bezahlen mussten. In den letzten Jahren waren ihr einige ans Herz gewachsen, da sie viel Zeit miteinander verbracht hatten und sie so etwas wie ein Teil ihrer kleinen Familie geworden waren. Schließlich hatten sie Eternity persönlich kennen gelernt, und in ihrer Freizeit war die Sängerin ganz anders als auf der Bühne.

3. Die Idee mit den Runnern war ihr auf Anhieb sympathisch gewesen. Alles, was sie bisher über Runner gewusst hatte, waren Informationen aus dem Trid gewesen, nicht mehr. Als sie dann aber schließlich Paul und das Team Pik-Dame kennen gelernt hatte, war ihr aufgefallen, dass dies Menschen und nicht, wie erwartet, Raubtiere waren. Sie hoffte zutiefst, dass die Runner überlebt hatten. Wären ihre ersten Erwartungen erfüllt worden und ihr angemieteter Schutz hätte sich als gewalttätige Gruppe von Gesetzlosen entpuppt, hätte

sie keinen weiteren Gedanken an sie verschwendet. So aber wünschte sie ihnen – ganz besonders Paul – viel Glück.

Auf einmal verspürte sie starken Durst. Das konnte an der Luft hier liegen. Eternity erinnerte sich an den Kelch neben ihren Füßen und ertastete ihn vorsichtig. Langsam führte sie das angenehm kühle Gefäß mit beiden Händen an die Nase. Der Wein roch würzig, schwer und bewirkte ein angenehmes Kribbeln in der Nase.

Vorsichtig nippte sie an der Flüssigkeit und ließ den Wein seine Wirkung entfalten. Er war halbtrocken, und sie bemerkte, dass er mit anderen, ihr unbekannten Zutaten gemischt worden war. Sie biss ein Stück Brot ab und registrierte einen leichten Myrrhegeschmack.

Langsam gelang es ihr, das kürzlich Erlebte auszublenden. Das aufkommende Gefühl der Ruhe wurde aber dennoch von einem unterschwelligen Angsthauch getrübt. Karl hatte ihr nämlich verraten, dass ihr Aufnahmeritual in den Orden nicht ungefährlich war. Falls sie versagen sollte, wäre es möglich, dass sie starb.

Aber wäre das keine gerechte Strafe für mich? Bin ich nicht an dem Tod zweier Menschen schuld?, waren ihre letzten Gedanken, bevor das Plätschern der unsichtbaren Tropfen in Eternitys Kopf lauter wurde und sie entfernt an das dunkle, dumpfe Dröhnen einer Kirchenglocke erinnerte …

Der alte Mann mit dem vernarbten Gesicht benötigte nur einen einzigen Gedanken, um die magische Barriere, die seinen Raum komplett umgab, zu aktivieren. Sofort verstummte das laute Dröhnen der Glocke von außerhalb, und einzig das kratzende Geräusch seines antiquierten Federkiels auf Pergament war zu hören. Dunkle Linien formten die kunstvoll geschwungenen Buchstaben seiner ausgeprägten Handschrift, und so mancher Kalligraph von früher hätte den Hut vor solcher Exaktheit gezogen. Der Kiel sah zwar alt aus, war aber im Innern mit einem elektronischen Sensor gekoppelt. Dieser übermittelte die Daten an einen Computer, der sich im Inneren des schlichten Holzsekretärs befand, an dem der Mann saß. Ein Großteil der Einrichtung innerhalb der unterirdischen Anlage war bewusst spartanisch und alt gehalten. Der Orden verfolgte damit das Ziel, dass sich seine Novizen und Lehrer auf das Wesentliche konzentrierten: Musik, Lehren, Lernen.

Das Glockensignal benötigte er nicht. Schließlich wusste er, wie viele Stunden es noch dauerte, bevor sie mit ihrem Ritual beginnen konnten – er war es gewesen, der den Zeitpunkt bestimmt und alles dafür vorbereitet hatte.

Das Ritual … was haben wir alles dafür auf uns genommen?, dachte er und ließ die vielen Jahre an sich vorüberziehen, die seit der Gründung des Ordens vergangen waren.

Es waren annähernd sechsundvierzig Jahre ins Land gezogen. Die anfängliche Aufbauphase des Ordens war sehr hart gewesen und hatte sich über zwanzig Jahre hingezogen. Eine Zeitspanne, die dem Mann mittlerweile wie eine Ewigkeit vorkam, wenn man bedachte, wie viele Steine er aus dem Weg geräumt hatte.

Zuerst hatte Karl eine Karriere als erfolgreicher Dozent an der magischen Universität zu Heidelberg meistern müssen, bevor er die Position erlangte, in Hamburg einen Zirkel gründen zu dürfen.

In den Augen der Öffentlichkeit galt Karl als Musikprofessor, der Werke wie ›Musiktheorie der Erwachten‹, ›Geasa – wie man lernt, mit den Einschränkungen zu leben‹ und ›Die Fähigkeiten magisch begabter Adepten in der Sechsten Welt‹ veröffentlicht hatte und die dort erarbeiteten Inhalte lehrte.

Sein Memorandum über Geasa, welches er vor zwanzig Jahren publizierte, hatte viele Dozenten magischer Fächer in helle Aufruhr versetzt. Er vertrat darin öffentlich die These, dass Geasa keine Beschränkung der magischen Fähigkeiten darstellten, sondern einem Zauberer den Weg zur vollkommenen Entfaltung ebneten. Wenn zum Beispiel ein Magier sang, um Magie wirken zu können, nannte man das ein Inkarnationsgeas. Karl behauptete aber, dass diese Einschränkung der erste Schritt für den Anwender sei, Magie in ihrer komplexen Wirkung bewusster wahrzunehmen. Dadurch, dass der Zaubernde sich viel mehr auf sich selbst konzentrierte, erfuhr er mehr über sich und die Sechste Welt, als es vorher der Fall gewesen war. Eine Ausbildung in Gesang und Gestik stellte für ihn die vollkommene Art des Zauberns dar. Geist und Körper mussten eine Einheit bilden, bevor sie zusammen die auferlegten Grenzen überwinden konnten. Wenn man also hart genug an sich arbeitete, würde man die auferlegten Bande irgendwann abstreifen können oder gar nicht erst gezwungen sein, sie anzunehmen, da man sie nicht mehr als Einschränkung seiner Fähigkeiten wahrnahm.

Seine These hatte im Kirchenstaat Münster sogar dafür gesorgt, dass man ihn dort exkommunizierte. Er hatte nämlich auf Anfrage des Kirchenstaats öffentlich behauptet, dass man kein Gläubiger sein müsse, um diese Erkenntnis erlangen zu können. Die Kraft ruhe in jedem Menschen selbst, und es existierten unterschiedliche Methoden, dieses Ziel zu erreichen. Das Christentum sei ein möglicher Weg für einen christlich geprägten Menschen, stelle aber nicht die einzige Lösung dar. Der Glaube an ein Totem sei genauso gut vorstellbar.

So viel Ärger das Ganze ihm auch eine Zeit lang eingebracht hatte, so viele Türen öffnete es ihm auch. Hamburg war die Geburtsstadt Karls. Zu jener Zeit hinkte sie allerdings so bekannten Universitätsstädten wie Heidelberg oder Tübingen in Sachen Magie weit hinterher. Deshalb war die Stadt damals gerne bereit, einem jungen Revolutionär einen Lehrstuhl anzubieten.

Mit der Erlangung dieser Professur war es Karl endlich möglich gewesen, sein Studium der Wechselwirkung zwischen Musik und Magie voranzutreiben. Im Verborgenen gründete er einen Orden und machte sich daran, seine Techniken zu verfeinern. Mittlerweile war er ein alter Hase und hatte seine ganze Energie in die Entwicklung des Ordens gesteckt.

Bin ich manchmal über das Ziel hinausgeschossen?, fragte er sich, als er so zurückblickte.

Dies war leider eine Frage, die er mit einem großen JA beantworten musste. In seinen jungen Jahren war er sehr ungestüm gewesen. Dies war zu einer Zeit geschehen, als er kein Interesse an einem Lehrstuhl gehegt hatte. Magie und Macht waren seine Ziele gewesen. Und damals hatte er Erfahrungen gemacht, über die er jetzt besser nicht nachdenken wollte. Die Geister der Vergangenheit würden ihn früh genug einholen. Die Ereignisse, die gar nicht so weit zurücklagen, nagten viel mehr an ihm.

Der Tod der gemieteten Messerklaue war etwas, das dessen Berufsrisiko ausmachte und auf das er sich freiwillig eingelassen hatte. Aber Eternitys Zukunft bereitete ihm sorgen. Wenn sie nun starb?

Natürlich hatte sie sich freiwillig zu diesem Ritual bereit erklärt. Aber war es gut, dass er ihr diesen Vorschlag überhaupt unterbreitet hatte? Sie hatte die einzelnen Lehrstufen des Ordens noch nicht absolviert. Die Sängerin war ein Neuling und vertraute in vielen Dingen zu sehr ihren Gefühlen. Seine ursprüngliche These war eigentlich vollkommen gegensätzlich.

Nur war sie auch keine Magierin, sondern eine Adeptin. Karl hatte bemerkt, dass sie eine ungemeine Kraft anrufen und in ihre Stimme legen konnte, wie er sie bisher nur einmal gehört hatte. Ihre Stimme erinnerte ihn an seine Frau Clarissa, die bei einem ähnlichen Ritual gestorben war.

Eternity war jedenfalls eine der wenigen auf dieser Welt, die Elementare und Geister mit ihrem Gesang beeinflussen konnte. Genau wie seine Frau damals, und genau darauf kam es bei dem Ritual an.

Eternitys Stimme sollte die einzelnen Chorstimmen vereinen und anleiten. Dieses gebündelte Mana würde ausreichen, um dem Freien Geist die nötige Kraft zu liefern, die er brauchte, um in Erfahrung zu bringen, von welchem Metaort die Frau ihre Kraft bezog und was sie genau bewirkte. Ihr Ziel war es, die magische Zitadelle der Frau auszumachen. Der Freie Geist würde in dem Ritual die Rolle des Ritualspähers übernehmen und die astrale Verbindung entlang gleiten.

Würden sie erst einmal wissen, woher das Mana stammte, wäre es ihnen möglich, vieles wiedergutzumachen, was er einst vielleicht ausgelöst hatte. Seine Frau würde Karl damit nicht wieder lebendig machen können. Vielleicht würde es ihm aber die Kraft spenden zu glauben, dass ihr Tod nicht völlig umsonst gewesen war.

Ihr gemeinsames Ritual vor annährend sechsundvierzig Jahren hatte viele Fragen aufgeworfen. Die Fragen nach dem Ursprung dieser Kraft oder was mit ihrem neu gebündelten Mana geschehen war, stellten nur zwei von vielen dar. Und genauso sah es auch mit den Erkenntnissen aus, die er seither gewonnen hatte.

Vor einigen Jahren hatte Karl einen Schüler besessen, den er tiefer mit seinen Thesen in Berührung brachte. Stefan Brückner war der Name des Mannes, und er war ein gelehriger und fleißiger Schüler gewesen. Aber dann war ihm diese mächtige Magie zu Kopf gestiegen, und er hatte Karls Erkenntnisse missbraucht, um sich damit Vorteile innerhalb seines Konzerns zu verschaffen. Stefan hatte Karls Theorien weiterentwickelt, was an sich gut war, aber leider auch seine Fähigkeiten überschätzt und damit das Unmögliche schaffen wollen. Arkanes Material, das keiner Essenz bedurfte.

Die dumpfe Stimme des Freien Geistes unterbrach seine Gedanken. Karl hatte gar nicht bemerkt, dass er die Barriere passiert hatte. Dies wäre ihm auch nur aufgefallen, wenn er sich darauf konzentriert hätte. Der Geist hatte seinerzeit freiwillig dabei geholfen, sie zu errichten, und deshalb konnte er sie problemlos passieren.

»Ich entnehme deiner Aura, dass du an damals denkst, alter Mann?«, fragte ihn das Wesen, und Karl war sich nicht sicher, ob es seine Gedanken gelesen hatte oder einfach nur gut im Raten war.

»Du hast Recht, aber bevor du mehr von mir erfährst, möchte ich wissen, wo du warst. Nennen wir es ›quid pro quo‹«, antwortete er ausweichend, da sich Karls Gedanken mit einem Thema befassten, in dem sie beide unterschiedliche Meinungen vertraten.

»Ich war im Auftrag eines gemeinsamen Bekannten unterwegs und habe eine gute Tat vollbracht – zumindest kannst du das so auffassen. Ich finde, das dürfte als Antwort genügen.

Und du hast an James gedacht. Stimmt's?«

Das Feuerwesen, welches Stefan einst beschworen hatte, hieß so. James war genauso alt gewesen wie das Wesen hier vor ihm. Es hatte seinen ehemaligen Schüler Stefan aber getäuscht und vorgegeben, ein junger Elementar zu sein. Als Karl davon erfahren hatte, war es bereits viel zu spät gewesen. Sein ehemaliger Schüler hatte ihm nie davon berichtet, und sie hatten auch nicht mehr viel Kontakt miteinander gehabt, nachdem Stefan ihm mitgeteilt hatte, dass er sich vom Orden trennen und eigene Ziele verfolgen würde. So hatte Karl erst wesentlich später und auf Umwegen von den Geschehnissen gehört.

Dieser Gedanke veranlasste Karl zu fragen: »Und wieso hat James Stefan geholfen?«

Die Antwort des Wesens war die gleiche wie immer.

»Er wollte Stefans Einfluss und Magie dazu gebrauchen, einen Weg in eure Welt zu finden. James wollte die erste Stimme des Liedes übernehmen und hatte keine Lust, so lange darauf zu warten, bis du mit deinem Orden den Sterblichen findest, der dazu in der Lage ist. Die Suche nach dem Ursprung von uns in dieser Welt war sein einziges Ziel. Seiner Meinung nach musste er nun einmal diesen Trick anwenden. Er wollte uns aber später dazuholen. Eigentlich wollte er nichts Böses, alter Mann.«

Karl wurde ungehalten, weil der Geist den anderen abermals in Schutz nahm.

»Ach, jetzt soll ich wieder schuld sein? Weil ich Stefan die Kraft gezeigt habe? Wegen James sind Menschen gestorben, und er hat alles gefährdet, was wir bisher erreicht haben!«

Das Wesen schien der Unterhaltung überdrüssig zu werden, ließ sich aber doch zu einer Antwort herab – wiederum einer Antwort, die Karl bereits kannte.

»Ich verstehe, dass du ihm das vorhältst, aber er vertrat nun einmal die These, dass der Zweck die Mittel heiligt. Aqua und ich haben versucht, ihn davon abzuhalten. Aber du weißt selbst, wie es endete. Sie sind nicht eins mit der Kraft geworden, die sie geschaffen hat, sondern haben sich gegenseitig ausgelöscht. James' freier Wille hat ihm, genau wie vielen von euch Sterblichen, die Sicht für das Wesentliche getrübt. Er hat das Unmögliche erreichen wollen. Wir können nicht sterblich werden und singen. Das Ritual von dir und die Stimme deiner Frau haben unsere Schicksale miteinander verflochten. Ich kann erst erfahren, woher ich stamme und wieder eins damit werden, wenn es dir gelingt, das Ritual zu wiederholen. Und erst dann wirst du Antworten auf deine Fragen erhalten, die dich so sehr quälen.«

Wieso kann dieses Wesen so verdammt sachlich bleiben?

»Ach, jetzt liegt es wieder an mir, die Kohlen aus dem Feuer zu holen?«

Das Geistwesen machte sich bereit zu verschwinden, blieb aber doch einen Augenblick länger und meinte: »Du weißt genauso gut wie ich, dass ich bei einem Fehlschlag des Rituals heute aufhören kann zu existieren. Wenn Eternitys Stimme nicht die richtige ist und das Ritual außer Kontrolle gerät, werden wir alle sterben, weil uns die erbarmungslose, ungebündelte Kraft der Metaquelle zerreißen wird. Wir haben uns beide diesen Weg nicht ausgesucht, aber beschreiten müssen wir ihn trotzdem und vor allen Dingen gemeinsam.«

Es machte eine kurze Pause und meinte abschließend: »Kurz vor Erreichen eurer Ziele werdet ihr Sterblichen unausstehlich. Tue am Besten einfach das, was du tun musst, und verliere dich nicht in sinnlosen Fragen nach dem Wenn und Aber. Es wird Zeit. Ich verschwinde besser und lasse dich jetzt allein. Da kommt nämlich jemand, der dir noch etwas sehr Wichtiges zu erzählen hat …«

Mit einer neuen Frage im Raum ließ das Wesen Karl allein zurück, und dieser dachte erzürnt: *Ich verfluche den Tag, an dem ich dich getroffen habe.*

Die Tür seiner Kammer öffnete sich langsam, und die Asiatin betrat das Zimmer. Karl liebte sie, und deshalb verblasste sein Zorn nach einigen Sekunden. Seine Gefühle rührten nicht allein daher, dass ihre Stimme ihn an seine verstorbene Frau erinnerte, sondern hatten eher mit der Tatsache zu tun, dass er der Sucher war, der sie damals für den Orden entdeckt und auserwählt hatte. Ihre braunen Augen suchten seinen Blick, und als sie neben ihm stand, legte er den Federkiel beiseite und streichelte zärtlich ihr seidenes Haar.

3.3
Reprise

TERZEN DES ZWIESPALTS

Der Wind spielte mit dem Haar der Frau. Sie stand am Kai und schaute nachdenklich in die Dunkelheit. Schneidende Kälte strich ihr ins Gesicht, und die Böen heulten in unregelmäßigen Abständen durch die engen Häuserschluchten des düsteren Kanals. Die Frau kniff aber nicht wegen der Kälte die Lippen zusammen, sondern schien eigenen, dunklen Gedanken nachzuhängen.

Paul kannte diesen Gesichtsausdruck nur zu gut. Pandora zeigte ihn immer, wenn sie etwas zutiefst getroffen hatte und sie mit sich rang, ihre Emotionen nicht nach außen dringen zu lassen. Diese Verhaltensweise hatte sie wohl in ihrem Konzernleben angenommen und mit in die Welt der Schatten gebracht.

Gefühle sind etwas Persönliches und haben nichts mit dem Job zu tun. Mit solchen oder ähnlichen Worten hatte sie einmal versucht, Paul ihr Verhalten zu erklären. Er hatte einst ähnlich gedacht, aber der Zusammenschluss zu ihrem zähen kleinen Haufen hatte ihn eines Besseren belehrt.

Gut, sie waren Runner. Menschen, die für Geld fast alles taten, wenn sie damit ihr Überleben sichern konnten, aber Freundschaft und Zuverlässigkeit waren Eigenschaften, die sie untereinander sehr hoch schätzten. Es kam nicht oft vor, dass man in den brutalen Schatten auf Chummer traf, die bereit waren, für einen den eigenen Arsch zu riskieren. Das Team Pik-Dame stellte eine Besonderheit dar. Natürlich gab es Ärger, und oft waren alle kurz davor, dem anderen die Nase zu verbiegen. Im Notfall standen sie aber füreinander ein und das mit allen Konsequenzen.

Genau wie es Ratón getan hat …

Die Frau hatte sich bisher noch nicht gemeldet, und Paul hatte gespürt, dass ihr Abschied ein endgültiger gewesen war. Wenn es einen im Team gab, von dem er nicht so viel Opferbereitschaft erwartet hätte, war es die ständig verschwiegene Latino-Riggerin gewesen. Jetzt war er von ihr eines Besseren belehrt worden, auch wenn er auf diese Erfahrung unter diesen endgültigen Umständen dankend hätte verzichten können.

Aber weiß man nicht erst dann, was einem etwas bedeutet, wenn man es verloren hat?

Sie hatte ihnen auf ihre Art Lebewohl gesagt und die tödlichen HanSec-Copter weggeführt. Ihr Opfer hatte es überhaupt erst möglich gemacht, dass der Rest des Teams überleben konnte.

Seit ungefähr zehn Minuten warteten sie vergeblich auf ein Signal von ihr. So lange war es her, dass die Riggerin sie abgesetzt hatte. In der Zwischenzeit hatte Chet eine Nachricht an Doc Eyeless geschickt, und es würde wohl noch einige Zeit dauern, bis der Schattendoc sie erhielt.

Er empfing seine Botschaften immer über ziemlich viele Umwege, etwas, das jeder in den Schatten zu tun pflegte. Es gab genug Leute in der Sechsten Welt, die daran interessiert waren, einem Runner das Lebenslicht auszuknipsen, und Datenspionage war der beste Weg, den Standort eines Menschen auszumachen.

Das war auch einer der Gründe, warum Paul darauf verzichtete, ein Handkom zu tragen. Die Dinger konnte man ständig orten, sofern sie angeschaltet waren. Chet, Pandora und Zack besaßen so ein Teil, und natürlich waren die Geräte auf Scheinidentitäten ausgestellt, aber nichts war sicher. Die Menschen draußen sahen das nicht oder setzten sich nicht mit diesem Faktor der vollkommenen Kontrolle auseinander. Für sie war es nur eine Multifunktionsmaschine, die nicht nur ein mobiles Telefon darstellte, sondern sogar einen Taschensekretär beinhaltete. Der Besitzer wurde an Geburtstage erinnert, Einkäufe wurden vorgeplant. Man bekam gesagt, wann es Zeit zum Essen war, und sogar, wenn der Körper pinkeln musste. Gesteuert wurde alles über eine simple Sprachsteuerung. Selbst der Chip des preisgünstigsten Geräts war so hoch entwickelt, dass er die unterschiedlichen Dialekte problemlos erkannte.

Heutzutage wurde Pauls Meinung nach viel zu viel über Spracheingabe gelöst; die Zeiten der Mausbenutzung oder Schrifteingabe mittels Tastatur gehörten längst der Vergangenheit an. Eine konsequente Entwicklung, die sich durch die komplette Gesellschaft zog. Das Geschriebene starb immer mehr aus, und die audiovisuelle Umsetzung übernahmen elektronische Geräte, die intelligenter als viele ihrer Benutzer waren. Die Gesellschaft manövrierte sich immer mehr in eine technische Abhängigkeit hinein und war gezwungen, sich diesem Fortschritt anzupassen. Wenn nicht, hatte man es verdammt schwer.

Claw, der Löwenschamane, hatte sich oft dagegen gewehrt, aber auch er hatte erkennen müssen, dass es besser war, sich damit auseinander zu setzen, bevor man einfach anfing, der Zeit hinterherzuhinken. Paul benutzte diese Dinge, auch wenn er vieles von diesem angeblichen Fortschritt mit zwiespältigen Gefühlen betrachtete.

Er konzentrierte sich auf die Zukunft und unterließ es, länger über die Vergangenheit und antiquierte Werte nachzudenken. Das Geschehene würde sie noch früh genug einholen, und seine Ansichten mussten sich auch ändern.

Als Fakt galt, dass Eternity weg war. Die Kom-Nummer, die sie von Pierskaller, ihrem Schmidt, erhalten hatten, war tot.

›Dies ist eine kostenlose Verbindung – kein Anschluss unter der von Ihnen gewünschten Nummer. Bitte überprüfen Sie Ihre Eingabe erneut‹, sabbelte die automatische Stimme der Kom-Telekrampf-Gesellschaft dreimal hintereinander, bevor sie die Verbindung automatisch beendete.

In Paul wuchs das ungute Gefühl, dass man sie von Anfang an haushoch verarscht hatte. Dass ihr Auftraggeber nicht mehr zu erreichen war, ließ garantiert keine guten Rückschlüsse zu. Die Möglichkeit, irgendwelche Informationen aus den Gefilden der Matrix zu ziehen, fiel zurzeit aus. Snap war ziemlich groggy und schwebte mehr am Rande des Existenzminimums. Die Konstitution des Deckers war nie die beste gewesen, und der kurze Aufenthalt im eiskalten Wasser hatte bei ihm nicht die Wirkung einer aufmunternden Kneippkur gehabt.

Paul tätigte eine kurze Bestandaufnahme ihres Teams.

1. Zack ist fast hinüber. Er macht zwar gute Miene zum bösen Spiel, wankt aber wie ein angeknickter Baum im Sturm von einer Seite zur anderen und droht jeden Augenblick umzukippen. Er muss schnellstens zum Doc oder er wird sterben.

Noch einen Toten verkraftest du nicht … mach weiter.

2. Pandora hat es auch ziemlich heftig erwischt. Sie wird frühestens in ein paar Stunden wieder fit sein.

3. Snap braucht auch seine Zeit – wenn wir Pech haben, fällt er komplett aus. In Gedanken ist er nur bei Icebaby, die immer noch nichts von sich hören lässt. Auch hier vermute ich nichts Gutes, traue mich aber nicht, den labilen Decker darauf anzusprechen.

4. Chet wäre beinahe ertrunken. Der Chummer ist aber hart im Nehmen – was ihn nicht umbringt, härtet ihn ab. Wegen Ratóns Abschied ist er ruhiger als sonst, und ich hoffe, dass sein Metablut nicht bei nächster Gelegenheit mit ihm durchgeht.

5. Ich friere mir den Arsch ab und weiß nicht, was wir jetzt Sinnvolles tun können, außer uns die Beine in den Bauch zu stehen und abzuwarten.

Ihre Situation fasste man am besten mit einem prägenden Zitat eines antiquierten 2D-Films, dem Weißen Hai, zusammen: ›Wir brauchen ein größeres Boot.‹

Siegel würde sie mit Sicherheit als Sündenbock vorschieben, und das würde bestimmt auch für Simon Konsequenzen haben.

Sobald wir den Unterschlupf erreichen, werden wir unsere Connections abklappern und schauen, was die Schatten so munkeln.

In einer Seitenstraße hörte Paul, wie sich ihnen ein Fahrzeug langsam näherte, und unterbrach die negative Bestandaufnahme vorerst. Ein schnelles Handzeichen von ihm reichte, und alle Teammitglieder verteilten sich in dunklen Hauseingängen oder hinter Müllcontainern.

Trotz der körperlichen Erschöpfung übernahmen die antrainierten Überlebensinstinkte der Runner die Kontrolle und lieferten genug Energie, um die ganze Aktion in weniger als fünf Sekunden ausgeführt zu haben. So manche militärische Einheit konnte sich von ihrer präzisen Fächerung eine Scheibe abschneiden. Jeder im Team deckte mit seiner Waffe den nächsten und behielt gleichzeitig die Umgebung im Auge. Im Schießen waren einige aus der Truppe zwar nicht so gut, aber sie würden sich gegenseitig eine Zeit lang den Rücken freihalten können.

Die Scheinwerferfront einer Mercedes-Benz-Ambulanz, Modell 2046, kam langsam durch die dunkle Seitenstraße herangekrochen. Das Fahrzeug wich dabei einigen Müllbergen aus. So sauber die vorderen Straßen auch sein mochten, die Seitenstraßen bildeten die

Mülldeponien der Einkaufszentren. Aus einigen Bergen schauten die grotesk verdrehten Gliedmaßen von ausrangierten Schaufensterpuppen hervor und erinnerten ihn an tote, vergessene Penner.

Paul wusste sofort, wer das in der Ambulanz war. Er verzichtete aber darauf, das Zeichen zur Entwarnung zu geben. Sie konnten nicht wissen, ob der Doc in der Zwischenzeit nicht bestochen worden war. Natürlich war der Doc eine gute Connection – fast sogar ein Chummer –, aber in den Schatten konnten sich die Fronten manchmal unerwartet schnell verschieben.

Die äußere Erscheinung der Ambulanz hatte sich in den letzten Monaten nicht sonderlich verändert. Nur an einigen Stellen bemerkte Paul, dass die geflickten Einschusslöcher erneut repariert worden waren und sich unzählige neue hinzugesellt hatten. Ein deutliches Zeichen dafür, dass Eyeless seinen Job sehr ernst nahm und die Kosten einer kurzzeitigen Lackpolitur nicht im Verhältnis zur Überlebensdauer dieser Schönheitskorrekturen standen.

Der Doc gehörte zu den wenigen Knochenkittern in den hanseatischen Schatten, die einen auch – selbstredend gegen saftigen Aufpreis – aus Krisengebieten herausholten. Zurzeit befand sich das Team Pik-Dame zwar in einer Krise, aber existenziell gefährdet war es noch nicht – wobei die Betonung wirklich auf den Worten ›noch nicht‹ lag.

Der Wagen blieb kurz vor dem Kai stehen, und der Fahrer unterließ es, den Motor abzustellen. Stattdessen wurde ein Fenster an der Beifahrerseite elektrisch heruntergefahren. Paul reagierte aber nicht darauf, da der Wagen näher an Chets Position zum Stehen gekommen war. Der Meta würde sich darum kümmern und gegebenenfalls richtig reagieren.

Paul behielt lieber die Gasse im Auge, und damit tat er gut, denn er bemerkte, wie an einer der hinteren Lagerhallen eine Person gebückt, aber schnell auf sie zuschlich. Die Bewegungen des Knaben waren ungemein flink, und Paul musste sich wirklich anstrengen, um sie verfolgen zu können. In den Händen hielt der schleichende Schatten eine große Waffe. Paul richtete seine Smartgun auf den Gegenstand, und die Software in seinem Hirn suchte die passende Zugehörigkeit heraus. Der Blei schleudernde Freudenspender gehörte in die Gruppe tödlicher Sturmgewehre, und es war das Modell Colt M-23. Seine Cyberaugen zoomten auf den Verschluss der Waffe. Das war die Stelle, an der man erkennen konnte, ob es sich um ein Original oder nur eine billige Straßenkopie handelte. Die Waffe war ein Original, was bedeutete, dass der Besitzer kein Anfänger von der Straße sein konnte.

Hinter sich hörte Paul die raue Stimme eines Unbekannten zu Chet sprechen. »Hey, hast du abgebrochener Hauer 'n Taxi gerufen?«

Die fremde Stimme ließ in Paul die Alarmsirenen losheulen, aber er konnte sich sofort wieder entspannen, da die gelassene Stimme des Docs sich in das Gespräch einschaltete.

»Überanstrenge ihn bitte nicht mit so komplizierten Fragen. Er wollte nie eine Talentleitung haben und wird jetzt stundenlang brauchen, um deine Frage zu analysieren, Tomcat. Na, Chet, siehst ja noch ganz tough aus. Wo drückt's?«

Chet war nicht sonderlich guter Laune. Er antwortete deshalb nur mit einem genervten Grunzen und verzichtete darauf, sein Magazin in das Innere zu entleeren.

Der Mann mit dem Sturmgewehr erreichte das Ende der Gasse, und Paul steckte ihm von der Seite die Guardian ans Ohr. Leise sagte er: »Ich fürchte, du bist einfach nicht gut genug für den Job.«

Der Samurai war ungefähr zwei Meter groß und trug

eine geflickte Teilrüstung aus der Zeit der Sibirien-Kriege. Gegenwärtig wurde der Schwarzmarkt Hamburgs mit ausrangierter russischer Ausrüstung überschwemmt, und diese war verhältnismäßig günstig bei gut bestückten Schiebern zu erwerben. Langes schwarzes Haar war zu einem Pferdeschwanz zusammengebunden und reichte dem Mann bis zum Hintern hinab. Eine ausgeprägte Hakennase wandte sich in seine Richtung, und glitzernde Löcher musterten Paul gelassen. Der Mann senkte leicht den Blick.

Paul folgte der Bewegung und wusste auf einmal, warum der Mann so gelassen wirkte. Auf Pauls Brust leuchtete eine rote Zielmarkierung auf. Ein Scharfschütze lag, bis jetzt verborgen, auf dem Dach gegenüber und hatte ihn die ganze Zeit über im Fadenkreuz gehabt.

Er nickte dem Schwarzhaarigen kurz anerkennend zu und steckte dann die Waffe weg. Paul schritt zur Ambulanz und gab seinen Teamkollegen das Zeichen zur Entwarnung. Entwarnung hieß aber noch nicht, dass alles in Ordnung war. Entspannen war okay, ansonsten sollten sie aber auf ihren Plätzen warten, bis alles Weitere geregelt war.

Der Mann mit dem Sturmgewehr stellte sich an den Platz hinter der Häuserecke, an dem Paul gelauert hatte, und observierte mit seiner Rabennase weiter die Seitenstraße. Sie befanden sich zwar etwas abseits der Einkaufsstraßen, und es schien nicht sonderlich wahrscheinlich, dass ihnen hier Ärger drohte, aber die Jungs verstanden ihr Geschäft und überließen nichts dem Zufall. Das verschaffte Paul die innerliche Ruhe, sich wenigstens für einen kurzen Moment entspannen zu können.

Er ging zur Fahrerseite und klopfte an die Scheibe. Auch diese senkte sich, und das, was Paul erblickte, war das wirre Augenpaar des Doctors. Das Schlimme bei diesem angeborenen Sehfehler war einfach, dass Paul nie wusste, ob der Doc ihn gerade anschaute oder seine Aufmerksamkeit auf etwas anderes gerichtet hatte. In der Vergangenheit war es Paul bei geschäftsintensiven Verhandlungen ziemlich schwer gefallen, diesen Mann richtig einschätzen zu können, und er wollte gar nicht wissen, um wie viel er den Preis hätte drücken können. Höchstwahrscheinlich war das auch der Grund, warum sich der Doc bisher zu keiner Cybermodifikation hatte hinreißen lassen. Genauso gut war es aber möglich, dass es gar kein angeborener Sehfehler war, sondern eine nachträgliche, gewollte kosmetische Modifikation.

»Hallo, Doc. Ich nehme an, deine Begleitung ist der kurzzeitige Ersatz für Shit und Fuck?«, fragte er zur Begrüßung.

Die Augen des Docs leuchteten verschlagen auf, als er Paul bereitwillig antwortete. »Gut kombiniert, Watson. Ich bewundere deine antrainierte Kombinationsgabe. Ja, die liegen in ihrer Bude und werden wohl bis morgen wie übersättigte Babys tief und fest schlafen. Wären sie aber hier, hätten sie jetzt gesagt: ›Wir heißen Shizzo und Fuckero …‹ Und so liegt es wohl an mir, deinem Gedächtnis auf die Sprünge zu helfen. Ich entnehme deiner Anwesenheit, dass ihr ausgeprägter Mittagsschlaf jetzt völlig unnötig ist. Eure Transaktion scheint ziemlich in die Hose gegangen zu sein, denn sonst würdest du nicht bibbernd im Regen stehen.«

Paul war es leid, um den heißen Brei herumzureden – die Kälte drang ihm mittlerweile tief in die Knochen.

»Okay, Doc. Wir brauchen deine medizinische Unterstützung. Zack ist fast hinüber, und der Rest ist auch nicht sonderlich gut drauf. Ich zahle das Übliche, und die Sache ist geritzt. Einwände?«

Die Antwort des Docs kam schneller als ein Hochgeschwindigkeitsgeschoss. »Das Wort Bezahlung lässt meine antiquierte Kasse freudig klingeln, und ich willige in diese Transaktion bereitwillig ein.«

Das war typisch Doc. Wenn jemand bezahlen konnte, war er die freundlichste Person unter dem verregneten Hamburger Himmel und übertraf sogar Florence Nightingale in Sachen schwesterlicher Krankenfürsorge. Geld regierte die Welt, und Paul verstand das nur zu gut, denn auch Docs Messerklauen wollten bezahlt werden.

Die Sache mit der Bezahlung veranlasste Paul dazu, daran zu denken, dass sich dieser Auftrag finanziell und reputationsmäßig ziemlich katastrophal entwickelte. Die ausstehende Kohle von Siegel konnten sie abschreiben. Ihre Reserven waren für die Ausrüstung draufgegangen, und die geliehene Wasp wollte auch noch bezahlt werden. Der Besitzer würde den dampfenden Schrotthaufen nicht kommentarlos akzeptieren.

Gut war einzig und allein, dass Ratón das Ortungssignal des aufgemotzten Mercedes demontiert hatte und das Ausschlachten des Wagens hoffentlich ausreichen würde, um die roten Zahlen ihrer so genannten Firmenkonten ausgleichen zu können.

Denk nicht mehr an Ratón … das hilft dir im Moment nicht.

Der Doc öffnete den Zugang zum Fond seiner ausgebauten Ambulanz. Das zischende Geräusch, als sich die luftdichte Metalltür öffnete, hallte laut durch die dunkle Gasse.

Paul gab das letzte Zeichen, und die restlichen Mitglieder des Teams traten aus den Schatten hervor, in denen sie bisher gelauert hatten. Zack machte zwei Schritte auf die Ambulanz zu, begann aber augenblicklich zu stolpern und drohte umzufallen.

Paul reagierte blitzschnell und fing den Chummer kurz vorher auf. Schnell überprüfte er den Puls des

Freundes. Er raste förmlich dahin, und die Atmung wurde von Sekunde zu Sekunde flacher. Die Beifahrertür öffnete sich ebenfalls. Ein kleiner Mann in Jeanskleidung sprang ins Freie und half Paul, den Samurai die letzten Schritte bis ins Innere der Ambulanz zu schleppen. Der Beifahrer war ziemlich klein und schien der Pigmentierung nach aus Italien zu stammen.

Paul hatte den Namen des Mannes behalten, deshalb sagte er: »Danke, Tomcat. Bist du die neue Ausleihkrankenschwester?«

Ein breites Lächeln musste Paul als Antwort genügen. Der Mann machte sich sofort daran, Zacks Oberkörper mit einem Laserskalpell von der Kleidung zu befreien.

Im Inneren der Ambulanz war nicht allzu viel Platz, deshalb standen sie eng beisammen. Paul stand dicht an Pandora gedrängt, und der angenehme Geruch ihres Pfirsich-Shampoos drang ihm in die Nase und vertrieb den vorherrschenden Desinfektionsgeruch ein wenig. Snap hatte sich gegen Chet gelehnt und benutzte dessen ausgeprägten Bizeps vorübergehend als hartes Kopfkissen. Während sie im Eingang des Wagens darauf warteten, dass der Doc Zeit für sie erübrigen konnte, ließ er den Blick durch den mobilen OP kreisen.

Der Doc schaltete die komplette Stromversorgung des Fahrzeugs ein. Eine Unzahl elektronischer Geräte erwachte zum Leben und verwandelte den Fond in eine schillernde Disco. Fast alle Gerätschaften waren fest montiert, damit sie während der Fahrt nicht durch den Raum purzelten. Gleichzeitig setzte sich die Ambulanz in Bewegung, und sie konnten sich von der Qualität der einzelnen Verankerungen überzeugen.

Er nahm an, dass sich der Fahrer jetzt auf den schmalen Seitenstraßen an den Kanälen entlang tastete, um so an einen Ort zu gelangen, an dem sie nicht eine Routinekontrolle HanSecs befürchten mussten. Schwer bewaffnete Runner auf dem Seziertisch zählten zu den Dingen, die HanSec nicht gerne kommentarlos durchwinkte.

Paul und die anderen hielten sich an von der Decke herabhängenden Schlaufen fest. Eyeless schien wie ein Seemann felsenfest mit dem Boden seiner Ambulanz verwachsen zu sein. Ihn brachten die gelegentlichen Schlenker nicht zum Schwanken. Ganz anders als Pandora und Snap. Der Decker rutschte mit seinem Kopf von dem Bizeps des Orks ab und landete auf dessen betonharter Brust. Er war aber so fertig mit der Welt, dass er den knurrenden Blick des Samurais nicht wahrnahm, sondern lieber sein Haupt dort ließ, wo es jetzt ruhte, und die Augen schloss. Pandora war in Pauls Arme gerutscht und schmiegte sich aus Gewohnheit an ihn. Eigentlich hatten sie beide in letzter Zeit von solchen Gesten Abstand genommen, aber im Augenblick konnten sie sich so wenigstens stumm einen Moment lang gegenseitig Trost spenden. Es war kein Gefühl sexueller Begierde, das er empfand, sondern freundschaftliche Zuneigung.

Der Doc kam auf Paul zu und streckte ihm zur Begrüßung die Hand entgegen. Sobald er sich erst einmal die Hände gewaschen und die Gummihandschuhe angezogen hatte, würde er keine Zeit mehr dazu finden. Ein weiteres Zeichen dafür, dass er seinen Job sehr ernst nahm und wusste, dass Infektionen – neben offensichtlicheren Dingen wie einem gezielten Kopfschuss – die Gefahr eines vorzeitigen Ablebens drastisch erhöhten.

Kurz bevor sich ihre Hände berührten, zog der Doc die Hand heftig zurück und schaute Paul fragend an. Verwirrt fragte dieser: »Hey, ist was, Doc?«

Zuerst hatte Paul Zweifel in Docs kugelnden Augen registriert, und es dauerte einige Sekunden, bis sich dessen Rotationskörper wieder gefangen hatten. Dann reichte er Paul eine Spraydose und meinte: »Es ist besser, wenn du deine Hände wäschst. Ich fürchte, du bist ziemlich stark hintergangen worden.«

Paul wusste, dass er besser tat, was der Doc ihm aufgetragen hatte. Eyeless würde ihm eine Erklärung ganz von allein liefern. Vorher wusch sich der Doc aber die eigenen Hände und unterließ es, erneut zu der Begrüßungsgeste anzusetzen. Stattdessen stellte er sich an den Metalltisch und begann mit Zacks Untersuchung. Ihr Chummer schien ohnmächtig geworden zu sein. Deswegen blieben seine zackplosiven Sprüche aus. Der Runner pfiff mal wieder aus dem letzten Loch – etwas, das er meistens tat, wenn er beim Doc landete.

Paul löste sich sanft aus Pandoras Umarmung und sprühte seine Hände ein. Danach bemerkte er, wie die Haut seiner rechten Hand zu kribbeln begann und sich die oberste Hautschicht leicht bläulich verfärbte.

Endlich klärte der Doc Paul auf. »Ich habe meine Hände vor kurzem ein bisschen modifiziert. Die neue Cyberware ist gut und arbeitet sauber. Sie analysiert die Haut automatisch auf Chemikalien und andere Fremdkörper. Du bist mit einem Fremdkörper in engen Hautkontakt getreten, und ich nehme mal an, dass dir das bis jetzt nicht bekannt war. Die Reste der Substanz auf deiner Haut sind zwar gering, aber sie würden ausreichen, um die gewünschte Wirkung zu erzielen. Das, womit man dich aller Wahrscheinlichkeit nach gelinkt hat, nennt sich ›Magica Mandragora‹. Es ist ein paranormales Nachtschattengewächs des Mittelmeerraums, das du vielleicht besser unter dem Namen ›Magische Alraune‹ kennst. Es enthält eine ausgeprägte Form von Atropin, einer Droge, die in großer Dosierung Wahnsinn, aber auch Lähmung hervorrufen kann. Die Tollkirsche besitzt ebenfalls sehr viel Atropin; wenn du in Botanik aufgepasst hättest, wüsstest du das. Im Mittelalter …«

Der Doc schien nach den richtigen Worten zu suchen, aber Pandora schaltete sich ein und erklärte Paul den Rest.

»Im Mittelalter hat man der Alraunewurzel magische Fähigkeiten nachgesagt. Sie galt als Zaubermittel, wenn sie an Neumond unter dem Leichnam eines Erhängten ausgebuddelt wurde. Sie sollte beim gemeinsamen Verzehr die Liebe und Zuneigung zweier Menschen auf ewig miteinander verbinden. So ähnlich soll es sich mit den Sekreten oder Rohstoffen paranormaler Pflanzen verhalten. Die gewonnenen Substanzen bezeichnet man als ›Magische Chemikalien‹. Und, Doc, Atropin ist ein Aphrodisiakum der ganz besonderen Art. Eines kann man aber sagen – die Gewinnung solcher Stoffe ist ziemlich aufwändig und erfordert sehr viel Wissen und eine gute Schulung der Fähigkeiten. Das erhält man nicht beim Straßenkrämer an der nächsten Ecke.«

Paul dachte nach, und langsam formten sich passende Bilder in seinem Kopf. Er sah Eternity, wie sie heute am Kai seinen Händedruck fest mit ihren Handschuhen erwidert hatte. Und …

»Wie sieht es mit Geruch aus?«, fragte er den Doc.

»Auch da gibt es Modifikationen, die Pheromone ausstoßen, und du weißt, was dies bewirkt: eine unterschwellige, aber effektive Reizung deiner Drüsen und die Steigerung deines Sexualtriebs. Wenn jemand nicht modifiziert ist, kann er auch Sprays anwenden, die eine ähnlich intensive Wirkung erzielen.«

Deshalb hatte sie so gut gerochen, und deshalb hatte Paul sich so schlecht auf den Job konzentrieren können.

»Dieses Miststück hat mich geschickt um den Finger gewickelt. Ich dummer Hund …«, begann Paul sich selbst zu beschimpfen.

Pandora legte ihm die Hand auf die Schulter und meinte: »Hey, mach halblang. Ich hätte es auch bemerken müssen, schließlich habe ich sie askennt. Aber die

Sache mit meinen Elementaren hat mich zu sehr abgelenkt. Ich fürchte, sie hat ihre Stimme benutzt, um dich zu hypnotisieren. Deswegen hast du so sehr an ihrem Rockzipfel gehangen. Entschuldige … aber auch ich war etwas eifersüchtig auf sie.«

Pandora hatte Recht, aber es änderte nichts an der Tatsache, dass er und das Team gewaltig verarscht worden waren.

Ratón ist höchstwahrscheinlich tot, und das alles wegen einer Medienpuppe, die den Konzern wechseln will. Drek auch.

Paul hing seinen düsteren Gedanken nach und versuchte herauszufinden, ob die gewonnenen Informationen ihnen weiterhelfen konnten.

Der Doc begann ein Lied zu pfeifen; es war die Melodie eines derzeit aktuellen Hits. Paul hatte sich den Namen der Band nicht merken können. Seiner Einschätzung nach war es sowieso eine Eintagsfliege.

Gelegentlich unterbrach der Doc das Pfeifen und murmelte irgendwelche medizinischen Fachbegriffe in den Raum hinein. Tomcat agierte wie eine geschulte Schwester und reichte dem Arzt vorausschauend die nötigen medizinischen Werkzeuge. Gelegentlich rieb er sich die Nase an seinem Handgelenk ab, eine Geste, die Paul an eine reinlichkeitsbewusste Katze erinnerte.

Erst jetzt, im hellen Licht der Laserlampen, fielen Paul zum ersten Mal die Fetische auf, die der Italiener an seiner Jeansjacke angebracht hatte. Vielleicht war er ein Katzenschamane, besser Katerschamane. Schließlich war Tomcat das englische Wort für Kater, und dies konnte als Zeichen dafür gedeutet werden, dass der Mann international aktiv war.

Das laute Fluchen des Doktors lenkte Paul ab. Eyeless hatte aufgehört zu pfeifen. Seine Analyse schien beendet zu sein. Die Ergebnisse stimmten ihn nicht glücklich.

»Zackplosive, du verdammter Blechhaufen! Deine Gehirnzellen sind wahrscheinlich damals mit dem Fahrstuhl in Fetzen geflogen! Du bist nicht in der Lage, eine simple Anweisung zu befolgen! Ich habe gesagt, sei vorsichtig mit den Dingern. Ein Patch reicht für einen Elefanten! Mit zwei Patches kannst du einen supergeilen Dinosaurier zurückholen – und was tust du? Godzilla Konkurrenz machen! Zwei! Du verdammter Sack, wie soll ich all diese blutgerinnenden Stoffe aus deinem Kreislauf bekommen? Acht Liter Ringerlösung? Einen kompletten Ölwechsel, oder was ... Und die ganzen Scherben in deinem Rücken! Deine Sporne kannst du vergessen, den Smartlink zu reparieren wird schwierig genug. Dafür brauche ich Stunden, und du kennst meinen Stundensatz! Das wird teuer, und wenn du wieder fit bist, verschreibe ich dir eine Kur im Altersheim ... Da kannst du dann beim Mumienschubsen den Traumtänzer mimen ...«, schimpfte der Doc ununterbrochen und begann währenddessen mit dem Aufziehen der Spritzen.

Paul hasste Spritzen, weshalb er es vorzog, das Kleingedruckte auf einigen Europlastflaschen im Regal zu studieren.

Zu aller Erstaunen war Zack wach und verteidigte sich gegen die Vorwürfe von Eyeless. »Doc, ich habe mir eine Piercing-Station auch anders vorgestellt ... Was ist mit deinen beiden Krankenschwestern passiert? Ich vermisse die rothaarige Kupfereinheit ...«

Der Doc wurde noch zorniger. »Ach, jetzt auch noch dumme Sprüche reißen, was? Der Kater hier wird dir gleich die Haut bei lebendigem Leibe abziehen und sie einigen Teufelsratten zum Nachtisch vorwerfen!«

Der Samurai winkte schwach ab und fing sich deswegen einen heftigen Schlag auf die Hand ein.

Eyeless wies ihn zurecht. »Zack, nicht bewegen und am besten nicht einmal atmen. Spar dir die heiße Luft für deine minderjährigen Freundinnen auf; denen kannst du damit vielleicht imponieren. Mich lässt das kalt. Du verteilst die Chemikalien nur noch mehr in deinem fettsüchtigen Körper.«

»Doc, bevor ich abtrete … ich habe da noch ein paar Daten in meinem Schädel gespeichert … das Team könnte sie bestimmt gebrauchen … und immerhin sehe ich jetzt nicht die blöden Gesichter von Shit und Fuck. Das ist ein Grund, in Frieden abnippeln zu können …«, antwortete er im Delirium, wobei seine Stimme immer leise wurde.

»Hey, schalt die Grütze ein. Ich hab gesagt, halt's Maul! Auf meinem Tisch nippelst du nicht ab! Du wirst deine verrosteten Glieder alleine raustragen … Ich fürchte, du brauchst eine neue Schulter, und ich weiß nicht, ob ich den Arm retten kann … das Brackwasser und und und …«

Zack hörte die Vorwürfe nicht mehr. Die Anstrengungen waren zu viel für ihn. Seine Augenlider flackerten ein letztes Mal kurz auf, während der Wagen eine scharfe Rechtskurve fuhr. Danach sackte der Kopf auf die Seite, und sein Blick versank in der Dunkelheit.

Der Fahrer bremste scharf und steuerte den Hover auf den Kai zu. Einer der beiden Fahrgäste schreckte aus seinem wenig erholsamen Schlummer auf. Ein tiefer, ruhiger Schlaf war ihm verwehrt geblieben, da an der Pforte zu seiner Traumwelt das Gesicht des toten Mädchens auf ihn gelauert hatte und den Bodyguard ständig an sein Versagen erinnerte. Die ängstlichen, Hilfe suchenden Blicke schauten ihn auch jetzt noch an, als er schmerzhaft versuchte, sich die Müdigkeit aus den Chromaugen zu reiben.

Der Engländer bezweifelte, dass es irgendwann noch einmal einen ruhigen Augenblick für ihn geben würde. Das tief verwurzelte Schuldgefühl würde er niemals ablegen können.

Der Fahrer hatte abseits der Musikinsel angehalten und sagte: »Nichts für ungut, Leute. Aber ihr habt mir gesagt, dass ich die Bullen meiden soll. Gerade brettern einige HanSec-Hover durch die Kanäle. Sie suchen die Leichen einiger Runner, die bei 'nem Copterabsturz ums Leben gekommen sein sollen. Von hier aus müsst ihr zu Fuß weitergehen. Das macht ...«

Langsam dämmerte es Snooker wieder.

Frank und er hatten den Limbus verlassen und auf Anhieb ein Hover-Taxi gefunden. Der Fahrer war so geschäftstüchtig gewesen, dass er die im Fond eingebauten Kameras auf Anfrage ausgeschaltet hatte. Die Teile waren nämlich mit der HanSec-Zentrale gekoppelt, und die Software, die dahinter hing, suchte sofort in den Datenbanken nach passenden Verbrechergesichtern und leitete gegebenenfalls, je nach Status des Identifizierten, passende Maßnahmen ein. Snooker ging vorsichtshalber davon aus, dass sich sein Kopf derzeit ganz oben auf der Fahndungsliste befand, und deswegen hatten sie den Fahrpreis des hanseatischen Kanalreiters, dessen Höhe einem First-Class-Flugticket entsprach, kommentarlos hingenommen. Sie hatten keine Zeit für – *wie hatte sich Frank noch einmal ausgedrückt?* – ausgeprägte Fischmarktfeilschereien. Das waren seine Worte gewesen.

Warum sie jetzt ausgerechnet in die Nähe der Höhle des Löwen schlichen, war eigentlich ganz simpel zu erklären. Erstens würde sie Siegel hier niemals vermuten, und zweitens wollte Frank zu Edgar, einem alten Zwergen-Chummer. Der Mann würde ihnen bestimmt einen Ort zum Analysieren der Aufzeichnung arrangieren können.

Frank hatte eben versucht, das Gerät über die Taxi-Lautsprecher im Fond abzuspielen. Sein Versuch war jedoch gescheitert, da die Pana-Tech eine ausgefeilte Schnittstelle benötigte. Sid hatte das Teil aus dem Siegel-Devil-Records-Tonstudio mitgehen lassen, und die darauf gespeicherten Daten verlangten nach einer ziemlich hohen Rechenleistung. Die gängige Standard-Tech konnte die Datenmengen nicht richtig auseinander filtern, und die Lautsprecher sahen sich außerstande, den Tonumfang vernünftig widerzugeben. Sie spien nur verzerrten Drek aus. Die Geräusche hatten Snooker an einen unter starkem Durchfall leidenden Troll erinnert, der krampfhaft versuchte, zwischen Spülen und Stöhnen eine Opernarie zum Besten zu geben und dabei keine Rücksicht auf seine Nachbarn nahm.

Die Siegel-Tower wurden von hellen Scheinwerfern angestrahlt, und der Glasgigant schimmerte einem leuchtenden Eisberg gleich in der Dunkelheit. Der Vorplatz war verlassen, und die am Nachmittag aufgestellten Kerzen waren längst vom heftigen Regen gelöscht worden und lagen verstreut auf dem Boden herum. Nichts erinnerte mehr an die Konfrontation, von der Frank Snooker erzählt hatte.

Obwohl es vom Taxi bis hierher nur einige hundert Meter gewesen waren, war ihre Kleidung völlig durchnässt. Viele standen zwar auf Aqua-Care und Wellnessbehandlungen, aber Snooker hatte erst einmal genug von Wasser. England war schon schlimm, was feuchte Berieselung anging, aber dort musste man nicht alle fünf Minuten seine Kleidung auswringen.

Allgemein bezeichnete man Hamburger als ›leuchtende Fischköppe‹, und Snooker verstand langsam, warum das so war. Bei diesem ständigen Wasserkontakt musste die Haut automatisch Schuppen bilden, und die umweltverseuchten Anteile ließen die Knochen garantiert im Dunklen leuchten. Der hanseatische Wettergott schien erbarmungslos zu sein, und Snooker glaubte, dass die nächste Flut nicht mehr weit entfernt war, wenn es weiter so stark regnen würde. Es würden dann nur die Bürger überleben, bei denen sich schon Schwimmhäute gebildet hatten.

Die Rollos an den Fenstern des Backstage waren bereits heruntergelassen worden. Aus der gläsernen Eingangstür flimmerte in unregelmäßigen Abständen das stroboskopische Leuchten einer Lichtanlage und erhellte die Nacht.

Snooker bemerkte, dass Frank nervös war. Deshalb fragte er: »Hey, was ist los?«

»Ich fürchte, da stimmt was nicht«, antwortete der Mann vorsichtig.

»Wieso, es ist fast elf. Gleich ist Sperrstunde«, sagte Snooker und dachte an die in London wieder eingeführte Ausschanksperre. Dann dämmerte es ihm. In Hamburg gab es so was gar nicht. Hier durften die Kneipen so lange aufhaben, wie der Wirt der Ansicht war, dass die abfließenden Mengen genug Profit abwarfen. In London mussten die Besitzer dafür teure Konzessionen erwerben. Hier war das unnötig.

Im Schutz der Rollos schlichen sie auf die Tür zu. Die stampfenden Rhythmen und hämmernden Beats der Band ›Epileptic Extasy‹ ließen die Scheibe erzittern. Die Isolierung war aber so gut, dass die Musik nur gedämpft herangetragen wurde. Ein Schild an der Tür unterrichtete sie davon, dass die Kneipe heute privat genutzt wurde. Trotzdem versuchte Snooker, die Tür aufzudrücken, und siehe da, sie war nicht verschlossen. Der Bodyguard zog instinktiv die Waffe und schlich geduckt in die Kneipe. Frank senkte ebenfalls die breite Nase und blieb in seinem Rücken.

Der Reporter hatte es abgelehnt, die zweite Waffe zu tragen, denn er hatte keinen blassen Schimmer, wie man mit so einem Ding umging, und die Gefahr, sich selbst oder andere zu verletzen, war in seinen Augen einfach zu groß. Es war seine Entscheidung, auch wenn Snooker jetzt gerne jemanden bei sich gewusst hätte, der seine Kehrseite decken würde. Kurz musste er an seinen toten Freund B.B. denken, und er stellte sich die Frage: *Wie konnte das alles nur geschehen?*

Eine Flasche fiel klirrend zu Boden und veranlasste Snooker, in die Gegenwart zurückzukehren.

Sein Blick suchte die einzelnen Bereiche ab. Im linken Teil animierten sich die leuchtenden Automaten gegenseitig wenig erfolgreich zum Spiel, und der rechte Bereich schien ebenfalls verwaist zu sein. Der Tresen sah verdammt unordentlich aus, da geöffnete Flaschen verloren darauf herumstanden oder lagen. Ungewöhnlich war die Tatsache, dass es alles hochprozentige Genussmittel waren.

Hinter dem Tresen hatte Snooker auch die fallende Flasche gehört. Vorsichtig schlichen sie auf das kupferne Prunkstück zu. Penetranter Alkoholgeruch wehte ihnen auf ihrem Weg entgegen. Snooker sah einzelne Plastikschläuche, die vom Tresen zu den aufgehängten Flaschen führten.

Der Bodyguard wies Frank an, mit seinem Hintern den Boden zu wischen, sprang danach auf und richtete die Mündung der Waffe in den hinteren Tresenbereich.

Er justierte die Kimme auf den Körper eines nackten, kleineren Mannes, der ausgestreckt auf der Metallanrichte lag. Snooker ließ die Zielmarkierung weitergleiten, als er erkannte, dass von diesem keine Gefahr mehr ausging.

Er war längst tot.

Der Anblick war grauenvoll. Der Tote musste Edgar sein, auch wenn das Gesicht und die Haut an vielen Stellen aufgedunsen waren und die Erscheinung entstellten. Aus dem Leichnam schauten viele Plastikschläuche hervor, die man unter die Haut geschoben hatte. Entweder reichten die Schläuche zu den Flaschen im gläsernen Barschrank hoch oder waren an Trichtern befestigt worden, die auf dem Boden oder der Theke lagen. Man hatte anscheinend Alkohol unter die Haut geschüttet, und die Schmerzen mussten unvorstellbar groß gewesen sein. Die Anzahl der Schläuche ließ vermuten, dass der Zwerg dieser brutalen Folterung sehr lange standgehalten hatte, bevor er abgetreten war.

Snooker schrie gegen die Musik an: »Frank, ich fürchte, wir kommen zu spät!«

Der übergewichtige Mann stand auf. Als er den Leichnam seines Freundes erblickte, fing er sofort an zu würgen und bereicherte die Alkoholpfützen auf dem Boden mit seinem Mageninhalt. »Wieso? Wieso?«, brüllte er und vergrub das Gesicht in den Händen.

Die Antwort auf diese Frage würden sie hier nicht finden. Snooker konnte Frank verstehen, aber da er keine persönliche Beziehung zu dem Toten gehabt hatte, dachte er an den Zweck ihres Besuches.

Wo sollen wir jetzt einen Ort finden, an dem wir die Aufzeichnung abhören können?

Eines war klar, hier konnten sie nicht bleiben. Der Ort war so sicher wie der Pappkameradenbereich auf einem Schießplatz für automatische Waffen. Gerade als er Frank zum Ausgang zerren wollte, hielt dieser ihn zurück und schrie: »Ich höre Schritte von da! Lass uns den Kellerausgang benutzen!«

Snooker folgte dem Mann. Er konnte nur nicht verstehen, wie dieser bei dem Lärm überhaupt etwas hatte hören können. Kurz bevor sie die Tür zum Keller erreichten, wurde diese aufgetreten, und zwei Schalldämpfer begrüßten sie.

Die Kleidung der Männer erkannten sie sofort. Solch einen schwarzen Ledermantel hatte der Killer aus dem Limbus getragen, und sofort war ihnen klar, dass die Siegel-Kettenhunde sie erneut gefunden hatten. Die Killer machten sie aber nicht, wie eigentlich erwartet, nieder, sondern standen gelassen im Kellereingang und beließen es bei einer sezierenden Musterung.

Einer zeigte mit dem Lauf der Waffe auf Snookers Hand, und dieser wusste sofort, was gemeint war.

Den Sprachchip hätte ich mir sparen können, dachte der Bodyguard und kam der unmissverständlichen Geste nach, indem er die Waffe fallen ließ. Die Kettenhunde wollten sie nicht kaltmachen – das hätten sie längst tun können.

Die Musik verstummte abrupt, und Snooker hörte, wie gleichzeitig Unwettergeräusche von draußen in die Kneipe geweht wurden. Die Eingangstür fiel wieder zu, und Snooker zog es vor, sich umzudrehen.

Ein rothaariger Mann im Anzug war erschienen, und an seinen Seiten standen zwei weitere Ledermäntel mit Maschinenpistolen in den Händen. Einem von denen hatte die Musik wohl nicht zugesagt, und er hatte seine Waffe zur Fernbedienung umfunktioniert und die Anlage in Rauch aufgehen lassen. Snooker hoffte nicht, dass er in den nächsten Sekunden in den Genuss kommen würde, aufgrund einer solchen Kurzschlusshandlung ebenfalls das Zeitliche zu segnen.

Den Mann im Anzug kannte Snooker, wenn auch nur entfernt. Das war Heinrich Pierskaller. Er gehörte zu den Siegel-Mitarbeitern, die es sich in den oberen, hochdotierten Gehaltsklassen bequem gemacht hatten.

Pierskaller schenkte Snooker einen einzigen, schwer zu deutenden Blick, richtete das Augenmerk dann auf Frank und sagte: »Frank, es wird Zeit, dass wir uns einmal länger unterhalten. Das machen wir am besten während des Flugs …«

Der Doc ließ sie an der Ecke zu ihrem Unterschlupf aussteigen und fuhr sofort weiter. Er hatte mit Zack noch alle Hände voll zu tun. Für ihren Chummer sah es gar nicht gut aus, und als Erstes musste er die Vitalfunktionen seines Patienten stabilisieren. Eyeless hatte ihnen versprochen, die Kameradaten später zu übermitteln, und Paul hatte ihm vertraut. Er hätte sowieso keine andere Wahl gehabt.

Das Team hatte sich in einem Gebäude in der Nähe des ehemaligen Schlachthofs in St. Pauli niedergelassen. Die Gegend war in letzten Jahren so sehr verkommen, dass dem früheren Betreiber die Sicherheitsmaßnahmen zu teuer geworden waren, um echtes und vor allen Dingen gesundes Fleisch hier abfertigen zu lassen. Die einzelnen Gebäude der Schlachthofanlage waren entweder umgebaut worden, standen leer oder wurden anderweitig genutzt. In einem Komplex hatte sich eine Disco mit angeschlossenem Domina-Studio eingenistet. Das Flutlicht des Zappeltempels wanderte durch die dunkle Nacht und versuchte ziellose Opfer anzulocken wie das Licht über Doktor Frankensteins Schloss. Von der Lagerhalle daneben wusste Paul, dass sie ein Unterschlupf der vietnamesischen Triaden für illegale Einwanderer war, die über den Seeweg eingeschmuggelt wurden. Andere Gebäude beherbergten unzählige Schattenkliniken, die davon profitierten, dass die Räume bereits weiß gefliest waren. Die Schattenklempner kauften häufig gebrauchte Ware an, und da ihre Praktiken ziemlich blutig waren, sparten sie Zeit, wenn sie nach erfolgter Schlachtung ihren Arbeitsplatz mit einem Schlauch schnell sauber spritzen konnten.

Pik-Dame hatte es unterlassen, ihren einzelnen Zufluchtsorten richtige Namen zu geben. Namen führten dazu, dass man eine Beziehung zu etwas aufbaute, und dies bedeutete, Gefühle mit einzubringen. Die Verteidigung von Heim und Hof war etwas, das sich ein Shadowrunner nicht leisten konnte. Sie mussten flexibel und beweglich bleiben, um überleben zu können.

Diese hier war die größte von drei gemieteten Absteigen, und sie sprachen immer von hundert Quadratmetern, wenn dieser Unterschlupf gemeint war. Das Team zahlte einen monatlichen Obolus an die amtierende Gang, die Holsten-Zombis, konnte dafür aber sicher sein, dass die Ganger es unterließen, ihre Habe freigebig an die Armen und Schwachen der Gegend zu verteilen. Wichtiger war jedoch, dass sie sich das Schweigen der Ganger erkauft hatten. Zunächst einmal wurde nicht publik gemacht, wer auf diesen heruntergekommenen hundert Quadratmetern wohnte. Angebot und Nachfrage regelten natürlich die Höhe der Monatsbeiträge, und Paul war überzeugt, dass ihr Preis rapide steigen würde.

Bevor sie das Haus durch den Vordereingang betraten, ging Paul hinter das baufällige Gebäude und warf einen Blick in die dort provisorisch gebaute Blechhütte. Gewöhnlich war das Ratóns Parkplatz, aber wie Paul bereits vermutet hatte, war er leer. Ein deutliches Zeichen, dass sie nicht hier war, denn ohne Fahrzeug würde sie hier nicht auftauchen.

Gehen stellte ihrer Meinung nach immer eine unnötige Art der menschlichen Fortbewegung dar. ›Warum laufen, wenn ich schneller rollen kann?‹, hatte sie Paul einmal geantwortet, als er sie gefragt hatte, warum sie die zweihundert Meter zum Supermarkt nicht zu Fuß bewältigte.

Aber vielleicht hat sie sich bei Molly gemeldet, versuchte Paul sich Hoffnung zu machen.

In der Zwischenzeit hatte Chet die Fenster kontrolliert. Sie waren, genau wie die Eingangstür, gesichert. Niemand hatte sich während ihrer Abwesenheit daran zu schaffen gemacht. Die Alarmanlage war in Betrieb, und die verborgene, in der Deckenlampe installierte Selbstschussanlage hatte sich ebenfalls nicht ausgelöst. Ihr Haus schien vorerst sicher zu sein.

Als er die Metalltür mittels Identifikation seiner Retina über den im Klingelknopf verborgenen Scanner aufschloss, stieß sofort Pandoras modifizierter Rottweiler die Tür von innen auf und hechtete an ihm vorbei.

Die riesige Bestie jaulte und umkreiste freudig die langen Beine seiner Besitzerin. Pandora gewann ein bisschen Farbe, als sie die Zuneigung ihres Vierbeiners spürte und dieser ihr erwartungsvoll die Hand abschleckte. Sie gab dem bulligen Hund einen zärtlichen Klaps auf die Seite und verschwand mit ihm im Haus.

Rambo war schon ein merkwürdiges Biest. Zu Pandora war er so brav wie ein Lamm zu seinem Hirten, anderen gegenüber empfand das Tier hingegen die angeborene Zuneigung, die zwischen Hunden und Katzen existierte. Paul hatte schon einmal eine heftige *Diskussion* mit Rambo geführt. Der verchromte Flohfänger hatte vehement die Ansicht vertreten, dass der warme Bettplatz zu Pandoras Füßen einzig und allein für seine behaarten Glieder bestimmt sei. Einige Kratzer und Bisse später war klar gewesen, wer diesen heiß umkämpften Raum für sich beanspruchen durfte. Paul war es nicht gewesen.

Snap schloss als Letzter die Tür.

Chet ging in den Keller und warf den aus russischen Armeebeständen aufgekauften Treibstoff-Generator an. Sie hatten es unterlassen, die lokalen Stromleitungen anzuzapfen oder die im Haus vorhandenen wieder anzuschließen. Nichts sollte darauf hinweisen, dass dieses Haus bewohnt war. Ihre Sicherheitsanlagen wurden mit Batterien betrieben und waren recht sparsam im Verbrauch. Das Gleiche galt für die Beleuchtung, die anging, als Paul den Sicherungsschalter umstellte. Die spärliche Notbeleuchtung reichte unverchromten Augen gerade so zum Sehen aus. In den Zimmern bildeten Kunstkerzen die eigentlichen Lichtquellen. Die Fenster hatten sie von innen mit Silberpapier zugeklebt.

Bevor sie sich im Besprechungszimmer einfinden wollten, nutzten sie die Zeit, sich umzuziehen, da ihre Kleidung immer noch klamm war. Der Doc hatte es vorhin vorgezogen, die Heizung in der Ambulanz nicht allzu hoch zu drehen. Das wäre Zack gar nicht gut bekommen, denn Transpiration strengte den Körper zu sehr an.

Snap liebte Wohnungen, die sich nicht zu nahe in Bodennähe befanden, und hatte sich deshalb ein Zimmer im ersten Stock ausgesucht. Chet hatte sich im Keller eingenistet. Nicht weil er den Aufenthalt unter Tage so toll fand, sondern weil der Panzerschrank mit ihren Waffen neben seinem Zimmer stand. Der Ork liebte den Geruch von frischem Waffenöl.

Paul wollte gerade in sein Zimmer gehen, das gegenüber von Pandoras Unterkunft im Erdgeschoss lag, als er aus den Augenwinkeln sah, wie sich die Magierin in ihrem Zimmer das graue Kostüm auszog. Aus Gewohnheit hatte sie es unterlassen, die Tür zu schließen. Sie war schon immer ausgeprägt exhibitionistisch veranlagt gewesen, und ihrer Meinung nach mussten andere eben lernen, mit dem Ständer zu leben.

Paul sah, wie sie sich einen kleinen Heizstab griff und diesen langsam über ihre vor Kälte zitternden Arme und Beine führte. Verschämt schaute er weg. Er wusste, wie sie nackt aussah, und verspürte trotz ihres attraktiven Körpers momentan keinerlei sexuellen Reiz. Paul wurde sich aber schmerzlich bewusst, dass sie ihn aus ihrem Leben ausgeschlossen hatte – mit seinem Blick drang er in ihre Privatsphäre ein.

Er schloss seine Tür und kontrollierte die Fenster in seinem Zimmer. Dann drehte er die Gasflasche in der Ecke auf und schaltete den Heizaufsatz ein. Dieses Haus war schon lange nicht mehr an das öffentliche Fernwärmenetz angeschlossen, und deshalb waren sie auf Butanflaschen umgestiegen. Bei ihrem Geschick wäre es ein Leichtes gewesen, die Zentralheizung wieder anzuklemmen, aber dann hätte irgendjemand bemerken können, dass Energie abgezweigt wurde.

Pauls Zimmer war nicht sonderlich groß, und wie die

anderen hatte er nicht viele Gegenstände untergebracht. Persönliche Dinge wie Bilder oder dergleichen gab es keine. Schließlich konnten sie nie wissen, ob nicht doch jemand in ihren Unterschlupf einbrach. Jeglicher persönlicher Hinweis konnte sich später als tödlich für sie oder ihre Freunde herausstellen.

In der rechten Ecke lag seine gepackte Nylonreisetasche. Darin befanden sich eine zweite, geladene Guardian mit vier Ersatzclips, Kleidung zum Wechseln, Ebbies im Wert von fünftausend Euro und einige Konzernnoten für den Notfall. Zusammengefaltet lag ein zweiter Duster neben einem Ersatzpaar Stiefel auf dem Boden.

Der Anblick des geflickten Dusters erinnerte Paul an sein erstes Zusammentreffen mit dem Team Pik-Dame. Damals hatte er diese Schutzkleidung getragen, und sie war ziemlich stark in Anspruch genommen worden, aber sie hatte ihm einst den Arsch gerettet und das, obwohl er sich in einer ausweglosen Lage befunden hatte.

Warum sollten wir diesmal kein Glück haben?, dachte er.

Ratón hat auch keins gehabt, hielt ihm sein Gewissen entgegen.

Das Zimmer der Riggerin befand sich im rückwärtigen Teil des Gebäudes, und Paul fürchtete sich vor den Tag, an dem er die Sachen der Frau durchsehen musste. Ihre Kleidung würde ihm die gemeinsamen Bilder zurück ins Gedächtnis rufen. Aber der Gedanke reichte schon aus, um die Bilder in seinem Kopf Gestalt annehmen zu lassen.

Ihr erstes, sabberndes Treffen in dem gestohlenen Porsche. Die Flucht aus dem Rattennest von einst. Das ungewohnte Bild, als sie sich als Sekretärin verkleidet hatte, und vor allen Dingen ihr Lachen, das sie immer dann ausstieß, wenn sie gemeinsam irgendwo abhingen und das gerauchte Gras ihre kühle Schale zum Schmelzen brachte.

Wenn du Glück hast, brauchst du ihre Sachen nicht zu sortieren, erinnerte sein negatives Ich daran, dass dieses Abenteuer noch nicht durchgestanden war.

Er ging in das kleine Bad und flutete seine Nieren. Ein Runner mit Harndrang hatte es nicht leicht, die Gedanken auf den Job zu konzentrieren.

Danach zog er sich schnell um und verließ das Zimmer. Er wollte nicht länger allein sein.

Die anderen erwarteten ihn bereits im Besprechungszimmer. Genau wie er hatten sie sich umgezogen und schienen sich in der trockenen Kleidung ein wenig wohler zu fühlen.

Pandora trug ihre roten Très-Chic-Klamotten und fummelte an ihren langen Haaren herum, die sie sich zu Zöpfen zusammengebunden hatte. Die Geste wirkte kindlich und passte so gar nicht zu dem ausgeprägten, sichtbaren Brustansatz, der durch das eng anliegende Oberteil an den richtigen Stellen stark betont wurde. Die langen Beine hatte sie ausgestreckt und wippte entspannt mit den roten Lederstiefeln zum Takt eines stummen Liedes.

Chets ramponierte Schutzweste, mit der zerschlissenen Jeansjacke darunter, war genauso unordentlich wie eh und je. Seine Lederhose hatte auch einmal bessere Tage gesehen, aber er schien zufrieden zu sein. Unter dem Leder konnte man sehen, wie er seine ausgeprägten Wadenmuskeln abwechselnd an- und entspannte.

Snap hatte mal wieder sein typisches, zeitloses Schwarz angelegt. Der lange Ledermantel kennzeichnete ihn als einen Anhänger der längst ausgestorbenen Dock-Martins-Fraktion. Und wie immer war der Blick des Deckers auf einen Ort fernab ihrer greifbaren Realität gerichtet.

Zwei Plätze im Zimmer waren unbesetzt, und das war etwas, mit dem Paul nicht so recht umgehen konnte. Er entschied sich dazu, geradeaus in die ständig unaufgeräumte Küche zu gehen. Dort angekommen, griff er sich ein paar Fast-Food-Soyagerichte aus dem Schrank. Dazu nahm er sich noch ein Six-Pack Flensburger Soybier.

Vielleicht geht es uns besser, wenn wir etwas gegessen haben.

Gegenwärtig herrschte in den Medien eine Anti-Soyfood-Kampagne. Wissenschaftler vermuteten, dass die genmanipulierten Soyasprossen schuld an vielen Krankheiten und Mutationen waren. Die Lebenserwartung würde sich bei erhöhtem Konsum um zwanzig Jahre reduzieren. Halt das Blabla, was man so täglich in den Medien hörte. Armageddon-Rock, der die minderbemittelten Bürger dazu veranlasste zu glauben, dass es besser war, wenn man wenig Nahrung zu sich nahm. Gut, es war nicht unbegründete Panikmache, aber wie sollte sich jemand, der von der Hand im Mund lebte, den Einkauf in einem Feinkostladen leisten können? Natürlich war rein biologisch angebaute Kost besser. Was aber neue Probleme aufwarf, denn ein Großteil der Bevölkerung konnte noch nicht einmal kochen. Hinzu kam, dass die Lebenserwartung eines Lohnsklaven bei achtzig Jahren lag, während ein sehr guter Runner es vielleicht schaffte, so gerade die fünfunddreißig zu erreichen. Entweder biss er vorher wegen Bleivergiftung in den künstlichen Rasen, oder es wurde dringend Zeit für ihn, den Schatten den Rücken zu kehren. Gelang ihm das, verfügte er oft gerade über ausreichend Kohle, um sich eine regelmäßige Kost in Form von Soyaportionen bis ins siebzigste Lebensjahr leisten zu können. In seinem Leben hatte Paul schon so viel Soyfood gegessen, dass er längst das Zeitliche gesegnet haben müsste. Runner besaßen nicht immer prallvolle Ebbies, um sich teure Nahrung leisten zu können. Sie investierten ihr Geld lieber in Waffen und Ausrüstung.

Zurück im Konferenzzimmer, einer Ansammlung

von Mehrzweckplastikkisten, einem großen Tisch und einigen Hightech-Geräten, warf er den Chummern die Packungen zu und ließ seinen Hintern auf eine Kiste fallen.

Einheitlich stellten sie ihre Packungen auf den Tisch und zogen die seitlich angebrachten Laschen zurück. Eine Hitzekapsel öffnete sich automatisch und begann sofort damit, den Inhalt zu erhitzen. Während sie darauf warteten, dass sich der Geruch im ganzen Raum verteilte, nuckelten sie an den ätzenden Bieren. Der Soyageruch wurde so penetrant, dass der Rottweiler Rambo es vorzog, das Weite zu suchen. Mit einem Kauknochen im Maul schlurfte er in Pandoras Zimmer. Die dort vorherrschenden Gerüche von Kräuterstäbchen waren weitaus angenehmer für seine ausgeprägten Geruchsorgane.

Paul sah den einzelnen Mienen an, dass alle über ihre Lage nachgedacht hatten und wie er zu keinem positiven Ergebnis gekommen waren. Er wartete trotzdem damit, die Runde zu eröffnen. Er schaltete das Trideo ein und ließ die dreidimensionalen Nachrichten in die Mitte des Raums projizieren.

Eine nackte Frau berichtete gerade in diesem Augenblick, dass Flut war und sich die Besitzer von der vorschriftsmäßigen Verankerung ihrer Hover überzeugen sollten. PKW-Fahrer forderte sie auf, ihre am Ufer geparkten Fahrzeuge schnellstens zu entfernen. Versicherungen würden die wegen Fahrlässigkeit verursachten Schäden und Bergungskosten nicht übernehmen.

Der Nachrichtensender rühmte sich damit, die höchsten Einschaltquoten zu besitzen und seinen Zuschauern nackte Tatsachen zu präsentieren, und aus diesem Grunde hatte er wohl auch an der Kleidung der Moderatoren gespart.

Snap schien mehr an seinem Cyberdeck interessiert zu sein und fummelte lautstark an einigen Tasten herum. Die Anspannung des Deckers schien verschwunden, seine Pillen hatten wohl Wirkung gezeigt. Einen Anfall konnten sie jetzt nicht brauchen, denn Snaps Fähigkeiten wurden noch benötigt.

Chet suchte in seinem Fraß nach einer Lösung, schien aber nicht sonderlich erfolgreich im Soyasatzlesen zu sein.

Pandora hatte die Augen geschlossen. Sie wirkte sehr ruhig und schien immer noch mehr mit sich selbst beschäftigt zu sein. Irgendetwas machte ihr enorm zu schaffen, aber sie wollte Paul nicht sagen, was Sache war.

Gerade als er weiterschalten wollte, flackerten Bilder des Atlantic auf. Die Nachrichtensprecherin bewegte ihren knackigen Hintern aus dem Bild, zeigte mit dem ausgestreckten Arm auf die zerstörte Fensterfront in der obersten Etage und rieb sich mit dem anderen Zeigefinger ihre aufgerichteten Brustwarzen.

Das war echt krass. Wäre Paul nicht an dem Inhalt der Sendung interessiert gewesen, hätte er die Erwartung gehegt, dass sie nicht mit dem Finger, sondern mit einem Dildo die zerstörten Fenster auf den Bildern markiert hätte. Dies gab es wohl erst nach zehn Uhr, war aber gleichzeitig die Erklärung dafür, dass pubertierende Kinder in letzter Zeit so nachrichtengeil waren.

Die Frau sprach von einem Sachschaden in Höhe von mehreren Millionen Euro. Über Eternitys Aufenthalt verlor sie kein Wort. Sie sprach lediglich von einem Anschlag auf den Star und dass sein Zustand ungewiss sei.

HanSec hatte wohl erfolgreich eine Nachrichtensperre verhängt, und somit konnte Pik-Dame erst einmal erleichtert aufatmen.

Paul schaltete die Projektion ab und wollte etwas sagen, aber Snap drehte die Lautstärke der Boxen seines Cyberdecks lauter.

»Piraten des Nordens! Hier spricht Disc-Dängler, die heißeste Stimme im Äther! Alle mal aufgepasst, wir unterbrechen unsere Gedächtnismucke an Ron Davis und Richard Wissenbach, dem verstorbenen Leadsänger der Band ›Sisters of Pain‹, für eine brandheiße Sondermeldung!

Wie wir soeben erfahren haben, ist Eternity entführt worden. Die Schattenkanäle munkeln, dass ein anderer Konzern an der attraktiven Sängerin Gefallen gefunden hat. Siegel-Devil-Records streitet natürlich alles ab und lässt verlauten, dass der Star in ärztlicher Behandlung ist. So ein Dummfick.

Wir haben die Datenkanäle nach Infos durchkämmt, dabei jeden Pixel gewendet und sämtliche Audiofiles durchleuchtet. Und ratet mal, was wir erfahren haben!

Ein Schattenteam soll mit dem Schutz des Stars beauftragt worden sein. Jeder weiß doch, was das bedeutet! Dahinter steckt ein abgekartetes Spiel, die Runner wurden garantiert nur als Kanonenfutter verschwendet. Und die Info, dass der Star im Krankenhaus sei – so ein Blech.

Der BuMoNA-Copter, der die Sängerin gerettet haben soll, ist an der Grenze zum Lufthansa-Gelände in Fetzen gerissen wurden. Wenn Eternity nicht unsterblich biegsam ist oder gut auf Superkleber reagiert, ist sie jetzt ein unendlich zerstreuter Star …«

Das klang gar nicht gut. Wenn die breite Öffentlichkeit davon erfuhr, würde Siegel gezwungen sein, sehr schnell zu handeln.

Und jetzt konnten sie sicher sein, dass Ratón tot war.

Allen Gesichtern im Raum entnahm er den gleichen Gedanken, aber jeder vermied es, die Tatsache laut auszusprechen. Niemand wollte die Wahrheit hören. Sie wussten, dass die Riggerin nicht die Letzte wäre, die sterben könnte. Zack befand sich auf dem besten Wege, ihr zu folgen, und bei den hier Anwesenden war es auch nur ein Frage der Zeit.

Er eröffnete die Runde mit einem lahmen: »Irgendwelche Vorschläge?«

Es dauerte einige Zeit, dann sagte Chet: »Ich bin dafür, dass wir uns bei Teresa melden. Sie weiß vielleicht Näheres.«

Alle waren damit einverstanden, und der Ork wählte ihre Nummer an.

Teresa war die Schieberin, über die das Team hauptsächlich seine Ware bezog und die ihnen auch Aufträge zuschusterte. Sie hatte seinerzeit zur Gründung des Haufens beigetragen. Teresa war die gute, wenn auch berechnende Seele hinter Pik-Dame. Der kleine Fischladen der Frau war nur Tarnung. In Hamburg galt sie als bekannte Schieberin der Oberliga. Man munkelte, dass sie selbst einmal eine aktive Deckerin gewesen war. Außer einem Datenjack gab es natürlich keine Beweise mehr. Wenn aber jemand wusste, was in den Schatten abging, dann war sie es. Den Spitznamen Molly verdankte sie nicht nur der äußeren Erscheinung ihrer Persona. Trotz ihres Übergewichts und des fortgeschrittenen Alters konnte man ihr nicht nachsagen, dass sie zu den unattraktiven Frauen dieser Welt zählte.

Der Ork hatte das Handkom mit dem Trid-Projektor gekoppelt, und als sein Anruf entgegengenommen wurde, projizierte die Technik das angespannte Gesicht der Frau als leuchtende Fläche in die Zimmermitte. Ihre roten Haare funkelten angriffsbereit und ergänzten das gefährliche Leuchten ihrer wachen Augen.

Bevor Chet etwas sagen konnte, begann die Schieberin das Gespräch. »Hallo, Chet. Mit dir habe ich gar nicht gerechnet. Aber es ist gut, dass du dich meldest. Bevor du mir jetzt erzählst, wie liebend gern du mit meinen Hunden Gassi gehst, lass mich zum geschäftlichen Teil übergehen. Du weißt, Anrufe sind teuer. Ich habe nämlich einen ganz heißen Auftrag für euer Team. Die Bezahlung ist so gut, dass mein Anteil größer als gewöhnlich ausfallen wird. Die Sache ist ganz easy und erfordert nur euer Auftreten. Bringt den heißen Rigger eurer Einheit mit und kommt in einer Stunde in den Laden. Ich werde alles vorbereiten. Bis dann …«

Die Verbindung wurde unterbrochen, und das Gesagte hing düster im Raum.

Gewöhnlich sprach Teresa nicht ohne Punkt und Komma. Sie wartete eher geschickt die Informationen ihres Gesprächspartners ab, bevor sie mit eigenen herausrückte. Zwischen den Zeilen wussten sie alle, was das bedeutete:

Mit dir habe ich gar nicht gerechnet, aber es ist gut, dass du dich meldest = Jungs, ich bin davon ausgegangen, dass ihr die Ärsche bedeckt haltet und euch besser nicht mehr bei mir meldet.

Bevor du mir jetzt erzählst, wie liebend gern du mit meinen Hunden Gassi gehst, lass mich zum geschäftlichen Teil übergehen = Keine persönlichen Informationen, denn knallharte, äußerst gefährliche Geschäftsleute sind an euch interessiert.

Du weißt, Anrufe sind teuer = Die Leitung ist nicht sicher. *Ich habe nämlich einen ganz heißen Auftrag für euer Team* = Leute, auf euren Kopf ist ein verdammt hohes Preisgeld ausgesetzt worden.

Die Bezahlung ist so gut, dass mein Anteil größer als gewöhnlich ausfallen wird = Die Summe ist so hoch, dass selbst ich mich zurückhalten muss.

Die Sache ist ganz easy und erfordert nur euer Auftreten = Die Leute wollen euch tot sehen – Wetwork der ersten Liga.

Bringt den heißen Rigger eurer Einheit mit und kommt in einer Stunde in den Laden = Keine Infos über Ratón, ich befürchte das Schlimmste. Seit einer Stunde sind die Angebote raus und in den Schatten verteilt worden.

Ich werde alles vorbereiten = Traut niemandem, und meldet euch nicht mehr.

Bis dann ... = viel Glück, und davon braucht ihr megamäßig viel. Oder: Meldet euch nicht bei mir, ich könnte auf die Idee kommen, etwas hinzuzuverdienen.

Wenn sich sogar Teresa versucht fühlte, musste einiges daran sein. Höchstwahrscheinlich hatte Siegel-Devil-Records enorme Mengen an Euro auf sie ausgesetzt.

Diskutieren brachte jetzt nichts, deswegen fragte Paul Chet: »Wie sieht es mit Rustle aus?«

Rustle – von Freunden Rumbling Rustle oder einfach kurz Rumble genannt – war ein Troll. Er hatte die Sicherheit des HMU – Hanse Meta Untergrund – unter seinen Pranken und war ihnen in der Vergangenheit schon einmal äußerst hilfreich gewesen.

Chet winkte ab. »Das halt ich für keine gute Idee. Du weißt, beim letzten Besuch sind wir beinahe hopsgegangen, weil 'n paar Jungs bestochen wurden. Wenn selbst Teresa sich ausklinkt, kannst du dir vorstellen, wie hoch die Summe ist. Und ich will nicht noch einmal Ärger mit in den HMU schleifen ...«

Der Meta hatte Recht, auch diese Möglichkeit schied aus.

Chet fragte Paul: »Wie sieht's mit dem Brüllaffen aus? Albert, Albrecht oder wie immer der goldene Affe heißt.«

Das war eine Anspielung auf Tripple A. Albrecht Alberts, von Freunden Ape genannt. Die Bezeichnung Affe rührte von seinem animalischen Lachen her. Der Mann war ein ehemaliger Agent und hatte oft mit Paul zusammengearbeitet, zu einer Zeit, als er noch Datenkurier gewesen war und für Konzerne und Regierungen den Postboten gespielt hatte. Jetzt war der Mann stolzer Barbesitzer des *Sherlock* und nicht mehr so aktiv, was die Spionage anging. Alkoholschmuggel war seine neueste lukrative Einnahmequelle.

Aber diesmal musste Paul abwinken. »Der scheidet aus. Wir haben hier zwar mit einer Konzernsache zu kämpfen, und Ape hat viele Kontakte in dieser Richtung, aber wenn ich mich an ihn wende, wird Simon das mitbekommen …«

Pandora beendete für ihn den Satz. »Und der fällt auch aus, weil er uns den Job mit Siegel vermittelt hat. Er dürfte jetzt selbst genug Ärger am Arsch kleben haben. Zum einen wird er mit Sicherheit observiert, und zum anderen dürften ihm die Hände gebunden sein. Schließlich arbeitet der BND mit HanSec zusammen, wenn auch nicht besonders eng. Aber die Tatsache reicht aus.«

Ihr kurzes Resümee fiel also insgesamt nicht sonderlich positiv aus.

Wir sind auf uns allein gestellt, war die einzig logische Schlussfolgerung mit allen Konsequenzen.

Sie verfügten natürlich über weitere Kontakte, nur gab es keine, die sie so schnell und kurzfristig zu Rate ziehen konnten. Und sicher waren ihre Verbindungen auch nicht mehr, nachdem man in Hamburg ein Kopfgeld auf sie ausgesetzt hatte.

Lautstark piepte Chets Handkom und unterbrach die eingekehrte Stille. Der Doc war in der Leitung und übermittelte ihnen die Daten aus Zacks Head-Kamera.

»Hey, Paul, hier sind die versprochenen Daten. Zusätzlich habe ich in Erfahrung gebracht, dass diese magische Substanz an deiner Haut in Hamburg nur in der Universität hergestellt wird. Es ist ein Bereich, der sich in ›Planten un Blomen‹ befindet. Mehr habe ich in der kurzen Zeit nicht erfahren können. Zack geht es nicht so gut, und ich weiß nicht, ob er durchkommt. Das muss sich erst noch zeigen. Viel Glück …«

Er machte nicht viele Worte, und Paul fand noch nicht einmal die Zeit, danke zu sagen, so schnell beendete Eyeless die Verbindung. Dies ließ darauf schließen, dass er die Info über das Kopfgeld ebenfalls erhalten hatte. Doc würde sie aber nicht verraten, dafür hing er zu sehr an seinen selbst auferlegten ethischen Dogmen fest. Aber das Team Pik-Dame war im Augenblick mehr als nur heiß.

Es sieht alles ganz und gar nicht gut aus, erinnerte ihn seine Stimme erneut an ihre ausweglose Situation.

Sie mussten ganz schnell von hier abhauen. Früher oder später würde man sie hier ausfindig machen. Chet entpackte erst einmal die gelieferten Daten und überspielte sie auf das Multi-Komm-Gerät des Zimmers. Das war gegenwärtig das Beste, was sie tun konnten. Hoffentlich stießen sie dort auf etwas, das ihnen weiterhelfen würde.

Snap stöpselte sich unaufgefordert in die Matrix ein und suchte die virtuelle Welt nach allen Infos über ›Planten und Blomen‹ ab. Paul besaß keine nennenswerten Informationen darüber, und wieso sollte der Decker nicht tun, worin er am besten war? Paul war mit seinem Latein am Ende.

Die schmatzenden Essgeräusche von Chet nahm er gar nicht mehr zur Kenntnis. In ihm breitete sich eine alles verzehrende Leere aus. Er war dabei, innerlich aufzugeben, und konnte keinen klaren Gedanken mehr fassen. Es war seine Schuld, dass sie verloren waren, und er war auch für Ratóns Tod verantwortlich. Auf seinen Vorschlag hin hatten sie den Job angenommen, und er war es gewesen, der sich von Eternity hatte einlullen lassen. Ihm war es nicht möglich gewesen, dem drohenden Verrat rechtzeitig auf die Schliche zu kommen.

Er hatte ein paar Minuten still Trübsal geblasen – das Soyfood war längst kalt, als Snap von seiner Erkundungsreise zurückkehrte. Der Decker war kreidebleich, und Paul wusste nicht, ob es an den Informationen lag oder an der Tatsache, dass der Knabe einfach überfordert war.

Aber in dem Jungen ging etwas vor – er schwang keine großen Reden und holte nicht weit aus, sondern lieferte ihnen nackte Tatsachen. »Die Heimsuchungen des Dreißigjährigen Krieges hat die Hanseaten im 17. Jahrhundert dazu veranlasst, die Befestigungsanlagen um den damaligen Stadtkern auszubauen. Später wurden die westlich der Alster gelegenen alten Wallanlagen zu öffentlichen Parkanlagen umgestaltet. Ihnen gab man die Bezeichnung ›Planten un Blomen‹. Das ist Plattdeutsch und heißt: Pflanzen und Blumen. Durch die Überschwemmung Hamburgs haben sich etliche Wasserflächen darin ausgedehnt. Diese Einrichtung war einmal Hamburgs erster zoologischer Garten, und wegen der Niederdeutschen Gartenschau im Jahre 1935 wurde sie zu einem großen, zusammenhängenden Park umgestaltet. Früher war der Park von allen Seiten her zugänglich, heute kann man nur noch über drei Eingänge – die Hoverhaltestellen St. Pauli, Gorch-Fock-Wall und Stephansplatz – das Gelände betreten. Eine natürliche grüne Mauer schließt den Komplex vollständig ein.

Damals gab es im Pavillon fast täglich Musikveranstaltungen, und das Gelände erfreute sich großer Beliebtheit, vor allem im Sommer. Heute nimmt der alte Botanische Garten einen Großteil der Fläche ein. Das ist auch der Grund, warum man die breite Öffentlichkeit ausschließt. Die Universität fürchtet um das echte Grünzeug in den Schaugewächshäusern. Eine Reihe von Spezialgärten, darunter auch ein alter japanischer Garten und ein Tropengarten, sind nur noch unter gebuchter Führung zu betreten. Hohes Vitamin-Euro ermöglicht den Zugang auch nur für ein paar Stunden.

Die dort gezüchteten paranormalen Pflanzen werden auf dem Markt hoch gehandelt und finden in der ganzen Welt Abnehmer, weshalb der Park auch extrem stark gesichert ist. Es gibt gut ausgerüstete Wächter, die aber nur tagsüber Patrouille schieben. Größtenteils verlässt man sich nachts auf paranormalen Schutz. Barghest, Schreckhühner und anderes paranormales Getier streifen frei durch die Parkanlagen und haben schon so manchen unvorsichtigen Eindringling in Fetzen gerissen. Es kommt nicht oft vor, dass einige Pflanzen den Weg auf den Schwarzmarkt finden.

Der Matrixanschluss ist an einen direkten HanSec-Satlink gekoppelt. Da komm ich ohne stundenlange Vorbereitung nicht rein.«

Er legte eine kurze Pause ein und fügte dann hinzu: »Falls sie Eternity wirklich dahin geschleppt haben sollten, wüsste ich nicht, warum. Eine Hautsalbe hätte sie sich einfacher bestellen können ... die Pflanzenkittel wollen wohl kaum die beruhigende Wirkung ihrer Stimme auf Grünzeug testen. Ich finde, das ist eine Sackgasse.«

Jeder versuchte, für sich die Informationen auszuwerten, aber Paul wollte eine mögliche Verbindung auch nicht einleuchten. War alles zu offensichtlich – zu einfach –, und dachte er zu kompliziert? Oder hatte Snap Recht mit seiner Einschätzung? Oder fehlten ihnen nur noch ein paar Informationen? Was sollten sie anderes tun, als dort nach weiteren Puzzleteilen zu suchen?

Eternitys Fährte würde bald abkühlen. Pauls Einschätzung nach blieb ihnen nur noch diese Nacht. Morgen wäre der Star längst weg. Wenn es ihnen gelingen sollte, die Sängerin bis dahin zurückzuholen, würde Siegel vielleicht auf einen Kuhhandel eingehen.

Kann ich denn verlangen, dass das Team an diesem Kreuzzug ins Ungewisse teilnimmt?

Chet kam wohl auch zu keinem befriedigenden Ergebnis. Deshalb schaltete er Zacks Aufzeichnung an und versuchte, sich abzulenken. Ein Mikrophon hatte Zack sich nicht eingebaut, deshalb mussten sie mit einer Stummfilmvorstellung vorlieb nehmen.

Der Samurai hatte den schwebenden Copter vor dem Atlantic filmen können. Gut, das war ein möglicher Ansatzpunkt, aber es würde seine Zeit dauern, bis sie den Piloten oder den Kolibri ausfindig machten. Wäre das Kopfgeld nicht, könnten sie das problemlos in Angriff nehmen. So mussten sie vorsichtig sein, bei wem und für wie lange sie ihre teuren Fühler ausstreckten.

Es waren nur ein paar Minuten gespeichert worden, und sie ließen die Aufnahme zum zweiten Mal durchlaufen, als sie die Stelle erreichten, als der Samurai des Copters auf Pandora angelegt hatte. Die Schüsse der Messerklaue hatten nicht getroffen, da jemand den Schützen gestört haben musste. Der Lauf und das Mündungsfeuer richteten sich wirkungslos nach oben.

Pandora rief: »Anhalten!«, und das Bild gefror.

Danach sagte sie: »Helligkeit erhöhen, Bildbereich auf den Quadranten X5 und Y10 zentrieren. Heranzoomen.«

Die Technik, kombiniert mit der geklauten Sicherheitssoftware, setzte ihre Spracheingabe sofort um. Die Firma Blaupunkt-Industries hatte diese Software mit dem Bildbearbeitungsgiganten ADD (Adobe-Developement-Department) entwickelt. Sicherheitsfirmen rüsteten mittlerweile alle Kameras damit aus, und da Pandora früher für die Sicherheit bei der Bayersdorf AG zuständig gewesen war, kannte sie die technischen Möglichkeiten nur zu gut.

Der ausgewählte Bereich wurde vergrößert, und sie konnten alle sehen, wie sich eine schlanke Hand von hinten auf die Schulter der Messerklaue gelegt hatte. Die Fingernägel waren rot lackiert, was die Vermutung zuließ, dass eine Frau hinter dem Samurai stand. Mehr konnte man nicht erkennen. Die Magierin war aber noch nicht fertig.

»Weiter aufhellen. Zentrieren auf Z-2-Einheiten der Tiefenwerte. Extremer Kontrast in den Mitteltönen. Interpolieren und Konturen scharf nachzeichnen. Ordne Standbildausgabe des 3 x 4 großen Bereiches an. Extremste Vergrößerung.«

Langsam formte sich vor ihren Augen das Bild einer Frau, einer Asiatin, um genau zu sein.

Paul sagte das Gesicht nichts.

Ein Blick zu Chet zeigte ihm, dass der damit auch nichts anfangen konnte. Snap biss sich auf die Unterlippe, schien einen innerlichen Kampf auszufechten und schaute wieder ins Leere. Die Augen des Deckers wurden von dunklen Ringen eingerahmt, die Paul an einen verschmierten Klobrillenrand erinnerten. Aber Pandoras Blick haftete auf dem projizierten Gesicht in der Mitte Raums. Falls sie etwas wusste, rückte sie damit nicht raus. Gerade wollte Paul sie darauf ansprechen, als Snap aufstand und sein Deck zusammenpackte.

Was geht denn hier ab?, war Pauls erster Gedanke.

Er stand ebenfalls auf und sprach den Decker auf sein Verhalten an. »Hey Snap, was hast du vor?«

Der Knabe schien zu zögern, dann streckte er das Kinn provozierend vor und meinte: »Ich verdrück mich. Ich seh deinen Augen an, dass du in diesen Blumenkübel eindringen willst. Dort kann ich nichts machen, und ich hab keine Lust, hier die Plastikblümchen zu zählen. Das is' nicht meine Art.«

Paul wollte den Decker aufhalten, indem er ihm im Türrahmen den Weg versperrte. Er legte die Hände fest auf die schmalen Schultern des Tech-Heads. Snap hob seine zierliche Hand und wollte Paul eine knallen. Bei dem Versuch würde er sich die Hand brechen. In seinen Augen leuchtete jedoch tiefe Entschlossenheit auf.

Pik-Dame hatte den Punkt erreicht, an dem alles schiefzulaufen drohte. Es war kein ersichtlicher Feind da, keine Bedrohung, gegen die sie sich vereinen konnten. Keiner wusste, was sie als Nächstes tun sollten oder welche Gefahr an der nächsten Ecke auf sie lauerte. Ihr Verstand schlug Purzelbäume, und jegliches rationale Verhalten wurde ausgeschaltet. Man fing an, sich gegenseitig auf den Nerv zu gehen.

Diesmal war es aber Chet, der aufsprang und die beiden Streithähne auseinander hielt, bevor das Ganze unnötig eskalierte. Ein leichter Schubs des Orks reichte aus, um Snap weg von der Tür zu katapultieren. Der Meta drückte Paul mit seiner geballten Kraft erbarmungslos gegen die Wand im Flur.

Fast hätte es Paul auf einen Kampf mit dem Ork ankommen lassen – auch wenn er wusste, dass der Meta ihn problemlos in Fetzen reißen würde. Im waffenlosen und bewaffneten Kampf verfügte Chet über jahrelange, antrainierte Straßenkampferfahrung. Wo Paul gelegentlich mit seinem Gewissen kämpfte, war der Ork nicht so zimperlich. Einem seiner Gegner hatte er die Nase abgebissen, und Paul verspürte keine Lust, diesmal den Platz des Nachtischs einzunehmen.

Der Geruch des kürzlich gegessenen Soya-Essens wehte Paul entgegen, als der Meta ihn angrunzte, und dies reduzierte seine Kampfbereitschaft.

»Gruhunz … bist du jetzt völlig abgedreht? Warum lässt du den Kleinen nicht einfach ziehn?«

Paul versuchte, sich von der Wand wegzudrücken und aus Chets Griff zu lösen, aber der verstärkte nur schmerzhaft seinen Muskeldruck und fing nicht einmal an zu schwitzen.

Paul knurrte: »Weil wir beide wissen, dass er draußen keine einzige Stunde überleben wird, wenn er jetzt abhaut. Ohne unseren Schutz ist er verloren … Deswegen …«

Paul hatte den Satz mit dem Wort Trog beenden wollen, aber es war ihm gelungen, sich rechtzeitig zu bremsen. Er hatte sich daran erinnert, als er den Ork das letzte Mal so beleidigt hatte. Dieser hatte ihm daraufhin berechtigterweise die Faust in den Magen gerammt.

Chet hatte sich in diesem Augenblick besser unter Kontrolle als Paul, besser als sonst. Deswegen blieb der Schlag aus, auch wenn er wusste, was Paul eigentlich hatte sagen wollen.

Chet ließ ihn einfach los und meinte verächtlich: »Paul, du bist 'n echt guter Chummer, aber hör bitte auf, dich für Gott und die Welt verantwortlich zu fühlen.«

Mal halblang, Chet will mir sagen, was ich machen soll?

Deshalb schrie er: »Ach, der große Gefühlskenner Chet. Der Meta mit der zarten Seele ... Was verstehst du denn? Dir ist doch alles scheißegal ...«

Der Ork zuckte zusammen. Das hatte ihn hart getroffen. Paul bereute sofort, was er eben gesagt hatte. Er machte sich darauf gefasst, eine zu kassieren. Aber Chets Ausbruch blieb aus. Die Augen des Orks schauten ihn nur herablassend an.

»Ich hab Gefühle, mehr, als du dir vorstellen kannst. Und hör auf, deine schlechte Laune an anderen auszulassen. Deine stummen Selbstvorwürfe wegen Ratóns Tod kotzen mich an ... Schieb dir dein Selbstmitleid tief in den Arsch. Ich trauere auch um sie, aber sie hat genauso gut wie jeder andere hier gewusst, worauf sie sich einlässt: 'n Run, bei dem Menschen nun einmal sterben ... Entweder weil ihre Zeit um is', oder weil sie sich dazu entschieden hat, ihre Sanduhr persönlich zu zertrümmern. Was wir auch tun – was immer du auch tust –, nichts wird sie wieder lebendig machen. So schade das auch is'.«

Chet war aber noch nicht fertig mit Paul, sondern er sagte ihm so richtig die Meinung.

»Ich akzeptier dich als Freund und Leader, wenn es hart auf hart kommt, aber meine Entscheidungen fäll ich selber. Und wenn Snap gehn will, dann lass ihn. Er muss für sich entscheiden, was richtig und was falsch is'. Wir haben uns alle mal zusammengetan, weil wir dachten, dass wir 'n gutes Team abgeben. In einem Team steht einer für den anderen ein und bringt seine Fähigkeiten dort ein, wo sie gebraucht werden. Als Team hält man zusammen – so lange man es will und nicht so lange ein anderer das bestimmt. So ka, du Norm- Weichbirne?«

Mit allem, was Chet sagte, hatte er Recht.

Wie kam Paul dazu, sich für die anderen verantwortlich zu fühlen? Chummer hin, Chummer her. Halblaut sagte er: »Okay, du hast Recht.«

Seine Muskeln entspannten sich, und er ließ Snap passieren. Als der Decker an ihm vorbeischleichen wollte, drückte Paul ihm vorher jedoch eine Keycard vor die Brust und meinte: »Such dir unten raus, was du brauchst, und wenn du Ärger hast, zögere nicht, dich zu melden. Würde es helfen, wenn ich mich entschuldige?«

Snap schien so viel Aufmerksamkeit nicht gewohnt zu sein. Entschuldigungen hörte er auch nicht oft. Deshalb schaute er verlegen zu Boden und sagte: »Danke. Ist schon gut, aber ich ...«

Paul beendete den Satz: »Ich versteh, du willst wissen, was mit Icebaby ist. Mach 'nen Abgang, und melde dich, wenn du was erfahren hast. Viel Glück, Techbirne.«

Zum Abschied gab er Snap einen freundschaftlichen Schlag auf die Schulter.

Jetzt sind wir nur noch drei, dachte Paul, als er die Schritte des Deckers im Keller verschwinden hörte.

Dort unten stand ein Panzerschrank voller Waffen und Munition. Snap sollte nicht unbewaffnet herumlaufen. Die Waffe des Deckers gab keinen guten Mannstopper ab. Eine schwere Pistole würde er vielleicht nicht handhaben können, aber zumindest sollte er die Wahl haben.

Paul wollte etwas zu Chet sagen, aber er las in dessen Augen, dass das unnötig war. Der Meta war nicht sauer auf ihn.

Der Runner hatte seinen Entschluss gefasst. »Okay, ich dringe ins Gewächshaus ein. Wenn Eternity da ist, werde ich sie finden und an den Haaren zu Siegel zurückschleifen. Sie hat mich verarscht, und ich habe keine Lust, hier abzuwarten, bis jemand vorbeischaut und mir die Birne wegknallt. Ihr braucht nicht mitzukommen. Es reicht, wenn einer versucht, den Helden zu spielen.«

Chet schenkte ihm ein Lächeln, ließ seine Hauer blitzen und grunzte: »Chummer, wenn du denkst, dass du den ganzen Spaß ohne mich haben kannst, bist du schief gewickelt. Pandora hat mir mal versucht zu erklären … Jeder ist seines Glückes Schmied … Ich werd den heißen Klumpen Gold nicht wegschleudern … Da muss ich schon die Arschbacken endgültig zusammenkneifen.«

Sie schlugen einander in die Hände.

Chets Bemerkung hatte Paul auf etwas aufmerksam gemacht. Pandora hatte die ganze Zeit über nichts gesagt, und das war sehr ungewöhnlich. Sie stand einige Zentimeter vor der Projektion im Zimmer und hatte ihnen den Rücken zugekehrt, schien aber ihre Blicke im Rücken zu bemerken und drehte sich um. Ihre Augen waren feucht. Sie hatte geweint.

Bevor Paul fragen konnte, sagte sie, was Sache war. »Ich komme auch mit, egal wie beschissen ich mich fühle. Die Sache ist persönlich geworden. Die Frau dort auf dem Bild ist meine totgeglaubte Mutter …«

Paul schaute sich das Bild noch einmal eingehend an.

Wenn man ganz genau hinschaute und viel Einbildungskraft aufbrachte, konnte man entfernt eine gewisse Ähnlichkeit vermuten. Ohne Pandoras Hinweis wäre er aber nie darauf gekommen.

Chet raffte sich auf und packte seine Klamotten.

Pandora kam zu Paul, legte ihm den Finger auf die Lippen und flüsterte: »Sag nichts, bitte. Nimm mich einfach nur in den Arm. Ist das okay?«

Paul sagte nichts. Er nahm sie in die Arme und strich ihr mit der Hand sanft über den Rücken, während Heulkrämpfe ihren Körper schüttelten.

Es gab vieles in ihrem Leben, das sie ihm nie erzählt hatte – was ihn dazu veranlasste, daran zu denken, dass sie sich in manchen Dingen so ähnlich waren. Während sie sich ausweinte, schaute er nach draußen in die Dunkelheit. Der Regen hatte diesmal stärker eingesetzt und prasselte laut gegen die verklebten Scheiben.

Die Welt stimmte in Pandoras Trauergesang ein, und Paul konnte nichts weiter tun, als zu versuchen, sie zu trösten. Ihn beschlich das ungute Gefühl, dass diese Nacht noch mehr Menschen sterben und noch mehr Tränen fließen würden.

C.
Schlussfolgerung der Reprise

Tonika eines Ursprungs

Sie stand in ihrem Versteck hinter der Tür und hörte, wie der Rigger draußen die Rotoren des Helikopters ausschaltete. Die Frau wartete noch weitere fünf Minuten, dann betrat ihr ahnungsloses Opfer endlich das kleine Büro neben der im Stadtteil Bahrenfeld gelegenen Lagerhalle. Als der Mann in den dunklen Raum schritt und das Licht anschalten wollte, trat sie aus ihrem Versteck hervor. Er hatte etwas gemerkt und drehte sich schnell um. Die Augen des Mannes weiteten sich erschrocken, als er ihre Silhouette in den Schatten ausmachte. Seine Hand schnellte in die Innentasche seiner Fliegerjacke.

Er war viel zu langsam.

Verglichen mit der Geschwindigkeit ihrer Bewegungen, erinnerte sie der Versuch des Riggers an einen Menschen, der mitten im Meer mit seiner Höchstgeschwindigkeit von etwa sieben Stundenkilometern versuchte, einem mit etwa sechzig Stundenkilometern herannahenden Hai davonzuschwimmen.

Mit einem gezielten Schlag auf die Schläfe schickte sie ihn ins dunkle Reich der Träume, bevor seine Finger auch nur den Griff der Waffe erreichen konnten. Dann schleifte sie den bewusstlosen Körper zu einem billigen Metallstuhl, der hinter einem überquellenden Schreibtisch in dem kleinen Büro stand. Problemlos wuchtete sie den Rigger auf den Stuhl, klebte seine Handgelenke unter der Sitzfläche zusammen und befestigte die Fußgelenke mit dem Klebeband an den vorderen Stuhlbeinen.

Vorher hatte sie sich vergewissert, dass der Mann keine Muskelimplantate oder Cyberklingen besaß, mit denen er die Fesseln zerreißen oder zerschneiden konnte. Außer einer Datenbuchse und der ihr bekannten Riggertech schien der Mann mit dem Namen Murdock über keine weiteren erkennbaren Cyberimplantate zu verfügen. Zum Abschluss drückte sie ihm noch einen Streifen Klebeband auf den Mund. Anschließend ging sie zum Schreibtisch, schaltete die kleine Schreibtischlampe an und richtete den Kegel auf die zusammengesunkene Gestalt auf dem Stuhl.

Einige Sekunden lang betrachtete sie ihre Beute sehr intensiv und lauernd. Sie hatte den Mann wohl doch stärker getroffen, als sie eigentlich gewollt hatte. Es würde zu lange dauern, bis er von allein wieder zu Bewusstsein kommen würde. Deswegen entschied sie sich, seinen Schlummer vorzeitig zu beenden.

Die Frau trat näher an den Mann heran und setzte sich mit gespreizten Beinen auf seinen Schoß. Sie bewegte ihren Kopf näher an das unrasierte Gesicht ihres Gefangenen heran und sog seinen aufdringlichen Schweißgeruch begierig durch ihre vibrierenden Nasenflügel tief in sich ein.

Das angenehme Gefühl der Macht, das sie verspürte, ließ ihren Körper vor Erregung zittern. Mit ihrer langen Zunge leckte sie ihm langsam die einzelnen salzigen Schweißperlen vom Gesicht und begann gleichzeitig, mit ihren Fingern seine Schläfen ausgiebig zu massieren.

Stöhnend erwachte Murdock.

Seine Augenlider flackerten und weiteten sich ins Unendliche. Wäre er dazu in der Lage gewesen, hätte er laut geschrien, aber das Klebeband wirkte wie eine Talsperre und staute die Emotionen in seinem Mundraum auf. Sein Schweißfilm verwandelte sich sofort in reichlich fließenden Angstschweiß. Verzweifelt versuchte er aufzustehen, und als dies nicht klappte, wollte er den Stuhl umkippen, aber die trainierte Kraft ihrer Schenkel drückte den Mann auf dem Stuhl fest.

Das Gefühl der Macht wuchs in ihr, und sie gab sich ihm vollkommen hin. Fast zärtlich legte sich ihr Mund auf das Ohr des Mannes und hauchte ihm verlockend hinein.

So ausweglos die Situation für den Mann auch sein musste, so erregend schien sie zugleich zu sein. Sie spürte, wie sich etwas von unten gegen ihren Schoß drückte, das nicht dem Willen des Mannes gehorchte. Auffordernd schnurrte sie ihm weiter ins Ohr und rieb ihren Unterleib gegen die wachsende Beule im Schoß. Ihre langen Beine kreuzten sich hinter der Stuhllehne, und ihre Hände vergruben sich in Murdocks schweißnassem Haar.

Sie rieb ihren Schoß schneller an den seinigen.

Kurz bevor der Mann einen Orgasmus hatte, schoss ihre Cyberklinge hervor und trennte ihm mit einer einzigen fließenden Bewegung das rechte Ohr ab. Der Körper des Mannes verspannte sich komplett, und die feuchte Stelle an ihrem Schoß bestätigte ihre Meinung über Marquis de Sade. Der Mann hatte einst behauptet, dass ein durch Schmerz ausgelöster Orgasmus viel intensiver sei.

Mit der Zunge nippte sie an dem Blutstrom des Mannes, und fast tröstend flüsterte sie in die rechte Stelle, wo sich bis vor kurzem das Ohr befunden hatte: »Keine Angst, es gibt mehr …«

Sie stellte die Füße wieder zurück auf den Boden und zertrat dabei achtlos das Stück Fleisch. Er würde es sowieso nicht mehr brauchen.

Sofort bemerkte sie die nahe Präsenz ihres dunklen Begleiters. Er schien sehr zufrieden zu sein. Die vorherrschenden, intensiven Gefühle sog er begierig in sich auf, und die Schatten um sie herum schienen zu wachsen. Ein dunkler Mantel legte sich über die Frau und den Mann auf dem Stuhl. Wie eine Flüssigkeit perlte die Schwärze an ihr ab und legte sich wie Gelee um Murdocks Körper. Auf der Oberfläche dieser schwarzen Masse bildeten sich brodelnde Blasen. Nur der bedeckte Teil des Mundes blieb davon unberührt. Sie zog mit einer heftigen Bewegung das Stück Band zurück, und sofort spritzte ihr warmes Blut entgegen, als die Lippenhaut des Mannes weggerissen wurde. Der aufgestaute Schmerz Murdocks entfaltete sich in einem einzigen, anhaltenden Schrei.

Ihr Mund umschloss die Zunge ihres Opfers, und langsam senkte sie ihre Zähne in das nachgiebige Stück Fleisch. Sie spürte die Essenz ihres mächtigen Freundes, als dieser ebenfalls fließend über den Mund in Murdocks Innerstes eindrang. Der Mann brauchte nicht wörtlich zu sagen, wo sich Eternity aufhielt. Die fließende Essenz des Schattens drang in sein Gehirn ein und suchte sich dort die nötigen Informationen heraus.

Das Ritual gab dem Schatten Kraft, und dieser gab einen Teil davon bereitwillig an sie weiter. Der Kampf mit dem Geistwesen hatte ihren Freund geschwächt, und er brauchte viel Essenz, um wieder zu Kräften zu kommen. Und auch sie hatte der Sturz durch den Wäscheschacht verletzt und der anschließende Tauchgang unterhalb des Atlantic erschöpft. Die geteilte Essenz reichte aber aus, um sie zu regenerieren.

Dass sich ihr Auftraggeber nicht mehr gemeldet hatte, störte sie nicht. Das ausstehende Geld war belanglos, verglichen mit der Macht, die ihnen die Essenz der Sängerin geben würde.

Ich will mehr, dachte sie, als die Quelle der Essenz, der ausgemergelte Körper zwischen ihren Schenkeln, schlaff in sich zusammensank und aufhörte, ihnen Kraft zu spenden.

4.
Coda

Choräle der Chromatik

Dumpf hallte der undefinierbare Gesang durch die Gänge der unterirdischen Anlage. Seit ungefähr fünf Minuten gingen sie durch dieses Labyrinth aus Schieferplatten, und Snooker hatte längst die Orientierung verloren, so viele Abzweigungen hatten sie auf ihrem Weg passiert. Der Bodyguard empfand es als sehr merkwürdig, dass ihnen bisher niemand begegnet war.

Irgendwoher muss dieses anhaltende Gemurmel doch kommen.

Ein seltsames, nicht deutbares Gefühl vermittelte ihm der Ort hier unten. Es war nicht unbedingt negativ, aber einfach surreal.

Die Unterhaltung zwischen Frank und Pierskaller im Copter war auch sehr *strange* gewesen. Er rief sich das Gespräch noch einmal ins Gedächtnis zurück. Hier würde ihm erst einmal nichts entgehen.

Auf dem rechten Tower des Siegelgebäudes hatte sie ein startbereiter Kolibri mit laufenden Rotoren erwartet. Das kleine Geleitkommando der schießwütigen Kettenhunde hatte sie bis zum Landeplatz des Helikopters gebracht, aber davon abgesehen einzusteigen. Im Inneren setzten sie sich auf die Metallpritschen, und Pierskaller wartete, bis der Vogel in der Luft war, bevor er die versprochene Unterhaltung mit Frank einleitete.

Die ganze Zeit behandelte er Snooker wie einen unsichtbaren Begleiter, und dem Engländer war das Verhalten ganz recht. Er wusste sowieso nicht, was er dem Mann sagen sollte.

Ein ›Sorry, dass Ihr Sänger in Rauch aufgegangen ist‹ erschien ihm nicht der richtige Satz für den Beginn einer informativen Unterhaltung zu sein. Der Vorwurf ›Sind Sie schuld, dass mein geregelter Planet *Leben* aus seiner Umlaufbahn gerissen wurde?‹ klang auch nicht besser, weshalb er die Rolle des stummen, unsichtbaren Zuhörers bereitwillig akzeptiert hatte.

»Frank, schau nicht so. Ich kann nichts dafür, dass Edgar gestorben ist. Siegel will nur, was ihm gehört, und das versucht der Konzern mit allen Mitteln zu erreichen. Die Aufzeichnung, das ist alles. Nicht mehr«, sagte die rothaarige Sommersprosse, nachdem der Copter ungefähr drei Minuten in der Luft schwebte.

Franks Antwort auf diese Aussage kam sehr leise und verbissen über die Lippen.

»Edgar wusste nichts, und das wusstest du ganz genau. Du wirst mich auch töten müssen, wenn dir diese Aufzeichnung so sehr am Herzen liegt. Freiwillig gebe ich sie dir nicht. Darauf kannst du drei Liter vergiftetes Elbwasser schlucken.«

Zur Bekräftigung des Gesagten spie Frank verächtlich auf den Boden und funkelte Pierskaller herausfordernd an. Dieser schien sehr enttäuscht zu sein und versuchte erneut, Frank sein Verhalten zu erklären. Beschwörend legte er die Hände auf Franks breite Schultern.

»Junge, das bringt nichts. Ich bin überzeugt, wenn du erst alles gesehen hast, wirst du verstehen, wie sinnlos deine Sturheit ist. Die Interessen des Konzerns sind nichts, verglichen mit dem, was ich dir zeigen werde.«

Diese Beschwörungsformel schien Frank nicht zu beeindrucken. Verärgert stieß er die Hände des Konzernmannes weg. »Ach, nichts? Ein Menschenleben ist nichts, sobald es ums Geld geht?«

Er drehte das Gesicht zur Wand, da Pierskallers Anblick ihn anzuwidern schien. Dieser beachtete die Geste nicht, sondern startete einen weiteren Versuch. »Was ist denn schon Geld? Nichts! Eine Ansammlung von Zahlen, die nur in unserer materialistischen Einbildung einen Wert darstellen. Siegel verkörpert solche Zahlen. Aber ich habe mich entschieden, einer Sache zu dienen, die weit mehr darstellt. Sogar Richard war bereit, dem Konzern den Rücken zu kehren. Er hatte seine Verträge zum nahenden Quartalsende gekündigt ...«

Franks Kopf zuckte zurück, und diesmal umklammerte er mit den Händen Pierskallers Schultern. Die Kraft, die der Reporter in die Geste steckte, hätte Snooker niemals bei ihm vermutet.

»Richard? Deswegen hat Siegel den Sänger umgebracht? Der Konzern wollte die Rechte nicht abgeben, oder? Los, rede!«

Pierskaller wollte sich aus Franks unerbittlicher Umklammerung lösen, aber es gelang ihm nicht. Stöhnend sagte er: »Nein. Siegel hat nichts mit dem Tod von Richard zu tun ... Er war frei, als er starb. Ich war selbst bei der Unterzeichnung der Kündigungsverträge dabei. Rolf Siegel hat persönlich zugestimmt, dass Richard gehen darf.«

Der Griff des Reporters wurde noch stärker, und er knurrte: »Los, erzähl mir alles ... und lass in deinem eigenen Interesse nichts aus!« Verzweiflung und Mordlust waren deutlich in Franks Augen zu lesen.

»Also gut, es war vor ungefähr zwei Jahren, da lernte ich einen Mann auf einem Opernball kennen. Sein Name ist Karl Bach, und er unterrichtet so etwas wie Musik für Erwachte an der hiesigen Universität. Wir kamen schnell ins Gespräch, und nach einigen Minuten war es ihm gelungen, meine Neugierde zu wecken. Seine Ansichten über Musik und deren Auswirkungen auf das menschliche Leben haben mich sehr stark an dich erinnert. Ich meine deine Visionen musikalischer Hingabe, die du vertreten hast, als du bei Siegel anfingst. Auf jeden Fall wollte er mir etwas zeigen und vorspielen, das mir die Augen und Ohren öffnen sollte. Kurz entschlossen habe ich ihn zu jenem Ort begleitet, zu dem wir gerade auf dem Weg sind.

Der Professor betreibt seit unzähligen Jahren Forschungen, die sich ausschließlich mit Musik befassen. Als ich aber sehen und hören durfte, was ihn beschäftigt, fiel mir erst auf, wie sinnlos mein Leben bisher gewesen ist. Der Orden hat sich ganz der Forschung nach Wissen und dem harmonischen Zusammenspiel von Tönen verschrieben.

Wenn du das hörst und spürst, weißt du erst, was ich meine. Dort gibt es keine Gefühle von Hass und Neid. Die Beteiligten akzeptieren sich vorbehaltlos untereinander und messen sich nicht gegenseitig an ihren Fähigkeiten, wie man es sonst aus der Konzernwelt kennt.«

Verächtlich stieß Frank Pierskaller zurück. »Du solltest dich hören. Du klingst wie ein fanatischer Sektierer, der sich das letzte bisschen Verstand aus der Birne gequalmt hat. Drogen konsumieren und über die Essenz der Musik philosophieren, das haben wir mit vierzehn gemacht …«

Der Konzernmensch war erleichtert, dass Frank ihn endlich losgelassen hatte, als er weitersprach. »Und? Was ist so schlimm daran? Ich habe etwas gefunden, das meinem Leben einen Sinn gibt. Das reicht doch, oder? Ich tue keinem Menschen weh, ich morde nicht, ich raube nicht …«

»Und die Sache mit Edgar? War das kein Mord?«, unterbrach ihn Frank eiskalt.

»Die Sache mit Edgar geht einzig und allein auf Siegels Konto«, verteidigte sich Pierskaller. »Der Orden hat gar nichts damit zu tun. Wie oft soll ich dir das noch sagen?«

»Wenn dem so ist, warum arbeitest du dann noch für den Konzern?«, bohrte der Reporter nach.

»Warum ich noch für ihn arbeite? Weil das eine ideale Quelle ist. Verstehst du? Nehmen wir Richard. Du hast ihn damals entdeckt. Kannst du dich noch erinnern, was du in deinem Bericht geschrieben hast? Bestimmt nicht, aber ich kann es. Du hast geschrieben, dass seine Stimme außergewöhnlich ist. Sie schließt die Herzen der Menschen in ihren Gesang ein und bildet eine emotionale Tontraube aller Gefühle. Ist dir bewusst, was dir damals aufgefallen ist?«

Frank schien verblüfft. Jetzt war es an ihm, auf eine Frage zu antworten. »Nein, worauf spielst du an?«

Pierskaller legte die Hände erneut auf Franks Schultern und präsentierte ihm die Lösung. »Du hast vor Jahren das magische Talent des Jungen gespürt. Die latenten Fähigkeiten hast du wahrgenommen, auch wenn du sie nicht richtig deuten konntest.«

Frank hatte Pierskaller nur angestarrt, schien aber nicht zu wissen, worauf der Mann anspielen wollte. Snooker hatte auch keinen blassen Schimmer, was das alles bedeuten sollte.

»Karl wollte, dass sich Richard freiwillig unserer Sache anschließt – der Professor zwingt niemanden dazu. Richard hat das gesehen und zugestimmt. Warum er gestorben ist, ist bis jetzt unklar.«

»Warum hast du deinen Kettenhunden nicht befohlen, mir den Polycorder abzunehmen?«

»Weil ich weiß, dass du ihn freiwillig herausgeben wirst. Es ist unwichtig, verglichen mit dem, was sich dir offenbaren wird. Und deine Fähigkeiten könnten dem Orden sehr dienlich sein. Siegel wird dich nicht geeken, wenn du das Band zurückgibst. Der Konzern wird dich sogar hoch belohnen. Aber jetzt mehr zu erzählen wäre unnötig … warte bis später.«

Damit war ihre Unterhaltung erst einmal beendet,

und seitdem hatte niemand ein Wort gesagt. Der Copter hatte sie auf einer kleinen Landefläche innerhalb einer abgegrenzten Grünanlage abgesetzt und war im verregneten Nachthimmel verschwunden.

Jetzt liefen sie durch diesen verlassenen Komplex, und jeder schien eigenen Gedanken nachzuhängen.

Der Gesang wurde lauter, und die dumpfen Töne ließen Snookers Magen vibrieren, so intensiv waren sie. Ihre kleine Gruppe erreichte eine Holztür. Dahinter musste der Ursprung dieses Gesangs liegen.

Sein Zeigefinger legte sich auf ein Sensorfeld, das er verborgen rechts neben dem Türrahmen angebracht hatte. Die Software identifizierte ihn als rechtmäßigen Besitzer der Wohnung, und der Riegel des Magschlosses schob sich automatisch zurück. Das sichtbare Terminal des Magschlosses war nur Tarnung. Wer länger als zehn Sekunden auf dem Teil rumdrückte, bekam einen ziemlich starken Stromstoß ab, weil Snap die Elektrik mit der Starkstromleitung des Hauses gekoppelt hatte.

Als er den Raum betrat, sagte er: »Gedämpftes Licht, keine Musik. Irgendwelche Anrufe?«

Das Licht schaltete sich ein, und Icebabys Stimme sagte: »Tut mir Leid, keine Anrufe für dich, Pixelbacke.«

Er hängte den Mantel auf und stellte die Tasche mit dem Deck in die Ecke. Dann griff er sich ein kühles Soybier aus dem Kühlschrank und setzte sich im kleinen Wohnzimmer auf die Couch, nahm seine Dosis Soylent-Green ein und spülte sie mit dem ätzend schmeckenden Bier hinunter. Es war zurzeit genauso ätzend wie alles in seinem Leben.

Außer einer Anlage und massenweise Kisten voller Ersatztech barg der Raum keinerlei Gegenstände, deren Bezug zu seinem Leben als persönlich bezeichnet werden konnte. Snaps Leben hatte sich immer in der Matrix abgespielt.

Es gab nur einen einzigen Gegenstand, der auf entfernte Art eine persönliche Note barg. Das gerahmte Einschussloch veranlasste den Decker dazu, an Zack zu denken. Der Runner würde höchstwahrscheinlich nicht überleben, und so viel Ärger er auch mit ihm in der Vergangenheit gehabt hatte, so sehr war er ihm ans Herz gewachsen. Sein möglicher Verlust machte aber nur eine Karte des in sich zusammenfallenden Kartenhauses aus, das einmal Snaps Welt symbolisiert hatte. Die Basis seiner in den letzten Monaten geschaffenen Realität bereitete ihm mehr Sorgen. Erneut fragte er: »Irgendwelche Anrufe?«

Wieder lieferte ihm das Komgerät mit Icebabys einprogrammierter Stimme die gleiche Antwort.

Icebaby, was ist los mit dir?

Das war die Frage, die ihn am meisten beschäftigte. Er fasste den Entschluss, die Rezeption der Jerusalem Klinik anzurufen.

»Kom-Programm Jareth starten und die Nummer der Jerusalem-Klinik anwählen. Mikrophon auf das Verzerrungsmuster des Krebskandidaten stellen. Kamerainformation: Krebskandidat.«

Hinter den Worten Jareth und Krebskandidat verbargen sich eingespeicherte Unterprogramme. Das Programm Jareth aktivierte eine hintereinander geschaltete Anrufkette. Sie verschaffte Snap sechzig Sekunden, bevor der Anrufempfänger, wenn er daran interessiert war, seinen Aufenthaltsort zurückverfolgen konnte. Ein gleichermaßen an Software und Hardware gekoppelter Programmiertrick, dessen Perfektion ihm Icebaby beigebracht hatte. Das Programm Krebskandidat verlieh seinem Stimmmmuster die markanten, rauchigen Merkmale eines Krebspatienten im Endstadium. Die Kamera griff hinterlegte visuelle Information ab und übermittelte gleichzeitig getürkte ID-Daten an den Anrufempfänger. Die Person Krebskandidat war von Snap durch ein Morphing-Programm künstlich erstellt worden. Snaps Stimme steuerte die gespeicherten Mundbewegungen der visuellen Person im Bett über Spracheingabe, und solange er nicht auf die Idee kam, den Wortschatz eines Fremdwörterlexikons zu benutzen, würde die Software ein gewöhnliches Gespräch problemlos realisieren können.

Sein Komgerät projizierte das Bild auf die weiße Wand seiner Relaxstube. Eine ältere Krankenschwester mit braun gefärbten Haaren nahm den Anruf entgegen und sagte übertrieben freundlich: »Guten Abend, Herr Reval. Was kann ich für Sie tun?«

Im rechten unteren Bildbereich wurde der Name der Krankenschwester eingeblendet. Genauso verhielt es sich auch mit Snaps Bild. Deshalb wusste sie alles über seine *Identität*.

Snap hustete einmal in die Hand – für die Frau klang das wie das Zusammenbrechen einer Tropfsteinhöhle – und antwortete langsam: »Einen wundervollen Abend, schöne Oberschwester Beimar. Ich rufe an, weil ich gerne den Gesundheitszustand meiner Nichte erfragen würde. Sie liegt auf Zimmer drei-sieben-vier-drei.«

»Kein Problem«, sagte die Frau und rief die Daten ab. Während sie die Informationen las, verspannte sich ihr faltiges Gesicht – diese Reaktion gefiel Snap nicht.

»Es tut mir Leid, Ihnen mitteilen zu müssen, dass die Patientin nicht mehr geführt wird.«

Diese Antwort gefiel Snap ganz und gar nicht.

»Entschuldigung, wie darf ich das verstehen?«, fragte er mit zitternder Stimme.

»Eigentlich dürfte ich Ihnen das nicht sagen, aber Ihre Daten bestätigen ja, dass Sie ein Angehöriger der Frau sind. Normalerweise müssten Sie auch längst die Nachricht elektronisch übermittelt bekommen haben.

Da wir aber momentan einige Softwareprobleme haben, schätze ich, ist das der Grund, warum man Sie noch nicht unterrichtet hat. Ihre Verwandte ist nach langer Krankheit von uns gegangen. Wenn Sie es wünschen, informiere ich gerne einen Prediger Ihrer Wahl oder setze mich mit Ihrem häuslichen Pflegedienst in Verbindung. In so einer schwierigen Zeit sollte niemand alleine sein …«

Snap unterbrach die Verbindung.

Das Kartenhaus in seinem Kopf fiel nicht mehr zusammen, es ging in hell lodernde Flammen auf. Er schrie: »Nein, das kann nicht sein. Warum? Es ist doch nichts passiert? Das Blumenmädchen muss schuld sein!«

Verzweifelt schleuderte er das noch fast volle Bier gegen die Wand. Dabei fiel sein Blick erneut auf das gerahmte Einschussloch, und das brachte Snap auf eine Idee, die er sonst niemals in Erwägung gezogen hätte.

Die Trauer in ihm verwandelte sich in tiefen Hass.

Er sprang auf, griff sich den Mantel und die Nylontasche und verließ die Wohnung. Der schwere Gegenstand in der Innentasche schlug beim Gehen gegen seine schmale Brust. Aber es fühlte sich diesmal gut an, und es war auch gut, dass er Pauls Angebot von vorhin angenommen hatte. Jemand würde für Icebabys Tod eine Rechnung in Blei serviert bekommen.

Der kreisrunde Saal wirkte völlig anders als der Rest der Anlage. Hier war nichts schlicht gehalten. Verschnörkelte Ornamente aus der Kunstepoche am Anfang des 20. Jahrhunderts, der Art Nouveau, waren geschickt mit den älteren, linear geordneten Formen des Neoklassizismus verbunden worden. Ein kuppelförmiges Dach ragte acht Meter über ihnen in die Höhe. Das Zentrum der Kuppel bildete ein drei mal drei Meter großes Buntglasmosaik, das an einen fließenden Wasserfall erinnerte. Ionische Marmorsäulen ragten halb aus den Schieferwänden hervor und verkörperten Elemente, die wie dauerhafte Denkmäler der griechisch-römischen Epoche wirkten, die sich prägend auf den Neoklassizismus ausgewirkt hatte.

Die Anspielung auf die griechische Kultur war Karl beim Bau sehr wichtig gewesen. Die Philosophen dieser Hochkultur hatten Musik als einen zentralen Bestandteil ihres Denksystems aufgenommen. Pythagoras war nicht nur ein begnadeter Mathematiker seiner Zeit gewesen, sondern hatte auch als Musikexperte Maßstäbe gesetzt. Schon im 6. Jahrhundert vor Christi Geburt berechnete er, dass Intervalle in festgelegten Proportionen zueinander standen. Pythagoras fand heraus, dass die Teilung einer Saite in der Mitte den Ton um genau eine Oktave höher klingen ließ. Das Verhältnis 2:3 ließ eine Quinte erklingen, und somit gelang es ihm, die Grundlage für eine wissenschaftliche Nachvollziehbarkeit von Musik zu schaffen. Aber seine Thesen und die vieler anderer, die seinem Gedankengut zustimmten, spannen die daraus resultierenden Erkenntnisse weiter. Die Zahlenverhältnisse der Intervalle entsprachen auch den Proportionen der Planeten untereinander. Dies symbolisierte ihrer Meinung nach den größten Beweis dafür, dass Musik kosmischen Ursprungs sei. Kosmisch war gleichbedeutend mit göttlich, was Karl jedoch anders auffasste, da er die Existenz Gottes weder beweisen noch abstreiten konnte und wollte.

Ein zusätzlicher Grund, warum ihn die Kirchenstadt Münster als Ketzer auf den Abschussindex gesetzt hatte.

Für Karl war Pythagoras' Erkenntnis der Beweis dafür, dass Musik einen nicht zu leugnenden Einfluss auf das Universum ausübte, und die Essenz dieser alles durchdringenden Kraft beruhte auf dem Zusammenwirken von Mathematik und Emotionen.

Etwas, das auch die Griechen ähnlich empfunden

hatten. Bei ihnen galt es als Leitgedanke ihrer Musikästhetik, dass Tonleitern bei den Hörern ganz bestimmte Gemütsbewegungen hervorrufen konnten. Während allerdings der mathematische Hintergrund nachvollziehbar war, stritten sich die Gemüter über die genaue Wirkung einzelner Tonleitern. Die Meinungen drifteten auseinander, sobald es darum ging zu bestimmen, welche Tonleiter einen negativen Einfluss auf die Seele ausübte und welche nicht. Und Karl war sicher, dass es darauf auch niemals eine hundertprozentige Lösung geben konnte, da Musik so individuell war wie die Personen, die an ihrem Wirken beteiligt waren.

Das Gefühl, das er beim Angriff des Schattens eben empfunden hatte, ging jedoch in diese Richtung. Die Schwingungen der Kreatur waren ganz anders als die des Freien Geistes, der die Rolle des Ritualspähers übernehmen sollte. Während jener melodisch und harmonisch wirkte, versprühte der Schatten eine totale Disharmonie.

Vielleicht war das auch der Grund, warum sich die Wesen hassten. Der eine verkörperte einen Teil der geregelten Kraft und Ordnung des Universums, während der andere jegliche Form dieser Ordnung zerstören wollte. Sie mussten beide existieren, um Bewegung in die Welt zu bringen. Wie es Positives und Negatives geben musste. Oder wie Hass und Liebe, die Gefühle, deren Grenzen so nah beieinander liegen und sich oft sogar überlappen. Oder wie der Tod und das Leben. Das eine konnte ohne das andere nicht existieren.

Karl unterbrach seine hoch philosophischen Gedanken und musterte den Raum weiter. Eine Antwort auf seine These würde er in der kurzen Zeit, die ihm noch blieb, bevor das Ritual endlich beginnen würde, nicht finden.

Farblich waren die Wände dezent grün gehalten, und aufgemalte, dunkel abgesetzte Linien vermittelten den

Eindruck von sich in den Himmel windenden Ranken. Die meisten Chormitglieder trugen weiße Roben und hoben sich hell von dem grünen Hintergrund ab, wo sie sich an der Wand entlang vor unzähligen unterschiedlichen Instrumenten verteilt hatten.

Karls Robe war ebenfalls weiß. Nur seine Ärmel wurden von goldenen Zierrevers gesäumt. Sie symbolisierten seinen Status und seine Aufgabe innerhalb der Gruppe. Er war der Ritualleiter, der Zeremonienmeister des Ordens, und dafür verantwortlich, dass die Kraftessenz der hermetisch-magischen Teilnehmer richtig geleitet und kontrolliert wurde. Ein zusätzliches Symbol dafür war die goldene Kette vor seiner Brust, an der ein gläserner Notenschlüssel baumelte.

Die Spieler der Musikinstrumente fanden sich allmählich ein und machten sich bereit, mit ihren Instrumenten in den Chor einzustimmen. Angeleitet wurden sie von einem älteren kleinen Mann, den alle Bruder Ricardo riefen.

Der Boden im Zentrum des Raums war mit Runen und Notensymbolen aus den unterschiedlichsten Zeitepochen bemalt worden. Später würden dort Karl, Bruder Ricardo und Eternity ihre Positionen einnehmen. Im Augenblick stand nur Mariko an der westlichen Markierung und sang mit ihrem Chor die Einleitung des Rituals. Sie sammelten das Mana und woben ein alles umspinnendes Klangnetz der Macht.

Karl beobachtete angespannt den Vorgang durch ein verborgenes Fenster, das sich oberhalb des Ritualsaals befand. Der Anblick der Frau erinnerte ihn an ihr Gespräch von vorhin. Sie war zu ihm gekommen und hatte ihm etwas erzählt, das ihn daran zweifeln ließ, ob sie der bevorstehenden Aufgabe gewachsen war. Anlass für ihr Gespräch war die Magierin des Shadowrunner-Teams gewesen.

»Sie ist meine Tochter Raline. Als ich damals der Bayersdorf AG entflohen bin, um dem Orden beizutreten, habe ich sie zurückgelassen. Noch heute erinnere ich mich an unseren letzten Tag. Sie hat davon gesprochen, wie viele Möglichkeiten ihr der Konzern bot und in welche Richtung sie ihre Karriere vorantreiben wollte. Schon immer war sie ein wissbegieriges Kind gewesen und hatte alles hinterfragt. Ich bin mit dem Gefühl gegangen, sie in Sicherheit zu wissen, und jetzt muss ich feststellen, dass sie eine Runnerin geworden ist und ich beinahe an ihrem Tod mitgewirkt hätte.

Ich will, nein, ich muss sie sehen, und ich bitte dich, mir die Erlaubnis dafür zu geben, da ich das nicht hinter deinem Rücken tun möchte. Uns verbindet zu viel, und das möchte ich nicht aufs Spiel setzen, aber wenn du es mir untersagst, werde ich trotzdem gehen. Ich hoffe, du verstehst das?«

Natürlich verstand er das, nur war jetzt nicht der rechte Zeitpunkt, an so etwas zu denken. Das Ritual verlangte nach ihrer vollkommenen Konzentration. Ihre Aufgabe war es, die Schnittstelle zwischen dem geschulten Chorgesang und Eternitys natürlicher Melodie zu bilden. Ein erfolgreicher Abschluss des Rituals würde ihnen hoffentlich viele Fragen über den Ursprung der Musik beantworten. Und Karl wollte wissen, was sein gescheitertes Ritual von damals bewirkt hatte. Auch wenn er Angst vor der Antwort hatte, dass er schuld am Tod seiner Frau war.

Und das war der Hauptgrund, warum er Mariko so gut verstehen konnte. Er war persönlich an das Ritual gebunden und hatte sein Leben darum aufgebaut. Die Runnerin war ein Teil aus Marikos früherem Leben, das sie ausgerechnet jetzt einholen musste.

Karl hatte ihr zugestimmt. »Gut. Wir werden gemeinsam nach ihr suchen, und du hast meine vollkommene Unterstützung, sobald das Ritual beendet ist. Aber bitte konzentriere dich jetzt auf das, was vor dir liegt.«

Sie hatte ihn in die Arme genommen und zum Abschluss geküsst. Jetzt stand sie unten und sang so gut und voller Hingabe, wie er es noch nie zuvor bei ihr gehört hatte. Ihre Stimme meisterte die schwierigsten Tonlagenwechsel und führte die anderen an die Grenzen ihres Könnens, ohne dabei den Hauch der Natürlichkeit zu verlieren oder gezwungen zu wirken.

Ich bete, dass ich das Richtige tue.

Die Tür zu seinem Raum ging auf, und der Mann, auf den er gewartet hatte, trat ein. Aber er war nicht allein, und Karl wusste zuerst nicht, was er von der unbekannten Begleitung halten sollte.

Das Glück schien auf seiner Seite zu sein. Der Decker hatte sich in das Herz der verkommenen Floßstadt St. Georg begeben und dort seinen Hardware-Schieber aufgesucht.

Wieder einmal war es Snaps Deckerkumpel ›Headshot Smily‹ gewesen, der ihm den Tipp gegeben hatte, dass er das Blumenmädchen einmal in dem virtuellen Aquarium eines gemeinsamen Schiebers gesehen hatte. In der Matrix benutzte der Schieber die Persona eines toxischen Thunfischs und war unter dem Schattennamen ›Glowing Flipper‹ bekannt. Im realen Leben hatte er aber die weniger leuchtende Existenz des Inhabers eines schlecht laufenden Techladens mit dem Namen Dominik Zipp angenommen.

Unter anderen Umständen hätte sich der unrasierte Mann vielleicht gefreut, seinen sonst zahlungswilligen Stammkunden Snap kennen zu lernen, aber die Tatsache, dass der durchgeknallte, kränkliche Decker ihm den tödlich langen Lauf einer Ruger Superhawk tief in den Rachen drückte, trübte seine Willkommensfreude erheblich.

Das Gewicht der schweren Pistole war wirklich nicht zu verachten. Snap musste sie mit beiden Händen festhalten, und trotzdem gelang es ihm nicht, das Zittern seiner unterentwickelten Oberarmmuskeln zu unterbinden. Flipper sah nicht nur, dass der Decker den Umgang mit Waffen nicht gewohnt war. Das Klappern, das durch das Zusammentreffen zwischen dem eisernen Lauf und den zahlreich in seiner Mundhöhle vertretenen Amalgamfüllungen verursacht wurde, potenzierte dessen Angstgefühl um einiges.

Eigentlich war Snap ein sehr friedlicher Mensch, aber er wollte den Menschen, der für Icebabys Tod verantwortlich war, bluten sehen. Und dieser stammelnde Schieber vor ihm war die Alleswissende Müllhalde, die sagen konnte, wer hinter der Persona des Blumenmädchens stand.

»Noch einmal ganz langsam, so dass ich es verstehen kann. Wer verbirgt sich hinter der Persona des Blumenmädchens, Schwabbelbacke?«

»Ehhf ift eine Fwau mit Wamen Fewom. Fie wohnt in wer Fwampepfafe im Pfabteil Pfeibelstedt.«

Snap entschied sich dazu, den Lauf aus dem Rachen zu ziehen, nicht weil er fürchtete, dass der Mann jeden Augenblick kotzen würde, sondern weil er einfach nichts verstand.

»In deinem Interesse machst du keine falsche Bewegung. Mein Zeigefinger ist schon ganz müde, weil ich den Abzugshebel halb durchdrücke.«

Erleichtert atmete der Schieber auf und wischte sich den mit Waffenöl durchsetzten Speichel vom Mund. »Sie heißt Feron und wohnt in der Lampestraße zehn im Stadtteil Eidelstedt. Hast du es jetzt verstanden?«

Als Antwort knallte Snap dem Mann den Griff der Waffe auf den Kopf und schickte ihn ins Land der Träume. Der Decker wollte nicht, dass der Schieber auf die dumme Idee kam, die Frau zu warnen.

Er hatte bekommen, wonach er gesucht hatte. Deshalb legte er dem Mann, bevor er sich zum nächsten

Hoverstand aufmachte, einen Ebbie in den Schoß. Zukünftige Geschäftsbeziehungen mit dem Thunfisch konnte Snap wohl erst einmal in den Wind schreiben. Aber Snaps eigene Zukunft war auch etwas, das für ihn keinen großen Wert mehr besaß – er hatte bereits alles verloren, in das er sein Herzblut investiert hatte.

Frank hatte den älteren Mann mit dem vernarbten Gesicht während seiner Rede gemustert, war aber zu keinem befriedigenden Ergebnis gekommen. Er wirkte nicht wie ein allwissender Guru, der im Lotussitz über dem Boden schwebte, und startete auch nicht den Versuch, Frank von seiner blumenreichen Weltsicht zu überzeugen.

Karl meinte schlicht: »Sie sind also Herr Steffens. Es freut mich, einen Mann mit Ihren Talenten kennen zu lernen. Ich entnehme Ihrer Gestik und Mimik, dass die Freude einseitig ist, bin aber guter Dinge, dass Sie sich von der Aufrichtigkeit unseres Ordens selbst überzeugen werden. Ich bitte Sie, von hier aus dem bevorstehenden Ritual beizuwohnen, und am Ende werden Sie erkennen, dass Ihre Vorbehalte unbegründet sind. Wir sind nicht am schnöden Mammon interessiert, und wir hegen auch nicht den Wunsch, die Welt zu beherrschen. Die Suche nach dem Wissen bestimmt unseren Lebensalltag. Es steht Ihnen selbstverständlich frei, sich in den Räumlichkeiten frei zu bewegen. In ihrem Interesse würde ich das Gelände aber nicht alleine verlassen. Unsere vier- und zweibeinigen Wächter können leider nicht sonderlich gut unterscheiden, wer eine Aufenthaltsgenehmigung besitzt und wer nicht. Falls Sie und Ihr Begleiter aber gehen wollen, werde ich Sie nach draußen geleiten lassen. Es liegt an Ihnen. Wie entscheiden Sie sich?«

Frank suchte Snookers Blick, und als dieser das bemerkte, zuckte er als Antwort nur gelassen mit den

Schultern. Es lag also an Frank, eine Entscheidung zu treffen oder Fragen zu stellen.

»Womit verdiene ich denn den außergewöhnlichen Genuss Ihrer fürsorglichen Behandlung?«, wollte der Reporter wissen.

»Das ist ganz einfach. Ich spüre bei Ihnen das gewisse Etwas, das einen Sucher kennzeichnet. Als Sucher bezeichnen wir die Mitglieder unseres Ordens, die über ein ausgeprägtes Gehör verfügen. Natürlich sind Sie sich Ihrer Fähigkeiten noch nicht bewusst, aber ich bin der festen Überzeugung, dass Sie den Umgang lernen werden, vorausgesetzt, Sie wollen das.«

Was habe ich zu verlieren? Meinen guten Musikgeschmack, falls diese sakralen gregorianischen Gesänge von draußen länger anhalten. Das ist auch alles.

Zuerst war ihm aber daran gelegen, das vorhandene Soundsystem im Raum zu benutzen. Der Roland GP-47-10 Multitrack-Sampler war ein teures Hightech-Baby, und diese Variante war zudem nachträglich erweitert worden. Dem Benutzer standen bis zu 128 Tonspuren zur Verfügung, und die Größe des Geräts machte es auch einem Benutzer ohne Datenbuchse möglich, es zu bedienen. Hunderte Regler und Knöpfe warteten darauf, gedreht, geschoben und gedrückt zu werden.

Frank hatte die Benutzung eines solchen Hightech-Wunders rudimentär von Sid erlernt. Die ganzen Feinheiten beherrschte er natürlich nicht, aber er wollte auch nur den optischen Chip aus Sids tragbarem Pana-Polycorder abspielen. Dafür reichten seine Kenntnisse allemal aus.

»Gut, ich warte, bis Sie fertig sind, und danach werde ich mich entscheiden. Mehr verspreche ich Ihnen nicht«, gab er Karl eine ehrliche Antwort.

Pierskaller schien erleichtert zu sein und machte es sich auf einem Holzstuhl bequem. Karl wirkte ebenfalls zufrieden.

Snooker stand an der Scheibe und schaute mit großen Augen nach draußen. Frank bemerkte, wie der Mann plötzlich zusammenzuckte. Bis jetzt hatte er kein Wort gesagt, aber das, was er draußen gesehen haben musste, veranlasste ihn dazu, mit der Hand in den Saal zu zeigen und an das wandelnde Bettlaken namens Karl eine Frage zu richten.

»Die Frau da draußen, ist das Eternity?«

Karl schritt zum Fenster und nickte anschließend. »Ja, das ist Eternity. Ihr Name ist …?«

»Nennen Sie mich Snooker, und die Frau da unten kenne ich. Ich war einmal ihr Bodyguard«, fügte der Engländer erklärend hinzu.

»Bevor Sie etwas Falsches denken, sage ich Ihnen, dass die Frau unserem Orden freiwillig beigetreten ist. Sie möchte Ihrem Leben einen Sinn geben, weshalb sie sich dazu entschlossen hat, der Medienwelt für immer den Rücken zu kehren. Herr Pierskaller hat das erst möglich gemacht. Er hat sich dafür eingesetzt, dass Siegel die Sängerin ausgelöst hat. Natürlich wusste der Konzern nicht von ihrer Absicht, aber er wird an den nachfolgenden Verkäufen genug verdienen, um die Fragen nach ihrem Ausscheiden nach kurzer Zeit zu vergessen. Sie können Eternity später gerne selber sprechen.«

Man sah Snooker an, dass er mit sich rang, aber so ruhig, wie Karl das alles erklärt hatte, konnte man ihm einfach keine Lüge unterstellen.

»Entschuldigen Sie, wenn ich Sie jetzt allein lasse, aber ich muss mich auf das Ritual vorbereiten. Genießen Sie die Musik, und fühlen Sie sich wie zu Hause.«

Ihr Gastgeber verließ den Raum.

Frank achtete nicht länger auf Pierskaller oder Snooker. Er setzte sich erwartungsvoll an den Roland GP-47-10 Multitrack-Sampler, kramte Sids taschengroßen Polycorder, den Snooker ihm im Hover-Taxi gegeben hatte, aus dem Trenchcoat hervor und warf den optischen Chip aus. Danach legte er den Chip in den Multitrack-Sampler und aktivierte den Speicher sowie die Software mit einem lauten: »Roland Prozessor aktivieren.«

Die Dioden leuchteten grün auf, und die Daten auf dem Chip wurden eingelesen. Die Rechenleistung dieser Anlage war unglaublich. Nach einem kurzen Atemzug war die Hardware fertig und wartete auf die nächsten Befehle. Frank reduzierte die Intensität der Ausgabesignale und aktivierte die Abspielfunktion.

Das kleine Mehrfamilienhaus lag schlafend in der Dunkelheit, und kein Lichtschein fiel durch eines der Fenster nach draußen auf die Straße. Seit ungefähr zwei Minuten stand Snap im Regen und beobachtete die Vorderseite des Gebäudes. So lange war es her, dass er den Namen Feron auf einer der Türklingeln am Eingang gelesen hatte.

Der Decker hätte nicht gewusst, was zu tun gewesen wäre, falls die Auskunft des Schiebers sich als Lüge erwiesen hätte. Mittlerweile hatte sich seine Wut aufgrund des beständig auf ihn herabtröpfelnden Regens etwas gelegt. Er glaubte auch nicht, noch einmal den Mut aufbringen zu können, der ihn dazu bewogen hatte, einen unschuldigen Menschen mit einer tödlichen Waffe zu bedrohen, wie sein Lehrmeister Zack es gerne zu tun pflegte.

Aus der Manteltasche holte er den selbst gebastelten Magschlossknacker hervor und schritt auf den Haupteingang zu. Den Bauplan für den illegalen Codeknacker hatte Snap einmal in einem gut versteckten Knoten in der Matrix gefunden. Aus einer Laune heraus hatte er sich an die Realisation eines solch komplizierten Puzzles begeben. Eigentlich hatte der Decker das Teil nach der Fertigstellung verkaufen wollen, denn

Magschlossknacker waren sehr teuer und wurden auf der Straße hoch gehandelt. Nur konnte außer ihm niemand das Ding bedienen, so kompliziert war die Benutzung.

Die Hardware leistete jetzt ihre Arbeit und öffnete die Eingangstür des Hauses problemlos. Drinnen erwartete ihn ein schlecht beleuchteter, muffiger Flur, der an einer Wendeltreppe endete, die der Decker emporstieg, um die erste Etage zu erreichen. Den Aufzug mied er, da er nicht wollte, dass jemand auch nur zufällig die innen angebrachten Kameras einschaltete.

Er arbeitete sich langsam von Etage zu Etage hoch und wurde endlich in der dritten fündig. Unterwegs hatte er mit anhören dürfen, wie einige Nachbarn trotz der späten Stunde die Belastungsgrenzen ihrer Boxen austesteten.

Jetzt stand er zitternd vor der Wohnungstür des Blumenmädchens. Als Erstes warf er sich eine weitere Soyelent-Green-Pille ein. Die staubtrockene grüne Medizinbombe suchte sich quälend langsam einen Weg die Speiseröhre hinunter.

Langsam wird es Zeit, dass ich mich ausruhe. Meine Maschine namens Körper ist dieses ständige Laufen nicht mehr gewöhnt.

Trotzdem wunderte sich Snap, dass er bisher noch keinen Anfall gehabt hatte. Er motivierte sich gedanklich und betete, dass ihn sein Körper in den nächsten Minuten nicht im Stich ließ. Einen Anfall konnte er nicht gebrauchen.

Gerade als er das Schloss knacken wollte, hörte er, wie jemand unten die Eingangstür aufschloss und in den Aufzug stieg. Snap dachte nicht lange nach, sondern handelte intuitiv. Er rannte zurück zur Treppe und kauerte sich dort nieder.

Sein Gefühl hatte ihn nicht getrogen.

Eine kleine Frau trat mit Papiertüten in den Armen

aus der Kabine und steuerte die Tür der Frau Feron an. Sie stellte die Einkäufe davor ab und zog eine elektronische Keycard durch das seitlich angebrachte Wohnungsschloss.

Piepsend sprang die Tür auf.

Das ist sie!

Während die Frau die Tüten wieder aufheben und die Tür hinter sich mit dem Fuß zuziehen wollte, war Snap aus seinem Versteck gesprungen. Es gelang ihm, die Frau zu überraschen. Schmerzhaft stieß er sie von hinten in ihre Wohnung und zog die Tür hinter sich ins Schloss.

Heftig schlug die Frau auf, und die Soyadosen purzelten vor ihr über den Boden, als sich der Inhalt der Papiertüten lautstark im kleinen Flur verteilte.

Gedämpftes Licht drang durch ein der Straße zugekehrtes Fenster in den kleinen Eingang. Mit der freien Hand zog Snap unbeholfen die lange Waffe aus dem Tarnhalfter in seinem Mantel und richtete die Mündung auf den zitternden Körper der Frau. Bevor er aber abdrücken konnte, stammelte sie: »Bitte tun Sie mir nichts! Ich gebe Ihnen alles, was Sie wollen …«

Es war die Stimme der Frau, die ihn zögern ließ, den Zuckungen in seinem Zeigefinger nachzugeben. Sie klang so jung, so ängstlich.

Snap sagte ›Licht‹ und aktivierte die Flurbeleuchtung. Zum ersten Mal konnte der Decker sehen, wen er mit der Ruger bedrohte.

Vor ihm auf dem Boden kniete ein weinendes kleines Mädchen, das maximal sechzehn oder siebzehn Jahre alt sein mochte. Tränen suchten sich unaufhaltsam einen Weg die zitternden Wangen hinab und spülten dabei den Kajalstift weg, der die feuchten Niagarafälle für Snap auf der weißen Haut visualisierte. Ihre Bleichheit war ein Zeichen dafür, dass sie genau wie er nicht oft – oder wenn, dann nur nachts – die Wohnung verließ.

In diesem Augenblick fühlte sich Snap wie ein Arschloch. Der Zorn in ihm verflüchtigte sich, und er bemerkte zum ersten Mal, wie brutal und unnötig sein Verhalten war.

Ihr Tod wird mir nichts bringen. Wenn ich jetzt abdrücke, werde ich mich mein Leben lang schuldig fühlen.

Dies wurde ihm schmerzhaft bewusst, als er in die blauen Augen des Kindes schaute. Was er auch tat, Icebaby würde dadurch nicht wieder lebendig werden. Sie war tot, und er hätte sich beinahe angemaßt, über Leben und Tod entscheiden zu dürfen.

Der Schrei Richards war unbeschreiblich intensiv, und das, obwohl die Signale von der Hardware des Pults extrem stark gedämpft wurden. Sie hatten nur fünf Sekunden lang zugehört, doch diese Zeit hatte ausgereicht, ihnen die Schrecken und Schmerzen vorzuspielen, die der Sänger empfunden haben musste. Richard hatte seine ganze Kraft und Energie in seinen letzten Schrei gelegt, und jetzt verstand Frank, warum Sid die Sicherungen durchgeknallt waren.

Der Reporter wusste, dass sich der Tontechniker gern nach der Arbeit Chips im Studio reinzog. Höchstwahrscheinlich hatte er im Tonraum des Studios gerade seiner Leidenschaft gefrönt, als Richard aus Verzweiflung die Anlage aktiviert hatte. Dem ahnungslosen Techniker waren die Signale mit voller Wucht in die Hirnwindungen geblasen worden, und das war einfach zu viel gewesen.

Sie hörten sich die Aufnahme über Headset an und bekamen nur ein Minimum der Dosis ab, die Sid erwischt haben musste. Verwunderlich waren für Frank aber die verborgenen Frequenzen, die ihm die Anlage so gerade noch aufzeigte. Es waren Tonlagen, die das normale Gehör gar nicht wahrnehmen konnte. Sie bewegten sich in Klanghöhen, die sogar diese Technik nur ansatzweise aufzeigen konnte. Normalerweise hätte Frank sie als belangloses Hintergrundrauschen abgestempelt. Aber er konnte sie entfernt hören, diese springenden Töne. Und ihm ging ein Licht auf.

Normalerweise konnte ein Sänger immer nur einzelne Töne zum Besten geben, aber hier waren es keine einzelnen Töne, sondern übereinander geschichtete Terzen. Richard teilte seine Stimmkraft auf und *sang* unterschwellig ganze Akkordabfolgen.

Diese Erkenntnis musste Frank erst einmal verdauen. Gewöhnlich zählten Momente wie dieser zu denen, wo er sich liebend gern einer ganzen Flasche Whisky gewidmet hätte. Der Anblick von Edgars Leiche trieb aber immer noch durch seine strapazierten Augenhöhlen und blendete sämtliches Alkoholverlangen in ihm aus.

Aus den Augenwinkeln sah Frank, dass Snooker ebenfalls an den wachgerufenen Eindrücken der Aufnahme zu knabbern hatte. Sein Blick glitt zu Pierskaller, der es abgelehnt hatte, an diesem Konzert teilzunehmen.

Verbissen sagte Frank: »Heinrich, was habt ihr bloß gemacht?«

Dieser schaute in den Saal hinab und schien aus einer anderen Welt zu antworten. »Was sollen wir gemacht haben? Wir haben das gemacht, was Medien nun einmal tun. Wir haben einen Weg gefunden, die unterschwelligen magischen Signale auf einem Chip abzuspeichern. Dazu haben wir eine Technik entwickelt, die so ausgefeilt ist, dass sie nicht mit dem besten Gerät nachgewiesen werden kann. Sonst ist das Signal natürlich extrem reduziert. Was du da gerade gehört hast, kommt einem unbearbeiteten Masterchip gleich. Verstehst du jetzt, warum Siegel so scharf darauf ist?«

Ich verstehe, und ich verstehe es nur zu gut.

Diese Aufnahme war ein Beweis für die geschickte Manipulation, die Siegel-Devil-Records seinen Konsumenten gegenüber betrieb. Es erinnerte den Reporter an Versuche aus dem letzten Jahrhundert. Damals hatten die Marketing- und Werbeexperten eines großen Getränkeherstellers dafür gesorgt, dass in Kinofilmen die verborgenen Einzelbilder ihrer Produkte eingeblendet wurden.

Die Technik funktionierte ungefähr so: Eine wahrgenommene Filmsekunde bestand aus fünfundzwanzig ablaufenden Einzelbildern. Der Betrachter nahm die einzelnen Bilder natürlich nicht bewusst wahr, aber das Auge übermittelt trotzdem alle Informationen an das Gehirn. Der Getränkeumsatz der Firma war in den Kinos um vierzig Prozent gestiegen. Diese Art der Manipulation war später verboten worden, da sich der Verbraucherschutz eingeschaltet hatte und gegen diese Form der Produktwerbung Sturm lief. Gegen diese Manipulation konnte sich kein Konsument schützen, er nahm sie ja nicht einmal bewusst wahr. Genauso musste es auch mit der Musik sein. Diese Töne, die sich außerhalb des bewusst wahrnehmbaren Tonumfangs abspielten, wurden dennoch vom Gehör aufgenommen und verwertet.

»Woher weißt du, wie das geht?«, war Franks nächste Frage.

Pierskaller antwortete diesmal nicht sofort.

Snooker kam der stummen Aufforderung Franks nach und griff sich den Konzernmann. Schmerzhaft führte er Pierskaller die eingeschränkte Beweglichkeit des rechten Arms vor, als er im Polizeigriff die Glieder und Muskeln des Mannes auf Stabilität testete.

»Ist ja schon gut … Ich habe die Funktionsweise der Anlage kopiert und Siegel die Daten zur Verfügung gestellt. Denkst du etwa, der Konzern hätte die Sängerin so einfach ziehen lassen? Da sind ziemlich hohe Summen geflossen«, schrie er unter Schmerzen.

»Du Mistkerl. Weiß Karl davon?«, knurrte Frank.

Sein ehemaliger Mentor krächzte: »Nein, er weiß

nichts davon. Muss er auch nicht, denn schließlich habe ich Siegel nur dabei geholfen, ein paar Schritte schneller voranzukommen. Der Konzern hat schon lange nach so etwas geforscht, aber ihm haben noch einige Informationen gefehlt.«

Das kann doch nicht sein … Ist Pierskaller so ein Arsch, oder sieht er die Gefahr nicht?

»Bist du dir eigentlich im Klaren darüber, was du da getan hast?«

Snooker verstärkte den Griff, und Tränen schossen Pierskaller in die Augen, als dieser antwortete. »Was habe ich denn schon getan? Andere Konzerne sind mit ihren Forschungen sehr viel weiter. Die Welt ist eine einzige Manipulationsmaschine, und die Mittel passen sich nur der Zeit an. Das normale Seh- und Hörvermögen ist wegen dieser ständigen Reizeinflüsse längst in seiner Aufnahmekapazität überlastet. Jetzt werden eben Mittel eingesetzt, um die abgestumpften Wahrnehmungen erfolgreich anzusprechen. Verurteile Siegel nicht für etwas, das andere schon viel länger betreiben.«

»Ach, nur weil andere das machen, darf Siegel-Devil das auch? Ich rege mich nicht über den Konzern auf, sondern weil du das Spiel mitspielst. Du bist einmal ein Mensch und Freund gewesen …«

Und das tat Frank wirklich weh. Der Mann, den er einmal geschätzt hatte und dessen wahrem Ich er heute wieder begegnet zu sein geglaubt hatte, als dieser ihn vor den Kettenhunden warnte, hatte sich zu einem asozialen Monstrum entwickelt.

Pierskaller hatte ihm damals alles beigebracht und dabei geholfen, sich in den strengen Gefügen der Konzernwelt zurechtzufinden. Hätte Frank nicht rechtzeitig mit Siegel gebrochen, wäre er höchstwahrscheinlich genauso wie der Mann vor ihm geworden. Man konnte alles irgendwie erklären – eine Rechtfertigung stellte das aber noch lange nicht dar.

Es gibt einfach Dinge, mit denen man nicht herumspielen sollte.

Die Waffe in seinen Händen wurde bleischwer. Snap fühlte sich mehr als nur unwohl in der Rolle, in die er sich selbst hineinmanövriert hatte. Das Mädchen kniete bereits seit fünf Minuten schluchzend auf dem rauen Teppichboden, und er stand hier vor ihr und wusste nicht, was er als Nächstes tun sollte.

Snap wusste nur zu gut, was das Mädchen gerade empfinden musste. Vor Monaten war es ihm ähnlich ergangen, als Zack und Claw ihn in seiner Wohnung überwältigt hatten. Damals hatte er sie dafür gehasst, dass sie ihm das angetan hatten, und die empfundene Angst wollte er nicht noch einmal am eigenen Leibe erfahren. Und jetzt war er der Scharfrichter, der einem anderen Menschen diese grauenhafte Behandlung zumutete.

Erst jetzt wurde er sich auch bewusst, dass er noch nicht einmal mit Gewissheit sagen konnte, ob dieses Kind für Icebabys Tod verantwortlich war. Er wusste ja noch nicht einmal mit Bestimmtheit, dass sie das Blumenmädchen war.

Was hast du dir da wieder eingebrockt?, fragte er sich selbst und wusste, dass er gar keine ehrliche Antwort haben wollte.

»Wer bist du?«, fragte er mit zitternder Stimme.

»Ich bin nur ein kleines Mädchen, was denkst du denn?«, antwortete sie ihm schluchzend, wobei der letzte Satz aber gereizt klang. Ihre Hoffnungslosigkeit verwandelte sich in irrationalen Zorn, und auch dieses Gefühl kannte Snap nur zu gut.

»Belüg mich nicht! Ich weiß, dass du als Deckerin mit der Persona eines Blumenmädchens die Matrix unsicher machst und für den Tod meiner Freundin verantwortlich bist!«

Erneut begann das Mädchen zu weinen, und schluchzend verteidigte es sich: »Ich habe keinen Menschen umgebracht. Ich bin ein Decker, ja … Aber damit verdiene ich mir Geld für das Studium … Ist das so schlimm…? Und wen soll ich umgebracht haben?«

Jetzt noch einmal halblang. Sie ist Studentin? In was für eine Rocky-Horror-Trid-Show bin ich denn da hineingeraten?

Snap zwang sich zu einer eiskalten Stimmlage, als er sagte: »Du studierst? Was? Los, raus damit!«

Ihre Hand ertastete die Beule, die sie sich beim Sturz zugezogen hatte, sie antwortete aber auf seine Frage.

»Ich studiere hier in Hamburg … wie man die Strukturen botanischer Pflanzen in virtuellen Unterhaltungsprogrammen realisieren kann … Ist das strafbar?«

Natürlich nicht, du dummes Huhn, dachte Snap verärgert.

Die Sache mit der Botanik brachte ihn aber auf eine Idee. »Und warum warst du in der HVV, und was hast du mit dem Universitätsbereich ›Planten un Blomen‹ zu tun?«

Ihre weinerliche Art war zu einem gewissen Teil gespielt, das hatte Snap gewusst, aber dass sie sich so schnell fangen konnte, hatte er nicht vermutet.

Ein Beweis dafür, dass Frauen eindeutig die besseren Schauspieler sind.

»Ich habe nur eine Adresse gesucht, das war alles … Du bist dieser schnippende Comic-Held. Der Begleiter dieser durchgeknallten Eisprinzessin, die mich beinahe umgebracht hätte …«

Gut, jetzt wussten sie, wer wer war, und es gab vielleicht nur noch eine Frage, die sie ihm freiwillig beantworten würde.

»Was hat dein Virus mit meiner Freundin angestellt? Sie ist nämlich tot, und du wirst es auch sein, wenn du mich belügst«, knurrte Snap und spürte, wie erneut

Zorn in ihm aufstieg. Dieser war zwar nicht so groß, dass er seine Drohung in die Tat umsetzen würde, reichte aber aus, ihm die nötige Kraft zu verleihen, sein Laienspiel als böser Killer bis zum Ende durchzuhalten.

»Nichts. Das Virus hat nur ihre Programmdateien aufgebläht, was ein Herunterfahren notwendig macht. Du kannst dich gerne in mein Deck einstöpseln, wenn du mir nicht glaubst. Es steht im Schlafzimmer.«

Warum sollte ich nicht nachschauen? Es kommt nicht oft vor, dass mich eine Frau in ihr Schlafzimmer einlädt.

Dennoch wollte er vorsichtig sein. Es gelang ihm für ein paar Sekunden, die Waffe mit einer Hand zu halten und mit der anderen die Klebebandrolle hervorzukramen. Danach drückte er dem Mädel die Waffe in den Rücken und ließ sich von ihm in das kleine Schlafzimmer führen. Dort angekommen, musste er die restlichen Kräfte seiner rechten Hand mobilisieren, damit er den Revolver kurz festhalten konnte, während er mit der anderen das Mädchen an die Heizung fesselte.

Andere hätte der Anblick des gefesselten Mädchens vielleicht erregt. Snap gehörte nicht dazu. Ihn erinnerte es nur an eine Brutalität, die er niemals bei sich vermutet hätte.

Nachdem er sich vergewissert hatte, dass ihre Fesseln halten würden, widmete er dem Raum nur so viel Aufmerksamkeit, dass er die überwiegend schwarzen Farben wahrnahm. Anschließend nahm er sich ihr Deck, setzte sich auf das große Bett und hätte, als er feststellte, wie bequem es war, am liebsten eine Dekade lang geschlafen. Aber das ging nicht – er musste wach bleiben und die Tech untersuchen.

Bevor er sich einstöpselte, wollte er sichergehen, womit er es zu tun hatte. Das Mädchen musterte ihn aufmerksam, während Snap die Tech aufschraubte. Wie er es sich schon gedacht hatte, war die Buchse mit einer elektronischen Falle gesichert. Wenn jemand nicht den verborgenen Sicherungsbolzen entfernte, würde ihn der anschließende Stromschlag aus den Schuhen schleudern.

Das Opfer würde nicht sterben, sondern nur lange Zeit mit Kopfschmerzen und unkontrollierten Zuckungen zu kämpfen haben. Diese sollten wohl daran erinnern, dass man nicht unaufgefordert mit dem Eigentum anderer Leute spielte.

Snap konnte sich ein schöneres Schleudertrauma vorstellen. Deshalb entsicherte er schnell die elektronische Falle und konnte am Rande seiner Wahrnehmung sehen, wie sich die verweinten Augen des Mädchens enttäuscht zur Decke richteten.

Snap entschied sich, nicht in das Kommunikationsnetz der Matrix einzutauchen, sondern zog es vor, nur den lokalen Speicher nach Daten abzusuchen, nicht mehr. Ein Matrixkreuzzug war in seiner derzeitig strapazierten körperlichen Verfassung zu viel. Sein Geist verschmolz mit dem winzigen Stück Plastik auf seinen wackligen Knien.

4.1
Coda

Sonate der Unendlichkeit

Der kleine Elektromotor des Reinigungsaufzugs ächzte gewaltig unter der ungewohnten Last, und die drei Passagiere testeten mit ihrer Ausrüstung die Belastungsgrenze der kleinen Maschine aus.

Es war ein günstiger Zufall gewesen, dass das Reinigungspersonal das Drahtgittergefährt in der zweiten Etage zurückgelassen hatte. Die Kombination aus Duraflex-Kletterausrüstung und Chets extremer Muskelkraft hatte es ermöglicht, dass der Ork die sechs Meter entfernte Gondel spielend erreichen konnte.

Kriechend überwanden sie nun Meter für Meter und kamen ihrem eigentlichen Ziel, dem Dach, näher. Früher war dieses Gebäude einmal ein ziemlich teures und gern besuchtes Hotel. Das nahe gelegene CCH galt immer noch als beliebter Konzert- und Messeort, aber die Betreiber des Hotels hatten es sich mit der hanseatischen Regierung verdorben, und seither stritten sich die beiden Parteien über längst fällige Steuerzahlungen. Eine Verordnung hatte den Betrieb bis auf weiteres stillgelegt. Es war auch gut, dass die dunkel abgesetzten Außenwände und Fenster den Einsatz eines Reinigungsroboters unmöglich machten. Ansonsten hätten sie sich nämlich den Weg nach oben erkämpfen oder bestenfalls durch das Innere erschleichen müssen.

Ein paar Wachsoldaten sollten sich darum kümmern, dass niemand in das Gebäude eindrang. Zurzeit herrschte aber starkes Unwetter, und deswegen waren die außen angebrachten Sensoren erst einmal abgeschaltet. Innen sah das bestimmt anders aus. Draußen schleuderten die Naturgewalten viel zu viel Müll gegen die empfindlichen Außenwandsensoren, und ein ständiger blinder Alarm wäre die Konsequenz gewesen. Diese positiven Begleitumstände bargen aber auch ihre Tücken. Zum einen wurde der kleine Aufzug von heftigen Windböen geschüttelt, und zum anderen machte das ihre bevorstehende Aufgabe nicht unbedingt einfacher.

Endlich erreichten sie das Dach des Hotels.

Ächzend kam die Gondel zum Stehen, und sie wuchteten die sechs schweren Säcke auf die Plattform, bevor sie selber über die Absperrung kletterten. Anschließend breiteten sie den Inhalt der Nylonsäcke auf dem feuchten, bereits an einigen Stellen geborstenen Betonboden aus.

Heulende Windböen zerrten an ihrer nassen Kleidung und erinnerten sie an die bevorstehenden Gefahren. Mit einem abgewandelten Bolzenschussgerät jagte der Ork vereinzelt Heringe in den Boden und verband diese unter Verwendung von Karabinerhacken mit kurzen Nylonseilen. Währenddessen setzten Pandora und Paul die drei Drahtgestelle zusammen. An einigen Punkten der Gestelle befanden sich ebenfalls spezielle Halterungen für Karabinerhaken, die man mit einem einzigen Griff lösen konnte. Daran befestigten sie die anderen Enden der Nylonseile, damit ihre Ausrüstung nach komplettem Zusammenbau nicht vom Dach geweht wurde. Jetzt fehlten nur noch die kleinen, lautlosen Turbofan-Maschinen und der geräuscharme, Radar absorbierende Maschenüberzug, um die abgewandelten Nightglider einsatzbereit zu machen.

Anders als der große Bruder des Nightgliders verfügte die kleine Variante über kein so starkes Turbofan-Triebwerk, war in der maximalen Reichweite eingeschränkter und konnte auch nur ein Gewicht bis zweihundert Kilogramm befördern. Chet bewegte sich mit seinem Eigengewicht und der Bewaffnung schon an der Grenze der erlaubten Traglast. Eine Fernsteuerung konnte man ebenfalls nicht zusätzlich einbauen, um den Gleiter abflugbereit warten zu lassen.

Das Ganze war ihr One-Way-Ticket in eine ungewisse Zukunft. Aber einen Vorteil hatte die kleine Variante dennoch: von der Konstruktion her war sie bei diesem Wetter leichter zu kontrollieren. Mit Hilfe der Gleiter konnten sie die grüne Hecke überwinden und hoffentlich bis zum Zentrum der Anlage vordringen. Auf jeden Fall wären sie so in der Lage, einige Bereiche von ›Planten un Blomen‹ fliegend hinter sich zu lassen. Vorausgesetzt, ihnen würde der Start gelingen.

Die unberechenbare Thermik konnte ihnen einen verhängnisvollen Strich durch die Rechnung machen.

Nach etwa fünfzehn Minuten waren sie fertig, und die schwarzen Dreiecke warteten auf ihren Einsatz. Sie wurden vom Wind nach vorn gedrückt, dank der Halteseile aber nicht vom Dach geweht.

»Dann kann es ja losgehen«, sagte Paul mehr zu sich selbst und schritt zu seinem Gleiter.

»Seid ihr bereit?«, schrie er gegen die Lautstärke des tosenden Windes an.

Chet grunzte verächtlich, hängte sich die Waffe um und machte sich starklar. Pandora schenkte ihm ein Nicken, und danach wurde ihr Blick für einige Sekunden glasig. Ihre Finger beschrieben komplexe Gesten in der Luft, und ein winziger Wirbelsturm materialisierte sich über dem Betonboden.

Sie hatte in der Zeit, in der Paul und Chet die Ausrüstung bei Rustle organisiert hatten, einen Luftelementar beschworen. Das Wesen war nicht stark, aber seine Kraft reichte hoffentlich aus für das, was sie vorhatten. Seitdem hatte sie der unsichtbare Geist begleitet, und jetzt wurde es Zeit, dass das Wesen den eigentlichen Zweck seiner Existenz erfüllte.

1. Es sollte die vorherrschende Thermik so beeinflussen, dass sie nicht zu weit auseinander getrieben wurden. – 2. Zusätzlich würde es das Geschrei der Barghest, dieser laufenden Lupinen-Kreaturen, abhalten. Diese Tiere stellten einen Teil der magischen Bewachung des Universitätsgeländes dar. Zuerst hatten Paul und Chet überlegt, sich mit Hilfe von Ohrstöpseln gegen das beängstigende Geheul zu schützen, aber Pandora hatte sie darüber aufgeklärt, dass diese angeborene Fähigkeit magischer Natur war. Damit war ihre Aussicht, wie Odysseus' Seeleute mit Wachs in den Ohren dem Gesang der Sirenen trotzen zu können, dahingeschmolzen. – 3. Schließlich würde der Elementar im Notfall die Rolle des Blitzableiters übernehmen.

Zur passenden Untermalung erhellte ein Blitz in diesem Augenblick die Dunkelheit. Es dauerte einige Sekunden, bis sie den Donner hörten, was ein Zeichen dafür war, dass das Gewitter noch weit entfernt war. Aber das konnte sich jeden Moment ändern.

Der Donner veranlasste Paul dazu, kurz an den Troll zu denken. Dieser hatte ihnen trotz der gefährlichen Situation, in der sie steckten, die Ausrüstung zu humanen Preisen überlassen. Sie hatten sich mit ihm ganz in der Nähe des CCH getroffen, und er hatte ihnen abschließend mit donnernder Stimme viel Glück gewünscht. Vorher hatte er ihnen aber erzählt, dass sich die ersten Berufskiller im HMU nach ihnen erkundigt hatten. Diese Aussage kam einem Todesurteil gleich, denn die Ersten würden nicht die Letzten sein. Falls sie bei ihrem Vorhaben scheiterten, würde sich die Anzahl der Killer von Tag zu Tag vergrößern und ihre Anzahl an Schlupfwinkeln schneller schwinden, als sie blinzeln konnten. Jeder Penner würde die Chance wittern, schnell an Kohle zu kommen. Und falls jemand gesehen haben sollte, wie sich Rustle mit ihnen getroffen hatte, würde der Troll ebenfalls Ärger bekommen. Er hatte sich als vertrauensvoller Chummer erwiesen.

Jetzt wurde es endlich Zeit aufzubrechen. Über Funk gab Paul das Kommando zum Start. Zeitgleich lösten sie die Verankerungen der Gleiter. Der Wind im Rücken trieb sie über die Kante des stillgelegten Hotels, und unter sich passierten sie die leuchtenden Brückenstraßen und Trassenelemente, die das CCH mit der Rathausstadt und der Musikinsel verbanden. Sie steckten ihre Füße in die Steuerungsvorrichtungen und trieben schnell auf das im Dunkeln verborgene grüne Gelände zu …

Sie hatte alles erfahren, und nun wurde es endlich Zeit, ihren ad hoc gefassten Plan in die Tat umzusetzen. Auf dem Boden platzierte sie einen kleinen, quadratischen Kasten vor der grünen Hecke, die das gesamte Gelände wie eine Mauer umgab. Dieses Pflanzengebilde beherbergte eine Vielzahl seltener paranormaler Insekten, die das Institut für allgemeine und spezielle Botanik und Entomologie erforschte. Obwohl es Herbst war und die Insekten wegen der Kälte nicht aktiv waren, wollte die Frau eine Berührung mit ihnen nicht unnötig riskieren. Deswegen hatte sie diesen silberfarbenen, schweren und quaderförmigen kleinen Kasten mitgeschleppt.

Der heftige Regen prasselte an ihrem schwarzen Latexdress ab, und sie stellte sich mit beiden Füßen fest auf die schimmernde, raue Oberfläche der Plattform. Ein Druck auf die grüne Taste der Fernsteuerung in ihrer Hand aktivierte die Hardware des Geräts. Pressluftkapseln wurden im Inneren gezündet, und der Deckel des Kastens schoss die Frau sechs Meter in die Luft. Sie hatte den Winkel richtig berechnet, und mit einem gekonnten Salto überwand sie mühelos das natürliche Hindernis.

Auf der anderen Seite landete sie federnd im feuchten Gras und hielt die Pfeilpistole bereits schussbereit in ihrer Hand. Die Fernsteuerung hatte sie achtlos fallen lassen.

Aus einiger Entfernung hörte sie das Heulen eines herannahenden Barghest, aber ihr dunkler Begleiter schützte sie vor den Folgen eines solchen magischen Schreiangriffs. Die Schwärze teilte sich vor ihr, und sie sah den Schatten des muskulösen Tieres mit gefletschten Zähnen auf sie zuspringen. Die knurrenden Laute erinnerten sie an das eigene in ihr schlummernde Raubtier.

Bevor der Barghest ihre Gurgel erreichen konnte, tauchte sie ab und jagte dem Wesen einen Pfeil in die ungeschützte Bauchdecke. Noch im Sprung setzte die Wirkung des starken Betäubungsmittels ein, und als die Bestie zu Boden fiel, war sie längst bewusstlos.

So sehr es mir auch Leid tut, ich muss darauf verzichten, dich zu töten, dachte sie, während sie sich wieder der Rasenfläche zudrehte.

Unter Garantie würde ein tödlicher Ausfall via elektronischer Signale der Sicherheit sofort übermittelt werden – ein kurzes Schläfchen würde man erst einmal nicht als Bedrohung auffassen. Bis die Sicherheit zu zweifeln begann, wollte sie diese längst ausgeschaltet haben. Schließlich hatte sie vor, das bevorstehende Ableben der Sängerin genießen zu können, ohne dabei gestört zu werden.

Wie ein Engel der Finsternis werde ich vom Himmel auf die leuchtende Präsenz Eternitys herabstürzen und die Kraft der Sängerin zwischen mir und meinem Begleiter aufteilen.

Schnell überwand die Frau die erste Rasenfläche. Sie konzentrierte sich auf ihre magischen Fähigkeiten und verschmolz mit den Schatten der Dunkelheit, die längst ein fester Bestandteil ihrer eigenen Persönlichkeit geworden waren. Gemeinsam drangen sie in das wohl behütete Herz der friedlich schlummernden Anlage vor …

Das virtuelle Bild ihres Speichers war verblüffend. Ein riesiger Mammutbaum stand in der Mitte einer sich endlos erstreckenden planen Fläche. Im großen Stamm des Baumes war eine Tür eingebaut, und Snap schritt schnippend darauf zu, in der Hoffnung, endlich Antworten auf seine Fragen zu finden.

Es hatte einige Zeit gedauert, bis er die Persona des Blumenmädchens auf sich umprogrammiert hatte. Ganz zufrieden war er mit der Arbeit nicht, doch die Änderungen reichten aus, dass er sich zumindest ein bisschen wohl fühlen konnte und nicht ständig das Gefühl hatte, in einer fremden Haut zu stecken. Das Gesicht der Blumentante wurde jetzt von einer großen Pappnase verunstaltet. Die kleine Veränderung machte es Snap möglich, seine Verkleidung als eine Art Karnevalskostüm akzeptieren zu können.

Ein Check der gängigen Programme zeigte ihm, dass das Mädchen über ausreichend Software verfügte. Sie musste wirklich gut in ihrem Job sein, denn ihre Programme waren keine Massenware, sondern genau auf ihre eigenen Bedürfnisse angepasst. Die Perfektion, die sie dabei an den Tag gelegt hatte, bewies ein strukturelles und konsequentes Arbeiten, das Snap bei einem so jungen Mädchen niemals vermutet hätte.

Aber so jung war sie ja gar nicht mehr. Von Snap trennten sie vielleicht gerade mal fünf Jahre, und sie stand erst am Anfang ihrer Schattenkarriere. Wenn Snap sie nicht umlegen würde, könnte sie eines Tages besser als er werden. Der Decker hatte aber längst den Entschluss gefasst, sie nicht umzulegen. Ändern konnte er seine Meinung aber immer noch.

Was hätte er dafür gegeben, gelegentlich in die Haut der Inkarnation Chronos' schlüpfen zu können. Doch die Zeit ließ sich nun einmal nicht zurückdrehen, auch wenn sich Snap das sehr oft wünschte.

Im Innern des Baumhauses stand ein großer Holztisch mit einigen Büchern darauf. Der Decker setzte sich auf den virtuellen Holzschemel und vergrub die Pappnase in diese antiquierten Informationsträger.

Es ist schon merkwürdig, aber einige Menschen ziehen diese Papierträger immer noch den wesentlich platzsparenderen und günstigeren Chips vor. Ob das vielleicht an dem haptischen Gefühl liegt, das sie vermitteln?

Das, was er las, veranlasste ihn dazu, seine Konzentration voll und ganz auf den Inhalt zu richten.

Die Daten bewiesen, dass die Kleine keine Schuld an Icebabys Tod traf. In einem Kapitel fand er die genaue Wirkung ihres Virus. Es brachte keinen Menschen um, sondern war wirklich – wie Snap anfangs vermutet hatte – nur darauf aus, Dateien aufzublähen. Ihm wurde klar, dass er hier keine Antworten darauf finden würde, warum Icebaby gestorben war.

Er hatte seinen Hass auf die falsche Person gerichtet.

Aber in einem anderen Buch las Snap etwas, das ihn stutzen ließ. Aus Korrespondenzen zwischen dem Blumenmädchen und einem gewissen Herrn Pierskaller – ein Name, den Snap nur zu gut kannte – ging hervor, dass dieser ihr die genaue Position des Knotenpunkts im HVV-System vorzeitig übermittelt hatte. Er machte ihr aber auch klar, dass sie sich den Weg dorthin erkämpfen musste. Siegel würde es merkwürdig finden, wenn er zusätzliche Passier-Hardware ordern würde.

Ihr Erscheinen im System sollte nur eine Absicherung dafür sein, dass sich das Team Pik-Dame mit dem Star wirklich im Hotel aufhielt und nicht woanders untergekommen war.

Das Blumenmädchen wurde in den Nachrichten darauf hingewiesen, dass die Ausschaltung einzelner Teammitglieder unnötig sei. Es wurde sogar davon abgeraten. Man wollte sicherstellen, dass sich HanSecs Aufmerksamkeit einzig und allein auf die Verfolgung des Shadowrunner-Teams konzentrieren sollte. Würde der Konzern erst einmal anfangen, Eternitys Rolle zu hinterfragen, wäre es gut möglich, dass lästige Fragen zum falschen Zeitpunkt gestellt wurden. HanSec sollte annehmen, dass Eternity von geldgierigen Runnern entführt worden war.

Die Sängerin wusste auch nicht, dass Rebers von dem Fluchtplan unterricht worden war. Er war hinter ihrem Rücken bestochen worden und hatte dafür zugesichert, eine diesbezüglich alles untermauernde Aussage gegenüber der Polizei zum Besten zu geben.

Der Decker war also nicht der Einzige, der etwas Kleingedrucktes überlesen hatte. Die Sängerin hatte es auch erwischt.

Als Snap fertig war, hörte er aus einer Ecke des Raums das Gurren einer Taube und drehte sich in diese Richtung um. Auf einem kleinen Fensterbrett wartete eine virtuelle Brieftaube und trug ein Papierröllchen an ihrem linken Bein. Die Deckerin hatte Post erhalten, die Nachricht aber noch nicht durchgelesen.

Informationen waren dazu da, dass man sie sofort verwertete. Da die Deckerin zurzeit in ihrem Handeln eingeschränkt war, entschloss sich Snap dazu, die Daten für sie durchzusehen. Snap griff sich den gurrenden Vogel und löste die Nachricht von der dürren Stelze. Diese Nachricht war ebenfalls von Pierskaller.

Der hinterhältige Konzernmann erteilte ihr den Auftrag, die Suche nach einem unbekannten Killer und dessen übernatürlichen Begleiter zu starten. Das Auftauchen dieses Duos stand für ihn in enger Verbindung mit den unaufgeklärten Morden an zwei Sängern. Der Verlust des englischen Sängers wurde zwar in seiner Nachricht betrauert, aber dieser hatte in keinem direkten Kontakt zum Orden gestanden. Das erste Opfer,

Richard Wissenbach, sei höchstwahrscheinlich das direkte Ziel eines Anschlages gewesen. Davis' Tod war nur das Ergebnis einer Verwechslung. Pierskaller hatte nämlich eine elektronische Kurznachricht des englischen Konzernbeauftragten von Royalty-Voices erhalten, dass der Sänger mit dem Flugzeug eintreffen würde. Später hatte er herausgefunden, dass seine Leitung abgehört worden war. Der englische Begriff ›Singer‹ definierte nun einmal nicht das Geschlecht der Person – ein dummes Missverständnis war seiner Meinung nach dafür verantwortlich, nicht mehr.

Aber die Tatsache, dass es jemand auf Eternity abgesehen hatte, ließ die Vermutung zu, dass jemand daran interessiert war, dem Orden schaden zu wollen.

Das Wort Orden hörte Snap jetzt zum zweiten Mal, und dies veranlasste ihn dazu, die Bücher nach weiteren Kapiteln mit diesem Begriff abzusuchen. Die Informationen, die er fand, sprachen von einem Zusammenschluss von Menschen, die sich auf der Suche nach Wissen befanden. Ihnen hatte sich Eternity freiwillig angeschlossen. Es steckte also kein Konzern hinter ihrer Flucht, sondern für sie war es der nötige Schritt in die Freiheit gewesen.

Drek. Ich muss das Team erreichen, bevor noch mehr Unschuldige sterben. Sie konzentrieren sich auf das falsche Ziel, dachte Snap, als er sich aus der blumigen Realität ausklinkte.

Jetzt musste er unbedingt die Deckerin in seiner Gewalt davon überzeugen, dass alles ein Missverständnis war. Sie musste ihre Leute warnen, und Snap wollte mit ihrer Hilfe Paul davon abhalten, irgendwelche Dummheiten zu begehen, die er … die sie später bereuen würden.

Als sich sein Sichtfeld klärte, hatte sich seine Situation allerdings komplett verändert. Es wurde höchste Zeit, alle Missverständnisse aus der Welt zu räumen, bevor jemand anderes etwas tat, das Snap garantiert bedauern würde, wenn auch nicht sonderlich lange. Er schaute in den tödlichen Lauf seiner geliehenen Ruger, die während seiner Abwesenheit den Besitzer gewechselt hatte …

Zwar befanden sie sich eigentlich auf keinem Run – schließlich gab es keinen Herrn Schmidt, der sie für diese Transaktion bezahlte –, aber bislang konnte man ihr Eindringen als äußerst erfolgreichen Run bezeichnen.

Kein Schuss war gefallen, aber jetzt konnte sich alles schlagartig ändern. Es schien aussichtslos. Sie waren gut vorangekommen, aber dieses letzte Hindernis würde einer von ihnen nicht überwinden können. Chets Gleiter befand sich bereits im Landeanflug, und die Kraft des Düsenantriebs reichte nicht aus, um gegen den von oben drückenden Wind anzukommen. Paul würde das Innere des Zauns, der den kleinen Helikopterlandeplatz eingrenzte, erreichen.

Ihr Chummer hatte keine Chance.

Der Luftelementar hatte sich längst verabschiedet. Seine Pflicht gegenüber der Magierin war erfüllt worden, und somit blieb dem Meta magische Unterstützung verwehrt. Pandora hatte ihren Gleiter erfolgreich landen können und musste mit ansehen, wie Chet mehrere Meter vor dem Zaun zu Boden ging.

Paul entschied sich dazu, den Gleiter nach rechts zu wenden und hart gegen den Wind zu steuern. Seitlich neben dem Zaun richtete sich die Nase seines Gleiters in den Himmel, um danach schnell rückwärts zu fallen und mit dem Heck hart auf dem nassen Rasen aufzuschlagen. Ihm war es rechtzeitig gelungen, sich auszuklinken und geschickt auf dem glitschigen Boden abzurollen. Der Gleiter wurde fortgeweht und überschlug sich mehrmals, als der Wind die Tragfläche erfasste. Hätte er den Sicherungsgurt nicht gelöst, wäre er jetzt dazu verdammt gewesen, an den Gleiter gefesselt zu sein, und ein paar Knochenbrüche wären die positivste Konsequenz gewesen, wie er sich unschwer ausrechnen konnte.

Schnell zog er die Waffe und machte sich zu Chet auf.

Dem Ork war es ebenfalls gelungen, die Halterung erfolgreich zu lösen, und nun versuchte er die letzten Meter zum Zaun zu überwinden, bevor die nahenden Schreckhühner ihn mit einem flüchtenden Hasen verwechseln konnten.

Die kräftigen Füße der paranormalen straußenähnlichen Wesen gruben sich tief in den matschigen Rasen, als sie sich aufteilten und versuchten, dem Ork den Weg abzuschneiden. Unter anderen Umständen wäre es Paul eine helle Freude gewesen, ihr Jagdverhalten bewundern zu können, aber im Augenblick stellten er und Chet eine mögliche Bereicherung ihres sonst eher auf Schonkost ausgerichteten Nahrungsplans dar.

Eines dieser gefiederten Hühner sprang vier Meter in die Luft und wollte den Ork von oben angreifen. Das ausgeprägte Sprungverhalten des Tieres erklärte auch den sechs Meter hohen Zaun, der am oberen Ende mit Elektroschockern gespickt war.

Bevor das Wesen seinen weit aufgerissenen Schnabel im Kopf des laufenden Orks versenken konnte, schickte Paul mit seiner Guardian zwei Salven auf den Weg. Eine traf und durchtrennte den Hals der Kreatur, die zuckend neben dem Ork zu Boden stürzte.

Im Laufen legte Chet das Maschinengewehr auf das rechte Schreckhuhn an und jagte eine komplette Ladung in den Leib der gefiederten Kreatur. Federn stoben auf, als die Einschüsse ihr Ziel fanden und den Vogel von den langen Beinen rissen.

Das Tier, das sich von links auf Chet stürzte, hatte den Ork erreicht. Der schmale Kopf peitschte vor, aber mit dem Kolben seiner Waffe gelang es dem Ork, den

Angriff abzuwehren. Der Treffer veranlasste das Tier dazu, zwei Meter zurückzuhüpfen, reichte jedoch nicht aus, ihm die Angriffslust auszutreiben.

Chet blieb stehen und versuchte, das Schreckhuhn nicht zu nahe an sich herankommen zu lassen. Die Federn des Wesens sonderten ein lähmendes Sekret ab, das einen Gegner für Stunden umhauen konnte. In der Zwischenzeit musste das Opfer dann mit ansehen, wie der gestutzte Vogel ihm langsam die Bauchdecke mit den scharfen Krallen aufriss, um sich genüsslich mit den Gedärmen den Wanst voll zu schlagen.

Jetzt fand der Ork die Zeit, den Vogel umzulegen, aber sein Maschinengewehr hatte eine Ladehemmung. Er stellte sich mit dem Rücken zum Zaun und machte sich auf den nächsten Angriff gefasst. Dank seiner Reflexbooster verfügte er über ausreichend Geschwindigkeit, um es mit den natürlichen blitzschnellen Bewegungen des Wesens aufnehmen zu können.

Paul beachtete die Daten der Smartgun und schoss erneut. Das Schreckhuhn war aber zu schnell. Es hatte einen langen Satz auf Chet zu gemacht, und Pauls Schüsse pfiffen ziellos durch die Nacht.

Dem Ork war es gelungen, dem Tier seitlich auszuweichen. Knapp hatten ihn die kräftigen Tritte verfehlt, doch bei der Aktion hatte sich der Chummer auf dem feuchten Boden den Knöchel verstaucht. Seine Bewegungen wurden langsamer, und Paul wusste, dass der Ork der nächsten Attacke nur mit verdammt viel Glück ausweichen konnte.

Das Schreckhuhn stand jetzt mit dem Rücken zum Zaun und machte sich bereit anzugreifen, kam aber nicht mehr dazu, die Attacke durchzuführen. Ein gleißender Blitz erhellte den Nachthimmel und trat aus der Brust der Kreatur aus. Pandora stand mit gespreizten Fingern hinter dem Zaun und hatte einen Zauber auf das Wesen gewirkt. Der Treffer verwandelte den

Schreckhahn in ein dampfendes Grillhähnchen, und trotz des heftigen Regens hing der Geruch von verbranntem Fleisch in der Luft.

Chet stützte das Gewicht auf den Kolben der Waffe und rang nach Atem. Seinen Fuß hatte es stark erwischt. Paul erreichte den Chummer und half ihm, die letzten Meter zum Zaun zu überwinden. Dort angekommen, fingen sie an, die Maschen des Zauns mit einer isolierten Zange zu zerschneiden. Die Isolierung der Zange war bei dem nassen Wetter weniger nützlich, aber Pandora hatte einen Schalter entdeckt, mit dem sie die Stromzufuhr deaktivieren konnten.

Sie wussten, dass ihre Schüsse und der Tod der Kreaturen längst die Sicherheit alarmiert hatten. Das Team machte sich darauf gefasst, mit den Konsequenzen seines Eindringens konfrontiert zu werden …

Der Mann hatte es aufgegeben, Frank von seinen guten Absichten zu überzeugen. In einigem hatte sein ehemaliger Schüler ja Recht, aber es war nicht ihre Aufgabe, die Regeln der Gesellschaft neu zu definieren. Das System funktionierte nun einmal so, und nur der, der sich anpassen konnte, würde am Ende überleben. Schon die Gesetze der Evolution hatten über die Jahrtausende gezeigt, dass es so und nicht anders funktionierte.

Pierskallers Armband vibrierte, und das veranlasste ihn dazu aufzuspringen. Die Sicherheit hatte ein Problem, weshalb er seinen ehemaligen Schüler und dessen Bodyguard kommentarlos zurückließ. Am liebsten hätte er Karl benachrichtigt, aber das Ritual durfte unter keinen Umständen gestört werden. Dieses Ritual war auch der Grund, warum die Wachmannschaft heute auf einige wenige Leute reduziert worden war. Die Öffentlichkeit musste nicht wissen, was sich hier auf dem Universitätsgelände abspielte. Und jetzt hatten sie ein Problem, und er betete, dass es kein großes war. Heinrich hoffte, dass sechs Mann ausreichten.

Nervös suchte er sich den Weg zum Sicherheitsraum, der sich genau gegenüber dem Tonraum befand. Er stieg eine kleine Steintreppe hinunter, umrundete schnell von außen den Ritualsaal, um wieder eine kleine Wendeltreppe hinaufzusteigen. Endlich erreichte er die gesicherte Tür, hinter der sich ein Überwachungsraum anschloss. Das kleine Stück Gang, in dem er sich aufhielt, war nicht wie die anderen verkleidet worden. Hier waren die Wände weiß und steril, genau wie das grelle Licht.

Ein verborgenes Paneel öffnete sich in der Wand, nachdem Heinrich die Hand auf die Stelle gelegt hatte. Durch den nun sichtbaren Keycard-Schlitz zog Heinrich seine ID-Card.

Er ahnte nicht, dass er damit einem anderen Eindringling einen großen Gefallen tat. Ein Kribbeln im Rücken veranlasste ihn dazu, noch einmal zurückzuschauen.

Die Luft vor seinen Augen begann zu flimmern, und eine schwarz gekleidete Frau schien sich aus dem Nichts zu materialisieren. In ihrer Hand hielt sie eine tödliche Maschinenpistole, und er spürte förmlich, wie sich ein leuchtender Ziellaser in seine Stirn brannte.

Ein eiskalter Schauer jagte seinen Rücken hinab, und er öffnete den Mund, um einen Schreckensschrei auszustoßen. Schneller, als seine Stimmbänder reagieren konnten, war die Frau bei ihm und bewegte ihre Hand auf seinen Kopf zu. Eine scharfe Klinge bohrte sich schmerzhaft in seinen Mund und vereitelte einen Schrei.

Blut schoss in seine Mundhöhle und raubte ihm die Luft. Kraftvoll drückte die Frau seinen zitternden Körper gegen die Wand und schaute ihm lüstern in die weit aufgerissenen Augen. Sie sog den Anblick der darin widergespiegelten Qual begierig in sich auf.

Abschließend zog sie schmatzend die Klinge aus seinem Mund. Er stürzte zappelnd zu Boden und erstickte langsam an seinem eigenen roten Lebenselixier. Die Frau trat ihm mit einem Fuß auf den pumpenden Brustkorb, schaute ihn von oben herab an, leckte sein Blut genüsslich von ihrer Cyberwaffe ab und lauschte einen kurzen Moment interessiert seinen gurgelnden Sterbelauten. Dann riss sie die Tür auf und stürmte ins Innere des Sicherheitsraums. Als Letztes hörte Pierskaller das entfernt melodische Schnurren ihrer schallgedämpften Maschinenpistole. Er würde nicht allein an Petrus' Pforte klopfen müssen ...

Das Ritual näherte sich dem Höhepunkt, und das lodernde Licht der Fackeln warf tanzende Schatten an die Wände. Ein Gitarrist spielte auf seinem elektrischen Instrument einen Flageolettton, erlaubte es dem hohen Klang, sich für einige Sekunden allein im Saal zu entfalten, und drückte schließlich den Tremoloarm der Gitarre langsam nach unten. Die Reinheit des nachhallenden Tons löste er durch einen enorm verzerrten Powerchord ab. Er ließ den Griff seiner Hand an dem Instrumentenhals hinuntergleiten und leitete mit diesem gekonnt getimten Slide die alles entscheidende Phase ein.

Eine Kithara, ein altgriechisches Zupfinstrument, griff die Melodie auf und stimmte mit dem Rest des Orchesters punktgenau ein. Die Aulodie eines Aulos setzte dazu passende Akzente – als Aulodie bezeichnete man die Töne dieses beinahe vergessenen Blasinstruments der Antike. Vom Klang her erinnerte es an eine Oboe, mit der man versuchte, die menschliche Stimme mit ihren individuellen Eigenschaften zu imitieren.

Der Künstler an diesem Instrument verstand sein Handwerk, und die Stimmen des Chors griffen seine Melodielinie auf. Sie beflügelten das Tempo um eine weitere Stufe. Unterstrichen wurde diese Steigerung durch eine komplizierte Anordnung geschlagener Trommelrhythmen.

Die Orchesterreihe mit den hochgestimmten japanischen ›San no tzusumi‹-Trommlern ergänzte sich perfekt mit den indischen Tabla-Trommelspielern. Unter Anleitung von Bruder Ricardo versetzten die Reihen der Membranophone die Luft in alles erzitternde Schwingungen.

Jetzt wurde es Zeit, dass Eternity den entscheidenden Schritt tat. Karl sah der Sängerin an, dass sie ihre Kräfte sammelte, und die Droge half ihr beim Zentrieren ihrer magischen Fähigkeiten. Sie streckte die Arme weit vom schlanken Körper weg, und ihre Stimme war im ganzen Raum zu hören.

Sie griff die Teppichklänge der Synthesizer auf und ließ gesungene Septakkorde einfließen. Eternity schaffte es, mit ihrer Stimme vier Töne gleichzeitig zu erzeugen, und ihre Melodie weckte in allen Zuhörern Gefühle vollkommener ekstatischer Hingabe. Jeder gab sein Bestes, und die Kraft, die dabei entstand, bahnte sich unaufhaltsam den Weg aus dem Astralraum heraus in die reale Welt.

Im Zentrum standen die vier Ritualleiter: Eternity im Norden, Bruder Ricardo im Osten, Schwester Mariko im Westen und Karl im Süden. Zwischen ihnen materialisierte donnernd eine sich langsam drehende Windrose. Die einzelnen Töne wurden von dem pulsierenden Manastrom aufgesogen und wanden sich leuchtend und rotierend in den Himmel hinauf. Ein zweiter pulsierender Manastrom schoss durch das Buntglas aus dem Himmel herab in das Zentrum ihres Kreises und ging eine leuchtende Verbindung mit der Musik ein.

Karl konzentrierte sich darauf, die freigesetzten Energien nicht auseinander gleiten zu lassen, und das Artefakt des Notenschlüssels um seinen Hals leuchtete hell auf. Mariko leitete die Gesangslinien des Chors, damit sie sich mit Eternitys Tönen zu einem alles durchdringenden Cluster ergänzen konnten. Der kraftvolle Gesang Eternitys animierte alle dazu, ihre letzten Kraftreserven zu mobilisieren. Getragen wurden ihre Melodien von den beschwingten Rhythmen des Orchesters, das Bruder Ricardo gekonnt leitete.

Der herabschießende Manastrom und die Windrose fusionierten zu pulsierenden Energiebahnen, deren Licht sich glosend im Raum verteilte, und der Freie Geist materialisierte sich im Zentrum der Kraft und begann, sich langsam den Strom der Noten hinaufzutasten. Die Musik würde ihn zum Ursprung der Töne der Unendlichkeit führen …

Frank stand versunken am Fenster, und für Snooker schien es, als ob der Mann seinen Körper verlassen hätte. Seine Lippen formten ein stummes Lächeln, und die Augen schauten verträumt in den Saal hinab. Der Gesang war wirklich beeindruckend, aber der Engländer war bei weitem nicht so hingerissen wie der Reporter.

In Snooker schlug eine innere Sirene Alarm und schwächte die Wirkung der harmonischen Konzertklänge ab. Es war der Instinkt, der einen Bodyguard auszeichnete und warnte: *Dort draußen lauert eine Gefahr, vor der du bisher noch keine Notiz genommen hast.*

Instinktiv verließ er den Tonraum und suchte sich einen Weg nach unten, obwohl er sich nackt fühlte, da die Kettenhunde ihm alle Waffen genommen hatten …

Die mobilen Reste des Teams Pik-Dame hatten endlich eine Tür erreicht, hinter der förmlich der Bär zu toben schien. Harmonische Klänge durchdrangen jede Pore seines Körpers, und am liebsten hätte sich Paul diesem akustischen Genuss entspannt hingegeben. Chet schien die Musik ebenfalls zu gefallen. Lächelnd bleckte er die

Hauer und schien die Schmerzen seines pochenden Fußes komplett vergessen zu haben.

Pandora flüsterte ihnen etwas zu. Paul musste sich konzentrieren, um ihr folgen zu können. »Hinter dieser Tür findet etwas wirklich Großes statt. Die Schwingungen sind nicht negativ, aber verdammt gewaltig. Ich traue mich nicht, den Saal auf astralem Wege zu betreten, weil der Ritualspäher mich bemerken könnte.«

Die Musik klang wirklich sehr schön und barg vielleicht nichts Negatives, auch wenn sie an Eternitys Gesang aus der Hotelsuite erinnerte. Diesmal war sie aber nicht gegen das Team gerichtet. Sie war einfach nur schön und lenkte deshalb ab. Es war kein Gesang der Sirenen, der sie handlungsunfähig machte, wie es Eternitys Klänge getan hatten.

In diesem Moment hörte er die unverkennbare Stimme der Sängerin, die sich von den anderen Sängern abhob. Und Paul wurde klar, je länger sie hier herumstanden und Wurzeln schlugen, desto wahrscheinlicher wurde es, dass sie entdeckt wurden und das Überraschungsmoment verloren.

Umkehren können wir jedenfalls nicht.

»Lasst uns die Sache hinter uns bringen«, war seine Antwort, und sie machten sich dazu bereit, mit gezückten Waffen die Tür aufzustoßen.

Eine bekannte, schrille Stimme störte plötzlich die musikalische Untermalung im Gang und redete über einen verborgenen Lautsprecher eindringlich auf sie ein …

Sein Verstand war völlig ausgeschaltet, und Frank hatte sich der magischen Musik bereitwillig geöffnet. Die sphärischen Klänge verwickelten sein Innerstes in einen Tanz der Emotionen. Liebe, Hass, Freude und Leid ergänzten sich zu einem einzigen, alles durchdringenden Gefühl. Sein ganzes Leben zog an ihm vorüber, und die empfundenen Selbstvorwürfe wurden einfach fortgespült. Alles erschien mit einem Mal belanglos, verglichen mit dem, was die Welt für ihn bereithielt. Mannigfaltige Töne luden ihn zum Tanz der Erkenntnis ein, und die Musik animierte sein Herz freudig, rhythmisch zu schlagen und in den Beat einzustimmen.

Die Solostimme war fast perfekt, und er hätte ihr stundenlang lauschen können. Das war aber auch der Moment, in dem Frank bemerkte, dass das Ritual nicht gelingen konnte.

Sein Innerstes zeigte ihm den Makel der Frau.

Sie ist noch viel zu sehr damit beschäftigt, ein Star zu sein. Erst wenn es ihr gelingt, diese weltlichen Gefühle abzulegen, wird sie in der Lage sein, mit einer vollkommen reinen Seele singen zu können.

Zusätzlich wurde ihm bewusst, dass sie dem auf ihr lastenden Druck nicht lange standhalten würde. Ein unterdrückter Teil von ihr fürchtete sich zu sehr davor, im Rampenlicht zu versagen …

Sie hatte ihre langen Beine auf den zusammengesunkenen, toten Oberkörper des Mannes am Kamerapult gelegt und schaute erwartungsvoll hinab in den Saal.

Die Frau spürte, dass sich ihr dunkler Freund dazu bereitmachte, das Ende der Sängerin einzuleiten, und sie freute sich darauf, die Kraft Eternitys in sich aufnehmen zu können. Anders als beim Tod dieses magischen Sängers Richard Wissenbach würde sie diesmal teilhaben und zusehen dürfen. Die freigesetzte Kraft würde sie begierig annehmen, und das Lustgefühl, das sie sich ausmalte, würde das, was sie empfand, als sie sich im Blut des Riggers suhlte, vollkommen bedeutungslos erscheinen lassen. Sie wollte das Opfer des Mannes aber nicht zu sehr abschwächen – unter ihrem Latexanzug spürte sie noch die getrockneten Blutreste, die eine Fusion mit ihrem Schweiß eingegangen waren.

Jetzt wartete sie auf die richtige Gelegenheit, obwohl ihr die Musik in den Ohren schmerzte, weil die gespielten Töne zu harmonisch, zu friedlich waren. Aber sie hatte ihrem Gefährten versprochen, sich zurückzuhalten. Er sollte die Möglichkeit bekommen, seine Kräfte auf anderem Wege zu steigern …

Der Freie Geist schwebte in der Mitte des Saals und sammelte die Kraft, die er brauchte, um in die Tiefen des Astralraums vorzudringen. Aber Karl spürte, dass in Eternitys Stimme etwas verborgen mitschwang. Diese kleine Unstimmigkeit machte es dem übernatürlichen Freund schwer, sich vollkommen fallen zu lassen.

Der Zeremonienmeister spielte mit dem Gedanken, das Ritual vorzeitig abzubrechen. Eternity war gut, sehr gut sogar, aber die Gefahr, das Leben aller im Saal zu riskieren, erschien ihm einfach zu groß.

Wir werden das Ritual ein andermal fortsetzen – jetzt scheint mir nicht der richtige Zeitpunkt dafür zu sein.

Bevor er aber den Entschluss in die Tat umsetzen konnte, brach das Chaos aus. Alle seine Bemühungen drohten vernichtet zu werden und sich in einen Scherbenhaufen zu verwandeln.

Das Buntglas der Kuppel zersprang, und zusammen mit den Scherben fiel eine dunkle Gestalt durch das Loch auf sie hinab.

Karl erkannte die Präsenz, die mit ihrer dunklen Aura die Reinheit ihres Ritualsaals befleckte. Der schwarze Schatten stürzte aber nicht bis auf den Boden, sondern legte sich über den materialisierten Körper ihres Geistfreundes.

Es war nicht zu übersehen, wie der Ritualspäher innerlich mit sich rang. Die Präsenz des Schattens umklammerte die Fäden seiner Existenz, und allein konnte er sich nur daraus befreien, indem er in den Astralraum flüchtete. Dies würde aber bedeuten, dass er die dem

Ritual bereitgestellte Kraft entziehen musste. Die Folge wäre eine unkontrollierte Entladung der vorherrschenden, gebündelten Energien. Explosionsartig würde sich die Kraft entfalten und höchstwahrscheinlich alle im Raum vernichten.

Opferbereit erduldete der Geist die Folter des Schattens, aber lange würde er der Kraft nicht widerstehen können. Sein Handeln verschaffte dem Ritualteam jedoch jene Zeit, die nötig war, um das Mana geregelt abklingen zu lassen.

Die Macht des Schattens schien schnell zu wachsen, und diese Perversion stimmte in das Lied ihres Chors ein. Seine disharmonischen Töne verwandelten die Sonate der Unendlichkeit in eine Symphonie des Schreckens …

Sie hörten, wie sich die Musik hinter der Tür veränderte und zerstörerische Formen annahm. Das Glücksgefühl wurde durch eine in den Menschen verwurzelte Gewaltbereitschaft ersetzt.

Snap hatte sie rechtzeitig davor warnen können, dass es jemand Unbekannten gab, der es auf das Leben der Sängerin abgesehen hatte. Der Decker hatte aber nicht die Zeit besessen, ihnen alles genau zu erklären. Klar geworden war jedoch die Tatsache, dass niemand eine solche Entwicklung geplant hatte. Paul und die anderen vertrauten Snap, wenn er sagte, dass die Ritualteilnehmer keine gewaltsame Lösung anstrebten, sondern die Möglichkeit bestand, alles friedlich zu regeln.

Diese dunklen Klänge bewiesen aber, dass im Saal etwas war, das sich nicht mit einer friedlichen Regelung zufrieden geben würde. Deswegen stürmten sie mit gezogenen Waffen ins Innere und machten sich darauf gefasst, einer unbekannten Bedrohung entgegenzutreten.

Das Bild, das sich ihnen bot, war erschreckend. Im Zentrum der Kuppel schwebte ein sich windendes schwarzes Wesen mit tentakelartigen Armen, die sich durch den ganzen Raum ausbreiteten. Diese Tentakel stachen wie Dolche in die weißen Roben der äußeren Ritualteilnehmer und schienen die Kraft der Opfer pumpend in sich aufzusaugen. Die Menschen im Zentrum, zu denen auch Eternity zählte, standen mit verzerrten Gesichtern hilflos im Kreis, wurden aber bisher von der dunklen Berührung verschont.

Eines der Gesichter im Zentrum war Paul seit kurzem bekannt. Es war das von Pandoras Mutter. Die Frau hatte die Arme weit vom Körper gestreckt und schaute voller Angst in den pulsierenden Strom hinauf. Sie musste singend mit ansehen, wie sich ein Tentakel langsam zu ihrem Kopf vortastete, und Paul ahnte Schlimmes.

Bevor er reagieren konnte, sank Pandoras Körper neben ihm zu Boden. Die Tochter war in den Astralraum gewechselt und wollte ihrer verzweifelten Mutter zu Hilfe eilen …

Snooker betrat den Saal von Süden her. Das Bild war einfach unglaublich, aber seine Aufmerksamkeit richtete sich auf etwas, das sich von ihm aus gesehen im Norden des Saals abspielte.

Ein paar Leute hatten den Raum mit gezückten Waffen betreten. Den Bewegungen und ihrer Kleidung nach stufte er sie als Runner ein. Sie waren es aber nicht, die ihm Sorgen bereiteten. Die drei Runner, von denen eine Frau bewusstlos oder tot zu Boden fiel, schienen zu sehr mit den Geschehnissen im Saal beschäftigt zu sein, als dass sie bemerken konnten, was sich über ihren Köpfen abspielte.

Snooker sah, wie ein Teil der Wand sich in splitternde Glasscherben verwandelte. Das Mündungsfeuer blitzte in der Dunkelheit auf, und instinktiv rannte er auf Eternity zu. Der Bodyguard vermied es, mit dem unerklärlichen Energiefeld im Zentrum oder den schwarzen Tentakeln in Berührung zu kommen. Seiner Einschätzung nach war eine Berührung nicht sonderlich gesundheitsfördernd.

Bevor er die Sängerin erreichen konnte, fielen weitere Scherben zu Boden, und eine schwarz gekleidete Gestalt sprang athletisch durch das gerade entstandene Loch in den Saal hinab. Ihre fließenden Bewegungen erinnerten Snooker aus unerklärlichen Gründen an die Bewegungsabläufe des Killerelfs am Kaltenkirchener Flughafen. Diesmal war der Ursprung dieser Bewegungen jedoch eine Frau, die federnd zwischen den verdutzten Runnern landete …

Die Cyberklinge und die Bewegungen der Unbekannten erinnerten Paul an den Killer aus dem Atlantic. Diese mordlustige Bestie war vom Himmel gefallen und genau zwischen ihm und Chet gelandet.

Ihnen blieb kaum Zeit, sich zu wehren. Die Angriffe der schwarz gekleideten Frau prasselten auf sie nieder. Sie war unglaublich schnell. Eine tödliche Cyberklinge schnellte in Chets Richtung vor. Mit knapper Not gelang es dem Ork, schützend den Arm emporzureißen. Schmerzhaft durchtrennte die Klinge der Frau die Titan-Cybersporne des Orks, blieb aber halb in seinem Unterarm stecken. Das Blut des Orks spritzte ihr ins Gesicht, und sie öffnete gierig den Mund.

Paul wollte gerade auf sie anlegen, als ein gezielter Tritt von ihr ihm knirschend die Finger brach. Die enorme Kraft riss ihm die Waffe aus der Hand. Die Killerin führte die Bewegung nach oben weiter, und mit ausgestrecktem Bein trat sie über die eigene Schulter hinweg dem Ork mitten ins Gesicht. Die breite Nase des Orks verwandelte sich in Brei, und ein zweiter Blutschwall ergoss sich diesmal in den Nacken der Frau. Chet rutschte das Maschinengewehr aus den Händen. Er sackte zu Boden und blieb regungslos liegen.

Ihre nächste Attacke galt wieder Paul. Ein gekonnter Roundkick, so schnell, dass Paul ihn kaum wahrnehmen konnte, hebelte ihn von den Beinen. Sie richtete den Lauf ihrer Maschinenpistole auf ihn, schaute ihm kalt in die Augen, und Paul machte sich bereit zu sterben. Bevor sie ihm eine tödliche Salve in den Bauch jagen konnte, richtete sich ihre Aufmerksamkeit auf einen anderen Mann, der von Süden her den Saal durchquerte. Paul nahm das nur noch am Rande seines Bewusstseins wahr. Sie ließ mit der Waffe von ihm ab und richtete sie stattdessen auf den Neuankömmling.

Um deutlich zu machen, dass sie Paul nicht vergessen hatte, bretterte sie ihm den Absatz ihres Stiefels in den Magen. Er hörte, wie die Rippen brachen, und als Bestätigung seiner Diagnose quoll ihm dunkles Blut aus dem Mund. Seine Dermalpanzerung bewahrte ihn aber davor, sofort zu sterben. Röchelnd drehte er sich auf die Seite und war dazu verdammt, den Rest als Zuschauer mit anzusehen. Wenn es niemandem gelingen würde, die dunkle Präsenz und die Killerin aufzuhalten, standen ihre Chancen zu überleben schlecht …

Pandoras Astralleib näherte sich langsam der alles verzehrenden Kreatur. Diese schwebte in zwei ineinander verschlungenen Manaströmen und hatte sich um die Aura des Freien Geistes gewickelt. Wie ein Parasit zweigte er die Kraft des Geistes und der Ritualteilnehmer ab, die sich anscheinend unter seiner Kontrolle befanden. Er formte ihre Energien zu einem Teil seines Selbst um.

Der Magierin war die verzweifelte Situation des Ritualteams nicht verborgen geblieben. Die Ritualleiter konnten nicht gegen diese Kreatur kämpfen, ohne den Geist, der sich in der Umarmung des Schattens befand, dabei auszulöschen. Dazu kam, dass sie gezwungen waren, die Kraft des Manas langsam zu reduzieren. Die Übernahme der einzelnen Ritualteilnehmer durch den Schatten zwang sie jedoch dazu, die entstehenden Lücken mit neuer, eigener Energie aufzufüllen. Doch was sollte Pandora tun? Sollte sie das Wesen angreifen?

Der Geist, der sich unter dem schwarzen Mantel wand, hatte ihr das Leben gerettet. Und dies war nicht geschehen, weil sie einen gemeinsamen elementaren Bekannten mit Namen Aqua besaßen, wie sie zuerst vermutet hatte, sondern weil ihre Mutter ihn aller Wahrscheinlichkeit nach darum gebeten hatte. Zumindest hoffte sie, dass es der Wunsch ihrer Mutter gewesen war.

Half sie jetzt dem Geist, der ihr heute in einer ähnlichen Situation auf dem Dach zu Hilfe geeilt war, oder konzentrierte sie sich darauf, ihrer Mutter zu helfen?

Sie befand sich in einer emotionalen Zwickmühle, und sie wurde das beängstigende Gefühl nicht los, dass, egal was sie auch tat, es garantiert das Falsche sein würde …

Lange nachdenken konnte er nicht, und seine antrainierten Instinkte taten das, wozu sie ausgebildet worden waren. Schnell wuchtete er sich zwischen Eternity und die Killerin.

Die Kugeln zerfetzten die Dermalpanzerung über seinen Bauchmuskeln, wurden aber von den Platten am Rücken abgefangen, als er unkontrolliert auf dem Boden aufschlug. Eine Fehlfunktion der Cyberware ließ seinen Körper heftig zucken. Snooker spürte lediglich, wie sich eine warme, dunkle Blutlache unter ihm ausbreitete und die Lebenskraft unaufhaltsam aus den Löchern in seinem Körper floss …

Pandora sah, wie sich die Berührung des Wesens auf ihre Mutter ausdehnte und ihr magischer Schrei sie auf der Astralebene erreichte. Die Tochter musste mit ansehen und anhören, wie der Schatten die Magie und Lebenskraft der Frau langsam in sich aufsaugte und ihre Aura mit seiner verpesteten Berührung schändete …

Eternity spürte die Nähe eines Menschen, den sie kannte. Intuitiv wusste sie, dass es ein Mann war, der sich vor sie warf und die Schüsse abfing, die sie sonst getötet hätten.

Somit hatte sich erneut jemand für sie geopfert.

Zusätzlich spürte sie, wie die Stimme der Chorleiterin brach. Die Ritualteilnehmer, die bisher von ihr geführt worden waren und der Berührung des Schattens widerstanden hatten, drohten aufzugeben.

Eternitys Verzweiflung und ihre Selbstvorwürfe verwandelten sich in einen alles verzehrenden Hass. Diese Gefühle richtete sie auf die dunkle Präsenz, die ihre positive Musik verunstaltete und den Ursprung alles Bösen im Saal darstellte. Sie wusste auch, dass dies die Machtquelle der Killerin war, die es auf ihr Leben abgesehen hatte.

Du willst Macht? Dann sollst du mehr davon bekommen, als dir lieb ist, dachte die Sängerin, als sie ihre Stimme aufteilte und teilweise in die Rolle der Asiatin schlüpfte. Dies gab ihr die Möglichkeit, die Stimmen der noch nicht von der Dunkelheit berührten Ritualteilnehmer anzuleiten. Eternity änderte den Klang ihrer Musik und unterließ es, gegen die schiefen, alles vernichtenden Akkorde anzukämpfen. Sie überwand ihr Innerstes und machte die Dunkelheit zu einem Teil ihres Selbst, denn nur so konnte sie das tun, was sie vorhatte. Sie zerpflückte die Tonleiter, kombinierte Dur- und Mollklänge zu disharmonischen Akkordketten, und die komplett freigesetzte Energie leitete sie in die Aura des dunklen Wesens weiter …

Die Killerin war erstaunt darüber, wie schnell es dem Bodyguard gelungen war, sich schützend vor die Sängerin zu werfen. Eine so schnelle Bewegung hätte sie dem Mann niemals zugetraut, aber mit seiner Tat war es ihm nur gelungen, Eternitys Leben für wenige Sekunden zu verlängern.

Langsam wurde es Zeit, die Sängerin auszulöschen. Ihr Tod sollte das daran anschließende Massaker einläuten. In dem Raum warteten noch genug Lämmer darauf, den Platz auf der Schlachtbank einzunehmen.

Sie zwang sich dazu, gemessenen Schritts auf die Sängerin zuzugehen, denn die Rolle des Todes stand ihr gut, erforderte aber einen würdevollen Auftritt.

Einige Meter vor der Frau spürte sie, wie ihr Körper vor Kraft zu platzen schien …

Pandora fühlte, wie die Aura des Schattens aufschrie. Seine Manabahnen schienen zu bersten, so viel Kraft wurde in ihn hineingeleitet. Seine Tentakel brodelten, und das perverse Lustgefühl, das bisher von ihm ausgegangen war, verwandelte sich in grenzenlose Angst.

Die Magierin nutzte die Chance und startete einen Angriff auf jenen Tentakel des Wesens, der ihre Mutter umklammert hielt. In ihrem Kopf formte Pandora die Bilder ihres Zaubers und versuchte, den Spruch auf die Aura der Mörderin auszuweiten. Ihre beiden Gegner standen in ständigem Kontakt. Wenn es ihr gelingen sollte, würde sie vielleicht in der Lage sein, zwei Gegner mit einem einzigen Zauber auszuschalten.

Die Frau investierte mehr Kraft, als ihr eigentlich noch zur Verfügung stand, in den Spruch, und als sich die Kraft entfaltete, spürte sie, dass sie sich überfordert hatte.

Der Tentakel des Wesens wurde in eine Flammenzunge gehüllt, aber auch Pandoras Körper drohte zu zerreißen, als sich das Mana weiter um sie herum formte und sie es nutzte, um die Flammen noch heller und heißer aufglühen zu lassen …

Chet sah durch den Schleier der Erschöpfung und Verwundung, wie sich die Killerin langsam auf Eternity zu bewegte. Ein Großteil seiner Unterarmmuskeln war bei dem Angriff der Frau draufgegangen. Unter der Haut spürte der Ork, wie die zerbrochenen Klingen seiner Cyberware lose in den Halterungen wackelten. Es war mehr eine Verzweiflungstat, als er handelte, aber was hatte Chet denn zu verlieren?

Mehr als er sich eingestehen wollte – und deshalb brachte er die Kraft auf, seinen ruinierten Unterarm auf die Killerin zu richten. Er aktivierte die Mechanik seiner Cybersporne.

Schmatzend lösten sich die Klingen aus den gebrochenen Halterungen.

Bevor Chet völlig abtrat, kickte er mit dem Fuß sein Maschinengewehr in Pauls Richtung. Dieser lag ebenfalls am Boden und schien damit zu kämpfen, nicht das Bewusstsein zu verlieren. Dies war nicht das erste Mal, dass sie sich gemeinsam am Boden der Tatsachen aufhielten, aber er hoffte, dass es auch nicht das letzte Mal gewesen sein sollte.

Chet war dem Chummer aber einen Schritt voraus, und die Dunkelheit schloss ihn bereitwillig in die Arme …

Ihre neuen magischen Fähigkeiten warnten sie vor den Spornen, die wie Wurfmesser auf sie zuflogen, und spendeten ihr die Kraft, sich rechtzeitig umzudrehen.

Dann aber zerbrach die Verbindung zu ihrem dunklen Freund, das Gefühl ihrer alles bestimmenden Einheit wurde entzweigerissen. Eine Feuerzunge tauchte aus dem Nichts auf und leckte gierig über ihren Körper.

Der Latexdress schmolz und fraß sich brennend in ihre Haut. Sie strauchelte, und es gelang ihr nicht mehr, den Spornen auszuweichen. Einer drang tief in ihre Schulter, und ein anderer bohrte sich bis zum Anschlag in ihren Oberarm. Die Maschinenpistole fiel ihr aus der Hand.

Der immense Schmerz, der sie durchflutete, jagte ihr aber keine Angst ein, vielmehr begrüßte sie ihn. Er erinnerte sie daran, dass sie noch lebte, und gab ihr die nötige Kraft durchzuhalten. Sie unterließ es, den Ork zu töten, da sie wusste, dass sie bald sterben musste und die restlichen Kräfte benötigte, um die Frau zu töten, die für sie den Ursprung für all dies symbolisierte. Wenn es ihr gelingen sollte, Eternity jetzt zu töten, würde das Ritualteam auseinander brechen, und die dadurch freigesetzte Kraft würde viele andere mit in den Tod reißen.

Ich sterbe nicht allein, dachte sie, als sie stolpernd auf die Sängerin zukroch. Sie holte zum alles entscheidenden Schlag mit ihrer Cyberklinge aus und wollte es beenden ...

Paul gelang es, Chets Waffe auf dem Unterarm abzustützen.

Er spürte, wie sich eine Rippe schmerzhaft in seinen linken Lungenflügel bohrte. Seine rechte Hand war ebenfalls hinüber, deshalb musste er mit links schießen. Diese Position ermöglichte es ihm aber, auf die Killerin anzulegen, ohne Eternity dabei zu gefährden.

Auch er wollte nicht allein sterben und drückte den Abzugshebel durch. Der Weg, den sich das automatische Feuer über den Fußboden suchte, half ihm dabei, sich zu konzentrieren und sein Ziel zu suchen. Bevor die Frau Eternity aufspießen konnte, fraßen sich die Kugeln von unten nach oben in ihren Körper und schleuderten sie zu Boden.

Danach folgte Paul Chet in die Dunkelheit und rechnete nicht damit, noch einmal aufzuwachen …

Snooker bemerkte nicht, wie Eternity neben seinem Körper kniete und Tränen vergoss. Er hörte nur ihre Stimme, die wegen der Anstrengung des Rituals krächzend zu ihm vordrang. Und er hörte am Rande seiner Wahrnehmung Töne, die tiefe Trauer und Schmerz in sich bargen. Die Sängerin beweinte den Verlust ihrer Unschuld, die ihr durch die Berührung des Schattens für immer genommen worden war.

Die starken Emotionen begleiteten Snooker zu der Pforte seiner Traumwelt. Und wieder stand die junge Frau da, Franziska Meller, die er versehentlich getötet hatte.

Diesmal war ihre Kleidung aber nicht blutgetränkt, und seine Hände waren nicht mit der roten Flüssigkeit befleckt. Er hatte auch nicht das Gefühl, dass sich seine Haut brennend abschälte, und er empfand keine Angst, als sie auf ihn zuschritt und ihm die kleine Hand entgegenstreckte. Er begrüßte ihre Anwesenheit sogar, und bereitwillig ließ er sich von ihr hinter die letzte Pforte führen.

4.2
Coda

Partitur der Erfahrungen

Der Mann mit dem vernarbten Gesicht stand gedankenversunken in dem Gewächshaus und ließ den Blick abwesend über die aufblühenden Pflanzen schweifen. Heute erfreute er sich aber nicht an der Farbenpracht der seltenen Flora, sondern ließ die Erfahrungen der letzten Tage gedanklich Revue passieren.

Ihr Geistfreund hatte überlebt, auch wenn er sehr viel Kraft eingebüßt hatte. Sie standen kurz davor, die Rituale wieder aufzunehmen, und langsam würde er sich von der erschreckenden Berührung des Schattens erholen.

Mariko und Eternity hatte es da sehr viel schwerer getroffen. Noch immer konnte er die Angst spüren, die ihre Herzen umklammert hielt. Er war aber guter Dinge, dass sie sich erholen würden. Es würde nur sehr viel Zeit in Anspruch nehmen.

Obwohl ihr Ritual gescheitert war, hatte er viel daraus lernen können. Alles brauchte nun einmal seine Zeit, und die wichtigste Erkenntnis war, dass der Gewinn einer jeden Erfahrung darin bestand, aus ihr zu lernen. Diese Erkenntnis hatte Karl schon während des Rituals gemacht, als er es abbrechen musste, auch wenn er es da noch nicht bewusst realisiert hatte.

Es war wie Laufen lernen. Schritt für Schritt würde Karl sein Wissen erweitern, und die Zeit war kein Gegner, sondern half vieles zu vergessen und ließ dabei immer einen Funken Hoffnung zu. Der Auftraggeber, der hinter den Morden stand, war ihnen bis jetzt unbekannt, aber wie hatte er gelernt: Es war nur eine Frage der Zeit, bis sie ihn aufspüren würden.

Paul schlug die Augen auf und musste feststellen, dass er sich immer noch in dem Zimmer der Schattenklinik aufhielt. Es war auch nicht sonderlich wahrscheinlich, dass er hier in den nächsten Tagen rauskam. Eyeless, der ganz zufällig ein Teilhaber dieser Bastelwerkstatt war, hatte ihm strikte Bettruhe verordnet.

Jetzt lag er hier und plante, was er als Nächstes tun sollte. Die Bedrohung durch Siegel-Devil-Records hatte sich in Luft aufgelöst. Pandora war gestern da gewesen und hatte ihm erzählt, wie es dazu gekommen war. Der Orden hatte mit dem Medienkonzern Kontakt aufgenommen und irgendwelche Daten angeboten. Siegel hatte dafür den gefälschten Totenschein Eternitys zu akzeptieren, durfte aber die Rechte der Sängerin behalten und den Erlös der Post-mortem-Einnahmen komplett einstreichen. Die Aussicht auf Geld und die Vermeidung unnötiger Ausgaben waren wohl überzeugend gewesen, und die Konzernspitze hatte zugestimmt.

Aber Pandoras Besuch war mehr ein Pflichtbesuch gewesen. Sie hatte sich von Paul verabschiedet. Paul hatte es gespürt, sobald sie die Tür des Raums geöffnet hatte. Die Frau machte sich auf den Weg, um ihre Novizenschaft anzutreten. Sie wollte wieder studieren und sehr viel Zeit mit ihrer Mutter verbringen. Die zweite Chance, die ihr das Leben bot, konnte und wollte sie nicht ausschlagen, und Paul hatte ihr alles Gute gewünscht, auch wenn ein in seinem Herzen verborgener Teil sie vermissen würde.

Genauso, wie er Ratón vermisste, die gestorben war, um ihnen ihr Leben zu erkaufen. Ein Handel, von dem Paul sich einredete, dass er rein mathematisch gesehen vernünftig war. Freunde starben nun einmal. Genauso, wie sich Freundschaften auflösten, neu geschlossen wurden oder für einige Zeit einfach nur schlummerten.

Zacks Zustand war stabil, aber es war noch nicht abzusehen gewesen, ob er durchkommen würde. Paul hatte jedoch Hoffnung, genauso, wie er Hoffnung hatte, dass er Pandora wiedersehen würde. Schließlich passte er auf ihren Hund auf, und dieses Opfer hatte er nicht gerne auf sich genommen.

Die größten Sorgen bereitete ihm Snap. Die Wohnung des Deckers war leer, das hatte ihm Teresa erzählt. Er hatte seinen ganzen Besitz verkauft und war einfach von der Bildfläche verschwunden, genau wie Icebaby.

Paul konnte es nicht ändern – es war die Entscheidung des Deckers, und als Freund würde er sie akzeptieren, wenn er sie auch nicht gutheißen musste. Ein Teil von ihm wusste aber, dass das Schicksal sie alle wieder zusammenführen würde.

Frank stand am Fenster und schaute zu, wie der Suborbitalflieger mit Snookers Sarg an Bord vom Kaltenkirchener Flughafen in Richtung England abhob.

Er hatte den Bodyguard nicht gut gekannt, aber in der kurzen Zeit hatte er ihn schätzen gelernt. Frank hatte es einfach nicht übers Herz bringen können, den Leichnam allein auf die letzte Reise zu schicken. Hinzu kam, dass dieser endgültige Abschied auch seinen eigenen Abschied symbolisierte und persönliche Veränderungen einleitete.

Er hatte die von Sandrine aufgesetzten Scheidungspapiere akzeptiert. Ihre Ehe stellte eine Verbindung zu seinem früheren Leben in der Medienwelt dar, eine Zeit, die er endlich als beendet akzeptieren konnte. Sie hatte ihm gezeigt, dass sich Menschen und Ziele veränderten, und dies geschah nicht unbedingt aus Böswilligkeit heraus – es war die natürliche Entwicklung der Dinge, der Lauf der Welt.

Jetzt erst hatte er auch Heinrichs letzte Aussage verstehen können. Es lag nicht an ihm, die Welt zu verändern oder Siegel Vorwürfe zu machen. Das würde er erst dann tun können, wenn er sich selbst nichts vorzuwerfen hatte. Sein erster Schritt in diese Richtung war, dass er seinen Job an den Nagel hängte. Die Privatnummer seines Verlegers hatte er auch verlegt, und deshalb würde ihn dieser Schatten der Vergangenheit vielleicht nie mehr einholen.

Aber Akzeptanz und Veränderungen wollten wohl überlegt sein, und deshalb hatte er nach langem Hin und Her eine existenzielle Entscheidung gefasst.

Das Trinken würde er niemals ablegen können, es zu reduzieren war jedoch eine gute Einstellung. Als Erstes wollte er aber Edgars und Snookers Tod mit einem richtig irischen Gelage begießen. Er freute sich sogar am nächsten Morgen, die beiden wohl bekannten Kater wiederzufinden.

Snap saß im Zug und hatte es aufgegeben nachzugrübeln, ob seine Entscheidung die richtige war.

Gegenwärtig versuchte er, es sich in der dritten Klasse gemütlich zu machen, ein Unterfangen, das sich als eine große Herausforderung entpuppte. Snap verstand immer mehr, warum viele Chipheads der Meinung waren: ›Warum mit der Bahn fahren, wenn ich mit BTL fliegen kann?‹

Er setzte die Kopfhörer des Polycorders auf und legte den optischen Chip ein. Die Klänge von Eternitys melancholischer Stimme begleiteten ihn auf seinem Weg ins Ungewisse.

Das tragbare Abspielgerät und sein Ebbie waren die einzigen elektronischen Geräte, die er mitführte. Sein Deck hatte er verkauft – eigentlich war es sowieso ihr

Deck gewesen, und sie hatte sich ohne eine Nachricht aus seinem Leben verabschiedet. Er wusste nicht, ob ihr Verlust der Grund für seine Reise war oder die Erkenntnis, dass sich ein Teil des Lebens außerhalb der Matrix abspielte. An seinem Ziel würde er vielleicht mehr darüber erfahren. Er wollte zu einem Ort, an dem es keine Technik gab und er Zeit fand, über alles nachzudenken. Vielleicht wurde es sogar Zeit, der Matrix für immer den Rücken zu kehren. Wer konnte diese Fragen jetzt schon beantworten?

Die Tür sprang lautstark auf, und ein Chet mit Mullbinden im Gesicht und geschientem Arm humpelte lachend in Pauls Krankenhauszimmer. Der Meta schien wirklich amüsiert zu sein, und Paul konnte gar nicht verstehen, was Sache war. Eines war klar, der Typ war nicht kaputtzukriegen.

»Paul, du wirst nicht glauben, was ich grade erleben durfte.«

Endlos lange Pause. Es war keine rhetorische Frage gewesen, sondern die Einleitung einer Folter.

»Schieß los, bitte! Ich will auch lachen«, bettelte der bewegungsunfähige Runner seinen Chummer an.

»Na gut. Ich lass dich nicht schmoren. Zack ist zum ersten Mal aufgewacht. Und rat mal, was er gesagt hat.«

Folterungsstufe zwei.

»Chet, bin ich Hellseher? Bitte!«

»Er hat Shit und Fuck gesehen und zum Doc gesagt: ›Du könntest dir auch mal hübschere Krankenschwestern zulegen. Diese Kupferkopfbatterien können in Stöckelschuhen nicht laufen und schaun sich sowieso nur gegenseitig auf den Arsch. Dabei haben sie noch nicht einmal rasierte Beine.‹«

Paul verstand nicht, was daran so lustig war. »Chet, die Sprüche von Zack waren auch schon besser. Ist das alles?«

Dem Meta schossen erneut Tränen in die Augen, und er fügte ergänzend hinzu: »Weißt du, was sie daraufhin gemacht haben?«

Zum Glück war es diesmal eine rhetorische Frage.

»Sie haben ihm eine Zwangsintimrasur verpasst und sind nicht sonderlich freundlich mit ihm umgegangen. Das sah echt zum Schießen aus. Zack konnte sich nicht wehren!«

Paul stimmte in das Lachen ein, aber Chet war noch nicht fertig.

»Genauso wenig wie du, Paul.«

»Wie bitte?«, platzte es aus Paul hervor.

»Na, du bist schuld, dass mir meine Freundin zu Hause die Hölle heiß macht. Sie ist im vierten Monat, und du weißt, wie das für einen Mann ist, wenn Frauen schwanger sind.«

Das kann ich nicht, dachte Paul, unterließ es aber, seinen Gedanken Luft zu verschaffen.

»Ich brauch 'nen Taufpaten, und rat mal, wer das sein wird!«

»Ich habe nicht den … Chet, das kann nicht dein Ernst sein. Ich habe keine Lust auf eine solche Verantwortung … Du Mistkerl, wart nur ab, bis ich wieder laufen kann. Wäre Zack nicht viel besser geeignet?«

Der Ork winkte ab. »Nee, dem haben Shit und Fuck obendrein die Haare rot gefärbt. Und du glaubst doch nicht, dass ich 'nem Norm mit Intimrasur meine kleinen Racker zum Babysitten anvertrauen werd?«

FINALE

Umrundung des Quintenzirkels

Das Frühstück duftete ausgezeichnet. Peter Brandt saß entspannt an einem reichlich gedeckten Tisch und genoss die wärmenden Sonnenstrahlen, die ihm an diesem Morgen durch das weit geöffnete Fenster des Hotelzimmers ins Gesicht schienen, während Mozarts ›Kleine Nachtmusik‹ dezent auf seine Ohren niederperlte.

Einst war er ein schlecht bezahlter Schattendoktor gewesen, aber dank dem Zeugenschutzprogramm durfte er sich zurzeit am Luxus laben. Neben ihm auf dem Tisch lag die Morgenzeitung, die ihm der Zimmerservice vor drei Minuten mit dem Frühstück gebracht hatte.

Beiläufig fiel sein Blick auf die große Schlagzeile. ›Album der toten Sängerin steigt an die Spitze der Verkaufszahlen.‹

Darunter war ein Bild der attraktiven Frau abgebildet, und Peter dachte nur, welche Verschwendung es sei, dass sie so jung gestorben war. Jetzt hätte er sie gerne neben sich gewusst, um sich mit ihr nach dem Frühstück anderweitig die Zeit zu vertreiben.

Im Artikel stand aber, dass die Frau in Hamburg gestorben war, und somit gehörten diese Nachricht und diese Frau zu den Dingen in seinem Leben, an die er momentan nicht denken wollte. Hamburg, das Mekka der Runner und Piraten des Nordens, war weit weg, und das sollte es, mit den daran geknüpften Erinnerungen, auch erst einmal bleiben.

Gerade wollte er mit dem Messer das Frühstücksei köpfen, als ihn das Kom des Hotelzimmers darüber informierte, dass der Zimmerservice zum zweiten Mal an seiner Tür stand. Da jeder, der zu seinem Zimmer wollte, von BND-Beamten genauestens überprüft wurde, ging er davon aus, dass alles seine Richtigkeit hatte. Pfeifend öffnete er im teuren Morgenmantel die Zimmertür.

Ein starker Durchzug wehte ins Zimmer und erfasste die Titelseite der Zeitung. Sie wurde von den Naturgewalten mitgerissen und aus dem geöffneten Fenster geweht.

Das Stück Papier passierte die verspiegelte Fensterfront und segelte langsam auf die Fußgängermassen zu, die unten am Boden wie Ameisen ihrem täglichen vorprogrammierten Trott folgten. Völlig unbeachtet von der Menge wurde das Blatt mit Eternitys Foto von vielen Füßen hin und her getreten. Es rutschte zwischen Schuhen in unterschiedlichen Farben über den dreckigen Boden, überschlug sich noch ein paarmal und landete dann auf der schmutzigen Decke eines in Lumpen gehüllten Mädchens.

Genauso unbeachtet wie die Zeitung saß das kleine Kind auf dem Boden. Anders als die Titelseite wurde es nicht mit Füßen getreten, aber es wurde auch nicht zur Kenntnis genommen. Niemand richtete sein Augenmerk auf den dreckigen Boden, alle schauten in den strahlenden Himmel.

Doch das Kind nahm die Menschen genauso wenig wahr. Es wippte lächelnd zum Rhythmus eines stummen Liedes vor und zurück und fühlte sich eins mit den alles überschallenden Tönen der Unendlichkeit.

Von **SHADOWRUN™** erschienen in der Reihe
HEYNE SCIENCE FICTION & FANTASY:

1. Jordan K. Weisman (Hrsg.): *Der Weg in die Schatten* · 06/4844

TRILOGIE GEHEIMNISSE DER MACHT

2. Robert N. Charrette: *Laß ab von Drachen* · 06/4845
3. Robert N. Charrette: *Wähl deine Feinde mit Bedacht* · 06/4846
4. Robert N. Charrette: *Such deine eigene Wahrheit* · 06/4847

5. Nigel Findley: *2 X S* · 06/4983
6. Chris Kubasik: *Der Wechselbalg* · 06/4984
7. Robert N. Charrette: *Trau keinem Elf* · 06/4985
8. Nigel Findley: *Schattenspiele* · 06/5068
9. Carl Sargent: *Blutige Straßen* · 06/5087

TRILOGIE DEUTSCHLAND IN DEN SCHATTEN

10. Hans Joachim Alpers: *Das zerrissene Land* · 06/5104
11. Hans Joachim Alpers: *Die Augen des Riggers* · 06/5105
12. Hans Joachim Alpers: *Die graue Eminenz* · 06/5106

13. Tom Dowd: *Spielball der Nacht* · 06/5186
14. Nyx Smith: *Die Attentäterin* · 06/5294
15. Nigel Findley: *Der Einzelgänger* · 06/5305
16. Nyx Smith: *In die Dunkelheit* · 06/5324
17. Carl Sargent/Marc Gascoigne: *Nosferatu 2055* · 06/5343
18. Tom Dowd: *Nuke City* · 06/5354
19. Nyx Smith: *Jäger und Gejagte* · 06/5384
20. Nigel Findley: *Haus der Sonne* · 06/5411
21. Caroline Spector: *Die endlosen Welten* · 06/5482

22. Robert N. Charrette: *Gerade noch ein Patt* · 06/5483
23. Carl Sargent/Marc Gascoigne: *Schwarze Madonna* · 06/5539
24. Mel Odom: *Auf Beutezug* · 06/5659
25. Jak Koke: *Funkstille* · 06/5667
26. Lisa Smedman: *Das Luzifer Deck* · 06/5889
27. Nyx Smith: *Stahlregen* · 06/6127
28. Nick Polotta: *Schattenboxer* · 06/6128
29. Jak Koke: *Fremde Seelen* · 06/6129
30. Mel Odom: *Kopfjäger* · 06/6130
31. Jak Koke: *Der Cyberzombie* · 06/6131
32. Lisa Smedman: *Blutige Jagd* · 06/6132
33. Jak Koke: *Bis zum bitteren Ende* · 06/6133
34. Stephen Kenson: *Technobabel* · 06/6134
35. Lisa Smedman: *Psychotrop* · 06/6135
36. Stephen Kenson: *Am Kreuzweg* · 06/6136
37. Michael Stackpole: *Wolf und Rabe* · 06/6137
38. Jonathan Bond/Jak Koke: *Das Terminus-Experiment* · 06/6138
39. Lisa Smedman: *Das neunte Leben* · 06/6139
40. Mel Odom: *Runner sterben schnell* · 06/6140
41. Leo Lukas: *Wiener Blei* · 06/6141
42. Stephen Kenson: *Ragnarock* · 06/6142
43. Lisa Smedman: *Kopf oder Zahl* · 06/6143
44. Stephen Kenson: *Zeit in Flammen* · 06/6144
45. Markus Heitz: *TAKC 3000* · 06/6145
46. Björn Lippold: *Nachtstreife* · 06/6146
47. Markus Heitz: *Gottes Engel* · 06/6147
48. Markus Heitz: *Aeternitas* · 06/6148
49. Harri Assmann: *Auf dem Sprung* · 06/6149
50. Harri Assmann: *Töne der Unendlichkeit* · 06/6150